2011年普通高等教育精品教材

21世纪外国文学系列教材

俄国文学史（上卷）（修订版）

曹靖华 / 主编
张秋华 岳凤麟 李明滨 / 副主编

北京大学出版社
PEKING UNIVERSITY PRESS

图书在版编目(CIP)数据

俄国文学史(上卷)/曹靖华主编．—2版(修订本)．—北京：北京大学出版社，
2007.10
 (21世纪外国文学系列教材)
 ISBN 978-7-301-12808-4

Ⅰ．俄… Ⅱ．曹… Ⅲ．文学史-俄罗斯-高等学校-教材 Ⅳ．I512.09

中国版本图书馆 CIP 数据核字(2007)第 153907 号

书　　　名：俄国文学史(上卷)(修订版)
著作责任者：曹靖华　主编
责 任 编 辑：王鸿博　张　冰
标 准 书 号：ISBN 978-7-301-12808-4/I · 1979
出 版 发 行：北京大学出版社
地　　　址：北京市海淀区成府路 205 号　100871
网　　　址：http://www.pup.cn
电　　　话：邮购部 62752015　发行部 62750672　编辑部 62767347　出版部 62754962
电 子 邮 箱：zbing@pup.pku.edu.cn
印 刷 者：北京虎彩文化传播有限公司
经 销 者：新华书店
　　　　　730 毫米×980 毫米　16 开本　26.5 印张　490 千字
　　　　　2007 年 10 月第 1 版　2023 年 1 月第 5 次印刷
定　　　价：55.00 元

未经许可，不得以任何方式复制或抄袭本书之部分或全部内容。

纪念曹靖华教授诞辰110周年

修订版说明

本书是《俄苏文学史》(共三卷)的修订版,书名改为《俄国文学史》(上、下卷)。

《俄苏文学史》经当时国家教委审定作为高校通用教材,于1993年6月由河南教育出版社将全书三卷出齐(后曾予重印)。初版印行以来,受到学术界和高校师生的欢迎,同时也获得许多宝贵意见。与苏联解体相伴随的重大变迁以及由此而引发的深沉思考,已然使我们想到,确有必要对初版加以修订。然而,资料的收集和观点的辨析,难以在短时间内达于充分,更遑论梳理和研究,因而不得不暂且搁置。这次是因为国家教育部又将其列入普通高等教育"十一五"国家级规划教材,我们才下决心克服困难,用两至三年的时间完成修订。修订版由北京大学出版社出版。

修订版上卷保持初版第一卷的规模,略事修改。下卷由初版的第二、第三卷整合而成,虽然涵盖的是同一个历史时段,但是地区范围已不尽相同,这就要求对所述内容作相应调整。不难理解,修订任务的重头落在下卷。

修订版和初版一样,乃集体智慧的产物。初版作者列名照旧,同时增列新加入的执笔者。考虑到上卷和下卷的修订原则有所区别,各取其适用的处理方式,并且每卷参加修订的成员组成不完全相同。这两点,分别在各卷之首另行记叙,置于修订版说明之后。

全书修订过程中的组织协调工作由查晓燕负总责。

上卷系初版的第一卷,曾用《俄国文学史》为书名于1989年由人民文学出版社先期印行。面世后反响热烈,遂于1992年荣获国务院颁授的国家级优秀教材特等奖。遵照初版作者的意见,此次修订的原则是:基本维持原貌,某些提法有所变化,行文略有增删。参加此次修订的有张秋华、岳凤麟、李明滨、李兆林、徐玉琴、刘宗次、魏玲、左少兴、郑惠康、张福生、张冰、查晓燕、陈思红。

2007年6月30日

目　　录

修订版说明 ……………………………………………………………	(1)
前　记 …………………………………………………………………	(1)
引　言 …………………………………………………………………	(1)

第一章　古代文学 …………………………………………………… (1)

第二章　18 世纪文学 ……………………………………………… (13)

第三章　19 世纪初二十五年文学 ………………………………… (33)
　　第一节　概　述 ………………………………………………… (33)
　　第二节　茹科夫斯基 …………………………………………… (40)
　　第三节　十二月党诗人和雷列耶夫 …………………………… (43)
　　第四节　克雷洛夫 ……………………………………………… (49)
　　第五节　格里鲍耶陀夫 ………………………………………… (53)

第四章　普希金 ……………………………………………………… (59)

第五章　30 至 40 年代文学 ………………………………………… (89)
　　第一节　概　述 ………………………………………………… (89)
　　第二节　柯里佐夫 ……………………………………………… (103)

第六章　莱蒙托夫 …………………………………………………… (107)

第七章　果戈理 ……………………………………………………… (123)

第八章　别林斯基 …………………………………………………… (145)

第九章　赫尔岑 ……………………………………………………… (155)

第十章　50 至 60 年代文学 ………………………………………… (166)
　　第一节　概　述 ………………………………………………… (166)
　　第二节　杜勃罗留波夫和皮萨列夫 …………………………… (183)

第十一章　冈察洛夫 …………………………………………（190）
第十二章　屠格涅夫 …………………………………………（202）
第十三章　奥斯特罗夫斯基 …………………………………（219）
第十四章　涅克拉索夫 ………………………………………（229）
第十五章　车尔尼雪夫斯基 …………………………………（246）
第十六章　70至90年代文学 …………………………………（263）
　　第一节　概　述 ……………………………………………（263）
　　第二节　柯罗连科 …………………………………………（279）
第十七章　萨尔蒂科夫-谢德林 ………………………………（287）
第十八章　陀思妥耶夫斯基 …………………………………（300）
第十九章　托尔斯泰 …………………………………………（327）
第二十章　契诃夫 ……………………………………………（362）
结束语 ……………………………………………………………（379）
附录一　俄国历史、文学史大事年表 …………………………（382）
附录二　重要作家中俄译名对照表 ……………………………（385）
附录三　重要作品中俄译名对照表 ……………………………（393）

前　记

本书是大型《俄苏文学史》的第一部分，经国家教育委员会审阅批准，作为高等院校俄语专业及文科有关系科讲授俄苏文学史课程的通用教材。

本书概述了从 11 世纪古俄罗斯开始到 20 世纪初俄国文学发展的历史。除引言、结束语外，全书共分二十章，书后附有大事年表和重要作家、作品中外文对照表。

本书由北京大学等院校的教师集体编写。曹靖华任主编，张秋华、岳凤麟、李明滨任副主编。编委会成员有(以姓氏笔画为序)：刘宗次、冯增义、陈守成、李兆林、李明滨、余绍裔、张秋华、岳凤麟、周敏显、赵先捷、袁晚禾、曹靖华。

参加编写的人员有北京大学李明滨、张秋华、魏玲、魏真；北京师范大学李兆林、徐玉琴；北京外国语学院刘宗次；南京大学余一中、余绍裔、沈渝来；复旦大学袁晚禾、翁义钦、张介眉；华东师范大学冯增义、朱逸森；上海外国语学院周敏显；黑龙江大学赵先捷。

全书由张秋华统编定稿，孙绳武、蒋路审阅。

引 言

作为一个欧洲国家,俄国由于地域、宗教、政体种种关系,约从18世纪才进入整个欧洲文化生活。

俄国文学的繁荣期较晚。自11世纪起,俄国古代文化曾有一个灿烂的开端,但不久就受到内忧外患的摧残,留下的艺术珍品并不很多。如果说欧洲诸国自14至16世纪先后发生的文艺复兴运动,标志着近代文学繁荣的开始,那么,俄国直至17世纪末才结束中世纪文学。18世纪彼得一世的改革使俄国强盛起来,为俄国打开了通向欧洲的门户。这时俄国文学在本国古代文化优良传统的基础上,在西方启蒙主义哲学和古典主义文学思潮的影响下,加快了前进的步伐,进入一个新阶段。整个18世纪文学是努力学习西欧艺术成就,同时注意联系本国实际,为文学的民族化而斗争的过程。从18世纪下半叶开始,经过冯维辛、克雷洛夫、格里鲍耶陀夫等作家的努力,至19世纪初由普希金集大成,俄国文学经历了古典主义、感伤主义和浪漫主义,最后走上批判现实主义的道路,完成了确立自己的民族文学的任务。

19世纪俄国现实主义文学一诞生,就以惊人的速度发展起来。高尔基论及这个时期的俄国文学时说:"西方任何一国的文学在生活中出现的时候,都不曾具有这么大的力量和速度,发出了如此强烈耀眼的才智的光辉……全世界都惊讶于它的美和力量。"

19世纪的俄罗斯文学与现实有紧密联系。它是19世纪俄国特定历史状况的产物,它的力量与弱点无不与当时的社会历史条件有直接的关系。19世纪俄国在由封建制度走向资本主义制度的一百年里,没有发生过一次成功的资产阶级革命。剥削阶级与广大受奴役的劳动人民(主要是农民)之间的矛盾没有得到任何实质性的解决。国内统治权一直掌握在最反动的地主阶级手里。1861年农奴制度废除后,资产阶级与地主阶级勾结更加密切,残酷剥削农民,使俄国的阶级矛盾激化。列宁说:"几百年来农奴制的压迫和改革以后几十年来的加速破产,积下了无数的仇恨、愤怒和拼命的决心。"① 只有从俄国历史中农民问题这个特点出发,才能深刻理解19世纪俄国进步文学为什么具有那样震撼人心的批判力量,强烈的民主主义思想情绪和对社会主义社会的向往。正是由于这种高度的思想性和完美的艺术性的结合,俄国文学直至19世纪下半叶,当西方现实主义文学已趋于没落时,仍旧保持着强大的生命力。法国进步作家罗曼·罗兰曾说,他感到"在西方的精神孤寂之中"是托尔斯泰的"强有力的手"支持着他。同样,也是由于这样一个历史背景,19世纪俄国文学批评具有西方诸国文学批评所不可企及的战斗性。

19世纪俄国文学是随着解放运动的发展而发展的。19世纪上半期,俄国解放运动的第一阶段(贵族革命阶段),活跃在文坛上的基本是贵族作家。自30年代始,出现了以别林斯基为先驱的为数不多的平民知识分子作家。这一阶段,在革命形势的推动下,确立了现实主义创作方法,作品总的倾向表现出对专制农奴制度的批判态度和对自由平等博爱的追求。到19世纪下半期,俄国解放运动进入第二阶段(平民知识分子或资产阶级民主主义阶段)。这时期出现了大批平民知识分子作家、革命民主主义作家,他们和进步贵族作家一起共同战斗。这一阶段的现实主义文学对官僚地主俄国的批判更趋尖锐、深刻和全面。与19世纪上半期不同,此时俄国文学已不满足于仅仅批判专制农奴制度,进步作家开始在自己的作品里广泛描写人民生活,塑造为人民谋幸福的人物形象,革命作家甚至向读者暗示为人民求解放的途径。文学明显地表现出俄国解放运动朝民主方向深化。即使是不相信革命手段的贵族作家,也都开始积极干预生活,以自己对现实的真实感受参加斗争。

应该看到,19世纪俄国文学与文学批评具有高度的思想性和战斗性,除了历史条件外,和俄国作家本身情况也是分不开的。俄国作家与批评家中有的人本身就是革命者(拉吉舍夫、雷列耶夫、车尔尼雪夫斯基);有的是解放运动的思想领袖(别林斯基、车尔尼雪夫斯基、杜勃罗留波夫);有的即使没有直接参加革命,也是人民的同情者,人民利益的捍卫者(普希金、屠格涅夫、涅克拉索夫、谢德林);有的更自觉地承当千百万农民的代言人(托尔斯泰)。俄国进步作家清楚地意识到作家在社会中所肩负的崇高职责。他们都以暴露社会黑暗、提出重大社会问题、展现社会理想为己任。俄国文学与"纯艺术"论、"唯美主义"是格格不入的。车尔尼雪夫斯基提出的文学应成为"生活的教科书",乃是对俄国文学创作实践的理论总结。

19世纪末,俄国解放运动进入第三阶段,即无产阶级革命阶段。无产阶级"革命的海燕"高尔基登上文坛,预告了崭新的社会主义文学的诞生。

俄罗斯古典文学是俄国社会生活的艺术反映。它向人们展示了俄国人民的解

---

① 《列宁选集》第2卷,人民出版社,1973年,第371页。

放斗争和俄国历史发展的进程,其中的每一步都是艰难的,但却是不可阻挡的。赫尔岑说过:"凡是失去政治自由的人民,文学是唯一的讲坛,可以从这个讲坛上向民众倾诉自己愤怒的呐喊和良心的呼声。"这句话可以帮助我们更好地领会这一份宝贵的文学遗产的社会意义,理解它为什么具有如此强大的生命力。俄国文学不仅属于俄国人民,而且为全世界人民所珍视。

第一章 古代文学

俄罗斯古代文学产生于11世纪基辅罗斯时期。在从11世纪至17世纪的七百年内，俄罗斯人民经历了许多重大历史事件，它们在古代文学中都得到了反映。俄罗斯古代文学记载了俄罗斯国家的政治社会生活、俄罗斯民族同异族进行的斗争、人民的胜利与失败、快乐与痛苦。在优秀的古代文学作品中渗透着对祖国的热爱、对人民的关怀，它们形成为整个俄罗斯文学的优良传统，古代文学中有一些人物形象和故事保持着经久不衰的魅力，时常出现在后人的文学作品、音乐与绘画中。

俄罗斯古代文学和现实生活紧密联系，可以依据历史的发展划分为三个阶段：

一、基辅罗斯时期（11至12世纪）；

二、蒙古人入侵和东北罗斯统一时期（13至15世纪）；

三、莫斯科中央集权国家建立时期（16至17世纪）。

基 辅 罗 斯 时 期

公元9世纪时，俄罗斯人的祖先东部斯拉夫人在欧洲的东部以第聂伯河中游的基辅与北方的诺夫哥罗德为中心，形成两个公国。约9世纪末，诺夫哥罗德大公奥列格征服基辅公国及其周围一些斯拉夫人部落，形成了以基辅为中心的统一的俄罗斯国家，通称基辅罗斯。基辅罗斯是一个早期封建国家，占居民极大多数的农民（古称斯默尔德）受着封建主的剥削和奴役。城市是政治文化生活的中心，这里居住着王公贵族、商人和市民。

俄罗斯古文字的产生不迟于10世纪初，但文学的产生与基督教的输入是同时的。公元988年，基辅大公符拉基米尔定基督教（希腊东正教）为国教，这一行动对于统一国家、发展俄罗斯古代文化有重大意义。东部斯拉夫民族在氏族社会时期相信多神教，无统一信仰，一神教的基督教则对基辅罗斯思想政治上的统一起了很大作用。另一方面，希腊有悠久而发达的古老文化，基辅罗斯为了宣传与巩固基督教教义，从拜占廷和保加利亚引入了大批宗教书籍，也包括一些世俗性著作（历史故事，自然科学等），它们开阔了人们的眼界，提供了种种艺术手法，对古代文学的发展有极大影响。当时教会的修道院还起着普及文化的作用，它们不仅是传播基督教的中心，负责翻译和编写宗教用书，而且为国家开办书院，进行教育活动，形成传播文化的中心。

基辅罗斯时期宗教文学盛行，除上述保加利亚人用古斯拉夫文翻译的大量拜占廷宗教书籍（圣经、使徒传、布道讲话等）外，还有俄罗斯僧侣直接由希腊文翻译过来的宗教著作。不仅如此，基辅罗斯的僧侣们还在突然涌进的大量拜占廷文学基础上创作了自己的宗教文学，如《基辅山洞修道院圣徒传》、大主教伊拉利昂的《法律与神恩讲话》、《修道院长丹尼伊尔巡礼记》等。在中世纪欧洲，教会权势极大，宗教思想主宰着人们的头脑，宗教文学为数最多，这是一个普遍的现象。

但在基辅罗斯时期，最有代表性的重要著作是《俄罗斯编年序史》与《伊戈尔远征记》。

编年史与《俄罗斯编年序史》

编年史是僧侣们在修道院中对国家重大历史事件按年代编写的史书，是俄罗斯古代文学中最有价值的文学性历史文献。每一民族在发展到一定阶段时，从本身利益出发都要留下自己的历史记录，这是民族意识提高的表现。古罗斯编年史开始于雅罗斯拉夫大公(978—1054)时期，是当时罗斯感到拜占廷对罗斯事务干预太多，希望在政治上、宗教上争取独立的表现。雅罗斯拉夫大公还在1051年就在基辅任命了第一个俄罗斯大主教伊拉利昂。

约自11世纪起，在基辅罗斯一些大城市（基辅、诺夫哥罗德、加里奇等）的修道院中，僧侣们开始按年代记录国家大事，如王公生卒与即位年月，敌人进犯日期等。起初记事简单，但逐渐力求文笔生动，并收入一些民间故事和传说、书信与人物传记，这就使编年史最后形成为形式活泼生动的历史与文学文献。留传至今的最古老的一部编年史据说是12世纪初由基辅山洞修道院僧侣涅斯托尔在一些后来已失传的历史记载、编年史总集①的基础上汇编而成的。这部编年史全名为《这就是往年的故事，俄罗斯国家是怎么来的，首先在基辅为王的是谁，俄罗斯国家是怎样起源的》，通常简称《往年故事》。由于这部编年史后来常常被放在其他编年史的卷首作为开端，所以它又被称为《俄罗斯编年序史》。

《俄罗斯编年序史》的开头部分有浓厚的基督教色彩，叙述大洪水过后诺亚的

---

① 编年史总集指基辅罗斯时期一些公国将各修道院分别记录的编年纪事汇集成总的编年史集。

儿子在大地上各据一方,由此衍生出斯拉夫人、叙利亚人、巴比伦人等语言互不相同的各个种族。然后着重叙述斯拉夫人在地理上的分布情况,他们的生活,基辅和基辅罗斯的建立。这一部分想象成分较多,离史实很远。

从公元852年之后的纪史开始比较接近具体历史事实。这里讲述了基辅最初一些统治者,吸取了一些饶有兴趣的民间传说。例如:奥列格出征沙皇格勒(指东罗马帝国首都君士坦丁堡,即拜占廷)的故事。公元907年(按罗斯古历为6415年)基辅第一个大公奥列格率大批武士,战船二千只顺第聂伯河而下,直达拜占廷帝国。他上岸后先焚烧教堂,杀死和俘虏大批希腊人,然后将战船安上车轮,乘风扬帆经过平原直抵紧闭城门的君士坦丁堡。希腊人大惊失色,以为有神兵天将相助,遂同意纳贡。拜占廷王亚历山大与奥列格签订了和约。希腊人以十字架、奥列格以自己的武器和斯拉夫的神相互起誓。奥列格带回大批金银财物、绫罗绸缎和美酒珍馐。罗斯出征拜占廷是历史史实,但条约签订于911年,编年史家误为907年。

又如,它记载了奥尔迦如何为死去的丈夫伊戈尔复仇的故事。伊戈尔去德列夫梁人那里收贡,因贪得无厌而被杀。奥尔迦遂带领儿子与武士去讨伐德列夫梁人;后者紧闭城门,不敢迎敌。奥尔迦佯称只要每户交上三只麻雀作为贡物即可罢休。德列夫梁人大喜,立刻照办了。而奥尔迦便命令亲兵当晚将所有麻雀的脚上缚上火绒,点燃后放出。带着火焰的麻雀纷纷飞回城里自己筑巢的粮仓和屋檐下,瞬间全城一片火海,人们纷纷逃出城外,被奥尔迦手下亲兵杀死无数。

《俄罗斯编年序史》最后部分记载了诸侯之间的内讧,他们如何为争夺基辅大公的位置自相残杀。行文中充满了对祖国命运的深切关怀,对争权夺势制造分裂的诸侯的谴责以及对祖国的统一与兴旺的热烈向往。

《俄罗斯编年序史》表现了古代俄罗斯人对世界的形成、民族的命运与信仰等问题的看法,是他们的世界观、意识形态的鲜明体现。从文学成就看,《俄罗斯编年序史》包括各种各样的文学形式,如历史记实、故事、传奇、传记等,内容活泼生动、语言朴实清新,被公认为是基辅罗斯以后诸编年史所不及的。《俄罗斯编年序史》是俄罗斯古代和欧洲中世纪文化宝库中一部独具特色的重要文献。

《伊戈尔远征记》

从12世纪初,统一的基辅罗斯逐渐走上封建割据局面,引起进步的俄罗斯爱国者们深深的忧虑。俄罗斯古代文学中最卓越的作品《伊戈尔远征记》正反映了这个时代。

《伊戈尔远征记》是1795年收藏家穆辛-普希金在雅罗斯拉夫尔发现的。它是一个古代手抄本文集中的一篇。1800年,穆辛-普希金与其他研究者出版了这一抄本,附有译文与注释,引起学术界极大兴趣。1812年俄法战争中莫斯科大火烧毁了穆辛-普希金私人图书馆,手稿同时被毁。目前留下的最老版本是1800年的版本和当时献给女皇叶卡捷琳娜二世的原稿的手抄本。由于当时对古文研究不够,上述版本和抄件中留下很多疑难之处。

《伊戈尔远征记》是一部紧密联系当时时事的政治性艺术作品。12世纪末,基辅罗斯早已形成封建割据局面,大小公国林立,基辅大公日益失去统治全罗斯的威信,导致异族乘虚而入。南部边界的主要敌人波洛夫人屡屡进犯。1184年,罗斯南部诸王公在基辅大公率领下联合出击波洛夫人取得胜利。次年,诺夫哥罗德-谢维尔斯基大公伊戈尔由于未参加上次讨伐,立功心切,擅自带兄弟子侄与一些士兵去攻打波洛夫人,结果大败,伊戈尔等均被俘。虽然不久伊戈尔逃回罗斯,但其失败给罗斯酿成了新的灾难。《伊戈尔远征记》就是基于上述伊戈尔的故事写成的。

长诗分引子、叙事、尾声三部分。作者在引子中交代他要"咏唱"伊戈尔远征的"悲惨的故事",但他不会像诗人鲍扬那样在歌中任幻想驰骋,而是要"遵循这个时代的真实"。这里作者不仅表明长诗形式上的特点,而且暗示题材内容的严肃性。

故事开始时,伊戈尔与士兵正整装待发,这时天空突然发生日蚀,军队为"黑暗所笼罩"。但伊戈尔丝毫不为凶兆所动,率领大军直奔顿河战场。在与敌人第一次交锋中,伊戈尔取得辉煌的胜利,掳得波洛夫人的美女和无数金银财宝、绫罗绸缎。但第二天波洛夫人从四面八方包围了伊戈尔,经过激烈搏斗,伊戈尔失败了,"马蹄下的黑土中撒满了尸骨,浸透了鲜血"。伊戈尔的军旗纷纷倒下,"勇敢的俄罗斯人结束了他们的酒宴"。伊戈尔被俘。

故事与全诗的中心部分是作为诸侯之长的基辅大公斯维雅托斯拉夫在知道伊戈尔失败后发出的"金言"。他在讲话中一方面谴责伊戈尔一心"为自己找寻荣誉",一方面又责备诸侯见死不救。他缅怀过去大家团结一致,"光凭呐喊就能战胜敌军",而如今只剩下痛苦与忧愁。这时作者历数各地的王公,他们本应响应斯维雅托斯拉夫的号召,团结一致,为国雪耻,却没有行动。作者呼吁道:

> 王公们,请踏上你们的金镫吧!
> 　　为了今天的耻辱,
> 　　为了俄罗斯的国土,
> 　　为了伊戈尔的,
> 那勇猛的斯维雅托斯拉维奇的创伤!
> 这是全诗的主旨。

故事的最后一部分描写伊戈尔的妻子雅罗斯拉夫娜知道伊戈尔被俘后,清晨站立在普季夫尔城墙上对大自然哭诉,祈求大风、大海、太阳保护她的丈夫和士兵;最后伊戈尔在一个波洛夫人和大自然的相助下回到祖国。

尾声部分以歌颂伊戈尔、欢呼"荣誉属于王公们与武士们,阿门!"作为结束。

从长诗的情节结构可以看出,作者写的虽然是一件具体的史实,但与编年史很不一样,作者并不追求完全写实,他的主旨是写出这一具体历史事件所具有的内在的、全民族的含义,同时表示自己对它的态度。作者通过种种艺术手法成功地体现了自己的构思:诸侯之间的封建割据局面关系到俄罗斯国家的生死存亡,诸侯必须从失败中吸取经验教训。所以马克思曾说:"这部史诗的要点是号召俄罗斯王公们在一大帮真正的蒙古军的进犯面前团结起来。"①

我们至今不知道作者是什么人。他可能是伊戈尔远征的参加者,或者间接知道此事。但他肯定是一个爱国者,具有广阔的政治视野和高度的艺术修养。作者爱憎分明,他以对祖国的态度来评价人物。他虽然谴责伊戈尔,但又赞美他英勇无畏、誓死保卫国土的爱国精神。作者不把他的成败看成他个人的事,而把它看成关系祖国命运的具有全民族意义的事件,并为他重获自由回到祖国而欢呼。伊戈尔的弟弟,"勇猛的野牛"符塞沃洛德同样受到赞美,他跑到哪里就让哪里的"波洛夫人邪恶的头颅落地"。他的武士个个英勇,他们"在号角中诞生,在头盔下长大,用长矛和利刃进餐",为了祖国流尽最后一滴血。长诗中基辅大公是团结与统一的象征,正是他向诸侯们追忆昔日统一的罗斯如何屡建战功,以对比今天分裂带来的耻辱,正是他号召诸侯们同仇敌忾,一致行动拯救祖国。伊戈尔的妻子雅罗斯拉夫娜是俄罗斯古代文学中第一个优美的妇女形象,在她的哭诉中表达了俄罗斯土地上所有妇女由于战争所感到的悲伤。她并不只为丈夫哭泣,她也为那些武士们流泪。她哭诉道:

> 光明的、三倍光明的太阳啊!
> 你对什么人都是温暖而美丽的。
> 神啊,你为什么把你那炎热的光芒
> 　　射到我丈夫的战士们的身上?
> 为什么在那干旱的草原里,你用干渴扭弯了他们的弓,
> 　　用忧愁塞住了他们的箭囊?

《伊戈尔远征记》同时也具有高度的艺术性。作者运用了种种艺术手法,例如,民间文学中固定的形容语:苍鹰、碧海、快捷的马;类比手法:将伊戈尔比作光明、将

---

① 《马克思恩格斯全集》第29卷,人民出版社,第23页。

敌人比作黑色的乌鸦、战斗比作酒宴；反比手法：鲍扬"不是放出十只苍鹰去捕捉一群天鹅，而是把他灵巧的手指按抚在活的琴弦上"，"那不是喜鹊喳喳叫，那是戈扎克和康恰克在把伊戈尔追赶"。诗中大自然宛如有灵之物，带有神秘气氛，这也是民间创作的风格，如伊戈尔出征前"黑云从海上升起，想要遮蔽四个太阳"表示伊戈尔兄弟子侄四人将遭遇不幸，而伊戈尔逃回时，"啄木鸟以自己的叩啄声指引通向河边的道路……"至于雅罗斯拉夫娜向大自然的哭诉更是民间创作中哭调的形式，充满诗意。

作者显然也熟悉笔写文学，如诗中的独白、对话、修辞问句、惊叹句等等。作者还为了突出艺术效果，有意改变事实，例如事实是伊戈尔出发后遇到日蚀，史诗中则移到出发前，以显示出伊戈尔的勇武与决心。同时，在写完雅罗斯拉夫娜的哭诉后立刻写伊戈尔的脱难，就大大突出了雅罗斯拉夫娜的哭诉具有神奇的、惊天动地的力量。这一切都表现出作者高超的艺术技巧。

《伊戈尔远征记》以其爱国主义热忱和高度的艺术性在世界文学宝库中保持着经久不衰的艺术魅力。

蒙古人入侵和东北罗斯统一时期

13世纪初基辅罗斯已分裂为一些大大小小的公国，统一的基辅时期结束了。罗斯的政治文化中心从基辅移到东北方向的苏兹达尔、罗斯托夫、莫斯科、特维尔等城市。与此同时，原来居住在罗斯以东蒙古草原上的游牧民族建成了一个幅员广大的蒙古帝国，其东欧部分又叫金帐汗国（钦察汗国），属于成吉思汗之孙拔都。1223年罗斯与金帐汗第一次在卡尔卡河上发生冲突，败于鞑靼人（当时罗斯称蒙古人为鞑靼）。1237年拔都先后征服梁赞、东北罗斯、西南罗斯，1240年征服基辅，从此罗斯沦于蒙古人统治之下。

14世纪时，立陶宛大公国逐步占领了过去被金帐汗统治的、包括基辅在内的第聂伯河流域。西南部的加里奇公国也于14世纪中叶被波兰占领。这样，原俄罗斯土地就被分成三大部分：金帐汗统治下的东北罗斯、立陶宛统治下的西南罗斯和波兰占领的加里奇。随之在东部斯拉夫人内部逐渐形成具有不同特点的三个民族（大俄罗斯、白俄罗斯、乌克兰）。他们的语言不同，以后的文化发展也不同。本书所说的俄罗斯文学实际上指的是大俄罗斯民族的文学。

14世纪初东北罗斯的莫斯科地位日益突出，莫斯科公国逐渐成为东北罗斯的政治宗教文化中心。1380年，马麦汗进军顿河库利阔沃平原，东北罗斯在莫斯科的德米特里公的率领下联合出击，大败马麦军，民族意识空前高涨。1480年蒙古汗出兵乌格拉河，与俄罗斯军队在两岸对峙，均不敢首先发动攻势。严寒开始后，蒙古军不战而退，二百四十年来加在俄罗斯人民身上的桎梏最后被粉碎了，罗斯获得了解放。

这二百多年的异族统治使俄罗斯的物质、精神文化的发展受到严重摧残。这一阶段留下的文学作品多为记录著名战役的历史故事，如《拔都攻占梁赞的故事》、《亚历山大·涅夫斯基行传》、《顿河彼岸之战》等。

《拔都攻占梁赞的故事》反映了俄罗斯人民反对鞑靼入侵的英勇斗争。故事可能写于1237年梁赞被攻陷之后，也可能写于14世纪上半叶。

故事内容叙述1237年拔都率大军进犯梁赞，要梁赞大公尤利·英格列维奇将梁赞各类居民（包括王公）和各类财物的十分之一上交作为贡物。梁赞大公立即向符拉基米尔大公格奥尔吉·伏谢沃洛德维奇求援，但遭到拒绝。他只好派儿子费道尔携厚礼去见拔都，要求他不要攻打梁赞。拔都收下礼物后佯言不再进攻，但要梁赞王公们把自己的姊妹女儿送给他，特别要费道尔的年轻美丽、出身皇族的妻子。费道尔回答说："只要你打败我们，就可以占有我们的妻子。"拔都大怒，命杀死费道尔及其所有随从。一幸存者逃回梁赞，费道尔的妻子知道丈夫的死讯后，抱着幼婴坠楼而死。

剩下的出路只有拼一死战。梁赞大公说："我们宁愿以死来换取生，而不愿受那邪教徒的奴役。"梁赞人都抱着拼死的决心奔赴战场。杀敌时"一当千，二当万"，使拔都军队损失惨重。但终因力量悬殊而失败。英勇善战的梁赞人"共饮了死亡的酒"，全部战死。拔都进城后又血战五天，全体梁赞人都为保卫自己的土地而献出了生命。全国"既没有父母哭子女，子女哭父母，也没有兄长哭幼弟，亲属哭亲人，只见尸横遍野"。

拔都血洗梁赞后，继续进军征讨苏兹达尔-符拉基米尔。这时梁赞人叶夫巴季·柯洛夫拉特从外地回到梁赞，这一片惨景激起他无比的愤怒。他设法聚集了七百武士，在苏兹达尔赶上拔都。他们英勇杀敌，狠狠地把敌人一个个"劈成两半"，使拔都吓得以为"死人复生"。虽然柯洛夫拉特在强大的敌军攻击中阵亡了，但他的英勇精神赢得敌人无比的敬仰。拔都说："如果我有这样一个部下，我要紧紧将他拥抱在我的胸前。"他没有加害那些劫后余生的战士，让他们带着自己的统帅的尸体离去了。

《拔都攻占梁赞的故事》是俄罗斯古代文学杰作之一，它的高度的爱国主义思想鲜明地体现了俄罗斯人民在蒙古人入侵时期饱受的巨大苦难以及为保卫祖国不惜牺牲一切的高尚精神。整个情节虽然取自历史事实，但富有戏剧性。作者采取了一些民间创作的手法，如对柯洛夫拉特勇猛的武艺的描写就是勇士歌中的手法，但是从故事中也明显地看到作者的宗教观念，例如他把拔都的入侵看成是神对罗斯的惩罚，拔都是"不信神的"、"该受诅咒的"，而梁赞人则是"基督徒"，都是"爱基督的"人。

《亚历山大·涅夫斯基行传》记述俄罗斯古代著名统帅和外交家亚历山大两次著名的战功。一次在涅瓦河上打败瑞典人(1240)，因此被称为亚历山大·涅夫斯基(即涅瓦河的亚历山大)。另一次是在北方楚德湖上打败日耳曼骑士团(1242)。传记中还描写了亚历山大为保证北方战事无后顾之忧，曾出使金帐汗，表现出卓越的外交才能。《顿河彼岸之战》叙述德米特里公大败马麦汗的事迹，强调团结在莫斯科周围就是胜利的保证。作品在艺术处理上明显受到了《伊戈尔远征记》的影响。

俄罗斯中央集权国家建立时期

1480年鞑靼侵略者败退后，莫斯科成为东北罗斯的主宰。16世纪初，莫斯科大公瓦西里三世最后收复普斯科夫和梁赞，统一的俄罗斯国家终于形成了。莫斯科中央集权国家的建立是历史的进步，但它必然会伴随着种种矛盾和冲突，特别是君主与封土诸侯间夺取权力的斗争。伊凡四世的治国方针是培植中小贵族的势力，和主张分权的大贵族相对抗。这一中央集权与反中央集权之间的斗争鲜明地反映在16世纪文化生活中。

首先，伊凡四世为了把全国统一在君权与神权思想之下，出版了一批著作统一宗教思想，使社会生活规范化。如大主教马卡里主编的《正教历》将古俄罗斯有史以来的宗教著作汇编成集。伊凡四世青年时代的教师西尔维斯特神父校订的《家训》是一部有关家庭、社会生活规范的教诲性文集。全书的中心思想将家庭、国家、教会结合在君主专制的原则下，宣扬上帝是天国的主宰，沙皇是人间的上帝，父亲是家庭的权威。

其次，政治局势的紧张使政论文在16世纪文学中占据了主要地位。当时著名的政论作家为伊万·佩列斯韦托夫，他在代表作《关于康士坦丁大帝的传说》与《关于苏丹默罕默德的传说》中极力宣扬君主的权利，抨击门阀贵族，并塑造了一个治国严明的理想君主穆罕默德的形象，教导刚刚成年、开始执掌朝政的伊凡四世。

16世纪最富有时代特色的政论文是伊凡四世与库尔布斯基公的通信。库尔布斯基出身大贵族，在伊凡四世当政初期立有战功。后来由于在"重臣会议"中企图限制沙皇的权力而失宠，1563年逃离祖国，投奔波兰的立窝尼亚。在16年内(1563—1579)他给伊凡四世写过三封信为自己辩护，后者回过两封信。库尔布斯基的信用崇高语体写成，注重修辞。他自认为是过去"死去的、无辜被暗杀、被监禁、被冤枉而流放的"大贵族的代表，他谴责伊凡四世对一些将领的"空前"的迫害。

伊凡四世的回信充满嘲弄、怒骂、质问、论证，文体不拘泥于形式，十分生动。他怒斥库尔布斯基企图推翻他篡夺王位："你这条狗！你作出了大逆不道的事，竟然还向我写信抱怨！……你想一想，在那些君主服从教会或朝臣的国家里，还能有什么权威，这些国家是怎样灭亡的！难道你竟劝告我也走这一条道路吗？不镇压恶人，不治理国家，任凭外人来蹂躏，这难道是虔诚的吗？……"库尔布斯基曾嘲笑伊凡四世行文"粗野"，是国君的耻辱。实际上伊凡四世思维敏捷，不受拘束，给人留下的印象比库尔布斯基的信更为鲜明生动。

应该指出，在要求至高无上的君权神权时期，社会上也必然会出现一些对抗的思想。例如有人根据福音书宣扬由于"对亲人的爱"而不应占有"基督徒奴隶"，"所有的人都是上帝的子民"，所以应该不分民族、信仰，全民平等。持有这些所谓"异端邪说"的人在伊凡四世时不断受到残酷镇压，这也不可避免地会影响了文学的发展，致使16世纪文学总的说比较贫乏。

17世纪初，俄国内部阶级斗争十分激烈。自16世纪莫斯科中央集权国家建立以来，对农民的剥削与奴役日益加剧，广大农民的抗议情绪与日俱增。1606—1607年爆发了俄国第一次声势浩大的波洛特尼科夫农民起义。与此同时，在统治集团内部，自1598年留里克王室中断，争夺皇位的斗争十分激烈；波兰、瑞典又相继入侵，这一切造成俄国历史上的混乱时期。1613年开始了罗曼诺夫皇朝。1649年沙皇阿列克赛·罗曼诺夫颁布法令，规定逃亡农奴无论在何时被找到，仍属原农奴主，至此农奴制度在法律上完全形成，1667—1771年爆发了更为壮阔的拉辛领导的农民起义。

在尖锐激烈的阶级斗争中，俄国的社会生活开始从中世纪向新时期过渡。列宁指出，在中世纪的莫斯科皇朝时代，国家不是建立在民族的联合上，而是建在地域的联合上，国家分成为一些领地或公国，"仅仅在俄国历史的近代（大约自17世纪起），这一切区域、领地和公国才真正在事实上融合成一个整体"，而这一转变"是由各个区域间日益频繁的交换，由逐渐增长的商品流通，由各个不大的地方市场集中成一个全俄市场引起的"。① 近代的民族国家在逐渐形成。同时由于沙皇俄国在16世纪征服了中亚喀山汗国和阿斯特拉罕国，17世纪几乎征服了整个西伯利亚，17世纪下半叶乌克兰又与沙俄合并，这样，俄国就成为了一个幅员广大的多民族的中央集权国家。

17世纪上半期由于政治局势的混乱，仅留下少数叙述大贵族间的纷争或外敌入侵的故事。如《哀悼无上崇高与光辉的莫斯科国家之沦陷与最后覆灭》、《前辈人

---

① 《列宁选集》第1卷，人民出版社，第22页。

记忆中的历史》等。到 17 世纪下半叶,由于民族国家的形成,文化迅速发展起来。在莫斯科开办了最初的学校,如斯拉夫—希腊—拉丁学院。学校里教授经书、各种语言、修辞学等。大量西方的世俗性文学作品(故事、笑话、骑士小说等)被翻译介绍过来。文学方面也发生了显著变化,出现了自己的音节体诗与戏剧。

17 世纪的俄国诗歌是音节体诗,它要求每一行诗有固定的音节数目(11 或 13 个),在第六或第七音节后有一停顿,并且每双行押韵。这方面的代表人物是基辅神父西麦昂·波洛茨基(1629—1680)。他写了大量诗歌,歌颂开明君主,祝贺宫廷喜庆活动,也间或涉及人生哲理与社会政治问题。如《公民》一诗教育人们要奉公守法,为社会谋福利;《僧侣》一诗揭露神职人员酗酒与道德败坏。但这时的诗写得概括而抽象,缺乏具体形象,语言刻板,总以道德教诲为结束。

17 世纪下半期,在俄国出现了第一座宫廷剧院,演出过一些宗教性和世俗内容的戏剧。宫廷剧院的出现促进了学校戏剧的发展。学校戏剧指的是神学校中的教师为了进行教学而编写的一些戏剧,全部取材于圣经、使徒传。这方面的代表作是西麦昂·波洛茨基的《关于一个浪子的寓言剧》。戏剧取材于圣经,但由于它触及父母子女间的矛盾,接近当时新旧交替的生活现实而获得相当大的成功。这类戏剧要求结构严谨,情节发展要遵守时序,人物截然划分为正反两类,并以进行道德教诲为目的,是未来古典主义戏剧的先声。当时在戏剧演出中,还常常在两幕之间插入幕间剧。它一般取材于现实中滑稽逗乐的小场面,角色为普通人,如庄稼汉、小市民、酒店掌柜,内容多嘲笑他们的愚蠢和酗酒等。这种幕间剧为后来的喜剧作了准备。在 17 世纪,一切戏剧都称之为喜剧,结局悲惨的称之为"悲惨的喜剧",结局欢快的称之为"轻快的喜剧"。

17 世纪下半期,宗教文学也有了新的特色。大司祭(长)阿瓦库姆(1620—1681)的《传记》(1672—1674)是这方面的代表作。17 世纪的俄国为了巩固专制统治,需要一个强大而统一的教会。为此大主教尼康开始进行宗教改革,要求教会按希腊东正教规范统一宗教仪式和祷文,严格教阶制度。这一改革实际上加强并巩固了高级僧侣的地位,压制了低级僧侣,因此在后者中间形成了一个反对派,或分裂派。分裂派得到一般城市平民、小商贩、小手工业者的支持,其思想领袖是司祭长阿瓦库姆。

阿瓦库姆在《行传》中以强烈的感情,生动地描写了他如何三次被流放西伯利亚,历尽艰辛,受尽折磨,但始终忠于自己的信念。例如西伯利亚达乌里雅总督帕施柯夫为人极端残酷,对他施加种种酷刑,企图迫使他放弃自己的信仰,但始终未能达到目的。最后,当忍受了七年迫害的阿瓦库姆要离去时,帕施柯夫说道:"究竟谁折磨了谁,只有上帝知道。"《行传》中司祭长的妻子勇敢地伴随丈夫走在放逐的道路上,鼓励他宣传自己的信仰,她是古代文学中一个优美的妇女形象。

尼康改革在历史上是进步的,阿瓦库姆的主张是逆历史动向的,但这部著作以其对一切奴役与迫害的烈焰般的仇恨吸引着读者。有的评论者指出,它实质上反映了农民民主主义的思想情绪。作品文字朴素自然,富有激情,受到屠格涅夫和高尔基的高度评价。

《行传》将宗教性质的使徒传变为描写真人真事、刻画当代社会生活、富有战斗意义的政论文,表明了文学要突破宗教的束缚、接近现实、参加社会斗争的倾向。

17世纪下半叶最富有时代生活气息的作品是一些中篇小说,如《戈列-兹洛恰斯基的故事》、《萨瓦·格鲁德岑的故事》、《弗罗尔·斯科别耶夫的故事》、《谢米亚卡法庭的故事》等,它们写出了人们企图挣脱中世纪的束缚,追求个人的幸福,也写出了民主阶层对统治者不法行为的憎恶,并且敢于起来发言。

《戈列-兹洛恰斯基的故事》写于17世纪中叶,它以亚当、夏娃违背上帝意志偷吃禁果而被上帝逐出天堂,经历各种痛苦与灾难来赎罪的故事为引子,说明人们都有不服从教诲、追求新奇事物的企图,而结果必遭不幸。

故事的主人公没有名字,被称之为年轻人,用以概括当时整个青年一代(这是俄国古代文学中第一个虚构的概括性形象)。他厌恶父母那一套为人要循规蹈矩的教育,"想随心所欲地去生活",因此离家出走。但他在外屡受欺骗,又受到魔鬼戈列-兹洛恰斯基的引诱,财产失而复得,得而复失,命途多舛,最后竟落得衣不蔽体,食不果腹,只求一死。这时魔鬼出现在他面前说道:

> 为什么当时你不听父母之言,
> 不服从他们,
> 把向他们低头看作耻辱?
> 你想随心所欲地生活,
> 但是谁不听父母的忠告,
> 我戈列-兹洛恰斯基就要教训他。

最后年轻人只有投奔寺院作了僧侣,才摆脱魔鬼的迫害。

这篇小说最明显地反映出,新旧交替时期的人们已不自觉地渴望改变旧生活方式,僧侣生活已不被看成最圣洁、崇高的幸福,而只是一条迫不得已的出路。旧传统在瓦解,但小说宣扬的仍是旧传统的胜利,表明了作家的保守倾向。《萨瓦·格鲁德岑的故事》是另一篇具有同样倾向和类似内容的作品。它描写一个商人之子如何在追求自由生活中受魔鬼利用,最后不得不削发为僧的故事。

17世纪还有另一种类型的故事,它们最大的特点是脱离宗教影响,没有宗教善恶观念,因此更能代表新时期的新思想。这类作品主要描写城市生活、人世间的欢乐，表现对中世纪思想的背叛。主人公不是什么虔诚的有德行的人，而是机智的、善于争取个人幸福的普通人。《弗罗尔·斯科别耶夫的故事》是这类作品的代表作。

《弗罗尔·斯科别耶夫的故事》叙述诺夫哥罗德地方一个没落的贵族子弟弗罗尔。斯科别耶夫平日靠替人写状子为生，生活贫苦，因此千方百计想发财致富改变现状。他听说邻近大贵族纳尔金-纳肖金家有个成年的女儿安努希加待字闺中，就想攀上这门亲事捞一笔嫁妆。但是由于地位低微无法明媒正娶，只好利用大贵族家开晚会时，男扮女装接近安努希加，骗取了她的爱情，不久又和她暗中成婚建立起家庭。安努希加的父亲知道后百般刁难，但弗罗尔临阵不慌，屡施巧计。几经周折后，父亲不但容忍了他与女儿的婚事，并赠给他大笔财产与领地，使他和安努希加过起安逸的生活。

这篇故事与《戈列-兹洛恰斯基的故事》正相反，讲的不是旧传统的胜利，而是老一代向年轻一代的让步。主人公虽说可以称为骗子，但却得到作者同情。这里不存在什么宗教道德说教，表现出 17 世纪新旧斗争中更典型的一面。从写作角度看，人物也开始具有一定个性特征，如弗罗尔·斯科别耶夫狡猾机智，安努希加开始虽系受骗，以后就决心自谋幸福，不再听命于父母，很有主见。小说反映出至 17 世纪个性开始受到重视。小说的语言也趋于口语化。这篇故事可以说是后来的现实主义小说的萌芽。

讽刺故事在 17 世纪下半叶也开始繁荣起来。它标志着社会意识的觉醒，是民主阶层与统治集团斗争的反映。这类故事虽然无作者姓名，但可想而知，是由小公务员、小市民写的。其中最有名的是《关于谢米亚卡法庭的故事》，它揭露贪污受贿的法官的恶行；《棘鲈的故事》嘲笑俄罗斯封建社会中贫富不均，弱者受欺压，官官相护的现实。这类故事具有鲜明的民主色彩和现实主义倾向。

在七百年的俄罗斯古代文学中，人们看到了俄罗斯国家形成的历史，它的民族所经历的内忧外患以及俄罗斯人如何为祖国的统一和富强而斗争。

俄罗斯古代文学总的特色是：首先，古代文学与民间创作有紧密联系，和后者一样，古代文学作品一般是佚名的，偶有例外，则因作者本身是有地位的著名人物，如沙皇主教等。其次，古代文学是封建社会的上层建筑，因此作品在不同程度上都带有宗教色彩；可以说，整个古代文学处在摆脱宗教意识的过程中。第三，古代文学总的说还没有作为文学从一般实用体裁（历史、布道讲话、书信、传记等）中独立出来，只是到了 17 世纪下半叶，随着社会经济的发展，出现了带有虚构的故事，这才是真正的文学创作创造了条件。在此之前，古代文学多为纪实作品，即使荒诞不经的事也是当作真事来写的。

古代文学为 18 世纪文学发展打下了良好基础。

第二章　18世纪文学

18世纪上半期文学

18世纪,俄国在"全俄市场"进一步发展的基础上,形成为近代的俄罗斯民族国家,进入了一个新的历史阶段。对于这个国家的巩固与富强,18世纪第一个沙皇彼得一世(在位期1682—1721)做出了巨大贡献。还在1696年,他就通过与土耳其作战夺得亚速,建立了新海军基地塔干罗格。接着1700年又开始对瑞典作战。这场北方战争持续二十一年之久,最后以战败瑞典,取得涅瓦河口、里加湾诸波罗的海出海口而结束。这一胜利打开了俄国通向欧洲的窗口,对俄国未来的发展有不可估量的重大意义。在这期间,彼得建成了一支强大的海军,创办了数百个工厂。

彼得一世对内励精图治,努力使俄国一变过去闭塞的局面,跟上西欧的步伐。他改革国家管理机构,加强中央集权制,大力发展工商业,提高俄国文化水平。他开办了各种学校,打破过去教育由教会控制的局面。他扩大印刷业,出版世俗读物,1703年发行了第一份俄国印刷的报纸《新闻报》。同时为了积极培养人才,他一方面送贵族青年出国留学,一方面从国外聘请大批专家,并尽量取消封建等级制,规定官吏晋级制(共14级),凡国家公务人员只要工作出色就可以晋级,从而为广大市民发挥才能提供了机会,为国家聚集了大批人才。彼得改革使古老的俄国逐渐脱离中世纪愚昧落后的状态,加快了前进的步伐,富强起来。但彼得改革也有其局限,如他过分崇拜西欧,在上层社会中甚至强行推广欧洲,主要是法国的语言、礼仪以至服装,致使上层社会中产生了严重的盲目崇外、轻视本民族文化的倾向。

彼得一世的文治武功使俄国开始跻身于当时欧洲大国的行列。但从经济和政体上看,俄国还完全是一个建立在对农民的残酷剥削之上的,由地主与商人统治的君主专制国家。1725年彼得逝世后,接连几次政变,最后彼得的女儿伊丽莎白做了二十年女皇(在位期1741—1761),但她并未很好地继续彼得的改革事业。

18世纪初的二十五年,俄国社会新旧斗争激烈,变化迅猛异常,而文学发展相对缓慢,各种文学体裁处于酝酿阶段。可以说,18世纪初二十五年是俄国文学由古代文学向新文学过渡的一个中间阶段,没有突出的文学成就。

当时由于社会政治变革的需要,政论文是最流行的一种体裁。彼得改革的热情支持者大主教费奥方·普罗科波维奇(1681—1736)的布道讲话,实际上就是宗教形式下的政论文,如最著名的一篇《彼得大帝葬礼上的讲话》(1725),就一方面表示对彼得逝世的深切哀悼,一方面号召全国要继续彼得的事业。普罗科波维奇驾驭语言的能力极高,普列汉诺夫称他是"改革时期最多产最有才华的政论家"。其他进步政论作家还有波索什科夫(1652—1726)、塔齐舍夫(1686—1750)等。至于其他体裁的创作,诗歌方面开始有一些模仿西方的爱情诗,但很粗糙。中篇小说方面出现了一些改编自外国小说的作品。

30至50年代,俄国文学中出现了新气象,古典主义兴起。古典主义是17世纪法国君主制度极盛时期的一种文艺思潮,后来传遍全欧洲。古典主义的主要特点是:在政治上拥护王权,歌颂开明君主;在思想上崇尚理性,认为个人总是为某些永恒不变的情欲所左右,因此要克制个人感情,使之服从理性,做到个人利益服从国家利益;在艺术上以古希腊、罗马文学为范本,从中吸取美的理想和典范。古典主义要求艺术形式完美和谐,语言准确、明晰。在古典主义作品中体裁界限分明:高级体(史诗、悲剧、颂诗)专门写国家大事、帝王将相、神话中的英雄人物;低级体(讽刺文、寓言、喜剧)描写普通人的日常生活。各种体裁又有各自相应的文体,不容混淆。古典主义还根据希腊古典诗学向戏剧提出"三一律",要求一出戏剧只能建立在单一的情节上,行动必须发生在一昼夜,即二十四小时之内,并发生在同一地点。古典主义的哲学基础是形而上学和唯理论,它认为人的本性不受时代、历史、民族的制约,是永恒的。因此,在古典主义作家笔下,人物总是人类某一品质的集中与概括(伪君子、悭吝人等),人的丰富的个性被忽视,形象成为一种类型。

在西欧,古典主义产生于由封建社会向资本主义社会过渡时期,它维护王权与国家的统一,有其进步意义,它对文学形式和语言的严格要求也对文学发展有一定促进作用。就这种文学思潮的阶级实质看,它在西欧是带有浓厚封建色彩的资产阶级思想。古典主义尊重君主制国家的利益,表现了资产阶级对王权的让步,而体裁文体方面的种种清规戒律也是封建社会等级森严的一种反映。

俄国古典主义产生的历史背景与西欧有相同之处,俄国也正处于君主专制时期,因此它正需要这种文艺思潮来巩固其中央集权制,这是俄国接受古典主义的历史基础。但在俄国的君主专制时期,贵族与资产阶级并非势均力敌,而完全是由贵族来统治,因此俄国的古典主义基本上是部分先进贵族的世界观的表现。但值得注意的是,当俄国接受古典主义时,法国古典主义极盛时期已经过去,进入了启蒙主义时期,所以俄国古典主义文学中有着鲜明的启蒙主义特色。其表现是,俄国古典主义作品除有其一般特色——歌颂君主和主张为国家而牺牲个人利益之外,讽刺性特别突出。它极力反对中世纪的愚昧,争取文明与进步,并宣扬启蒙思想。

讽刺作家康捷米尔是在俄国古典主义形成的过程中开始写作的,俄国文学正是从他开始表现出新的面貌。稍后,特列佳科夫斯基、罗蒙诺索夫、苏马罗科夫、赫拉斯科夫等形成了俄国文学中古典主义潮流。

康捷米尔

安季奥赫·德米特里耶维奇·康捷米尔(1708—1744)是俄国第一个讽刺作家。他的父亲是摩尔多瓦的大贵族,他三岁时随父亲来到俄罗斯,从此俄国成为他的第二祖国。他在政治上坚决拥护彼得改革,反对保守倒退。1729年他的第一篇讽刺诗《告理智或致诽谤学术者》获得很大成功。他一生共写了九篇讽刺诗,干预时政,引起官方不满。1732年他被任命为驻英大使,后任驻法大使(1738—1744),实际是政治流放。在巴黎时,他和孟德斯鸠以及年轻的伏尔泰相交往,并译过孟德斯鸠的《波斯人信札》。他曾几次请求回国省亲都未获准,最后死于巴黎,年仅三十六岁。

康捷米尔的讽刺诗主要是揭露、谴责反动保守势力在彼得逝世后企图复辟倒退。全部诗篇当时以手抄本形式广为流传,直到他死后18年才首次出版。

第一篇《告理智,或致诽谤学术者》揭露形形色色崇尚愚昧、反对彼得改革的人们。手持念珠的主教克里东是以当时反动主教达什科夫为原型的,他哀叹"分裂派与异端邪说都是科学的产儿","热衷读书的人必然不信奉上帝"。地主西尔万的名言是"没有欧几里得,我们也会将土地一分为四,没有代数,照样能算出一卢布值多少戈比"。花花公子梅多尔抱怨由于出版书籍害得他连卷发纸也没有了。法官则摒弃当时彼得的一些立法,说什么:

> 如果有人向你提起民法,
> 或是自然法,或是人民的权利,
> 唾他的丑脸吧……

作者最后悲哀地说道:

> 过去的时代已经永远消逝,那时
> 智慧主宰一切,只有她有权分配桂冠,
> 只有她是攀登顶峰的手段。
> 而现在,愚昧占了上风:

科学被扯得零零碎碎、破破烂烂，
几乎到处咒骂着把它赶出房门……

第二篇《费拉列特和叶夫盖尼，或论堕落贵族的妒嫉与傲慢》触及了当时争执激烈的封建等级制问题，即人的社会地位应取决于什么。贵族纨袴子弟叶夫盖尼代表保守的贵族，他炫耀自己的门第，认为理应享受高官厚禄；费拉列特代表进步的、拥护彼得改革的贵族，他重视个人品德，主张人的社会地位应由他的才能与功绩来决定。

康捷米尔在诗中还谴责地主挥霍农民的血汗，欺压农民，"铁石心肠"、"嗜血成性"。他告诫地主阶级：

高贵祖先的后裔与高贵的人迥然不同。
在自由人与奴仆的身体中
  流着同样的血，
  长着同样的骨肉。

康捷米尔是俄国文学中第一个起来公开抨击地主阶级的残酷，为农民鸣不平的人。他知道这会给自己招来不幸，因此在第四首讽刺诗《致诗神（论讽刺文的危险性）》中说道，人们"嫌弃"讽刺诗，写讽刺诗的作家总是没有好下场，因为"打人的人终归要挨打"。但是，作为一个正直高尚的作家，他并没有停笔，他说："我所写的一切，都是出自公民的义务，我要打击对我的同胞有害的一切"，"我在诗中嘲笑那些道德败坏的人，而内心却为他们哭泣"。

康捷米尔的诗是用陈旧的音节体诗写的，在文字方面使用了较多的古斯拉夫语，这些都是旧时代的痕迹。但是康捷米尔的讽刺诗的意义在于它和社会生活的紧密联系以及强烈的公民感情。所以别林斯基说："我们的文学，甚至在它最初阶段，就向社会诉说了一切高尚的感情和崇高的观念。"

罗蒙诺索夫

米哈伊尔·瓦西里耶维奇·罗蒙诺索夫（1711—1765）是俄国第一个伟大的学者、思想家、诗人。他出生于白海附近一个农民兼渔民的家庭。他依靠自己的努力，于1730年到莫斯科进入斯拉夫—希腊—拉丁学院。1736年罗蒙诺索夫被派到彼得堡科学院深造，同年又被派赴德国留学，曾向德国哲学家莱布尼茨的弟子沃尔夫学习，1741年回国后在科学院工作。他热心教育事业，一生积极进行启蒙活动，热切希望把俄国转变成有高度文化的国家。在他的倡议下创办了莫斯科大学。

他是那个时代最博学的人物,不仅在语言、文学上,而且在物理、化学、天文、冶金、哲学方面也都做出了贡献。

罗蒙诺索夫是俄罗斯文学中古典主义的奠基人。他遵循古典主义原则,写了大量颂诗来歌颂英明的君主和俄国军事上的胜利,表现出昂扬的爱国主义激情和公民情感。他在自己的纲领性诗篇《与阿那克里翁的对话》中表示反对像希腊诗人阿那克里翁那样用诗歌咏唱爱情与美酒,他说:

> 我的琴弦不由自主地
> 响起了英雄的喧声,
> 爱情的思想啊,
> 不要再扰乱我的心智,
> 虽然我并未失去
> 爱情中那股柔情;
> 但更能使我欢欣的
> 是英雄们的不朽的光荣。

他于1739年写了《攻克霍丁颂》,歌颂那一年俄国对土耳其战争的胜利。全诗采用四步抑扬格格律,情绪激昂。别林斯基曾说:"我们的文学始于1739年",指的就是这首诗发表的年代。彼得一世也是罗蒙诺索夫喜爱的主题。他热情赞扬彼得及其改革,将他作为帝王的楷模,号召后人效法他(如在《攻克霍丁颂》、《伊丽莎白女皇登基日颂》、《彼得大帝》中)。他对俄国的未来充满信心。在《伊丽莎白女皇登基日颂》中,他向祖国的青年说道:

> 啊,祖国在衷心地
> 期待着你们……
> 啊,在你们的时代多么幸福!
> 如今应该振起精神,
> 用你们的勤奋证明,
> 俄罗斯的大地能够
> 诞生自己的柏拉图
> 和才思锐敏的牛顿……

罗蒙诺索夫是一个自然科学家,他的《夜思上天之伟大》(1748)、《晨思上天之伟大》(1751)虽是对圣经中赞美诗的改写,赞美造物主的伟大,但同时表现了一些唯物主义思想。如认为太阳是"永远燃烧的海洋",天空是"充满了无数星辰"的"无底的穹窿"。《论玻璃之益处》(1757)是一封诗体书信,宣传自然科学如何造福人类。罗蒙诺索夫很多颂诗是为应付宫廷喜庆节日而作,内容流于一般。

罗蒙诺索夫热爱祖国语言,他在《修辞学》(1748)一书中,针对当时社会上风靡一时的崇外风气指出,俄罗斯语言以其"天然的丰富、美和力量""不逊于任何一种欧洲语言"。他在发展、纯洁俄罗斯民族语言方面做出了重大贡献,著有《俄语语法》(1755)、《论俄文宗教书籍的裨益》(1758)、《论俄文诗律书》(1739)。

他见到当时俄国语言中古斯拉夫语、俄罗斯语、外来语并存,十分混乱,就将它们分成三类:

一、斯拉夫语,指口语中不用,但有文化的人全认识的书面斯拉夫语言,至于一些十分陈旧的斯拉夫语则应摒弃;

二、斯拉夫语和俄罗斯语言共同使用的词汇;

三、日常生活中通用的俄罗斯口语。

他又根据这三类词汇规定了三种文体,即:

一、高级体(史诗、颂诗、悲剧),用第一、第二类词汇;

二、中级体(戏剧、诗体书信、讽刺诗、牧歌、哀歌),用第二、三类词汇,也可用一些古斯拉夫语;

三、低级体(喜剧、小说),基本用第三类词汇。

这种对语言与文体的严格划分体现了古典主义原则,它虽然后来束缚了写作,但在当时把一些过时的词汇排除在外,并把口语引入创作却是有益的。罗蒙诺索夫还在合理吸收外来语方面做了大量工作。罗蒙诺索夫的语言改革在统一与纯洁俄罗斯语言方面起了重大作用。

罗蒙诺索夫对俄国文学发展的另一巨大贡献是对旧诗体的改革。诗体改革最初始于瓦·基·特列佳科夫斯基(1703—1768)。1735年特列佳科夫斯基发表了《俄语诗简明新作法》一书,首次提出俄国诗歌应用重音诗体代替音节诗体。至18世纪初,俄国诗歌一直采用音节诗体,即每行诗的音节数目相同,重音数目不限。现在他要求有十一或十三个音节的诗行必须轻重音节相间。但他只容许扬抑格(由两个音节构成的音步,第一音节为重音),否定抑扬格,因此他只承认阴韵(倒数第二音节押韵)。同时他对非十一或十三个音节的诗行没有要求,认为仍可用音节诗体,所以他的改革是不彻底的。罗蒙诺索夫则把对音节诗体的改革彻底推进为以重音为基础:一行诗不拘音节数目,轻重音节的排列必须有规律,可以是二音节的音步(扬抑格或抑扬格),也可以是三音节的音步(扬抑抑格或抑扬扬格等);可以押阴韵,也可以押阳韵(最后一音节押韵)。罗蒙诺索夫的改革最终使俄罗斯诗歌具备了音乐性和优美的形式,解决了俄国诗歌的内容与形式的脱节问题。古典主义作家亚·彼·苏马罗科夫(1717—1777)的悲剧(《霍烈夫》1747、《西纳夫和特鲁沃尔》1750)、寓言、讽刺诗、爱情诗就运用了各种格律；米·马·赫拉斯科夫(1733—1807)的史诗《俄罗斯颂》(1779)则用了合乎全诗高昂情调的六步抑扬格格律。这种重音诗体一直延用至今。

罗蒙诺索夫对俄语和诗体的改革使俄国文学走上不断发展的康庄大道，对俄罗斯民族文学的形成起了巨大作用。

18世纪下半期文学

18世纪下半期主要是叶卡捷琳娜二世在位时期(1762—1796)。这时期俄国版图不断向外扩张，国内外经济贸易有很大发展，形成农奴制俄国的极盛时期，也是俄国贵族的"黄金时代"。但这种兴盛是建立在对农奴的残酷剥削上的，地主阶级与农民之间的矛盾十分激烈，因此导致70年代末发生了声势浩大的普加乔夫农民起义，动摇了农奴制俄国的基础。

叶卡捷琳娜二世，如普希金所说，是"穿裙子带王冠的达尔杜弗"。她一方面将大量农民连土地赏赐给她的宠臣以博得他们的支持，使农奴制度遍及全国，另一方面戴起自由主义的假面具，大唱启蒙主义的高调，欺骗人民。

1767年她召集"新法典编纂委员会"，修改17世纪所编法典，并亲自写了"诏令"，其中高唱"全国公民之平等，在于全民服从同一法律"、"凡残害人民人身的刑罚皆应取缔"、"自由在于人人能够为其所欲为，而不是被迫为其所不欲为"。她将"诏令"译成外文寄往国外骗取美名，使伏尔泰认为他看到了"从北方升起的启蒙运动的朝霞"。但次年委员会就由于讨论涉及实质性问题而被解散。

叶卡捷琳娜为了表示开明，带头匿名创办了讽刺刊物《万象》(1769—1770)，声称宗旨在于"不针对个人，只针对缺点"。虽然叶卡捷琳娜用意是嘲笑吝啬、妒忌、迷信等一般人类弱点，而不容许涉及根本性的现实具体问题，如官僚制度、农奴制度等，但也不能否认她的这种做法多少推动了社会思想的活跃，带动起一批较好的讽刺刊物。

60年代，在叶卡捷琳娜的首创下，讽刺杂志不断涌现，如诺维科夫(1744—1818)的《雄蜂》(1769—1770)、楚尔科夫(1744—1792)的《杂拌儿》(1769)、艾明(1735—1770)的《地狱邮报》(1769)以及《杂荟》(1769，编者不明)等。讽刺刊物的流行使得18世纪下半期的文学脱离了40至50年代那种一味歌颂的倾向，而渗透着否定精神。喜剧，甚至颂诗(卡普尼斯特的《奴隶颂》、杰尔查文的《大臣》)都变为讽刺的工具。

尼·伊·诺维科夫和他的讽刺杂志

诺维科夫是一个启蒙主义者，一生从事多种活动，包括写作、发行杂志、出版书刊等。1767年他参加"新法典编纂委员会"，广泛了解到俄国社会现状，形成启蒙主义世界观。"委员会"解散后，他相继发行四种讽刺杂志，写了很多揭露农奴制社会的作品。普加乔夫起义被镇压后，诺维科夫曾参加共济会，并利用该组织大力发展出版事业，出版了大量书报杂志。诺维科夫因其启蒙活动引起叶卡捷琳娜二世的不满，于1792年被捕，直至1796年巴维尔一世登位才获释。在他一生最后的二十二年里，他无法继续过去的社会活动，最后死于贫困。

在60年代末的众多讽刺刊物中，最优秀的一种是诺维科夫主办的《雄蜂》，刊首题词是："他们劳动，你们却享受他们的果实"，表明矛头直指农奴制度和寄生的地主阶级。杂志反对《万象》那种"含笑的"嘲讽，主张揭露具体人物的具体罪恶。诺维科夫在《雄蜂》中运用各种体裁，如农村报告、通信、医疗诊断、文书摘抄等揭露形形色色的地主，描写农民的艰难处境。读者看到，有的地主认为根本不能把农民当人看，而只是他们的奴隶；有的地主声嘶力竭地奉告自己的同类："任何一个地主想要让别人侍候得舒服，他就应该成为侍候他的人的暴君……只有残酷才能使那些畜生驯服。"生活在农奴制度下的农民费拉特卡的处境可以代表全体俄国农民。村长向地主报告：费拉特卡说"他没有地方去弄钱，交不了租；他自己整整病了一个夏天，大儿子又死了，留下几个孩子。他今年夏天没播种，没人耕地，他的老婆子一直下不了炕，全家只有一个儿媳干活"。另一个农民因为没有称地主为老爷，而称为父亲，不但被罚了五个卢布，还在村会上挨了鞭子。诺维科夫的《雄蜂》继续康捷米尔的传统，在俄国文学中揭露地主，描写农民的悲惨生活，此后农民一直是俄国文学中的重要主题。当然也应看到，诺维科夫在揭露地主时，对善良的地主仍抱有幻想，这也是启蒙主义思想的表现。启蒙主义者反对暴政，但寄希望于理性来解决阶级矛盾。

《雄蜂》不只触及农民问题，而且揭露社会上贪污受贿、盲目崇外等恶习。杂志的社会尖锐性赢得了广大读者的同情(1769年订户达1440户，而《万象》只有500户)，但为官方所不容，1770年被迫停刊。

此后诺维科夫又陆续出版了杂志《空谈家》(1770)、《画家》(1772—1773)、《发网》(1774)。其中以《画家》最成功。《画家》全面抨击农奴制度，它所发表的《给法拉列的信》鲜明地描写了外省贵族的愚昧和野蛮以及他们对农民的残酷压榨；《××××旅行记片断》真实地反映了农村极度贫困的惨状以及农民如何处于死亡的边缘。杜勃罗留波夫认为该文作者"远远超出当时所有的揭露者"。这两篇文章的作者是谁至今仍有争议，有的研究者认为《给法拉列的信》出自冯维辛的手笔、《××

×旅行记片断》是拉吉舍夫的作品。

诺维科夫创作的讽刺倾向和他大量的办刊活动、文化普及工作对俄国社会意识的提高起了很大作用,受到俄国进步阵营的普遍肯定。

感伤主义和卡拉姆津

18世纪最后二十年,俄国文学中兴起了感伤主义。感伤主义源于18世纪中叶的英国,是资本主义迅速发展时中小资产阶级思想的表现。感伤主义反对古典主义对理性的崇拜而推崇感情。这一派作家着重描写人物的痛苦与不幸,抒发自己的情感并唤起读者对人物的同情。感伤主义文学的主人公趋向大众化,他们不再是有赫赫军功或有社会政治地位的人,而是内心温柔敏感的普通人。这表现出受到启蒙主义的人生而平等的思想影响,也是第三等级要求表现自己、要求受到社会重视的一种反映。这一流派的作品注意人物内心感情活动,有助于形象的个性化,同时为文学语言增添了带有感情色彩的词汇。感伤主义为表达感情最喜欢用旅行记、书信体小说、哀歌等体裁。俄国当时翻译的歌德的《少年维特的烦恼》、卢梭的《新爱洛绮斯》,在有文化的阶层中几乎无人不知。

俄国的感伤主义文学形成于90年代,以卡拉姆津为代表。尼·米·卡拉姆津(1766—1826)出身地主家庭,是18世纪末著名作家、历史学家。1792年他发表了《一个俄国旅行家的书信》,记录他1789—1790年的西欧之行。这是一部典型的感伤主义作品,作者在描写外部世界时,始终把旅途中个人的体验、感受放在第一位。他在书的结尾部分说:"这是十八个月来我的心灵的一面镜子!再过二十年(如果我在世上还能活这么久),它还是会引起我的快感,即使仅对我个人如此!因为每当我翻阅它,就可以看到我过去是怎样一个人,我曾怎样思索过、幻想过,而对于一个人来说……还有什么比他自己更富于吸引力的呢?"

1792年卡拉姆津发表了感伤主义的代表作——中篇小说《苦命的丽莎》,它描写贵族青年埃拉斯特爱上了温柔美丽的农家姑娘丽莎,丽莎对他也是一片痴情,但埃拉斯特后来因赌博输尽家产,遂背弃丽莎,和一个富有的寡妇结婚了。丽莎痛不欲生,跳湖自尽。小说以丽莎深深的痛苦打动着读者的心。作者和其他感伤主义者一样,把未经文明玷污的自然人与社会中的人对立起来,歌颂前者而谴责后者。丽莎和她的父母都是心地纯洁、温柔善良的人,而埃拉斯特则在社会文明的玷污下失去了纯真的人性,变得残酷无情。作者一面叙述一面抒发自己的情感,表示对丽莎的无限同情,例如最后埃拉斯特将丽莎从家里赶出时,作者说:"这时我肝肠欲断。我忘了埃拉斯特还是一个人,我想诅咒他,可是我的舌头不能动了,我眺望着天空,泪珠从我的脸上簌簌滚下来。"

《苦命的丽莎》歌颂农家姑娘有着比贵族更纯洁的心灵,谴责上流社会青年的轻浮,具有一定的民主性,但作者没有去挖掘男女主人公不幸爱情的社会根源,而把它归结为男主人公性格的轻浮浅薄,这就掩盖了社会矛盾。不过古典主义的长期束缚使人们厌倦了那些缺乏生气的、拔高的英雄人物,因此小说中对普通人内心感受的描写立刻在社会上引起了极大的兴趣。加以小说文字明快流畅,抒情中夹以写景,借景抒情,使人耳目一新,所以在当时获得了巨大成功。应该指出,卡拉姆津反对将俄语分成高级、中级、低级三种文体,他主张文学作品的语言应如口语那样流畅自然。虽然卡拉姆津所指的"口语"限于上流社会语言,但他还是在废除古斯拉夫语,引用一些口语中的词汇,简化过去书本语言中拖沓的语法结构等方面做出了很大贡献。

卡拉姆津的《苦命的丽莎》发表后,风行一时,出现了大量的模仿性作品,促进了感伤主义在俄国的形成。但是应该注意,俄国感伤主义文学形成时,俄国资产阶级还没有什么社会地位和力量,所以感伤主义只流行于贵族阶层。1762年贵族自由令颁布后,他们回到庄园中,饱食终日、无病呻吟,特别是在普加乔夫起义后更惶惶然不可终日,尽力逃避社会问题,这就造成了感伤主义文学在俄国兴起的社会土壤。因此,在俄国,感伤主义是俄国贵族地主阶级精神危机的表现,是保守的。一些感伤主义诗歌将忧郁、孤独甚至死亡当作幸福来赞美。

1804年卡拉姆津开始写作《俄罗斯国家史》,至他逝世时止,共出版十二卷,但并未完成。著作表现出作者拥护君主专制、反对改革的保守世界观,但它史料丰富,语言生动。为后来的俄国作家提供了不少历史素材。

杰尔查文

18世纪下半期,俄国诗歌处于逐渐摆脱古典主义束缚的过程中。杰尔查文是这一阶段的代表作家。

加夫里尔·罗曼诺维奇·杰尔查文(1743—1816)出生于贫寒的贵族家庭。1762年参加彼得堡近卫军当普通士兵,十年后被提升为军官。1773年曾参与镇压普加乔夫起义。1782年发表歌颂叶卡捷琳娜二世的《费丽察颂》,得到女皇的欢心。1784至1788年先后任奥隆涅茨省和唐波夫省省长,但由于主持正义,与同僚不合,最后被免职。1791至1793年任女皇内阁秘书。女皇原意是要他继续歌颂自己,但由于他接近统治者后目睹宫廷中的腐败,再也唱不出颂歌,后来他写到自己当时处境时说:

人们抓住一只歌声嘹亮的小鸟,

却用手紧紧握住它。

　　可怜的小东西用吱吱的哀叫代替了歌唱,

　　人们却一再说:"唱吧,小鸟,唱吧!"

最后女皇终于解除了他的职务,让他进了元老院。1802年他出任亚历山大一世的司法部长。1803年离职后,组织了俄罗斯语言爱好者座谈会,这是文学语言改革方面一个保守的团体。

杰尔查文在创作初期,在古典主义和罗蒙诺索夫的影响下热衷于写颂诗。但18世纪下半期尖锐的社会矛盾使诗人无法局限于歌颂。到70年代末,他的诗歌进入一个新阶段,既有歌颂,也有对农奴制社会黑暗的揭露。诗中歌颂与讽刺、抒情与哲理融为一体,打破了古典主义诗歌体裁划分的严格界限。代表作有《麦谢尔斯基公爵之死》(1779)、《费丽察颂》(1782)、《致君王与法官》(1780—1787)、《瀑布》(1794)等。

《费丽察颂》是根据叶卡捷琳娜女皇给她的孙子写的一篇童话《关于赫洛尔王子的童话》写成的。童话讲基辅王子赫洛尔被吉尔吉斯汗俘虏。汗派赫洛尔去寻找无刺的玫瑰(意思是"美德")。汗的公主费丽察(意思是"幸福")为了帮助他,派自己的儿子拉苏多克(意思是"理性")为他当向导,最后完成了这个任务。诗人用费丽察比喻叶卡捷琳娜女皇,表示她给人们带来幸福与欢乐。诗中的费丽察是一个理想化的形象,她富有事业心、责任感,对臣民赏罚分明,公正不阿,平易近人,生活朴素。这一点完全和罗蒙诺索夫的颂诗一脉相承,表现了对理想的开明君主的渴望。《费丽察颂》的突出特点是在颂扬吉尔吉斯公主的同时,对比了朝臣的种种恶习,也就是在颂诗中加入了讽刺,这恰恰破坏了古典主义的清规戒律。例如他嘲笑波将金将军如何躺在床上纵情地做着"白日梦",想要建立一个拜占廷一样的帝国,可是在"奢华的酒宴上"却忘记了一切;维亚泽姆斯基喜欢读《波瓦王子》,可是一念圣经就打瞌睡。杰尔查文在颂诗中夹带讽刺,这在当时是对古典主义的挑战,此外,诗人的笔锋触及同时代有权势的人,也是他作为一个公民的勇气的表现。

随着杰尔查文对叶卡捷琳娜统治的认识的深化,批判因素在杰尔查文的诗歌中日益突出。这鲜明地表现在《致君王与法官》(写于1787—1794)、《大臣》(写于1774—1794)等诗中。《致君王与法官》是圣经中一首赞美诗的改写,它通过上帝之口教导"人间的上帝"——君主。杰尔查文当时不知道法国大革命时雅各宾派也曾改写过这首赞美诗,并唱着它走上街头。他在诗中从启蒙主义者的立场要求君主与权贵"保护法律",保护弱小,但同时指出权贵对此根本"视而不见,听而不闻",却为了自身利益犯下"滔天大罪"。他在诗歌的结尾部分写道:

> 君主们！我曾以为你们都是威风凛凛的神祇，
> 在你们的头上再没有审判者；
> 但是，你们也和我一样，摆脱不了情欲，
> 并且和我一样免不了死去……
> 复活吧，上帝！正直的人们的上帝！
> 请倾听他们的呼声：
> 来呀！惩罚和审判那些狡猾的东西，
> 你才是大地上唯一无二的君主。

无怪乎叶卡捷琳娜二世看到这首诗后，认为它是"雅各宾党人"的语言。

杰尔查文诗歌中这种热忱的公民激情使他深受后世作家，如贵族革命家拉季舍夫以及十二月党诗人的爱戴。拉季舍夫曾将自己的《从彼得堡到莫斯科旅行记》赠送给他。十二月党诗人雷列耶夫也曾向他献过诗（《杰尔查文》）。

《瀑布》一诗表现出杰尔查文描写风景的高超技巧。诗歌一开始写道：

> 如缀满宝石的高山
> 自天而落，四壁峻峭，
> 无穷的珍珠与白银，
> 在下面沸腾翻滚，又成堆地向上涌起，
> 碧绿的山丘从浪花中升起，
> 咆哮着向远处树林奔去。
> 　　轰鸣着——在浓密的松林深处，
> 然后在荒野中消失……

诗人用这奔腾着的光辉夺目的、但不久终将消失在山林深处的瀑布隐喻18世纪俄国显赫一时的塔夫里达公爵——波将金的一生。他虽是"幸福与光荣之子"，但也免不了"猝然从荣誉之巅落在草原之上"。诗人最后叹息道：

> 时间的河流一泻而下，
> 挟带走了人间的伟业。

这首诗得到普希金与别林斯基的高度评价。

90年代，杰尔查文写了一些抒情诗，如《燕子》（1792）、《乡村生活赞》（1798）等。到19世纪初，他的诗歌进一步接近日常生活，描写具体生动，一扫古典主义惯有的格局，为现实主义开辟了道路。如在《致叶夫盖尼·兹芳卡的生活》（1807）中写道：

女主人和一群客人走向餐桌。
我向桌上望去，——各色佳肴摆设如花坛：
猩红的火腿、碧绿的菜汤加蛋黄、
绯红焦黄的糕点、白嫩的牛油、通红的大虾
像晶莹的树脂、鱼子酱和琥珀一样，
还有斑斓的梭鱼配上青青的葱叶——多么漂亮！

杰尔查文是18世纪文学与光辉的19世纪文学之间重要的一环。他总结了前人的经验，把由康捷米尔开始的讽刺倾向与由罗蒙诺索夫开始的颂诗的倾向结合在一起，使诗歌逐步面向为古典主义所轻视的具体的日常生活，以求得更全面地反映生活，这一切都为未来的现实主义铺平了道路。

冯维辛

18世纪下半期，现实主义在俄国戏剧中有了进一步发展。它虽然还囿于一些古典主义原则，但已逐渐面向俄国社会生活现实。同时，在普加乔夫起义的影响下，批判和讽刺的倾向日益突出，俄国戏剧从此逐渐走上民族化的道路。18世纪下半期最卓越的戏剧家是冯维辛。

杰尼斯·伊凡诺维奇·冯维辛（1744—1792）出身贵族家庭。1759年入莫斯科大学，开始翻译与写作。1762年未读完大学就到彼得堡外交部任职。结识了一些具有自由思想的青年官员。1763年他所写的《给我的仆人舒米洛夫、万卡和彼得鲁希加的信》通过与仆人的对话，表现出对充满欺骗与掠夺的现实的批判态度。1769年写成喜剧《旅长》，嘲笑领地贵族的落后愚昧，同时批判京城贵族的盲目崇外。他曾亲自在沙龙与宫廷中朗读该剧，使喜剧一时成为脍炙人口的剧种。1770年该剧演出时获得极大成功。他的才华引起当时的外交大臣、政府反对派领袖潘宁的注意，并立即被邀请出任潘宁的私人秘书。从此冯维辛成为潘宁的支持者与合作者，因而招致女皇对他的不满。

1782年他的新作《纨袴少年》搬上舞台，获得巨大成功。1782至1783年，冯维辛在潘宁直接指示下写了《论国家大法之必要》一文，亦称《潘宁遗嘱》。这是18世纪最有代表性的政论文，主要批评了18世纪后三十年叶卡捷琳娜及其宠臣的残暴统治，提出应用"国家根本大法"对君权加以限制，否则后果不堪设想。他说，在俄国"有国家，但无祖国；有臣民，但无公民"。文章直接揭露女皇的宠臣波将金"昨天还是个不为人知的伍长，今天，说起来都可耻，谁也不知道为什么，竟成了军事统帅"。所以正派人"都不愿再担任什么职务,都想退职"。为了解决这个问题,作者提出了潘宁的纲领:一、要规定国家大法;二、要赋予这个国家唯一正直的阶级——贵族以一定的权力,与君主共同治理国家。批评是尖锐的,解决手段是温和的,但在当时也是大胆的。此文一直以手抄本形式流传,直至 1905 年才发表。十二月党人曾利用它宣传限制君权的思想。1783 年潘宁去世,冯维辛也随之辞职。

自 1783 年起,冯维辛在《俄罗斯文学爱好者谈话良伴》杂志(叶卡捷琳娜二世为幕后支持者)上连续发表几篇讽刺作品,如《俄罗斯作家给俄罗斯智慧女神密涅瓦的请愿书》等。其中最激烈的一篇为《某些能引起聪明和正直的人们特别注意的问题》。发表时女皇以"《真话与谎话》的作者"为笔名亲自做出了回答。文中冯维辛针对宠臣专权问题问道:"为什么我们看见很多好人都退职了?"叶卡捷琳娜狡辩说:"很多好人辞去职务可能是因为看见退休有利可图。"作者又问:"为什么过去弄臣、小丑、打诨者没有官职,而现在却当上了大官?"叶卡捷琳娜回答说:"我们的祖先并不是都知书识字。"但接着又答道,"注意:这个问题的提出是由于我们的祖先所没有的随意饶舌的恶习。"这里已显出女皇的怒意和威吓。作者还暗指女皇的独裁,问道:"为什么在这个立法的时代,没有人想在这方面做出一番事业?"叶卡捷琳娜几乎勃然大怒,答道:"因为这不是任何一个人所能管的事。"冯维辛怀着强烈的公民感情,大胆干预朝政,也正因此永远失去了发表作品的可能。1788 年冯维辛准备发行一种题名为《正直人士之友,或斯塔罗东》的定期刊物,未获批准。但为杂志所准备的文章——揭露宫廷恶习的《宫廷通用文法》(1783)却以手抄本形式流传开来。

1792 年,冯维辛在病瘫中度过了七年之后与世长辞。

《纨袴少年》是冯维辛最重要的作品。1762 年叶卡捷琳娜二世即位后重申彼得三世颁布的"贵族自由令"(贵族可以完全不负担任何公民义务,不任公职),从此大批地主贵族回到领地上过起最放荡不羁的剥削寄生的生活,出现了许多不学无术的纨袴儿。《纨袴少年》反映的正是这个突出的社会现象,但喜剧之深刻在于作家抨击的不是孤立的现象,而是产生这种现象的社会关系——农奴制度,这是 18 世纪下半期先进贵族最关心的问题。

喜剧讲外省女地主普罗斯塔科娃得知寄养在家里的孤女索菲娅突然获得大笔遗产,就千方百计要她嫁给自己的儿子米特罗凡,从而展开一场矛盾与斗争。最后,索菲娅在舅舅斯塔罗杜姆的保护下和所爱的青年米隆结婚了。女地主则因作恶多端,财产为政府接管。

但读者与观众明显地感到,这一传统的爱情纠葛情节只起着背景的作用,在剧中启蒙主义贵族与保守贵族之间的激烈冲突面前,它实际上退居第二位了。

《纨袴少年》首次把 18 世纪下半期俄国外省地主庄园内日常生活习俗展现在观众眼前。因为作者是把它当作一定的社会关系的后果来表现的,所以喜剧具有巨大的社会政治意义。女主人公普罗斯塔科娃是宗法制俄国中那类最愚昧最野蛮的地主的典型。她的全部生活内容就是如何巩固一个地主之家。她整天直接和农奴们打交道,算计他们,想方设法折磨他们,恨不得从他们身上剥下一层皮。她对弟弟说:"我什么都亲自经营,亲爱的!从早到晚,我这一张嘴就没有停过:一会儿跟人争吵,一会儿跟人打架,这才把一个家支撑下来……"她任意打骂农奴,为所欲为,同时还理直气壮地说:"贵族如果不能想什么时候打就什么时候打他的奴仆,那还要贵族自由令干吗?"她生活的另一中心是溺爱儿子,处处为他的利益打算。为了能把索菲娅骗到手,她教儿子"装出"爱学习的样子。她亲自陪儿子上课。教员问米特罗凡:"我,你,西多雷奇三人走在路上拾到一个钱包,其中有三百卢布,每人分多少?"这时普罗斯塔科娃立刻向米特罗凡说:"我的心肝,他胡扯。拾到钱别和任何人分。全都自己拿着。"在母亲的"言传身教"下,米特罗凡成为一个典型的纨袴儿,他好吃懒做,蛮横无理,厌恶学习,到十六岁还不会读、写和算。他说:"我不要学习,我要结婚!"他虽受宠爱,却毫无母子之情,当政府官员宣布普罗斯塔科娃受管制而母亲扑向他时,他毫不怜惜地把她推开,说:"走开,别再像过去那样缠着我……"这是在农奴制度环境下贵族家庭中成长起来的一个典型的愚昧无知、自私自利、厚颜无耻的贵族子弟。在这个形象中鲜明地表现出作者的启蒙主义观点——人身上的恶是由环境造成的。普罗斯塔科娃的弟弟斯科季宁是这个家族的另一成员,正如他的姓的含义,是一头没有理性的牲畜。他疯狂地从农民身上榨取自己所需要的一切,手段之残酷、办法之多样甚至使普罗斯塔科娃都甘拜下风。利己是他为人的最高原则,为了和米特罗凡争夺索菲娅,他竟不惜和外甥大打出手。斯科季宁这一形象已成为愚蠢、利己与野蛮的同义语。冯维辛通过普罗斯塔科娃、斯科季宁与米特罗凡这些活生生的形象有力地暴露了农奴制关系及其社会恶果。

在这一批农奴主——吸血鬼压榨下痛苦生存着的农奴家仆也被搬上了舞台,他们为数不多,但表明了一个事实,即在这个社会环境里,一个阶级是另一个阶级的所有物。农奴毫无人权,地主阶级可以任意污辱、鞭打他们,甚至将他们流放到西伯利亚。叶列梅耶夫娜是俄国文学中很多忠仆形象之一。她忠心耿耿,但所得到的报酬却是一年五个卢布和一天五个耳光。

剧中正面人物斯塔罗杜姆是当时理想的先进人物。他维护彼得改革(他的姓的含义是"旧信仰",指的是尊重彼得一世),抨击叶卡捷琳娜朝廷的荒淫无耻,宣扬启蒙思想,号召对人进行道德教育,使贵族成为为祖国服务、给祖国带来利益的公民。他强烈反对奴役,他说:"奴役和自己相同的人是不合法的。"另一个正面人物普拉夫金在结尾部分代表政府宣布接管普罗斯塔科娃的房产和村庄，表达了作者反对地主阶级为所欲为，要用法律加以限制的思想。剧中正面人物是用来衬托反面人物的，他们在艺术的刻画上缺少和现实的联系，是理想化的俄国启蒙主义者、人道主义者和爱国者。他们从艺术性上来讲不像反面人物那样生动，是游离在戏剧行动之外的清谈家，也是古典主义戏剧中的传统角色。但是在叶卡捷琳娜二世统治的极端腐化堕落、宠臣当道的时代里，当正直的人在朝廷里无法安身，只好纷纷脱离公职时，这种伸张正义的角色在演出时总是博得热烈的喝彩，同时也总是由最好的演员来扮演。应该看到，剧中地主受到惩罚，这实际上几乎是不可能的，因为在18世纪下半期敢于控告地主阶级的人往往有发配到西伯利亚的危险。这里的写法一方面出于对检查机关的考虑，一方面也反映出冯维辛本人的启蒙主义幻想，希望通过法律限制农奴主阶级的肆意横行来改善社会，这当然是不切实际的幻想。但是由于喜剧以惊人的艺术力量揭露了农奴制社会的疮疤，所以具有强烈的反农奴制力量。

剧本虽然有着古典主义的痕迹，如结构中的三一律、人物的类型化、正反面人物的截然对立、人物姓名寓意化等，但这并没有妨碍作家真实地写出18世纪后半期的俄国生活现实，塑造出有典型性格的反面人物。不仅如此，喜剧还揭示了地主阶级中蛮横愚昧之辈正是农奴制度这一现实的产物。这一切为以后俄国现实主义的发展建立了不可磨灭的功绩。

冯维辛继承和发展了康捷米尔和诺维科夫的讽刺传统，在戏剧中开创了社会讽刺喜剧。高尔基说："冯维辛替俄国文学开拓了一条最伟大的、也许是最有社会意义的路线——暴露性的现实主义路线。"

拉季舍夫

亚历山大·尼古拉耶维奇·拉季舍夫(1749—1802)是俄国历史中第一个贵族革命家。他出身贵族，青年时留学莱比锡(1766—1771)学习法律，在那里接触到卢梭、狄德罗、马布里的著作，受到启蒙主义思想深深的熏陶。1771年他满怀着为祖国服务的思想回到俄国，先后在元老院、军事法庭任职，这使他了解到很多有关地主阶级镇压农民的情况。1773年他翻译了法国启蒙主义者马布里的《论希腊史》一书，在该书注释中指出"专制独裁是最违反人类本性的一种制度"。1773至1775年发生了普加乔夫起义，他由于不能忍受政府对农民的残酷镇压而申请退职。后来为生活所迫重新在贸易部、海关管理局任职，直至1790年被捕。1782年，在彼得一世塑像揭幕时，他发表了《给住在塔波尔斯克的一位朋友的信》，颂扬彼得一世,指出如果他能再赋予人们以自由,那将是一位更伟大的人物,但是他又说:"恐怕直到世界末日,只要一个君主还在皇位上,就不会发生他自愿交出权力的事情。"叶卡捷琳娜二世读后说道:"他的思想早就走上了那条既定的道路。"1789 年拉季舍夫在《漫谈何谓祖国之子》一文中指出,只有努力促进同胞们的幸福,使他们摆脱奴役,并为此不惜牺牲性命的人,才配得上称之为祖国之子。1790 年他发表了《从彼得堡到莫斯科旅行记》,颂扬用暴力推翻专制农奴制度。叶卡捷琳娜读后大怒,批道:作者想"揭露当今统治的缺点和罪恶",并"把希望寄托在农民叛乱上";作者是"比普加乔夫更坏的暴徒"。1790 年 6 月 30 日拉季舍夫被捕。彼得堡刑事法庭在叶卡捷琳娜二世的暗示下判处他死刑。约一个半月后叶卡捷琳娜又将死刑改为流放西伯利亚十年。《旅行记》一书几乎全部被焚毁,只剩下数十册被人们抄写流传,直至 1858 年赫尔岑在伦敦发行了第二版。

拉季舍夫在伊利姆斯克流放六年期间写了《论人、人的死亡与不朽》(1792),宣传无神论。

1796 年巴维尔一世登位,拉季舍夫被赦免,但只能在故乡涅姆佐沃,在警察的严密监视下生活。这时他的健康已受到严重损害。1801 年亚历山大一世登位后玩弄自由主义,恢复拉季舍夫一切权利,任命他为立法委员会委员。他仍想尽最后的力量来改善农民生活,希望废除农奴制,但亚历山大一世根本不接受。

普希金写道:亚历山大皇帝要拉季舍夫说明他对于某几条民法的意见,拉季舍夫完全被这个题目吸引住了,他想起了往事,沉湎于过去的幻想。立法委员会主席扎瓦多夫斯基"惊讶这位老人的青年气概,亲切地责备他道:'唉,亚历山大·尼古拉耶维奇,你还是像从前一样喜欢空谈,难道西伯利亚对你还不够吗?'"拉季舍夫知道自己的愿望永远不会实现了,于 1802 年自杀。死前不久他写下了这样的话:"后世子孙将为我复仇。"

《从彼得堡到莫斯科旅行记》发表于 1790 年。作品鲜明地表现出拉季舍夫作为一个革命家的胸怀以及他的政治主张和人道主义。《旅行记》卷首题词是:"这头怪物身躯庞大,肥胖臃肿,张开百张血盆大口,猖猖狂吠。"这是拉季舍夫对血腥的吃人的专制农奴制的形象比喻。全书以札记的形式,基本以旅行者旅途所经各地的地名为每节标题记录了作者从彼得堡到莫斯科沿途的见闻。作品不仅描写了农民的悲惨生活,同时涉及了时代一些最重大的问题,如农民与地主阶级的冲突、沙皇的权力、宗教、国家前途等问题。而所有这些叙述、议论由一个总的思想贯穿起来,即俄国农民的恶劣处境是专制农奴制造成的,俄国人民应奋起改变这种状况。

拉季舍夫在《旅行记》的献词中,用一句话概括了自己的心情:"我举目四顾,人们的苦难刺痛了我的心。"他在柳班见到农民每周要为地主干六天活,只有星期天和月夜可为自己耕种。农民一针见血地向他指出："在他（指地主。——笔者）的耕地上，成百只手喂一张嘴，我可是一双手要养活七张嘴。"作者明确表示，地主的"财富是他掠夺来的，他应受到严厉的法律制裁。"不仅如此，农民根本没有起码的人权，他们像牲畜一样被赶到市场上买来卖去，不管他们过去对老爷曾如何忠心耿耿，甚至救过老爷的生命。扎依佐沃村的农民的未婚妻被地主抢走后，年轻的农民感到实在忍无可忍，杀死了地主和他的儿子，受到严酷的惩治。拉季舍夫满怀义愤地说："杀人者无辜……是和数学一样明确的。"在拉季舍夫的笔下，人们看到俄国农民居住的茅舍里家徒四壁，昏暗无光，他们身披粗麻布片，吃糠咽菜。正如作者所说："贪婪的野兽，永不餍足的吸血鬼，我们给农民留下了什么？只有我们无法夺走的空气，是的，只有空气。"作者深刻地指出，地主阶级所以能这样为所欲为，甚至慢慢地夺走农民的生命，就因为"一方几乎拥有无限的权力，另一方却是毫无保障的弱者。因为地主之于农民既是立法者，又是法官，又是他自己所下的判决的执行者……"，因此拉季舍夫说，在俄国，"一部分人在法律上不算人"。但是他看到真正美好的东西却只存在于农民之中，农家姑娘阿纽塔就比贵族妇女美丽、高尚得多；农奴知识分子为保卫自己的尊严宁肯从军，也不愿意在女地主家忍受辱骂。因此作者说："不，不，他是人，他将要是人，只要他愿意如此。"在这里不仅表现出拉季舍夫对俄国人民的爱，而且表现出了对他们的力量、他们的反抗的坚定信念。

《霍季洛夫》是书中内容比较复杂的一章，它一方面是一篇反农奴制的檄文，强烈谴责贵族地主阶级残害"自己的同胞"，指出农民"同你们（指贵族——笔者）一样沐浴着美好的阳光，和你们有同样的躯体与感情，并有同样的权利使用它们。"另一方面又想要唤醒统治者的"天性"与"良心"，希望他们能够理解农奴制度的危害而自动地解放农民，并拟出了一些原则。这是书中唯一表现出对统治阶级抱有某种幻想的片段，但他已明确提出废除农奴制、农民应占有自己耕种的土地的主张。毫无疑问，拉季舍夫更相信暴力革命。例如，收在《特维尔》一章中的《自由颂》（1781—1783）就是俄国文学中第一首最彻底维护革命的正义性的诗篇。它在一开始就歌颂自由：

　　啊！上天的幸福恩赐，
　　一切伟大事业的来源，
　　啊！自由，自由，无价之宝，
　　请允许一个奴隶来歌颂你！

他歌唱历史上处死暴君的斗争：

　　作战的队伍到处出现，

>希望武装了所有的人,
>在戴着王冠的压迫者的血泊中,
>人们急忙把自己的耻辱洗净,
>我处处看见利箭在闪耀,
>死亡变成各种各样的形象,
>在沙皇高傲的头顶飞翔;
>欢呼吧,被束缚的人民,
>大自然给予的复仇的权利,
>已经把沙皇带到死刑台上。

拉季舍夫指出,大地上的一切都是人民创造的,但是沙皇忘记这一切而奴役、蹂躏人民,所以沙皇是"一切凶手中最残暴的一个,一切罪犯中罪行最严重的一个",应该受到审判。他说:

>死吧,你死一百次吧!
>只有自由才使国家繁荣……

这首诗的思想基础是自然法、民约论思想,但拉季舍夫又突破了它们而达到了号召革命的高度。它充分体现了《旅行记》的政治思想内容。高尔基曾说:"《旅行记》这部卓越的作品,乃是法兰西哲学当时在俄国所产生的影响的最鲜明的表现;另一方面,它是法兰西哲学思想运用到俄国生活上来的标本。"

拉季舍夫的《旅行记》一书用的是感伤主义文学中最流行的体裁,作者一面写下旅途所见,一面抒发自己的感受。但他写的景是广大俄国农民的生活,他抒的情是炽热的革命感情,而不是沉湎于对个人心灵的欣赏和回味。有的篇章则采取了他人讲故事,或他人所作笔记的形式。作者在介绍俄国农民的风俗习惯时,力求朴素真实,有许多现实主义描写。在语言上作品文风不一致;在讲述老百姓的生活时多用口语,并利用民间创作;在发表议论时,常借助斯拉夫语,赋予作品一种庄严色彩。

仇恨剥削者,热爱人民,热爱祖国的拉季舍夫以其《旅行记》中强烈的反专制农奴制的倾向影响了随之而来的整个19世纪俄国文学。作品最鲜明地体现了俄国文学与解放运动的血肉联系。真实的描写、大胆的揭露、人道的胸怀是拉季舍夫留给后世作家的宝贵传统。拉季舍夫是俄国文学的骄傲,受到无产阶级革命家列宁、卢那察尔斯基的高度评价。

从18世纪30年代起,俄国文学中产生了以康捷米尔、罗蒙诺索夫为代表的新的文学。这时期的文学完全摆脱了中世纪宗教思想的束缚,经过古典主义与文学语言的改革,作为语言艺术迅速发展起来。到 18 世纪末,俄国文学在散文、诗歌、戏剧方面都有了一些优秀的、独创的作品。18 世纪优秀的俄国文学中表达了爱国主义、启蒙主义思想,对专制农奴制进行了无情批判和对被压迫人民表示了深深的人道主义情感。不仅如此,在拉季舍夫的《旅行记》中俄国文学达到了前所未有的革命思想的高度,从而使俄国文学在这方面超越了其他欧洲国家的文学。18 世纪俄国文学在俄国文学史中有承上启下的作用,它继承和发扬了古代文学的优良传统,做出了新的贡献,为 19 世纪俄国文学的繁荣创造了条件。

第三章　19世纪初二十五年文学

第一节　概　述

社会背景

　　列宁说："整个19世纪，即给予全人类以文明和文化的世纪，都是在法国革命标志下度过的。19世纪在世界各个角落里只是做了一件事，就是实现了、分别地实现了、做到了伟大的法国资产阶级革命家所创始的事情……"[①]在19世纪的俄国，广大农民与先进人士正在进行着一场艰苦卓绝的反封建斗争。它虽然没有演变成一场轰轰烈烈的革命，但其尖锐激烈的程度震撼了整个社会。19世纪在俄国是为推翻专制农奴制，扫除一切农奴制残余，换言之，为资本主义"扫清土地"而斗争的一百年。这在19世纪俄国文学中得到充分的、鲜明的反映。

　　19世纪初的俄国与西欧先进国家相比是十分落后的，它仍是一个农奴制帝国。农奴制度严重地阻碍着国家经济文化的发展。1801年亚历山大一世登位。他鉴于18世纪末的普加乔夫起义与法国大革命，不得不进行一些自由主义的改良，如允许地主在自愿的情况下解放自己的农奴（当然农奴须付出高额赎金换取人身自由），允许商人与小市民购买土地（过去只有地主有权购置土地）。这都是对发展中的资本主义关系的些微让步。在思想文化领域里，亚历山大政府开办了一些高等学校，适当放宽了书报审查制度、委任平民出身而有资产阶级思想的斯佩兰斯基教授拟制宪法草案，召回流放中的拉季舍夫来担任公职等等。这些措施丝毫没有触动支撑沙俄帝国的两大支柱——专制制度与农奴制度，但唤起了社会上对改革国家体制的期望，在一定程度上使俄国社会活跃起来。

　　1812年，拿破仑入侵俄国，举国上下群情激愤，民族意识高涨。拿破仑被击溃后，俄军一度乘胜追击，远征国外，不少贵族青年军官在西欧，尤其在巴黎受到法国

[①]《列宁选集》第3卷，人民出版社，第851页。

大革命余波的熏陶,回国以后分外痛切地感到俄国的腐败落后以及改革社会政治制度的迫切需要。但这时亚历山大一世踌躇满志,以俄国和整个欧洲的救世主自居,于1815年纠集普、奥等国的反动君主组成"神圣同盟",充当欧洲宪兵的角色,到处扑灭欧洲的民族民主运动。同时国内改革也急剧向右转。主张给农民以"人身自由"的斯佩兰斯基早已于1812年就被贬黜和流放,顽固愚昧、反动透顶的阿·安·阿拉克切耶夫(1769—1834)被任命为军事部长,神秘主义者亚·尼·戈利岑(1773—1844)被委任为宗教院总监兼国民教育部长,国内充满反动政治气氛。舆论界受到压制而沉默了,改革停顿了,同时百万俄国农民在为祖国流血牺牲后又被套上奴隶的枷锁。不仅如此,亚历山大政府更建立了军屯制度①,使三百余万俄国农民陷入不堪忍受的痛苦境地。1822年地主重新获得可以自行流放农奴的权力(1809年曾废除)。这一切激起农民不断反抗,1816至1820年农民起义次数达1801至1805年的两倍,同时士兵也不堪忍受惨无人道的虐待而连连暴动。

  俄国贵族中的先进分子在国内激烈的阶级斗争形势和国外资产阶级革命的影响下,深知专制农奴制度必须废除。他们秘密结社,企图变革俄国社会制度。1816年在彼得堡的贵族军官中间成立了第一个秘密团体"救国同盟",成员约二十余人,其目的是废除农奴制,建立君主立宪制的国家。1818年,"救国同盟"改组为"幸福同盟",成员扩大到二百名。1821年初"幸福同盟"因内部意见分歧而解散。同年三月,在乌克兰成立了以巴·伊·彼斯捷利(1793—1826)上校为首的南社,主张消灭皇族、建立共和国、废除农奴制并没收地主的部分土地。1822年秋,在彼得堡成立了以尼·米·穆拉维约夫(1796—1843)为首的北社,其纲领是建立君主立宪制的国家。南社和北社虽然在建国方案上不同,但在废除封建农奴制和专制君主政体这两个基本问题上态度是一致的。1825年12月14日,北社成员乘亚历山大一世去世,新皇尼古拉一世尚未即位之际,率领士兵在彼得堡的参政院广场起义。起义很快被镇压下去。后来在南方举事的南社成员也遭到失败。这批革命者因于十二月举事遂被后人称为十二月党人。起义失败后,彼斯捷利、雷列耶夫等五名领袖被判处绞刑,其余的被流放服苦役或降为士兵。

  十二月党人是贵族中的先进人物,但他们进行的是一场资产阶级性质的革命。列宁在《俄国工人报刊的历史》中写道:"俄国解放运动经历了三个主要阶段,这是与影响过运动的俄国社会的三个主要阶级相适应的,这三个主要阶段就是:(1)贵族时期,大约从1825年到1861年;(2)平民知识分子或资产阶级民主主义时期,

---

① 军屯是军事屯田的简称,凡居住在屯田的农民,既服兵役又要从事耕种,维持自己的生活,这里农民的生活起居,劳动一切都军事化,稍有差错就受到残酷体罚,生活苦不堪言。

大致上从1861年到1895年;(3)无产阶级时期,从1895年到现在。"①正是十二月党人这批贵族革命家开始了俄国解放运动的第一阶段——贵族革命阶段。

文学概况

19世纪初二十五年复杂的政治形势、进步与反动势力之间的尖锐斗争在当时的文学发展中得到充分反映。各种文学流派同时并存,相互影响与斗争,此起彼伏,同时伴随着一场新旧两派有关语言问题的大争论。18世纪初,自彼得改革时期起,俄国开始接触到西方一些进步思潮,不少俄国启蒙主义者在哲学、政治、经济、文化方面介绍了不少西方的成果,但要使落后的俄国赶上先进的欧洲,还必须解决语言落后的局面。在当时的俄国,语言要不要进行改革,实际上是要不要引进西方进步思想文化的问题,正因为如此在19世纪初发生的一场新旧语体之争持续了近二十年。进步的改革派、新派的领袖是卡拉姆津。在词汇上他主张废除一些陈旧的古教会斯拉夫语,引入口语,吸收外来语,并创造一些新词以表达新思想新概念;在语法上他要求废除古俄语那种笨重的语体。他希望形成一种丰富而又灵活的俄罗斯全民语言,既是文学语言,又是日常通用的口语。他曾说,他希望"写的像说的那样,说的像写的那样"。卡拉姆津的文字改革有在俄国民族意识上嫁接西方思想文化的企图。他曾说,"语言的丰富即思想的丰富"。他的局限性在于,他所谓的"口语"仅限于有文化的上流社会的口语,他忽视了民间真正丰富生动的语言,吸收了过多的外来语。但是,他的改革当时无疑具有进步的社会内容,因此遭到了以海军上将亚•谢•希什科夫(1754—1841)为首的反动贵族集团的反对。希什科夫认为卡拉姆津的语言改革实际上威胁着俄国民族意识中神权的统治。他说:"我们过去所不知道的罪大恶极的法国革命的语言和精神开始在我们的书籍中出现并迅速传播开来。他们对信仰的蔑视在我们这里表现为对斯拉夫教会的蔑视。"而改革派尖锐地指出,希什科夫"难道不是想利用复活古语而把我们引导到旧的思想方式和观念吗?"所以,这一场斗争绝不限于文学语言之争。希什科夫坚持要保留教会斯拉夫语,他不能容忍"革命"、"社会舆论"之类的外来词汇。1811年他组织了"俄罗斯语言爱好者座谈会"团体,参加者有杰尔查文和一些政治上反动,文学观点保守的古典主义作家,如亚•亚•沙霍夫斯科伊(1777—1846),德•伊•沃斯托科夫(1757—1835)等。1815年,一群受感伤主义文学影响,赞成语言改革的青年作家成立了"阿尔扎马斯社",开始在报刊杂志上对"座谈会"派的攻击进行有力的还击。

---

① 《列宁全集》第20卷,人民出版社,第240页。

参加这个团体的有茹科夫斯基、巴丘什科夫、普希金、维亚泽姆斯基等人。卡拉姆津被选为名誉社员。后来由于成员之间在社会政治观点上不一致，"阿尔扎马斯社"于1818年宣告解散。他们的活动为浪漫主义的发展扫清了道路。

卡拉姆津派未能完全解决俄罗斯文学语言问题。这时的语言词汇还不够丰富，过于纤巧，外来语太多，受法语文法结构的影响很明显。俄罗斯文学语言的真正形成还有待于十二月党人、克雷洛夫、格里鲍耶陀夫的共同努力，最后由普希金完成。

浪漫主义 在19世纪初二十五年内，俄国文学完成了由古典主义和感伤主义向浪漫主义的过渡。

在西欧，浪漫主义是在18、19世纪之交形成的，具有鲜明的时代烙印。当时，1789年法国资产阶级革命以代表大资产阶级利益的拿破仑政权告终，这一结局"和启蒙学者的华美的约言比起来……竟是一幅令人极度失望的讽刺画"。欧洲社会上出现了普遍不满。贵族地主阶级怨恨革命夺走了他们某些利益，资产阶级民主主义者则不满于革命的后果实际上仍是一个专制王国，这就形成了浪漫主义产生的社会根源；另一方面，传遍全欧洲的启蒙主义思想大力肯定人的个性，推崇人的自然情感，唤起人们对人的内心世界的重视；德国古典哲学又一再突出人的主观精神，这一切都为浪漫主义面向个人主观世界做了思想准备。同时，感伤主义之重视情感描写也为浪漫主义在创作方法上开辟了道路。应该指出，由于浪漫主义作品表达了不同阶级，怀着不同社会情绪的人们的思想感情，所以，其中包含着积极的和消极的两种倾向，但它们毕竟又是同一历史时代的产物，所以有着共同之处。

首先，浪漫主义着重抒写人物形象或作者本身的内心感受，作品具有鲜明的主观性和浓厚的感情色彩。一般说积极浪漫主义诗人在表示对现实不满时富有反抗精神，情绪昂扬，而消极浪漫主义在否定现实时，向往中世纪的"宁静"，甚至追求宗教神秘境界，情绪低沉。但无论叛逆也好，逃避现实也好，由于浪漫主义者只看见个人的力量与悲欢，囿于个人主义，因此，即使是积极浪漫主义作家有时也难免流露出失望的悲观情绪。

其次，浪漫主义推崇创作自由，这是从另一个方面突出主观精神。浪漫主义诗人反对古典主义的种种束缚，认为诗人"不应当受任何规律的约束"（施莱格尔）。这一愿望是对古典主义的反动，反映了作家希望能自由地对现实生活做出反应，但由于浪漫主义受德国古典哲学影响，有无限夸大个人主观因素的一面，有时又导致作家无视客观世界的存在。

第三，浪漫主义要求创作具有民族特色，因此浪漫主义作家都十分重视民间创作。他们之中很多人在搜集民歌方面做出了重大贡献。他们希望在民间创作中寻找本民族的民族性格的表现。但积极浪漫主义者认为本民族在过去表现出来的英勇斗争精神最能体现民族性格,而消极浪漫主义者往往美化本民族中一些封建落后的迷信的东西,如虔诚温顺。

最后,在艺术形式上浪漫主义作家追求标新立异,他们热衷于描写远离日常生活富有异国情调的蛮荒之地、与众不同的人物、惊险离奇的情节;用词造句力求色彩绚丽,感情浓烈,动人心魄。

俄国的浪漫主义潮流是逐渐形成的。19世纪初十几年内,一些人对刚发生过的普加乔夫起义和法国资产阶级革命记忆犹新,心有余悸,企图逃避现实。这样在俄国首先出现了以茹科夫斯基为代表的消极浪漫主义诗人。他们回吟个人的痛苦与悲哀,沉湎在奇异而神秘的境界之中,甚至憧憬来世。这类作品反映了部分保守贵族在变革将至的年代里那种惶恐不安的消极心理。

1812年卫国战争后,民族意识高涨。未来的十二月党人变革农奴制社会的强烈要求与亚历山大一世的反动统治处于激烈斗争之中,形成积极浪漫主义产生的土壤。在普希金与十二月党人诗人的创作中,个人感情的抒发与古典主义中表达公民激情的传统结合在一起,有很大的鼓舞力量。俄国积极浪漫主义诗歌具有拜伦诗歌中那种对自由的追求和强烈的反抗精神,但没有后者诗中那种悲观绝望的情绪。这是因为英国的浪漫主义产生于资产阶级革命之后,而俄国的积极浪漫主义产生于贵族革命前夕。

浪漫主义在19世纪20年代前后的俄国文坛上盛行一时,甚至到了30年代,由于尼古拉反动统治时期的特殊条件,在莱蒙托夫的诗歌中仍有反响。但就在19世纪初二十五年中浪漫主义盛行时,克雷洛夫的寓言、纳列日内的小说、格里鲍耶陀夫的喜剧已为现实主义开辟道路,1825年普希金发表了《叶夫盖尼·奥涅金》第一章和悲剧《鲍里斯·戈都诺夫》,标志俄国现实主义创作原则初步形成。

诗歌 19世纪初二十五年是俄国诗歌的鼎盛时期。除了世纪初某些追随卡拉姆津的作家写过一些感伤主义小说外,文坛上几乎都是诗歌,如抒情诗、长诗、故事诗、哀歌、讽刺诗等。

19世纪初,古典主义已剩下最后的余波,只有一批启蒙主义诗人聚集在"文学、科学、艺术爱好者自由协会"(1801—1825)组织的周围,继续遵循古典主义传统,用颂诗宣扬公民情感、反对暴君,要求改革。他们之中有亚·赫·沃斯托科夫(1781—1864)、瓦·瓦·波普加耶夫(1778—1816)、伊·波·普宁(1773—1805)。他们的诗歌虽富热情,但艺术性不足。

约在19世纪初二十年,茹科夫斯基继杰尔查文之后成为俄国诗坛泰斗。他是俄国浪漫主义的奠基人,俄国消极浪漫主义诗歌的代表诗人。他的诗具有高度的艺术技巧,对普希金的成长有直接的影响。当时活跃在诗坛上的还有巴丘什科夫。

康·尼·巴丘什科夫(1787—1855)也是当时著名的抒情诗人。和茹科夫斯基一样,他一度受感伤主义的影响,后来成为浪漫主义诗人。他们两人的共同点是对现实生活不满,高度重视人的个性及其内心感受,召唤人们摆脱尘世生活。不过他们之间也有明显的区别。巴丘什科夫是当时所谓"轻松小诗"派的主要代表人物。这种诗歌的特点是篇幅短小,行数不多,琅琅上口,悦耳动听。抒发的完全是个人感受,不涉及社会政治问题。巴丘什科夫歌唱爱情、欢乐、尘世生活和青春年华,不过他也很强调人的内心自由和人格上的独立。他向往的是隐居在家庭的小圈子里,在知心朋友、心爱的姑娘和书籍中欢度岁月。他的代表作有《我的老家》(1814)和《欢乐的时刻》(1806—1810)。巴丘什科夫还写过哀歌、书信体诗等其他抒情诗。在改进俄国诗歌的形式、使其具有高度表现力方面,他做出了很大贡献。

随着贵族革命家活动的开展,约自10年代下半期起,积极浪漫主义诗歌逐渐取代消极浪漫主义诗歌。主要的积极浪漫主义诗人为十二月党诗人和普希金。

十二月党人中间有不少杰出的诗人和作家,其中以雷列耶夫、丘赫尔别凯、奥陀耶夫斯基、拉耶夫斯基等人最著名。他们是俄国积极浪漫主义的主要代表。他们的诗歌充满公民激情,是宣传十二月党人革命纲领的有力武器。

20年代前夕,年青的普希金已经崭露头角。他虚心采集各家之长,逐步形成自己独特的风格。他在诗歌的艺术技巧上师承杰尔查文,尤其是茹科夫斯基和巴丘什科夫;在思想倾向上则追随拉季舍夫而歌颂自由。他是在十二月党人运动酝酿发展时期成长起来的,与十二月党人过从甚密,思想观点基本一致。普希金早期歌颂自由的诗篇使他享有"十二月党人的歌手"的美名。1820年他以其长诗《鲁斯兰和柳德米拉》受到茹科夫斯基的赞扬,成为俄国文坛闻名的诗人。

当时有一批追随普希金的诗人,如杰·瓦·达维多夫(1784—1839)、彼·安·维亚泽姆斯基(1792—1878)、叶·阿·巴拉丁斯基(1800—1844)、安·安·杰尔维格(1798—1831)、尼·米·雅寿科夫(1803—1846)、德·弗·韦涅维季诺夫(1805—1827)等。他们的世界观总的说来是进步的,但不是革命的,是20年代的自由主义者。他们之中有些人曾经写出过一些优秀的诗歌,但在1825年之后大多向右转或者消沉了。

戏剧 与诗歌比较,这个时期的戏剧是较为落后的,这一阶段真正具有俄罗斯民族特色的戏剧创作还处于萌芽状态,模仿西欧的痕迹还相当明显。这种局面直至普希金的《鲍里斯·戈都诺夫》和格里鲍耶陀夫的《智慧的痛苦》(1825)相继出现后才有了根本的改变。

在1812年前,俄国戏剧经历了从古典主义悲剧到感伤主义悲剧的过渡。如弗·亚·奥泽罗夫(1769—1816)的悲剧《雅典的俄狄浦斯》(1804)、《德米特里·顿斯科伊》(1807)虽然还保留了古典主义悲剧的形式,但人物都已带有感伤主义色彩。

十二月党人作家中有人也致力于戏剧创作,他们最感兴趣的是悲剧。比较著名的有帕·亚·卡捷宁(1792—1853)的《安德罗玛克》(1809—1818)和维·卡·丘赫尔别凯(1794—1846)的《阿尔吉维人》(1824—1825)。卡捷宁在其悲剧中力求塑造一些坚强的英雄人物以鼓舞当代人的斗志,曾受到普希金的高度评价。丘赫尔别凯则企图用当时古希腊共和制拥护者反对专制暴君的斗争历史来宣传十二月党人的政治纲领。十二月党人的戏剧创作和他们的诗歌在思想倾向上是一致的,在形式上仍是古典主义的。

当时还存在着一些基本按古典主义原则写作的喜剧,谴责一般的不道德行为,如沙霍夫斯科伊的《对卖弄风情的女子的教训。或椴树花蜜》(1815)、尼·伊·赫梅里尼茨基(1789—1845)的《饶舌者》(1817)等。格里鲍耶陀夫在创作初期也曾翻译并改写过这一类的法国喜剧,如《年轻夫妇》(1815)、《伪装的不老实》(1818)。这类戏剧在当时俄国社会条件下存在的时间不长,但由于它们接近日常生活,语言生动,同时包含一些批判成份,因此多少为日后创作现实主义的社会讽刺剧作了准备。

小说 19世纪初二十年俄国小说创作发生了不小的变化。在前十年里,一批追随卡拉姆津的感伤主义小说家以《苦命的丽莎》、《一个俄国旅行家的书信》为楷模,写了大量感伤主义小说与旅行记。这时期有的游记富有社会内容,文学价值高于感伤主义小说。平民作家萨·卡·费列尔茨特(约1770—1827后)的《一部批判性旅行记》(1818)揭露作者目睹的农奴制罪恶:农民受践踏,地主道德败坏;十二月党人费·尼·格林卡(1786—1880)的《一个俄国军官的书信》(1708)更广泛地描写了1812年战争与个人的感受,是早期十二月党人的思想文献。在这些旅行记中出现了一个富有同情心的、善于思考的当代人(作者)的形象,为此后塑造小说中的人物形象提供了基础。

但在19世纪初的二十多年里,最受欢迎的是为数不多的长篇小说。亚·叶·伊兹梅洛夫(1779—1831)的《叶夫盖尼。又名不良教养与交游不慎之致命后果》(1799—1801)主要抨击贵族社会对其子弟的教育方式,叙述了贵族青年叶夫盖尼·涅戈佳耶夫短促而堕落的一生,他如何在贵族家庭的不良教育下养成懒惰、愚昧、傲慢、冷酷、道德败坏等种种恶习。瓦·特·纳列日内(1780—1825)发表的长篇小说《俄罗斯的吉尔·布拉斯。又名契斯佳科夫公爵奇遇记》(1814),以流浪汉小说的形式,通过主人公从农村到彼得堡的经历,广泛描写了俄国社会,特别是对其中腐败的官僚集团作了辛辣的讽刺。小说的重点不在于人物性格塑造(主人公基本起串连诸事件的作用),而在于揭露谴责种种不良社会现象,并寓道德教诲于其中。纳列日内后期创作的中篇小说《神学校学生》(1824)生动地描写了俄国外省神学校学生的生活;《两个伊凡。又名诉讼狂》(1825)描写两地主因鸡毛蒜皮的小事诉讼不休,直至倾家荡产,但最后在儿女的感化下和解。这两篇小说一扫感伤主义小说多愁善感的情调,忠实地描写了俄国现代生活风习。但小说结构松散,对社会现象的挖掘不够深刻。纳列日内的作品对果戈理的创作有一定影响,冈察洛夫称他为"果戈理的先驱"。

到20年代上半期,十二月党人作家也开始写作小说,如亚·奥·科尔尼洛维奇(1800—1834)描写彼得大帝的中篇小说、亚·别斯图热夫(笔名马尔林斯基)的《罗曼与奥尔迦》(1821)和《背信者》(1825)。他们的作品都是借历史上的英雄人物阐明十二月党人的政治观点,鼓舞同时代人的斗志。这些作品所描写的时代、地点尽管不同,但人物的精神面貌往往雷同,是十二月党人思想的传声筒。

俄国小说还面临着克服启蒙主义的说教性和广泛而概括地描写社会生活的任务,这要有待于30年代来完成。

第二节　茹科夫斯基

茹科夫斯基是俄国第一个浪漫主义作家。他与19世纪初的进步作家一同为俄国诗歌开辟了新的道路。

瓦西里·安德列耶维奇·茹科夫斯基(1783—1852)出生在图拉省一个富有的地主家庭。但他是个私生子,母亲萨丽哈是被俄国人掳来的土耳其人。这种不幸的屈辱地位造成了他自幼孤僻、忧郁、耽于幻想的性格。二十二岁时茹科夫斯基爱上了自己的甥女,这段毫无希望的、历时十二年的爱情更增加了他的忧郁情绪。个人的气质和生活上的不幸遭遇是他日后成为消极浪漫主义诗人的主观因素。

1797年茹科夫斯基进入莫斯科大学附属贵族寄宿中学,在校期间他同时受到古典主义和感伤主义两种流派的影响。1797年发表第一篇诗歌《五月的早晨》,哀叹人生是"无限的眼泪与痛苦",只有在坟墓里才能得到幸福。1802年,他翻译了英国感伤主义诗人格雷的《墓园挽歌》,这首哀歌所表达的对贫民的同情和对富人的谴责十分符合茹科夫斯基当时的情绪和气质。诗人很自然地在译文中加入了一些自己的思绪,满怀同情地叙述淳朴温良的村民的劳苦生活,叹息人间的不平,同时指出人们在死亡面前是平等的。在《墓园挽歌》的译文中充分反映了茹科夫斯基诗歌的特色:注重内心感受、哀叹人生无常和命途多舛、寓情于景的描写以及富有感情色彩的语言。尤其值得注意的是青年诗人本身的形象在抒情诗中显得特别鲜明。这种在保持原作精神的翻译基础上进行再创造是茹科夫斯基创作的一大特点。他自己也承认:"我的全部作品几乎是别人的,或者是按照别人的题材写成的,然而这一切也完全是我自己的。"①

在1806年写的哀歌《黄昏》中,茹科夫斯基抒情诗歌的基本特色得到进一步的发展,在这首哀歌中他阐述了自己的创作目的和方向:赞美恬静的俄国田园风光,"歌唱造物主和朋友们的爱和幸福"。应该指出,在茹科夫斯基早期写的哀歌中虽然已经有消极浪漫主义的因素,但是并没有神秘迷信的色彩,它们反映的只是一个在现实生活中得不到幸福的人的悲哀和不满情绪,这种不满没有激起他的反抗,却使他退隐到自己的内心深处去追忆逝去的幸福,或者幻想在一个不可知的地方找回幸福。

茹科夫斯基在写哀歌的同时,还创作了不少故事诗。故事诗是浪漫主义作家常用的一种体裁,它篇幅不大,内容多为离奇的故事、历史传奇等。他发表的第一部故事诗《柳德米拉》(1808)是在翻译德国诗人毕尔格的故事诗《列诺拉》的基础上改写的。作者力图在故事诗中增添俄罗斯民族色彩,他给女主人公换上俄国名字,地点与时间也移到16至17世纪的莫斯科。《柳德米拉》在俄国文学中第一次向读者揭示了一个浪漫主义的世界。这里有月夜、荒原、鬼魂、坟墓和离奇的情节,引起读者极大兴趣。

1812年卫国战争爆发,茹科夫斯基投笔从戎,从莫斯科撤退后,他驻扎在波罗金诺附近的塔鲁京诺村,这时他在爱国主义激情的鼓舞下写了一首颂诗《俄国军营中的歌手》,颂扬英勇的俄罗斯民族。茹科夫斯基在诗中回忆俄国历史上的英雄统帅(彼得大帝、苏沃洛夫等),并一再举杯为当今的英雄库图佐夫等,为复仇、友谊和爱情祝酒,激励俄国军民的爱国热情。全诗是一首庄严的颂诗,然而又具有强烈的抒情因素。诗中描写的主要不是军事行动,而是一个爱国歌手的内心感受。但作为一个浪漫主义诗人,他又在诗中宣扬战火能迅速解脱一个人在人世间的辛酸,使他"飞向最美好的世界",因此评论界又称此诗是哀歌体颂诗。

茹科夫斯基由于《俄罗斯军营的歌手》一诗得到了皇室的赏识,从1815年起一直在宫中担任太傅等要职,历时二十五年。他虽然思想保守,回避社会变革问题,却经常利用自己的地位为许多遭受政治迫害的进步人士说情或给以物质上的援助,如设法改善普希金的政治处境,或用钱帮助谢甫琴科赎身成为自由人。

1831年,茹科夫斯基又回到毕尔格《列诺拉》的主题,写了故事诗《斯维特兰娜》。

---

① 《俄国文学史》(上卷),作家出版社,1957年,第218页。

《斯维特兰娜》是茹科夫斯基全部创作中最著名的一部作品。斯维特兰娜是一个温柔的民间少女,她的未婚夫远在他乡。在圣诞节之夜,斯维特兰娜按照民间传统的仪式,怀着焦虑、期待、忧愁和恐惧的心情独自一人拿着镜子为她心爱的人算命。忽然之间,她的未婚夫骑着马到来,面色苍白得像死人一样。他一言不发,把她抱在怀里,骑上马在黑夜中疯狂地疾驰而去,最后来到一座墓地。原来是死去的未婚夫要将爱人带进坟墓。这一情节本是民间文学中常见的题材,不过茹科夫斯基给这个悲惨的题材加上了乐观的结局。原来这是斯维特兰娜在占卜时所做的一个可怕的梦。一觉醒来,她的未婚夫当真回来了,现实中的斯维特兰娜是幸福的。

茹科夫斯基之所以给斯维特兰娜一个幸福的结局,是因为她温顺,笃信宗教,从不抱怨命运。故事诗的结束语充分说明了作者的意图:

> 人生最好的朋友
> 就是对上帝的信仰。
> 造物主有幸福的法则:
> 不幸是梦幻一场,
> 一觉醒来就是幸福。

《斯维特兰娜》完全用浪漫主义手法写成。离奇的内容、神秘恐怖的气氛、民歌风格、凄婉抒情的格调以及顺从天命的宗教观等使它成为俄国消极浪漫主义的代表作。应该指出,茹科夫斯基在描写俄国民间生活时,过分渲染并美化了迷信落后的一面。但这部故事诗以高度的艺术技巧、浓厚的浪漫主义的民族色彩赢得了广大读者的赞赏。作品一开头描写的农家少女们占卜的场面就具有浓厚的俄罗斯气息:

> 一个主显节的夜晚,
> 一群姑娘把命来算。
> 脚上脱下绣鞋来,
> 一下甩到门外边。
> 算命先用雪来算;
> 走到窗下站一站,
> 听一听动静又走回来,
> 数好了谷粒把鸡喂。
> 熔开的黄蜡亮闪闪。
> 清清的水呀斟满碗,
> 把金烁烁的戒指,
>   绿宝石的耳环,

一件一件往碗里放，
再用雪白的头巾把碗来盖上，
对着碗儿把占卜的歌儿齐声唱。

温顺、沉静、忧伤的斯维特兰娜的形象深入人心。茹科夫斯基因此而被称为"斯维特兰娜的歌手"。

此后他又写过两篇著名的故事诗：《风神的竖琴》(1815)、《捷昂与艾斯欣》(1815)。《风神的竖琴》描述一个农家歌手与沙皇女儿的真挚爱情，提出不平等的社会地位不能阻止心灵的接近，他们虽然在这个世界里没有获得幸福，但却在另一世界比翼双飞。诗歌表明爱战胜了阶级差别，精神上的平等战胜了社会地位的不平等，是一部有代表性的浪漫主义诗作，受到别林斯基的赞赏。《捷昂与艾斯欣》通过两个朋友的遭遇说明幸福不在于荣誉地位，而在于是否有高尚的爱情与思想，也就是说，人的幸福不在外界而在内心。

作为一个诗人，茹科夫斯基的创作全盛时期是19世纪初至20年代以前。在十二月党人运动兴起和俄国社会革命情绪高潮时期，他的消极浪漫主义作品显得与时代精神脱节而逐步销声匿迹。1820年普希金的长诗《鲁斯兰与柳德米拉》问世以后，茹科夫斯基在当时俄国文学中的权威地位就被自己的学生取代了。

应该指出，茹科夫斯基在向俄国读者介绍西欧作家方面有很大贡献。他翻译了歌德、席勒、格雷、拜伦、司各特等人的大量作品。他译的罗马史诗《奥德修纪》是俄国译本中的杰作。他认为一个诗人在翻译诗歌的时候，不应当是作者的"奴隶"，而应当是一个"竞争者"，甚至可以超过作者。他在自己的翻译中就遵循了这个原则。别林斯基高度评价茹科夫斯基的翻译活动。普希金称他为"翻译的天才"，说他译的诗歌将永远是一种典范。

1839年茹科夫斯基辞职出国，1841年他和一个德国画家的女儿结婚后一直在德国定居。1852年10月12日茹科夫斯基病逝于巴登，遗骸运回彼得堡安葬。

茹科夫斯基的浪漫主义是消极浪漫主义。但他是第一个真正的抒情诗人，使俄国诗歌摆脱了古典主义的一般化的抽象描写。他在刻画人物内心世界、改进诗歌形式、丰富诗歌语言与格律方面做出了重要贡献。别林斯基后来曾做出公正论断："没有茹科夫斯基，我们就不会有普希金。"

第三节 十二月党诗人和雷列耶夫

十二月党人不仅以其英勇卓绝的革命行动震撼了俄国社会，大大促进了俄国革命思潮的发展,唤醒了新一代革命志士,而且他们的杰出的文学活动也在俄国文学史上留下光辉的一页。十二月党人中间产生了许多杰出的作家,其中最著名的有雷列耶夫、别斯图热夫、丘赫尔别凯、奥陀耶夫斯基、拉耶夫斯基等人。

十二月党人的文学活动和他们的政治斗争密切相关,他们和普希金一起继承了拉季舍夫的传统,特别强调文学的社会作用和诗人的社会职责。对十二月党人来说,文学是他们进行革命斗争的有力武器、是他们革命活动的有机组成部分。在十二月党人的秘密团体中,文学的宣传作用得到充分的重视。他们不仅进行创作、从事文学理论的研究、撰写评论文章,而且组织了各种文学协会("俄罗斯文学爱好者同人会"、"绿灯社"),出版各种期刊杂志(《北极星》、《谟涅摩辛涅》①)来扩大对社会上进步文学力量的影响。十二月党诗人和早期的普希金是俄国积极浪漫主义的主要代表。他们在19世纪初各种文学流派的斗争中,既反对抱住僵死的教条不放的古典主义,也反对无病呻吟、缅怀过去、美化田园生活的感伤主义以及带有宗教神秘色彩、宣扬顺从天命的消极浪漫主义。

十二月党人作家中绝大多数是诗人,他们的诗歌充满高度的政治激情,号召人们起来为自由而战。他们的作品中的主人公往往总是一个准备为自由、为社会利益而献身的爱国志士。他们反对一味模仿外国作品,力求使诗歌具有鲜明的俄罗斯民族特色,因而十分重视对俄国历史和民间口头创作的研究以及民间语言的运用。应当指出的是,十二月党人在描写历史题材的作品中往往为了配合当时的政治斗争而不顾历史的真实性,把历史或民间传说中英雄人物的思想感情提到十二月党人的高度,成为作者本人思想的喉舌,因而在一定程度上违反了历史主义的原则。虽然如此,十二月党诗人的作品以其昂扬的公民激情促进了革命思想的传播,充分反映了19世纪俄国解放运动的开端,同时为俄国文学进一步走向民主化、人民性和现实主义开拓了道路。

康·费·雷列耶夫(1795—1826)是十二月党诗人中最杰出的代表。他出身于小康的贵族家庭,参加过1812年战争和国外远征,回国后因憎恨阿拉克切耶夫在军队中建立的野蛮制度而愤然退伍返回故乡。1820年他在彼得堡当选为刑事法庭的陪审官。1823年雷列耶夫加入北社,不久当选为北社主席,是北社中激进派的领袖,起义失败后被处绞刑。

雷列耶夫的文学活动开始于1820年,那时他在《涅瓦河观察家》杂志上发表了影射阿拉克切耶夫的《致宠臣》一诗,公开号召杀死这个弄得"民不聊生"的暴君。《致宠臣》引起社会上很大的震动,但雷列耶夫并未因此而受到迫害,因为阿拉克切

---

① 谟涅摩辛涅为希腊神话中的记忆女神,系文艺女神之母。

耶夫本人不愿公开承认自己是雷列耶夫讽刺的对象。

1823—1825年间,雷列耶夫和亚·别斯图热夫共同出版《北极星》丛刊,发表当时优秀诗人和作家的作品。

1820年到1825年间,雷列耶夫写了多首政治抒情诗,号召诗人牢记对社会的职责,为自由而战斗,他认为可以为政治斗争而牺牲爱情。在《我的朋友,你曾想来造访……》一诗的结尾,雷列耶夫写道:

爱情不会来到我的心中。
啊,我的祖国在备受磨难。
我思绪万千,心情沉重,
我的灵魂渴望的唯有自由。

在起义前不久写的《公民》(1824)是雷列耶夫政治抒情诗中最出色的一首。诗人表达了自己"在决定祖国命运的关头"决不退缩的献身精神,他的一颗沸腾的心"不会在专制政权的沉重枷锁下呻吟",他要效法历史上捍卫共和的英雄,为自由而斗争。他谴责自己同时代的大多数贵族"在可耻的游手好闲中虚度青春",警告他们,一旦人民起来革命,他们就会后悔莫及,遭到报应。

从1821年起,雷列耶夫开始写他的《沉思》。"沉思"本是乌克兰民间历史歌谣的一种形式。由于雷列耶夫要借用历史上的英雄人物来表达他的政治主张和爱国感情,"沉思"成了俄国浪漫主义文学中的一种特殊体裁。他一生中共写过二十一篇《沉思》,其中的主人公都是俄国历史上或者民间传说中的英雄,他们热爱自由,热爱祖国,在捍卫祖国独立的斗争中视死如归,如著名的一篇《伊凡·苏萨宁》中的农民苏萨宁就是这样一个人物。17世纪初波兰入侵时期,苏萨宁把波兰军队引进密林,和他们同归于尽,从而挽救了俄国的命运。

雷列耶夫从1823年起开始写作浪漫主义长诗。他构思中的长诗都是以乌克兰人民解放斗争的历史为题材。1825年发表的《沃伊纳罗夫斯基》是他唯一的也是最好的一篇长诗。历史上的沃伊纳罗夫斯基是乌克兰统领马赛巴的侄子,曾经协助马赛巴反对彼得大帝,因此被沙皇政府流放到西伯利亚的雅库茨克地区。长诗中的主人公沃伊纳罗夫斯基的形象并不完全符合历史真实,而是按照雷列耶夫配合现实斗争的意图塑造的;这是一个高尚的热情的青年,为了反对专制、争取自由而受苦难。长期的流放生活使他变得阴沉忧郁,但是他的心中依旧燃烧着爱祖国、爱自由的"热情的火焰"。他在流放中对祖国的命运一无所知,他注定要在无所作为的放逐中死去。在长诗中还出现了他妻子的形象。这个勇敢的哥萨克女子克服了一切困难,来到丈夫身边分担他的困苦,受到诗人的高度赞扬:

>她能够、她会做，
>一个公民和一个妻子。

这个女性形象在涅克拉索夫歌颂十二月党人的妻子的长诗《俄罗斯女人》中得到了进一步的体现。

雷列耶夫的这篇长诗和一般的浪漫主义长诗有所不同，长诗的主人公不是对社会不满的个人反抗者，而是一个爱国的公民，贯串情节的不是爱情故事而是政治斗争。作者真实地描写了西伯利亚的自然景色和被流放者的艰苦的生活环境。长诗的语言精炼，结构紧凑。

普希金对这篇长诗的评价很高，认为它在艺术上比雷列耶夫的其他《沉思》更加成熟。

在另一篇没有写完的长诗《纳里瓦伊科》中，十二月党人的思想感情体现得更为鲜明。这部作品描写的是16世纪末乌克兰哥萨克人反对波兰贵族，争取民族独立的斗争。主人公纳里瓦伊科是乌克兰的民族英雄，由人民选举出来的首领。他明知在这场力量悬殊的斗争中，摆在他面前的是死路一条，然而人民的苦难、对祖国前途的担忧使他毅然挑起了这副重担。纳里瓦伊科是雷列耶夫全部作品中最富有英雄气概的一个形象。

在"纳里瓦伊科的自白"中，雷列耶夫借这位历史英雄人物的话道出了他自己和十二月党人为正义事业而牺牲的决心：

>谁敢首先站出来反抗
>那些压迫人民的豺狼，
>等待他的必然是死亡。
>对此我早就了如指掌。
>可是，你说说，在什么地方，
>什么时候，你曾见过，
>不付出流血牺牲的代价，
>就能换来自由的欢乐？

这段自白深深地激动了十二月党人的心。雷列耶夫曾向亚·别斯图热夫说："你知道，我越来越感到我有采取行动的必要，我们将要以自己的牺牲做出第一次尝试，来为俄罗斯争取自由，同时也是为了做出必要的榜样来唤醒沉睡中的俄罗斯人。"由此可见，雷列耶夫正是借纳里瓦伊科的自白来表达十二月党人为了英雄业绩视死如归的决心。

除了政治抒情诗、《沉思》和长诗以外，雷列耶夫还和亚·别斯图热夫合写过具有讽刺性内容和民谣形式的鼓动诗。他们创作鼓动诗的目的是为了在人民中间、主要是在士兵中间宣传革命思想。他们很巧妙地把十二月党人的思想观点纳入了古老的民歌形式。

在一首题为《唉,我在本乡本土也觉得日子不好过》的鼓动诗里,作者以一个农奴的口吻申诉农奴的苦难生活、他们对农奴制的抗议和对自由的向往:

难道俄国的庄稼汉,
永远要给老爷当破烂?
难道堂堂的男子汉,
一辈子要给人当牲口任人买卖?

在诗的结束语中,作者意味深长地暗示了人民起义的打算:

天高皇帝远,
论见识,咱们并不比
别人差半点——
这你要牢记心间。

在另一首歌《从铁匠铺子里走呀走出来一个铁匠》里,作者公开号召农民起来用铁匠打好的三把刀杀三种人:地主、神父和沙皇。

这些描写了人民真实生活和思想感情的鼓动诗在水兵和士兵中深受欢迎,大大激发了他们的革命情绪。

雷列耶夫的政治抒情诗和民歌在十二月党人运动酝酿时期起了巨大作用。

十二月党人中还有一些其他优秀诗人。

弗·费·拉耶夫斯基(1795—1872)出身贵族,曾参加 1812 年卫国战争,为"幸福同盟"和"南社"成员。1822 年因在士兵中宣传革命思想被捕,因此被称为"第一个十二月党人"。拉耶夫斯基长期流放西伯利亚,1872 年死于该地。1822 年入狱后所写的《狱中歌手》歌颂俄国历史上诺夫哥罗德的"民会制度",最早提出了十二月党人的政治纲领,并表示了对人民定将奋然起义的信念。《致基希尼约夫的友人》(1822)一诗号召人们恢复"昔日的光荣",摧毁"不可一世"的沙皇制度。他的《沉思》(1840)、《死前沉思》(1872)表明诗人始终忠于自己的信念。

维·卡·丘赫尔别凯(1797—1846)是诗人、戏剧家、评论家。他是普希金在皇村中学时的同学,1815 年开始发表诗作。20 年代初,当欧洲民族民主运动蓬勃发展时,他写了《希腊之歌》、《致阿哈蒂斯》,反映欧洲的民族解放斗争。1824 至 1825 年间曾与奥陀耶夫斯基一起出版文集《谟涅摩辛涅》(共 4 期),并发表了《论近十年俄国诗歌,特别是抒情诗的方向》这篇纲领性的论文,号召人们扔掉"英、德统治"的枷锁,写出"有独创性的诗歌"。这时他还发表了悲剧《阿尔吉维人》(1824—1825),取材希腊历史,有强烈的反暴政思想。十二月党人起义前不久他加入了北社,并参加了 12 月 14 日的起义,起义失败后被单独监禁达十年之久,然后流放西伯利亚。在监禁和流放期间他仍然坚持写作,继续歌颂自由(《哀歌》,1832;悲剧《普罗科菲·利亚普诺夫》,1834)。他这时期写的悲悼友人之死的几首诗作《雷列耶夫的魂影》(1827)、《怀念格里鲍耶陀夫》(1829)和《1838 年 10 月 19 日》凄婉动人,具有很高的艺术价值,如在悲悼格里鲍耶陀夫之死的诗中写道:

> 他在哪里?朋友在哪里?去问谁?
> 阴灵在哪里?尸骨在哪里?在遥远的地方!
> 啊,用痛苦的眼泪
> 来浇灌他的坟墓,
> 用我的呼吸来温暖他的坟墓吧!

把古典主义诗歌的公民传统与十二月党人的浪漫主义原则融合起来,这是丘赫尔别凯诗歌的独到之处,但他的晚期诗歌带有悲观色彩。

亚·伊·奥陀耶夫斯基(1802—1839)于起义前不久加入北社,曾参加参政院广场起义。起义失败后被判流放西伯利亚,后来调到高加索当兵。在起义前他作为诗人几乎不为人所知,在流放中才显出他是个杰出的诗人。为答复普希金的《致西伯利亚的囚徒》,他写了《答普希金》一诗,表示十二月党人即使在失败以后也仍然忠于自己的理想,深信他们播下的火种是不会熄灭的。诗中的名句"星星之火将燃成熊熊烈焰"后来被列宁采用作《火星报》的刊首题词。

奥陀耶夫斯基是个出色的即兴诗人。他一般写短诗,如纪念格里鲍耶陀夫的诗、为十二月党人的正义事业辩护的《祭奠》(1828)等。《瓦西里科》(1829—1830)是他的流传下来的唯一的长诗,但缺少最后一段。

在高加索时,奥陀耶夫斯基与莱蒙托夫结为知交,莱蒙托夫在他死后写过《纪念奥陀耶夫斯基》一诗来悼念他。

十二月党人诗歌是俄国解放运动初期贵族革命家的革命热情的表现。从此俄国文学更自觉地和解放运动紧密联系起来。十二月党诗人的创作对整个 19 世纪俄国文学的发展起着重要的作用,大大加强了俄国文学的革命传统。我们在奥加辽夫、赫尔岑、莱蒙托夫、涅克拉索夫的创作中都可以看到十二月党人诗歌的直接影响。

第四节 克雷洛夫

克雷洛夫是俄国著名寓言作家,他的寓言反映了生活的真实和俄罗斯民族性格的典型特征,对俄国文学的发展和俄国民族意识的觉醒起过良好作用。作为一个现实主义讽刺作家,克雷洛夫是格里鲍耶陀夫、普希金、果戈理的直接先驱。他的寓言在语言上充分汲取了俄国民间语言的长处:朴实、自然、风趣、轻快、富有表现力,对俄国文学语言的发展贡献很大。

伊凡·安德列耶维奇·克雷洛夫(1769—1844)出生于莫斯科。父亲是一个平民出身的上尉军官,家境贫寒。克雷洛夫九岁丧父,为了维持一家的生计,年仅十一岁的克雷洛夫就到衙门里去当小职员,他没有受过正规的教育,是经过顽强的自学进入作家行列的。生活环境使他有机会经常接触平民,熟悉民间的语言和风习,为他以后的创作打下了坚实的基础。克雷洛夫天资聪明,兴趣广泛,除了写作还能绘画、拉提琴、演戏。

克雷洛夫的文学生涯始于1782年,那年他怀着当剧作家的美梦,带着第一部作品——喜歌剧《用咖啡渣占卜的女人》来到彼得堡。虽然有一位出版商以六十卢布的价钱买下了这个剧本,但克雷洛夫得到的并不是稿费,而是法国戏剧家和理论家拉辛、高乃依、波瓦洛等人的文集。这部作品虽然没有出版,但克雷洛夫并不气馁。在彼得堡定居期间他写过悲剧、喜剧、讽刺诗,并办过几种讽刺杂志,开始在文学界小有名气。1794年克雷洛夫由于在杂志上发表了一系列讽刺官僚界和农奴主集团的言论,被勒令停办杂志并离开彼得堡。在此后十余年里,他曾浪游俄国各地,当过谢·戈里岑公爵家的家庭教师和私人秘书。动荡不定的贫困生活并没有使克雷洛夫搁笔,虽然他的讽刺不如以往那样锋芒毕露,但他依旧忠于他的民主主义理想。1806年,他在当时著名的寓言作家伊·伊·德米特利耶夫(1760—1837)的帮助下,在《莫斯科观察家》杂志上发表了他在拉·封丹寓言基础上改写的《橡树和芦苇》等三篇寓言,获得很大的成功,从此克雷洛夫走上了寓言作家的道路。同年克雷洛夫回到彼得堡。从1808年到1818年间,克雷洛夫写出了143篇寓言,对俄国社会生活中一系列重大事件做出了及时的反应。在此期间,他开始在公共图书馆担任馆员职务,并于1811年获得了科学院院士的头衔。他的寓言受到社会上的普遍赞扬,学校里也采用作为教材。克雷洛夫一生共写过205篇寓言。1844年他去世时,他的寓言的发行量已达七万册之多。

早期文学活动 克雷洛夫早期写的喜剧《疯狂的家庭》(1786)、《前室中的作家》(1786)和《爱恶作剧的人们》(1788)描写了破落贵族的窘态、他们在城市中谋职的企图和在达官贵人面前遭受的屈辱。剧本的讽刺倾向不合宫廷的胃口,未能上演。

1800年克雷洛夫写了一部富有机智的滑稽喜剧《波得希巴》(一名《特鲁姆夫》)。通过剧中德国王子特鲁姆夫的形象,作者辛辣地讽刺了保罗一世的顽固及其宫廷中"德国式"的制度。剧本直到1871年才获准出版,1905年以后才得以上演。

克雷洛夫剧作中最成功的是他在重返彼得堡后发表的喜剧《小时装店》(1807)、《训女》和为歌剧《勇士伊利亚》谱写的歌词。在前两部喜剧中,克雷洛夫站在爱国主义立场上,捍卫民族文化,嘲笑贵族阶级对一切法国事物的盲目崇拜以及贵族阶级热衷于子女受法国式教育的陋习。这两部喜剧上演时,正是俄国与拿破仑交战之际,因此受到观众的欢迎,连续演出了很多场。歌剧《勇士伊利亚》歌颂了民间创作中保卫祖国人民免受外敌蹂躏的勇士穆罗人伊利亚,克雷洛夫是最早利用歌剧形式来处理这类题材的作家。

克雷洛夫的剧作虽然还保留了如"三一律"之类古典主义戏剧形式,可是在人物塑造、风习描写和情节发展上都已具有新的、现实主义的因素,因而受到别林斯基的高度赞扬。他的剧作为后来的《智慧的痛苦》开辟了道路。

除了戏剧创作以外,早期的克雷洛夫曾经创办过三种讽刺杂志。1789年出版的《精灵邮报》继承了18世纪60至70年代诺维科夫的讽刺杂志《雄蜂》的优良传统,对当局和农奴制进行了猛烈的抨击。克雷洛夫在杂志上公开宣称"帝王将相对人民的危害胜过虎狼",提出尊重人权的平等思想。八个月后杂志被勒令停刊。1792年克雷洛夫开始出版《观察家》杂志,刊登了不少他写的优秀散文作品,如讽刺小品文《浪子在愚人会上的演说》、《祖父礼赞》,中篇小说《长夜漫漫》、《卡伊布》等,其中不仅揭露农奴制腐朽罪恶的本质,而且借嘲笑北方君主卡伊布的暴虐无道及其臣下奴颜婢膝的丑态来影射俄国的现实。因此《观察家》在出版十一个月以后也被查封。次年,克雷洛夫又出版了杂志《圣彼得堡水星》(1793),发表了讽刺诗《夸耀消磨时间的诀窍》和其他抒情诗。他在《致吾友》一诗中以一个平民的身分声称:"人的称号"对他来说高于一切官衔和爵位,良心和荣誉胜过金银财宝。这份杂志的讽刺锋芒虽然已经减弱,可是也很快被查封了。

寓言 重返彼得堡后,克雷洛夫不再从事戏剧创作,他成为俄国"唯一的一位真正的、伟大的寓言作家"[①]。这并不是偶然的。经过十二年颠沛流离的生活以后,克雷洛夫亲身体验到在"猫爪子底下唱歌的夜莺"的悲惨处境。克雷洛夫不是一个

[①] 《别林斯基选集》第2卷,上海文艺出版社,1963年,第230页。

革命者，然而他来自下层社会，深知民间疾苦，痛恨统治者及其大大小小的爪牙对人民的残害。他不能沉默，但也不愿再受政治迫害，于是他选择了寓言这种隐喻的体裁，借用教诲的形式来揭露统治阶级的罪恶，表现人民的苦难，促进社会道德风气的改良。此外，用他自己的话来说，寓言是人民喜闻乐见的一种形式，连仆役和孩童都能看懂。积累了剧作家的经验，谙熟民间风习和民间语言的克雷洛夫写起寓言来确实是得心应手。对克雷洛夫来说，寓言已经超出了传统的道德说教的意义，成为揭露专制农奴制社会种种罪恶和弊病的工具。

在克雷洛夫的寓言中，数量最多、写得最有力的是揭露以沙皇为首的大大小小统治者的作品，克雷洛夫以狮子、狼、熊、狐狸、老鹰等凶猛狡诈的禽兽作为统治者的形象。狮王的伪善、狐狸的狡诈、狼的凶残、熊的贪婪在寓言中都刻画得维妙维肖。在《鱼的跳舞》中，影射亚历山大一世的狮王在出巡视察兽国子民是否安居乐业时，亲眼看到管理鱼类的父母官在锅里煎鱼，鱼被烤得乱蹦乱跳，狮王却听信了父母官的狡辩，以为鱼是为了祝他万寿无疆高兴得在跳舞。在《野兽的会议》中，狮王召集兽类开会，讨论委派狼去管理羊群的请求，可是根本没有征求羊群的意见，"他们把羊给忘了"。在《杂色羊》中，克雷洛夫把亚历山大一世的伪善和他的两个宠臣——阿拉克切耶夫与戈利岑的残暴和狡诈刻画得入木三分。狮王沙皇想消灭"杂色羊"——当时的进步人士，但又不想败坏自己"开明"的名声。这时影射阿拉克切耶夫的熊大臣愚蠢地建议干脆把杂色羊公开处死，而狡猾的戈利岑——寓言中的狐狸却劝狮王派狼去放牧杂色羊。因为这样既可以让狼吃掉杂色羊，又不致败坏狮王的名声，一举两得。果然众兽纷纷称道，狮子大王仁至义尽，而"这都是那些狼又在肆虐呀"。命运可悲的不仅仅是杂色羊，连小羊羔也难以幸免。"弱者在强者面前总是有罪的"——克雷洛夫在《狼和小羊》中这样一语道破了剥削阶级社会的法则。恶狼想吃掉小羊，给它加上种种罪名。小羊苦苦哀求，据理声辩，最后恶狼无言以对，大吼一声："你以为我有闲功夫来细数你的罪状，小畜牲？你的罪状就在这里：我要把你吃掉。"说着就扑上去把小羊拖走了。

受压迫的弱者想寻求保护也是枉然。统治者官官相护，狼狈为奸。在《执政的象》中，一群绵羊不堪恶狼的蹂躏，递上状子请求大象主持公道，大象却听信恶狼的辩解，允许它们从每只羊身上剥掉一张皮，此外"可不能动它们一根毫毛"。在《梭子鱼》中，当上检查官的狐狸和梭子鱼勾结在一起吃鱼，把整个池塘搞得民不聊生。梭子鱼被法庭判处绞刑，而狐狸却说："绞死它太便宜"，建议"把它扔进河里淹死"，众法官一致同意，结果"扑通一声把梭子鱼扔进了河里"。酷嗜蜂蜜的大熊被选为蜂房管理人，它"把所有的蜂蜜全都搬进自己的洞里"，而法庭对它的判决却是"解除这个老骗子的职务，罚它在熊洞里睡过冬"（《熊和蜜蜂》）。

在《农夫与大河》中，克雷洛夫总结性地揭露出了统治者掠夺人民的本质。小河与溪流不断泛滥成灾，给农民的生命财产造成极大危害。农民决定到小河的上司大河面前去告状。可是：

> 他们走到大河跟前一看，
> 才知道冲走的财产有一半，
> 都漂流在大河上。
> 农民面面相觑，摇头叹息，
> 垂头丧气回家去。
> 既然上上下下串通一起，
> 咱们告状还不是浪费时间白花力气。

克雷洛夫不仅同情人民的苦难，也深深懂得人民是国家的根本。在《树叶和树根》中，他借助地底下的树根——劳动人民的一番话，揭露贵族阶级的寄生性，提醒树叶——贵族阶级不能高高在上，洋洋得意，忘掉了供养他们的树根：

> 树叶随着新春年年更换，
> 树根却不然，
> 树根一旦枯干，
> 你们这些树叶全都要完蛋。

贵族阶级的忘恩负义和愚蠢行为在《橡树下的猪》中刻画得特别鲜明。蠢猪一面吃着橡果，一面又不断掘橡树的根。它根本不懂橡果与橡树根的关系。

在克雷洛夫的寓言中，有几篇是直接反映 1812 年战争的。如《猫和厨子》指责沙皇政府对拿破仑的侵略迟迟不采取行动；《车队》支持库图佐夫审慎的战略；《乌鸦和母鸡》歌颂广大普通人民的爱国主义；《梭子鱼和猫》谴责放跑了拿破仑溃军的俄国海军上将契恰戈夫。其中最有影响的一篇是《狼落狗窝》。克雷洛夫把入侵俄国的拿破仑比作大灰狼，他没有料到俄国不是"羊圈"而是"狗窝"，俄国人民不是绵羊，而是一群骁勇善战的猎狗，统帅他们的是一位"白发苍苍"的有经验的老猎手。灰狼进退两难，扮出一副求和的可怜相。但深知狼性的老猎手却没有中计，他毫不留情地放出猎狗把狼打得一败涂地。当时读者都明白老猎手是指库图佐夫，据说，库图佐夫本人也曾对前来开会的军官们朗读过这篇寓言，当他读到：

> 你这头灰狼固然是诡计多端，
> 而我呢，老弟，却已经白发苍苍，
> 对狼的本性我早就了如指掌。

这几句时,他风趣地脱下了军便帽,露出了满头白发。

克雷洛夫的寓言,也有不少是带有道德伦理性质的,它们嘲笑社会上常见的种种恶习和人们的弱点,如忘恩负义、吹牛拍马、愚昧无知等等。

克雷洛夫的寓言是俄国早期现实主义的光辉成就,他笔下的野兽天地完全是当时俄国社会芸芸众生相的一幅真实缩影,他塑造的动物形象不仅具有一般人类的特征,而且带有俄罗斯民族性格的特征。正如他的同时代人所指出的,克雷洛夫作品里的熊是俄罗斯式的熊,母鸡是俄罗斯式的母鸡,狐狸是俄罗斯式的狐狸。

克雷洛夫的寓言不仅表现了鲜明的俄罗斯民族性格,而且运用的是完全符合形象性格和身份的俄国民间语言。他的寓言采用了大量俄国民间语汇、民间的格言和谚语,使寓言真正做到了活泼生动、雅俗共赏。

克雷洛夫的寓言是用不同音步的抑扬格自由诗体写成的,诗句有长有短,也不拘泥韵脚,充分表达了口语的特点。诗的节奏时而轻快活泼,时而重滞缓慢,完全配合了情节的发展和人物的性格。寓言的篇幅短小,人物也少,有时甚至只有一个;但形象鲜明,内容生动,情节紧凑,语言精炼,几乎每一篇都是完美的艺术作品。克雷洛夫寓言中的不少诗句、甚至某些寓言的题目都成了格言和谚语,如"鱼的跳舞"、"杰米扬的鱼汤"、"殷勤的傻瓜比敌人更可怕"、"弱者在强者面前总是有罪的"、"不管你们怎么个坐法,终究也当不成音乐家"等等。

别林斯基盛赞克雷洛夫寓言的人民性。他说:"他的寓言,正像一面平滑光洁的镜子一样,反映出了俄罗斯的冷静的智慧,带着它的表面上的笨重,同时还带着咬起来发痛的利齿,带着它的聪颖和敏锐智慧,带着温和而有讥讽意味的嘲笑,对事物的自然正确的观点,以及简练、鲜明而又华丽地表现这种观点的才能。他的寓言里面包含着各种生活知识,包含着自己特有的和世代相传的生活经验的结果。"[①] 别林斯基认为,没有克雷洛夫,普希金不可能达到那样"完美"。

第五节 格里鲍耶陀夫

从 1824 年 5 月起,在俄国进步人士中间广泛流传着一部手抄本喜剧《智慧的痛苦》,它表达了即将起义的十二月党人的思想观点。这部喜剧的作者就是当时年青的外交官格里鲍耶陀夫。这是他一生中创作的唯一一部完整的杰作。他在这部喜剧中以纯熟的现实主义手法反映了当时俄国社会先进与反动势力之间尖锐的思想斗争。《智慧的痛苦》与普希金在同年创作的历史题材的悲剧《鲍里斯·戈都诺

[①] 《俄国文学史》(上卷),作家出版社,1957 年,第 248 页。

夫》一起，为俄国现实主义戏剧的发展奠定了基础。

亚历山大·谢尔盖耶维奇·格里鲍耶陀夫(1795—1829)生于莫斯科一个古老的贵族家庭，父亲是禁卫军军官，母亲是拥有上千名农奴的女地主。格里鲍耶陀夫天资聪颖，幼时受过良好的家庭教育，懂得数门外语，钢琴也演奏得很出色。1806年，年仅十一岁的格里鲍耶陀夫进入莫斯科大学。在校六年期间，他修完了三个系（文学系、法律系、数学物理系）的课程。当时的莫斯科大学称得上是"十二月党人的温床"，大学生们都醉心于法国启蒙学派的思想，暗中阅读拉季舍夫、诺维科夫、冯维辛等人的作品。格里鲍耶陀夫的同学中间有很多未来的十二月党人，他和他们始终保持密切的来往。他和当代最先进的人物彼·恰达耶夫(1794—1856)的友谊也是在大学时代建立的。在自由思想熏陶下成长起来的少年格里鲍耶陀夫心中滋长了对农奴制社会的仇恨和维护个人尊严的意识。

1812 年战争爆发后，格里鲍耶陀夫放弃了考博士学位的打算，自愿从军。他所在的团队在整个战争期间都驻扎在白俄罗斯一个偏僻的村庄里，既没有作过战，更没有出国远征。1815 年他退伍并定居彼得堡。1817 年开始在外交部供职，结识了也在外交部就职的普希金。

格里鲍耶陀夫在彼得堡的三年正是十二月党人运动兴起和发展时期，他和雷列耶夫、奥陀耶夫斯基、恰达耶夫、卡捷宁、普希金等人的交往，使他的思想进一步接近十二月党人的观点，为他以后创作《智慧的痛苦》积累了素材。

格里鲍耶陀夫十五岁时就立志从事文学活动。1814 年他翻译过一部法国喜剧《青年夫妇》；1817 年与卡捷宁合写了讽刺贵族社会风习的《大学生》；1818 年又与沙霍夫斯科伊、赫梅里尼茨基合写了《自己的家庭。又名已婚的未婚妻》。这些作品虽然不过是一些法国式通俗笑剧，但也为他日后写《智慧的痛苦》在技巧上作了准备。

1818 年，格里鲍耶陀夫被任命为俄国驻波斯大使的秘书。他在波斯的四年间，写出了喜剧《智慧的痛苦》的头两幕。1822 年他被调到梯弗里斯，担任高加索总司令叶尔莫洛夫的外交秘书。1823 年 3 月他获准去莫斯科休假，写完《智慧的痛苦》的第三、四幕，1824 至 1825 年初，格里鲍耶陀夫住在彼得堡，这时十二月党人起义准备工作已进入高潮，生活在十二月党人中间的格里鲍耶陀夫就在革命斗争气氛高涨中最后完成了他的《智慧的痛苦》。

在写完《智慧的痛苦》以后，格里鲍耶陀夫曾经着手写一部以 1812 年战争为题材的人民悲剧，并定名为《1812 年》。根据剧本的草稿来看，主人公是一个农奴，1812 年他以民兵身份参加过战争，屡建奇功，战争结束后他却不得不重新"回到主人的棍棒下面"。这位农奴英雄在战争中觉醒过来，意识到人的尊严，不堪非人的奴役生活,在绝望中自杀。剧本和《智慧的痛苦》一样具有强烈的反农奴制倾向,但只写了片断。

1825年秋格里鲍耶陀夫回到高加索。十二月党人起义失败后,格里鲍耶陀夫在高加索被逮捕并押至彼得堡。在审讯中,十二月党人及格里鲍耶陀夫本人矢口否认他属于秘密团体,同时又缺乏足够的罪证,不久获释。格里鲍耶陀夫与十二月党人的政治观点显然是相近的,但他比后者清楚人民群众在历史中的作用,并看到俄国贵族与广大人民之间的距离。例如,他在《郊外小游》(1826)一文中称俄国贵族地主为"受了毒害的半欧洲人阶级",并沉痛地说:"是什么不祥的魔法把我们在人民中间变成陌生人呢?"使得人民"跟我们永远分离!"据亚·别斯图热夫回忆,由于不愿意使格里鲍耶陀夫的才华受到摧残,秘密团体没有吸收他。

1826至1829年间,格里鲍耶陀夫一直在高加索和波斯从事外交工作。他始终念念不忘十二月党人的悲惨命运,1828年他乘觐见沙皇尼古拉一世的机会,请求减轻对十二月党人的刑罚。沙皇大为震怒,并把他派往国外,委任他为俄国驻波斯全权大使。在那里,代表沙皇政府利益的俄国外交官随时都有生命危险,事实上是一次政治流放,因为当时俄国与波斯之间关系极为紧张。果然,不出一年,格里鲍耶陀夫就在德黑兰一次政治事件中被波斯人杀死。

1826—1827年在格鲁吉亚时,格里鲍耶陀夫曾经打算以外高加索各族人民的历史为题材写一部悲剧《格鲁吉亚之夜》,控诉农奴主强行拆散农奴家庭,强迫子女与父母分离的罪行。在另一部悲剧《罗达密斯特和杰诺彼亚》的构思中,格里鲍耶陀夫以古喻今,借助古代格鲁吉亚和亚美尼亚历史上反抗暴君的题材来配合现实生活中的政治斗争。由于他的悲剧性死亡,没有能在悲剧领域中施展自己的才华,他留下的唯一杰作就是喜剧《智慧的痛苦》。

《智慧的痛苦》

《智慧的痛苦》创作于十二月党人运动蓬勃开展的时期。作者不仅目睹运动的进展,而且能站在时代先进人物的立场上深刻理解这场斗争,这就使他能够在剧本中表现时代最根本的矛盾:新与旧、革命与反动两种力量的尖锐冲突。

剧本的内容表面上是建立在一个有先进思想的贵族青年恰茨基与贵族少女索菲娅的爱情上的,实际上通过这个线索表现出恰茨基与以法穆索夫为代表的反动贵族阵营的全面冲突。喜剧的主人公恰茨基出身于中等地主家庭,拥有三百名农奴,他自幼父母双亡,由他的父执法穆索夫——莫斯科的大官僚抚养成人。恰茨基与法穆索夫的女儿索菲娅是童年的朋友;成年后,恰茨基受到时代先进思想的影响,出外游学,想干出一番事业,但三年之后,仍一事无成。戏剧开始时,恰茨基失望之余,匆匆返回莫斯科,想在儿时恋人身边寻求安慰。但十七岁的索菲娅已另有所爱,她迷恋上了她父亲的秘书——出身寒微、"谦恭温良"的莫尔恰林。法穆索夫则为女儿选中了一个粗鄙的军官斯卡洛茹布上校。索菲娅对斯卡洛茹布不感兴趣,也很厌恶恰茨基对贵族社会风习的机智讽刺,但却看不透莫尔恰林是个追求名利的无耻小人。莫尔恰林对索菲娅毫无感情,只是为了讨好上司才扮出一副钟情的样子。恰茨基看出了索菲娅对莫尔恰林的情意,嘲笑了莫尔恰林的卑鄙,索菲娅一气之下竟把恰茨基称为"疯子"。顷刻之间,谣言不胫而走,整个社交界盛传恰茨基为疯人。直到最后一场,索菲娅才明白自己上了莫尔恰林的当,而恰茨基也在揭穿了索菲娅的谎言以后愤然离开莫斯科。

《智慧的痛苦》中的爱情线索只起贯串情节的作用。因此,它和传统的爱情喜剧有所不同,具有严肃的政治内容。格里鲍耶陀夫曾说:"……在我的喜剧里,二十五个蠢才对一个有健康思想的人,而这个人当然处在与社会、与周围环境的矛盾之中……"作者通过正面主人公恰茨基与贵族社会的冲突,猛烈抨击了农奴制俄国社会的种种弊病:反动的贵族地主阵营腐朽寄生、道德败坏、仇恨文化和一切新事物、盲目崇外;农民被践踏、被蹂躏、毫无人权。在这个拥护农奴制的贵族社会里,进步青年恰茨基只能是十分孤立的,正如十二月党人只是贵族中的极少数一样。恰茨基被视为疯子是必然的,因为在农奴主看来,先进的观点无非是疯子的语言罢了。

喜剧中的法穆索夫是莫斯科贵族社会的典型代表人物,他疯狂地维护农奴制和一切旧的风俗习惯,极端害怕动摇旧制度的新事物和新思想,因而特别仇视教育和文化的普及。他宣称"学问简直就是瘟疫病"。为了防止先进思想的传播,他恨不能"把书籍都放在一起烧光"。作为一个农奴主,他衡量一个人的尺度就是他的财产——农奴的数目:"一个人只要继承了两千农奴,就算得上是个好配偶。""穷小子可配不上你",这就是他对女儿的训诫。他对待自己的职务马马虎虎,不论大小公事,从来不看内容,只要"签过了字,就算完事",因为他很清楚,在这种社会里,只要善于逢迎上级,依靠有势力的社会关系,就能保证官运亨通,一帆风顺。

政界的法穆索夫如此,军界的斯卡洛茹布上校也不例外。这个阿拉克切耶夫式的粗鄙武夫也同样敌视新思想。他希望大、中、小学校里都只让学生受"一,二,一"的军训。他主张派伍长"代替伏尔泰"去管理有学问的人,如果他们胆敢反抗,就军法从事,严加镇压。斯卡洛茹布成天想的就是"赶紧弄个将军头衔"。他很高兴1812年战争以来同僚们死的死,老的老,使他完全可以不靠才能和功劳得到晋升。这种愚昧反动的军官正是农奴制国家的军事支柱。

拥护农奴制的不仅是农奴主、大官僚和反动贵族军官,在"出身寒微"的人们中间也可以找到。剧中的莫尔恰林就是这样一种典型。他为了有朝一日能出人头地，事事小心谨慎，处处讨好别人。从扮演情人的角色来讨好上司的女儿到夸奖贵妇人的小叭儿狗，莫尔恰林遵循的都是一个原则。在阿拉克切耶夫当权的时代，莫尔恰林这种善于逢迎上级、惟命是从的卑鄙小人是完全有可能飞黄腾达的，这种小官僚也是农奴制社会的可靠支柱。

和法穆索夫等人处于对立面的恰茨基是剧中唯一的正面人物，他体现了作者本人的思想感情，在很大程度上是十二月党人的代言人。作者有意让恰茨基处于反动势力的包围之中，与持有形形色色反动观点的贵族进行较量，在唇枪舌剑中逐一阐明先进的观点。剧中的恰茨基是一个有可能发展成为十二月党人的先进贵族青年。他有才华、有教养，"文章写得好，翻译也漂亮"。他有抱负，有理想，为人正直高尚，不肯卑躬屈膝去追求高官厚禄，只希望为祖国为人民做出一番事业。所以他宣称："为事业服务我很高兴，逢迎上司却令人恶心。"他对俄国社会当时还存在着买卖农奴的野蛮风习表示了极大的愤慨。在"那么法官是些什么人？"这一段著名的独白中，恰茨基痛心地揭露了被法穆索夫之流树为"青年人的榜样"的达官贵人如何忘恩负义和惨无人道：他们为了"换取三条猎狗"，毫不顾惜地卖出那些"不止一次救过他的性命和荣誉"的忠诚的家奴；他们一时心血来潮，从大批农奴身边强行拉走他们的小儿女，训练这些孩子在芭蕾舞戏中扮演爱神和风神，"使整个莫斯科都为之倾倒"，可是一旦债台高筑，无法偿还时，就把扮演爱神和风神的演员们"一个一个卖掉"。恰茨基的这段独白在当时的进步人士心中引起强烈的反响，尤其是"一个一个卖掉"这句话更加深了他们对农奴制的痛恨。

作为一个热爱祖国的先进青年，恰茨基对贵族社会上上下下盲目崇拜和模仿西欧，鄙视本国民族文化的奴才心理也作了尖刻的讽刺。和十二月党人一样，他主张的是汲取西欧文明的精华、启蒙学派的先进思想来促进俄国社会的文明和民族文化的发展。

法穆索夫之流充分认识到这个聪明的青年的先进思想对农奴制社会的危险性，恨不能"送他去当兵"。他们异口同声宣布他"发了疯"，借此来否定他的思想。作者写到的这种政治迫害在帝俄时代并非虚构。据说，格里鲍耶陀夫塑造的恰茨基这个形象是以他的朋友恰达耶夫为原型的。十分不幸的是，若干年后，恰达耶夫果然由于发表《哲学书简》(1836)批评尼古拉一世的反动政策而被官方宣布为"精神失常"。

喜剧中的恰茨基，如作者所说，完全是孤军作战，然而在生活中，恰茨基并不是孤立的。在剧本的字里行间也流露出这一点。恰茨基在阐述自己的观点时，从来不说"我"，而是说"我们"。同时在剧中反动人物的抱怨声中，我们也可以看到当时俄国确有不少像恰茨基一样的进步青年,如斯卡洛茹布的表弟、侯爵夫人的侄儿等。

喜剧在形式上还保留了某些古典主义的痕迹(如三一律),但由于作者成功地塑造了典型人物形象,因而《智慧的痛苦》为俄国现实主义喜剧的发展奠定了基础。在格里鲍耶陀夫的笔下,古老的莫斯科贵族社会的风貌被刻画得十分真实。冈察洛夫在评《智慧的痛苦》的文章《万般苦恼》中曾经指出:"如同一滴水反映整个太阳一般,二十五人组成的小集团反映出了整个古老的莫斯科,它的风貌、精神和当代特有的种种习俗。"

《智慧的痛苦》也和克雷洛夫的寓言一样,是用不同音步的抑扬格诗体写成的。它充分保留了口语灵活、自然、生动、流畅的特点,既是诗句,又是对白,称得上是"字字珠玑"。对《智慧的痛苦》的语言,普希金曾经说过:"一大半都应该成为谚语。"他的预见没有落空,《智慧的痛苦》中的许多诗句确实已经变成谚语进入俄国人民日常用语,如:"签过了字,就算完事","连祖国的炊烟我们也感到亲切香甜","为事业服务我很高兴,逢迎上司却令人恶心"等等。无怪有人称《智慧的痛苦》是"俄国戏剧中的一颗明珠"。

别林斯基很好地阐明了格里鲍耶陀夫《智慧的痛苦》一剧的历史意义。他说:"《智慧的痛苦》和普希金的《奥涅金》一起……可以说是真正广阔地、诗意地描写俄罗斯现实生活的第一个典范。在这方面,这两部作品给后来的文学奠定了基础。它们并且成为一所学校。从这所学校里培养出了莱蒙托夫和果戈理。如果没有《奥涅金》,就不可能有《当代英雄》,同样如果没有《奥涅金》和《智慧的痛苦》,就连果戈理也不可能感到自己能够那样有把握地,将俄罗斯的现实生活那样深刻而真实地描绘出来。"[1]

---

[1] 《俄罗斯古典作家论》(上),人民文学出版社,1959年,第333页。

第四章 普希金

普希金(1799—1837)生活在法国大革命之后欧洲各国革命运动风起云涌的时代,经历了1812年战争和十二月党人起义。他的作品是俄国民族意识高涨以及贵族革命运动在文学上的反映。在俄国文学史上普希金是继往开来的人物,他既是俄国浪漫主义文学的杰出代表,又是现实主义文学的奠基人,并对俄罗斯文学语言的改革作了划时代的贡献。他以后的杰出俄国作家,从莱蒙托夫、果戈理、屠格涅夫到陀思妥耶夫斯基、托尔斯泰、契诃夫,无不承认普希金对他们的有益影响,尊他为自己的老师。

生平与创作道路

亚历山大·谢尔盖耶维奇·普希金1799年出生于莫斯科一个古老而逐渐衰落的贵族家庭。父亲崇尚法国文化,叔父是卡拉姆津派诗人。卡拉姆津、茹科夫斯基、巴丘什科夫等都是普希金家中常客,诗人早年的文学趣味正是在这种气氛中形成的,他八岁就开始用法语写诗。他最初的俄语教师是外祖母和家中的仆人,其中包括他终生铭记的农奴身份的乳母阿琳娜·罗季昂诺夫娜。十二岁起入彼得堡皇村学校。

皇村学校时期(1811—1817)皇村学校是一所贵族子弟学校。校长及某些教授有自由主义倾向。教授中的库尼岑经常在课堂宣传法国启蒙主义思想,并且是拉季舍夫的崇拜者,对学生影响很大。1812年战争所激起的爱国热潮给少年普希金极大鼓舞。在向往自由和爱国主义的思想基础上,普希金与同学,未来的十二月党人伊·伊·普希钦、丘赫尔别凯建立了终生不渝的友谊。

普希金在同学中以诗才出众见称。这一时期他写了一百多首诗,但多数是习作或摹仿之作,大部分未收入诗人生前自选的诗集。这些诗主要歌颂爱情、友谊,受法国诗影响较大,但也有反对宗教神秘主义、禁欲主义的一面,个别的诗(《致里齐尼》,1815)有反专制暴政的倾向。1814年,普希金在一次考试时朗读自己新作《皇村回忆》一诗,深得在场的老诗人杰尔查文的赞赏,称他是自己的继承者,自此他开始闻名校园内外。1814年他公开发表了自己的第一首诗《致诗友》。

彼得堡时期(1817—1820)普希金毕业后在外交部任翻译（十等文官）。当时他热衷于京城上流社会的社交生活,同时先后参加了"阿尔扎玛斯社"与"绿灯社"。两社中有不少十二月党人,普希金与他们交往甚密,政治观点极为相近。普希钦本想吸收他加入秘密团体,但由于他生活过于放荡不羁,性格浮躁,因而打消此念。

在十二月党人影响下,普希金写了一组抨击暴政、歌颂自由、讽刺权贵、同情农民和揭露农奴主残酷不仁的诗(《自由颂》,1817;《致恰达耶夫》,1817;《乡村》,1819)。这些诗以手抄本形式广泛流传,影响极大。亚历山大一世为此大为震怒,他说:"应该把普希金流放到西伯利亚去,他使俄国到处泛滥煽动性的诗,青年人都争相传诵。"①最后由于茹科夫斯基、卡拉姆津等人的斡旋,普希金被调到南俄总督英佐夫行政公署任职,实际上是政治流放。

普希金这一时期还写了叙事诗《鲁斯兰和柳德米拉》(1817—1820)。茹科夫斯基看后承认自己是"被打败的老师",并称普希金为"胜利了的学生"。

南方流放时期(1820年5月—1824年7月)普希金抵叶卡捷琳诺斯拉夫后,他的上司南俄总督英佐夫待他宽厚,允许他随1812年战争英雄尼·尼·拉耶夫斯基一家出游,游览高加索及克里木景色,历时三个月。同年9月又随英佐夫总督府迁至基希尼奥夫。

基希尼奥夫是十二月党人南社成员据点之一,普希金和他们十分接近,经常在一起抨击时政,热烈讨论俄国改革的前途和成立秘密团体的必要。他曾与南社领导人彼斯捷利长谈,并称他为"最有独特头脑的人物之一"。② 南社成员弗·拉耶夫斯基被捕前,普希金曾向他通报消息。普希金新写的《短剑》(1821)一诗在南社成员中广为传诵。他本人曾表示愿意参加秘密团体,但不知道南社本身的存在,因而始终未加入。

南方高涨的革命形势,与十二月党人的进一步接近,被流放的处境,南方绮丽的自然景色,醉心阅读拜伦的作品,——这一切都在普希金南方时期创作中留下鲜明而深刻的印迹。这些年代普希金取代茹科夫斯基,成为俄国浪漫主义文学运动的杰出代表。以当代贵族青年为主人公的浪漫主义叙事诗《高加索的俘虏》(1822)引起了极为热烈的反响。用拜伦体长诗反映俄国当代人的思想情绪是普希金的首创,使俄国读者感到既新颖又亲切,一时许多人竞相模仿,仅1828至1833年就发表了二百多部类似的叙事诗,形成一股强大的文学潮流。

---

① 《普希金全集》第7卷,俄文版,文学出版社,1962年,第304页。
② 鲍·梅拉赫:《普希金及其时代》,俄文版,文学出版社,1958年,第58页。

希腊、西班牙、意大利等国革命运动的失败使普希金的浪漫主义情绪受到打击,拜伦式的创作方法已不能使他感到满足。1823年,他在基希尼奥夫开始创作诗体小说《叶夫盖尼·奥涅金》(1823—1831),力求用现实主义创作方法反映俄国当代社会。从这一时期开始创作的叙事诗《茨冈》(1823—1827)和抒情诗《致大海》(1825)通常被认为是与浪漫主义的告别之作。

1823年3月,米·谢·沃隆佐夫将军接替英佐夫职务,并兼任奥德萨总督,普希金遂赴奥德萨总督府外事厅任职。由于政治上(普希金经常发表激烈的言论)和私人方面(普希金追求沃隆佐夫的妻子)的原因,普希金与沃隆佐夫关系恶化,后者多次上书沙皇,要求把普希金调离敖德萨。1824年警厅截获普希金所写一封有"冒犯"上帝言词的私人信件,亚历山大一世以此为理由,给普希金以更严厉地惩处:将他革职,放逐到诗人母亲的领地普斯科夫省米哈伊洛夫斯克村,受地方政府、教会及父母的三重监督,未经允许不得擅自离开。是年8月,普希金离开敖德萨。

米哈伊洛夫斯克村时期(1824年8月—1826年9月)在十二月党人积极准备行动的革命高潮时期,普希金与他们中断了直接的联系。1824至1825年间,他与十二月党人北社领导人雷列耶夫等虽有书信交往,但主要谈论文学问题。1825年1月,普希钦来访,正式向诗人透露他已参加秘密团体。普希金十分激动,为自己过去"干了许多蠢事"而"不配得到信任"[①]感到痛惜。这是两位友人最后一次见面。

普希金由于远离革命运动中心所受到的损失从另一方面得到了补偿。幽居农村使他比以前任何时候都有更多机会接近农民。他经常到集市上听农民谈话和唱歌,晚上听乳母讲民间故事。他在一封信中写道:"……晚上我听故事,以此来弥补我所受的教育之不足。这些故事是多么美妙啊!每一首都是一部叙事诗"。[①]普希金从民间创作中学习人民的语言,吸取有益的精神营养,受到人民的道德和审美观念的熏陶。正是在这个时期,他称17世纪俄国农民运动的领袖斯杰潘·拉辛为"俄国历史上唯一有诗意的人物"。[②]

普希金在乡间还悉心研究历史,思考历史上各种动乱的原因和人民在历史中所起的作用。在文学上,他把目光转向"低级现实",开始从平淡无奇的日常生活中取材,赞叹莎士比亚笔下人物丰富多彩的性格,积极参加当时俄国文学界关于文学反映现实途径的争论。总的说来,此时他更加倾向于现实主义,艺术风格更趋于朴实、自然。两年之内创作上成果累累。除几十首抒情诗外,还写了叙事诗《努林伯爵》(1825)、历史剧《鲍里斯·戈都诺夫》(1825),完成了在南方开始的叙事诗《茨冈》(1827)和《叶夫盖尼·奥涅金》前六章。

[①②] 《普希金全集》第9卷,俄文版,文学出版社,1962年,第119页。

十二月党人起义失败后,尼古拉一世在审讯起义者过程中,一方面发现普希金在他们之中影响极大,另一方面也查明普希金与秘密团体及起义一事确无组织上的牵连,于是做出"宽大"姿态,以欺骗舆论,并想调转诗人笔锋,为己所用。沙皇召普希金来莫斯科面谈后,允许他返回莫斯科居住。同时宣称将亲自审查他的作品。

重返莫斯科和彼得堡时期(1826—1837)1826年11月,普希金重返莫斯科,一年后又获准去彼得堡。1827至1831年间,他经常往返于彼得堡及莫斯科之间,同时从事文学创作。他曾多次要求出国(包括中国),均被拒绝。1828年曾因"亵渎"上帝的叙事长诗《加甫利里亚德》(1821)受到传讯。1830年9月,普希金与娜塔里亚·冈察罗娃订婚后去波尔金诺村料理产业。由于霍乱突然流行,交通断绝,普希金受阻,一直停留到12月。他在这三个月时间里,精神焕发,创作力旺盛,除写了多首抒情诗外,还完成了《叶夫盖尼·奥涅金》、《别尔金小说集》(1831),这在俄国文学史上是有名的"波尔金诺之秋"。

1831年3月,普希金与冈察罗娃结婚,从此定居彼得堡,重返外交部领十等文官薪俸,但并无具体职务。尼古拉一世允许他利用宫廷档案写《彼得大帝史》。1833年12月,尼古拉一世为使普希金年轻美丽的妻子经常出席宫廷舞会,授予诗人以"宫廷侍卫"的头衔。这种职位通常授予二十岁左右的贵族青年,因此这对普希金实质上是一种侮辱。频繁的社交生活使家产微薄、收入极少(主要靠稿酬,而发表作品还要经过沙皇认可)的普希金负债累累,不得不经常在出版商、当铺主和高利贷者之间奔走,甚至忍辱接受皇上的"馈赠"(这种赠款达四万五千卢布之多)。

30年代彼得堡的政治气氛与十年前大不相同。皇村学校早已被勒令关闭,"绿灯社"中的旧友有的远在"西伯利亚矿坑的底层",有的则是十二月党人的审讯者。当初贵族沙龙中高谈阔论俄国改革的气氛已被一片沉默和奴颜婢膝所代替。贵族阶级作为一个整体完全站在尼古拉一世反动政府一边,少数优秀分子如赫尔岑、奥加辽夫等人在痛苦地总结经验,继续探索。但他们基本上集中在莫斯科大学,普希金和他们没有联系。诗人在自己订婚之前虽然得到解除警方监视的书面证明(不然冈察洛娃父母不同意女儿与普希金的婚事),实际上连他与妻子之间的私人通信都受到秘密审查。未经宪兵总监下肯多尔夫许可,普希金甚至无权对朋友朗诵自己的作品。在这种形势下,普希金的思想充满矛盾;他同情十二月党人的不幸处境,认为"一百二十个朋友、兄弟和同志的苦役是可怕的",[1]又表示"政府的措施证明了它的决心和威力",[2]责备起义是不智之举;他表示要继续唱"旧日的颂

---

[1][2] 《普希金全集》第9卷,俄文版,文学出版社,1962年,第236页。

歌",忠于自由的理想,又上书沙皇,保证"坚决不以个人意志与公认的秩序相悖"。①他既十分珍惜自己诗人的尊严和独立,又不得不在一定程度上依附于沙皇宫廷。普希金曾一时为尼古拉一世的表面姿态所迷惑,对他抱有幻想,希望他效法彼得一世,在俄国推行开明的改革。

这一时期普希金在文学创作上的兴趣随着俄国文坛上的演变日益转向散文和历史题材。在历史题材方面,他的注意力集中在彼得一世和农民起义上,在散文方面则致力于表现各阶层普通人的日常生活和散文语言的改革,此外他还先后参加了《文学报》(1830—1831)和创办《现代人》杂志的工作,从事文学批评。他的文艺批评著作是俄国美学思想史上一个重要的方面。

政治上的沉默和生活上与宫廷接近使普希金在进步读者中威望降低(见别林斯基《给果戈理的一封信》),诗人为此感到十分痛苦。他多次要求辞去公职,隐居乡间,专事创作,但不仅遭到拒绝,反而引起沙皇及当局的不满。他与官方的矛盾不断加深。1835年他因写诗讽刺教育部长及科学院院长乌瓦罗夫(即"官方民族性"理论的制造者)而受到下肯多尔夫的指责和沙皇的警告。与此同时,他私人生活中也发生了一件令人难以忍受的事,即俄国宫廷的宠儿、法国大革命后逃亡俄国的法国人丹特士(荷兰驻俄公使格凯伦的义子)不断追求普希金的妻子,彼得堡上流社会中流言纷起。1836年11月,彼得堡流传一封侮辱普希金和妻子的匿名信,普希金要求与丹特士决斗,经调解后未进行。1837年1月25日,普希金又收到一封侮辱性的匿名信。在政治、经济和精神的三重压迫下,普希金痛苦至极,遂于1月27日与丹特士决斗,1月29日含恨长逝。

抒情诗

19世纪20至30年代遍及全欧的浪漫主义文学运动把表现人的感情生活提到前所未有的高度,大大推进了抒情诗这一文学体裁的发展。欧洲各国诗人辈出,如拜伦、雪莱、歌德、雨果、密茨凯维支,俄国这一时期最杰出的抒情诗人是普希金。

普希金的抒情诗题材广泛,形式多样,感情真挚,流畅凝练。前期多引吭高歌,或嬉笑怒骂,讥讽权贵;后期趋向含蓄,富于哲理;时而低吟哀唱,倾吐反动统治下先进人士的苦闷,但总的说来格调清新明朗。作为一个诗人,普希金是在俄国第一代革命者十二月党人运动从酝酿走向高涨的年代成熟的,他以敏锐的艺术天赋和感受表现了这个长梦方醒、乍暖还寒的历史转折点的时代精神。

---

① 《普希金全集》第9卷,俄文版,文学出版社,1962年,第234页。

普希金所写的以当代重大社会、政治题材为内容的抒情诗虽然数量不多,但影响极大。它们大多写于彼得堡时期和南方流放时期,充分表达了风华正茂的一代贵族青年强烈反对专制农奴制、渴望自由、要求改革的心情。当时俄国诗坛上,十二月党人的诗同样有强烈的忧国忧民之情,但往往失之太露,诗的含蕴不足。茹科夫斯基、巴丘什科夫等人的诗有较高的艺术性,但多写夕阳流水或男女爱情,未能唱出时代的心声。普希金的政治抒情诗取各家之长,去各家之短,形式与内容和谐结合,因而流传甚广。《致恰达耶夫》(1818)是普希金政治抒情的代表作之一。它在形式上属于传统的赠答体,内容却并非针对一人一事,而有极大的概括性。诗人用热恋中的青年等待情人约会的心理状态来形容当时进步贵族青年准备为祖国和自由献身的心情,真切地表现了这种感情的炽热和迫不及待,富有艺术魅力,引起了人们对一种纯洁、美好的事物的憧憬。和当时许多十二月党人一样,普希金并没有推翻君主政体的思想,但这首诗的艺术感染力客观上超出了诗人的政治观点,鼓舞了几代人与沙皇专制制度作斗争。

诗人无情地揭露充满血腥气味和阴谋倾轧的历代沙皇宫廷,主张用法律限制君王的权力(《自由颂》,1817);愤怒地鞭挞用"强暴的鞭条"把"耕作者的劳动、财产和时间据为己有"的"不讲法律,没有心肝的野蛮的老爷",深深地同情"受尽折磨的奴隶"(《乡村》,1819);嘲笑亚历山大一世关于实行改革的诺言只不过是骗人的"童话"(《童话》,1818)。他赞颂刺杀暴君(《短剑》,1821),抒发自己要像雄鹰一样冲出牢笼、飞向云际的情怀(《囚徒》,1821)。这些诗虽然未公开发表,但以手抄本形式广泛流传,对俄国贵族革命运动的发展起了推动作用,故此普希金有"十二月党人运动的歌手"之称。赫尔岑曾在《论俄国革命思想的发展》一文中写道:"雷列耶夫和普希金的革命诗可以在帝国最边远地方的青年人手中发现。没有一个受过良好教育的姑娘不知道把这些诗背诵出来,没有一个军官会不把这些诗带在行军背包中,没有一个僧侣之子会不从这些诗上抄下十来份副本。……整整一代人深受这种热烈而充满朝气的宣传的影响……"[①]

普希金的眼光并不只局限于俄国,在他的诗里可以感到时代的脉搏,听到法国大革命后全欧封建制度迅速解体所引起的历史风暴的回响。他对希腊人民反对土耳其统治的正义斗争深表同情(《真诚的希腊女郎》,1821),为西欧民族民主运动被镇压感到惆怅失望(《波浪,是谁阻挡了你们?》,1823),评论欧洲风云一时的历史人物拿破仑的是非功过(《拿破仑》,1821),哀悼拜伦的夭折(《致大海》,1824)。《致大海》在将要离开敖德萨时开始构思,完成于米哈伊洛夫斯克村。诗中表现出西欧革

[①] 《赫尔岑论文学》,上海文艺出版社,1962年,第58页。

命运动的失败,俄国国内阿拉克切耶夫反动统治的加强及诗人本人更加不幸的处境,他不再相信在不久的将来"迷人的幸福的星辰就要上升……"(《致恰达耶夫》)。反动的"神圣同盟"在欧洲的猖獗使普希金对拿破仑从过去单纯的谴责转变为对历史人物的感叹,对在希腊人民反土耳其统治的斗争中牺牲的拜伦满怀悼念之情。拿破仑与拜伦的名字都是与资产阶级革命以及对自由理想的追求联系在一起的。所以,全诗实际上表现了普希金在与浪漫主义理想告别时的茫然之感。这首诗被作者称为"哀歌"。"哀歌"本是一种感叹人生短暂、尘世虚幻的诗体,情调多忧伤,但要求写得婉约真挚,如出自肺腑的自白。普希金把大海当作朋友,与之作最后一次推心置腹的谈话,发扬了这种体裁真挚流畅、如诉衷肠的特点。与挚友告别自然有忧伤,但这忧伤体现了对当代重大问题的思考。大海又是自由的象征,它"闪耀着骄傲的美色","威严、深邃和阴沉",而又"不可屈服",因此忧伤之中有一种磅礴的气势,在亲切的谈心声中含有庄严、沉思的音调。无论从内容到形式,这首诗都突破了传统的"哀歌"体,是一种崭新的抒情诗。

和许多浪漫派诗人一样,普希金写了大量爱情诗。除早期爱情诗大多单纯歌颂爱情的欢乐之外,普希金的爱情诗较少写那种强烈的暴风雨般的热情,而更多是表现隐藏在内心深处的默默的柔情。他把一见倾心的爱慕、长相思的痛苦、嫉妒的折磨、绝望中的倾吐、回忆中的甜蜜、欲言又止的羞怯等都写得十分真挚,深沉(《一切都已结束》,1824;《倾诉》,1826;《我曾经爱过你》,1829;《不,不,我不该……》,1832)。《我记得那美妙的一瞬》,1825)是一首佳作,它把爱情的倾吐与抒发自己被幽禁中的苦闷结合起来,并把爱情视作激起创作灵感和生活热情的精神力量,因而有丰富的思想容量,引起广泛的共鸣。在形式上它充分体现了普希金抒情诗结构精巧、韵律优美的特点。全诗六节可分三十段:由浪漫情调的回忆转向低沉忧伤,最后以喜悦和欢乐结束。"幻影"、"精灵"、"声音"、"面影"、"觉醒"、"爱情"等词在情调不同的小段中重复出现,而且都是韵脚,既赋予全诗前后一致的紧凑和严谨,又产生层次丰富的美感。

友谊也是诗人经常写到的主题,这是建立在共同信念、相互支持和经得起严峻考验的友谊。在十二月党人起义失败后,他怀着无限感激的心情,回忆他的"第一个朋友"、"珍贵的朋友"当初访问他"孤寂的庭园"时的情景(《致普希钦》,1826);他希望"在西伯利亚矿坑的底层"的朋友"保持着骄傲忍耐的榜样",要他们相信,"沉重的枷锁会掉下,阴暗的牢狱会覆亡"(《致西伯利亚的囚徒》,1827);他表示自己仍然忠于昔日的友谊,仍旧"唱着旧日的颂歌"(《阿里昂》,1827)。《冬天的黄昏》,1825)写出了诗人与奶娘的友谊,他对一个普通的、善良的俄罗斯农村妇女的儿子般的依恋。它通过简练的写实描绘了幽居农村的凄凉,几句源出民歌的歌词又使读者从黄昏转到清新、明朗的早晨,从愁闷中解脱。全诗有浓厚的民歌风格,朴素而真挚,这是俄国诗歌史上新的现象。

在皇村和彼得堡时期,普希金诗歌中风景描写不多。南方时期写景多见于浪漫主义的叙事长诗,富有异国情调。抒情诗中的"大海"、"波涛"则往往是一种象征。从米哈伊洛夫斯克村时期起,诗人在风景描写上开始注意细节的具体、准确,力求捕捉俄罗斯自然风光的特色。他的风景描写往往融合着健康、积极的生活态度。他怀着无限喜悦的心情,呼唤朋友和他一起赞赏那像"华丽的地毯"一样铺陈在俄罗斯大地上,迎着阳光闪闪发亮的白雪(《冬天的早晨》1829)。他特别喜爱当茂密的森林"披上盛装,染成深红"时,秋天那种"告别的美色",因为它激起诗人旺盛的创作灵感,使他头脑中诗情潮涌(《秋天》1833)。《我又重新造访》(1835)一诗是诗人在苦闷重重的心情中离开彼得堡,重访米哈伊洛夫斯克村时所作。分别十年之后旧地重游,诗人感慨万端。乳母已经故去,他自己"顺着普遍的法则,有了很多改变"。诗中接着展现了一幅由"丛林茂密的山丘"、村后"一个歪歪斜斜的磨坊"、"被雨水冲坏了的大路"等细节构成的真实而典型的俄国农村图景,令人黯然神伤。但诗人笔锋一转,三棵老松树旁新生的一簇"年轻的树丛"给他以启示,他领悟到宇宙万物不断发展更新,于是向"不熟识的青年一代"亲切问好,相信未来将充满欢乐。这首诗用无韵体写成,流畅自如,如促膝谈心,体现了诗人后期写诗力求接近散文的倾向。这种朴素简练、寓意深刻、情调豁朗的诗不仅使俄国诗坛耳目一新,也显然有别于当时风靡欧洲的以表现愤世嫉俗、孤傲失望为特色的浪漫主义诗歌。后来丘特切夫、费特等人的哲理诗都曾得益于普希金。在普希金之前,俄国抒情诗人通常只写乡村景色,普希金写城市景物的诗也不多,如《华丽的城呵,贫穷的城!》、《我在郊外沉思徘徊》(1836),但却在这一领域起了开拓者的作用。

普希金一生屡遭波折,备受迫害和屈辱,深感人生道路之艰辛,有时在诗中流露悲观失望和消沉的情绪(《人生如乘车》,1823;《旅途怨思》,1829),但总能保持对生活的信心,没有陷入绝望而不能自拔的境地(《假如生活欺骗了你》,1825)。他经常在诗中阐发自己的文学主张,认为诗人的使命是"用语言去把人们的心灵烧亮"(《先知》,1826),"灵感不能出卖,可以出卖的是手稿"(《书商与诗人的谈话》,1824)。普希金对人民始终怀着深厚的同情,他在逝世前不久写的(《纪念碑》,1836)中自豪地宣称:

> 我所以永远能和人民亲近,
> 是因为我曾用我的诗歌唤起人们的善心,
> 在这残酷的世纪,我歌颂过自由,

并且还为那些没落了的人们,祈求过怜悯同情。

这首诗可看作他一生创作的总结。

普希金的部分抒情诗也反映了俄国贵族革命性的局限。如对法国大革命中雅各宾党人的专政持否定态度(《自由颂》;《短剑》;《安德烈·舍尼埃》,1825),在西欧革命运动失败后,视人民群众为可以任意宰割的畜群(《荒原的自由播种者》,1823)。十二月党人起义失败后,普希金在《斯坦司》(1826)、《致友人》(1826)等诗中曾把尼古拉一世比作彼得一世,对他歌功颂德,引起进步读者不满。1830年,波兰人民反对沙俄统治,当时以赫尔岑等人为代表的俄国进步人士欢欣鼓舞,并盼望俄国派去镇压起义的军队失败,普希金却在《致俄国诽谤者》(1831)、《波罗金诺周年纪念日》(1831)中为尼古拉一世反动政策辩护。

普希金抒情诗内容之广泛在俄国诗歌史上前无古人,这必然会引起抒情诗形式的巨大革新。在此之前,俄国诗有比较严格的体裁划分,如颂诗、赠答诗、哀歌、情诗、田园诗等,各种体裁有特定的内容和语言规律。普希金并不摒弃传统,而是对传统进行创造性的革新。他彻底打破各种体裁的界限,在抒情诗的形式上完成了一次真正的革命,使抒情诗在反映生活、抒发感情上变得非常灵活、丰富、不受限制。夹在书中被遗忘的《一朵小花》(1828)唤起他对友人的深切思念,给《一只小鸟》(1823)以自由,使他被囚禁的心灵得到慰藉,他利用民歌素材刻画农民起义英雄(《斯杰潘·拉辛之歌》,1826),在皇村学校校庆纪念日向在"阴暗的深渊"中的友人祝福(《1827年10月19日》)或感叹20至30年代俄国贵族社会内部大震荡前后的变化(《1836年10月19日》)。他在哀歌中唱出时代的痛苦,在赠答诗中对一代人发出行动的号召,在田园诗的画面背景上展现农奴制的丑恶,使表现最隐秘感情领域的爱情诗发出历史风暴的回响。经过普希金二十余年的努力,俄国抒情诗面前展现出了无限广阔的新天地。

叙事长诗

普希金先后创作了十二部叙事长诗,其中最主要的是《鲁斯兰和柳德米拉》、《高加索的俘虏》、《茨冈》、《努林伯爵》、《青铜骑士》。它们既体现了诗人不同时期的创作特点,也反映出俄国文学在20至30年代的发展趋势。

19世纪初《伊戈尔远征记》的发现引起人们对英雄史诗的兴趣。1812年战争胜利后民族意识的高涨向文学提出创造有俄罗斯民族特色的长篇叙事诗的要求。浪漫主义文学的特色之一就是重视民族特色和民间创作。茹科夫斯基历时八年,精心创作的《十二个睡美人》充满神秘主义情绪,只吸取了民间创作中的消极因素。第一个完成了有民族特色的大型叙事诗创作的是青年普希金。

《鲁斯兰和柳德米拉》以基辅罗斯时期为历史背景,有受到《伊戈尔远征记》影响的明显痕迹。主人公之一基辅大公弗拉季米尔及后半部所描写的基辅罗斯与异族彼倩涅格人的战争均载于史书,但叙事诗中占主要地位的是基辅青年王公鲁斯兰与大公幼女柳德米拉的富有浪漫和传奇色彩的爱情故事。在鲁斯兰与柳德米拉的新婚之夜,柳德米拉被老巫师契尔诺摩尔劫走。鲁斯兰与另外三个王公分头去寻找。这三个人有不同的性格:罗格丹刚愎自负而凶残,拉特密尔追求享乐而性格平和,法尔拉夫狡诈阴险而胆怯,他们都是柳德米拉的追求者。鲁斯兰历尽险阻,终于战胜罗格丹,与另有艳遇的拉特密尔握手言和,生擒老巫,战败进犯罗斯的彼倩涅格人,重新得到大公的欢心,与柳德米拉团聚,并在最后宽恕了曾经想要杀害他的法尔拉夫。

鲁斯兰勇敢、善良,对爱情坚贞不渝。他力大无比,嫉恶如仇而又宽宏大量,体现了民间壮士歌中人民所歌颂的勇士的品格。诗中的魔幻人物皆具有"凡人"的七情六欲,有的代表善良与正义(先知),有的象征邪恶(老巫契尔诺摩尔及女巫纳伊娜)。契尔诺摩尔作恶但并不可怕,而是常常显得可笑。魔幻的情节或增加故事的诙谐,如柳德米拉因戴上隐身帽而使契尔诺摩尔欲近不能,或反映人民希望善战胜恶的理想,如鲁斯兰被法尔拉夫杀害后又被先知的活命水救活、神的戒指使柳德米拉苏醒。对鲁斯兰与柳德米拉爱情的赞颂是对人生欢乐的肯定。叙事诗吸取了民间创作中积极健康的因素,反映了人民的是非美丑观念,始终洋溢着明朗、欢快的气氛,与茹科夫斯基《十二个睡美人》中向往"彼岸"的消极情绪形成鲜明的对比。

叙事诗的情节线索多而不乱,经常出现意想不到的曲折,因而引人入胜。全诗严肃与戏谑、英雄气概与喜剧气氛交错出现,又不时伴以作者俏皮、诙谐的旁白。全诗的语言流畅自如,接近口语,大量运用民间创作中的俚俗词汇。当时在俄国文坛已逐渐销声匿迹的古典主义保守派攻击叙事诗的语言"粗俗不堪",犹如"一个庄稼汉闯进了莫斯科贵族俱乐部",这恰好从反面证明了普希金在文学语言上的巨大革新。

普希金在南方流放时期写了五部叙事诗。《加甫利里亚德》(1821)是一首打油诗,嘲笑圣经中关于圣母玛丽亚受天使感应怀孕生耶稣的故事,是对宗教的大胆嘲弄,但描写有些失之粗俗,格调不高。其他四部都是浪漫主义的作品。《强盗兄弟》(1825)通过一个"强盗"自述兄弟二人为贫困所迫,铤而走险,并在被官府拿获后越狱逃跑的故事,表现了不甘奴役,酷爱自由的情绪。

《巴赫切萨拉伊的泪泉》(1824)是一个有浓厚东方传奇色彩的爱情故事。《高加索的俘虏》(1822)和《茨冈》(1824—1827)则以当代生活为题材,提出了贵族青年应走什么样道路的问题,是南方时期最重要的作品。

这两部叙事诗都以贵族青年为主人公,他们有共同的性格特征。首先,他们都对贵族社会的生活方式和传统道德感到失望。普希金说,他在俘虏身上想要刻画的是"成为19世纪青年特征的对生活及其种种享乐的淡漠和心灵的未老先衰"。[①] 俘虏曾经"骄傲地开始火热的青春",但"在暴风雨般的生活里毁灭了自己的希望、欢乐和愿望","看透了世人和社会"。《茨冈》中的阿乐哥同样如此,他的不满有更为明确的社会内容,他痛感上流社会令人"窒息",在那里"不自由有的是",人们追逐金钱,崇拜偶像,出卖灵魂,相互欺骗。其次,两位主人公都渴望自由,因此都离开"文明"社会,到"大自然"的怀抱中过无拘无束的生活。俘虏是自愿离开城市,但在去高加索的旅途中被契尔克斯山民俘虏;阿乐哥则是由于"衙门里捉拿他",而加入了茨冈人的流浪行列。俘虏赞赏契尔克斯山民粗犷强悍的性格,喜欢他们惊险和自由自在的生活方式,但自己始终戴着锁链。阿乐哥在"返归自然"的道路上比俘虏更进一步,他和茨冈人融为一体,对"以前的事情,甚至于忘完了",并且能够全然放弃贵族身份,在观众面前,"唱着歌儿,牵着那个熊儿,讨点儿赏"。

故事是在与现实社会生活不同的环境中展开的,因此,对俘虏离开城市以及衙门捉拿阿乐哥的具体原因,只能由读者自己去猜测。这当然使主人公的性格显得模糊。但他们那种向往自由又心灰意冷的充满矛盾的精神气质却反映了1812年战争后,俄国现实与人们理想之间的差距所产生的时代心理。普希金后来在《叶夫盖尼·奥涅金》中把这种精神状态称为"俄国的忧郁症",意在说明它是俄国现实土壤的产物,有很大的普遍性。俄国第一代贵族革命家就是在这种气氛中觉醒成长的。因此,叙事诗在进步贵族青年中引起了强烈的共鸣。当时有进步倾向的诗人和批评家彼·安·维亚泽姆斯基谈到俘虏的典型性时说:"类似的面孔如留心观察……在当今社会中屡屡可见。"[②] 别林斯基因俘虏体现了一代人的特点而称《高加索的俘虏》为"历史叙事诗",而俘虏则是"那个时代的主人公"。[③] 雷列耶夫读到《茨冈》时向普希金致函表示热烈祝贺,说《茨冈》"使每一个真正的俄国人的心灵感到欣慰"。[④] 两位主人公同时也是诗人自己的情绪的体现者,他们的自白有许多地方可与诗人同时期写的抒情诗和书信相呼应,因此,普希金说《高加索的俘虏》中"有

---

① 《普希金全集》第9卷,俄文版,文学出版社,1962年,第55页。
② 阿·索科洛夫编:《十九世纪俄国文学史》第1卷,俄文版,莫斯科大学出版社,1960年,第448页。
③ 《别林斯基文集》,俄文版,文学出版社,1949年,第601,600页。
④ 《俄国文学史》(3卷本)第2卷,俄文版,苏联科学院出版,1963年,第193页。

出自我的肺腑的诗"。①

　　两部叙事诗都以"文明人"与"自然之女"的爱情为主要情节,但两部诗相隔数年,两个故事所表达的思想深度不同。契尔克斯姑娘热烈的爱情未能在俘虏业已冷却的心中得到回响,她把这个"文明人"的全部苦恼归结为另有所爱。契尔克斯姑娘不知内心矛盾为何物。她的性格是完整的,她为爱情背叛了家族,释放了俘虏,自己则投水殉情;俘虏却仅止于回顾江水涟漪,然后转身而去。阿乐哥对真妃儿的爱情则有一番曲折,作者的态度也较复杂。两人最初真心相爱,后来真妃儿爱上了一个更年轻、快活的茨冈人,这时阿乐哥的痛苦引起读者同情,但他在嫉恨中杀死一个青年恋人的暴行却无法得到谅解(老茨冈责备他"你只要自由属于你个人",这同时也是作者的态度)。但当他在死者的墓前"默默地、缓慢地欠身向前,从墓碑上向草地跌倒"时,又蒙上一层悲剧色彩,令人感到他也是自私的情欲的牺牲者。无论是真妃儿还是阿乐哥,都听凭自己情欲的驱使,只要求自己的自由,这样的爱情只能以悲剧结束。如果俘虏见死不救主要表现作者在艺术上力求不落一般浪漫主义窠臼的独创性精神,《茨冈》中的悲剧则意味着诗人对浪漫主义者所热情讴歌的个性绝对自由的理想表示怀疑。

　　对于自然景物和风土人情的富于异国情调的描写也是这两部叙事诗的特色。《高加索的俘虏》中高加索的高山峻岭和契尔克斯山民勇敢、粗犷、豪爽的性格与作者渴望自由、向往强大的个性的情绪是一致的。不过,尾声部分对镇压高加索少数民族的沙俄将军的歌颂,表现了露骨的沙文主义,在当时就曾引起进步人士的反对,对茨冈人流浪生活的描写则强调其贫困、朴素,但又自由自在。这种理想化并不意味着诗人主张摒弃现代文明,退到原始状态,而是"文明"与"自然"相对立这个浪漫主义主题所要求的。老茨冈对阿乐哥的批评固然中肯,但他自己痛苦的一生恰好证明他所主张的"快乐也让大家去轮流享用"的道德原则只是虚妄的幻想。因此,作者在诗的尾声中说:"可是幸福也不在你们中间,不幸的自然的儿子!……就在荒野中也逃不了不幸,到处有命定的情欲,那就抵抗不了命运。"这几句诗与普希金在同一个月写的《致大海》一诗中"人们的命运到处都一样……"的诗句一样,反映了诗人既反对封建暴政又对资产阶级个性自由的理想感到失望的迷惘心情。

　　普希金说,在《俘虏》等叙事诗中,"有我读过的拜伦作品的回响,他简直令我如醉如狂。"②拜伦对普希金的影响主要有两个方面:第一,拜伦作品中强烈的叛逆情绪促进了包括普希金在内的俄国一代青年对压制个性自由的专制制度的不满,所

---

① 《普希金全集》第9卷,俄文版,文学出版社,1962年,第384页。
② 同上书,第343页。

以普希金称拜伦为"我们思想上的另一个王者"(《致大海》);第二,拜伦任凭想象驰骋、尽情抒发个人主观世界的创作方法以及一系列有鲜明特色的艺术表现形式("文明"与"自然"的对立、在有异国情调和传奇色彩的背景上展开爱情故事等),对正在探索俄国文学发展新途径的普希金自然有强烈的吸引力。拜伦的诗歌既是他打破古典主义枷锁的有力武器,又在他面前展现了与感伤主义狭小天地全然不同的广阔视野。当然,普希金的浪漫主义归根到底是俄国特定历史时代的产物,带有他个人艺术气质的烙印。20年代初的俄国正处于贵族革命运动的高潮。但这个运动始终局限在贵族阶级内部少数人的圈子里,未发展成西欧经历过的汹涌澎湃的革命风暴。作为这一运动在文学上的反映,普希金的浪漫主义叙事诗固然表现了对现实的不满,但其叛逆情绪表现得比较平和,气势不够雄伟;另一方面,由于俄国资产阶级的软弱和保守,普希金对资产阶级个性自由的理想和个人主义的英雄人物始终持怀疑态度,对拜伦式的英雄和题材作了不同的处理。

《努林伯爵》(1825)中的男主人公是浪荡成性的贵族,他在去彼得堡途中借宿乡间地主家中,夜间向女主人公调情未果,第二天双方又装得若无其事地告别。以灵魂空虚无聊的贵族男女来代替上流社会的叛逆者和淳朴热情的"自然之女",以贵族社会中司空见惯的逢场作戏的调情来代替"文明人"与"蛮女"之间的爱情悲剧,以俄国地主庄园中枯燥乏味的景物("篱笆"、"泡在水洼中的三只鸭子"、"淋湿的公鸡"、"晾衣服的村妇")来代替高山大海、森林原野和古代的宫殿,说明普希金有意从古典主义和浪漫主义作家所不屑一顾的"低级现实"中取材,开拓文学反映生活的新领域。从这个意义上说,《努林伯爵》有一定的积极意义,因此有的文学史家称之为俄国第一部现实主义叙事诗。

《青铜骑士》(1833)是普希金30年代最重要的作品之一,它鲜明地提出两个彼得堡的主题,体现了诗人对历史和现实的深刻思考。

叙事诗的引子是对彼得一世的历史功勋和彼得堡雄伟外观的热情赞颂,正文则是叙述彼得堡1824年水灾中一个"小人物"的悲剧。叶夫盖尼是个社会地位低下的小官员,他早已忘记自己渊源久远的贵族家谱,只想依靠辛辛苦苦的劳动换取做人的尊严。他准备和与他同样贫苦的姑娘芭拉莎结婚,安分守己度此一生。然而一场洪水使他这个小小的理想一夜之间化为泡影,芭拉莎母女俩连同她们破旧的小屋被洪水冲得无影无踪。叶夫盖尼在悲痛中发了疯,到处流浪,最后人们在一个岛上的破屋前发现了他冰冷的尸体。正文中"可怜的叶夫盖尼"的悲剧和芭拉莎家破旧的小屋与引子中彼得堡富丽堂皇的华美外表形成强烈的对比,这就是普希金在这首他称之为"彼得堡的故事"的叙事诗中所要表现的充满矛盾的现实。他在抒情诗《华丽的城呵,贫穷的城!》中同样明确地表达了这个主题。

叶夫盖尼在精神错乱中把自己的不幸归咎于建立彼得堡的彼得一世,这是荒谬的。看来作者的本意也未必是要历史上的彼得对叶夫盖尼的悲剧负责,现实的专制君主才是许多叶夫盖尼的不幸命运的制造者。普希金曾在一封信中对发生水灾时政府关闭剧场、禁止舞会之类的伪善措施表示嘲讽。① 他在诗中也含蓄地暗示亚历山大一世对洪水造成的危险采取听之任之的态度,并指出洪水对叶夫盖尼固然是灾难,对另一些人却毫无损伤。严酷的现实也逐渐粉碎了普希金初返彼得堡时对尼古拉一世的幻想,他曾在日记中写道:"在他身上彼得大帝的精神甚少,而陆军准尉的脾气甚多"。② 在狂人叶夫盖尼对彼得一世的愤怒中,寄托了清醒的作者对当代君王的谴责。然而叶夫盖尼的抗议是软弱的。他在举起拳头向青铜骑士发出低声的诅咒之后,忽然看见"威严的沙皇顿时两眼闪出怒火",他战栗了。青铜骑士的幻影整夜追逐着他,他从此惶惶不可终日,在悲痛、绝望和恐怖中死去。在君王暴政的淫威之下,"小人物"的孤独的反抗无济于事,普希金在现实的矛盾前只能感到茫然,无能为力。

《青铜骑士》有较高的艺术性。青铜骑士的形象有多种色彩,它威严不朽,又残酷可怕,令人引起丰富的联想。它既是历史上彼得一世的化身,又是当代专制君主的象征;作者通过它既赞颂彼得的历史功绩,又隐约暗示他所采取手段的残酷,巧妙地完成了把历史与现实联系起来的艺术构思。引子部分的庄严文体和正文部分近乎散文的诗句两相映衬,更加突出地表现了两个彼得堡的主题。历来的研究者和诗人都注意到《青铜骑士》的语言在音响上达到的效果,20世纪初著名的诗人勃留索夫说,在《青铜骑士》中,"普希金充分表现了他用声音描绘画面的艺术"③。

普希金第一次把彼得堡下层人民的生活画面和悲惨命运带进俄国诗歌。不久以后,果戈理的散文作品《彼得堡故事集》问世,它同样以彼得堡"小人物"的痛苦生活为基本内容。两个杰出的俄国作家在相同的时间内都致力于这一题材的开拓和挖掘,标志着30年代俄国文学中现实主义的加强,为40年代"自然派"的出现开拓了道路。

历史剧《鲍里斯·戈都诺夫》

普希金剧作不多,都写于1825年之后的创作成熟期,最重要的是历史剧《鲍里

---

① 《普希金全集》第9卷,俄文版,文学出版社,1962年,第125页。
② 同上书,第7卷,第333页。
③ 阿·斯洛尼姆斯基:《普希金的技巧》,俄文版,文学出版社,1959年,第300页。

斯·戈都诺夫》(1825)。

诗人幽居农村期间有机会直接观察农民并接触了大量民间创作(其中包括赞颂农民起义领袖斯杰潘·拉辛和普加乔夫的民歌)。这使他遂渐摆脱南方流放时期因西欧革命运动失败而一度陷入的悲观和消沉,重新认识人民的精神力量和人民的暴乱在历史上的作用。此时,在创作上,他希望让自己的主观倾向通过人物形象本身的言行透露出来,而避免作者本人的叙述,显然,戏剧作品是实现这种意图最方便的形式。《茨冈》中占重要地位的人物对白就是他进行戏剧创作的准备。另一方面,他对俄国剧坛除《纨袴少年》和《智慧的痛苦》两部喜剧外别无精彩剧目的状况十分不满,有志于写一部大型悲剧,1824年,卡拉姆津的《俄罗斯国家史》第十、十一卷问世。这两卷叙述了俄国16、17世纪之交,留里克王朝末代皇帝费多尔统治至伪德米特里引波兰人入侵并称帝这一内乱外患相交织的充满戏剧性事件的历史时期。它引起普希金极大的兴趣,为他思考历史和创作戏剧提供了丰富的材料,并促使他把这二者结合起来。在约一年的时间(1824年12月—1825年12月)内普希金完成了历史剧《鲍里斯·戈都诺夫》。

剧本选择了费多尔死后国舅鲍里斯登基至大贵族迎伪德米特里入莫斯科这一段历史。在史料的处理上,普希金基本上以卡拉姆津的历史著作为依据,其中包括至今史学家仍然存疑的若干史实(如鲍里斯是阴谋杀害费多尔之弟德米特里的凶手,伪德米特里是从修道院中逃走的名叫葛里戈里·奥特列皮耶夫的少年僧人)。但普希金对鲍里斯·戈都诺夫王朝覆没的原因所作的解释和卡拉姆津迥然不同。

在卡拉姆津的历史著作中,鲍里斯的失败主要是由于他犯了弑君之罪,因而受到良心的谴责和上帝的惩罚。普希金固然采用了鲍里斯杀害德米特里这一说法,他笔下的鲍里斯也因此而经常惴惴不安,但这并不是他失败的主要原因。剧中在鲍里斯尚未宣誓登基之前,大贵族隋斯基和伏罗敦斯基就心怀不满,准备到适当的时候,"制造民众的骚动",埋下了鲍里斯王朝日后崩溃的伏笔。同时,鲍里斯当政六年,因为他的暴政引起人民的不满,他得出了"老百姓总是憎恨活的帝王"的结论。伪德米特里出现后,大贵族普希金预言,"只要自称为王的人答应给他们(指农奴。——编者)古时传下来的尤利节,①那就大乱了"。果然,伪德米特里在军事上虽然失利,但因为他许诺恢复尤利节,所以受到农民的欢迎,从而能够很快地"重新布置……溃散的军队"。鲍里斯在内外交困中暴病而死。投降了伪德米特里的大贵族普希金说服本来准备扶持幼主的拉特曼诺夫倒戈,并告诉他,尽管伪德米特里

---

① 尤利节——俄国旧历十一月二十六日,这一日前后一周内农奴可脱离原来所属庄园,另择新主。鲍里斯取消这一节日,引起农奴的不满,实际上这一节日是伊凡四世取消的。

在军事上并不占优势,但是他们的力量不在军队,不在波兰的援助,而在于"民众的公意"。这句话能否出自 17 世纪初俄国大贵族之口,对此研究者们看法不一;但它无疑反映了普希金本人的历史观:戈都诺夫王朝灭亡的主要原因是沙皇违背了"民众的公意"的结果。剧中"民众的公意"中"民众"一语是个比较模糊的概念,既包括农民,也包括平民和城市商人。剧中虽然通过情节的发展和大贵族的议论表现了"民众的公意"在历史事件中起重要作用的思想,但并没有对民众骚乱本身作任何描写。群众场面中出现的"民众"都无名无姓,或对王朝的更迭无动于衷,或在大贵族指使下高呼"沙皇万岁"、"把鲍里斯的小狗捆起来"、"杀死鲍里斯·戈都诺夫全族"。而在大贵族杀死戈都诺夫遗孤之后,又"沉默无言",似乎对这种暴行表示无声的谴责。到 30 年代,普希金在这方面的探索进一步深化,集中思考了农民与贵族的关系,并直接描写了农民起义。

在米哈伊洛夫斯克村时期,普希金从对拜伦的热情转向莎士比亚。他在一封信中说:"……莎士比亚真是令人惊叹!我简直不能自己!作为悲剧作家,拜伦在他面前太渺小了!拜伦总共也只塑造了一个性格……就是这位拜伦把自己性格中的一些特点分给了各个主人公。他分给第一个人骄傲,分给第二个人憎恨,分给第三个人苦闷,如此等等。结果,他把自己那阴沉而强有力的性格化整为零了,塑造出若干微不足道的渺小个性……"①他在《鲍里斯·戈都诺夫》中借鉴了莎士比亚塑造人物性格的经验。鲍里斯有治理国家的雄图大略,确比其他大贵族高出一头;但同时又是一个视民众如草芥的暴君,在这一点上和他的政敌隋斯基等完全一样。他既是追求权力、阴谋弑君的凶手,又是疼爱子女的慈父。他迅速果断地指挥军队,时刻警惕和监视大贵族的一举一动,残酷镇压民众的骚乱;在家中又亲切教育儿子要努力学习科学文化;与此同时,他始终受到良心谴责,日夜痛苦,心力交瘁。他不是某一种罪恶的化身,而是一个有种种喜怒哀乐的活生生的人,同时在本质上又是一个与民众根本对立的专制君主。伪德米特里既有冒险家的机敏和轻狂,又有少年的热情。他在热恋中居然一时忘情,向波兰贵族姑娘玛琳娜吐露了自己并非皇子的秘密,但在受到她的取笑和威胁之后又立即奋然而起,轻蔑地告诉她:他十分清楚,波兰的国王、主教和贵族也并不相信他是德米特里,只不过是利用他作为进攻俄国的口实,因此他们宁肯相信一个可能成为未来俄国君主的人的谎言,也不会相信一个波兰少女的真话,这表现了他的冷静的政治头脑。他一方面为了夺取皇位,不惜引狼入室,求助于波兰的军力,另一方面又保留了对俄国的民族感情,为俄国人流血而痛心。其他一些次要人物也都写得比较生动,如玛琳娜骄傲而冷

---

① 《普希金全集》第 9 卷,俄文版,文学出版社,1962 年,第 180 页。

静,她得知伪德米特里的真情后轻蔑地称他为"逃跑的僧人","可怜的自命为王者",但当她看到他不失果断、勇敢、确有可能成大事时,又表示希望他取得莫斯科的皇位后,派来"迎婚的使者"。

普希金在《鲍里斯·戈都诺夫》中彻底打破了古典主义戏剧的三一律:悲剧中的事件在时间上延续数年,地点从波兰到俄国,两条情节线索(鲍里斯与伪德米特里)平行展开。作者在剧中描写了众多场面:克里姆林宫沙皇的内心忏悔、大贵族家中的阴谋聚会、波兰克拉科夫花园喷泉前的爱情表白、诺夫戈罗德近郊平原战场上的厮杀、摆脱尘世诱惑之后在修道院中的暗淡油灯下直言不讳地修纂史书的长老、莫斯科红场上痴言痴语的疯僧、谄媚的诗人、装腔作势的主教、边境小酒店的老板娘……俄国戏剧史上第一次出现如此人物众多、画面多彩的悲剧。

悲剧完成之后一个月,俄国少数贵族革命家在彼得堡向专制制度作了第一次勇猛的冲击,这次斗争由于没有得到人民的支持而失败了。普希金没有参加也并不赞成他的朋友们的行动。但他在悲剧《鲍里斯·戈都诺夫》中所表现的"民众的公意"在历史进程中有重要作用的思想,虽然还是一个比较模糊的概念,却反映了他思想的深化。悲剧的艺术成就则说明他的创作才能进入了一个新的、成熟的阶段。

诗体小说《叶夫盖尼·奥涅金》

《叶夫盖尼·奥涅金》是普希金最重要的作品,它写作的时间最长(1823—1831),第一章发表于1825年,以后逐章发表,全文单独成书发表于1833年。小说在真实而广阔的社会生活画面上塑造了有高度概括意义的典型性格——俄国贵族社会中的"多余的人",提出了贵族青年的生活道路问题,从而曲折地反映了专制农奴制的危机和一代人的觉醒。普希金自己称这部小说为"我的最好的作品",[①]他作为俄国现实主义奠基人的地位,在很大程度上是由它决定的。

小说的中心人物是叶夫盖尼·奥涅金。普希金在为第一章首次发表时所写前言中说到这位主人公有与高加索俘虏"相似的",但是"毫无诗意的性格"。[②] 这里"相似"是指奥涅金具有诗人在"俘虏"身上所表现的当代贵族青年中那种"对生活及其中种种享乐的淡漠和心灵的未老先衰";"毫无诗意"则意味奥涅金没有"俘虏"头上那个浪漫主义的光轮。他的性格是在他所处贵族社会环境中展开和不断发展变化的。

---

① 《普希金全集》第9卷,俄文版,文学出版社,1962年,第143页。
② 《普希金全集》第4卷,俄文版,文学出版社,1962年,第451页。

奥涅金出身贵族家庭,在家庭和环境影响下从一个"淘气但可爱"的"孩子"变成彼得堡上流社会典型的"浪荡青年"。但他逐渐对纸醉金迷的物质享受感到厌倦,看透了贵族社会中人情(友谊、爱情、家庭关系)的虚伪,既不想在仕途上飞黄腾达,也不愿通过进入军界光宗耀祖。他试图以读书和写作来填补自己的心灵空虚,但由于自幼缺乏"艰苦劳作"的习惯,浅尝辄止,一无所成,因而得了"忧郁症"。奥涅金在徬徨苦闷中结识了普希金,并交谊甚深。他愤世嫉俗的激烈言词最初甚至令《自由颂》、《乡村》等诗的作者感到"惶惑"。普希金自己说第一章中描写的故事发生在1819年末。[①] 无论是在1819年,还是在写第一章的1823年,普希金本人都还不知道秘密团体的存在,奥涅金辛辣的警句的政治社会内容也不明显,但他的苦闷和怀疑失望正是许多十二月党人走向积极行动前经历过的一个思想发展阶段。

奥涅金为了继承叔父的遗产来到农村(这和俘虏与阿乐哥离开城市"返归"自然的动机当然不同)。乡村的自然景色也未能治好他的"忧郁症"。他厌恶乡村地主的庸俗无聊,并因实行自由主义的改革(以代役制代替徭役制)引起他们的嫉恨,被他们一致认为是"最危险的怪物"。他又埋头读书,拜伦的作品经常令他掩卷沉思。但是他的苦闷基本上是出于个人找不到明确的生活目的,他并没有对人民命运的深切同情和对社会的责任感(因此普希金以打趣的口吻说他实行自由主义改革"只是为了消磨时间")。普希金通过友谊和爱情这两个精神生活的重要领域更加深入地揭示了主人公的内心世界。

连斯基是个向往自由、受过启蒙思想熏陶的贵族青年。他和奥涅金一样不同于酒醉饭饱后心满意足的地主老爷,两人热烈讨论古往今来的历史变革、社会制度、生死的奥秘、科学的作用等各种社会、政治、哲学、伦理问题。这正是当时进步贵族青年中普遍的话题。不过,他们也只限于议论,因此诗人不无嘲讽地说,他们是"由于无所事事而成了朋友"。比较起来,奥涅金对人生和社会有更加清醒的认识,连斯基则往往把幻想当成现实。因此他以"过来人"的态度对连斯基的激昂慷慨持几分温和的嘲讽。连斯基的幻想经不起实际生活微小的考验,他看不清乡间地主女儿奥尔嘉的轻浮浅薄,又因小小的误会,顷刻之间由狂热的爱恋变成怀疑嫉妒,并向奥涅金提出决斗。奥涅金徒然看清了贵族社会道德原则的价值,却又无力摆脱这些原则的支配。他以庸俗的方式向奥尔嘉调情,从而伤害连斯基的感情;又屈服于对"社会舆论"的压力,接受了连斯基的挑战,竟一枪把这位乡间唯一能与之推心置腹的朋友打死。普希金对连斯基这类青年是同情的,但在他看来,在俄国现实条件下,他们或是夭折,或是最终蜕变成为饱食终日、无所用心的庸人。

---

① 《普希金全集》第4卷,俄文版,文学出版社,1962年,第451页。

对上流社会逢场作戏的"爱情"早已厌倦的奥涅金固然有感于塔吉娅娜的"可爱",却无意改变对任何人都不负责任的"自由"生活,他对贵族社会中虚伪的家庭生活望而生畏未必是虚假的遁词,他不想玩弄一个当时在他看来只是幼稚、天真的姑娘的爱情,这一点也很可贵。但是,他并没有真正理解塔吉娅娜真挚、热情的爱情和她那美好纯真的性格的全部价值,他以居高临下的姿态教训一个对他以生命相托的少女要"学会控制自己",充分表现了他的冷酷和自私。这正是后来塔吉娅娜每忆及此就不寒而栗的原因。

奥涅金毕竟不是以害人为乐事的恶棍,打死连斯基后他深受良心谴责,不能自已,于是开始旅行。小说的第七章本来全部描写奥涅金的旅行,后来这一章被作者从全书中抽出,并销毁其大部分,而代之以对留居乡间的塔吉娅娜的描写(它原来是第八章)。原"旅行"一章只有个别段落单独发表。根据这些个别段落及现存残稿和曾经听过普希金本人朗诵该章全文的人的回忆,奥涅金在旅行时游历了历史名城尼日尼诺夫戈罗德,听到过伏尔加河上纤夫关于斯杰潘·拉辛的歌谣,在敖德萨与普希金(此时的普希金正处于思想最激进时期)重逢,后来又目睹阿拉克切耶夫实施的暴政——军屯的种种残酷情景。诗人之所以焚毁这一章就是因为其中有"十分激烈的议论"。①

虽然根据现存《旅行片断》难于判断奥涅金旅行期间思想上有何变化,但重返彼得堡后的奥涅金在上流社会更见形影孤零,与周围格格不入。作者对这个到了二十六岁还依然"没有公职、没有妻室、没有立业"的"怪人"也表现了更加深沉的同情,明确指出他要比那些"到五十岁……平稳地把名誉、金钱、爵位都依次一一拿到手中"的人好得多。奥涅金在极度孤独和绝望中与已经成为将军夫人的塔吉娅娜重逢。这一次,奥涅金"像孩子一样"爱上了塔吉娅娜,并像灯蛾扑火一样苦苦地追求她。塔吉娅娜责备奥涅金的热情是出自虚荣未必公平,但奥涅金毕竟依然是无根的浮萍,听凭自己感情的驱使,没有更加坚实的精神支柱。他徒有聪明才智,却不能设身处地为别人想一想,没有看到此时此地的塔吉娅娜已根本不可能做别的选择。

奥涅金的形象有极大的概括性,他是那种既对贵族社会不满又深受本阶级影响而不能积极行动起来反对这个社会的人物的典型。赫尔岑说:"我们只要不愿做官或地主,就多少有点奥涅金的成份。"②他又说:"奥涅金是个无所事事的人,因为他从来什么事也不做,他在他所处的那个环境中是个多余的人,而又没有足够的性

---

① 格·古科夫斯基:《普希金与现实主义风格问题》,俄文版,文学出版社,1957年,第253—254页。
② 《赫尔岑论文学》,上海译文出版社,1962年,第64页。

格力量从这个环境中挣脱出来。"①"多余的人"一词是《叶夫盖尼·奥涅金》发表十几年后由于屠格涅夫的小说《一个多余人的日记》(1850)问世而开始在俄国文学界流行的。赫尔岑把奥涅金称作"多余的人"是在1851年,其本意为贵族社会中的"多余的人"。统治阶级内部产生出对这一阶级的道德准则和生活理想采取怀疑态度而另有所求索的"多余的人",这一现象本身说明专制农奴制的危机。十二月党人以革命行动向专制制度堡垒发起了第一次进攻,普希金则以第一个"多余的人"形象对这个制度永世长存的可能性提出了怀疑。正因为如此,别林斯基认为普希金在这部作品里表现出自己是俄国"第一次觉醒的社会意识的代表",②而小说本身是"俄国社会觉悟的行动"。③

第一个"多余的人"形象的产生对俄国文学产生了深远的影响。在奥涅金之后,毕巧林、别尔托夫、罗亭等一系列"多余的人"形象接踵而来,他们既有一脉相承的共同点,又各自体现了不同历史时期的特色以及随着历史的发展人们对这一社会历史现象的认识。

小说的主人公塔吉娅娜被普希金称为"我的亲爱的理想"。她固然也出身贵族,具有贵族小姐的性格特征,受到英国感伤主义小说的影响,但普希金在某种程度上把她与奥涅金对比起来描写。奥涅金自幼由法国家庭教师教育;塔吉娅娜则生活在乳母(普希金说过她自己的乳母罗季昂诺夫娜就是塔吉娅娜乳母的原型)和女仆人的中间,经常听她们讲述人民中代代相传的民间故事。奥涅金曾经在彼得堡过着"把早晨变成半夜"的放荡生活;塔吉娅娜则总是在拂晓之前起来迎接朝霞,在大自然的怀抱中成长。奥涅金很早就学会逢场作戏,玩弄感情,塔吉娅娜则从小就不喜欢忸怩作态,甚至在父母面前都不会撒娇。但是两人又有共同之处:奥涅金得了"忧郁症",塔吉娅娜在自己家中也像个"陌生人",两人都与自己生活的环境格格不入。因此,塔吉娅娜一眼看出奥涅金的不同凡俗,并置贵族社会一切虚伪的礼教和利害的盘算于不顾,主动写信表白了自己的爱情。而第一个了解她的少女的秘密的不是别人,正是乳母。在普希金把塔吉娅娜看成美的理想时,也正是由于她比较淳朴、接近人民。

奥涅金冷酷的拒绝和他与连斯基的决斗令塔吉娅娜痛苦和迷惑,她来到奥涅金人去室空的旧居,长久地阅读曾经引起奥涅金深沉思考的书籍,从而进入她原来完全不知晓的另一个精神领域,"……她的智慧觉醒了。她终于理解到人还有爱情

---

① 《赫尔岑论文学》,上海译文出版社,1962年,第63页。
② 《别林斯基文集》,俄文版,1949年,第628页。
③ 同上书,第663页。

的痛苦与悲伤之外的兴趣、痛苦和悲伤。"①这种了解也有助于她懂得她将来要置身其中的上流社会的真正价值,从而使她以后既能在那个"乌烟瘴气"的"假面舞会"上应付自如,又能在内心深处依然是"旧日的丹尼雅"。所以,"正是访问奥涅金的旧居和阅读他的书籍为塔吉娅娜从一个乡村姑娘变成上流社会的贵妇人作了准备"。②然而在妇女无权参加社会政治生活的19世纪20年代的封建俄国,塔吉娅娜即使了解人除爱情以外还应有别的追求也是枉然。和其他乡间地主的女儿一样,她被带到莫斯科这个"待嫁少女的集市",嫁给了一位"肥胖的将军"。虽然她雍容华贵的风度使上流社会为之倾倒,但她真正可贵之处却在于她视彼得堡名利场中的荣华富贵如"朽物",始终保持着对乳母的怀念,珍惜自己少女时代淳朴、真挚的感情。她的拒绝粉碎了奥涅金的希望,也完成了她自己的性格。忠于一个自己并不爱的丈夫未必是崇高的道德理想,但塔吉娅娜终究也不能超越自己的阶级和时代。

男女主人公的爱情悲剧大大加强了小说的艺术感染力,使读者深思悲剧产生的原因,进而窥视历史的秘密。始终生活在贵族圈子中的奥涅金不能理解塔吉娅娜的真正价值在于她多少吸取了(甚至是不自觉地)人民的精神营养,而与普通人民有所接近的塔吉娅娜也终未能理解受到西欧启蒙思想影响的奥涅金苦闷的内容和原因。这是两个在不同的环境中熏陶成长而不能相互理解的人之间的爱情悲剧,它说明普希金在从艺术上把握当代贵族青年的性格特征时,他的思想探索的触角触及了时代的症结——贵族阶级远离人民。

1880年,普希金的同代人米·尤泽弗维奇发表回忆录,其中写到普希金1829年6月重访高加索时曾对他说:"奥涅金或者该是死在高加索或者是加入十二月党人的行列。"③十月革命后苏联学者对小说第十章残稿进行研究剖析的结果表明,第十章中确曾写到十二月党人的活动,从而引起一场迄今未取得一致意见的争论。有人认为奥涅金旅行之后思想发生重大变化,在遭到塔吉娅娜拒绝之后会进一步考虑自己的生活道路,"再过半年,……就会走上枢密院广场"。④ 有人则认为,奥涅金"受过去生活影响太深,他'冷漠而懒散'的心灵在觉醒后发生的新变化并未导致他性格的根本改变"。⑤ 有人认为,至少在普希金的构思中,奥涅金确实是一个"潜在的十二月党人"⑥。也有人引用大量材料证明奥涅金的形象是以亚·尼·拉耶夫斯

---

① ② 《别林斯基文集》,俄文版,1949年,第660页。
③ 鲍·托马舍夫斯基:《普希金》第2卷,俄文版,苏联科学院出版社,1961年,第208页。
④ 格·古科夫斯基:《普希金与现实主义风格问题》,俄文版,文学出版社,1957年,第275页。
⑤ 《普希金研究中的总结和问题》,俄文版,科学出版社,1966年,第436页。
⑥ 德·勃拉戈伊:《圣洁诗歌中的灵魂》,俄文版,苏联作家出版社,1979年,第334页。

基为原型的,后者虽然玩世不恭、但在政治上与十二月党人相距甚远;并且对米·尤泽弗维奇回忆本身的准确性表示怀疑,认为奥涅金即使死在高加索,也可能是毕巧林那种无谓的死。① 由于第十章本身残缺不全,其他资料极少,这场争论不可能产生科学的结论,但有助于对奥涅金形象的典型意义的认识。争论的双方都认为:第一,奥涅金的性格确有发展变化;第二,奥涅金即使作为"多余的人",在 20 年代亦有进步意义。

诗和小说这两种迥然不同的文学体裁的巧妙结合构成了《叶夫盖尼·奥涅金》总的艺术特色。

作为一部诗,作者本人的形象贯穿始终。小说中有大量"抒情插话",有的长达十余节,有的只占两三行。作者在这些插话中或议论世态人情,或进行文学论争,或抒发自己的感情。创作小说的八年间,普希金经历了南方流放、幽居北方农村和重返尼古拉反动统治下的彼得堡这三个不同的时期,他对社会、人生和历史的认识逐渐加深,与上流社会的矛盾也日益尖锐,孤独、苦闷的心情愈来愈深沉,但又终未陷入不能自拔的绝望。这一切都在"插话"中流露出来。这些"插话"并没有游离全书的故事,而是自然引入的。除"插话"之外,诗人自己的影子一直伴随着男女主人公。他与奥涅金有共同的生活经历和苦闷,同情他的"忧郁症",甚至对他少年时代的纵情享乐在讥讽之中不无欣赏;但他又谴责他的利己主义,在解释奥涅金性格产生的客观原因时,并不开脱他本人的责任。他毫不掩饰自己对塔吉娅娜的赞赏(无论是她少女时代的淳朴、热烈,还是贵妇人的雍容大方),为她的不幸倾洒同情的眼泪。甚至在那些看来似乎单纯描绘社会风习或自然风景的画面中也处处显露出作者的心灵。他时而嘲笑乡间地主的虚伪无聊,时而辛辣地讽刺那些以"京城精萃"自命的"处处不可缺少的蠢材",时而又陶醉在皑皑白雪的俄罗斯农村景色中。总之,诗人自己的形象无往而不在,大大丰富了小说的内容和色彩,增加了它的情趣,没有他的形象,全书就会失去灵魂和生命。

小说各章皆以独特的"奥涅金式诗节"组成。这种诗节每节十四行,用抑扬格写成。诗节形式虽相同,但内容有相对独立性。除少数例外,每节最后两行都有小结全节内容的性质。这种结构既保持全书前后形式上的统一,又便于自由转换话题,恣意发挥,在严整之中显得活泼多样。

作为一部长篇小说,《叶夫盖尼·奥涅金》描绘了极其广阔的社会生活画面,它彻底摒弃了古典主义对"低级现实"的歧视,矫正了浪漫主义对奇特环境和想象世界的过分热衷。诚然,普希金在小说中着笔最多的是他自己最熟悉的贵族阶级的

---

① 弗·拉克申:《书的传记》,俄文版,现代人出版社,1979 年,第 206—207 页。

生活风习，但笔触所及又不限于此。俄国城乡的四季景色，各社会阶层的日常生活，国家的经济、文化状况都在小说中得到真实而又生动的反映。从彼得堡轻歌曼舞的剧场到乡村地主家只听见一片咀嚼声的生日家宴，从莫斯科贵族沙龙里熙熙攘攘的"待嫁少女的集市"到乡村教堂中十二岁农奴姑娘含泪的婚礼；靠借债举办舞会的破产贵族和满心欢喜在初雪后赶雪橇上路的农民；在冰上戏耍的农村顽童和严寒中剧场门外一面拍手取暖，一面骂老爷的马车夫；傍晚时分在河边燃起炊烟的渔夫和清晨在城市中来去匆匆的送牛奶女工；香槟酒、决斗和玛祖卡舞，占卜、解梦书和民间童话；进口的巴黎化装品、英国服装和出口的木材、腌猪油；从关于哲学、文学的争论到关于刈草、酿酒、狗舍的家常话；从卢梭、亚当·斯密、拜伦、司各特到希什科夫、巴丘什科夫和《鲁斯兰与柳德米拉》；舞会上闺秀们充满相互嫉妒的窃窃私语和地主庄园里农奴姑娘采集果子时被迫唱出的歌声……所有这一切综合在一起，提供了那个时代风貌的一面镜子，正是在这个意义上，别林斯基称这部诗体小说为"俄国生活的百科全书"。①

对社会风习的描写本身并不是目的，而是为男女主人公提供活动的场景，为塑造典型性格服务。除描绘环境外，普希金还通过人物之间的性格对比（奥涅金与连斯基，奥涅金与塔吉娅娜，塔吉娅娜与奥尔嘉），相互谈话和评价，主人公的内心独白、书信、喜欢阅读的书籍和服饰及房间摆设等多方面来刻画人物性格，为俄国文学提供了丰富的新经验。

小说的语言既有诗的凝练和含蓄，又有散文的流畅和朴素。整个小说读来如无拘无束、从容不迫的谈话，又抑扬顿挫，富于节奏，而且妙语连珠，令人玩味。写人则三言两语，形神皆备（如连斯基"激昂慷慨的谈吐和垂披及肩的黑色鬈发"）；写物则由物及人，发人联想（如奥涅金在读过书上留下的指甲印和问号）。普希金在小说中把书面语、口语和民间语言水乳交融地结合在一起，从而根本上革新了文学语言，为俄国文学此后的繁荣创造了有决定意义的条件。

贯穿始终的作者形象，叙事、抒情和议论的穿插交织，分章、分节的结构，——在这些方面普希金无疑借鉴了拜伦创作《唐璜》的经验。不过唐璜往往只是拜伦本人的传声筒，在全书结构中起转换话题和组织画面的作用。奥涅金身上固然有作者本人的影子，但基本上是在小说中占中心地位而独立存在于典型环境中的典型性格。在这方面普希金又更接近于法国的司汤达和巴尔扎克。他们都在大致相同的时间里为本国现实主义文学奠定了基础。

---

① 《别林斯基文集》，俄文版，1949年，第663页。

散文体小说

从 19 世纪 30 年代起,小说由于能更广泛深刻地反映现实和更易为日益扩大的读者群众接受,逐渐取代诗歌的地位,成为欧洲文学中的主要体裁。普希金在20 年代就敏锐地感到文学发展的这一趋势,对俄国散文的发展十分关注。他对当时流行俄国文坛的感伤主义和浪漫主义小说颇为不满,认为它们内容脱离现实,文体矫饰做作。他在《论俄国散文》(1822)中说,这些作家"……只要一说出'友谊'一词,一定就要加上诸如'此种神圣之感情、其高尚之热情'之类的字眼。本来说个'清晨'就行了,可他们一定要写上:当正在升起的旭日的最初的光辉照亮东方蔚蓝色的天际之时……"。他认为:"准确和简练——这才是散文的两大要旨。它第一要求有思想,第二也还是要求有思想,没有思想的华丽词藻毫无用处。"[①]他在写诗体小说《叶夫盖尼·奥涅金》最后几章的同时,积极进行改革俄国散文的实践。1828 至 1830 年间,他构思并动笔了几部小说(《彼得大帝的黑奴》、《客人来到别墅……》、《书简小说》等),它们虽都未完成,但说明普希金在这一领域的紧张探索。

《别尔金小说集》(1831)是普希金第一部完整的散文作品。它由假托的作者别尔金记述的五个独立的故事组成。别尔金是个性情温和、教养不高、视野狭窄的乡间地主。五篇故事中的叙述文体都符合他的口吻。别尔金有时又转述故事中主人公的谈话,他们的性格、身份各不相同,语言风格也殊异。因此,在小说集中能听到各种阶层人物的语言。普希金有意用这种写法表示自己有别于让主人公做自己的传声筒的浪漫主义作家。他尽量不直接表示自己的主观倾向,把小说建立在严格的客观描写的基础上。

《别尔金小说集》不加粉饰地描写各阶层普通人物的日常生活。《棺材匠》描写一个棺材匠人由于职业的特点而形成的自私、孤僻的性格。他不由自主地期望病人快死,用次等木料代替优质木料做棺材欺骗顾客,又怕别人对自己的职业蔑视嘲笑。这篇小说是 40 年代一批描写彼得堡下层市民生活的作品的先导。《射击》写一个小城驻军军官西尔渥因争出风头与人结仇进而准备复仇的故事。西尔渥的形象有传奇色彩。他收入不多,但喜欢请客豪饮;枪法高超,但肯忍受小委屈而不乱大谋——报仇;当报仇时机已到,他看见仇人惊恐失措的表情后又觉得目的已达,竟放弃决斗离去;最后在希腊人民反对土耳其统治的战争中牺牲。《暴风雪》和《村姑小姐》中两个乡间贵族小姐模仿法国浪漫主义小说中的女主人公,幻想传奇色彩

[①] 《普希金全集》第 6 卷,俄文版,文学出版社,1962 年,第 255—256 页。

的爱情。但实际上她们的意中人既非智勇双全的英雄,也不是十恶不赦的恶魔,而是毫不出众的贵族青年。他们的爱情虽小有波折,最后结局圆满,皆大欢喜。《驿站长》写一个小官员的生活悲剧。《别尔金小说集》各篇的社会意义不等,但都具有内容接近生活,情节生动,语言朴素、简练的特点,在当时俄国文坛独树一帜,起到了开一代散文新风的作用。列夫·托尔斯泰对《别尔金小说集》评价颇高,说它值得"每一个作家反复研究、学习"①。

《驿站长》是《别尔金小说集》中最优秀的一篇。主人公维林是个乡间驿站长,由于社会地位低下而不得不忍受种种屈辱。他在爱女杜尼娅被过路的骠骑大尉明斯基带走后焦灼万分,急忙赶到彼得堡寻找,但被明斯基撵出家门。维林投告无门,只能忍辱回家,从此借酒浇愁,忧伤成疾而死。社会不平不仅使他失去人的尊严,而且夺走了他生活中唯一的欢乐,甚至生命。与卡拉姆津笔下操贵族小姐语言的农家少女不同,维林的思想感情和言谈与他的身份、教养十分相称,写得真切、动人。他是俄国文学中第一个成功的"小人物"形象,以后果戈理、陀思妥耶夫斯基和契诃夫都继承和进一步发挥与深化了这个主题。

杜尼娅并未如维林所料被遗弃和沦落街头,而是一直得到明斯基的宠爱,成为"贵夫人"。这种结局客观上使维林原来的担心显得多余,从而也缓和了对明斯基的谴责。小说引起的是同情和叹息,而不是愤怒的抗议。

普希金的视野不断扩大,在中篇《黑桃皇后》(1834)中他塑造了一个为追求金钱而不择手段的资产阶级个人主义者的典型。格尔曼是个工程师,家产不丰,工资微薄,只能过着十分俭省的生活,但内心却炽燃着种种烈火般的欲念,渴望金钱。格尔曼的心理紧紧围绕着赌钱的情节揭开。他起初整夜整夜在牌桌旁度过,紧张地注视牌局的变化,但自己从不赌。这说明他既有赌徒的冒险狂热,又有生意人的冷静盘算。当他得知老伯爵夫人掌握了三张必能赌赢的牌的秘密时,他内心长期隐藏着的贪欲终于爆发:他决心获取这个秘密。最初在他脑中曾闪现去做伯爵夫人(她已经八十二岁)的情夫的念头,后改为热烈地向她的养女丽莎表示"爱情",以便得到接近伯爵夫人的机会。当他终于深夜进入她的卧室时,先是跪在她面前苦苦哀求;遭到拒绝后又顿时愤然以手枪相威胁。无论是欺骗丽莎还是吓死伯爵夫人,他都毫无自责之感。在这一连串的行动中他的贪婪、冷酷、卑鄙和冒险家的心理暴露无遗。

老伯爵夫人以及托姆斯基在小说中是没落腐朽的贵族阶级的代表。格尔曼的勤劳、精明、意志力在一定程度上与老伯爵夫人及托姆斯基的懒惰、寄生和无能相

---

① 列·托尔斯泰:《论文学》,俄文版,国家文学出版社,1955年,第144页。

对立。格尔曼这个典型人物是俄国正在发展中的资本主义生产关系的产物。普希金对格尔曼持明显的否定态度。格尔曼第三次赌钱时由于抽错牌而把前两次赢来的巨额财富重又输掉,于是发疯,从而宣告了自己的精神破产。

普希金在《黑桃皇后》中通过人物内心自白、梦境、富于戏剧性的情节来刻画心理的经验为莱蒙托夫和陀思妥耶夫斯基的社会心理小说做了准备。以心理描写见长的法国作家梅里美十分推崇《黑桃皇后》,并把它译成法文出版。

30年代初,俄国各地农民骚动出现了新的高潮。普希金的一系列小说、政论文和历史著作都在不同程度上涉及农民起义、农民与地主的关系问题。未完成的小说《戈留辛诺村的历史》(1830年写,1837年发表)以讽刺笔法描写18世纪末一个村庄由于村长及地主管家胡作非为造成农民极端贫困的图景。作者本意要写村民的暴动,但这一构思未实现。中篇《杜布罗夫斯基》(1833写,1841发表)主要写大地主特洛耶库洛夫仗势霸占小地主杜布罗夫斯基的产业以及杜布罗夫斯基的儿子弗拉季米尔和特洛耶库洛夫的女儿玛丽娅之间的爱情故事。弗拉季米尔为报私仇加入"盗匪"队伍,并成了他们的首领。他长期在报仇与爱情之间动摇,并在玛丽娅被迫从父命与他人结婚后怅然离去,流亡外国,"盗匪"队伍亦随之解散。这类故事脱胎于法国18世纪流行的侠盗小说,无现实基础。"盗匪",即农民起义队伍,在小说中只不过是爱情故事的陪衬。普希金谴责大贵族特洛耶库洛夫的暴虐专横,赞赏老杜布罗夫斯基"人穷志不穷"的贵族自尊感以及他和农民之间的和谐关系。老杜布罗夫斯基家的仆人不愿离开原来的主人,对前来执行法院错误判决的官员公开表示不满,铁匠阿尔希甚至要举起斧子把他们砍死。这一方面客观地表现了农民身上蕴藏着的"反叛"情绪,另一方面也反映了普希金对地主与农民间的宗法关系的向往。

1833至1836年间,普希金创作了直接反映18世纪普加乔夫运动的历史小说《上尉的女儿》。为此他阅读了大量档案资料,亲赴当年起义发生的地点奥伦堡省一带访问当年起义的目击者,搜集有关普加乔夫的民歌。1835年,他写了一部历史著作《普加乔夫史》,详细记述了起义从揭竿而起到失败的经过。这部著作在一定程度上提供了普加乔夫运动是"官逼民反"的事实,但总的倾向是否定农民起义的正义性,认为起义之所以发展到如此巨大规模是"政府不可饶恕的玩忽职守所致"。[1] 此书经尼古拉一世亲自批款二万卢布资助出版。[2] 写此书同时,普希金模仿拉季舍夫《从彼得堡到莫斯科旅行记》的形式,写了《从莫斯科到彼得堡旅行记》

---

[1] 《普希金全集》第7卷,俄文版,文学出版社,1962年,第103页。
[2] 同上书,第387页。

一文,就拉季舍夫书中有关农民问题的章节发表议论。普希金和拉季舍夫一样同情农民的悲惨处境,但缺乏拉季舍夫那种义愤的激情,也不赞成他的革命主张。他一方面暗示俄国"还应发生伟大的变革",希望大大改变俄国的现状;另一方面又认为"最好的和最可靠的改变应该只通过改良道德风尚来实现,而不采用强制的政治震荡。它对人类太可怕了"。① 普希金在《上尉的女儿》中假格里涅夫之口重复了这一句话,它反映了诗人 30 年代的基本政治主张。

《上尉的女儿》(1833—1836)是以一个虚构的主人公、贵族格里涅夫老年时回忆往事的形式写的历史小说。青年格里涅夫在普加乔夫运动高潮时期正在奥伦堡省白山炮台任军职(1772—1773)。白山炮台被起义军占领后,格里涅夫被俘。他在这期间的遭遇和见闻,对他"整整一生有重大的影响",并给他的心灵以"强烈的和十分有益的震动",因此他写下这段经历和感受,留给后人。

表面上看,小说的主要情节是格里涅夫个人的经历和他与白山炮台长官米朗诺夫的女儿玛丽娅的爱情故事。但正是普加乔夫对于格里涅夫的爱情和一生起了决定性作用。普加乔夫三次救格里涅夫于危难之中,格里涅夫对普加乔夫的好感一次比一次加深,普加乔夫形象也一次比一次生动、丰富、深刻。因此,普加乔夫实际上是小说的中心人物,这也是小说的主要成就。

格里涅夫赴奥伦堡省任职途中深夜在暴风雪中迷路,当时被沙皇官兵追捕甚急的普加乔夫利用这个机会为格里涅夫引路,帮助格里涅夫脱险,自己也巧妙躲过官兵。这是他们两人第一次见面。格里涅夫并不知道普加乔夫的身份,但后者在暴风雪中的镇定自若和机智精明令格里涅夫"惊奇",他那"一对闪闪发亮的"、"生动的大眼睛"和"不凡的外表"也引起格里涅夫的好感。格里涅夫当时以羊皮袄相赠以示感谢,从而为两人此后的友谊埋下伏笔。

格里涅夫在炮台被起义军占领后被俘。这是他们第二次相遇。普加乔夫认出他后将他释放,去留听其自便,表现出以恩报德、尊重他人人格的性格。而当时一反动文人曾这样描写普加乔夫:"叶梅尔卡②贪利如不可理喻之强盗,凶残如虎狼,恣意抢杀并无宗旨,亦非贫困所迫,杀人作恶纯系嗜血成性,以蹬踏血泊为乐事"。③格里涅夫虽已知普加乔夫是"叛军"之首,仍觉得他"面貌端正"、"毫无凶杀气",而且"相当可亲"。对比之下,可见普希金对普加乔夫的态度迥异。

当为个人私利投降起义军的沙皇军官施瓦勃林要强娶玛丽娅为妻时,格里涅

---

① 《普希金全集》第 6 卷,俄文版,文学出版社,第 396 页。
② 普加乔夫的名字叶梅利扬的蔑称。
③ 鲍·梅拉赫:《普希金及其时代》,俄文版,文学出版社,1958 年,第 640 页。

夫第三次求助于普加乔夫。普加乔夫得知施瓦勃林欺凌孤女后，气愤得两眼"闪闪发亮"，他怒斥施瓦勃林，释放了玛丽娅，成全了她和格里涅夫的爱情，表现出嫉恶如仇、刚直正义的品格。他对格里涅夫所讲的，宁做痛饮一次活血的雄鹰，不做苟食三百年腐肉的乌鸦的民间故事，更加深刻地揭示了他与命运抗争、酷爱自由的豪迈气魄。

格里涅夫由于得普加乔夫之恩而对他产生好感，甚至有很深的友情，这在小说中写得十分合情合理。但格里涅夫毕竟是个贵族军官，他的政治立场和人生观与普加乔夫根本对立。他始终认为普加乔夫走上了错误的道路。除了对他以外，普加乔夫对所有其他的人仍是个"暴徒"。普加乔夫讲的深刻寓意的卡尔美克民间故事在他看来只不过"有趣"而已，因为他觉得"以杀人和掠夺为生就是啄食腐肉"。对他的这种反应，普加乔夫"惊奇地看了……一眼"，一言不发。在这沉默中显出了格里涅夫和普加乔夫的根本态度的区别。

普希金不等于格里涅夫，例如，对格里涅夫自幼所受的《纨袴少年》中米特罗凡式的教育，作者持明显的嘲讽态度；同时，普希金对普加乔夫精神力量的感受自然要比格里涅夫深刻得多。格里涅夫视反映人民豪迈斗争气魄的民间故事仅仅为"有趣"，自然不能代表赞颂过拉辛的"诗意"，大海的"不可驯服"的诗人胸怀。但在否定农民起义这一点上，普希金与格里涅夫又是一致的。因此，他一方面受到民间创作的影响，为普加乔夫所代表的人民的精神力量所感动，塑造了富有诗意的普加乔夫的形象；另一方面又赞赏格里涅夫以及炮台长官米朗诺夫那种"忠于贵族荣誉"的"气节"。他固然客观上写到普加乔夫受到民众拥戴的某些场面，并对沙皇政府处置起义者的酷刑感到震惊；但同时他又谴责起义者的种种"暴行"，并且未揭示出普加乔夫运动之所以受到群众拥护的真正原因。因此，在格里涅夫听到普加乔夫心爱的歌后，他感到某种"诗意的恐怖"。当格里涅夫发出"但愿上帝保佑，不要让残酷而无意义的俄国暴乱重演"的感慨时，与其说这是视野狭窄、感情比较浮浅的贵族军官格里涅夫的感受，不如说是道出了普希金本人的心声。

格里涅夫的仆人萨维里奇的形象是令人深思的。他对主人的"忠心耿耿"固然是一种未觉悟的奴性的表现，但从中也折射出被扭曲了的劳动者待人热诚无私、淳朴善良的品格的光辉。他对本来属于同一阶级的普加乔夫持敌对态度则是统治阶级意识毒化的结果。普加乔夫运动之所以失败，其原因之一就在于大多数俄国农民都还处于萨维里奇这种不觉悟的状态中。这是萨维里奇的悲剧，也是时代的悲剧。

小说中另一个历史人物是叶卡捷琳娜二世。普希金在私人笔记中讽刺她为

"穿裙子和戴皇冠的塔尔杜弗",①在准备公开发表的小说中则不能不有所节制。普加乔夫运动失败后,格里涅夫由于施瓦勃林诬告,以"投诚叛贼"罪被沙皇政府判处绞刑,女皇同样认定格里涅夫"有罪",但改判为终身监禁西伯利亚以示"宽大"。玛丽娅以"有功之臣"遗孤身份亲赴彼得堡,在叶卡捷琳娜二世面前力陈实情(实际上格里涅夫确未投降普加乔夫),女皇不得不更改原判,宣布格里涅夫无罪。有的评论家指出,普希金在小说中描绘叶卡捷琳娜二世的肖像时所用的色调的特点是"冷"。不论普希金主观上是否有意褒普加乔夫而贬叶卡捷琳娜二世,但在客观上,前者的形象闪耀出的人民性的光辉不仅使后者的形象黯然失色,而且也大大压倒了作者本人在小说中流露出的贵族阶级的偏见,具有永久的艺术魅力。

《上尉的女儿》在艺术形式上借鉴了英国历史小说家司各特的经验,把虚构的人物和历史人物,个人的悲欢离合和波澜起伏的历史事件有机地揉合在一起,既赋予虚构人物以特定的历史时代的风貌,又使历史事件和人物显得生动丰满。列夫·托尔斯泰后来在《战争与和平》中进一步发展了这个传统。普希金在小说中大量利用民间创作素材,这一点与司各特大量利用苏格兰民间故事也十分相似。比较起来,司各特的历史小说场面和规模更宏大,人物更多,《上尉的女儿》则与普希金所有散文作品一样,以情节线索集中单一为特色。把农民运动领袖作为艺术描写的主要对象是从20年代起就关注农民问题的普希金的思想和艺术进一步深化的结果。普希金以后许多杰出的俄国作家都以农民问题作为自己创作的重要主题,这正是整个19世纪俄国文学特色之一。

普希金在自己的作品中提出了时代的重大问题:专制制度与民众的关系问题、贵族的生活道路问题、农民问题。塑造了有高度概括意义的典型形象:"多余的人"、"金钱骑士"、"小人物"、农民运动领袖。这些问题的提出和文学形象的产生大大促进了俄国社会思想的前进,有利于唤醒人民,有利于俄国解放运动的发展。普希金是那个时代的先进者。

普希金继承和发展了俄国18世纪文学的成果,创造性地吸收了西欧文学的经验(从古希腊、罗马文学、文艺复兴、18世纪启蒙时代到19世纪的拜伦、司各特),在俄国文学的各个领域内留下了典范的作品。普希金的作品在全欧范围的影响不及同时代的其他杰出欧洲作家,但是西欧任何一个杰出作家对本民族文学的影响也不及普希金对俄国文学发展的影响。正是从普希金开始,19世纪俄国文学在短短的20至30年间结束了远远落后于西欧文学几个世纪的局面,开始与西欧文学

---

① 《普希金全集》第7卷,俄文版,文学出版社,1962年,第195页。"塔尔杜弗"是法国莫里哀同名喜剧中的主人公。

并驾齐驱。

　　普希金的优秀作品都达到了内容与形式的高度统一。他的抒情诗内容丰富,感情深沉,形式灵活,结构精巧,韵律优美。他的散文作品情节集中,结构严整,描写生动简练。他的诗体小说《叶夫盖尼·奥涅金》更是把抒情与叙事、把描绘广泛的生活画面和塑造有高度概括意义的典型性格巧妙地结合在一起,既有诗的优美,又有散文的自由流畅。他所有体裁的作品都是用当时最广大读者所能懂的朴素语言写成的。他比同时代任何其他俄国作家更多地把书面语言与口头语言结合起来,也比过去任何其他俄国作家都更广泛而有效地吸收了民间语言的精华,从而缔造了崭新的俄罗斯文学语言,为俄国文学此后的繁荣和发展创造了条件。

第五章　30至40年代文学

第一节　概　述

社会背景

19世纪30至40年代的文学一般指1825年十二月党人起义失败后到1855年克里木战争失败时止约30年的文学。这阶段是俄国历史上极端黑暗的时期。尼古拉一世镇压了十二月党人起义后，用一切手段强化专制统治，防范革命，警察、宪兵和密探遍布全国。1826年成立了"皇帝陛下内廷第三厅"，严密监视人民的思想动向，迫害进步人士。新的书报检查条例严禁民主与自由思想的流露。进步刊物《莫斯科电讯》、《望远镜》于30年代中叶先后被勒令停刊。诗人波列扎耶夫因《萨什卡》一诗被充军西伯利亚，莱蒙托夫、赫尔岑、奥加辽夫在这些年里都曾受流放之苦。社会上一片令人窒息的气氛。

但是，反动派的高压政策不可能阻止国家的经济发展，同样也无力阻止社会意识的进步。1825年以后，俄国的机器制造业不断扩大，雇佣工人日益增多，资本主义关系的发展加剧了对农奴制经济的冲击。地主阶级为了维护自己的经济地位，加剧对农民的剥削，导致农民奋起反抗。1825至1850年农民暴动次数达674次，为19纪初25年的两倍。30年代初霍乱蔓延数省，官方在农村治疗不力，引起大规模农民暴动，史称"霍乱暴动"。同时，农民杀死地主或管家事件也日益频繁，表明农民对地主阶级奴役的无比仇恨与日俱增。无怪乎宪兵头目卞肯多尔夫上书尼古拉一世道："人民的全部思想都向着一个目标，即解放。"

国际上的情况也有助于推动俄国国内的解放运动。1830年的法国革命和1830至1831年的华沙起义，是对尼古拉一世农奴制俄国的沉重打击。七月革命推翻了复辟的波旁王朝，在法国巩固了资产阶级的胜利，使以沙俄为首的"神圣同盟"名存实亡。华沙起义的矛头更是指向尼古拉一世的统治。这两次革命行动在俄国进步青年中激起很大波澜。他们以激动的心情注视着国内外形势的发展，思考着俄国的前途问题。30年代，以莫斯科大学为中心，形成许多进步思想小组，研究政治、哲学问题。它们培养锻炼了一批后来坚决与专制农奴制进行斗争的战士。

19世纪30至40年代在俄国出现了形形色色的社会思潮。它们反映了1825年之后,俄国社会在探寻解决社会问题的新方式。争论的中心是关于俄国未来的发展道路问题。还在30年代初,尼古拉一世政府为了控制人们的思想,由国民教育部部长乌瓦罗夫炮制了"官方民族性"的理论。这一"理论"颂扬俄国的"东正教、专制制度、民族性"。它声称,俄国与"衰退的"西方不同:俄国人信奉的东正教是"社会幸福和家庭幸福的保证",俄国之所以伟大,是因为它以专制政体为国家的"基石",而俄罗斯民族的特点乃是笃信宗教,拥护皇权,温良驯服。因此,如果说西方的历史充满阶级斗争,需要革命,俄国则不然,它始终是一个以沙皇为中心的,由各社会阶级构成的一个和谐的统一体。"官方民族性"理论是沙皇政府维护专制农奴制度,反对自由思想、欺骗人民的思想武器。

30年代先进的知识分子们不顾外界的种种压力,以莫斯科大学为中心组织起秘密小组探索未来。赫尔岑说,30年代的小组活动是"对当时俄国生活内部强烈要求的自然回答"。首先尼·弗·斯坦凯维奇(1813—1840)于1830年与莫斯科大学里的志同道合者组成了小组,他们之中有未来的斯拉夫派康·谢·阿克萨科夫、未来的无政府主义者米·亚·巴枯宁。后来别林斯基也一度参加活动。斯坦凯维奇小组热衷研究德国古典哲学(康德、谢林),这种兴趣实际反映了对官方思想体系的反感。他们接受了德国古典哲学中的进步因素,如发展的观点、将宇宙看成一个有其发展规律的整体等,但未能达到对俄国现实的否定。这个小组在哲学上是唯心的,政治上是自由主义的,相信通过普及文化教育来改造社会。

赫尔岑与奥加辽夫小组的形成不早于1831年,1834年由于赫尔岑与奥加辽夫被捕而停止活动。赫尔岑从青年时代起就自认为是十二月党人的继承人。列宁曾说:"十二月党人唤醒了赫尔岑。赫尔岑展开了革命鼓动。"①赫尔岑与奥加辽夫的小组偏重探讨社会政治问题,他们研究西方空想社会主义者圣西门与傅立叶的著作,寻找改造社会的理论,认识到人类的理想应该是社会主义社会。这个小组带有鲜明的政治色彩。赫尔岑正是由此出发日后建立了"俄国的社会主义"——民粹主义理论。

斯坦凯维奇与赫尔岑小组的参加者多是进步贵族青年,但学校中还有一些平民知识分子,他们在1830年围绕着别林斯基形成了"十一号房间文学社",主要讨论文学问题。这个小组据别林斯基说只开了七次会,存在时间不长。

应该指出,约从30年代始平民知识分子逐渐在社会生活中崭露头角。他们一

---

① 《列宁选集》第2卷,人民出版社,第422页。

般出身于小市民、下级僧侣、小官吏、小地主,靠教书、卖文、行医或做小公务员为生。起初他们在社会上没有特权,没有什么地位,但随着解放运动的发展,他们打破了贵族在思想舆论界的一统局面,对促进社会意识的觉醒起了极大作用。他们的杰出代表别林斯基就是一个"完全代替贵族的平民知识分子的先驱"。[①]

40年代初,不同的社会集团对俄国向何处去的问题做出了不同回答,形成了斯拉夫派与西欧派两大派别。总的说,这两派对当前俄国现实都感到不满,都赞成进行一些改革,但他们对俄国的未来有完全不同的看法。

斯拉夫派的主要代表人物为伊·瓦·基列耶夫斯基(1806—1856)和阿·斯·霍米亚科夫(1804—1860)。这一派在时代的影响下也赞成对俄国进行一些资产阶级改良,如废除农奴制,给人民一些政治权利(组织地方议会及言论自由),在经济上发展工商业等。但更重要的是,这派认为俄国,包括巴尔干半岛的整个斯拉夫民族都生性温顺,笃信宗教,喜爱农村公社的组织原则,因此俄国应该走一条与西方完全不同的道路,即保持君主专制制度、保持地主阶级在农村与公社的统治地位。斯拉夫派实际上把俄国宗法制农民的落后面理想化了,因此他们反对彼得一世的欧化改革。在维护君主专制制度、东正教的统治方面,斯拉夫派的观点与"官方民族性"理论是一致的。斯拉夫派代表保守的地主阶级的思想。

西欧派的主要代表是季·尼·格兰诺夫斯基(1813—1855)、瓦·彼·鲍特金(1811—1869)、巴·瓦·安年科夫(1813—1887)。这一派崇拜西欧的社会制度,认为俄国社会的发展完全应该像西欧一样走资本主义的道路。这是一批资产阶级自由主义者,他们美化西欧资产阶级制度及其文化。他们的社会理想不尽相同,或主张君主立宪制,或主张议会制。西欧派反对通过革命改造社会,寄希望于统治阶级的让步和发展文化教育。

与上述两派相对立的是以赫尔岑、别林斯基为首的民主派。民主派既反对斯拉夫派捍卫地主阶级利益的倒退路线,也反对西欧派盲目崇拜资产阶级西方而对资本主义社会中劳动者受到的残酷剥削视而不见。民主派同情农民,坚决反对专制农奴制度,向往社会主义。空想社会主义学说既是他们批判农奴制度,批判资本主义社会的思想武器,也是他们为之奋斗的政治理想。

40年代中叶,在彼得堡还成立了一个以米·瓦·彼特拉舍夫斯基(1821—1866)为首的革命小组。彼特拉舍夫斯基是信仰空想社会主义的青年贵族,自认为是傅立叶的信徒。他编辑了《袖珍外来语词典》(1845),以解释外来语的方式宣传空想社会主义学说和革命思想。后来沙皇政府发现了这本词典的实际内容,将它全部

[①] 《列宁全集》第20卷,人民出版社,第240页。

销毁。彼特拉舍夫斯基派的成员信仰各异,出身不同,大都是憎恨专制统治和农奴制度的知识分子,其中有萨尔蒂科夫-谢德林、陀思妥耶夫斯基等作家。这派成员每星期五聚会,讨论社会政治和文学问题,中心是专制农奴制的罪恶和社会主义理想。彼特拉舍夫斯基派缺乏明确的纲领。

1848年,由法国二月资产阶级民主革命开始,在欧洲掀起了普遍的民族民主运动高潮。德国发生革命,意大利、罗马尼亚、捷克、匈牙利的民族解放运动如火如荼。国际反动头子尼古拉一世预感欧洲封建王朝岌岌可危,公开出兵镇压他国人民起义(罗马尼亚、匈牙利),同时在国内加强反动统治。在俄国历史上开始了所谓"黑暗的七年"(1848—1855)。1849年彼特拉舍夫斯基小组成员被逮捕。谢德林、屠格涅夫也相继被流放。

30—40年代的杂志活动　30至40年代社会思想之活跃也表现在当时杂志活动中,进步杂志冲破政府严密的思想控制,刊登暴露社会黑暗的批判现实主义作品,传播进步思想,起着团结与组织作家的巨大作用。特别是在别林斯基文学批评活动的带动下,进步杂志乃是与专制农奴制度进行斗争的强大工具。30至40年代进步杂志有《莫斯科电讯》、《望远镜》、《现代人》、《祖国纪事》。

《莫斯科电讯》(1825—1834)是作家尼·阿·波列伏依(1796—1846)发行的综合性杂志。波列伏依出身商人之家,他的杂志活动表明新的社会力量在文学领域里的增长。他是俄国第一个资产阶级思想家,杂志带有第三等级色彩。他谨慎地表达对1830年法国革命和七月王朝的同情,强调发展工商业。但到30年代流露出忠君思想,表明了俄国资产阶级向地主阶级寻求支持的倾向。《莫斯科电讯》在文学方面的撰稿人,早期有普希金、茹科夫斯基、丘赫尔别凯,后期出现了平民作家,如亚·福·维尔特曼、伊·伊·拉热奇尼科夫等。这本杂志始终反对古典主义、捍卫浪漫主义,即使在30年代仍注意发表具有反封建内容的法国浪漫主义作品(雨果),对俄国文学的发展起到了良好作用。《莫斯科电讯》的进步立场曾引起反动杂志《北方蜜蜂》的强烈攻击,1834年由于波列伏依撰文批评御用文人涅·瓦·库科尔尼克(1809—1868)的历史剧《神手救出祖国》(1834)而被勒令停刊。

《望远镜》(1831—1836)是批评家、莫斯科大学教授尼·伊·纳杰日金(1804—1856)创办的综合性杂志,附有文学增刊《杂谈报》。纳杰日金在政治上拥护君主制,对法国七月革命持否定态度,但又主张民主、进步。在文艺理论方面,他反对浪漫主义,曾因此与《莫斯科电讯》论战。他主张"文学与生活相结合",文学应是"生活的诗",认为俄国未来的文学在于"对现实的生动描绘"。在这一点上,可以说纳杰日金是别林斯基的先驱。别林斯基与赫尔岑最初的文章都发表在这家杂志上。1835至1836年,别林斯基曾参加《望远镜》的编辑工作,在这里发表了他的现实主义理论奠基作《柯里佐夫的诗歌》、《论俄国中篇小说和果戈理君的中篇小说》。车尔尼雪夫斯基认为《望远镜》是《祖国纪事》的前驱。1836年,《望远镜》发表了恰达耶夫的《哲学书简》(1829—1831)的第一封信,内容虽有一些错误观点,但以其对农奴制度、国内奴隶制生活的猛烈抨击在当时社会上引起极大震动。赫尔岑称此文的发表为"黑夜里突然响起的一声枪声",认为它是俄国沉闷了十年之后重新觉醒的征兆。《望远镜》因发表该文被迫停刊,编辑纳杰日金被流放。

《祖国纪事》(1839—1884)是安·亚·克拉耶夫斯基1839年于彼得堡创办的月刊。由于自1839年一直由别林斯基主持批评栏,使杂志于40年代上半期发挥了巨大的社会作用,声誉空前。当时撰稿人有莱蒙托夫、柯里佐夫、赫尔岑、涅克拉索夫、屠格涅夫,陀思妥耶夫斯基等一批最优秀的作家。别林斯基在批评中坚决贯彻反农奴制精神、宣传唯物主义、捍卫现实主义,使杂志成为整个民主阵营的喉舌。车尔尼雪夫斯基曾指出:"《祖国纪事》的批评在我们的文学中获得了左右一切的统治权。"[①]1846年别林斯基退出该杂志后,杂志的影响逐渐缩小。

1847年,涅克拉索夫与伊·伊·帕纳耶夫(1821—1862)取得了1836年由普希金创办而1837年由诗人、批评家、彼得堡大学文学教授彼·亚·普列特尼约夫(1792—1865)接办的《现代人》杂志的发行权。别林斯基实际上是该杂志的思想领导人。从1847至1848上半年间杂志曾发表赫尔岑的《偷东西的喜鹊》、屠格涅夫的《猎人笔记》、冈察洛夫的《平凡的故事》等。别林斯基发表了《一八四六年文学一瞥》、《一八四七年文学一瞥》等文宣传革命民主主义思想与现实主义理论。别林斯基逝世后,杂志继续忠于别林斯基的传统。

30至40年代除上述进步杂志外,由书商、出版家斯米尔津(1795—1857)发行,彼得堡大学东方语教授奥·伊·先科夫斯基(1800—1850)主编的《读者文库》(1834—1865)在30年代大受欢迎,订户高达五千户。由于出版人将发行杂志当作赢利之道,追求发行量,所以杂志内容无所不包,从浪漫主义小说到肥田法,从染麻线的最新技术到各种消息报导,以迎合多方面口味。斯米尔津付给作家以优厚稿酬,在作家工作职业化上起了促进作用。杂志主要缺点是缺乏一定的思想原则,为了讨好政府而有意引导读者逃避当前社会政治矛盾。这就使进步作家逐渐脱离该杂志,到40年代它已失去影响。

至于法·维·布尔加林(1789—1859)的《北方蜜蜂》(1825—1864)则是官方思想的宣传工具;米·彼·波戈津(1800—1875)主办的《莫斯科人》(1841—1856)主要是斯拉夫派思想的宣传阵地。

---

① 《车尔尼雪夫斯基论文学》(上卷),新文艺出版社,1956年,第241页。

文学概况

30至40年代的俄国文学完成了从浪漫主义向现实主义的过渡,经历了散文取代诗歌的过程。1825年以后,浪漫主义继续存在,同时具有各种不同色彩。普希金、莱蒙托夫与十二月党诗人保持着过去革命的浪漫主义的传统,讴歌自由。威涅维京诺夫、巴拉丁斯基、丘特切夫等在1825年沉闷的社会气氛下,转向哲学探索,热衷于写一些唯心主义的哲理性诗歌。扎戈斯金的历史小说、库科尔尼克的戏剧、先科夫斯基(笔名勃兰乌别斯)的中篇小说,或美化过去,或宣扬"官方民族性",属于反动的浪漫主义作品。

但是,30年代俄国文学的主要发展趋向是现实主义创作方法日趋成熟。自20年代至30年代上半期,俄国中篇小说如雨后春笋,在很多作品中,起初浪漫主义与现实主义因素并存,如波戈津、波列伏依、巴甫洛夫的小说。至1831年普希金发表了《别尔金小说集》,1835年果戈理发表了中篇小说集《小品集》与《密尔格拉得》,1836年完成《钦差大臣》,这一系列作品标志着在俄国文学中现实主义最终战胜了浪漫主义。别林斯基为此写了《论俄国中篇小说与果戈理君的中篇小说》一文,提出了时代的要求是"现实的诗歌",是"在全部赤裸裸的真实中复制生活的一切细节、颜色和浓淡色彩",以及"哪里有真实,哪里就有诗"等著名论点,初步奠定了现实主义的理论基础。1840年莱蒙托夫发表《当代英雄》,以深刻的心理剖析丰富了现实主义创作方法。1842年,果戈理在《死魂灵》(第一部)中用讽刺的手法全面揭示专制农奴制、官僚警察制的俄国和地主阶级精神上的空虚与堕落,其批判力量达到前所未有的惊心动魄的程度。《死魂灵》的出现标志着俄国文学发展到了一个崭新的阶段,至此俄国文学完成了由浪漫主义向现实主义的过渡。从上述过程看,果戈理的创作在确立俄国现实主义的过程中起了巨大作用,苏联评论界有人认为19世纪30至40年代可称之为果戈理时期。

但就是在现实主义取得完全胜利时,浪漫主义也并未绝迹。30年代末至40年代初,从莱蒙托夫的《童僧》(1839)、《恶魔》(1841),奥加辽夫的诗歌可以看出积极浪漫主义的突然复苏。它表明十二月党人的自由追求仍活在人们的心里,但尼古拉一世的俄国现实令人看不到出路。莱蒙托夫最后的长诗鲜明地表现出这种社会情绪。

40年代上半期,一批青年作家进入文坛,他们在别林斯基的教育下,坚持果戈理的方向,创作了大量真实描写现实生活的特写。如格里戈罗维奇的《彼得堡的手风琴手》、达里的《彼得堡看门人》、涅克拉索夫的《彼得堡的角落》、布特科夫的《彼得堡之峰》等。这些作品都以城市底层人物为主人公,通过他们的命运揭露社会不平。1844至1845年涅克拉索夫主编的两本文集《彼得堡风貌素描》、《彼得堡文集》搜集了这类作家的作品,它们标志着果戈理学派或"新学派"的形成。这派作家同情弱者、暴露社会黑暗的民主主义倾向引起反动文人的不满和恶毒咒骂。1846年布尔加林撰文声称这类作家遵循自然主义,专写"污秽的"主题,是"自然派"。这时别林斯基挺身而出,捍卫文学中的新方向,极力称赞新一代作家敢于写真实、揭露阴暗面,并肯定他们对下层阶级的人道态度。他接过"自然派"一词,骄傲地用它来称呼40年代批判现实主义的文学派别(当时还没有"现实主义"这个概念),从此"自然派"一词流行开来。

但是40年代上半期,"自然派"的作品基本多为纯粹写实,尚未深入到表面现象下的实质性问题,同时笔下的人物往往是某类人物的类型,还缺乏性格的个性化。到40年代下半期情况有所变化。这时"自然派"的队伍迅速壮大,同时创作也更成熟了。1847年起《现代人》杂志成为"自然派"的主要阵地,两年间发表了赫尔岑的《谁之罪?》(第2部)、《偷东西的喜鹊》;屠格涅夫的《猎人笔记》(部分);冈察洛夫的《平凡的故事》、《奥勃洛莫夫的梦》;格里戈罗维奇的中篇小说《苦命人安东》;谢德林的中篇小说《矛盾》、《错综复杂的事件》等作品,使现实主义文学取得辉煌的胜利。这些作品清楚地表明注重写实但尚缺乏概括的特写性风貌素描已让位于具有更高的概括性、能更深刻地揭露社会本质的现实主义中长篇小说。一贯被践踏在社会底层的俄国农民的美好心灵在文学作品中得到揭示,深刻的人道精神成为俄国文学的重要特色。

在30至40年代,俄国文学的社会作用大大提高了。1825年贵族革命失败后,人们要求更深刻地观察与认识社会,同时,解放运动的继续发展促使文学去深入批判国家社会的种种弊端,揭露这个罪恶制度的支持者,表现受压迫的人民大众,唤起社会自觉。正是在这样的社会条件下,现实主义迅速成熟起来。进步文学应时代的要求,一方面揭露社会黑暗,一方面以感人的艺术形象体现出俄国社会的光明面——俄国农民。现实主义文学使俄国公众"在镜子里看到自己","强有力地促进了俄国的自觉"。①

诗歌 30至40年代诗歌虽然不像19世纪初20年那样成绩斐然,却也是时代精神面貌的一种体现。1825年后,普希金的《致西伯利亚囚徒》(1827)、《阿利昂》(1827)、莱蒙托夫的《帆》(1832)、《诗人之死》(1837)、奥陀耶夫斯基的《答普希金》(1827)最深刻地表现了俄国进步社会力量的希望。德·弗·威涅维京诺夫(1805—

---

① 《别林斯基选集》第2卷,时代出版社,1953年,第320页。

1827)、叶•阿•巴拉丁斯基(1800—1844)、费•伊•丘特切夫(1803—1873)等把诗歌与哲学联系起来，用诗歌表明自己的哲学信念(绝对精神是"灵感的源泉"、诗人是洞察宇宙奥秘的先知)，以至哀叹世界末日的到来(威涅维京诺夫)，表达了贵族阶级在农奴制危机到来时精神上的崩溃。

但是在丘特切夫20年代末30年代初歌咏大自然的诗篇《春日的雷雨》、《春潮》、《秋天的黄昏》中有一些优美的现实主义的描写。

弗•格•别涅季克托夫(1807—1873)流行一时的诗歌(《诗集》，1835)，完全遵循消极浪漫主义的俗套，夸大感情，追求刺激，内容空洞，曾受到别林斯基的严厉批判。

在30年代的诗歌中应该特别提到诗人波列扎耶夫。亚•伊•波列扎耶夫(1805—1838)是一个地主与女农奴的儿子。1820年入莫斯科大学。1825年写作了模仿《叶夫盖尼•奥涅金》(第一章)的长诗《萨什卡》，攻击贵族政体，反对教会以至专制制度。为此于1826年被贬为兵团普通士兵，受尽折磨。1828年因被控告与莫斯科大学克里茨基兄弟的革命小组有联系，被投入兵团地下牢房，身心受到极大摧残。1829年被调至高加索仍服兵役，1837年因逃离军队未成，遭到残酷鞭刑，次年死于士兵医院。

波列扎耶夫继承了普希金与十二月党人的公民诗歌传统，但是，30年代的社会生活以及他个人的经历，使他的诗歌的主要精神不是对自由的乐观信念和对革命的号召，而是对俄国那些扼杀"自由、才能和光荣"的刽子手的无比仇恨和对压迫者的强烈抗议，体现了他在苦难面前的刚毅与无畏精神(《被俘的伊罗克人之歌》，1826—1828；《憎恨》，1834)。他在1828年基于亲身经历所写的一组描写士兵囚犯生活的诗(《垂死的泅水者之歌》、《活死人》)，揭示了俄国士兵在兵营监牢中所受的非人的虐待和可怕的折磨。在这组诗里，有时流露出诗人面对无望的斗争所感到的哀痛。他在《垂死的泅水者》中说道："风在呼啸，雷在轰鸣，海在呻吟，我的小舟，沉没了，沉没了。"

波列扎耶夫的和他个人生活紧密联系着的诗歌，正像别林斯基所说，是"一个社会现象，历史现象"，他代表了尼古拉一世时期俄国优秀人物的悲惨命运和他们的斗争精神。

波列扎耶夫的两首长诗《艾尔别利》(1830)和《契尔—尤特》(1832)是基于诗人对高加索的亲身经历与观感所写成，其中有很大的现实主义成份。

整个40年代是莱蒙托夫去世后诗歌比较沉寂的时期，幸有奥加辽夫，他继承了普希金与莱蒙托夫的传统，反映了40年代人的情怀，将诗歌推向现实主义。

尼•普•奥加辽夫(1813—1877)出身贵族，是革命活动家赫尔岑的亲密战友。

1830年入莫斯科大学后,与赫尔岑一起组织秘密小组,研究空想社会主义和俄国现实问题。1834年他与赫尔岑同时被捕,后流放高加索,在那里结识了被放逐的十二月党人,这对他的思想发展有很大影响。后来他回忆道:"我面对面地和我们的殉道者站在一起,我沿着他们的道路走,我注定要有那样的命运。"(《高加索的矿泉水》,1861)。1861年后他一直侨居英国,和赫尔岑一起积极从事自由俄罗斯印刷所的活动,进行反对专制制度的斗争。1877年死于英国。

奥加辽夫的早期抒情诗着重表现了由于意识到生活的空虚和暗淡、个人虚度年华而产生的伤感情绪。这从当时诗歌的标题就可看出,如《我备受折磨的灵魂……》(1837)、《深夜我在坟墓之间……》(1838)、《忧郁》(1841)等。从40年代起,奥加辽夫诗歌中增添了现实主义因素和民主主义思想。他的《乡村守夜人》(1840)、《酒店》(1842)、《茅舍》(1842)使人看到农民悲惨的生活,受到别林斯基的好评。同时,他对社会的抗议情绪也日渐强烈。开始写于1840年的长诗《幽默》(1840—1841,1857—1868)是一首抒情自白,诗人在第一、二部分中大胆抨击了俄国专制政治。他用彼得堡作为沙皇俄国的象征,指出在这里,"宫殿与监狱"在黑暗中"互相对视"。但是:

人民的呻吟预示着灾难,
傲慢的巴比伦,你定将坍塌!

长诗《乡村》(1847)带有一定的自传性,它描写进步贵族尤利想改善农民生活,但遭到失败。他目睹了人民的苦难,周围的黑暗,希望离开祖国,为的是:

……身处异乡,
我要用我的笔和口
暴露我憎恨的制度,
一直到生命的最后。

1856年后,奥加辽夫侨居国外,他的诗歌公开颂扬十二月党人(《纪念雷列耶夫》,1859),表现出对革命的信念:

我相信。我相信未来,
我们光明的希望,
我相信得到土地的人民
和我们年轻的一代。
我相信,这决不会很久,
另一种命运就要降临,

我们的手中紧紧握着

一杆大旗:"土地与自由"。

奥加辽夫的抒情诗将抒情与社会问题融成一体,所以车尔尼雪夫斯基说,奥加辽夫的诗歌是"我们社会发展中一个重要时期的表现"。

40年代下半期,革命民主主义诗人涅克拉索夫以崭新的面貌登上文坛。他完全抛弃了诗人是上天的选民或先知这种唯心主义美学思想。他吸取十二月党人的诗歌传统,用自己的诗歌投入社会斗争。随着"自然派"的形成,涅克拉索夫将"自然派"的创作原则,即暴露社会黑暗、同情社会底层的人道精神引入诗的领域。他有关农民的诗(《在旅途中》、《三套马车》)、有关城市平民的诗(《夜里我奔驰在黑暗的大街上》、《醉汉》)和讽刺诗(《当代颂诗》、《摇篮歌》、《道学先生》)等一扫诗歌中浪漫主义情调、抽象的哲理,使诗歌牢牢立足于社会现实生活之上,开诗歌之新风,是50至70年代现实主义诗歌大繁荣的先声。

小说 1825年事件使整个文坛一度沉寂后,到20年代末,小说创作崛起。开始时,浪漫主义中篇小说流行,但在某些作家笔下有明显的现实主义因素。20年代末至30年代上半期,浪漫主义小说的代表人物是亚·别斯图热夫。

亚·亚·别斯图热夫－马尔林斯基(1797—1837)出生于没落的贵族家庭。1824年加入十二月党人团体"北社",属于激进派,信奉共和主义。1825年12月14日他率部队参加起义。起义失败后被判死刑,后改判流放西伯利亚。1829年被遣送到高加索当兵,1837年在与契尔克斯山民作战中丧生。别斯图热夫的文学活动是多方面的,1825年前,他曾从事文学评论活动,写了《俄国新旧文学一瞥》(1824)、《一八二三年俄国文学概观》(1824)。他在俄国文学批评上,首先采用年度文学述评形式,把文学现象和社会生活联系起来加以考察。在这方面他是别林斯基的先行者。在文艺理论方面,他始终是浪漫主义的坚决拥护者,他的《评波列伏依的长篇小说〈在主的墓前的誓言〉》(1833)一文被认为是浪漫主义迟发的宣言。他十分重视俄罗斯民间创作,认为民间文学是俄国取之不尽的宝藏,主张大力搜集民间创作。别斯图热夫是20年代重要文艺批评家,他的活动在反对古典主义确立浪漫主义的斗争中起过重要作用。他写过一些积极浪漫主义诗歌,并与雷列耶夫合办《北极星》丛刊(1823—1825)。但他在文坛上享有盛名主要赖于他的小说创作。别斯图热夫在高加索时开始用笔名马尔林斯基发表作品,1832年他的《俄国中篇小说和故事集》给他带来巨大声誉,别林斯基称他是俄国"第一个散文作家"、"俄国中篇小说的创始人"。

他的名作《巡航舰"希望号"》(1832)揭露上流社会盲目崇外与道德腐化;《阿玛

拉特老爷》(1832)、《穆拉·努尔》(1836)根据作家在高加索的见闻写成,有声有色地描写了山民的军事生活、高加索的绮丽风光、动人的英雄形象,非常富有民族地方特色;《别洛佐尔中尉》(1831)、《披甲兵》(1832)写拿破仑时代英勇的俄罗斯人。马尔林斯基始终是一个典型的浪漫主义作家,他的小说的最大特色是:勇敢的个性、沸腾的热情、惊险的情节、粗犷的自然风光、爱与恨或恩与仇的激烈斗争。他在30年代获得巨大成功,有很多模仿者,但在普希金、果戈理的现实主义小说出现后,逐渐失去了读者。别林斯基认为他的小说缺乏思想深度,"在里面,没有生活的真实……一切都是虚构的"。[①]

浪漫主义小说家弗·费·奥陀耶夫斯基(1803—1869)的作品别具一格。他早期接近十二月党人,曾和丘赫尔别凯共同发行期刊《摩涅莫辛涅》(1824—1825),宣传德国古典哲学和十二月党人的美学思想。奥陀耶夫斯基深受谢林哲学和德国浪漫派的影响。在其创作的早期,他写的怪诞小说《西里费达》(1837)、《萨拉曼得拉》(1842)与哲理故事《俄罗斯之夜》(1836—1844)等企图说明人类理智尚未认识的某些领域,在进行解释时,作者常常动摇于科学和神秘主义之间,但在根本上是企图用唯心主义哲学来解释整个物质与精神世界。苏联评论界认为:"神秘主义,对理性的批判和对非理性的赞美,宣传与世隔绝的'纯艺术',——这就是奥陀耶夫斯基浪漫主义美学的基本特点。"[②]但他的中篇小说《咪咪公爵小姐》(1834)和《齐齐公爵小姐》(1839)暴露上流社会的虚伪与空虚,其中对于贵族社会中人与人的关系有一些现实主义的刻画,受到别林斯基的好评。从40年代下半期始,奥陀耶夫斯基基本脱离了文学活动,从事音乐评论工作。

与上述作家同时,30年代还出现了一些平民出身的作家,他们是波戈津、波列伏依、巴甫洛夫。

米·彼·波戈津(1800—1875)是农奴之子,1806年获得自由。20年代时具有民主主义思想,著有中篇小说《乞丐》(1826)揭露农奴悲惨生活,《黑病》(1829)揭示商人阶层的愚昧,《市场上的新娘》(1828)暴露外省野蛮风习。但是他没有看到这些弊端的根源在于社会制度,而在宗教、基督精神中寻求解决矛盾的办法。后人曾称他是"民主精神与奴才气的奇异混合"。波戈津与斯·彼·谢维辽夫(1806—1864)合办杂志《莫斯科人》,宣扬"官方民族性",反对"自然派",为果戈理的错误的《与友人书简选》叫好。

尼·阿·波列伏依(1796—1846)是《莫斯科电讯》的发行人。他的主要作品有

[①] 《别林斯基选集》第1卷,时代出版社,1953年,第203页。
[②] 《俄国文学史》(3卷本)第2卷,俄文版,苏联科学院出版社,1963年,第404页。

《画家》(1833)、《阿巴董娜》(1834)、《一个俄国士兵的故事》(1834)等。《画家》描写一个平民出身的画家，他虽然社会地位很低，但精神面貌纯洁高尚，与周围庸俗环境格格不入。他在贵族社会中努力为自己打开了一条道路，但最后还是以失败告终。小说揭露了贵族社会的虚伪和对艺术的摧残，表现了平民阶层对贵族阶级的强烈憎恨，但主人公没有达到自觉的反抗，而是到异国去寻找安宁。小说中对艺术、对艺术家与社会的关系的看法也是唯心的。《阿巴董娜》描写一个出身市民的德国诗人在社会中的不幸遭遇。在波列伏依的小说中，超人式的主人公、浪漫的场面、夸张的情感和语言与现实主义并存。但他1834年发表的《一个俄国士兵的故事》描写了一个俄国农民随苏沃洛夫出征意大利的故事，特别在第一部分有对农奴制乡村的出色描写。波列伏依上述作品使俄国文学趋于民主化。赫尔岑曾说："波列伏依开始使俄国文学民主化，使它离开高高在上的贵族，让它变得更人民化，或者至少变得更资产阶级化一些。"① 这是波列伏依在俄国文学史中的重要意义。

尼·费·巴甫洛夫(1803—1864)是地主家奴之子，1811年获得自由。1822至1825年在莫斯科大学求学。30年代初曾翻译巴尔扎克的作品。1835年发表《三个中篇小说》，富有社会内容，受到普希金与别林斯基的好评。其中之一《命名日》描写了一个农奴音乐家不幸的命运，揭露了农奴制现实，但由于他将一些偶然性事件放在第一位，就削弱了对社会的抗议力量。第二篇《土耳其刀》叙述一个士兵为了复仇杀死上校的故事，相当真实地写出了毫无权力与地位的士兵的愤怒与悲惨处境。巴甫洛夫的小说比前人有更多的真实，但在写作上仍囿于浪漫主义传统，追求情节、场面、语言上的效果，缺乏对性格的深刻挖掘和高度的生活真实。1839年巴甫洛夫又发表《新小说集》，思想内容大不如前。60年代初巴甫洛夫成为反动杂志《我们的时代》(1860—1863)、《俄国导报》(1863—1864)的编辑。赫尔岑曾说，巴甫洛夫在宪兵面前放下了手里的土耳其刀。

19世纪初，经历了1789年法国资产阶级革命和拿破仑之战的欧洲，在震动之余，对研究历史产生极大兴趣。而经历了1812年卫国战争与1825年贵族革命的俄国在30年代也感到历史研究的必要，企图从中发现历史发展的规律。但是不同的政治集团持有不同的历史观，反动的地主贵族企图通过历史来论证专制农奴制度的必要性，而进步社会力量则希望通过历史来鼓舞斗志。这种种历史观在历史小说中得到鲜明反映。俄国的长篇小说首先是以历史小说的形式出现的。历史小说的代表作家是扎戈斯金和拉热奇科夫。

米·尼·扎戈斯金(1789—1882)生于外省地主家庭。他的成名作是历史小说

---

① 《俄国文学史》(中卷)，作家出版社，1958年，第587页。

《尤利·米洛斯拉夫斯基。又名1612年的俄国人》(1829)。这是俄国第一部以本国历史为题材的长篇小说,描写17世纪初莫斯科为波兰人占领并已向波兰王子宣誓效忠的关键时刻,一些大贵族投降了,而民众奋起反抗。小说令人回想起1812年的战争,因此获得了巨大成功。扎戈斯金的第二部历史小说《罗斯拉夫列夫。1812年的俄国人》背离事实甚远。作者自己曾说:"我写这两部作品时,是要描写本身相似但相隔一百年之久的两个值得记忆的历史时期的俄国人。我要证明,虽然俄罗斯民族的外部形式和面貌完全变了,但是我们对皇帝的不可动摇的忠心、对祖国的执着的信仰以及对故乡的爱没有和它们一起改变"。[1] 扎戈斯金的小说实际上在宣扬"官方民族性"理论。但是他的小说(特别是第二部)在艺术性上还有可取之处。作品富有戏剧性、结构巧妙、有不少生动真实的场面,同时作者具有较高的语言表达能力。扎戈斯金以后写的历史小说都无甚成就。

伊·伊·拉热奇尼科夫(1792—1869)出生于莫斯科富商之家。他共写了三部历史小说:《最后一个近侍少年》(1831—1833)、《冰屋》(1835)和《回教徒》(1838)。拉热奇尼科夫创作态度严肃,写作前往往经过详细研究史科。《最后一个近侍少年》描写彼得一世的政敌年轻时曾参与暗杀彼得一世的阴谋,为逃避死刑离开祖国,成年后认识到彼得对俄国的作用,改变了对后者的态度,在俄国与瑞士的战争中暗中帮助俄国军队,使俄国获得胜利。在小说的结尾部分他偷偷回到祖国并得到宽恕,但他感到自己已年迈,无力参加彼得一世改造祖国的事业,便在修道院中度过了自己的余生。小说有浓厚的浪漫主义气息。彼得一世是一个理想化了的形象。

《冰屋》描写安娜女皇时期大臣伏林斯基反宠臣比隆的斗争,在一定程度上真实地描写了宫廷的腐化、人民的痛苦,但伏林斯基的形象离现实较远,而且伏林斯基与摩尔达维亚女郎的浪漫主义爱情大大削弱了小说的社会主题,有喧宾夺主之势。拉热奇尼科夫的作品中有较多的历史真实,但在情节结构、人物形象的塑造上仍有明显的浪漫主义色彩。

从30年代中叶至40年代初,普希金、果戈理、莱蒙托夫的散文作品将俄国文学带上了一条光辉的批判现实主义道路,使俄国文学迅速地登上世界文坛,发出耀眼光彩。

在40年代上半期,追随果戈理方向的"自然派"作家中特别应提到达里和格里戈罗维奇。

弗·伊·达里(1801—1872)出生于医生家庭,曾任海军准尉,因搜集奥伦堡地区动植物化石有成绩,1838年当选为俄国科学院通讯院士。达里30年代开始文学

---

[1] 《俄国文学史》(4卷本)第2卷,俄文版,科学出版社,1981年,第524页。

活动,所写民俗随笔《保加利亚女人》、《乌拉尔的哥萨克》深受读者喜爱。40 年代用笔名"卡扎克·卢甘斯基"发表作品。他的风俗素描《彼得堡的看门人》(1844)、《勤务兵》(1845)等表现出作者对底层人物的同情,也表现了他的创作才华。达里曾一度享有盛名,进步文学界对他期望很高。别林斯基说:"在各阶层人物的风俗素描上,他是一位真正的诗人。"但由于他思想保守,极力回避尖锐的社会主题,这就使他难以创作出更有思想深度的作品。50 至 60 年代,达里主要从事词典编纂工作,是俄国著名的词典编纂家。

德·瓦·格里戈罗维奇(1822—1899)出生于辛比尔斯克省的一个地主家庭,母亲是法国人。40 年代开始写作,1845 年发表《彼得堡的手风琴手》。为了如实反映流浪艺人的生活,他曾走街串巷,跟他们谈话,深入贫民区访问,广泛搜集材料。

格里戈罗维奇在小说《乡村》(1846)中描写了可怜的女农奴阿库琳娜悲惨的一生。她身患重病,但仍被迫出嫁,婚后既受丈夫的殴打,又受丈夫亲属的无情嘲弄。阿库琳娜的一生典型地反映出俄国农村妇女不仅在农奴制度重压下喘息,往往还受到来自家庭内部的摧残。小说值得注意的是它比屠格涅夫的《猎人笔记》更早地描写了农民的日常生活。其不足之处在于情节未超出渲染悲欢离合的感伤主义老套。

1847 年格里戈罗维奇发表了他最优秀的著作,中篇小说《苦命人安东》。小说的主人公安东是个穷苦、老实的农民,他由于忍受不了管家尼基塔·费奥多罗维奇的虐待,参加了农民起义,惩罚了管家。据作者说,小说的最后一章本来是写"农民……烧了管家的房子,并把他扔到火里"。① 由于当时审查机关不准发表,《现代人》编辑尼基坚科改写了结尾,把惩罚管家的一场改为安东被带上镣铐,马上送往西伯利亚。小说《苦命人安东》表明农奴制度压迫逼得农民起来造反,具有鲜明的反农奴制倾向。别林斯基认为,格里戈罗维奇的中篇小说已超出风俗素描的性质,因为在作品中"一切都忠于一个基本思想,一切都归结到这个基本思想,情节和结局都是从事物的本质自由地发展出来的……"②

在格里戈罗维奇 50 年代的作品中,长篇小说《渔夫们》(1853)歌颂俄国农民在求生存的过程中与大自然的英勇斗争。这部作品首次在俄国文学中提出了资本主义已侵入俄国农村这个新的重要问题,写出了宗法制农村在资本主义打击下正在逐渐瓦解。但作者站在宗法制农民的立场上批判资本主义,认为工厂只会使人脱离土地与家庭,使人走向挥霍、酗酒,所以应该回到小农经济的宗法制度。这一观

---

① 《俄国文学史》(3 卷本)第 2 卷,俄文版,苏联科学院出版社,1963 年,第 622 页。
② 《别林斯基选集》第 2 卷,时代出版社,1953 年,第 491 页。

点严重损害了作品。《移民》(1855—1856)则又回到地主与农民的矛盾这个主题。

1860年在革命形势下,格里戈罗维奇退出了《现代人》杂志,此后长期停笔。1883年又发表了《橡皮的孩子》,描写马戏团中一演杂技的小孩子的悲惨命运,渗透着人道主义精神。

第二节 柯里佐夫

阿列克赛·瓦西里耶维奇·柯里佐夫(1809—1842)在30至40年代俄国文学中占有独特的地位,他的清新质朴、浑厚自然的民歌大大丰富了俄国诗歌的题材,反映了俄国现实主义文学所具有的民主性和民族独特性。

柯里佐夫生于沃龙涅日一个牲畜商的家庭。由于父亲毫不重视子女的教育,柯里佐夫九岁时在县立中学只读了一年多的书就被迫辍学,随父亲去做生意。从此柯里佐夫一生都未摆脱他所憎恶的贩卖牲口的职业。他长年赶着牲口在草原上放牧,并到各处赶集、做买卖。后来他在给别林斯基的信中写道:"我的生活圈子是狭窄的,我的世界是卑劣的,我生活于其中感到十分痛苦。"①但柯里佐夫没有为小市民生活环境所污染。他在空余时间勤奋自学,接触到杰尔查文、茹科夫斯基、普希金、莱蒙托夫等人的作品,他爱上了诗歌。柯里佐夫的生活又使他熟悉农民的风俗习惯和他们的欢乐疾苦,为他日后创作打下了基础。

柯里佐夫在1825年开始创作。1830年他在沃龙涅日与斯坦凯维奇相识,后者立刻发现了年轻诗人的才华,并把他介绍给别林斯基。1831年柯里佐夫的作品开始发表在莫斯科的刊物上,斯坦凯维奇曾亲自在诗歌前面写了赞词,要大家注意这个"有天赋才能的诗人"。别林斯基也十分欣赏他的诗,并引导他广泛学习文学、历史、哲学,使他开阔眼界、提高艺术修养,并自觉地把自己的创作汇入当时整个现实主义潮流。

1835年,斯坦凯维奇和别林斯基用预订筹资的办法为柯里佐夫出版了第一本诗集,其中发表了柯里佐夫自1827年至1834年所写的十八首诗。同年,别林斯基在《望远镜》上发表文章评论道:"我们要赶紧怀着深切的关注、敬仰和珍爱之情来接待这位诗人……"②

1836年,柯里佐夫为处理父亲的业务在莫斯科和彼得堡住了一段时间。在莫斯科时他和别林斯基的关系密切起来。在彼得堡,柯里佐夫还认识了茹科夫斯基、

---

① 《俄国文学史》(3卷本)第2卷,俄文版,苏联科学院出版社,1963年,第594页。
② 《别林斯基选集》第1卷,上海译文出版社,1979年,第249页。

维亚泽姆斯基、奥陀耶夫斯基、帕纳耶夫等作家。特别使他激动的是普希金亲切地接待了他,并在《现代人》杂志上刊登了他的诗《收获》。从那时起,柯里佐夫诗情洋溢,创作成果累累。1837年他写了抒情诗《森林》悼念普希金。他把普希金比作与黑暗势力进行不屈不挠的斗争的勇士,在"黑色的秋天"被敌人用阴谋杀害。柯里佐夫痛苦地喊道:"太阳被射中了!"不幸的是正当柯里佐夫大有可为之时,他染上了肺病,加上父亲的苛刻,使他生活十分艰难。1842年疾病终于夺去了诗人的生命。四年后他的第二本诗集才问世。

从19世纪初开始,农民生活逐渐进入文学作品。但感伤主义诗人往往在他们诗歌中美化农村生活,回避社会矛盾,而浪漫主义诗人则偏重抒发个人情感,很少具体描写普通劳动人民生活。在30年代,只有柯里佐夫怀着深深的同情真实地描写了农民的日常劳动和他们的欢乐与悲哀。他的诗歌是俄罗斯人民的心声,写得朴实、真诚,具有浓厚的俄罗斯乡土气息。同时代人无不承认他的诗歌中包含真正的人民性。

柯里佐夫首次在俄国诗歌中以普通劳动人民,农民为其抒情主人公。这是他对俄国文学的重要贡献。他的诗歌使30年代贵族社会了解到过去他们很少知道的那一部分生活。同时,他在创作中广泛利用民间创作、人民的语言,使文学形式也进一步接近现实。

柯里佐夫诗歌的主要内容是人民艰难困苦的生活,他们微小的欢乐与深沉的悲哀。他在民歌《苦命》(1837)、《乡下人的沉思》(1837)、《里哈奇·库德里亚维奇之歌》(2首,1837)、《穷苦人的命运》(1841)中怀着深挚的同情描写农民的不幸与痛苦的生活。在《农村的灾难》(1838)一诗的结尾部分,农民主人公说道:

> 从那时起,贫苦的我
> 在异乡漂泊,
> 流着血和汗,
> 为了一块面包干活……

但是在柯里佐夫的笔下,他的主人公具有坚强的个性,而且善于思考,并没有向厄运屈服,他们再也不是和环境妥协的可怜虫,而是具有善于思考的坚强的性格。他们感到自身的力量,敢于为自己的幸福、生活需要而斗争(《割草人》,1836),并在战胜大自然中得到欢乐(《耕夫之歌》,1831)。人们在《耕夫之歌》(1831)中看到,处身于劳动重压下的农民仍拥有无穷的生命力与创造力,他们会品尝劳动中的愉快。耕夫唱道:

> 田野里钻出了小草,

谷穗在长大，
它开始成熟，披上
金黄色的彩缎。
这儿小月牙镰刀光闪闪，
那儿长柄镰刀沙沙响，
在沉甸甸的麦垛上
休息得多么酣畅！

在涅克拉索夫以前，俄国诗人未曾有过像柯里佐夫那样描写农民的劳动。柯里佐夫的诗从耕地、播种写到收割，写到劳动者。除了农民艰苦的生活和他们的劳动外，在柯里佐夫诗中还可以看到人民在追求自由（《斯捷卡·拉辛》，1838；《雄鹰的沉思》，1840），人民渴望另一种生活（《心灵如此向往……》，1840），同时人民在他们的生活中偶尔也有一点自己的欢乐（《农家宴会》，1830）。

柯里佐夫第一个在俄国诗歌中描绘了农村妇女的辛酸。他在民歌《夜莺，你别歌唱》（1832）、《啊，为什么把我……》（1838）、《没有智慧、没有理性……》（1839）等诗中描绘了农村姑娘的爱情。由于妇女无权，婚姻不自主，姑娘往往被迫嫁给自己不爱的人，还要负担沉重的家务与田间劳动。柯里佐夫深深同情在宗法制农村被压迫在生活底层的妇女，同时热情颂扬她们精神上体格上的美。

在柯里佐夫的创作中有一些优美的爱情诗，如《最后的吻》（1838）、《少女的哀愁》（1840）《离别》（1840）等。这些诗歌表现了农民内心的美好。车尔尼雪夫斯基曾说，对于柯里佐夫，"爱情是力量的源泉，工作的动力"。

柯里佐夫上述诗歌很多都采用民歌的形式。别林斯基十分推崇诗人的这类民歌。他说："除了人民创造的，因之被称为'民歌'的歌之外，在柯里佐夫之前，我们没有艺术性的民歌。虽然许多俄国诗人也尝试写这类作品。"[①]柯里佐夫还写过一些乌克兰"沉思"形式的民歌，诗人运用这种形式抒发自己对人生意义的思考所得，其中有的流露出宗教神秘主义情绪。别林斯基认为这种情绪并不是柯里佐夫所固有的。他说："这个淳朴、明晰、勇敢的头脑不可能长时期在不明确的观念的迷雾中沉浮。"他指出，在柯里佐夫的其他作品中可以看出诗人已"坚决摆脱了神秘主义、迅速转入了健康理智的朴素的认识"。[②] 柯里佐夫的"沉思"在艺术上比较逊色，但它足以表现作者对生活的思考和哲学探索。

[①] 《俄国文学史》（中卷），作家出版社，1958年，第575页。
[②] 《俄国文学史》（3卷本）第2卷，俄文版，苏联科学院出版社，1963年，第597页。

柯里佐夫诗歌的局限在于作品中社会矛盾和人民的抗议没有得到充分反映,他的主人公眼界还比较狭窄,没有很好地把自己的不幸与社会问题联系起来,没有想到过以反抗摆脱厄运。对农民的命运的深切关怀,真实地表现农民生活,构成了柯里佐夫诗歌的人民性和民主性,决定了柯里佐夫创作的社会意义。别林斯基把柯里佐夫的诗看作"俄罗斯文学的重大的典范性成就"。[①] 赫尔岑说:"两个诗人表现了俄罗斯诗歌的新时代——这就是莱蒙托夫和柯里佐夫。"[②]

　　柯里佐夫诗歌的浓郁的民歌风味、优美的节奏还吸引了音乐家们的注意。他的许多诗歌已被谱曲,进入了俄国的音乐宝库。

[①][②] 《俄国文学史》(中卷),作家出版社,1958年,第575页。

第六章　莱蒙托夫

莱蒙托夫（1814—1841）是继普希金之后俄国又一伟大诗人。他的诗歌继承了普希金和十二月党人歌颂自由、反对暴政的光荣传统，同时又具有鲜明的时代特征。莱蒙托夫的创作反映了30年代俄国先进人士的孤独、忧郁和叛逆精神。在他的创作中，痛苦的悲观绝望始终与烈火一般的叛逆激情融合在一起，这就形成了莱蒙托夫创作的独特风格。他虽然也像普希金那样走着一条从积极浪漫主义到现实主义的道路，但在他的创作中积极浪漫主义与现实主义始终是交织在一起的。

生平与创作

米哈伊尔·尤里耶维奇·莱蒙托夫1814年生于莫斯科。他的父亲是一个退职的贵族上尉军官，家境清寒。母亲是一个大贵族的独生女。出身豪门的外祖母对女儿的婚事深为不满，因此，家庭始终笼罩着不睦，甚至敌意的气氛。莱蒙托夫不满三岁时，母亲病故。外祖母与父亲之间矛盾激化，父亲为了儿子的前程，忍痛同意把儿子留给外祖母抚养，孑然一身住在自己的领地上，直至1831年去世。家庭悲剧在诗人幼小的心灵中留下创伤，造成他性格上的孤僻、内向。

天资聪颖的莱蒙托夫在外国家庭教师的教育下，自幼通晓德语、法语、英语，在绘画、雕塑、音乐方面也很有才能。同时，莱蒙托夫的成长并没有脱离俄罗斯生活的土壤。他生长在外祖母的庄园——奔萨省的塔尔哈内村，农奴的孩子们是他儿时的游伴。家奴给他讲述普加乔夫起义、1812年战争的故事，启发了他对俄国历史的兴趣。他目睹农奴的疾苦，常常在外祖母面前为他们说情，还曾立志要帮助村里所有的农民改善生活条件。莱蒙托夫对俄国农村和农民的深厚感情充分体现在他的《祖国》一诗中。

十二月党人起义时，莱蒙托夫年仅十一岁。1827年底，莱蒙托夫随外祖母迁居莫斯科，翌年进入莫斯科大学附设的贵族寄宿中学。当时学校的师资阵容整齐，学术空气活跃。莱蒙托夫在校成绩优异，文学方面尤为突出。他阅读了大量俄国和西欧名家作品，还看到了普希金和十二月党人的禁诗和手抄本。少年莱蒙托夫对普希金与拜伦尤为崇拜。这个时期他创作了六十首诗,并着手写他的歌颂叛逆精神的长诗《恶魔》。在他的早期诗歌中已经流露出对俄国农奴制社会的不满,他称自己为"自由之友",哀叹他的同胞"在奴役的枷锁下呻吟"(《土耳其人的哀怨》)。

1829年秋,莱蒙托夫考入莫斯科大学。当时莫斯科大学人才荟萃,赫尔岑、别林斯基、斯坦凯维奇、奥加辽夫、冈察洛夫都在这里读书。大学生们不顾尼古拉一世的高压政策,成立了各种小组,讨论政治、哲学、社会、历史、文学等问题,自由空气比较浓厚。莱蒙托夫曾参加一个以文学艺术为中心的小组。两年大学生活是他思想上成熟的时期,他写诗欢呼法国的七月革命[《1830年7月10日》和《1830年7月30日(巴黎)》],预见到新的普加乔夫起义、"王冠落地"的日子将要到来(《预言》)。他痛感对自由的需要是一个人幸福的首要条件,并准备为争取人民的自由而战死疆场。

1832年春,莱蒙托夫由于参加了大学生驱逐反动教授玛洛夫事件以及在考试时与教授发生冲突而被"勒令退学"。这一处分同时也就剥夺了他转到彼得堡大学三年级的权利。同年11月,诗人愤然做出决定,进了学制为两年的彼得堡近卫军骑兵士官学校。

两年的军校生活对于热爱自由、憎恨专制制度的莱蒙托夫来说无异是一场苦难。军校纪律严格、训练粗暴、生活单调,无怪乎莱蒙托夫称之为"可怕的两年"。他唯一的乐趣和寄托是瞒着学校当局偷偷地进行创作。谁也没有料到这个应该忠于沙皇的军校学生却在创作一部同情普加乔夫农民起义的长篇小说《瓦吉姆》以及歌颂叛逆精神的长诗《恶魔》。著名的《帆》以及《不是的,我不是拜伦,我是另一个》等几首抒情诗也是这个时期写成的。

1834年11月,莱蒙托夫在军校毕业,晋升为近卫军骠骑兵团旗手,当时团队驻扎在彼得堡附近的皇村。

年轻的莱蒙托夫一度热衷于出入上流社会。社交生活不能满足他的精神需要,然而却给他提供了不少创作素材。在军务之暇,他写成了揭露上流社会的著名诗剧《假面舞会》、长诗《大贵族奥尔夏》。1836年又开始写中篇小说《里戈夫斯卡娅伯爵夫人》(未完成),其中首次出现了毕巧林性格。

1837年是莱蒙托夫一生中发生根本转折的一年。这一年是1812年卫国战争的二十五周年,莱蒙托夫为此在1月间写成了充满爱国热情的名诗《波罗金诺》。1月底普希金在决斗中遇害的噩耗传来,莱蒙托夫悲愤交集,立即以火一般的热情勇敢地写出了《诗人之死》这首成名作。很快,诗篇不胫而走,以手抄本形式传遍全国。它以大胆的政治激情和炉火纯青的娴熟技巧向俄国文坛宣告了"普希金并非后继无人"。这位年仅二十二岁的军官立即被公认为普希金的继承人、俄国诗坛的骄傲与希望。与此同时，《诗人之死》也标志着莱蒙托夫遭受政治迫害的开始。以沙皇为首的上流社会把这首诗视为"号召革命的宣言"，对莱蒙托夫公开宣称他们是杀害普希金的刽子手这一大胆举动恨之入骨。2月20日莱蒙托夫因此而被捕，一星期以后，遵照沙皇的命令，他被降级并调往驻扎在高加索下诺夫哥罗德的龙骑兵团。这是变相的流放，沙皇政府指望山民的子弹为他们拔除莱蒙托夫这颗眼中钉。

这一次的流放并没有使年轻的诗人感到懊丧。他对高加索并不陌生。童年时，由于身体孱弱，外祖母曾经带他到高加索去疗养。高加索的壮丽景色给诗人幼小的心灵留下了深刻的印象。这次重返高加索，使他增长了不少见闻，积累了不少创作的素材，在去高加索途中，莱蒙托夫写成并发表了具有民间歌谣特色的长诗《沙皇伊凡·瓦西里耶维奇、年轻的近卫士和勇敢的商人卡拉希尼科夫之歌》(1837)。

由于外祖母百折不挠地奔走求情，1838年4月沙皇下令将莱蒙托夫调回原来的团队，重返彼得堡的莱蒙托夫成了一时的时髦人物。这时，他不仅在文坛上享有盛名，流放又使他的生活增添了浪漫主义色彩。上流社会争相接待他，以此为荣。可是莱蒙托夫对上流社会的憎恨与轻蔑却有增无减，而上流社会也看出他终究是个"不安分的人"、"危险的反对派"，希望找个借口把他除掉。

重返彼得堡的两年是莱蒙托夫创作的全盛时代。他写作并发表了大量抒情诗。1840年出版了他的第一部抒情诗集。长诗《童僧》，长篇小说《当代英雄》也在这年年初问世。他和当时文学界的名流如茹科夫斯基、维亚泽姆斯基、弗·奥陀耶夫斯基、果戈理等人都有来往。他常常去拜访历史家卡拉姆津的寡妻，在她家里和名作家、音乐家及社会名流聚会。他对文学的兴趣使他一再申请退役，而沙皇政府却蓄意利用他的军人身份对他进行政治迫害，一再拒绝他的申请。

1840年2月，莱蒙托夫为了维护俄国军官的荣誉被迫同法国公使的儿子德·巴兰特决斗。虽然他朝天开枪，并未伤人，却仍然遭到逮捕，送交军事法庭。在关押期间，别林斯基曾去探望他并做了长谈。别林斯基事后曾经赞叹说："这是一个深厚而强健的灵魂！他对艺术的看法多么正确！这个艺术眼光极高的人，他的天赋的艺术鉴赏力是多么深刻和纯正！啊，这将是一个真正的俄罗斯大诗人！"

可是这个大诗人却在4月中旬再度被流放到高加索。临行前，他的朋友们聚集在卡拉姆津夫人家里为他送行。莱蒙托夫感慨万端，倚窗凝视天边的乌云，即兴作了《云》一诗。当他应友人之请，朗读到最后一句时，泪水模糊了他的眼睛。他知道自己是再也难以返回故土了。在高加索服役期间，莱蒙托夫出生入死，屡建战功，可是沙皇始终拒绝给予他任何奖赏，也不准许他退役。1841年2月莱蒙托夫获准去彼得堡度假两月。他在这里修改并完成了多年创作的长诗《恶魔》。

5月中旬，莱蒙托夫因病在高加索的毕吉戈尔斯克疗养。当时在该地疗养的还有许多来自彼得堡上流社会人物。他们极力唆使一个头脑空虚、心地狭窄的军官马丁诺夫同莱蒙托夫决斗。7月15日，年仅二十七岁的莱蒙托夫在决斗中被马丁诺夫当场打死。俄罗斯文坛上的这颗光辉夺目的新星仅仅闪耀了四年就陨落了，遭到了和他的前辈普希金同样悲惨的命运。

抒情诗

莱蒙托夫首先是一位抒情诗人。在短短十二年的创作生涯中，他写的抒情诗多达四百余首。他的诗歌题材多样：有的揭露和鞭挞上流社会，如《诗人之死》(1837)、《常常，我被包围在红红绿绿的人群中》(1840)；有的关心祖国和人民命运、表达爱国主义思想，如《波罗金诺》(1837)、《祖国》(1841)、《别了，满目垢污的俄罗斯》(1841)；有的歌颂自由，反对暴政，如《预言》(1830)、《土耳其人的哀怨》(1829)、《囚徒》(1837)；有的思考社会问题和诗人职责，《咏怀》(1838)、《诗人》(1838)、《预言者》(1841)，有的哀叹自己悲苦的命运，如《又苦闷又烦忧》(1840)、《我独自一人走上广阔大路》(1841)；以及一组寓情于物的小诗，如《帆》(1832)、《云》(1840)、《悬岩》(1841)、《在荒野的北国，在光濯的山顶》(1841)、《一片橡树叶子……》(1841)等等。

尽管题材有所不同，但在莱蒙托夫的诗歌中处处可以听到一个忧国忧民的高尚灵魂的痛苦呻吟。这个灵魂渴望自由，但它被囚禁在空虚、庸俗、暗无天日、令人窒息的黑暗中。它孤军作战，力求冲破樊笼而不得，因而发出寂寞、忧伤、愤怒而又绝望的呼喊。在莱蒙托夫的全部创作中，强烈反抗的叛逆精神与自叹生不逢辰的凄苦调子几乎总是融为一体。这是他区别于他的前辈诗人普希金和十二月党人之处。别林斯基曾说，普希金的抒情诗"充满了对光明的期望、胜利的预感"，而在莱蒙托夫的诗中"已经不再有期待，它们以其忧郁凄凉，对人生的绝望情绪寒彻了读者的心灵"。

这两代诗人的区别正是社会历史条件所决定的。自幼受到十二月党人自由思想熏陶和法国大革命影响的莱蒙托夫却生活在尼古拉一世的暴政统治下，他只能把满腔悲愤都倾注在他的诗篇中，希望用它们唤起人们对暴政的痛恨和参加社会斗争的愿望。

生活在上流社会中的莱蒙托夫深深感到自己的孤独。在他所写的一组语言极其优美朴实而又富于表现力的小诗中，孤独的情绪特别浓厚。这一组小诗的主人公都是自然界的景象和物体,可是诗人却把自己的感受赋予它们:"大海上淡蓝色的云雾里有一片孤帆闪耀着白光!……"(《帆》);在荒野中,古老的悬崖永远"孤独地"矗立着,"低低地哭泣"(《悬崖》);一片橡树叶子"为无情的风暴所追逐",在世上漂泊流浪(《一片橡树叶离开了它的枝头》)。在莱蒙托夫的笔下,孤帆、岩石、苍松,甚至一片落叶都饱含着丰富的思想感情,令人深深感到他那个时代优秀人物遭受社会歧视、政治迫害、孤立无援的悲惨命运。

然而莱蒙托夫的诗歌所表现的绝不限于忧伤绝望。虽然身处逆境,年轻的诗人却并未屈服,他渴望战斗。从这一点上说,《帆》可以说是莱蒙托夫全部诗歌创作倾向最典型的代表作:

> 大海上淡蓝色的云雾里
> 有一片孤帆闪耀着白光!……
> 它寻求什么,在迢迢的异地?
> 它抛下什么,在它的故乡?……
>
> 波浪在汹涌——海风在狂呼,
> 桅杆弓起腰轧轧地作响……
> 唉唉!它不是在寻求幸福,
> 不是逃避幸福奔向他方!
>
> 下面是清比蓝天的波涛,
> 上面是那金黄色的阳光……
> 而它,不安的,在祈求风暴,
> 仿佛在风暴中才有安详!

诗人运用比喻的手法,形象地表明他不愿迎合上流社会的要求,随波逐流,他渴望风暴的来临,因为他本来就不是为了寻求个人的幸福来到大海上。诗人心目中的风暴无疑就是反抗尼古拉暴政的社会斗争。正如孤帆祈求风暴的来临一样,以莱蒙托夫、赫尔岑为代表的 30 年代先进知识分子都渴望着参加积极的社会斗争。由此可见,在莱蒙托夫的诗歌中,悲观失望与渴望斗争的要求总是结合在一起。高尔基指出,莱蒙托夫的悲观情绪是一种"有积极作用的感情",它是对当时现实的否定,是对斗争的渴望。

《帆》一共只有十二句,可是他却代表了莱蒙托夫全部创作的基本倾向以及他的精湛的艺术技巧。孤帆所处的表面平静的环境与内心对风暴的祈求,以及对风暴来临的预感形成鲜明对比,蔚蓝的大海、洁白的孤帆、金色的太阳、碧绿的波浪在读者的视觉上组成了一幅富有魅力的美丽画面。诗的音乐感也很突出,在描写海面风平浪静时,诗人主要使用了流音辅音(P,Л)和响音辅音(M,H),造成平稳流畅的音响感觉;而当预示风暴的酝酿和孤帆内心的不安时则采用了大量的咝音辅音(C,T,Ш,Ч),给人一种不安和模糊的惊恐的感觉。因此《帆》堪称诗人莱蒙托夫的绝唱,至今人们还是把《帆》视为莱蒙托夫精神的象征。

莱蒙托夫对斗争的渴望终于变成了行动。1837年《诗人之死》一诗是莱蒙托夫激昂的公民热情和坚决的斗争意志的体现,是他公开向上流社会挑战的宣言。他从国家、民族荣誉的角度出发,痛悼普希金这位天才诗人的遇害,怒斥丹特士这个流亡到俄国来的法国贵族余孽胆敢举枪杀害俄国民族的骄傲和俄国诗坛的太阳。然而更主要的是,莱蒙托夫大胆揭露了幕后指使丹特士杀人的上流社会,正是他们以无耻的谰言和诽谤肆意中伤伟大的诗人,迫使他参加决斗。莱蒙托夫对此怒火中烧,在诗的最后又加写了十六行,把矛头直接对准那些"蜂拥在宝座前"的扼杀自由、天才与光荣的屠夫,并指出他们虽然眼前受到沙皇的法庭的庇护,但终究逃不了上天的惩罚,他们所有的"污黑的血"都洗涤不掉诗人的"正义的血痕"。

《诗人之死》是莱蒙托夫的成名作,也是他开始受政治迫害的原因。然而流放并没有减轻莱蒙托夫对上流社会的轻蔑与憎恨。1840年元旦他应邀参加了一个权贵举行的假面舞会。面对着这一群穿着五颜六色的衣服,带着假面摇来晃去、装腔作势、寻欢作乐的上流社会人士,诗人心情抑郁,脸色阴沉。两个带着假面的青年女子走到莱蒙托夫面前,以傲慢的口吻向他挑衅。莱蒙托夫明知她们是沙皇的女儿,却出言不逊,针锋相对,这一来更加深了他与上流社会的矛盾。事后莱蒙托夫写了《常常,我被包围在红红绿绿的人群中》一诗。在诗的结束语中他表示了与上流社会誓不两立的强烈愿望:

> 啊,我真想扰乱他们那欢乐的嬉戏,
> 面对他们的眼睛大胆地愤然地投以
> 注满悲痛与憎恨的铁的诗句!……

作为一个先进诗人,莱蒙托夫目睹大多数同时代人都陷于碌碌无为、虚度岁月的状态,感到十分痛心。在《咏怀》一诗中,他悲叹这一代人未老先衰,"对于善和恶都可耻地漠不关心"、在危难面前怯懦怕事、最后"将要无声无息地在这个世界上走过",并受到子孙后代严厉地谴责。莱蒙托夫和普希金、十二月党人一样,也认为诗人首先应该是一个为社会利益而斗争的公民。在《诗人》一诗中他对同时代的一些诗人蜕化为统治阶级的玩物感触颇深。当年曾经随同骑士驰骋疆场,征战杀敌的短剑,如今却镶上了"黄金的饰纹",就像一只黄金制造的玩具"在墙上发着闪光"。这就是莱蒙托夫对那些堕落成了为统治阶级歌功颂德的诗人的辛辣讽刺。莱蒙托夫对自己的同时代人虽然深感失望,但是他也看到在社会上并不是没有忠于公民理想的先进人物。在《预言者》一诗中,他塑造了一位在黑暗年代仍然忠于自己使命的诗人的形象,这是一位真正的诗人,也是一位先知,他的使命就是揭发人们的罪恶,引导人们走向崇高的目标。

莱蒙托夫无比憎恶上流社会,对大多数同时代人苟且偷安也深感失望,然而他对祖国、人民的前途并没有失去信心。在《波罗金诺》一诗中,莱蒙托夫以满腔的爱国热情歌颂了俄国人民以及和人民站在一起的爱国军官的力量。这首诗以一个参加过波罗金诺之战的老炮兵的口吻写成。他应一个青年士兵之请,讲述了当年浴血苦战,打退拿破仑的大举进攻,捍卫俄国独立的经过。然而,在歌颂当年俄国官兵英勇奋战的同时,莱蒙托夫也没有放弃以古喻今的手法,他借老炮兵的口,一再用历史上的英雄人物和英雄事绩来反衬当代人的懦弱无能:

——是的,我们那个时候的人们,
全不是如今这种样子的人:
是武士——决不像你们!
他们遭到的命运非常不幸。
战场上回来的没有多少人……

在追忆壮烈的历史事件时,诗人的目光不能不停留在可悲的现状上。在《别了,满目垢污的俄罗斯》一诗中,莱蒙托夫痛苦地承认他的祖国是"奴隶的国土和老爷的国土",在这个国家里警察密探恣意横行,黎民百姓俯首听命。但是,尽管广大民众还处于不自觉的奴隶状态,诗人还是把希望寄托在他们身上。在《祖国》一诗里,他把对祖国的爱与对俄国大自然和俄国农民的深厚感情紧紧地结合起来。他爱的不是老爷们引以为荣的对外侵略、对内镇压的胜利或反动的古老传统,而是近乎严酷的俄国大地:冷冷清清的大草原,无边无际的大森林,甚至泛滥成灾的春水和贫苦荒凉的农村。他还爱和农民一起分享丰收的喜悦。从这首诗中可以看出,年轻的诗人经过痛苦的探索,已经开始转向人民,试图从人民中间去寻求祖国的出路。正如杜勃罗留波夫所指出,在《祖国》一诗中,莱蒙托夫"完全摆脱了一切偏见……真正地、神圣地和理智地理解了对祖国的爱"。遗憾的是,莱蒙托夫还来不及走上与人民结合的道路就过早地离开了人世。

莱蒙托夫抒情诗的艺术特色和普希金一样,他的诗歌内容丰富多样、感情色彩浓厚,具有强烈的感染力,在艺术技巧上达到了完美的地步。

为了表现大幅度的感情变化,莱蒙托夫广泛采用各种格律、韵脚、感情色彩丰富的修饰语以及比喻、隐喻、对比、感叹句、疑问句、叠句等修辞手段与艺术表现方法。例如在《诗人之死》一诗中,莱蒙托夫以控诉者的身份,代表全民痛斥杀害普希金的刽子手,他不仅使用了感情色彩丰富的修饰语来表达他的爱憎,在结构上也不断以感叹句、重复句、修辞性的疑问句来加强语气,慷慨激昂地质问刽子手,使全诗听来仿佛是一篇热情奔放的演说。同时在格律上也采用了最适于表现对话体的抑扬格。

一般说来,莱蒙托夫比普希金更倾向于使用三音节的格律(扬抑抑格、抑扬抑格),因为三音节的格律音乐感更强,更适于表现他的诗歌中常见的忧郁、沉思、悲吟的调子(《云》、《又苦闷又烦忧》)。

莱蒙托夫选择的修饰语往往是极其精确,富有表现力,如他称自己的诗句为"注满悲痛与憎恨的铁的诗句"(《常常,我被包围在红红绿绿的人群中》),把贫困的俄国农村称为"荒村",连这里发出的灯光也是"颤抖的",仿佛立刻要被寒风吹灭似的(《祖国》)。莱蒙托夫使用的对比法也十分鲜明,如他把俄罗斯称为"奴隶的国土,老爷的国土"(《别了,满目垢污的俄罗斯》);当他写到同时代人的畸形心理时,采用的对比是:"当着烈火般的热情在血液中沸腾时,在心中主宰的却是一种神秘的寒冷"(《咏怀》)。

从语言的角度来说,莱蒙托夫已经完全抛弃了古斯拉夫语,他使用的完全是纯正的俄语。

莱蒙托夫的诗歌热情洋溢、激荡人心、语言精炼、优美抒情,堪称俄国诗歌的瑰宝。他与普希金齐名,为俄国诗歌的发展做出了巨大的贡献。

长 诗

在莱蒙托夫的创作中,长诗占有重要的地位。他的长诗也和抒情诗一样,表达了30年代先进人士的心声。对现实的深刻不满、渴望自由、渴望斗争,号召人民起来反抗暴政的激情使莱蒙托夫的长诗成为俄国积极浪漫主义在30年代进一步发展的体现。

《恶魔》(1829—1841):莱蒙托夫开始写长诗《恶魔》时还只是一个十五岁的少年。十二年内他八易其稿,可见莱蒙托夫对这部作品的重视。

关于与上帝为敌的恶魔这一古老的圣经里的传说,长时期吸引着诗人们的心,弥尔顿、歌德、拜伦以及俄国的茹科夫斯基、普希金都曾涉及这个题材。对于少年莱蒙托夫来说,恶魔这一形象最使他倾心的原因是恶魔敢于反抗上帝的大无畏精神。莱蒙托夫笔下的恶魔并非为了作恶而开罪上帝。恶魔本是造物主的儿子，一直在天堂里过着安富尊荣的生活。可是他不愿浑浑噩噩，唯上帝之命是从，做上帝的宠儿。他反抗对理性和自由的束缚，企图通晓宇宙的奥秘，成为"认识与自由的皇帝"。他的旺盛的求知欲、对自由的渴望和对既定规范的蔑视触怒了上帝，因而被逐出天堂，注定要独自一人在天地间遨游漂泊。这时他感到孤寂、忧伤，但并不打算与上帝妥协。莱蒙托夫出于对尼古拉反动暴政的痛恨，特别着意刻画与歌颂恶魔反抗上帝的叛逆精神。但是莱蒙托夫本人比恶魔站得高，看得远，他对恶魔那种过分的高傲，对恶魔漠视人间疾苦、自私自利的极端个人主义是有所谴责的："而眼前他所能看到的一切，他全都蔑视或全都憎恨。"但美丽纯洁的塔玛拉使他看到了人世间的"爱、善、美"，促使他去追求自身精神道德的完美。只是由于他受到天帝的诅咒，将永远忍受孤独的痛苦，因此，他给塔玛拉的一吻导致了她的死亡。无辜的塔玛拉得到了上帝的宽恕，她的灵魂被天使携入天堂，留下恶魔仍独自一个在世上继续遭受孤寂和痛苦的折磨。富有传奇色彩的情节、绮丽的异国风光、神秘莫测的人物、不同凡响的激情、歌颂叛逆的主题以及曲折隐晦的表现手法使《恶魔》成为积极浪漫主义的典型作品。别林斯基在评论《恶魔》时指出，莱蒙托夫诗歌中所特有的"宽阔的想象、恶魔般的力量、对上帝的高傲的敌视"在这部长诗中都得到了完美的艺术表现。

《恶魔》直到1856至1857年才在国外出版。然而，在这以前很长时期在俄国，它却以手抄本形式广为流传。恶魔那种桀骜不驯、敢于反抗至尊的气魄，不仅在当时鼓舞人们的斗志，对后世的读者也具有强大的吸引力。苏联卫国战争时期，被法西斯匪徒囚禁在监狱中受尽酷刑的青年近卫军成员邬丽亚·格罗莫娃忍着剧痛为同囚室的女伴们朗诵的正是《恶魔》的片断。由此可见，恶魔的精神始终是对暴政的抗议与对自由解放的号召。

《童僧》(1839)：《童僧》和《恶魔》一样，也是莱蒙托夫多年来苦心孤诣、精心雕琢的结晶。早在中学时代，一个热爱自由而又被囚禁在寺院里的少年僧人在临终前发出的悲愤抗议一直在诗人脑海中萦回。在早期写的浪漫主义长诗《自白》(1830)和《大贵族奥尔夏》(1835)中，莱蒙托夫已经触及这个主题。然而只有在《童僧》中，莱蒙托夫的宿愿才能以实现：他塑造了一个具有强烈反抗精神，坚持"不自由，勿宁死"的少年英雄的鲜明形象。

童僧本是个"自由之子"、慓悍的山民的后裔。可是他六岁就被俄国人俘虏、远离故土和亲人，后来在一个陌生的寺院长大，身不由己地成了僧人。然而，寺院的高墙挡不住童僧对祖国、对故乡的朝思暮想，黑色的袈裟下跳动的是一颗勇猛的战士的心。在一个雷雨交加的夜晚，童僧终于逃出寺院，享受了他渴望已久的自由。

在这三天里,他经历了人生道路上种种重大的历程:他踏上了返回故乡的道路、欣赏了美妙的大自然风光、体验了与少女邂逅时的激动心情、经历了严酷的战斗考验——赤手空拳打死了密林中凶猛的豹子。不幸的是,童僧在密林中迷失了方向,与豹子搏斗时受重伤,最后他发现自己历尽了艰辛去寻找出路,却仍然回到了寺院。他在绝望与心碎中昏迷过去,被众僧抬进修道室。

童僧临终时对前来听他忏悔的老僧所作的自白是这部长诗的中心内容。他对故乡的怀念、对自由和斗争的渴望、对牢狱般的寺院生活的憎恶、他在三天自由生活中的经历,都是通过他的自白表达出来的。且听听这个垂死的少年如何申述他的心愿吧:

> 我活了没有多久,而过的
> 是俘虏的生活,假如我能,
> 我定要拿两个这样的生活,
> 换一个,但只是充满了激动。
> 我只知道一种思想的威力——
> 唯一的——但却是火般的热情:
> 它像条小虫,住在我心中,
> 咬碎我的心,烧干我的心。
> 它呼唤着我的幻想飞向那
> 激动与战斗的奇异的世界,
> 在那里山峰高耸在云层里,
> 人们像苍鹰般自由自在。

这段独白是全诗的精髓,对于揭示童僧这个形象具有重要的意义。从这里可以看到童僧的斗争目标就是逃离这牢笼似的寺院,去过那种自由的、充满战斗的生活。

诗人在长诗中满怀热情歌颂了童僧这个英雄人物。他不像恶魔那样傲慢地漠视人间疾苦,他没有一己私念。他对自由、对战斗的渴望与他对祖国、对富有战斗传统的父老乡亲的感情是一致的。

《童僧》这部长诗具有明显的象征意义。生活在尼古拉反动统治下的先进人士也像生活在寺院里的童僧一样感到窒息和苦闷,童僧一心要返回故国、向往参加战斗,充分体现了作者及其同时代优秀人物渴望推翻暴政、争取自由的心愿。这首长诗虽然以主人公的死亡而告终,却没有给读者以压抑和消沉的感觉。相反,在童僧的烈火一般的抗议中,莱蒙托夫的同时代人仿佛听到了召唤人们起来为自由而战的号角。

在《童僧》中，深刻的思想内容得到了完美的艺术体现。为了表达主人公非凡的激情及其英雄性格，诗人除了使用大量富有表现力的各种修辞手段以外，还非常注意诗的韵脚。这部长诗通篇都用阳韵写成，造成铿锵有力的音响效果，更加突出了主人公的英勇气概以及长诗本身激昂的调子。

《童僧》和《恶魔》一样，是30年代俄国革命浪漫主义的杰作。

《商人卡拉希尼科夫之歌》(1837)：这是一部用民间历史歌谣体写成的长诗。与莱蒙托夫的其他十余首长诗比较起来，这部长诗从形式到题材都有显著的不同。然而，就其思想意义来说，它与莱蒙托夫的全部创作倾向仍然有深刻的内在联系。与《恶魔》和《童僧》不同的是，这部作品的主人公身上没有浪漫主义的传奇色彩。卡拉希尼科夫是16世纪伊凡雷帝时期莫斯科的一个普通的青年商人。无情的灾难从天而降，摧毁了他的美满生活。他的妻子阿辽娜在大街上受到沙皇的亲兵基里贝耶维奇当众调戏。为了维护家族的荣誉，洗刷忠贞无辜的妻子所受的侮辱，卡拉希尼科夫毅然走向拳击场，与威势赫赫、所向无敌的基里贝耶维奇决一死战。在决斗前，他义正辞严地指责了亲兵的无耻行径，从道义上挫败了亲兵的锐气。伊凡雷帝手下的头号勇士、不可一世的基里贝耶维奇最后死在一个普通商人的拳下。

莱蒙托夫在这部作品中极力称颂卡拉希尼科夫不畏强暴、敢于捍卫个人尊严的反抗精神。在这个平民理直气壮的抗议面前，连无比威严的伊凡雷帝也无可奈何，只能蛮横地违反拳斗的惯例，下令将他斩首示众。如果说，恶魔反抗上帝只不过是个古老的传说，那么，这位勇敢的商人却是现实生活中敢于和沙皇抗争的活生生的英雄人物。他虽然触怒了沙皇，横遭惨死，却浩气长存，永远活在人民心中，受到后世的景仰。

这部长诗是莱蒙托夫在他第一次流放高加索的途中写成的。当时他心情抑郁，义愤填膺，而又不能有所表露，于是就应用了他多年来对俄国历史和民间文学的研究，借古喻今，以民谣的形式来叙说一个古老的故事。通过一个勇敢的平民不惜一死，反抗权贵的正义行动来激励他自己和同时代先进人士的斗志。

<h3 style="text-align:center">戏剧作品</h3>

莱蒙托夫的剧本也和他的长诗一样，基本上是积极浪漫主义的作品，虽然其中有不少现实主义的因素，如借揭露西班牙的权贵、法庭、教会来影射俄国的《西班牙人》(1830)，反映农奴制俄国生活、带有自传意义的《怪人》(1831)、《兄弟俩》(1837)等等。

莱蒙托夫剧作中最杰出的一部是诗剧《假面舞会》(1835—1836)。就其对上流社会的讽刺而言，它接近于喜剧《智慧的痛苦》。剧名本身就是对上流社会的影射。在莱蒙托夫心目中，整个上流社会就是一群无耻之辈。为了掩饰其荒淫无耻、庸俗丑恶的真面目，他们套上了体面的假面具，扮出一副仁慈聪明的正人君子模样来欺世盗名。

诗剧的主人公阿尔别宁也是生活在这个圈子里的人，但他独具慧眼，看透了上流社会的丑恶本质，在这个"假面舞会"上与众人格格不入，到处树敌。然而阿尔别宁又摆脱不了这个社会对他的影响，自己也陷入了个人主义的泥潭。他孤高傲世，把自己置于一切之上，因而极端自私多疑，不相信人间还有纯洁的感情。因此，他上了仇人设下的圈套，怀疑爱妻尼娜对他不贞。他冷酷地毒死了纯洁无辜的尼娜，自己也在真相大白以后，悔恨交加，精神失常。

诗剧仍然是积极浪漫主义的作品。华丽的词藻、昂扬的激情、曲折隐晦的手法以及主人公头上神秘的光环都说明了这一点。然而与早期的剧作比较，诗剧的现实主义因素大大加强了。除了对上流社会风习的真实描绘以外，主人公阿尔别宁身上已经具有当时进步贵族青年的典型特征：对现实的不满。他的苦闷与悲愤、他对上流社会的轻蔑和桀骜不驯的态度都体现了30年代先进人物的思想感情。可以说，在阿尔别宁这个人物身上，恶魔的浪漫情调与"当代英雄"毕巧林的典型意义兼而有之。

《当代英雄》和其他小说

还在莫斯科大学时期，莱蒙托夫就曾尝试写一部长篇小说，这就是以普加乔夫起义为题材的《瓦吉姆》。耐人寻味的是，几乎在同一时期，莱蒙托夫与他的素未谋面的前辈普希金不约而同地注意到农民起义。这种巧合不仅表明了两位大诗人对农奴命运的关注，而且也有时代的影响：当时瘟疫流行、民不聊生，农民暴动风起云涌，势不可挡，大有酿成新的普加乔夫起义的趋势。

莱蒙托夫也和普希金一样，在小说中以现实主义手法描写了农奴的苦难，他们对农奴主不共戴天的仇恨，充分肯定农民起义的正义性，同时也看到了农民起义的自发性及其破坏力量。然而莱蒙托夫在塑造主人公瓦吉姆——一个投向起义农民阵营的贵族的形象时，却又完全把他写成一个撒旦式的浪漫主义英雄，既傲慢又残酷。瓦吉姆的精神状态与小说中对农民起义的真实描绘显然是脱节的。因此，作者自己也感到写不下去，作品最后未完成。

在第二部小说《里戈夫斯卡娅公爵夫人》(1836—1837)中莱蒙托夫的视线重新

转向他所熟悉的上流社会。小说虽未完成,但表现出作家现实主义创作方法日臻完善。主人公毕巧林与贵族社会的冲突、小官吏克拉辛斯基对上层人物的憎恨和彼得堡的平民生活都得到了现实主义的反映。虽然毕巧林形象在外形和语言上还带有一定的浪漫主义色彩,但就其敏锐的观察力和对上流社会日益加强的批判态度,可以说已经是后来《当代英雄》中同名主人公的雏形。

《当代英雄》1840年5月发表的长篇小说《当代英雄》是莱蒙托夫全部创作的最高成就,是他毕生观察与思考自己同时代人的不幸遭遇而写成的一部艺术总结。

《当代英雄》由五部独立的中篇小说构成,由主人公毕巧林把它们贯穿成为一部完整的长篇小说。毕巧林是个出身富有世家、在彼得堡长大的贵族军官。他少年英俊、聪颖过人、体魄强健、精力充沛,具有不达目的誓不罢休的坚强意志以及敏锐的观察力。然而他的所作所为却和他的才智全然不符。在高加索服役期间,他以不正当手段骗来一个美丽的契尔克斯姑娘贝拉,煞费苦心地赢得了她的爱,然而四个月以后他就变了心,他的薄情间接导致了贝拉的惨死。在温泉疗养地他百般挑逗他并不爱的梅丽公爵小姐,利用他向梅丽求爱的假相作为他和旧情人维拉幽会的掩护,他的自私和冷酷深深地伤害了矜持而深情的梅丽。毕巧林漠视他人的痛苦,对自己的生命也从不顾惜。路过塔曼小城时,他受了好奇心的驱使,去跟踪一伙走私贩子,害得其中的一老一小失去依靠,他自己也险些被抛进大海里淹死。在矿泉,他怀着舞会散场后回家的从容心情去和人进行一场决斗,对或生或死持完全冷漠的态度。

为什么一个禀赋非凡的青年如此冷酷、自私,把自己的聪明才智、精力和意志都浪费在招惹是非、玩弄女性上,甚至对生命都无所留恋呢?

毕巧林受过良好的教育,加以他的出身地位,本不难在事业上飞黄腾达。但他始终是个少尉。小说中虽未明确交代他过去的历史,但字里行间透露出他具有先进的思想。例如,据里戈夫斯卡娅公爵夫人介绍,他在彼得堡就有过什么"故事",曾轰动一时;同时,贵族青年离开首都到高加索来当下级军官正是当时进步知识分子常有的命运。的确,他曾怀有美好的理想与抱负,希望像拜伦和亚历山大大帝那样度过一生。他羡慕自己的前辈——十二月党人能有机会"为人类的幸福做出巨大的牺牲",叹息自己这一代人生不逢辰,生活在尼古拉反动统治的年代里,找不到可以为之献身的崇高事业,只能在上流社会里消磨一生中最好的年华,为它所腐蚀,逐步丧失了美好的理想与感情。他自己也承认"我的心已经被上流社会毁掉了"。由于在这个虚伪的社会里,说真话得不到信任,于是他学会了欺骗;由于美好的感情反而要受到嘲弄,于是他把它们深深地埋藏在心底,听任它们死去,让自己"变得像铁一样又硬又冷"。为了填补心灵上的空虚、发泄无处使用的旺盛精力,他采取了玩世不恭的态度,到处追求刺激,在冒险与猎奇中浪费自己的青春与生命,置他人的痛苦于不顾,自己也感到加倍的不幸。

毕巧林对自己的种种损人又不利己的行为、对自己人格上的分裂是深深了解的。他的敏锐的观察力不仅用于观察别人的行为和周围的世界,同样也用于剖析自己的内心活动。他对朋友魏涅尔医生说:"我很久以来就不是用心,而是用头脑生活着。我带着深切的好奇心,但没有同情心来衡量、分析自己的热情和行为。我有两重人格:一个存在于'生活'这个字的完全意义里,另一个思索并裁判它……"

在和格鲁希尼茨基决斗前夕的那个不眠之夜里,毕巧林对自己虚度的短促的一生作了一番痛心的回顾。他无情地批判自己没有崇高的理想,"醉心于空幻而卑劣的情欲的诱惑"。他清楚地知道,"我的爱没有给任何人带来幸福,因为我从来没有为自己所爱的人牺牲过什么,我是为了自己,为了快活才去爱的"。尽管毕巧林有种种缺点,但他具有自我批评精神并渴望为一个崇高的事业而行动。这就又使他高于一般贵族青年。他在日记中写道:"我在脑海中追溯我的全部经历,我不禁问我自己:我活着为了什么?我生下来有什么目的?目的一定是有的,我一定负有崇高的使命,因为我感觉到我的灵魂里充满了无限的力量。可是我猜不透这使命是什么,我迷恋于空虚而无聊的情欲,饱经情欲的磨炼,我变得像铁一样又硬又冷。"毕巧林的才智被毁灭的悲剧是封建农奴制社会造成的一代人的悲剧。莱蒙托夫正是通过对这个时代的代表人物的描绘谴责了这个时代。

在俄国文学史中,毕巧林被称为继奥涅金之后的第二个"多余的人"。他与奥涅金一样,不满现实,不愿与反动腐朽的统治集团同流合污,他渴望有所作为,但又无力超越阶级局限性。但他与前人又有所不同,他在30年代尼古拉统治下更看不到前途,更痛苦,更消沉,也更愤世嫉俗,更蔑视一切生活道德规范。同时他也更深入内心生活努力去分析认识自己的一切。这种面向个人内心世界的反省是30年代俄国被剥夺了任何正当社会活动的知识分子的特点之一。

莱蒙托夫的《当代英雄》是俄国文学中继普希金诗体小说《叶夫盖尼·奥涅金》之后,现实主义小说创作中一个重大成就。它特别发展了普希金社会心理小说中对人物心理的刻画这个方面。它深入挖掘30年代优秀贵族思想感情上的悲剧,是公认的一部心理小说。为了深入揭露人物内心世界,《当代英雄》在结构上颇具匠心。它虽然表面看来似乎由五个中篇故事组成,但它们实质上形成为一部由一个主人公、一个中心思想所贯穿着的长篇小说。书中五个中篇的排列次序并非按照事件发生的前后,而是服从于更好地揭示主人公形象这一总的要求。在第一篇故事《贝拉》中作者转述了二级上尉马克西姆·马克西梅奇对毕巧林以及他和贝拉之间的爱情悲剧的叙述。接着在《马克西姆·马克西梅奇》中,通过作者本人的目光,我们看到了毕巧林其人。他的"不笑的眼睛"、他对一切都淡漠的倦怠神情都激起读者想要进一步了解他的兴趣。后面的三篇故事《塔曼》、《梅丽公爵小姐》和《宿命论者》都以毕巧林的日记形式写成。作者托言毕巧林已死，发表的是无意中落到他手里的毕巧林的日记。全书通过由表及里、层层深入的结构安排，使主人公的内心世界一览无遗地呈现在读者眼前。毕巧林在日记中对自己的每一个行为都作了无情的解剖，使读者看到他人格上的分裂与内心幻灭的悲哀，从而具体生动地了解到30年代俄国优秀知识分子的悲剧。

小说中的次要人物也起了陪衬、烘托和突出主人公性格的作用，与毕巧林形成鲜明对比的首先是格鲁希尼茨基。这个平庸的小军官是30年代常见的一种追求时髦而假装不满现实的典型人物。他追求时髦，扮出一副愤世嫉俗的模样，骨子里却追名逐利，力求挤进上流社会而不得。在这个无病呻吟的假浪漫主义英雄面前，毕巧林的诚实和他的深沉的痛苦显得格外突出。

此外，平民出身的老军官马克西姆·马克西梅奇以其心地单纯、热情善良衬托了毕巧林性格的复杂以及他对人民的冷漠。小说中一系列美丽动人的女性形象从不同角度衬托了毕巧林的自私和冷酷。

莱蒙托夫极擅长对人物作肖像描写，同时，在他的肖像画中也贯彻着心理分析的原则。如在小说的第二篇里，通过作者的观察，我们看到了毕巧林的外貌和神态："他身材适中、匀称、苗条的躯干和宽阔的肩膀，证明他有一种足以忍受浪漫生活的一切困苦和气候的变异，无论首都的淫逸生活和内心的暴风雨都不能征服的强健体格"，但"当他坐到板凳上时，他那直挺的躯干弯曲得就像脊背上没有一根骨头似的，他周身的姿态表现出一种神经衰弱的样子……"不止如此，"当他笑的时候，他的眼睛却不笑！……"这种种不协调正揭示出了人物复杂矛盾的心理、内心无法解脱的痛苦与悲哀。

莱蒙托夫是描写风景的能手。在他的笔下，大自然有时宛如有灵之物，有时和主人公的感情息息相通，富有浪漫色彩，如"海岸像断崖似地，几乎就在茅屋的墙那儿陷落到水里去，深蓝色的波浪在下面轻轻拍打着岸边，不停地低声细语。月亮安详地望着那不安的，然而对它又很驯服的大海"。在孤特山顶上时，作者描写道："雪在我们脚下咯吱咯吱地响；空气稀薄得使呼吸都很困难；血时时涌上头来，但同时一种欢慰的感觉也散布在我周身血管里，而且因为能这样高高处在世界之上，我心头感到说不出的快活……当我们离开尘世的喧嚣而接近大自然时，我们不由得就变成孩子了：所有后天造成的属性都从心灵上脱落下去……"

小说用散文写成，可是它优美如抒情诗，无论是写景或刻画主人公内心感受，或作者自叙，无不诗意盎然。小说的语言精炼、准确、修辞手段丰富，博得很多作家的赞赏。果戈理在评价《当代英雄》时说过:"在我们这里还没有人写过如此规范化的、优美和芬芳的散文作品。"契诃夫说:"我不知道有谁的语言比莱蒙托夫的更好。"

莱蒙托夫一生短促,但他给俄国文学留下的遗产是极其丰富的,他的创作对俄国文学产生了深远的影响。他继承俄国文学的优秀传统,在令人窒息的三十年代,不顾反动当局的迫害,始终坚持诗人的公民职责,代表同时代先进人士大声疾呼,抗议专制制度对人的摧残,号召人们起来为自由而斗争。他的诗歌不仅是"十二月党人精神的回声",而且也鼓舞了60年代的革命民主主义者。

由于特殊的历史条件,20年代在十二月党人和早期的普希金诗歌中一度占主导地位的积极浪漫主义在莱蒙托夫的创作中得到了进一步的发展。莱蒙托夫虽然最终走上了现实主义的道路,却始终没有完全放弃积极浪漫主义的手法。在很多情况下,他是把两种创作方法的特色兼收并蓄,从而形成他自己的独特的风格。

莱蒙托夫在继承普希金的现实主义传统时也有他自己的独创性,尤其是在揭示人物内心世界方面有很大的突破。他所擅长的深刻的心理分析为后世的屠格涅夫、尤其是列夫·托尔斯泰开辟了道路。莱蒙托夫的作品至今仍为广大读者所喜爱。

第七章 果戈理

果戈理(1809—1852)是俄国批判现实主义文学的奠基人,伟大的讽刺作家。他继承并发展了普希金的传统,在戏剧、小说等多种文学体裁中忠实地反映生活、暴露生活中一切腐朽丑恶和不合理的现象,写出了《钦差大臣》、《死魂灵》等不朽杰作。果戈理的"笑"在19世纪30至40年代黑暗笼罩的俄国,冲破反动沉闷的政治气氛,如利箭直射沙皇专制农奴制度的要害,狠狠打击了反动势力。果戈理的作品大大促进了俄国民族意识的觉醒和解放运动的发展,对俄国和世界文学的发展产生了深远的影响。

生平与创作道路

尼古拉·瓦西里耶维奇·果戈理于1809年诞生在乌克兰波尔塔瓦省密尔格拉德县大索罗庆采镇一个小地主之家。他的童年是在祖传的田庄瓦西里耶夫卡(现名果戈理村)度过的。果戈理的父亲有较高的文化修养,经常自编自导用乌克兰文写的喜剧,在乡间阔亲戚的庄园舞台上组织演出,有时自己还扮演一些角色。果戈理小时最大的乐趣就是观看这些排演。他的母亲是一个虔诚的教徒,宗法制道德传统观念十分浓厚,果戈理从她那里接受了根深蒂固的影响。同时,果戈理从小受到乌克兰风俗习惯及其丰富多彩的民间文学(故事、歌谣、传说等等)的熏陶,这对于作家以后的成长也是一个十分重要的因素。

1818年,果戈理进了波尔塔瓦县立小学,1821年升入波尔塔瓦省涅仁高级中学(1821—1828)。入学初期正是1825年十二月党人起义前夕社会情绪高涨的时候,民主主义思潮也波及地处边陲的涅仁中学。果戈理在这里接触到十二月党诗人和普希金的禁诗的手抄本,又受到进步教授别洛乌索夫和兰德拉任的启蒙主义思想影响,开始滋长了对现实的不满。十二月党人失败后,国内反动势力猖獗一时,涅仁中学的进步教授别洛乌索夫被解聘,学校气氛低落。这对于十六岁的果戈理不能不产生一定的影响。1827年他致信舅父道:"我考虑了国内一切情况、一切职业,我终于选定了一种——进入司法界。我看到:这里可做的工作最多,只有在这里我才能施惠于人,只有在这里我才会真正对人类有益。不公平的裁决是世界上最大的不幸,它比什么都更厉害地折磨着我的心。"①这里既表现出他向往从事有益于人类的事业,也反映出他对国家法律的认识有局限性。

1828年果戈理中学毕业后怀着激动的心情奔赴彼得堡,幻想京城里必定雄才汇集,可以轰轰烈烈干一番事业。然而现实无情地粉碎了青年果戈理的幻想。他初到彼得堡时,人地生疏,无钱无势,到处碰壁,甚至到了难以维持生活的地步。1829年,他以笔名阿洛夫发表了在涅仁试写的一部长诗《汉斯·古谢加顿》。这部不够成熟的作品刚出版就遭到评论家的冷嘲热讽。果戈理在气愤和失望之余将全部存书都从书店收回,付之一炬。

1829年底,果戈理终于在国家经济及公共建筑部找到一个小公务员的职位。1830年,又转到封地部任抄写员。这一段经历使果戈理对专制制度下小公务员命运的辛酸深有体会,也为未来的作家提供了丰富的创作素材。这期间果戈理的主要兴趣是业余时间学习绘画,他每周三次到美术学院听课,并开始和文化界人士交往。1830年,他与诗人茹科夫斯基和普列特尼约夫相识,次年又认识了在他的创作生涯中起了重要作用的普希金。

果戈理到彼得堡后努力搜集、回忆和整理家乡的民间传说和生活习俗方面的种种资料,并在这些素材的基础上开始写作乌克兰的故事,这是当时十分流行的题材。1830年2、3月间,果戈理的第一篇关于乌克兰的故事《巴萨甫留克。又名圣约翰节前夜》在《祖国纪事》杂志上发表。之后他又写作了数篇同样体裁的故事,汇集成册,于1831年问世。这就是《狄康卡近乡夜话》(第一集,第二集于1832年出版)。这部作品以浓郁的乡土色彩,充满诗情画意的浪漫主义笔法和幽默明快的格调吸引了广大的读者,使果戈理一举成名,蜚声文坛。普希金高度赞扬这部作品,称它为一本"真正欢乐的书"。果戈理日后曾怀着无比感激的心情声称:"我生活中的一切欢乐,我所有最美好的慰藉都是从他(指普希金。——笔者)那里得来的,没有他的指导,我将一事无成,没有他为榜样,我一行也不可能写成……"

1832年果戈理到莫斯科,与波戈津、谢·阿克萨科夫、扎戈斯金等思想保守的文人相识。这一交谊日后对他的世界观的发展不无影响。1834年,他开始在彼得堡大学任历史系世界史教研室副教授。但不久他就离职专门从事文学创作。1835年,果戈理继续出版了两部中篇小说集:《密尔格拉得》和《小品集》。这两部著作表明果戈理从浪漫主义转向了现实主义,并且进一步显示了作者惊人的幽默、诙谐和讽刺的才能。可以说,至此果戈理独创的讽刺艺术风格已经形成。他在这些忠实

---

① 《俄国文学史》(中卷),作家出版社,1955年,第507页。

地反映现实的作品中,揭露并鞭挞了一些极其平常却又十分荒谬的生活现象,使人发笑又引人深思,甚至让人感到可悲。进步评论界十分重视果戈理的现实主义成就,给以高度评价。别林斯基立即发表了长篇论文《论俄国中篇小说和果戈理君的中篇小说》,历史地论证果戈理的中篇小说开辟了俄国文学发展的新阶段,并且宣称:"至少目前,他是文坛的盟主,诗人的魁首。"[1]

在写作小说的同时,果戈理念念不忘他从小所喜爱的戏剧形式。1833年,他开始构思一部题名《三级弗拉季米尔勋章》的喜剧,企图讽刺追名逐利、为勋章发狂的官吏。可是剧本未能完成,用作者自己的话说:"我突然中止了,因为我发现我的笔一定会触到审查机关决不能通过的地方。"[2]以后,果戈理把它改写为四个独立的短剧:《官吏的早晨》、《打官司》、《仆人室》和《断片》。1833年,果戈理还写了另一部喜剧《未婚夫》(后改名《婚事》)。剧本通过一个待嫁的贵族姑娘挑选未婚夫的情节,刻画了一系列庸俗无聊的贵族、官吏、商人的形象。主角七等文官波德卡辽辛是一个无所作为的废物,他在朋友的极力撮合下,鼓起勇气准备结婚,但是到了临赴教堂的关键时刻还是胆怯地越窗而逃,喜剧在人物刻画和细节描写方面完全是现实主义的,但是在剧情发展方面作者运用了夸张手法,大大加强了喜剧效果。1835年,果戈理曾亲自向莫斯科文艺界名流们朗诵剧本《婚事》,受到一致赞扬。但是这位"宁愿饿死也决不交出自己草率的、尚未成熟的作品"[3]的作者还是对《婚事》作了多次修改,1842年才正式发表。在此期间,果戈理对创作喜剧的强烈愿望又表现在新的构思上。

1835年10月,果戈理写信给普希金,请求后者给他提供一个题材。他写道:"请您发善心给我一个题材吧,可笑不可笑的都行,只要是一个纯粹俄罗斯的奇闻。我渴望着写一部喜剧……一部五幕喜剧,我敢发誓,它会把人笑死。"[4]两个月以后,正是在普希金所提供的素材的基础上,果戈理写成了五幕讽刺喜剧《钦差大臣》。1836年4月,《钦差大臣》先在彼得堡亚历山德拉剧院上演,5月又在莫斯科小剧院演出,轰动一时。

由于喜剧尖锐地讽刺了专制国家的支柱——官僚制度,因此引起了强烈的社会反响。沙皇亲自观看演出,从贵族、官吏到商人都在剧中反面人物身上认出了自己的影子。他们恼羞成怒,向作者和剧本发起恶意的围攻。而民主阶层的代表们

---

[1] 《别林斯基选集》第1卷,上海译文出版社,1979年,第205页。
[2] 《果戈理选集》(6卷集)第6卷,俄文版,国家文学出版社,1950年,第306页。
[3] 魏列萨耶夫:《果戈理是怎样写作的》,天津人民出版社,1980年,第8页。
[4] 《果戈理选集》第6卷,俄文版,第324页。

则从剧场的笑声中看清了喜剧所包含的反专制农奴制社会的巨大批判力量,他们充分肯定《钦差大臣》的意义。别林斯基称它为"深刻而天才的创造"。① 然而果戈理在自己所处的圈子里听到的是大量的恶意诽谤,这使果戈理十分震惊和惶惑。他在给演员谢普金的信中说道:"剧本的影响是巨大而轰动的。人人都反对我,年迈和德高望重的官员们叫嚷说,我竟敢如此评论公职人员,可见在我的眼中简直没有神圣的事物了;警官反对我,商人反对我,文学家也反对我……现在我才看到做一个喜剧作家意味着什么,只要你显示出一点点真理,人们就会群起而攻之,并且不是单个人,是整个阶层都一起来反对你。"②可见,《钦差大臣》所激起的强烈反响是作者所没有预料到的。他原意是想通过揭露和嘲笑官场弊病使达官显贵们引以为戒,使社会风尚得以改善。因此,他陷入了深刻的思想矛盾。1836年6月,果戈理在惆怅苦闷的心情中离开俄国前往瑞士,以后又到了巴黎和罗马。在巴黎的时候,他得知普希金逝世的不幸消息,这使果戈理原已抑郁的心情更加沉重。

果戈理长期居住在意大利。1839年秋天他曾回俄国,1840年5月又重返意大利。他喜爱意大利的人民,意大利古老的文化和光辉的艺术。在未完成的中篇小说《罗马》(1839—1841)中,作者表达了他对意大利和罗马的感情。

1841年,果戈理在国外完成了长篇小说《死魂灵》的第一部。这部作品前后写了七年,几经修改,是果戈理在国外十分艰难的条件下呕心沥血创作的成果。10月份,果戈理带着完稿回国准备出版,可是受到莫斯科书刊检查机关的多方刁难。最后在别林斯基的帮助下,《死魂灵》第一部才于1842年5月在彼得堡正式出版。《死魂灵》是果戈理批判现实主义创作的顶峰。他在小说中形象地揭露了专制农奴制俄国的种种重大弊端,特别是地主阶级的寄生和腐朽,使作品成为40年代俄国反农奴制斗争的战斗武器。因此,它的问世和喜剧《钦差大臣》一样,立即轰动了社会各阶层。赫尔岑说:"《死魂灵》震撼了整个俄罗斯。"③

1842年果戈理再度离开祖国。自1842年到1848年六年间,他为了治病往来于意大利、法国、德国之间。这时期他不仅健康情况不良,思想上也出现危机。果戈理思想危机产生的根本的原因在于,40年代俄国资本主义兴起,社会动荡不定,封建农奴制经济在瓦解中,农民起义频繁。果戈理为此深感不安,企图为社会寻找出路。但他此时在国外远离民主阵营,又受到属于保守阵营的一些友人(茹科夫斯基、谢尔盖·阿克萨科夫、雅寿科夫)的包围,幼时所受的宗教道德观念影响也如沉

---

① 《别林斯基选集》第1卷,时代出版社,1952年,第287页。
② 《果戈理选集》第6卷,俄文版,第328页。
③ 《文学的战斗传统》,新文艺出版社,1953年,第109页。

渣泛起,遂日益陷入神秘主义和保皇思想中。思想上的混乱和精神上的病态导致果戈理在创作上的失败。他开始怀疑自己过去的创作道路,在此时所写的《死魂灵》第二部中塑造了一个模范贵族地主的形象,误入违背生活真实和艺术真实的创作歧途。1845年夏,对待自己的作品一贯十分苛刻的果戈理,毫不留情地烧毁了已经写成的《死魂灵》第二部中的几章。1847年,果戈理发表了在错误思想的指导下写成的《与友人书简选》。这部著作集中反映了果戈理世界观中反动保守的一面。他在其中维护沙皇专制制度和农奴制度,美化俄国宗法制社会,宣传宗教神秘主义观点,和他过去的著作的调子绝然相反。《与友人书简选》的出版招致民主阶层的极大愤慨和强烈反对。别林斯基当即写了《给果戈理的一封信》,痛心疾首地怒斥果戈理的背叛行为。接着,果戈理又写了一篇《作者自白》,一方面为自己申辩,一方面回顾总结了自己的创作生涯。这篇著作为后人研究果戈理和他的创作提供了宝贵的依据。

1847年底,果戈理在给茹科夫斯基的信中为自己作了如下的结论:"事实上,说教并不是我的职责。艺术本身无须说教就有教益。我的职责是用生动的形象,而不是用议论来说明事物。我应当展示生活的真相,而不应当评论生活……"[①]这时他又重新提笔创作《死魂灵》第二部。但是,错误的指导思想使他不可能正确地展示生活的真相,也写不出生动真实的艺术形象。果戈理的创作产生了危机。

1848年春,果戈理在宗教情绪的驱使下,专程赴耶路撒冷朝圣,回俄国后定居莫斯科,继续写作《死魂灵》。果戈理最后几年的生活是很凄惨的,精神上的痛苦和疾病的折磨使他日益衰竭,物质生活的贫困更增添了他的痛苦。1852年2月22日,他又一次烧毁了已写成的《死魂灵》第二部中的几章手稿(后来在遗物中发现五章残稿),痛苦地熬过了生命的最后几天,于3月4日与世长辞。

中篇与短篇小说

果戈理被称为俄国文学的"散文之父"。普希金开创了俄国文学现实主义的道路,可是从果戈理开始,现实主义文学的主要体裁小说的重要地位才真正确立。果戈理的盛名最初就是通过中、短篇小说而获得的。别林斯基充分肯定果戈理中、短篇小说的非凡成就,他在《论俄国中篇小说与果戈理君的中篇小说》一文中,历史地阐述了果戈理的小说是顺应时代需要的产儿。19世纪30至40年代是俄国历史上最反动、最黑暗的时期之一,尼古拉的残酷统治粉碎了现实生活中的一切希望。它

[①] 《果戈理选集》第6卷,俄文版,第428页。

迫使诗人作家丢掉一切幻想而面对惨淡的现实。时代向作家提出的任务是如何把死气沉沉的生活中种种平庸可鄙的现象真实地再现在读者面前，提出问题，唤起改变这种不合理的现实的愿望。而小说，特别是篇幅不长的中、短篇小说，正是最宜于担当起这一任务的艺术形式。由于果戈理的天才和努力，他在中、短篇小说领域里取得了辉煌的成就。

果戈理中、短篇小说的显著特征是"构思的朴素、十足的生活真实、民族性、独创性"和"那总是被悲哀和忧郁之感所压倒的喜剧性的兴奋"。①

果戈理中、短篇小说的代表作是《狄康卡近乡夜话》、《密尔格拉得》和《彼得堡故事》。

《狄康卡近乡夜话》(1831—1832)是果戈理的成名作，它一出版就得到文坛的重视。普希金激动地说："我刚才读了《狄康卡近乡夜话》，它使我惊讶。这才是真正的欢乐，由衷的、开朗的、没有矫饰、没有矜持的欢乐。有些地方多么诗意！多么动人！这一切在我们今天的文学中如此不平凡，使我陶醉至今。"②

《夜话》分为两部，包括八篇故事和两篇序言，通过说故事人养蜂老人鲁得·潘柯联系在一起。全书以乌克兰生活风习及其民间创作为基础，将对小俄罗斯民间生活的生动描绘和乌克兰有关神灵鬼怪的荒诞传说巧妙地融合在一起，使全书呈现出鲜明的民族色彩。20至30年代正是"民族性"问题风靡的时候。果戈理在出版《夜话》的同年(1832年)写的一篇论文中曾表示："真正的民族性不在于描写农妇穿的无袖长衫，而在于表现民族精神本身。"③这也正是果戈理创作《夜话》的指导思想。《夜话》的主人公是乡村里最普通的男女老少，表现的是他们的喜怒哀乐、爱与憎。这也是1825年后俄国文学中的新气象，反映了解放运动的民主化。

讲故事人鲁得·潘柯是一个贫穷、善良、爽朗而又风趣的老头儿。他没有受过教育，但是丰富的阅历给予他智慧。他讲的故事充满魅力，每天傍晚吸引无数乡邻来到他的茅舍，共度劳累一天以后最轻松愉快的时刻。

《索罗庆采市集》和《五月的夜》是两首歌颂青春和纯洁爱情的赞歌，讲述青年哥萨克为了真诚的爱情，有的冲破了凶狠的继母的阻挠(《索罗庆采市集》)，有的战胜了专横好色、仗势欺人的村长的干扰(《五月的夜》)。故事充满着乐观的精神，坚信美好的事物定能战胜嚣张一时的恶势力，表达了人民的愿望和意志。在故事《圣约翰节前夜》中，出现了罪恶的化身——魔鬼的形象，他利用人们贪图钱财的弱点

---

① 《别林斯基选集》第1卷，上海译文出版社，1979年，第183页。
② 《文学的战斗传统》，新文艺出版社，1953年，第89页。
③ 同上书，第2页。

和缺少钱财的烦恼,引诱长工彼得罗去杀死自己的心上人的弟弟。从此,彼得罗丧失了记忆,他虽然得到了钱财,娶到了心爱的姑娘,可是却永远失去了纯洁的感情和真正的幸福。另一篇故事《圣诞节前夜》中的魔鬼虽然也同样狡猾,也企图引诱人类去犯罪,但是最终被正直虔诚的铁匠所识破,反而成为铁匠的俘虏。

《夜话》从头到尾贯穿着一个中心思想:善有善报,恶有恶报,它体现了果戈理基于宗教信仰的道德观。《五月的夜》中善良勇敢的青年哥萨克列夫柯为冤死的姑娘的鬼魂找到了谋害她的妖精,因此得到鬼魂的报答,得到了企求的爱情。《圣诞节前夜》中诚实、勤劳的铁匠忠诚地信奉基督,终于制服魔鬼,得到了幸福。这种思想虽然带有宗教神秘色彩,但十分强烈地反映了人民大众嫉恶如仇的传统观念。

《夜话》的艺术表现新颖而富有特色,它将神奇的幻想世界与现实的生活糅合在一起,从而使作品也具有两种风格:浪漫主义与现实主义。古老而怪诞的神话和传说、民歌的诗意的语言、热烈的爱情、绚丽多彩的乌克兰大自然使《夜话》洋溢着浪漫主义气息。但同时作品又具有果戈理未来的现实主义艺术的某些特征,如对生活细节的描写、人物活生生的日常口语以及寓批判于喜剧性描写之中。特别要指出的是,果戈理在描写那些有恶行的人、精灵、巫师、魔鬼等形象时,极尽嘲弄揶揄之能事,使这些角色不仅表现得可恶,更主要的是显得可笑。因此形成了全书欢快、轻松、幽默的格调,充分显示了果戈理的天才的讽刺艺术。

第二部中篇小说集《密尔格拉得》(1835)虽然附有副标题《狄康卡近乡夜话的续篇》,但两部作品的风格有显著的不同:《夜话》生动活泼,色彩绚丽,充满神奇幻想和富有诗情画意;《密尔格拉得》则沉闷压抑,完全摆脱了虚幻的成分,对现实生活作了赤裸裸的漫画式的勾画。但是在实质上,两部作品又一脉相承,有着紧密的联系。《密尔格拉得》发展了《夜话》中已经开始的对现实生活和人物形象的一些现实主义描写原则,同时,也进一步显示了作者所特具的艺术才能——表现在深刻的幽默中的批判倾向。《密尔格拉得》是果戈理批判现实主义创作成熟的标志。

第一篇《旧式地主》描写一对地主老夫妇亚法纳西·伊凡诺维奇和普尔赫利雅·伊凡诺夫娜。他们住在自己的庄园里,几十年如一日地过着单调而宁静的生活。果戈理以惊人的忠于生活的现实主义手法把读者带进了这一对地主老夫妇的生活里,让他们目睹这对老人的庄园住房,他们的生活习惯,他们如何待人处世以及他们的喜怒哀乐。这生活的中心乃是吃。从清晨直到深夜他们相亲相爱地、不停地把猪油饼、蘑菇、鱼、汤、稀饭、果馅饽饽送进自己的肚子,伴随着最不着边际的闲谈。作品不以生动的情节吸引人,但是读者可以从朴素真实的描绘中深刻地感受到地主生活的全部空虚、无聊和愚蠢。纵使两个老人心地善良,真诚,但是他们的寄生性决定了他们的生存是毫无价值的。果戈理形象地揭示出地主生活的全部内容就是吃了喝,喝了吃,可怕地、无穷尽地消耗,直至最后地主本身也无声无息地从人间消失为止。果戈理在作品的细节的真实中揭示出了封建社会中真正可悲的典型现象,用对生活的忠实描绘震撼人心。

在《伊凡·伊凡诺维奇和伊凡·尼基福罗维奇吵架的故事》里,揭露的对象从乡间的地主转向县城里的贵族。两个伊凡都是受人尊敬的体面的贵族老爷,"密尔格拉得的荣誉和装饰"。他们的院子紧靠着,每天互相问候,原是一对不可分离的好朋友。可是有一天,为了一件芝麻大的小事,一个伊凡骂了另一个伊凡一声"公鹅",从此他们竟翻了脸,越闹越烈,任何调解都无济于事,终于打了一辈子官司。两个伊凡吵架的故事具有鲜明强烈的批判倾向。果戈理在描写"旧式地主"时使用了平和的、惋惜的甚至同情的语调,但是在描写两个伊凡的时候则使用了毫不留情的夸张和讽刺,通过密友变冤家的过程,充分揭示了专制农奴制度下贵族老爷精神上的渺小、鄙俗与空虚。果戈理用风趣、幽默、挖苦的语调对两个伊凡所作的淋漓尽致的描述令读者不禁为这些贵族老爷的荒唐愚蠢捧腹大笑,然而笑后留下的却是无限的忧郁和惆怅,感到现实中存在这样畸形的现象真令人可悲。作者在小说结尾写道:"诸位,这世上真是沉闷啊!"别林斯基说道:"你把几乎全部果戈理君的中篇小说拿来看:它们的显著特色是什么?差不多每一篇都是怎样的东西?都是以愚蠢开始,接着是愚蠢,最后以眼泪收场,可以称之为生活的可笑的喜剧……这儿有多少诗,多少哲学,多少真实!"①始而引人发笑,最终催人泪下,这正是果戈理创作的独特的艺术感染力。果戈理的"含泪的笑"在尼古拉统治的黑暗年代是鞭挞专制农奴制度的一种特殊方式,它使果戈理的作品产生了巨大的社会效果。

在小说集《密尔格拉得》中,《塔拉斯·布尔巴》占有突出的地位。果戈理特别喜爱自己这部作品,他怀着极大的热忱来写它,并且在40年代又做了重大的修改。这是一部描写乌克兰民族英雄反对波兰贵族压迫的中篇历史小说。它和前两篇小说有着绝然不同的风格:《塔拉斯·布尔巴》不是对丑恶的现实的揭露,而是对光荣的历史的歌颂;不是对平庸的地主贵族老爷的讽刺,而是对英勇的查波罗什哥萨克的赞美。但果戈理的历史小说又不是脱离当时现实的。他曾说:"用过去打击现在,你的语言将三倍的有力。"②这两种风格不同、主题思想截然相反的小说并存于同一书中的特殊含义、内部联系就在于此。

《塔拉斯·布尔巴》的中心思想是歌颂乌克兰哥萨克为祖国、为人民宁死不屈的爱国主义精神。小说的主人公查波罗什哥萨克的首领塔拉斯·布尔巴是一个光彩

---

① 《别林斯基选集》第1卷,上海译文出版社,1979年,第183页。
② 卡普斯金:《十九世纪俄罗斯文学史》(上册),第231页。

夺目、个性鲜明的民族英雄。他热情豪放,刚强慓悍,充满了民族自尊感。他是哥萨克们衷心爱戴的首领,也是使波兰人闻风丧胆、悬赏两千金币而不可得的劲敌。老布尔巴在民族解放斗争中最后被波兰人俘虏,他在火柱上牺牲的场面把全篇的主题思想推向了最高潮。当塔拉斯·布尔巴被敌人高高捆在树干上,树底下又燃起熊熊烈火的时候,他毫无畏惧,却借着风力用响亮的呼唤指挥那仅剩的几名伙伴摆脱敌人的追赶。老布尔巴含着快乐的眼泪和得救的伙伴们道别,而烈火已经卷住了老人的双脚。作者写道:"难道在世上能够找到这样一种火,痛苦,和这样一种力量,能够战胜俄罗斯力量吗?"果戈理在塔拉斯·布尔巴的身上倾注了自己对俄罗斯祖国的全部感情,使这一形象集中体现了民族性格中正义、豪爽、坚定、勇敢的高贵品质。塔拉斯·布尔巴的形象是俄国文学里为数不多的正面人物中最丰满动人、富有浪漫色彩的一个民族英雄的典型。

小说中爱国的主题思想也从对叛徒的谴责这个侧面表现出来。布尔巴的小儿子安德烈原来也是"一只哥萨克的雄鹰",可是他经不起美色的诱惑,克制不住燃起的情欲,投身敌营,做了可耻的叛徒。作者让老布尔巴和安德烈在战场上相遇,愤怒的父亲把儿子诱入森林,毫不犹豫地亲自处决了他:"我生了你,我也要打死你!"布尔巴代表祖国人民对叛徒的宣判大义凛然,字字千斤,扣人心弦。

果戈理在这篇小说中,充分运用了艺术对比的手段来深化作品的主题思想。与处死安德烈的场景鲜明对照的是布尔巴的大儿子奥斯塔普在敌人刑场上的情景。骁勇的奥斯塔普在一场浴血奋战中不幸被俘。父亲不顾安危,追寻儿子到敌后华沙。在华沙广场公开的刑场上,布尔巴混在人群中见到了奥斯塔普,他为儿子在极刑下表现出的英勇坚强感到无比骄傲。最后,当奥斯塔普在临终前的一刹那,想念着能给自己以力量的亲人,喊出了:"爹!你在哪儿?你听见了没有?"时,老布尔巴在敌人的包围之中,在一片寂静中发出了惊天动地的一声响亮的回答:"我听着呢!"作为对儿子,对同志,对一个爱国英雄的忘我的支持。果戈理爱憎分明地、浓墨重彩地描绘出上述两幅激动人心的图画,它们已成为俄国文学中使人难忘的最生动的著名篇章之一。

《塔拉斯·布尔巴》以深刻的主题思想、高度的人民性、鲜明的人物形象和感人的艺术表现力而成为果戈理最杰出的作品之一。

《彼得堡故事》是继《密尔格拉得》之后,以彼得堡生活为题材写成的一组短篇小说。它包括《涅瓦大街》、《肖像》、《狂人日记》、《鼻子》和《外套》。其中前三篇发表在 1835 年出版的《小品集》里;《鼻子》发表在 1836 年普希金主办的《现代人》杂志上;《外套》则稍晚,首见于 1842 年出版的四卷本果戈理文集第三卷。果戈理随着自己生活的变迁,将目光转向了京城彼得堡的生活。彼得堡是沙皇时代官僚集团的大本营,是专制制度的中枢。在尼古拉统治下,随着资本主义关系的产生,矛盾在这里表现得极为尖锐、充分、集中。贫富的悬殊、道德的腐败、权势的淫威、金钱的罪恶等等充塞了彼得堡每个角落。果戈理以其特殊敏锐的观察力,在作品中广泛地描写了生活在这里的各种人物:大官僚、小官吏、富人、穷人、穷艺术家。深刻地反映了社会经济在变化中的30至40年代的俄国。

小说《涅瓦大街》通过主人公庇罗果夫中尉和艺术家庇斯卡辽夫的不同遭遇,揭示了彼得堡是庸人的乐园、天才的坟墓。在这里,美的理想与丑恶的现实之间存在着不可调和的矛盾。涅瓦大街是彼得堡的精华所在,但是作者告诉人们:这里"一切都充满着欺骗","涅瓦大街总是在撒谎"。小说《肖像》揭露了在金钱万能的大都市里金钱是诱人堕落的万恶之源。画家恰尔特科夫得到了一笔意外之财,而从此他由一个有才华的艺术家堕落成一具只图物质享受、没有灵魂的活尸。果戈理在《肖像》中表达了自己的艺术观,同时也暴露了自己的一些宗教神秘主义观点。《鼻子》是一篇异想天开的小说。作者在现实主义的生活描写中放进了一个荒诞的故事情节。故事以热衷于升官发财的八等文官柯瓦辽夫丢失了鼻子这么一个古怪的情节,辛辣讽刺了彼得堡的官僚们不择手段追名逐利的虚荣心理。

小人物的主题是彼得堡故事中一个重要的主题。果戈理初到彼得堡时曾身处逆境,因此对于大城市中小人物的悲惨命运有切身感受。《狂人日记》的主人公是一个贫困的小公务员,由于卑微的社会地位受尽歧视,并且丧失了享受一切生活欢乐的权利,包括恋爱的权利。社会的不平和生活的孤独使他精神失常,在日记里写下了自己脑子里种种奇思怪想。但是这些貌似痴狂的话语实际上正是不正常的现实本身的真实写照。狂人一语道破了常人所不敢道破的真理:"世上一切最好的东西都被侍从官和将军们霸占了!"《狂人日记》的题材对于契诃夫和鲁迅的创作都有明显的影响。在鲁迅1918年所写的同名作品中,可以看出他借鉴了果戈理在揭露批判现实生活中的畸形现象时所采用的艺术形式,但是扬弃了其中某些非现实主义的表现手法。两位伟大作家的两篇《狂人日记》从各自的民族情况出发对迫害人、摧残人的封建社会作了强有力的控诉。

《彼得堡故事》中最著名的一篇小说是《外套》。《外套》被认为是继普希金的《驿站长》之后,直接写小人物的又一部杰作。它充分表达了果戈理同情弱者、维护人权、抗议弱肉强食的社会的人道主义精神。和果戈理其他小说一样,小说的情节十分简单:九品小文官亚卡基·亚卡基耶维奇·巴施马奇金历尽千辛万苦省吃俭用做了一件聊以过冬的新外套,不料第二天晚上赴宴回家途中,外套就被人从身上剥下夺走。巴施马奇金又急又恼,告到官府,反遭"大人物"一顿申斥,回家后就一病不起。果戈理在主人公巴施马奇金身上塑造了一个社会地位低下,受尽欺凌屈辱的可怜又可悲的小人物形象。作者没有按当时贵族社会的偏见蔑视小人物，但也没有随心所欲地美化、拔高他，而是忠实地再现了生活中小人物的本来面目。巴施马奇金是个普普通通的人，他安分守己，克勤克俭，忠于职守。他练得一手工整、清晰的字体，是个很称职的抄写员。巴施马奇金也有相当严重的缺陷：他精神贫乏，志趣狭窄，性情孤僻拘谨，甚至到了不会用连贯通顺的语言表达自己的意思的地步。然而这些缺陷是怎样形成的呢？果戈理强调了它的社会原因：这是巴施马奇金所处的卑微的社会地位的后果。巴施马奇金在等级森严的彼得堡官场里毫无地位，因此没有人尊重他。不仅如此，那些玩忽职守的同僚们认为他软弱好欺，以嘲笑作弄他为乐。巴施马奇金并不是麻木不仁的，他在忍无可忍的情况下说出了："请让我安静一下吧！你们干吗欺负我？"这是一声可怜的祈求，又是对作恶者的软弱可怜的反抗。果戈理紧接着写道："在这些痛彻心脾的话语里，可以听到另外一句话：'我是你的兄弟'。"这句话集中反映了果戈理企图在《外套》中表达的基本思想：人们应该亲如兄弟，而种种不合理的社会现象所以产生正是由于违背了这个道德原则。当然，这个解释只是作者的主观设想，它是不符合客观实际、也不能解决现实矛盾的。巴施马奇金的这句话虽然能引起个别人的同情，但丝毫不能改变他的遭遇。巴施马奇金失去了外套，又在大官们冷漠无情、粗暴专横的对待下失去了一切希望，直至失去生命。巴施马奇金的形象是现实生活中小人物的真实的艺术典型，体现了俄国现实主义文学中的民主性和人道精神，也是批判现实主义创作方法的成功的体现。正因此，19世纪下半期杰出的批判现实主义作家陀思妥耶夫斯基曾说："我们所有的人都是从果戈理的《外套》中孕育出来的。"[1]

小说《外套》又一次说明，作为一个用自己的作品揭露、批判专制农奴制社会的现实主义作家，果戈理是伟大的；但是作为一个改革者，果戈理缺乏先进思想的指导，是软弱无力的。在《密尔格拉得》中，他在揭露批判之后，曾发出"这世上真是沉闷啊！"的含泪的悲叹，在《外套》里，则用了一个假想、荒诞的结尾来表示小人物的抗议：巴施马奇金死后经常出现在彼得堡广场上寻找被抢劫的外套。最后，他终于一反生前的怯弱，抓住那位骂过他的大人物，从他身上剥下外套，为自己报了仇。这个果戈理自称为"荒诞无稽的结局"确实表达了作者对不合理的社会现实强烈不满的愤慨心情，但是也反映了作者在实际上无能为力的矛盾和苦闷。它是40年代果戈理思想危机的先兆。

纵观果戈理的中短篇小说，从《夜话》到《外套》经历了一个从浪漫主义到批判现实主义创作方法的演变过程。这个过程与作者本身的生活阅历及思想发展密切

---

[1] 《俄国文学史》（中卷），作家出版社，1958年，第526页。

相关。果戈理的讽刺艺术才能在这个过程中也日益成熟。从《夜话》中轻松的幽默、乐观的欢笑到《伊凡·伊凡诺维奇和伊凡·尼基福罗维奇吵架的故事》中无情的讥诮和"含泪的笑",到《外套》中通过赤裸裸的真实所引起的痛苦而又愤怒的笑,笑的含义越来越深沉,笑的社会批判作用也越来越强烈。这些中短篇小说对俄国批判现实主义文学流派的形成和发展起到了重要的奠基作用。

《钦差大臣》

果戈理自30年代开始,从事喜剧创作。喜剧艺术形式是果戈理自幼熟悉和喜爱的。1835年底,在普希金的支持下,他迅速完成了五幕讽刺喜剧《钦差大臣》。1836年,《钦差大臣》先后在彼得堡和莫斯科上演,获得极大成功。从此,果戈理作为天才的讽刺喜剧家闻名于世。

剧本的情节取自普希金为果戈理提供的两则素材,一是普希金听说某小城曾有一个过路旅客自称为部里派来的官员,骗取了小城市民的大笔钱财;二是普希金本人在奥伦堡搜集普加乔夫资料的时候,曾被怀疑为负有秘密察访该城官员的特殊使命。根据这两则奇闻,果戈理构思了《钦差大臣》独特而又具有高度喜剧性的情节:某小城官员们得到钦差大臣将微服私访本城的消息,他们在惊慌之中竟把住在该城小旅馆里的一个彼得堡花花公子赫列斯塔科夫误认为是钦差大臣,实际上后者是由于赌博输得一文不名,而不得不困守在这里的。双方各怀鬼胎碰到了一起。以市长为首的全城官员这一方为了掩饰自身贪赃枉法的罪行,对"大臣"竭尽全力阿谀奉承,贿赂收买,演出了一幕幕丑态毕露的滑稽戏;而赫列斯塔科夫这一方则将错就错,捞饱喝足,又逢场作戏,和市长的妻子调情,最后竟在许诺要娶市长的女儿为妻后离开小城,扬长而去。正当市长得意忘形庆贺自己有了乘龙快婿,又做着步步高升的美梦时,骗局被拆穿,全剧在通报真正的钦差大臣驾到、官员们顿时惊恐万状、呆若木鸡的哑场中告终。

《钦差大臣》是一部社会讽刺剧。据作者自己说,他的创作意图是"将(我)当时所知道的俄罗斯的全部丑恶集成一堆,……痛快地一并加以嘲笑"。因此剧中所展示的冲突不是个人之间的冲突,而是社会的冲突。从剧情看,《钦差大臣》似乎是由于一场偶然的误会而造成的喜剧,但是在这偶然性中包含着根源于整个俄国腐朽的官僚制度的必然性。贪污行贿、欺诈勒索、鱼肉百姓的罪恶行为不仅在小城有,而且像瘟疫般蔓延在全部沙皇官吏统治的地方。小城是整个俄国的缩影。官吏们听说钦差大臣驾临而产生的恐惧心理是造成整个喜剧性误会的根本内在原因,紧接着双方互相欺骗、互相利用推动着情节逐步深入发展,直至骗局最后被揭穿,喜剧至此达到最高潮。剧终的哑场使剧中人物凝固在全剧的最高点上,起了画龙点睛的作用。真正的钦差大臣到来以后会发生什么呢？从已经发生的一切读者与观众是不难推想的。剧本的结尾留给观众无限思考的余地。

果戈理在《钦差大臣》中塑造了一系列生动的、高度个性化的人物形象。他们都是"俄罗斯的丑恶"的体现者。中心人物是小城的市长安东·安东诺维奇。这是一个经过30年官场磨练的老奸巨滑的地方官。他凭着机灵能干、一手遮天的本事坐稳了小城市长的宝座。他懂得怎样利用手中权势来制服商人、市民,更精通怎样利用职权为自己谋私利。他虽然知道贪赃枉法是不允许的,可是30年的经验告诉他：官场上无诚实与廉洁可言。因此他心安理得地接受贿赂,也允许手下的人"犯点小过失",只要不超越他所定的"按照品级拿钱"这一不成文的规章。在小城里,他对下专横跋扈,对上骗过三个省长。然而,安东·安东诺维奇终究只是一个外省小城的父母官,他没有和省长以上的大人物打过交道。彼得堡的大官是不是也能骗得过、买得通？在他还是个未知数。因此,听说钦差大臣到来,无疑对他是一个晴空霹雳。尽管他为维持尊严,故作镇静,但是内心的惊慌恐惧终于使这位"聪明"一世的市长竟糊涂一时,"晕了头,瞎了眼",平生第一次受骗上当,居然把一个浪荡轻浮的彼得堡纨袴儿误认为是钦差大臣。果戈理的成功就在于他恰到好处地抓住了人物的这"一时",把他搬到舞台上,取得了惊人的喜剧性的讽刺效果。

市长的形象是高度典型化的,首先因为他是真实的。市长之可笑并不是因为他具有任何强加给他的滑稽的、小丑式的特征,而只是由于他的失常。安东·安东诺维奇是一个实实在在现实生活中市长的形象。他在紧张等待钦差大臣到来的时候是那么严厉认真地指挥部下作准备,显示了他的实干"才能"；他在试探性行贿和讨好"大臣"的时候是那么谨慎周到,表现了真正的狡猾诡计；当他认为一切顺利、接待成功的时候又是那样踌躇满志,得意忘形,完全恢复了小城霸主的真面目。人物整个发展过程是自然而真实的。但是同时,安东·安东诺维奇又不是现实中某一个市长的翻版。在他身上集中体现了沙皇官吏所固有的某些典型特征：贪污行贿、敲诈勒索,媚上欺下和愚昧顽冥等种种恶劣品质。小城的商人们反对安东·安东诺维奇,因为他给他们"受的那份罪,真叫人没法形容",使他们"平白无故地受着冤屈"。小市民控告他,因为他仗势欺人、无故打骂老百姓。市长安东·安东诺维奇无疑是沙皇赖以统治全国的千百个刽子手之一。这类人物遍布19世纪30年代黑暗的俄国,是专制农奴制度的柱石,在大大小小的城市里作威作福,给人民带来无穷的灾难。

另一个贯穿全剧的主角是赫列斯塔科夫。赫列斯塔科夫的形象也起着推动整个剧情发展的重要作用。这是一个轻浮、浅薄、终日吃喝玩乐的典型的贵族纨袴子弟。他在彼得堡过了几年花天酒地的放荡生活，由于没有能够升官，被父亲叫回外省老家去，却在旅途中把所有的钱都输得精光。正在这个当口，他像一颗石子掉进了一潭死水的小城，使沉渣泛起，污浊毕露。正如石子和泥沙本无实质的差别，赫列斯塔科夫和小城的官吏们也是一丘之貉。所不同的是他到过豪华的京城，从外表到言行都涂上了一层彼得堡的油彩。时髦的衣饰、夸张的口吻从一开始就唬住了没有见过世面的小城官员。彼得堡虚伪、浮夸的社会习气在赫列斯塔科夫身上表现为他吹牛撒谎的本能。他恬不知耻地自我吹嘘道："我到处都吃得开，我每天进宫，说不定明天就会把我提升做元帅……"，又信口开河地把自己说成是和普希金称兄道弟的大作家，凭着天花乱坠的胡话骗得了众人的恭顺和双手奉上的"借款"。但是赫列斯塔科夫又不是一个职业骗子，相反，他倒是十分天真坦率的。他自我陶醉于习以为常的吹牛撒谎，反映了这类贵族子弟无可救药的精神贫乏、智能浅薄和生活的空虚无聊。

作为阶级的代表，赫列斯塔科夫的形象是冯维辛笔下纨袴子弟中的另一种类型。在当时俄国彼得堡和外省贵族地主的家庭中，如此败类俯拾皆是，他们正是贵族阶级腐朽没落的标志。作为某种性格特征的代表，赫列斯塔科夫体现了很多人爱虚荣、说假话、对人对己都不实事求是的某些通病，尽管他们的表现形式是各式各样的。果戈理曾深刻地指出："这个浅薄的人和毫无价值的性格，包含着许多不是毫无价值的人所具有的品质。""任何人都至少做过一分钟（如果不是数分钟的话）的赫列斯塔科夫……难得有人一生中不会至少做一次赫列斯塔科夫的。""赫列斯塔科夫气质"已进入了俄语常用词汇，它的含义远远超出了《钦差大臣》剧本内容的范围。

除了市长和赫列斯塔科夫之外，其余的人物虽然出场不多，但是也各具特征，栩栩如生。慈善医院院长塞姆略尼卡是一个不顾病人死活、专好说人坏话的阴险的老滑头；法官略普金-贾普金是小城仅有的买过五、六本书的"学者"，实际上是个只会与小狗为伴的废物；邮政局长是私拆别人信件的老手，因此也是小城的义务新闻官；加上饱食终日无所事事、以搬弄是非为职业的地主寄生虫鲍布钦斯基和陀布钦斯基，爱慕虚荣、趣味低级而又风骚的市长老婆等，拼凑在一起构成了一幅生动的小城人物的百丑图。作者在剧本前面引用了一句俄国民谚作为题词："脸歪莫怪镜子"，表明剧中这些丑类绝非作者凭空虚构，而是现实生活中真实人物的写照。同时代一位批评家曾写道："凡是有十个人在一起的地方，其中必有一个果戈理喜剧中的人物。"[①]

---

① 《俄国批评界论果戈理》，俄文版，1953年，第317页。

《钦差大臣》中没有正面主人公。但是果戈理赋予剧本一个潜在的正面的形象，那就是"笑"。他写道："我遗憾的是，谁都没有看到我剧本里的那个正直的人物。是的，是有这么一个正直的、高尚的、当剧情继续时一直在里面行动着的人物。这个正直的、高尚的人物，就是'笑'。""笑"是剧中唯一正面的形象，它贯彻全剧始终，起着揭发者的重要作用，在剧场演出的哄堂大笑中，彻底撕下了沙皇官僚集团的假面具。

喜剧家果戈理是一位笑的大师，但是他坚决反对把他的喜剧与当时流行的法国通俗笑剧相提并论。果戈理赋予喜剧的"笑"以重大、深刻的社会含义，把它作为抨击生活中一切弊端的强大武器。果戈理曾强调指出，他的笑不是那种一时激动的神经质的笑，也不是通常为了消遣和娱乐的那种轻松的笑，而是一种能显现事物本质的透视力，它把生活中被人们熟视无睹的可卑的事物漫画式地再现在眼前，显出其全部可笑的实质。因此果戈理的笑总是伴随着惊人的揭露与批判力量，具有强烈的客观社会效果。《钦差大臣》这方面的巨大成就使它成为世界文学史上社会性讽刺喜剧的典范。

《钦差大臣》的艺术成就还表现在人物语言的表现力上。剧中人物个性化的语言在揭示其性格、行为、社会地位和心理状态方面都起了重要的作用。例如市长的语言官气十足，他时刻意识到自己是一市之长，可以发号施令，因此他的用词多命令式，语气也是专横武断的。但是在被误认的钦差大臣面前，市长的语气一变而为谦卑、谨慎，透出内心的恐惧和对上级阿谀奉承的心理。在第二幕市长与赫列斯塔科夫初遇的一场戏中，作者采用了市长讲话加旁白的手法，表现出人物的两种语调、两副面孔，从而揭露了市长老奸巨猾两面派的可憎而又可笑的面目。赫列斯塔科夫的语言和市长粗鲁的、缺乏教养的语言显然不同。他为了炫耀自己来自彼得堡上流社会，常常在话语中夹杂一些贵族沙龙语言和社交场上的陈词滥调。市长的话都是实际的、事务性的；赫列斯塔科夫的话则都是随心所欲、不着边际、毫无内容的。他在向市长的老婆女儿调情的时候，言语低级下流，表现了贵族纨绔子弟精神面貌的卑劣和空虚。富有个性特征的语言使喜剧的每个人物都生动、逼真，达到了人物形象个性化和典型性的高度统一。

剧中人物的对话既具有书面语言精确简练的特色，又不失口语的生动活泼，给全剧带来了生命，是《钦差大臣》演出能获得成功的关键。

果戈理十分重视剧本的舞台效果，他曾写道："一个剧本若不能上演，那有什么意思呢？剧本只有在舞台上才有生命；没有舞台，剧本就好像没有躯体的灵魂。"[①]

---

① 《果戈理选集》第 6 卷，俄文版，第 306 页。

从《钦差大臣》的舞台效果看,果戈理不仅是一位杰出的语言艺术大师,而且具有多方面的艺术才能。喜剧每一场景都构成一幅色彩鲜明、生动的漫画,结尾的哑场更是一幅奇妙绝伦的艺术造型,使演出在最强烈的剧场效果中结束。《钦差大臣》不愧是俄国喜剧艺术史上一颗光彩夺目的明珠。

应该说,《钦差大臣》的意义已超越时代和国别的界限,它是各国人民认识过去并和旧社会所遗留的各种弊端进行斗争的有力武器,也是讽刺创作的极好借鉴。

《死魂灵》

《死魂灵》是果戈理现实主义创作的顶点。小说构思于1835年,当时果戈理有一个宏伟的设想,即企图在小说里"至少从一个侧面来表现全俄罗斯"[①]。后来,计划有所发展。1836年他告诉茹科夫斯基:"全俄罗斯都将包括在那里面!"[②]从30年代后期直到1852年逝世前夕,果戈理的主要心思都系在这项创作上。从1836年至1842年他用了六年的时间完成了《死魂灵》第一部(其间还写成一些其他作品)。此后十年全部用于创作第二部,但是终于没有完成。果戈理怀着一颗赤热的心,把这部作品设想为一部伟大的史诗,要通过它展示出俄国社会生活的各个方面、它的现在和它的未来。他希望这部史诗将如但丁的《神曲》一样引导俄罗斯从"地狱"经过"净界"走向"天堂"。因此,第一部的创作任务就是写出现实的俄罗斯,写出满目疮痍的俄罗斯,写出它的全部苦难和罪恶。

果戈理出色地完成了他为自己提出的《死魂灵》第一部的创作任务。他基于对俄国社会现实和各类人物,特别是地主官僚阶层的长期深刻的观察和了解,遵循忠实地再现现实的创作原则,用"不倦的雕刀"和"有力的刻画",将到处是污泥浊水的俄罗斯分明地、突出地展示在大众的眼前,使全书成为一部深刻反映农奴制俄国的无比卓越的作品。《死魂灵》是俄国批判现实主义文学中第一部真正的长篇小说,也是世界文学史上的不朽名著。

《死魂灵》(第一部)共有十一章。它的情节结构十分简单而独特:第一章叙述主人公乞乞科夫来到某城,结识了该城的官员和乡绅地主们;第二章到第六章讲述乞乞科夫为了购买死魂灵,逐个走访地主庄园的情景,每章描写一个地主,一共走访了五个地主;第七章到第十章继续讲述乞乞科夫买了死魂灵以后,回到某城办理法定的过户手续,以及这件奇闻传开以后在城里所引起的骚动和风波;最后一章以

---

① 《果戈理选集》第6卷,俄文版,第324页。
② 同上书,第336页。

乞乞科夫在流言的压力下仓皇逃离某城结束,其间穿插了对主人公生平的倒叙。

购买死魂灵的故事情节读来荒谬,但却是现实的,它反映了19世纪上半期俄国封建农奴制度反人民的实质。在当时的俄国,封建地主经济日趋崩溃,大批农奴在地主的压榨下无以为生,或死亡,或逃跑。沙皇俄国对农民的户口调查约十至十五年进行一次,所以在地主的农奴户口簿上总有大批名存实亡的"死魂灵"(指已死的农奴)。这就是产生乞乞科夫这种人物和他买"死魂灵"勾当的社会背景。乞乞科夫向地主们购买那些已经不是劳动力,但仍保留在户口簿上的死魂灵,免除了他们继续交纳人头税的负担,当然受到地主的欢迎。同时,他准备再利用沙皇政府对地主阶级的优待,用这些贱价买来的死魂灵向政府作为财产抵押,借得大笔贷款,大发横财。可见,《死魂灵》的情节并不是出自作者虚构,它的荒谬性恰恰说明19世纪30至40年代俄国农奴制社会的反动与黑暗。《死魂灵》是一部用艺术形象尖锐揭露封建农奴制度的作品。

地主是农奴制度的基础。《死魂灵》在广阔的俄国城乡的背景上,塑造了五个地主的形象,这些形象面目各异,生动而逼真,构成了一组绝妙的地主肖像的画廊。

乞乞科夫拜访的第一个地主是玛尼洛夫。这是一个体面的绅士,他最引人注意的特征是那副甜蜜蜜的面孔和做派。作者描写道:"地主玛尼洛夫是一个正值壮年的人,有一双像糖一般甜蜜蜜的、笑起来总是眯缝着的眼睛……"看起来他温文尔雅,礼貌周全。但正如作者所说:和他一交谈,在最初一会儿,谁都要喊出来道:"一个多么令人愉快的善良的人啊!"然而时间一长,便会发现,在玛尼洛夫那有教养的绅士气派的外表下,包藏的却是一个空虚的灵魂。玛尼洛夫没有头脑,没有才干,地主生活使他习惯于不劳而获,饱食终日,无所事事,沉湎于幻想之中。在他家里,总有一些事情半途而废,如永远翻开在第十四页上的书,永远绷着麻袋布的未完工的靠手椅等,说明了主人的懒散无能。玛尼洛夫拥有相当大的地产,但是他甚至连最起码的治家本领也没有,对于自己的农奴的死活一无所知,一切听凭管家胡作非为。玛尼洛夫陶醉在田园式的家庭生活乐趣之中,漂亮的妻子是他的心肝宝贝,"机智过人"的儿子可以供他玩乐,偶尔接待一下像乞乞科夫这样"教养有素"的客人则像过了一个"心灵的节日",余下的大部分时间就是迷迷乎乎地做着白日梦。玛尼洛夫再没有什么企求,因此他永远是笑咪咪的,心满意足!果戈理通过玛尼洛夫的形象,将地主阶级中某些人那种在蜜糖般的故作多情的外表下掩盖着的内心空虚揭露无遗。玛尼洛夫的名字已成了无所作为的空想家的代名词。玛尼洛夫性格则成为进取精神的反义词,代表历史前进的阻力。列宁在他的革命著作中,不止一次运用"玛尼洛夫式的漂亮话"、"玛尼洛夫式的梦想"来揭露、讽刺那些脱离实际的革命空谈家,这显示了果戈理塑造的玛尼洛夫形象的高度典型意义。

女地主柯罗博奇卡是一个仅有八十八个农奴的小地主,一个孤居僻壤的寡妇。乞乞科夫在迷路时偶然闯入她的庄园。柯罗博奇卡虽然家业不大,可是凭着她精打细算、只进不出的治家本领,却也把小小的田庄拾掇得殷实富裕。因此在物质上柯罗博奇卡是富足有余的,但是在精神上却极端贫乏。她孤陋寡闻,愚昧无知。除了将田庄上的产品变换成钱财之外,她什么也不懂。乞乞科夫要向她买死魂灵的事使她又惊又怕,因为这是一件新鲜事,她一时不能辨别这宗买卖是有利还是吃亏,便死死缠住乞乞科夫再买一点她的麦子、肉类或者荤油,肯定赚一点钱才放心。可以理解,像柯罗博奇卡之类的小地主就是这样一个卢布、一个卢布地装满自己钱袋的,这便是他们生活的全部内容和目的。通过这个极其平常的女地主的典型,果戈理告诉读者,在俄罗斯辽阔的土地上,随便走到哪一个偏僻的角落,都可能遇上柯罗博奇卡之类的地主。他们的存在只能令人感到悲戚。

诺兹德廖夫表现出地主精神堕落的另一倾向。和前二者不同,地主阶级的寄生性在他身上表现为吃喝嫖赌、放荡成性。这是一个吹牛撒谎、打骂耍赖、专门惹是生非、无恶不作的地主典型。无论在什么公众场合,"只要有他在场,都不会安然度过。总不免要出点什么事儿……总会发生一些在别人身上无论如何也不会发生的事情"。任何人只要遇上诺兹德廖夫就难逃劫数。诡计多端的乞乞科夫非但不能从诺兹德廖夫那里占到买死魂灵的便宜,反而被他敲诈威胁。最后,也是他在省长舞会上揭穿了乞乞科夫买死魂灵的丑剧,使他不得不放弃任何希望,匆匆逃离了省城。果戈理笔下的这个人物是当时俄国社会上相当一批贵族地主堕落为赌棍骗子的典型。他们的腐朽性在诺兹德廖夫的形象中通过艺术夸张的手法体现得更加清晰突出。可悲的是这类人物绝非仅有,作者写道:"诺兹德廖夫还长久不会从这世界上消踪灭迹。"他们的存在和使不完的精力对社会、对人类的进步不是动力,却是一股可怕的破坏性力量。

地主画廊中的第四幅肖像是索巴凯维奇。这是一个十分精明能干的地主的典型。他的身材"非常像一只中等大小的熊",粗壮而笨拙。他家里所有物件、家具也无不如主人一般笨重和结实,似乎样样东西都在说:"我也是个索巴凯维奇"。索巴凯维奇为人的准则是"唯我",他从不亏待自己。他用整只的烤小猪、烧鸡填饱肚子,还可以"把半片羊胸脯子拨到了自己的盘子里,吃个精光,啃得一干二净,把骨髓都吮吸得一滴不剩。"索巴凯维奇听说乞乞科夫要收买死魂灵时毫不吃惊,他立即意识到这是一笔双方都有利可图的买卖,而他是绝不会让乞乞科夫比自己得利更多的。因此他漫天要价,竟使乞乞科夫大吃一惊。经过双方激烈地讨价还价,死魂灵的买卖才成交,但是最后索巴凯维奇还是在死魂灵的名册中偷偷塞进了女性的死魂灵以充数,终于占到了便宜。这是一个精明的、无耻的、贪得无厌的剥削者典型。果戈理借主人公之口称索巴凯维奇是"刮皮鬼",明确指出,这类人物在农村里对农民敲骨吸髓,到城市里就会成为"盗用公款,侵犯国库"的贪官污吏。

最后一个地主是普柳什金。这是一幅人间少有的畸形者的肖像,在他身上表现出地主经济所豢养的寄生阶级可能堕落到何等可怕的地步。普柳什金是五个地主中最富的一个,他拥有上千农奴,庞大的田庄地产,可是他竟吝啬到自己穿着乞丐般破烂的衣服,拿一块发了霉的饼干招待客人,而刮下来的霉屑则留着喂鸡。普柳什金从农奴身上榨取最后一滴血汗,使庄上的农奴"像苍蝇一般大批大批死掉",可是堆积如山的粮食、物品却在仓库里腐烂、变质。由于极端的贪婪、吝啬和自私,普柳什金不信任任何人,包括自己的儿女。他剥夺了孩子们的继承权,让他们挨饿受冻。他和过去的友人断绝来往,一个人在绝对的孤独之中,过着不像人的生活。"在他的身上,人的情感本来就不深厚,现在一分钟一分钟地枯竭下去,于是,在这片废墟里每天都要消失掉一点东西。"普柳什金是地主阶级腐朽、没落、衰败、灭亡的象征。他的性格形成的根本原因在于19世纪30至40年代,俄国自然经济的瓦解,农奴主阶级竭力要积累财富。所以,这一形象鲜明地体现了在资产阶级关系兴起的影响下,开始崩溃的俄国农奴制经济。

五个地主的形象特征不仅表现在他们接待乞乞科夫的态度上,对买卖死魂灵这一事件的反应上,也表现在他们各人的外貌衣着、言语谈吐、饮食嗜好以及作者对他们各人的庄园景色、房屋陈设的种种描绘上。通过这些精细、具体的刻画,五个性格迥然不同的地主典型跃然纸上,栩栩如生,成为文学史上不朽的艺术创造。赫尔岑说:"感谢果戈理,我们终于看到了地主阶级的本来面貌,他们赤裸裸地从屋里走出来,不戴面具,不打扮,喝得醉醺醺的,吃得脑满肠肥。他们是政权的卑贱的走卒,农奴头上冷酷的暴君。他们吸吮着人民的生命和鲜血,那样自然,那样露骨,就像婴儿吸吮母亲的血一样。"[①]果戈理作为杰出的现实主义作家,塑造典型形象的艺术才能在《死魂灵》中达到了最高成就。

小说主角乞乞科夫的形象也十分鲜明突出,是一个成功的典型。在他身上体现了惟利是图、投机取巧的本质,以及为了"得利"的目的可以不择手段的处世信条。乞乞科夫在走访每个地主的过程中,察颜观色,使出不同的手腕来对付不同的地主,从奉承玛尼洛夫到威胁柯罗博奇卡,利诱普柳什金,施展出了全部本领。乞乞科夫是个"掌柜的,一心想发财的人"。而这"掌柜的"也并不是天生的。作者在最后一章对乞乞科夫生平的补叙中令人信服地阐明了这种"得利的天才"产生的家庭和社会根源。父亲的教训是:世界上什么东西都可以不要,却不能不要钱,"有钱

---

① 《赫尔岑论文学》,俄文版,国家艺术出版社,1954年,第204页。

能使鬼推磨,有了钱什么事你都能办得到,什么路你都能够打得通"。社会的经验又是:要升官发财,就要善于见风使舵,投机钻营。在如此家教和社会风尚的熏陶下,乞乞科夫得利的本领越来越高,直到发明出收买死魂灵的勾当。乞乞科夫这个形象集中体现了19世纪30年代俄国资本主义开始发展时期的贪婪的资本积累者的特征,具有深刻的典型意义。

从玛尼洛夫到乞乞科夫,构成一组真正的死魂灵的群丑图。作为他们的陪衬的还有一大批某市的执政官员们,从会绣花的省长到随时可以变出丰盛酒宴的"魔术师"警察局长,到胡说八道的"哲学家"邮政局长等等。果戈理对于他一生所深恶痛绝的俄国官场的讽刺是十分锐利的。在审查官最初没有通过的原稿《戈贝金大尉的故事》一节里,果戈理还曾触及彼得堡的大官和宫廷政权的反人民性问题。后来为了全书的出版,这一节经过改写,降低了讽刺的调子。但总体来说,果戈理在《死魂灵》中对官吏的抨击主要着眼于官吏道德人品的低下。关于果戈理对待官僚集团的态度问题,鲁迅先生曾有全面、中肯的评论:"果戈理决非革命家,那是的确的,不过一想到那时代,就知道并不足奇,而且那时的检查制度又多么严厉,不能说什么(他略略涉及君权,便被禁止,这一篇,我译附在《死魂灵》后面,现在看起来,是毫没有什么的)……但果戈理却不讥刺大官,这是一者那时禁令严,二则人们都有一种迷信,以为高位者一定道德学问也好。"①鲁迅点明了果戈理局限的历史和思想的原因。

《死魂灵》中对俄国人民的描写篇幅不多,但也可看出广大农民生活的一般情况。在玛尼洛夫的农奴居住的地方"两百多个农舍中间没有一株蓬勃生长的树或者一片什么绿荫"。普柳什金的农奴住房的房顶只剩下空架子,像筛子一样,农奴们在严寒的天气几个人合用一双鞋,大批的农奴死去。但果戈理的视线并没有局限在他们身上,他还借官吏的对话点出俄国农民在逃亡与造反,并且通过戈贝金大尉的故事表现俄国"官逼民反"的现象。戈贝金大尉因参加1812年战争成为残废,无以为生,只好在彼得堡奔走,可是他不但得不到国家的抚恤,还被达官贵人们视为不安分守己,搅乱治安,因而被押回"原籍",最后只好当了"强盗"。果戈理在《死魂灵》中对俄国人民的具体描写虽然不多,但对地主官僚的无情揭露正是他挚爱俄国人民的表现。在第七章中,乞乞科夫面对他购买的"死魂灵"的名单有一段遐想,表达了对俄国人民坎坷的命运的同情,并赞美他们的才能和酷爱自由的禀性,这实际上道出了作者果戈理的心声。

在《死魂灵》第一部中处处可以感觉到作者强烈的主观精神,它鲜明地体现在

---

① 《鲁迅书信集》(下卷),人民文学出版社,1976年,第898页。

一段段抒情插叙中,引导读者想得更深更远。别林斯基认为,这是"作者最伟大的成功和向前迈进的一步"。①《死魂灵》中的抒情插叙或表明作者的创作观,或感叹人性的堕落,或讥诮社会之不平,或赞美祖国的语言。但最著名的抒情插叙是表达对祖国的爱和对祖国命运的思考。作者在最后一章中说:"俄罗斯!俄罗斯!我看见你了,从我那美妙迷人的远方看见你了:你贫瘠,凌乱,荒凉;你既不愉悦眼睛,也不惊心动魄……可是,究竟是什么不可捉摸的、神秘的力量把我往你的身边吸引?为什么飘荡在你的山川平原上的忧郁的歌声总是在我的耳边回响缭绕?这里面,这歌声里面,蕴含着一股什么力量?是什么在呼唤,在呜咽,在紧紧地揪着我的心?是什么音律在灼热地吻我,闯入我的灵魂,萦回在我的心头不愿离去?俄罗斯!你究竟要我怎么样?究竟有什么不可捉摸的联系深藏在你我之间?"在小说结尾部分的抒情插叙中,果戈理发出了"俄罗斯,你究竟飞到哪里去?"的疑问。他把俄国比喻成为一辆飞奔的三驾马车,确信它将超越一切障碍,奔向前方。虽然回答是含糊的,但是其中渗透了作者无比激动的爱国热情,使作品具有强烈的艺术感染力。《死魂灵》中讽刺性描写与抒情插叙相结合使作者既可以显示丑恶的社会,又能抒发自己的内心情感,在这方面,小说的结构与普希金的《叶夫盖尼·奥涅金》有相近之处。

《死魂灵》第二部只留下了残缺不全的几章。按照果戈理最初的计划,第二部应该体现"净界",为俄罗斯指点出路。然而,这"已不是作者的力量所能达到了"②。因为首先,在创作第二部时,果戈理正处于思想危机中,他根本不可能认清正确的出路何在;其次,果戈理仍然从他在第一部所揭露的地主生活画面中去挖掘正面形象,而这种正面形象实际上是不存在的。违反生活真实又是果戈理的艺术才能所不允许的。车尔尼雪夫斯基曾指出:果戈理的"才能是和现实异常紧密地血肉相连的"③,只有现实提供的人物在果戈理笔下才能栩栩如生,如果现实中所没有的理想人物,果戈理是无法虚构的。第二部中所塑造的正面形象柯斯坦若格洛和摩拉佐夫与作者过去所讽刺的反面形象相比,显得苍白无力,黯然失色,在艺术上是失败的。

《死魂灵》(第一部)的成功获得了划时代的意义。果戈理所塑造的五个地主和乞乞科夫的名字已经成为具有特定含义的名词进入俄语词汇。人们经常运用这些名词作为讽刺、打击一切反动、腐朽、落后倾向的有力武器。《死魂灵》已被译成各

---

① 《别林斯基选集》第3卷,上海译文出版社,1980年,第414页。
② 《鲁迅论外国文学》,外国文学出版社,1977年,第81页。
③ 《车尔尼雪夫斯基论文学》(上卷),新文艺出版社,1956年,第11页。

国文字,流传全世界。

果戈理的名字已经列入世界文化名人的行列,他的作品标志着19世纪俄国文学史上整整一个时代,对于俄国文学的发展具有极其重要的影响。果戈理是对鲁迅影响最大的外国作家之一,鲁迅从果戈理的"含泪的微笑"中见到了文学作品"振其邦人"[1]的力量。1952年,茅盾在纪念果戈理逝世百周年的时候写道:"从《死魂灵》和《巡按使》(即《钦差大臣》)活生生的形象,中国读者会联想到自己国家内昨天存在着的或今天也还存在着的那些不劳而获、惟利是图、荒淫无耻、卑鄙险诈的剥削者、寄生者、地主和官僚,以及乞乞科夫式的进行冒险欺诈的资产阶级人物,而给以更深的憎恨。"[2]今天,果戈理的作品仍能帮助我们认识过去,并为清除旧社会遗留的歪风恶习进行斗争。果戈理的现实主义艺术成就,他的塑造典型的卓越才能,他的幽默讽刺的独特风格都是永远值得我们学习和借鉴的。

---

[1] 《鲁迅论外国文学》,外国文学出版社,1982年,第72页。
[2] 茅盾,《果戈理在中国》,《文艺报》,1952年第4期。

第八章 别林斯基

别林斯基(1811—1848)是卓越的文学批评家、哲学家、政论家。他的一生以文学批评为武器与专制农奴制度进行坚持不懈的斗争,并从理论上倡导文学同现实生活相接近,奠定了俄国革命民主主义美学和现实主义理论基础,大大推动了进步文学的发展。

生平与思想发展

维萨里昂·格里戈利耶维奇·别林斯基于1811年出生在斯韦阿博尔格城。他在喀琅施塔得度过了自己的童年时期,当时他的父亲在那里任波罗的海舰队军医。1816年,别林斯基的父亲辞掉这个职务,回到故乡奔萨省,被派往谦巴城(现名别林斯基城)当县医。1822年,别林斯基入谦巴县立小学。1825年,即别林斯基入奔萨中学的那一年,爆发了十二月党人起义,促使别林斯基思考了很多问题。这时的别林斯基对十二月党人雷列耶夫以及普希金的诗歌产生了浓厚的兴趣,他还贪婪地阅读歌德和拜伦等作家的作品。一些追求自由和解放的诗篇引起了别林斯基的共鸣。

1829年8月,别林斯基来到莫斯科,随即进入莫斯科大学语文系,与赫尔岑、奥加辽夫、斯坦凯维奇等人是同学。当时虽然沙皇政府、学校当局对学生管束很严,但在国内外重大事件的影响和推动下,学校的思想政治空气十分活跃,学生中出现了不少研究社会哲学问题的小组。别林斯基也和一些平民出身的知识青年,组成了"十一号房间文学社"。他们议论国内外大事,阅读进步作品,特别是为沙皇政府禁止的一些激进诗歌,并从事文学创作。别林斯基当时就曾以一个农奴出身的同学为原型写作了剧本《德米特里·卡列宁》。尽管这一剧本在艺术上还很不成熟,却具有鲜明的反专制农奴制倾向。正是由于这个剧本,1832年9月,学校以"体弱多病,才能低下"为借口开除了别林斯基。

由于生活困难,别林斯基着手翻译小说,还准备去当教员。不久,1833年,别林斯基与平民出身的莫斯科大学教授、文学批评家、《望远镜》杂志编辑尼·伊·纳杰日金相识,后者邀请别林斯基为该杂志及其文学增刊《杂谈报》撰稿。从此别林斯基开始了文学批评家的生涯。1834年别林斯基在《杂谈报》上发表了第一篇长篇论文《文学的幻想》。1835至1836年他参加了编辑工作。这时,他的一篇篇文章使《望远镜》杂志名声大振。1836年《望远镜》杂志因刊登恰达耶夫的《哲学书简》而被查封。别林斯基也因此被拘留,住所遭到查抄,因未发现可疑之物才获释。别林斯基中断了杂志工作,生活十分贫困。1838年至1839年,别林斯基曾主持《莫斯科观察家》(1835—1839)杂志。1839年《莫斯科观察家》被迫停刊后,他迁居彼得堡,负责《祖国纪事》的文学评论栏。这期间,别林斯基发表了大量文章,对当时俄国出现的种种思想舆论、文学艺术现象做出了及时的反应。别林斯基为《祖国纪事》工作的几年使该刊成为俄国最受欢迎的进步杂志,使发行人克拉耶夫斯基成为富翁,但是繁重的劳动、微薄的待遇却毁坏了别林斯基的健康。1846年,别林斯基脱离《祖国纪事》。1847年他到涅克拉索夫与帕纳耶夫主办的《现代人》杂志去工作,主持批评栏。他团结文学界的进步力量,使这一杂志成为当时俄国宣传先进思想的阵地。别林斯基一生的大部分时间都在从事杂志工作,撰写了一千多篇文学批评文章。他曾说:"我们生活在一个可怕的时代,我们必须受苦,好让我们的子孙过得快乐些……我将死在杂志岗位上,叫人在我的棺材里,在我的头下放一本《祖国纪事》。我是一个文学家——我带着痛苦的,同时又是愉快而骄傲的信念说出这句话。我为俄罗斯文学献出了我的生命和我的血。"①别林斯基所从事的杂志工作引起政府当局及其御用文人的憎恨,他们恶毒地称别林斯基为文学界的暴徒,说别林斯基因为无法在广场上进行暴动,而在杂志上暴动起来。与此相反,别林斯基的杂志工作、评论文章得到进步阵营普遍的赞赏与崇敬。赫尔岑回忆读者渴望读到每一期《祖国纪事》的情景时写道:"莫斯科和彼得堡的青年自每月25日起就不安地等待别林斯基的文章。大学生连跑五次咖啡馆,询问《祖国纪事》到了没有?厚厚的一册在传来传去中就破损了。'有别林斯基的文章吗?''有'——于是人们就带着热病似的共鸣,大笑着、争论着把它吞读下去……"②

别林斯基为杂志工作呕心沥血,健康情况日益恶化。1847年春天,他因肺病出国治疗。居留异国期间,别林斯基仍关注着俄国社会、思想文化界的斗争情况。1847年7月他在萨尔茨堡写了著名的《给果戈理的一封信》。同年秋天,别林斯基返回俄国。他把健康置之度外,继续撰文,投入战斗,受到沙皇政府特务机关"第三厅"的监视和迫害。当别林斯基受到传讯时,他已病入膏肓,卧床不起。1848年6

---

① 《俄国文学史》(中卷),作家出版社,1955年,第614页。
② 《赫尔岑论文学》,上海文艺出版社,1962年,第75页。

月7日,年仅三十七岁的别林斯基在彼得堡病逝。

别林斯基是俄国解放运动中"完全代替贵族的平民知识分子的先驱"[1],他的思想经历了由启蒙主义到革命民主主义,由唯心主义到唯物主义的转变过程。

30年代时,别林斯基虽然意识到俄国社会的不公平与不合理,憎恶尼古拉时代可怕的现实;但又强调"俄国的全部希望在于启蒙,而不在于改革、革命和宪法"[2],认为现实是"绝对理念"的体现,把"整个无限的美好的大千世界"看成是"一个统一的永恒的理念……"[3]1837年以后的一段时间里,别林斯基更是从保守方面接受了黑格尔的"一切现实的都是合理的,一切合理的都是现实的"这个命题,错误地认为既然专制农奴制度是现实的,因而也就是合理的,一度出现了"与现实妥协"的倾向,受到赫尔岑的批评。然而,即使在这样的情况下,别林斯基思想中仍然存在着对专制农奴制现实的清醒认识的一面。例如,别林斯基于1838年在给鲍特金的一封信中指出,他不是在"现实"的一般的、绝对的意义上,而是在"人们的相互关系中"理解现实。[4]

40年代初,随着俄国解放运动的发展以及别林斯基到彼得堡后对现实生活更深入的观察与分析,他的思想发生了根本的变化。他说道:"彼得堡对于我来说,是一个可怕的悬崖,我的美好精神被碰得头破血流。"[5]他进一步看清了专制农奴制度的野蛮和残暴,无法再沉湎于虚假的幻想之中。正如卢那察尔斯基说的那样:"别林斯基看了又看,换了好几副眼镜,百般迁就,但是终于向现实的丑恶的脸上啐了一口。"[6]别林斯基很后悔自己思想上出现过的迷误,向赫尔岑承认了错误。1840年10月4日,他在给鲍特金的信中写道:"我诅咒我要跟卑鄙的现实和解的卑鄙意向。"[7]同年12月11日,他在给鲍特金的信中又说道:"我醒过来了——想起我的梦都觉得可怕。"[8]就这样,别林斯基抛弃了一时的错误,在政治上坚定地站到了否定专制农奴制度的革命民主主义立场上来。1846年果戈理发表了《与友人书简选》,为农奴制度和专制制度进行辩护,并宣扬宗教神秘主义观点。1847年7月间,别林斯基针对果戈理这部反动著作写了《给果戈理的一封信》。这封信是别林斯基革

---

[1] 《列宁全集》第20卷,人民出版社,第240页。
[2] 《别林斯基全集》第11卷,俄文版,苏联科学院出版社,1956年,第149页。
[3] 《别林斯基选集》第1卷,上海译文出版社,1979年,第18页。
[4] 《别林斯基全集》第11卷,第314页。
[5] 《别林斯基书信选》第2卷,俄文版,国家文学出版社,1955年,第10页。
[6] 卢那察尔斯基:《论俄罗斯古典作家》,人民文学出版社,1958年,第53页。
[7] 《别林斯基全集》第11卷,第556页。
[8] 同上书,第576—577页。

命民主主义思想的集中概括。他在信中指出,人民不是生来就虔信宗教的,俄国人"是这样讲到圣像的:合用,拿来祈祷,不合用,拿来盖瓦罐"。当今的俄国由于处在专制农奴制的桎梏之中才灾难重重、阴森黑暗,"今天俄国最重要最迫切的民族问题是:废除农奴制度,取消体刑,尽可能严格地至少把那些已有的法律付诸实施"。①列宁高度评价这一封信,把它誉为"一篇没有经过审查的民主出版界的优秀作品"②。在哲学上,别林斯基从1841年起就开始批评黑格尔有关现实是理念的异化的学说,同时继续发展辩证法的思想。他说:"认为前进将会终止,因为它已达到极限,不能再前进,实在太荒唐了。人类的发展是没有止境的。人类永远不会对自己说:'停止吧,够了,无处可走了'。"③尤其值得注意的是,别林斯基此时更大力肯定否定的思想。他认为,如果没有否定,人类的历史将是一潭死水,声称"否定是我的上帝"④,并大力颂扬路德、伏尔泰、雅各宾派等。但由于俄国历史条件的限制,别林斯基的历史观始终是唯心的,具有人本主义、启蒙主义色彩。

文学评论与美学观点

别林斯基进入文坛时,正是以普希金、果戈理为代表的俄国文学走上现实主义创作道路的历史时期。别林斯基的文学批评着重总结俄国文学的发展道路,论述俄国文学中现实主义创作方法形成的历史过程,从理论上指导着俄国进步文学的创作。

早在30年代,别林斯基在《文学的幻想》(1834)一文中就考察了俄国文学从18世纪的古典主义、感伤主义至19世纪初期的浪漫主义、现实主义的发展历程。这是俄国文学史研究中最早的论著之一。俄国的文学史研究成为多少带有独立性的科学开始于30年代。别林斯基在这篇文章中把追溯文学发展过程同阐发民族性理论联系起来,他既反对效颦西欧、抹杀民族特点的倾向,又抨击把民族性与追求民族落后的东西相等同的观点。他指出,民族性"不是汇集村夫俗子的言语或者刻意求工地模拟歌谣和民间故事的腔调,而是在于俄国才智的隐微曲折之处,在于俄国式的对事物的看法"。⑤别林斯基正是从这个角度肯定杰尔查文是"极度民族性

---

① 《别林斯基选集》第2卷,时代出版社,1952年,第322,19页。
② 《列宁全集》第20卷,第241页。
③ 《别林斯基全集》第8卷,俄文版,第284页。
④ 《别林斯基书信选》第2卷,俄文版,第172页。
⑤ 《别林斯基选集》第1卷,上海译文出版社,1979年,第47页。

的"①，普希金是"他同时代的世界的表现，是他同时代的人类的代表；但这是俄国的世界，俄国的人类"②。特别值得注意的是，别林斯基认为民族性"包含在对俄国生活画面的忠实描绘中"③。这样的论述，就把民族性问题与现实主义问题有机地结合起来了。但在这篇文章中尚流露出别林斯基所受德国唯心主义哲学的影响，如把世界看成"理念"，强调文学创作的无目的性和不自觉性等。

在《论俄国中篇小说和果戈理君的中篇小说》(1835)一文中，别林斯基以果戈理的创作为范本奠定了现实主义理论基础。首先，他把诗分成"理想的"和"现实的"两大类。"理想的"诗指一个诗人"根据……他那固有的理想，来再造生活"；"现实的"诗则指一个诗人"忠实于生活的现实性的一切细节、颜色和浓淡色度，在全部赤裸裸的真实中再现生活"。④他认为，这二者之中，"现实的"诗是时代的诗，更符合时代精神的要求。正是基于这样的认识，别林斯基批驳了论敌对果戈理取材于当代生活、富有揭露性的作品的贬低，并第一个高度评价了果戈理的创作。别林斯基说，果戈理是"现实生活的诗人"，同时正是果戈理开创了俄国文学中的"新时代"。这个时代的特点是"艺术与生活的密切结合"，在其中"生活表现得赤裸裸到令人害羞的程度，把全部可怕的丑恶和全部庄严的美一起揭发出来，好像用解剖刀切开一样"。⑤这样，别林斯基在30年代中期就提出了有批判倾向的现实主义创作方法。

40年代，别林斯基的文学评论继续发展，更趋向成熟。

《亚历山大·普希金作品集》(1843—1846)是一部包括十一篇论文的专著。在这之前，别林斯基在一些文章中已经谈到普希金的创作，例如，在《1841年的俄国文学》(1842)中写道，普希金"扩大了我们诗歌的泉源，使诗歌面向生活的民族因素，显示了无数新的形式，第一次使诗歌跟俄国生活以及俄国现代接近起来"⑥。而这部专著则以整个俄国历史和文学发展史为背景，考察普希金及其创作。别林斯基指出："我们在观察祖国文学进程的时候，当然应该经常从过去揭示今天的起因，并洞察现象之间的历史联系。我们对普希金思考得越多，便越能深入领会他同俄国文学的过去和现在之间的活生生的联系，并且深信论述普希金，也就意味着论述整个俄国文学，因为正像过去的俄国作家们说明了普希金一样，普希金也说明了继

---

① 《别林斯基选集》第1卷，上海译文出版社，1979年，第47页。
② 同上书，第79—80页。
③ 同上书，第110页。
④ 同上书，第147页。
⑤ 同上书，第154页。
⑥ 同上书，第3卷，1980年，第280—281页。

他之后的作家们。"①从考察文学的历史联系出发,别林斯基认为,冯维辛、杰尔查文、茹科夫斯基、格里鲍耶陀夫、克雷洛夫的创作在俄国文学的发展中是必要的环节,它们为后来普希金奠定现实主义创作方法做出了重要贡献。正是从普希金开始了俄国文学中崭新的、全面表现人民生活的、富有俄罗斯民族特色的现实主义方向。别林斯基还指出,普希金的诗体小说《叶夫盖尼·奥涅金》是对俄国广阔现实作诗的描写的最早典范;由于它艺术地反映了19世纪20年代农奴制俄国广阔的生活画面,所以被别林斯基称为"俄罗斯生活的百科全书"。

　　1842年,果戈理的《死魂灵》(第一部)问世,获得了"闻所未闻的成功",②同时也招致一些人的诋毁。斯拉夫派的批评家把这部小说同古代希腊叙事诗相提并论,极力抹杀果戈理创作中的揭露倾向,有的御用文人更指责果戈理丑化俄国社会。别林斯基与此针锋相对,发表《乞乞科夫的经历或死魂灵》(1842)一文,明确宣布《死魂灵》是"一部伟大的作品",③它的出版犹如"在国人的腐臭蒸热和旱魃中出现爽快的闪电的光彩一样",④是俄国文学中的划时代的事件。别林斯基指出,果戈理的创作具有一种深刻的"主观性",它不容许作家"以麻木的冷淡超脱于他所描写的世界之外,却迫使他通过自己的泼辣的灵魂去导引外部世界的现象,再通过这一点,把泼辣的灵魂灌输到这些现象中"。⑤《死魂灵》不像斯拉夫派批评家所说是复活了的古代叙事诗,而是当代俄国复杂的社会生活的反映,它也不像那些御用文人所说的是对俄国社会的丑化,而是对这个社会丑恶黑暗现象的鞭挞。别林斯基还在1842年写的另一篇文章中指出:"现代文学的好的一面,是在于它面向生活,面向现实;今天,每一个有才禀的人,甚至是庸碌之才,都力求描写和刻画并非他梦中所幻想的东西,而是社会、现实里面实有的东西";并且断言:"这种倾向,在将来有着远大的前途。"⑥别林斯基这一愿望没有落空。1842至1845年间,一批师法果戈理的青年作家,以《祖国纪事》、《现代人》两杂志为阵地,面向生活,面向现实,进行文学创作活动,形成了俄国文学中的"自然派",即现实主义流派。这一流派一经出现,就受到沙皇政府及其御用文人的诋毁。他们一方面指责"自然派"专门反映丑恶的生活,"肮脏的后院",只写黑暗不写光明;另一方面又责怪"自然派"描写诸如下等人、农民、看门人、马车夫等"小人物",并据此断言这种与"纯艺术"要求不相符

---

① 《别林斯基全集》第7卷,俄文版,第106页。
② 《别林斯基选集》第3卷,上海译文出版社,1980年,第411页。
③ 同上书,第437页。
④⑤ 同上书,第414页。
⑥ 同上书,第295—296页。

的文学没有真实性可言。别林斯基针锋相对地批驳了反"自然派"论调。别林斯基在《1846年俄国文学一瞥》(1847),《1847年俄国文学一瞥》(1848)等文中论述了"自然派"的历史渊源、形成过程和时代特色,指出"自然派"继承了18世纪及19世纪上半期俄国文学反映现实的传统,是"具有深刻意义的和深刻基础的合理的要求;在这里面,表现着俄国社会的自觉的追求,从而是俄国社会中精神趣味和灵智生活的觉醒"。[①] 他特别肯定新流派面向群众,描写普通人,认为这一转变使作家避免"描写导致理想化和富有异国色彩的一般规律以外的特殊人物"[②],从而使俄国文学获得充分的民族独特性,自成一格,并使它成为俄国社会的表现和写照。别林斯基认为,现实生活中既然存在着反对专制农奴制度的"自觉的追求"和"小人物"的不幸遭遇,文学予以反映,则是理所当然的。别林斯基说,以不符合"纯艺术"的要求而诋毁"自然派",是十分荒谬的,因为所谓本身就是目的的"纯艺术",是子虚乌有的东西;艺术本身的利益不能不让位给"对人类更重要的别的利益"。[③] 这更重要的利益,就是通过文学"表现社会问题",暴露和批判专制农奴制的黑暗现实。他在揭露"纯艺术"论时,十分明确地指出,"剥夺艺术为社会服务的权利,不是抬高艺术,而是贬低艺术,因为这意味着夺去它的生命——思想"。[④] 别林斯基认为正是由于面向生活、正视现实,坚持艺术为社会服务,所以"自然派""今天站在俄国文学的最前哨"[⑤]。他就是这样在总结俄国文学发展道路的过程中,捍卫了俄国现实主义文学的发展方向。

别林斯基在文学评论的实践中,通过探讨文学史实和具体的文学现象,形成一套现实主义的美学观点。

文学的真实性是别林斯基现实主义美学观点中的一个重要问题。尽管别林斯基在30年代发表的一些文章中把现实看成是"绝对理念"发展的过程,但他仍然认为要重视文学的真实性,并且阐述了社会现实是在斗争中发展的原理。可以说,真实性一直是别林斯基的信条,特别在40年代,无论是评论流派、作家,或作品时,他都紧紧地把握住这个观点,并在此基础上阐发现实主义的基本原则。他说,文艺必须具有"对现实的忠实性"[⑥],"艺术是现实的再现;因此,它的任务不是矫正生活,也

---

① 《别林斯基选集》第2卷,时代出版社,1952年,第258页。
② 同上书,第400页。
③ 同上书,第427页。
④ 同上书,第428页。
⑤ 同上书,第387页。
⑥ 《别林斯基选集》第1卷,上海译文出版社,1979年,第154页。

不是修饰生活,而是按照实际的样子把生活表现出来"①。他认为,"现实之于艺术和文学,正如同土壤之于它在它怀抱里所培养的植物一样"②,因此,"凡是现实中不可能有的东西,在诗里也就是虚伪的;换句话说,凡是现实中不可能有的东西,就不可能是诗的"③。总的说,别林斯基有一个概括的观点:艺术的一切内容都源于现实。

  典型性是别林斯基现实主义美学观点中又一重要问题。别林斯基认为"现实本身是美的,但它之所以美,是在本质上、因素上、内容上,而不是在形式上。就这一点来说,现实是一块纯金,但没有被清洗干净,还混杂着矿质和泥土;科学和艺术把现实这块金子清洗干净,把它锻炼成典雅的形式",因此,现实在艺术中"比在现实本身中,更酷肖现实"。艺术虽然向现实借用材料,但并非自然主义的有事必陈,而必须把它们"提高到普遍的、类的、典型的意义上来,使它们成为严整的整体"④。这就涉及典型性的问题。应该说,别林斯基早在30年代就提出有关典型性问题的一些看法。他强调典型性的重要意义,指出典型性是"作者的纹章印记"⑤,是"创作的基本法则之一,没有典型性,就没有创作"⑥。他认为,描绘的典型性在于"诗人采纳了他所描绘的人物的最鲜明、最突出的特征,而舍弃一切偶然的,无助于烘托个性的东西"⑦。那么,什么是典型呢?别林斯基说:"每一个典型对于读者都是似曾相识的不相识者。"⑧典型是"一个人物,同时又是许多人物,也就是说,把一切个人描写成这样,使他在自身中包括着表达同一概念的许多人,整类的人",然而他又必须是"一个人物,完整的、个别的人物"。典型必须先否定自己的普遍性而成为个别现象,然后又回到普遍性上来。别林斯基以果戈理的小说《鼻子》中的柯瓦辽夫少校为例,认为"他不是柯瓦辽夫少校,而是柯瓦辽夫少校们",但是,"你和他认识之后,即使一下子碰到成百个柯瓦辽夫,你也能立刻把他们认出,从几千个人里面把他们区别出来"⑨。至40年代,别林斯基继续探讨典型问题。例如《死魂灵》(第一部)出版后,别林斯基针对种种非难和攻击,指出:《死魂灵》这部作品之所以伟大,

---

① 《别林斯基选集》第2卷,上海译文出版社,1979年,第73页。
② 同上书,第3卷,1980年,第700页。
③ 《别林斯基论文学》,新文艺出版社,1958年,第111页。
④ 《别林斯基选集》第2卷,上海译文出版社,1979年,第458,460页。
⑤ 同上书,第1卷,第191页。
⑥ 同上书,第2卷,第25页。
⑦ 同上书,第2卷,第130页。
⑧ 同上书,第1卷,第191页。
⑨ 同上书,第2卷,第24—25页。

"正因为在它里面揭露并解剖生活,一直到了琐屑之处,并且赋予这些琐屑之处以普遍的意义"①。所以别林斯基在《1847年俄国文学一瞥》一文中指出果戈理的创作是在其全部真实性上的对现实的复制后说:"在这儿,关键是在典型。"②除此之外,这一时期别林斯基在典型问题上的重大发展,就是他所提出的人物与环境的关系问题。他指出,当前作家都了解了一个显而易见的道理,即现实中的人不是生活在半天空中,而是生活在大地上和社会里,而"生活在社会中的人不论其思想方式还是行为方式都是取决于社会的"③。因此,作家在描写人物时也就描写了社会,同时,他们所描写的优点或缺点也就并非属于某个个人,而是一般的现象。

艺术特点问题也是别林斯基极其重视的一个问题。他认为文艺既是用形象来反映生活,那么,作家、艺术家在整个创作过程中所进行的艺术思维活动的问题,就显得特别重要。他在俄国第一个使用了"形象思维"这一术语。早在1838年他就指出:"诗歌不是什么别的东西,而是寓于形象的思维"④。1840年,他在《智慧的痛苦》一文中指出,艺术与科学的区别不在于对象,而在于表现形式,"诗是直观形式中的真理","诗人用形象思考"⑤。别林斯基这一论断虽然出自黑格尔的"艺术的内容就是理念、艺术的形式就是诉诸感官的形象"这一理论,但别林斯基强调文艺创作过程中人的认识活动的特殊规律,在理论与实践上还是有其积极意义的。40年代初以后,别林斯基依然保持这类提法,但却充实了唯物主义的内容。1841年,别林斯基在《艺术的概念》中提出,"艺术是对真理的直感的观察,或者说是寓于形象的思维",并指出,艺术的这一定义"包含着全部艺术理论:艺术的本质,它的分类,以及每一类的条件和本质"。⑥别林斯基在《1847年俄国文学一瞥》中又对这一问题作了更加明确的表述:艺术与科学之间的差别,"根本不在内容,而在处理特定内容时所用的方法。哲学家以三段论法说话,诗人则以形象和图画说话,然而他们说的都是同一件事。政治经济学家运用统计的材料,作用于读者或听众的理智,证明社会中某一阶级的状况,由于某些原因,业已大为改善,或者大为恶化。诗人则运用生动而鲜明的现实描绘作用于读者的想象,在真实的画面里面显示社会中某一阶级的状况,由于某些原因,业已大为改善,或者大为恶化。一个是证明,另一个是

---

① 《别林斯基选集》第3卷,上海译文出版社,1979年,第507页。
② 《别林斯基选集》第2卷,时代出版社,1953年,第400页。
③ 《别林斯基全集》第8卷,俄文版,第82页。
④ 《外国理论家作家论形象思维》,中国社会科学出版社,1979年,第55页。
⑤ 同上书,第57—58页。
⑥ 同上书,第59页。

显示……"①别林斯基认为之所以要把握这一艺术特点,是因为艺术首先必须是艺术,然后才能成为社会精神和倾向在特定时期中的表现。同时,在别林斯基看来,艺术的特点又是同他所阐发和坚持的现实主义联系在一起的。他说:"我们一方面完全承认艺术首先必须是艺术,同时却认为,把艺术设想成生活在和生活别的方面毫无共通之点的自己的小天地里的纯粹的、孤立的东西,这种思想是抽象而空幻的。这样的艺术,在任何时候、任何地方都是不存在的"。②

与此相关,别林斯基还论及新的批评原则。他认为文学批评应是历史分析与美学分析的统一,他说:"每一部艺术作品一定要在对时代、对历史的现代性的关系中,在艺术家对社会的关系中,得到考察;对他的生活、性格以及其他等等的考察也常常可以用来解释他的作品。另一方面,也不可能忽略掉艺术的美学需要本身"。这就是说,"不涉及美学的历史的批评,以及反之,不涉及历史的美学批评,都将是片面的,因而也是错误的。批评应该只有一个,它的多方面的看法应该渊源于同一个源泉,同一个体系,同一个对艺术的观照"③。这也就坚持了现实主义的原则。

别林斯基的文学评论和美学观点是同反对专制农奴制的现实斗争联系在一起的,而且又注意到文学本身的特点。别林斯基的文学批评有力地推动了俄国现实主义文学的发展。在别林斯基逝世之后,革命民主主义者车尔尼雪夫斯基、杜勃罗留波夫等人继承了他的传统,又在某些方面把他的美学观点、文学理论加以发展,形成俄国美学思想、文学理论发展中的高峰。别林斯基的文学思想,不仅在当时,而且一直到今天也仍有其不可忽视的价值。

---

① 《别林斯基选集》第2卷,时代出版社,1952年,第428—429页。
② 《外国理论家作家论形象思维》,中国社会科学出版社,1979年,第75页。
③ 《别林斯基选集》第3卷,上海译文出版社,1980年,第595页。

第九章 赫尔岑

赫尔岑(1812—1870)是俄国作家,政论家,哲学家,革命活动家。他一生多方面的卓有成效的活动,正像列宁在其著名论文《纪念赫尔岑》中所说,"在俄国革命的准备上起了伟大作用"①。

生平与创作

亚历山大·伊凡诺维奇·赫尔岑于1812年诞生在莫斯科。他是名门贵族雅柯夫列夫与德籍家庭女教师的儿子。这一婚姻始终未合法化,父亲却让儿子姓赫尔岑(原德文意思是"心")。赫尔岑在家中虽然备受宠爱,但由于没有年岁相近的同伴,显得十分孤独。他或是在家翻阅丰富的藏书,或是悄悄跑到仆役室里去玩。他的家庭教师和一些亲戚给他讲述古希腊罗马的英雄故事,还让他念过一些禁诗,这对幼年的赫尔岑产生过良好影响。赫尔岑出生在俄国人民英勇击退拿破仑侵略的那一年,在这之后的若干岁月里,俄国到处流传着波罗金诺大会战、莫斯科大火、别列济纳河战役、攻陷巴黎等关于1812年英雄的战争故事。在赫尔岑的家里,也可从保姆和农奴们那里听到这类传说。赫尔岑说,有关莫斯科大火等故事是他的摇篮曲、童话,他的《伊利昂纪》和《奥德修纪》。俄国人民的英雄业绩培育和激发了赫尔岑热爱祖国和人民的诚挚感情。但是,他也感受到在专制农奴制度奴役下的广大人民,特别是农民的悲惨遭遇和他们的愤懑情绪,就像他在回忆录中说的那样,他早就目睹农民的处境以及由此而生的可怕的心理怎样损害、束缚着农奴,麻痹着他们的思想意识。他还说,早在少年时代他就在父亲家的仆役室里察觉到农奴对主人们怀着多么集中的仇恨。正是劳动人民的悲惨命运以及俄国和其他国家进步文学的民主主义思想,激发了赫尔岑对任何奴役和专制的不可遏制的仇恨。

1825年12月14日(俄历),少数贵族革命家(十二月党人)在彼得堡举行的武装起义惊醒了赫尔岑的童稚的梦想,给他开辟了一个新的世界。1826年7月间,

---

① 《列宁选集》第2卷,人民出版社,1975年,第416页。

十二月党人五位杰出领袖被绞死,更多的人被流放西伯利亚或长期服苦役,这一事实在赫尔岑的心里激起了满腔怒火。赫尔岑和他的挚友奥加辽夫在莫斯科城郊麻雀山上共同发誓要为这些"从头到脚用纯钢铸成的英雄"[1]报仇,并且立志继承他们的事业,献身于俄国人民的解放运动。赫尔岑后来写道,1825年12月14日"真正开创了我们政治教育的新阶段","这些人从绞架的高处惊醒了新的一代人的灵魂"。[2] 列宁对此作了这样的概括:"十二月党人唤醒了赫尔岑。赫尔岑开展了革命鼓动。"[3]

1829年,赫尔岑入莫斯科大学哲学系数理科后,与奥加辽夫等人组织小组,研究社会主义问题,阅读禁书,谈论法国七月革命与波兰起义等重大政治事件。他们揭露地主庄园和社会上的种种暴行,宣传资产阶级启蒙主义、圣西门等人的空想社会主义、共和政体或君主立宪的思想。1833年,赫尔岑完成了题为《哥白尼太阳学说的分析》的毕业论文,以优异的学习成绩毕业。

还在大学年代,赫尔岑的思想和活动已引起反动当局的注意和监视。所以,刚跨出校门的第二年他就和奥加辽夫一同被捕。在监禁九个月后,赫尔岑于翌年又以所谓"对社会极其危险的大胆的自由思想者"的罪名被流放到比尔姆省和维亚特加省,后来又转到弗拉基米尔。流放期间,赫尔岑目睹了外省官场的腐败与农民苦不堪言的生活。特别是他奉维亚特加省长之命,从事编辑《维亚特加新闻》、统计员等工作,从中掌握了他先前无法得到的有关专制农奴制罪恶的详细资料,这使他对沙皇俄国的黑暗现实有了更深刻的认识,加强了他对专制农奴制度的憎恨和对社会下层的同情。1840年,赫尔岑获释。次年他在信中斥责彼得堡警察非法枪杀路人,该信件为当局查获,因此又被流放到诺夫戈罗德。

1842年,赫尔岑从流放地返回莫斯科后,立即投入新的战斗。他站在西欧派左翼的立场,积极参加进步的社会活动,展开革命鼓动工作,并且潜心研究哲学、历史和自然科学,相继发表了《科学上一知半解》(1842—1843)、《自然研究通信》(1844—1845)等著述。早在赫尔岑的《哥白尼太阳学说的分析》一文中,已显露出他的自发唯物主义倾向的苗头。随着俄国农民运动的日益高涨和唯物主义思想的熏陶,赫尔岑形成了唯物主义的世界观,开始转向革命民主主义的立场。他针对当时俄国不少人,包括一些先进人士对黑格尔理论缺乏全面认识的情况,在肯定黑格尔的辩证法是"革命的代数学"和反对旧制度的强大撞击器的同时,批评了黑格尔

---

[1] 赫尔岑的书信集《结束与开始》中的第五封信(1862年10月)。
[2] 《赫尔岑论文学》,上海文艺出版社,1962年,第59—60页。
[3] 《列宁选集》第2卷,人民出版社,1975年,第422页。

的唯心主义。他强调自然和人、物质和意识的统一,肯定费尔巴哈的唯物主义,但又不满于它的直观性。如列宁所说,赫尔岑"在 19 世纪 40 年代农奴制的俄国,竟能达到当代最伟大的思想家的水平",他"已经走到辩证唯物主义跟前,可是在历史唯物主义前面停住了"。①

也正是在这一时期,赫尔岑开展了紧张的创作活动。赫尔岑说:"凡是失去政治自由的人民,文学是唯一的讲坛,可以从这个讲坛上向公众发出自己愤怒的呐喊和良心的呼声。"②赫尔岑的文学创作活动是同革命斗争紧密相连的。还在 30 年代,赫尔岑就写过一些含有浪漫主义色彩的作品,着重讴歌以个人精神力量与现实相对抗的浪漫主义英雄人物,表达对未来的朦胧的理想。接着赫尔岑在《科学上一知半解》一书中,从发展的观点分析了文学艺术的演变,揭示了古典主义、浪漫主义和现实主义的嬗递关系,指出在新的历史条件下所出现的一种致力于物质生活的改善、致力于社会问题、致力于科学的新倾向,即现实主义倾向。这时赫尔岑的创作也日益趋于现实主义,写出了《一个青年人的札记》(1840—1841)、《谁之罪?》(1841—1846)、《克鲁波夫医生》(1847)和《偷东西的喜鹊》(1848)等作品。

中篇小说《一个青年人的札记》是赫尔岑从浪漫主义转向现实主义的标志。小说具有自传性。当书中的主人公在描述那个外省小城马利诺夫时,实际上写的是赫尔岑在维亚特加流放时的种种印象。用作者的话说,这是"世界上最糟糕的城市"。在这里,没有一条缝隙能够射进旭日的光芒,吹进早晨的清风。马利诺夫人忘掉了一切尊严、一切英勇的气概。狭隘的概念、粗野、兽性的欲望主宰着他们的生活,"人类尽可以前进或后退,……马利诺夫人可不管这些"。这座城市的宗法制生活习俗实际上是俄国外省许多城市空虚、无聊、庸俗的生活的真实写照。别林斯基赞扬这部小说,指出这篇引起"普遍注意"的札记是一部充满"才智、感情、独创性和机智"③的作品。

《克鲁波夫医生》是赫尔岑的又一部中篇小说。赫尔岑在小说的开头部分就指出,他写这篇作品所追求的是"病理学目的"。小说以"克鲁波夫医生著作"的形式,通过具体的描写,得出一个"极端重要的结论":健康正常的人的生活和行动,跟住在疯人院里的精神病患者一样愚蠢、病态。赫尔岑还描写了克鲁波夫医生居住的小城里,两百个有钱人无所事事,而四千七百人日夜工作,劳累不堪,却一无所得。凡此种种无不表明"历史是狂人的自传"。赫尔岑通过克鲁波夫医生在小城的见

---

① 《列宁选集》第 2 卷,人民出版社,1975 年,第 417 页。
② 《赫尔岑论文学》,上海文艺出版社,1962 年,第 58 页。
③ 《别林斯基选集》第 3 卷,上海译文出版社,1980 年,第 321 页。

闻，描绘出专制农奴制统治下俄国社会的丑恶图景，讽刺了"普遍疯狂"的征象。高尔基认为《克鲁波夫医生》是一篇"辛辣地刻画了农奴制度"的作品[①]。

中篇小说《偷东西的喜鹊》是根据俄罗斯演员谢普金的回忆写成的。一场关于俄罗斯为什么几乎没有好的女演员的争论正在进行，"斯拉夫人"和"欧洲人"各执己见。而一位著名艺人就"有没有见过一个俄国女演员"的问题，作了肯定的回答，并由此引出了安涅塔的悲惨身世。安涅塔是一个农奴出身的出类拔萃的俄罗斯女演员。她先是在外省的一个小戏班子里，她感到那里并不坏，也意识到自己在舞台艺术方面的才能。可是，由于小戏班子的主人暴死，她和小戏班子的其他成员都被拍卖，落到斯卡林斯基公爵手中。新主人道德败坏，专横跋扈。他在安涅塔严词拒绝委身于他后痛骂道："我要让你知道这样无法无天有什么好处！你敢跟谁说这话！你是说：我是个演员，不，你是我的奴隶，不是演员。"在公爵的魔窟里，备受折磨的安涅塔身陷绝境，最后抑郁而死。才华出众的俄罗斯女演员安涅塔的悲惨命运，深刻地揭露了贵族对农奴的压迫和虐待，对人的尊严和创造才能的摧残。高尔基说："在40年代，赫尔岑是第一个在他的小说《偷东西的喜鹊》中大胆地抨击农奴制度的人。"[②]

像赫尔岑这样尖锐地提出社会问题，有力地鞭挞专制农奴制度的作品，在当时俄国的先进文学中也是少见的。赫尔岑的革命活动使得他与别林斯基齐名，成为当时俄国进步思想界的领袖人物。

随着革命运动的发展，沙皇政府对进步知识分子的监视日益严密。为了摆脱这一处境，寻求俄国社会解放的道路，赫尔岑于1847年以妻子患病为理由离开俄国，前往巴黎。不久，意大利爆发反对奥地利压迫者的民族解放运动，赫尔岑又赴罗马。1848年，法国爆发二月革命，他立即回到法国。法国当局认为赫尔岑是个危险分子，下令把他驱逐出境。这样，赫尔岑又被迫离开法国，到了瑞士。1848年6月，法国大批工人惨遭杀害，欧洲革命失败，引起了赫尔岑对西欧无产阶级的社会主义前景的怀疑和失望，以为西欧革命根本无法实现，转而寄希望于俄国的农民。赫尔岑创始了"俄国村社的社会主义"，即民粹主义。他"把农民连带土地的解放，把村社土地占有制和农民的'地权'思想看作'社会主义'，"[③]希望在推翻沙皇专制制度以后，依靠俄国的农民村社，绕过资本主义达到社会主义。尽管赫尔岑的这一观点反映了当时俄国农民阶层的民主主义的要求，但是"它也像西欧'1848年的

---

① 高尔基：《俄国文学史》，上海译文出版社，1979年，第318页。
② 同上书，第359页。
③ 《列宁选集》第2卷，人民出版社，1975年，第418页。

社会主义'的各种形式一样,不过是一种表示俄国的资产阶级农民民主派的革命性的富于幻想的词句和善良愿望"①罢了。

1851年,赫尔岑来到法国,随后到达英国,1853年在伦敦建立了"自由俄罗斯印刷所"。1855年,赫尔岑着手创办文艺和政治丛刊《北极星》,在创刊号上,赫尔岑以十二月党人五位领袖的侧面像作为封面,并连续登载被沙皇政府查禁的作品、别林斯基给果戈理的信,以及有关十二月党人的回忆材料。1857年赫尔岑又与奥加辽夫合办《钟声》报,发表了许多文章,力主废除农奴制度。这些报刊被大量地秘密运回俄国,促进了解放运动的发展。但是,在农奴制改革前夕,赫尔岑由于长期流亡国外,不能接触革命的俄国人民,从而对自上而下的改良产生幻想,给亚历山大二世写了不少"甜言蜜语的书信",②呼吁沙皇、贵族给农民以土地和自由。赫尔岑从民主主义向自由主义退却的改良倾向,他所散布的这类幻想,引起了革命民主主义者车尔尼雪夫斯基、杜勃罗留波夫等人的批评。然而,"尽管赫尔岑在民主主义和自由主义之间动摇不定,民主主义毕竟还是在他身上占了上风"③。

1861年自上而下的农奴制改革引起了农民强烈的不满,农民起义连绵不断。沙皇政府对起义进行了残酷的镇压,贵族自由主义者则附和沙皇政府。赫尔岑目睹这一切,进一步看清了沙皇政府的反动性和贵族自由主义者的虚伪性以及平民知识分子革命家的理论的合理性。他终于逐渐摆脱了自己的迷误,站到了车尔尼雪夫斯基等人的一边,反对贵族自由主义。他通过《钟声》报,号召俄国劳动人民以革命手段实现社会改造的任务。这一切都在赫尔岑从50年代开始写作的重要作品《往事与随想》(1852—1868)中得到反映。《往事与随想》是一部包含日记、书信、散文、随笔、政论、杂感的大型回忆录。赫尔岑十分重视回忆录体裁。他虽然写过自传性中篇小说《一个青年人的札记》,而且从他其他一些作品中亦可见出他的精神成长的历程。但是,社会生活的发展,个人阅历的深化,思想的成长变化,都促使赫尔岑产生了一个新的愿望。以往的自传性小说及其他作品已不能满足他的要求,于是赫尔岑从一个新的高度,以全面回忆往事,总结过去的方式写了《往事与随想》。回忆录共七卷,内容十分丰富,首尾连贯,赫尔岑曾在序文中说,"这与其说是笔记,不如说是自白,围绕着它,和它有关的都是从往事里抓出来的片段回忆,在随想里留下来的思想点滴。然而把这些外屋、顶楼、厢房合并在一起,它也是统一的"。全书囊括了自1825年十二月党人起义至1871年巴黎公社起义前夕数十年间俄国和西欧的重大历史事件。沙皇尼古拉一世阴森黑暗统治下的俄国社会、政

---

①② 《列宁选集》第2卷,人民出版社,1975年,第419页。
③ 同上书,第418页。

治、文化生活都得到广泛的表现。高尔基认为,在赫尔岑之前,没有任何人这样多方面地和深刻地观察过俄国的生活。同时,书中又描绘了西欧1848年革命及其前后的社会生活,如人民群众的贫苦、斗争以及惨遭反动势力镇压等等。而这一切又都是同赫尔岑自身的精神成长紧密联系在一起的,因为他随时都记下了自己彼时彼地对人对事的认识及态度。这里表现出赫尔岑对真理的不倦探索,其中有悲观、怀疑情绪的流露,但更多地还是对未来的信心。用赫尔岑的话来说,这部巨型著作是"历史在偶然出现于它的道路上的一个人身上的反映"。回忆录以描绘广阔的历史画面见长,描写人物和事件时,注意历史的真实,同时又排除那些偶然的、不必要的和无关宏旨的东西,以不多的笔墨勾画和概括出人物的特征,并以尖锐的讽刺暴露生活中的丑恶,感情色彩浓厚,文笔生动活泼。

晚年,赫尔岑密切地注视西欧各国日益高涨的工人运动和第一国际的活动,开始认识到西欧工人阶级在未来革命中的重要作用。尽管这时赫尔岑的观点与科学社会主义还有很大的距离,但像列宁所说,赫尔岑的视线"并不是转向自由主义,而是转向国际、转向马克思所领导的国际,转向已经开始'集合'无产阶级'队伍'、团结'抛弃了不劳而获的世界'的那个'劳工世界'的国际!"[①]赫尔岑在逝世前不久,敏锐地感受到暴风雨即将来临的气息,深受鼓舞。他于1869年10月21日在巴黎给奥加辽夫的信中写道:"这里一片混乱,我们正在火山上面漫步……巴黎生活的这一页值得写上好几卷。形势远比看起来不知道要紧张多少倍。"[②]赫尔岑还在最后一部小说《医生,垂死的人和死人》(1869)里写道:"巴黎和法国令人窒息的沉重空气起了变化。1848年后反动统治初期开始建立起来的均势已经彻底垮台。出现了新的力量和新的人。"可是,赫尔岑未能见到巴黎公社的光辉旗帜,1870年1月21日便辞别人世了。

《谁之罪?》

长篇小说《谁之罪?》是赫尔岑的代表作。赫尔岑在小说的序文中说:"《马利诺夫》[③]的成功促使我着手写作《谁之罪?》",[④]也就是说,《谁之罪?》的创作始于1841年赫尔岑流放诺夫戈罗德期间,迄1846年在莫斯科完成。1845年,小说头几章在

---

① 《列宁选集》第2卷,人民出版社,1975年,第418页。
② 《赫尔岑选集》第9卷,俄文版,国家文学出版社,1958年,第534页。
③ 指小说《一个青年人的札记》。
④ 《赫尔岑选集》第1卷,1955年,第112页。

《祖国纪事》杂志上发表。1859年,经作者修订,在伦敦出版。

　　40年代,俄国反专制农奴制的斗争日益高涨,自此至60年代,俄国"一切社会问题都归结到与农奴制度及其残余作斗争"①。因此,小说一经发表,就以其鲜明的反专制农奴制倾向引起不同反响。别林斯基等人给这部小说以很高的评价;而沙皇政府的御用文人则是又怕又恨,布尔加林曾就这部小说向政府报告说,贵族被描写成卑鄙的人和畜生,而教员、仆人的儿子、女农奴的女儿被写成美德的典范等等。

　　小说的主人公之一,平民知识分子克鲁齐菲尔斯基大学刚毕业,经克鲁波夫医生介绍,来到退职军官、贵族地主涅格洛夫的庄园担任家庭教师。不久,克鲁齐菲尔斯基与在涅格洛夫家生活的"孤女"——实际上是地主涅格洛夫与一个女农奴的女儿——柳邦加相恋。涅格洛夫早就想把柳邦加嫁出去,因而顺水推舟,同意了他们的婚事。克鲁齐菲尔斯基与柳邦加建立了家庭,过着幸福的生活,同时还在省城谋得一个中学教员的职务。不久,克鲁齐菲尔斯基的同学别里托夫从国外回来,结识了克鲁齐菲尔斯基一家,并与柳邦加产生了强烈的爱情。克鲁齐菲尔斯基为此而异常痛苦。别里托夫由于破坏了这家人的幸福生活而十分懊悔、苦闷,终于再度出国。虽然别里托夫走了,但是,克鲁齐菲尔斯基和柳邦加的爱情已不能恢复。柳邦加备受精神上的折磨,失去了健康。克鲁齐菲尔斯基整天祷告上帝,借酒浇愁,悲伤地消磨时光。

　　小说中的柳邦加、克鲁齐菲尔斯基和别里托夫是各具特点,类型不一的青年人。

　　有着农奴母亲的柳邦加生活在涅格洛夫的家里,不仅意识到她是茫茫大地上的"孤独人";而且感到涅格洛夫对她的那种严厉而略带傲慢的侮辱、家里人出于偏见对她采取的"粗暴的态度"都是"难堪的压力"。她长年累月地隐忍着自己的悲哀、愤怒和烦闷。柳邦加在涅格洛夫家的屈辱地位使她很早便萌生了觉醒的意识,理解了那些幸福的人直到进坟墓还不知道的事情。她接近和同情那些备受欺凌的农奴及农家孩子们。她厌恶贵族地主、官吏,不仅跟涅格洛夫一家"合不上拍子",而且深深懂得村里的农民比那些从省城或邻村来的有知识、有教养的地主和官吏要好得多、聪明得多。在柳邦加身上确实蕴藏着一种"非凡的力量"。

　　克鲁齐菲尔斯基是县城医生的儿子,家境清寒,一家住在一间极其寒酸的小屋里。他们的生活"跟澳洲野人的生活一样,是完全没人知道的,好像他们在人类中是被置之度外的"。克鲁齐菲尔斯基从小瘦弱,即使不生病的时候,也没有一天真正健康过。可以说,他"没出娘胎就开始倒霉",但他爱好学问,认真用功,温文规

---

① 《列宁全集》第2卷,人民出版社,第444—445页。

矩,心地善良,很有同情心,用作者的话说,克鲁齐菲尔斯基宛如"处女一般纯洁无瑕"。

别里托夫是一个富家子弟,田庄的主人。他学问广博,才华焕发,怀有"宏伟的抱负","对一切美好的事物都敞开着心扉","对现代的一切问题都抱有兴趣",很想干一番事业。大学毕业时,他的心里充满希望;在彼得堡任职后,他意识到自己的才智和能力,思考着未来的种种愿望和计划。别里托夫是一个"出色的青年","他可以成为多么了不起的人物啊!"

小说的三个主人公原来都是可以造就的青年;但是,他们的意志和精力都被生活中的悲剧所吞噬、损毁,他们的生活都以苦闷、消沉而告终。这是谁的罪过?

赫尔岑在小说中有过这样一番议论:"凡是被人期望得太高的孩子,大起来往往使人大失所望……要解释这个问题,与其求之于人的复杂的心理构造,还不如求之于人所处的氛围、环境,以及与外部世界的接触、影响等等。"别林斯基在《1847年俄国文学一瞥》中论及《谁之罪?》时,认为我们不应该在别里托夫和柳邦加悲剧之爱的描绘中寻求赫尔岑小说的优点。别林斯基还说:"他所刻画的人物,不是坏人,甚至大部分都是好人,他们折磨、迫害自己和旁人,常常并不抱有坏的企图,而是抱有好的企图,不是由于恶毒,而是由于无知。甚至那些因为感情猥琐、行为下流而令人反感的人物,作者也不是作为恶的天性的牺牲,而是作为他们自身无知以及他们生活着的那环境的牺牲来描写的。"[1]

赫尔岑和别林斯基的说法不尽相同,但基本精神是一致的:三个青年主人公错综复杂的恋爱悲剧,其源盖出于他们所处的时代环境,他们是生活环境的牺牲品。

赫尔岑笔下主人公的恋爱悲剧所以产生的社会环境与根源,是通过一系列人物传记表现出来的。赫尔岑写道:"我对于碰到的一切人物的身世,抱有很大的兴趣。普通人的生平,看起来好像差不了多少——其实这不过是想象的说法,事实上世间没有比普通人的传记更独特更五花八门的了,……因此无论在任何时候,我总不避忌在半途中插进人物的传记,因为它们展示了构成这世界的丰富的内容。有人要抹杀这类插话,自然没有关系,不过这样一来,同时也抹杀了故事本身。"这表明赫尔岑正是要人们通过他写下的诸种人物五花八门的传记窥见社会的面貌、人与人之间的关系及其对主人公的影响。无论是涅格洛夫,杜白索夫县贵族团长的传记,克鲁齐菲尔斯基的父亲和别里托夫的母亲的传记,还是其他人物的传记,都从不同的侧面反映出贵族地主的寄生、专横、庸俗、无知,农民、奴仆与备受欺压的妇女的悲惨遭遇,上流社会的教育对人的毒害等等。可以说,小说主人公生活的环

---

[1] 《别林斯基选集》第 2 卷,时代出版社,1952 年,第 453—454 页。

境笼罩着残暴无知、死气沉沉、停滞不前的气氛。这个环境扼杀生机,令人窒息,葬送人才。赫尔岑这样来描写,旨在说明柳邦加、克鲁齐菲尔斯基、别里托夫三个主人公的恋爱悲剧不在于他们卷入爱情的漩涡,而是因为他们处身于这样的环境之中,不可能从感情的狭小圈子里走出来,投身于广阔的生活天地。

高尔基认为,柳邦加是俄国文学中第一个坚强有力、独立自主的女性。她为幸福斗争过,涅格洛夫"对家人与仆役们的家长式的粗暴态度"是她与克鲁齐菲尔斯基接近的"第一个原因",她真心地爱着克鲁齐菲尔斯基。但是,她毕竟是生活在当时那种特定的环境之中,所以,当她碰上别里托夫并在他身上找到克鲁齐菲尔斯基身上没有的东西的时候,她就陷入极度的痛苦而无力自拔。

克鲁齐菲尔斯基在赫尔岑笔下是一个软弱的梦想者。他真心爱着柳邦加。在热恋中,他把生活中的一切,如对父母的爱,对学问的爱好都置于爱情之下。但克鲁齐菲尔斯基"天性温顺,不但不想与现实进行斗争,反而因它的压力而退缩,他只求让他平静"。因此,当柳邦加爱上别里托夫、忍受精神折磨的时候,克鲁齐菲尔斯基也被阴郁忧伤所压倒,"他的忧郁显出了没有出路的绝望状态"。克鲁齐菲尔斯基与别里托夫相比较,显得渺小无力。这表明赫尔岑虽然对克鲁齐菲尔斯基这样的人物表示同情,但他没有看到当时平民知识分子已经作为新的社会力量正在崛起,没有看到他们的精神潜力。

别里托夫属于当时进步贵族青年的行列,赫尔岑赋予他许多美好的素质,但是,别里托夫的生活是一份"全部失败"的记录。正如他自己所悟到的那样:"我正如……俄国民间传说中的英雄一般,走到了十字路口,叫喊着'这旷野上有没有活着的人呀?'但是终于没有一个活人回答我的呼声……这正是我的不幸!……一个人在旷野中是算不得武士的……所以我丢弃了这个旷野……"别里托夫的生活之所以是一份失败的记录,主要是由于贵族社会的生活方式和教育把他培养成缺乏实际能力的人。他受的是"隐遁式"的教育。他的母亲和日内瓦人教师竭力不让他去了解现实,只给他描述生活的理想,"他们不带他到市场里去看看那些追逐金钱的人所造成的乌烟瘴气的场面,却带他去看高贵的芭蕾舞,并且让孩子相信:这就是美,这种动作跟音响的和谐的配合,便是一般的生活"。这种教育使得别里托夫根本不理解现实,在现实面前无能为力。大学毕业后,别里托夫在事务局这个"丑恶肮脏而且非常危险的宦海之中"工作。尽管他"很聪明",也"很热情",但都无济于事。任职三个月过去了,他"依然每天到处饶着无聊的舌头,发疯得像骂亲生老子一般,光是发议论"。被撑出事务局后,出于无事可干,他研究过医学、绘画,但是,不久便冷淡下来,活动的愿望很快便化为乌有。在结束事务局宦海生活后的十年间,别里托夫"什么事都做过",最终落得一事无成。当然,别里托夫所以如此也因为贵族社会根本不希望他干出一番事业来。别里托夫回到俄国,对大都市的生活感到厌倦,来到故乡,想参加选举、任职。可是在贵族的眼里,这就无异于"发疯",接踵而来的是种种阻力。以至于别里托夫突然害怕起来,"好像身上压了一块铁板"。他觉察到自己敌不过这"硕大无朋的官僚",他像一个巨人,"不但会拿起他的普通的石弓打断他的腿,说不定会用彼得大帝铜像台下的花岗石压到他的头上"。别里托夫的出身与教养使他不可能投身于广阔的生活天地。他由于无所事事而成为既无益于社会也没有个人幸福的聪明的废物。他是19世纪俄国文学中又一个"多余的人"的典型,兼有奥涅金和毕巧林的特点。别里托夫的出现大大丰富了19世纪俄国文学中"多余的人"形象的画廊。赫尔岑指出,别里托夫这类形象的出现,既是对俄国社会生活的某种暴露,也是对这种生活的全部秩序的一种抗议。在赫尔岑笔下,很明显,三个主人公的爱情悲剧乃是专制农奴制度整个社会关系的后果,从而回答了"谁之罪"的问题,体现了反专制农奴制的主题思想。

《谁之罪?》在艺术上也很有特色。赫尔岑师法果戈理的批判现实主义创作方法,异常真实地描写了当时俄国社会的现实生活。赫尔岑认为:"每一个独立的时代都在那些和时代有机地联系起来的,受到时代的鼓舞,受到时代所承认的艺术作品中,探讨时代的本质"。[①] 为了揭示时代的本质,他重视典型化。别里托夫的形象是"多余的人"的一些性格特征的概括。涅格洛夫家阴森森的"庄园生活"实际上是俄国整个农奴社会的缩影。克鲁波夫医生向克鲁齐菲尔斯基介绍说:"涅格洛夫一家确是不坏……当然跟一般地主的家庭比起来,也不一定特别好。"在某省城里,地主们和官僚们"有各自的利害,各自的议论,各自的党派,各自的舆论,各自的习惯。而全县的地主或全国的官僚,在这些上又大致是共同的"。如此种种描写都反映出了生活的某些典型方面。

小说结构也有其特色。首先,全书分前后两篇:前篇叙述克鲁齐菲尔斯基来到涅格洛夫家当家庭教师,与柳邦加相爱并结婚;后篇叙述别里托夫和柳邦加之间的爱情,并突出三个青年人的关系。其次,小说中穿插着各色人物的传记,鲜明地烘托出了三个青年人的生活环境与时代气氛。

小说文风尖锐、泼辣,以讽刺、幽默见长,包含明显的政论色彩。卢那察尔斯基说,赫尔岑的小说"都被鲜明的政论火光照耀着"[②]。

赫尔岑把文学创作视为革命活动的一个部分。在他的文学生涯中,赫尔岑主要遵循现实主义创作方法,写下了《谁之罪?》等作品,投入反专制农奴制的斗争中,

---

① 《赫尔岑论文学》,上海文艺出版社,1962年,第4页。
② 卢那察尔斯基:《论俄罗斯古典作家》,人民文学出版社,1958年,第37页。

加强了俄国"自然派",即批判现实主义流派的阵营。别林斯基称赫尔岑是"俄国文学中一位伟大作家"[1],列夫·托尔斯泰不止一次地把赫尔岑同普希金、果戈理、莱蒙托夫、陀思妥耶夫斯基等人并提,认为他是俄国最大的作家之一。[2]

---

[1] 《别林斯基书信选》第2卷,俄文版,国家文学出版社,1955年,第276页。
[2] 《赫尔岑问题研究》,俄文版,苏联科学院出版社,1963年,第324页。

第十章 50至60年代文学

第一节 概 述

社会背景

19世纪50至60年代俄国文学一般指自50年代中叶至60年代末民粹派形成时止。1853年,俄国为争夺近东的控制权,与土耳其、英、法等国进行了克里木战争,1855年俄国战败。战争加重了人民的负担与苦难。同年,专制暴君尼古拉一世去世。俄国人民对于沙皇专制和农奴制度积蓄已久的仇恨像火山一样喷发出来。农民暴动与进步知识界对专制农奴制的猛烈抨击汇成一股势不可挡的洪流。1848至1855年这"黑暗的七年"中那种万马齐喑的局面被打破了。

50年代下半期激烈的阶级斗争是以农奴制经济危机和资本主义的发展为基础的。俄国自30年代以来,越来越多的工厂使用了机器生产,雇佣工人人数不断增加,1860年已接近五十万人。与此同时,国内外贸易也得到发展。铁路、轮船等交通航运事业的兴起也为资本主义经济的发展提供了便利的条件。尽管如此,与欧美资本主义国家相比,俄国资本主义的发展还是相当缓慢的。其根本原因在于封建农奴制度严重地阻碍了生产力的发展。以资本主义方式经营的企业无法获得大批自由雇佣劳动力,农业也几乎处于停滞状态。农民处境日益恶化,不断发生起义。在"黑暗的七年"中,尼古拉一世只是依靠残酷的反动高压政策才勉强维持着奄奄一息的农奴制度。

50至60年代社会争论的中心问题正是农民问题,围绕着这个问题始终进行着两个阵营、两条道路的斗争:一方面是捍卫地主阶级利益的农奴主与自由派,另一方面是为农民利益而斗争的革命民主派。自由派表面看来赞成废除农奴制度,但又害怕革命,害怕能够推翻君主制度和消灭地主政权的群众运动,只希望政府进行自上而下的改良。自由派的主要理论家有康·德·卡维林(1818—1885)、巴·瓦·安年科夫、瓦·彼·鲍特金等。

以车尔尼雪夫斯基、杜勃罗留波夫等人为代表的革命民主主义者是农民利益代表者。他们继承、发扬了十二月党人的战斗精神,主张用革命手段推翻沙皇专制,消灭农奴制。列宁说:"60年代的自由派和车尔尼雪夫斯基是两种历史倾向、两种历史力量的代表。"① 随着以车尔尼雪夫斯基为首的革命民主主义者之投入反农奴制斗争,俄国解放运动进入了第二阶段(1861—1895):平民知识分子或资产阶级民主主义时期。这时,"战士的圈子扩大了,他们同人民的联系密切起来了"②。这一切在50至60年代文学中得到鲜明反映。

克里木战争失败后风起云涌的农民起义和社会上群情激昂的反政府情绪造成了1859—1861年的俄国历史上第一次革命形势。它迫使沙皇亚历山大二世认识到,与其让农民自下而上地获得解放,不如由政府自上而下地解放农民。于是,他在1861年3月3日(俄历2月19日)宣布废除农奴制。

废除农奴制是"封建君主制向资产阶级君主制转变的道路上的一步"③,它为资本主义生产提供了大量的雇佣劳动力。但因为农奴制度的废除在俄国不是通过革命,而是由农奴主实行的,所以伴随着对农民的最野蛮的掠夺,保留了大量农奴制残余,引起农民极大的不满。换言之,俄国在农奴制度废除后,民主革命的任务远未完成,农民反抗从未停止。

1861至1862年间,农民骚动如遍地烽火,抗议农奴制改革这一"骗局",社会上也出现了大量革命传单(《大俄罗斯人》、《致年轻一代》、《告士兵书》),提出推翻专制制度的纲领,民主运动出现了新的高涨。1862年,沙皇反动政权进行反击,逮捕了民主阵营的领袖车尔尼雪夫斯基,查封了进步杂志《现代人》和《俄国言论》,并疯狂镇压农民起义。至此,从1855到1862年的为时七年的民主运动活跃时期结束了,又开始了残酷的反动统治。但这只是暂时的,至60年代末又兴起了新的民主运动——民粹派运动。

50至60年代的杂志活动 废除农奴制前后尖锐的阶级斗争在50至60年代的杂志上得到了直接的强烈的反映。不同政治思想派别的作家们泾渭分明地团结在不同的杂志周围,进行激烈的政治和文学方面的论争。

涅克拉索夫主持的《现代人》(1847—1866)、《俄国言论》(1859—1866)以及赫尔岑在伦敦出版的《北极星》(1855—1868)、《钟声》(1857—1867)等杂志和报纸是50至60年代民主派文学批评和政论的中心。它们在反对农奴制、沙皇专制及资产阶级自由派、贵族保守派的解放运动和文学运动中起了巨大的作用。

---

① 《列宁全集》第17卷,人民出版社,第105页。
② 《列宁选集》第2卷,人民出版社,1973年,第422页。
③ 《列宁全集》第17卷,第96页。

在革命民主派的刊物中，《现代人》杂志占有特别重要的地位。50年代中期，涅克拉索夫先后吸收了车尔尼雪夫斯基和杜勃罗留波夫等人参加杂志编辑部工作，使《现代人》成为当时最先进的革命民主主义者的机关刊物。它继承并发展了文学的"果戈理方向"，尽力团结整个进步的文学界，努力促进革命高潮的到来。

50年代下半期，《现代人》拥有撰稿人屠格涅夫、冈察洛夫、格里戈罗维奇、托尔斯泰等大作家。车尔尼雪夫斯基在该杂志上发表了《俄国文学果戈理时期概观》(1855—1856)、《不是转变的开始吗？》(1860)；杜勃罗留波夫发表了《黑暗的王国》(1859)、《黑暗王国的一线光明》(1860)、《什么是奥勃洛莫夫性格？》(1860)、《真正的白天何时到来》(1860)等论文。他们将文学与现实生活紧密联系起来，通过对文学作品的分析，说明社会现象与问题，宣传革命思想，大大促进了社会意识的觉醒。同时他们大力反对"纯艺术"论，捍卫与发展唯物主义美学思想，指导进步文学运动。在出现革命形势的年代里，贵族自由主义作家屠格涅夫、冈察洛夫等因政见不同相继退出《现代人》。但接着一批民主主义作家如米·叶·萨尔蒂科夫-谢德林、尼·格·波缅洛夫斯基、尼·瓦·乌斯宾斯基等充实了杂志。1861年以后，在《现代人》杂志上发表的文学作品有车尔尼雪夫斯基的长篇小说《怎么办？》，涅克拉索夫的诗作，谢德林的特写，费·米·列舍特尼科夫的长篇小说《波德利普人》(1864)、《矿工》(1866)，格·乌斯宾斯基的特写《遗失街风习》(1866)等。1859年，《现代人》在汹涌的革命浪潮中还增辟了讽刺副刊《口哨》(1859—1862)。涅克拉索夫和杜勃罗留波夫创办《口哨》的用意是想利用诙谐的讽刺小品逃避检查机关的耳目以达到针砭时弊。副刊的主要撰稿人是杜勃罗留波夫，此外涅克拉索夫、谢德林、帕纳耶夫也曾积极为它写稿。《口哨》运用小品文、讽刺诗、讽刺小品、述评等多种体裁对自由派、"纯艺术"派诗人，反动报刊进行了有力的揭露与嘲讽。

沙皇政府一贯对《现代人》杂志进行粗暴而残酷的迫害，书刊审查机构肆意删节、涂改稿件。1862年，杂志编辑和主要撰稿人车尔尼雪夫斯基、米·拉·米哈伊洛夫(1829—1865)被捕。由于涅克拉索夫等人顽强斗争，杂志才得以维持到60年代中期。1866年，在卡拉科佐夫暗杀沙皇未遂事件发生后，政府终于查封了《现代人》杂志。

50至60年代的《俄国言论》是当时另一种有影响的进步刊物。它于1859年在彼得堡创刊。起初杂志没有明确的政治倾向。1860年民主主义者格·叶·勃拉戈斯韦特洛夫(1824—1880)出任主编，1861年德·伊·皮萨列夫(1840—1868)开始为它撰稿，使杂志具有了鲜明的革命民主主义色彩。

《俄国言论》的政论栏和文学评论栏办得特别出色。在该两栏发表文章的除皮萨列夫、勃拉戈斯韦特洛夫外，还有民主派政论家尼·瓦·谢尔古诺夫(1824—

1880)、文学评论家格·瓦·扎伊采夫(1824—1891)等人。当时颇受欢迎的民主主义作家格·伊·乌斯宾斯基、列舍特尼科夫也在文艺栏里发表过特写、中短篇小说。

《俄国言论》坚持与专制农奴制及自由派斗争的立场,是《现代人》的忠实的同盟军。但《俄国言论》有时过分强调科学技术、知识分子的作用,对人民群众的历史作用及革命斗争方式有怀疑。1862年皮萨列夫被捕,受监禁达五年之久,但他在监狱里仍继续为杂志供稿。1866年杂志被查封。

讽刺周刊《火星》(1859—1873)以其民主倾向在60年代拥有广大读者。杂志发行人是诗人瓦·斯·库罗奇金(1831—1875)和画家尼·亚·斯捷潘诺夫(1807—1877)。经常撰稿人有诗人、杂志活动家尼·斯·库罗奇金(1830—1886),诗人德·德·米纳耶夫(1835—1889)等。列舍特尼科夫、格·乌斯宾斯基也常在刊物上发表作品。《火星》用小品文、警句、随笔、短剧、政论性文章、政治漫画等多种形式和伊索式语言评论时政,抨击保守派、官僚制度和反动的书刊审查制度等。

《火星》杂志内容通俗,触及当时俄国社会生活中常见的大事,文风辛辣犀利,受到广大青年知识界的欢迎,发行量在60年代上半期达到了当时创纪录的一万份。高尔基在论及《火星》杂志时曾说:"《火星》的作用是极大的;赫尔岑的《钟声》是使首都的上层社会为之发抖的杂志,而《火星》却传播于下层阶级中而且深入内地"。① 《火星》报促进了《现代人》杂志的革命民主主义思想在外省和下层的广泛传播。

由于《火星》杂志的讽刺锋芒指向产生丑恶现象的社会根源——专制农奴制度,引起了政府和贵族保守派、自由派的仇恨和恐惧,1873年被查封。

50至60年代有两种影响较大的保守派和自由派杂志。这就是《读者文库》(1834—1865)和《俄国导报》(1856—1906)。亚·瓦·德鲁日宁(1824—1864)在他主编《读者文库》期间(1856—1861),竭力反对革命民派的文艺思想,提出"纯艺术"论,认为艺术家应该超脱社会政治生活。但杂志也曾发表过奥斯特罗夫斯基、托尔斯泰、冈察洛夫等人的作品。米·尼·卡特科夫(1818—1881)创办的《俄国导报》在1856至1861年间采取自由主义立场,1862年后走向反动。在它的政论栏里充斥着攻击赫尔岑、车尔尼雪夫斯基等革命民主派的文章。在文艺方面发表了许多"反虚无主义"小说,如亚·费·皮谢姆斯基(1821—1881)的《浑浊的海》(1863),维·彼·克留施尼科夫(1841—1892)的《海市蜃楼》(1864)等。这些"反虚无主义"小说专门"描写高贵的贵族首领、心地善良的心满意足的农夫、贪得无厌的恶棍、坏蛋以及革

---

① 高尔基:《俄国文学史》,上海译文出版社,1979年,第376页。

命怪物"。① 但是,《俄国导报》也发表过谢德林的《外省散记》、屠格涅夫的《前夜》、《父与子》、列夫·托尔斯泰的《战争与和平》、陀思妥耶夫斯基的《罪与罚》等优秀作品。

60年代陀思妥耶夫斯基兄弟发行的《时报》(1861—1863)和《时代》(1864—1865)有自己特殊的立场。陀思妥耶夫斯基宣扬"根基论",要求知识分子和作家"顺从人民",吸取俄罗斯人民最根本的虔诚和忠君的思想,声称俄国不需要革命,需要的是各阶层在教会与沙皇领导下的团结友好,相亲相爱。他这种观点受到《现代人》杂志的严厉驳斥。

这一时期,不受官方审查的、宣传革命民主主义思想的自由俄文刊物只有赫尔岑和奥加辽夫在伦敦创办的《钟声》报和《北极星》丛刊。"《北极星》发扬了十二月党人的传统。《钟声》极力争取农民的解放"。② 这两种刊物在农奴制改革前要求解放农民、给农民以土地、消灭书刊审查制度和肉刑制度,号召全俄人民起来为废除农奴制而斗争。它们强烈抗议沙皇政府对起义农民的残暴镇压,反对沙俄吞并波兰的侵略行径。

俄国的文学杂志在50至60年代发生了很大的变化。它们从以往单一的文艺性刊物变成了包括政治、时事、文艺等多方面内容的综合刊物。它们对俄国内外社会政治生活中的重要现象都做出了自己的反应。杂志的评论部分获得了空前重要的地位。每一杂志都有自己的权威的政论家和文学评论家,他们指导着杂志的方向。因此,杂志的政治倾向与思想面貌比以前更为鲜明。

文学概况

1855年克里木战争失败后,亚历山大二世面对群情激愤的动荡局面,不得不放宽了国内的舆论限制。别林斯基的名字可见诸报刊了,农奴制问题可公开讨论了,文学也随之活跃起来。50至60年代俄国文学在现实主义创作方法完全确立之后,达到空前的繁荣。40年代崭露头角的青年作家,这时进入最成熟的时期,同时又涌现出众多有才华的平民知识分子作家。他们共同为俄国文学的发展做出了重大的贡献。这时期的文学在尖锐激烈的阶级斗争的推动下,紧密联系社会生活,更充分地体现了时代典型的社会矛盾:官僚贵族地主集团对广大人民特别是农民的奴役以及人民群众的反抗与斗争。从创作特点看,40年代"自然派"最常用的风

---

① 《列宁全集》第18卷,人民出版社,第309页。
② 同上书,第18页。

貌素描、特写形式继续流行,长篇小说在过去成就的基础上突起:屠格涅夫的《罗亭》(1856)、《贵族之家》(1859)、《前夜》(1860)、《父与子》(1862),冈察洛夫的《奥勃洛莫夫》(1859),车尔尼雪夫斯基的《怎么办?》(1863),托尔斯泰的《战争与和平》(1863—1869),陀思妥耶夫斯基的《被欺凌与被侮辱的》(1860)、《罪与罚》(1866)、《白痴》(1868—1869)均发表在这一时期。诗歌在一度沉寂后,在涅克拉索夫和一批民主主义诗人的创作中达到了新的高度。戏剧方面,奥斯特罗夫斯基继承并发展了果戈理的传统。由于 50 至 60 年代作家立场世界观各异,把握现实的角度不同,个性不同,使现实主义创作呈现出种种不同倾向与特征,形成了丰富多彩的局面。

50 至 60 年代文学有以下一些特色:

首先,随着解放运动的深入,平民知识分子的大量出现引起作家社会构成的变化和文学主题进一步民主化。与 40 年代"自然派"文学相比,这一时期对农民的描写明显超过了对城市平民的描写。革命民主主义诗人涅克拉索夫在《被遗忘的乡村》(1855)、《大门前的沉思》(1858)、《伏尔加河上》(1860)中满怀深厚的同情描写农民苦难的生活。平民知识分子作家尼·瓦·乌斯宾斯基的许多民俗特写在赤裸裸的真实中揭示农民的极端贫困以及农奴制度给农民带来的愚昧和精神枷锁。值得注意的是,不止民主主义作家关心农民的处境,在这方面有的贵族作家也做出了卓越贡献。如托尔斯泰的《一个地主的早晨》(1856)就深入到农民与地主阶级的阶级关系之中。他不仅像 40 年代作家那样能正确看待农民,而且写出了农民的特殊心理,他们对事物的看法以及由于农奴制关系所造成的农民对地主阶级的根深蒂固的怀疑态度,说明了农民不可能与地主阶级合作。这种描写在 40 年代是没有的。

在改革后,最深刻地表现农民生活的作品首推涅克拉索夫创作达十年之久的《谁在俄罗斯能过好日子》(1866—1876)。这部长诗揭示出 1861 年农奴制废除后,农民仍和过去一样受着残酷的压迫和剥削;在他们的心底酝酿着对统治者的无比仇恨与强烈抗议,他们在努力寻找美好的生活,同时,他们表现出本身有力量去为自己争得美好的生活。《严寒,通红的鼻子》(1864)既描写了农民的贫困,又是对勤劳、勇敢的俄国农民的赞颂,充分表现出革命民主主义诗人和人民之间的密切关系和俄国文学的高度民主性。

很多平民知识分子作家都写了农民的主题,如列舍特尼科夫的《波德利普人》、亚·伊·列维托夫(1835—1877)的《草原随笔》(1865—1867)。他们的作品鲜明具体地描写了农民的痛苦,但他们都没看到人民斗争和民主运动的前景,有时画面过分阴沉,带有悲观情绪。

在改革后,随着时代的发展,作家的笔下陆续出现了雇佣工人的形象,如涅克拉索夫的《铁路》(1864)描写出外打工的农民饱受包工商剥削；列舍特尼科夫的三部曲《矿工》、《格鲁莫夫一家》(1866—1876)和《哪儿好些？》(1868)描写改革前后乌拉尔矿工所受的残酷剥削与压榨，同时写出了俄国文学中最早出现的有反抗性的矿工形象(科尔察金、格鲁莫夫)；格·乌斯宾斯基的《遗失街风习》描写了外省手工业者与工人的悲惨生活。

其次，塑造正面形象是50至60年代俄国社会向文学提出的一项任务。特别是在民主运动蓬勃发展之际，人们感到仅仅果戈理式的讽刺不够了，需要表现新时代人们意识的觉醒，先进人物的思想探索。简言之，需要塑造时代的正面主人公。俄国解放运动第二阶段——资产阶级民主革命阶段的社会活动家是平民知识分子，也正是他们吸引了众多作家的注意力。在改革前，从涅克拉索夫的《萨夏》(1855)开始，陆续出现了很多有关平民知识分子的散文著作，如伊·萨·尼基钦(1824—1861)的《正教中学生日记》(1860)、波缅洛夫斯基的《小市民的幸福》(1861)和《莫洛托夫》(1861)。屠格涅夫被誉为俄国社会思想运动的编年史家，他自50年代下半期至60年代初创作的四部优秀长篇小说《罗亭》、《贵族之家》、《前夜》、《父与子》中反映了俄国解放运动中平民知识分子取代贵族知识分子的过程。他在《父与子》中成功地塑造了一个战斗的民主主义平民知识分子巴扎罗夫的形象，体现了彻底否定旧世界的新的社会力量。接着在车尔尼雪夫斯基的《怎么办？》中出现了新人——富有社会理想的平民知识分子洛普霍夫、基尔萨诺夫、韦拉与时代的最高典型职业革命家拉赫梅托夫的形象。他们相信唯物主义，具有革命民主主义和空想社会主义思想。车尔尼雪夫斯基是一个作家，更是一个革命者，他希望用自己的作品引导广大俄国读者走向革命。他的作品最鲜明地体现出俄国文学与解放运动的紧密联系，说明了19世纪俄国文学在世界文学中独放异彩的思想基础。

在改革后的年代里，人们继续描写平民知识分子，塑造其正面形象，如瓦·阿·斯列普佐夫(1836—1878)的《艰难时代》(1865)、尼·费·巴任(笔名霍洛多夫，1843—1908)的《斯捷潘·鲁廖夫》(1864)等。一般说，这些作品中的平民知识分子都与贵族社会有尖锐矛盾，希望变革社会，但在斗争目标和手段上往往不够明确。这些著作反映了时代的历史特点：民主主义平民知识分子与官僚贵族社会有矛盾与冲突，但他们还没有和人民群众打成一片，只能孤军作战，力量十分单薄。

第三，广泛描写社会生活，揭露社会弊端是50至60年代文学总的特色。在这方面，一些具有民主主义思想但政治态度属于自由主义范畴的贵族或非贵族作家做出了很大贡献。改革前，奥斯特罗夫斯基的《自家人好算账》(1850)、《肥缺》(1855)、《大雷雨》(1859)有力地揭露了俄国商人世界这个"黑暗王国"的愚昧和野蛮。屠格涅夫的四部长篇小说揭露了俄国贵族地主阶级精神生活的空虚及其没落。皮谢姆斯基的《一千个农奴》(1858)暴露俄国贵族与官僚界的丑行。冈察洛夫的《奥勃洛莫夫》则宣判了农奴制度的死刑。这些作家基本属于自由主义阵营，在改革后创作了一些不够完美的作品。如屠格涅夫的《烟》(1867)在批判反动贵族官僚的同时，否定政治运动并攻击政治侨民。冈察洛夫的《悬崖》(1869)有诋毁革命民主主义者的败笔，同时美化封建家长制生活原则。至于皮谢姆斯基的《混浊的海》则更是直接攻击革命民主主义运动。

最后，热衷于道德问题的思考是这时期某些作家的特征。他们特别注意人物细致入微的心理活动。托尔斯泰的三部曲、《一个地主的早晨》、《哥萨克》(1853—1863)都以贵族青年为主人公，刻画他们复杂而又痛苦的精神道德探索过程。而在陀思妥耶夫斯基的《被欺凌与被侮辱的》中则用家长制小市民正直纯洁的道德对比上流社会贵族的腐化与堕落，并着意刻画伊赫缅涅夫一家内心的痛苦、感情之纯洁与真挚，致使杜勃罗留波夫曾批评作者过分醉心于"心理主义"。谢·季·阿克萨科夫(1791—1859)的《家庭纪事》(1856)在18世纪下半期宗法制地主庄园的生活背景上着重描写了一个家族中一些善良的祖辈，同时也刻画了一些为富不仁，虐待农奴致死的农奴主。在改革后的年代里，托尔斯泰面对广大农民群众与统治者的尖锐矛盾，他虽然仍重视心理道德问题，但作品的社会内容大大加强。他的《战争与和平》通过历史事件提出了时代的迫切问题：贵族的社会作用与人民群众在历史中的作用问题。陀思妥耶夫斯基的《罪与罚》和《白痴》在改革后俄国资本主义迅速发展的背景上，揭露整个社会道德沦丧。托尔斯泰与陀思妥耶夫斯基这类作品将细腻深刻的心理描写与广阔的社会生活、重大的社会问题结合在一起，在世界文坛上独树一帜。

从"自然派"到50至60年代，现实主义的巨大胜利及其对专制农奴制社会的无情揭露，引起了反动阵营的极端愤怒。1855年车尔尼雪夫斯基发表《俄国文学果戈理时期概观》，大力肯定别林斯基，并提出"果戈理方向……至今仍是我们文学中唯一强大的，富有成果的方向"。接着，1856年德鲁日宁则发表了《果戈理时期的文学批评和我们对它的态度》一文，攻击别林斯基的现实主义理论，诋毁它是"教诲艺术"论，而自称要建立一种"优美艺术"论，实际就是要求艺术脱离社会、脱离阶级斗争的"纯艺术"论。鲍特金与安年科夫相继发表文章支持德鲁日宁，形成宣扬唯心主义美学的三人核心。这一派把普希金歪曲成超乎社会斗争之上的"纯艺术"论者，以普希金作为果戈理的对立面，实际上大大贬低了普希金著作的社会内容。这场争论实质上是文学究竟要不要为社会斗争服务的问题。在这场争论中，一些进步贵族作家的观点相当矛盾。屠格涅夫虽然同意德鲁日宁的见解，但他又认为果戈理的方向不容全盘否定。托尔斯泰表面看来不能容忍车尔尼雪夫斯基的美学观,但他实际上走在批判现实主义的大道上。

车尔尼雪夫斯基的战友,杰出的批评家杜勃罗留波夫在50至60年代写出了他最优秀的文学评论,如《什么是奥勃洛莫夫性格?》、《真正的白天何时到来?》等。无论是促进社会意识的觉醒还是推动现实主义文学的发展,它们都具有不可磨灭的功绩。

50至60年代俄国处于尖锐激烈的阶级斗争中,文学批评积极干预生活,充满战斗性。由别林斯基至车尔尼雪夫斯基与杜勃罗留波夫的革命民主主义美学与文学批评为现实主义,为文学的崇高社会职责而斗争,其成就在19世纪文学批评史上享有崇高地位。

小说　50至60年代在散文领域中最引人注目的是屠格涅夫、车尔尼雪夫斯基、冈察洛夫、托尔斯泰等杰出的批判现实主义作家。还有一些平民知识分子作家也为俄国进步文学的发展做出了卓越贡献。

平民知识分子　50至60年代平民知识分子不仅是俄国解放运动第二阶段的主要社会活动家,同时他们在文学中的作用也是很重要的。一批平民知识分子作家在文学领域的大量而艰苦的工作,影响了俄国的社会政治生活,推动了文学的前进。

平民知识分子作家们大都出身贫寒,经历曲折,经受过饥饿、屈辱、剥削的痛苦,充满了对旧社会的批判精神。他们把文学创作当作向人民说明严酷的真理、唤起人民觉悟的有力工具。沙皇政府用监禁、流放、苦役等手段残酷地迫害、摧残这些平民知识分子作家。书刊审查机关肆意删改和查禁他们的作品。他们常常过着无处栖身的流浪生活,被迫经常变换职业,备受贫病的折磨。许多平民知识分子作家只活了三十岁左右。正如高尔基在评论波缅洛夫斯基、列维托夫等人时所说的那样,他们天才的花朵"没有来得及开放,就凋谢了"[①]。

50至60年代平民知识分子作家站在劳动人民的立场上,不加粉饰地反映严酷的生活的真相——人民的贫困、愚昧,受压迫和无权的地位,愤怒地批判人剥削人的社会制度。他们把市民、工人和农民生活等许多新的题材引进了俄国文学,在自己的作品中提出了取消农奴制、消灭人与人之间的不平等关系、争取妇女解放、改革教育制度等迫切的社会问题,塑造了平民知识分子的"新人"形象,在语言、体裁等艺术技巧方面做了许多工作。平民知识分子作家们的创作为后来的苏联无产阶级文学的发展提供了宝贵的经验。

---

① 《19世纪60年代民主派作家的散文》,俄文版,高等学校出版社,1962年,第7页。

这一时期的平民知识分子作家队伍可进一步分为两支。一支是以车尔尼雪夫斯基为首的小说家队伍,其中有波缅洛夫斯基、尼·乌斯宾斯基、格·乌斯宾斯基、列维托夫、列舍特尼科夫等;另一支是以涅克拉索夫为代表的民主派诗人的队伍,其中有尼基钦、米哈伊洛夫、库罗奇金兄弟、米纳耶夫等。

尼·格·波缅洛夫斯基(1835—1863)是彼得堡郊区一个教堂执事的儿子。他的短促的一生有一半时间是在神学校里度过的。神学校的呆板、野蛮的制度和压抑、窒息的气氛激起了他对暴力、邪恶的仇恨和自发的反抗,促使他进行独立思考,批判地分析周围的事物。

波缅洛夫斯基特别喜爱车尔尼雪夫斯基和杜勃罗留波夫等革命民主主义者在《现代人》杂志上发表的论文和文艺作品。他在给车尔尼雪夫斯基的信中写道:"……我是您的学生,我是因为读了《现代人》才确定了自己的世界观的。"①

1857年,波缅洛夫斯基从神学校毕业,从此进入文学界。1861年,《现代人》杂志刊登了他的成名作——中篇小说《小市民的幸福》和《莫洛托夫》。1862至1863年他又发表了《神学校特写》。

波缅洛夫斯基在从事紧张的文学创作的同时,还积极参加社会政治活动。1860年起,他在彼得堡工人区的星期日学校里授课,热情地向工人们传授知识,表现了出色的教育才能。1861年他参加了彼得堡大学生的示威游行。1862年,反动势力日益猖狂,政府关闭了工人星期日学校。1863年10月,波缅洛夫斯基在忧郁和失望中病逝。他的许多创作构思都未能实现。

中篇小说《小市民的幸福》和《莫洛托夫》被认为是两部曲。它们是60年代俄国文学中两部最早的以平民知识分子为主人公的篇幅较长的作品。两部曲描写小市民出身的平民知识分子的觉醒过程和为寻找自己的位置所做的努力。莫洛托夫大学毕业后,给贵族地主奥布罗西莫夫当秘书。起初,他被地主"彬彬有礼"的态度所蒙蔽,把他们一家人当作自己"那一伙人",心甘情愿地为他们效劳。但是,生活使他懂得了,他在地主眼里只不过是等待施舍的"干粗活的平民",地主对他的伪善只是为了"拴住他",更好地使唤他。于是,莫洛托夫怀着对贵族地主的仇恨忿然离去。此后十年他"漫游俄罗斯,换过许多工作","拼命挣扎",靠"诚实的劳动"和"适应环境"成为社会上一个"自立的人"。他积蓄了一万五千卢布,并在"比巴扎罗夫更为'彻底的'虚无主义者"②切列瓦宁的帮助下,经过抗争,与恋人娜佳结合,为自己营造了一个舒适的窝,得到了"小市民的幸福"。作品表达了作者对社会制度的

---

① 《波缅洛夫斯基》(两卷集)第1卷,俄文版,文学出版社,1965年,第12页。
② 《高尔基全集》第25卷,俄文版,国家文学出版社,1950年,第346页。

不满和要求变革社会现状的愿望。

两部曲在艺术上继承了屠格涅夫的抒情格调和果戈理的讽刺手法,同时也显示了波缅洛夫斯基在风景素描方面的才能。车尔尼雪夫斯基给这两部中篇小说以很高的评价。

波缅洛夫斯基的《神学校随笔》也是 50 至 60 年代文学的重要作品之一。它具有同时期其他描写神学校生活的作品所没有的特点,即叙事真实,人物形象鲜明,概括力强。《神学校随笔》取材于作者的亲身经历。作者遵循现实主义的创作原则,始终立足于事实的土壤,不作任何杜撰和臆造,准确而简洁地叙述了神学校师生各式各样生动而逼真的典型形象,向读者展示了一个前所未知的令人窒息的世界。

教师对学生的侮辱、粗暴的体罚、死记硬背、灌输神学迷信、压制进步思想——所有这些神学校教育的弊端同样也是当时俄国世俗学校教育的症结,在波缅洛夫斯基笔下暴露无遗。《神学校随笔》批判的不仅是俄国的教育制度,而且是整个沙皇俄国,波缅洛夫斯基明确指出:"生活中也是那样一所神学校。"

《神学校随笔》也真实地反映了平民知识分子的思想成长过程。统治者们的思想奴役引起了学生们的反抗,善于思考的学生把每一堂课都看作是企图强行控制他们头脑的敌意行为。他们在教科书中发现了许多荒诞无稽的东西,逐渐地培养了自己的分析批判能力,这也正是神学校里何以能出现杜勃罗留波夫式的天才人物的原因。

波缅洛夫斯基的作品时代感很强,提出了当时人们关注的种种问题,如平民与贵族的关系、平民知识分子的使命、"小市民的幸福"、妇女解放等。他在塑造人物形象时注意避免人物性格的公式化,较成功地塑造出了莫洛托夫、切列瓦宁、娜佳等性格各异的平民知识分子形象。在他的作品中有对事件和人物的客观描写,也有热烈的抒情、辛辣的讽刺和严厉的批判。形象描写与政论谈话浑然一体,体现了俄国文学积极干预生活的传统。他的作品长期被沙皇政府定为禁书。

波缅洛夫斯基的创作对 60 至 70 年代民主文学及以后的俄国文学的发展产生了积极的影响。高尔基曾经说过:"有三位作家——波缅洛夫斯基、格·乌斯宾斯基和列斯科夫——各自以不同的方式影响过我对生活的态度。可能波缅洛夫斯基对我的影响要比列斯科夫和乌斯宾斯基更强烈……"[①]

费·米·列舍特尼科夫(1841—1871)出生在西伯利亚的叶卡捷琳堡一个邮差的家里。他从小寄居在亲戚家中,生活很苦。1859 年中学毕业后,在叶卡捷琳堡、比

---

① 《高尔基全集》第 25 卷,俄文版,国家文学出版社,1950 年,第 348 页。

尔姆等地任小官吏，同时，开始从事文学创作。他初期的主要写作体裁是特写。1864年，列舍特尼科夫在《现代人》杂志上发表了成名作中篇小说《波德利普人》。从此便成为《现代人》杂志的经常撰稿人。1866年在反动浪潮加剧的情况下，他又接连写了长篇小说《矿工》、《格鲁莫夫一家》、《哪儿更好？》。艰苦的生活、紧张的创作活动和沙皇政府的迫害严重地损坏了列舍特尼科夫的健康，他去世时只有三十岁。

《波德科普人》反映了农奴制改革后乌拉尔一带的城乡生活。波德利普村是一个只有六户贫困人家的偏僻农村。农民们遭受沙皇政府与教会的残酷剥削，过着牛马不如的生活。饥饿磨灭了他们的智慧。他们迷信、愚昧，对生活感到厌烦。皮拉是一个聪明、善良、强壮、能干的农民，但他也无法使爱女阿普罗斯卡免于死亡。穷苦青年瑟索伊科体弱多病，在心爱的姑娘阿普罗斯卡死后，再也不愿按老样子生活下去。他和皮拉等人离开了村子。他们四处流浪，受过殴打、遭到监禁、干着力不胜任的繁重劳动。最后，当了纤夫的皮拉和瑟索伊科在一次事故中丧生。他们至死也没有找到可以安居乐业的地方。然而，在为自身生存的斗争中，波德利普村的青年一代变得聪明起来。皮拉的儿子巴维尔和伊凡感到自己的"脑袋越来越爱想事儿"。他们渐渐地学会了识字，见识也越来越广。他们进了工厂，当上司炉，开始了新的生活。

《矿工》、《格鲁莫夫一家》和《哪儿更好？》三部长篇小说都是描写乌拉尔地区工人生活的。

《矿工》和《格鲁莫夫一家》分别以矿工托克勉卓夫和格鲁莫夫的家史为基础，反映了资本主义在俄国几十年的发展史。小说描绘了工人们在长官、工头、工贼们的欺凌下痛苦悲惨的生活画面，控诉了资本家和沙皇政府对工人的残酷剥削和无情压迫，记录了工人们的自发反抗并歌颂了自觉地为阶级利益而斗争的先进工人。

《哪儿更好？》通过改革后一些觉悟较高的雇佣工人寻找"好地方"的经历，广泛描写了乌拉尔的工厂、盐井、金矿、铁路工地和彼得堡的夜店、酒馆、市场等地。农奴制改革后，雇佣劳动工人数量剧增，工人失业机会增加，工资减少，女工们的处境更为悲惨。反抗资本家的自发群众斗争经常发生。以彼特罗夫和科洛瓦耶夫为代表的先进工人不畏强暴，组织工人罢工，引导工人正确地理解社会。越来越多的工人认识到："对富人来说，什么地方都好；而对穷人来说，什么地方都不好。"

列舍特尼科夫是俄国文学史上最早描写工人生活的长篇小说作家之一。谢德林认为他的《波德利普人》、《哪儿更好？》等作品体现了俄国小说界的"富有成果的转变"。他满怀同情和热爱，成功地塑造了许多农民、纤夫、工匠和工厂工人的形象。列宁把他的瑟索伊科当作全体贫困的俄国人民的代表。[①] 列舍特尼科夫善于逼真地刻画劳动者的生活环境、心理变化和工人群众的劳动与斗争场面。他的作品语言通俗、鲜明、富有表现力。但是结构比较松散,叙事有些冗长,有时过多地描写风俗图景,这些都有损于作品的艺术水平。

诗歌 50 至 60 年代是涅克拉索夫创作硕果累累的时期。在他的带动下出现了一批优秀的平民知识分子诗人,其中有伊·萨·尼基钦(1824—1861)、米·拉·米哈伊洛夫(1829—1865)、尼·斯·库罗奇金(1830—1884)、瓦·斯·库罗奇金(1831—1875)、德·德·米纳耶夫(1835—1889)等。他们团结在涅克拉索夫的旗帜下,用诗歌与旧制度进行无畏的斗争。

1856 年涅克拉索夫在他的著名诗作《诗人和公民》中欢呼革命情绪的高涨,呼吁诗人"你可以不作诗人,但是必须作一个公民",你要"为了祖国的光荣,为了信念,为了爱而去赴汤蹈火"。这首诗成了民主派诗歌的宣言。民主派诗人像涅克拉索夫一样,坚决反对"纯艺术"论。他们在自己的诗歌中尖锐地提出社会问题,反映阶级对立,如尼基钦的《纤夫》(1854)、《耕者》(1856)、《裁缝》(1860),米纳耶夫的《东方使者的童话》(1862)。他们创作了大量诗歌呼唤革命风暴的到来,有的在当时不能发表,则以手抄本形式广为流传,如米哈伊洛夫的《朋友们,鼓起勇气,不要失掉信心》(1861);瓦·库罗奇金的《双头鹰》、《地主使我们窒息好久了……》;尼基钦的《我们的时代在可耻地死去……》、《弟兄们,我们肩负着沉重的十字架……》。

民主派诗人很注意欧洲进步诗人的作品。瓦·库罗奇金翻译的法国诗人贝朗瑞的革命诗歌,米哈伊洛夫翻译的海涅的政治讽刺诗,在当时都起了很大的社会作用。

民主派诗人的创作深入人民的生活。克鲁普斯卡娅曾回忆道,列宁和她很熟悉他们的诗歌。

50 至 60 年代在俄国诗坛上还有三位著名贵族诗人。他们是丘特切夫、费特和迈科夫。他们各自以独特的创作为俄国诗歌的发展做出了贡献。

费·伊·丘特切夫(1803—1873)是普希金的同时代人。他十四岁时就在诗坛上初露头角。自 1822 年起他作为外交官在国外生活达二十多年之久。30 年代,在普希金主办的《现代人》杂志上发表过诗作。40 年代回国后一直任书刊审查官。他的文学创作的极盛时期是 50 年代。1854 年出版第一本诗集,受到普遍的好评。但他的诗歌在他在世时始终未能广泛流传。1873 年他在彼得堡附近的皇村逝世。

丘特切夫是一个抒情诗人,留下约四百首抒情诗。他以擅长写景著称。涅克

---

① 《列宁全集》第 2 卷,人民出版社,第 274 页。

拉索夫说他能够"生动地、优美地、真实可靠地表现大自然",抓住"它的最细微的、不可捕捉的线条和神韵"。[①] 他在《初秋的日子》(1857)一诗中写道:

  初秋的日子啊,
  那短暂而美妙的时光——
  白昼水晶般的清澈,
  傍晚又是那么明朗……

  在那镰过麦倒的地方
  如今已是空阔又宽广,
  只有蜘蛛网上的纤纤细丝
  在悠闲的垄沟里闪闪发亮……

  这首诗很受托尔斯泰赞赏。在丘特切夫笔下,对大自然的描写往往成为人的内心感情的抒发,达到了情景交融的境界(《夏日的黄昏》1828;《春水》1830;《秋天的傍晚》1836)。他的爱情诗真实地传达了恋人的真情实感,细腻入微,为现实主义佳作(《叶尼西耶娃组诗》;《最后的爱情》,1852—1854 年间;《给 Б.》,1870)。

  丘特切夫的诗篇又时常表现出他由于深感俄国社会面临一场可怕的事变而流露的一种惊恐不安的情绪(《像海洋包围地球一样》,1830;《昼与夜》,1839;《诗歌》,1850)。这也反映了俄国历史转折时期没落阶级的情绪。但有时他的诗中也会响起斗争的调子(《两个声音》,1850)。

  丘特切夫还是俄国哲理抒情诗的代表。在这类诗歌中表现出他深受德国唯心主义哲学(谢林)的影响,如宣扬万物有灵、外部世界与人的内心是同一的等思想(《大地依然愁容满面》,1836;《大自然不像你想的那样》,1836;《青灰色的暗影融会在一起了》,1836)。值得注意的是,在丘特切夫的哲理诗中,思想是通过生动的艺术形象,而不是赤裸裸地表达出来的。

  丘特切夫在写诗的艺术技巧方面有许多创新。他广泛而贴切地运用对比、对照、拟人、比喻、象征等多种表现手法。他常常打破经典诗的格律,追求能够表达思想的最佳的节奏、分段和音韵。他的诗格式多样,尤以简洁著称。他的四行诗是俄国四行诗的典范。

  因为丘特切夫力求艺术地表现浪漫精神,喜爱运用象征的手法,所以被后世奉为俄国象征派的鼻祖。

[①] 皮加列夫:《丘特切夫的生平和创作》,俄文版,苏联作家出版,1962 年,第 187 页。

费特、迈科夫是著名的"纯艺术"派、"唯美派"诗人,他们的诗表现了在50至60年代尖锐的阶级斗争形势下企图逃避现实的倾向。这派诗人由鲍特金、安年科夫、阿·格里戈利耶夫(1822—1864)等唯心主义理论家集中地表述了他们的美学理想。"纯艺术"派诗人们把现实和艺术对立起来,反对艺术反映苦难的现实。他们的诗题材狭窄,基本限于描写大自然、爱情和艺术,诗人本身的内心世界是他们的主要描写对象。但当他们在力求真实地反映人的内心感受、思考人与自然的关系、艺术的使命等问题时,有时会不自觉地走出了"纯艺术"的小天地,写下了具有现实主义气息的作品。

"纯艺术"派的诗人们往往具有较高的文学艺术修养和写作技巧。他们的创作风格各不相同,都有自己的特点。

阿·阿·费特(父姓宪欣,1820—1892)是"纯艺术"论最坚决的拥护者,很早就开始从事诗歌创作。1840—1845年间,费特受果戈理、别林斯基等民主作家的影响,思想倾向进步。1854年后在军队服役达十三年之久,军队的环境和个人的遭遇使他性格转而内向,政治立场逐渐变得保守和反动。1859年,他终于同《现代人》杂志决裂。费特于1856年出版的诗集得到德鲁日宁和鲍特金的高度评价。从农民革命呼声高涨的1862年起,直到70年代末,费特未曾发表过诗作,他沉湎于庄园地主的生活,常在《俄国导报》上发表文章,维护地主权利。80年代,费特又回到诗坛,于1883至1891年间连续出版了四册诗集,总称《黄昏的火》。这一时期,他作为古罗马诗的翻译家和独特的抒情诗人,获得了前所未有的声誉,成了丘特切夫和涅克拉索夫逝世后俄国最重要的诗人。

费特说过:"我无论如何也不能理解,艺术能对美以外的什么事物感兴趣"。[①] 他赞成灵感支配写作的观点,反对诗歌去表现人民的苦难,认为悲哀无论如何不能产生灵感。费特只写抒情诗,他所歌颂的始终是艺术、爱情和大自然的美。尽管费特竭力回避现实世界,但是他在歌颂大自然,描写内心感受时,却继承了普希金抒情诗中的现实主义因素。

费特的抒情诗以俄国文学史上前所未有的手法,细腻准确地表达了人们感受的瞬息间的情绪和思想状态。他受绘画艺术中印象派的启发,力求用大量的实体世界的生动的细节,用听觉、视觉和嗅觉等多方面的感受创造出有整体感的统一的画面,传达出心灵的活动(《我前来问候》,1843;《轻轻的耳语,羞涩的呼吸》,1850;《又是五月之夜》,1857等)。费特对美的表现异常敏感,他的诗格调高雅,意境优美。这些特点在他的以古希腊、罗马为题材的诗中表现得尤为显著(《酒神节的女

---

① 《19世纪后半期的俄国文学史》,俄文版,教育出版社,1966年,第350页。

子》,1843;《狄安娜》,1847)。

费特的诗歌音乐性很强。他讲求用词的声音效果、韵律的优美、节奏的变化。他的诗常如一首旋律,生动地传达出人物内心的情感和言外之意。因此,俄国音乐家柴科夫斯基(1840—1893)称费特为"音乐家式的诗人",并多次为他的诗谱曲。

阿·尼·迈科夫(1821—1897)在青年时代接近过别林斯基和彼特拉舍夫斯基小组,受过先进思想的影响。40年代,他创作的《两种命运》(1845)、《玛申卡》(1846)等长诗属于"自然派"的作品。别林斯基很称赞他的《玛申卡》。

50至60年代,迈科夫转向右倾。在克里木战争时期,他发表诗集《1854年》,支持沙皇在战争中的立场。后来,他还在《图画》(1861)一诗中杜撰农民欢迎沙皇改革措施的虚假场面。

这一时期,迈科夫的创作更多地取材于古希腊、罗马和古代罗斯。他描写和歌颂古希腊、罗马的大自然和艺术的美,他站在保守的立场上把古代国家制度当作自己的理想,用来对抗新兴的资本主义浪潮。别林斯基曾指出,偏爱古希腊、罗马是迈科夫身上贵族因素的表现。

但高涨的社会运动和强大的现实主义文学潮流对迈科夫的创作也产生了一些明显的影响。他在《夏日的雨》(1856)中写下了充满生活气息的诗行:

"金豆儿,天上落金豆儿了!"
孩子们追逐着阵雨叫喊……
"行了,孩子们,快把它们拾起来,
它们变成了谷粒儿——金光灿灿,
正好用来装满喷香的粮仓。"

他的许多风景抒情诗,如《春天,打开外层窗户》(1854)、《刈草》(1856)、《林中》(1870)等,形象而真实地描绘了俄国农村的风光。这是迈科夫诗作的最宝贵的部分。

迈科夫善于在抒情诗中平静地、逼真地描写自己的每一个印象。如果说费特的诗着力把对外界的每一个印象都变成内心情感的话,那么迈科夫则恰巧相反,他尽量生动、具体地表现他得自外界的印象。因此,他的诗充满了优美的栩栩如生的形象。他的抒情诗表述准确,结构匀称,语言华美。

迈科夫还有一些诗描写和歌颂俄国历史上的杰出人物,如彼得一世(《他是谁》,1858)、涅夫斯基(《1263年的戈罗杰茨城》,1875)、伊凡四世(《在伊凡雷帝灵柩前》,1887)等。

"纯艺术"派诗人的诗歌语言比较优美,但大多宣传保守思想,回避人们关心的时代的迫切问题,所以不受当时读者的欢迎。例如,费特在1863年出版的诗集过了30年还没有售完;而与此同时,涅克拉索夫的诗集却一版再版,在青年读者中广为流传。

费特和迈科夫虽然竭力提倡"纯艺术",但在实际创作中,却时常走出"纯艺术"的圈子,在描写大自然、表达微妙细腻的内心情感、诗歌形式等方面都有新的开拓,丰富了50至60年代俄国的诗歌创作。

戏剧解放运动的新发展,文学中其他领域的成就以及车尔尼雪夫斯基、杜勃罗留波夫等革命民主派的文学批评活动,促进了50至60年代俄国戏剧创作前所未有的繁荣。涌现出一批杰出的剧作家。其中最主要的有奥斯特罗夫斯基、苏霍沃-科贝林、阿·康·托尔斯泰等。他们继续果戈理的传统,建立起了俄国民族戏剧。

由于奥斯特罗夫斯基等戏剧家的努力,30至40年代的轻松喜剧被题材多样、思想深刻、形式完美的戏剧所代替。奥斯特罗夫斯基描写俄国社会生活风貌的戏剧为俄国戏剧的发展做出了巨大贡献。苏霍沃-科贝林的讽刺喜剧和阿·康·托尔斯泰的历史剧也都丰富了俄国现实主义戏剧。农奴制、专制制度、爱国主义、妇女解放等时代的重大问题在戏剧里都得到了及时的深刻的反映。戏剧里也开始出现比较真实的农民形象,如皮谢姆斯基的剧本《苦命》(1859)。

亚·瓦·苏霍沃-科贝林(1837—1903)出身贵族家庭。1838年毕业于莫斯科大学。1850年因被怀疑谋杀其法国情妇,涉讼达七年之久,后证明无罪。这段经历使他熟悉并强烈憎恨俄国官场。1854年发表《克列钦斯基的婚事》,演出获得巨大成功。剧本刻画了一个道德堕落的破产贵族,揭露他如何为了能继续其挥霍的生活,耍尽手腕要靠婚事发财致富,而最后败露。故事里的克列钦斯基是一个资本主义兴起时典型的野心家、骗子的形象。但是由于作者缺乏进步的改造社会的纲领,用外省庄园贵族地主作为道德高尚的正面理想,从而降低了作品的思想水平。《诉讼》(1869)矛头指向残酷鱼肉人民的沙皇及其高级官吏,揭露力量是巨大的,因此曾被禁演。但作者又视官僚机构为全体贵族地主阶级、商人、老百姓的敌人,将贵族地主阶级与农民表现为同是官僚机器的受害者,这就抹杀了社会矛盾。《塔列尔金之死》(1869)揭露官场中的人都不是人而是恶魔。剧本运用怪诞的手法,脱离现实世界从而陷于抽象。苏霍沃-科贝林的剧本继承格里鲍耶陀夫和果戈理的传统,语言高度个性化,十分生动,但作者缺乏先进的社会理想,寄希望于善良地主管理下的自然经济生活,这就有了局限。

阿·康·托尔斯泰(1817—1875)出身贵族,40年代开始创作。他信奉"纯艺术"论,50年代写了大量抒情诗。1864年创作了长篇历史小说《谢列勃良内公爵》,描写伊凡雷帝统治时期的社会生活,谴责伊凡雷帝为人残酷,同情大贵族。60年代发表了戏剧三部曲:《伊凡雷帝之死》(1866)、《沙皇费多尔·伊凡诺维奇》(1868)、《沙皇鲍里斯》(1870),谴责专制暴政。三部曲中以第二部最成功,它鲜明生动地刻画了沙皇费多尔的形象。

第二节 杜勃罗留波夫和皮萨列夫

杜勃罗留波夫和车尔尼雪夫斯基一道,在50至60年代领导着进步的社会运动。他的革命民主主义文学批评与政论文无论就战斗性或批评技巧、美学分析来说都堪称俄国批评史中的光辉典范。它们表现了俄国广大农民对封建农奴制的抗议和要求变革现实的强烈愿望。

尼古拉·亚历山大罗维奇·杜勃罗留波夫(1836—1861)出生于下诺夫哥罗德的一个神父家庭。还在神学校读书时,杜勃罗留波夫就表现了强烈的求知欲和惊人的接受能力。少年时代,他已读了大量世界和俄国文学名著,尤其喜爱莱蒙托夫的具有叛逆精神的诗、别林斯基犀利的文学评论文章和赫尔岑的充满哲理的小说。读书使他获得了哲学、历史、文学、自然科学等多方面的知识。

1853年,杜勃罗留波夫考入彼得堡中央师范学院。不久,克里木战争爆发。1855年俄国战败,国家经济状况恶化,社会不满情绪急剧上升。这一切促进了杜勃罗留波夫的思想觉醒。他在学院里组织学生小组,阅读别林斯基、车尔尼雪夫斯基的文章、费尔巴哈的著作和赫尔岑的自由俄罗斯印刷所的出版物,领导进步学生和学校反动当局进行斗争,同时还办过一种手抄报纸《传闻》,登载他自己写的针砭时政的讽刺诗和文章。1856年,当他还是一个大学生时,他就在《现代人》上发表了论文《俄罗斯语言爱好者谈话良伴》,表现出他在思想政治上已很成熟。同年与车尔尼雪夫斯基相识,深受后者赞赏。在车尔尼雪夫斯基的教导下,他的民主主义和社会主义信念更加坚定了。1857年初,他在日记中写道:"我是一个极端的社会主义者"。①

1857年秋,杜勃罗留波夫参加了《现代人》杂志编辑部的工作。1858年开始主持杂志的批评栏。他和车尔尼雪夫斯基、涅克拉索夫等人同心协力,坚持杂志的革命民主主义方向。他写了大量的政论和文学评论文章,指导当时的革命运动,成为革命民主派的精神领袖之一。

杜勃罗留波夫是反对沙皇专制、农奴制和资本主义剥削的英勇斗士,是"痛恨

---

① 日丹诺夫:《杜勃罗留波夫》,俄文版,青年近卫军出版社,1955年,第227页。

专横,热望人民起来反对'国内土耳其人',即反对专制政府的作家"①。他坚信人民革命是确立合理的社会制度的唯一可靠的途径,并把教育人民迎接革命斗争当作自己的任务。

杜勃罗留波夫从革命民主主义和唯物主义的立场出发看待文学艺术。他的文学论文将文学与现实生活紧密联系起来,使文学批评服务于政治,同时系统地论述了美学和文学理论的许多重要问题,大大地丰富了革命民主主义的美学体系。

杜勃罗留波夫在文艺理论、美学方面遵循别林斯基、车尔尼雪夫斯基的传统,继续捍卫并发展现实主义创作方法。他在《俄国文学发展中人民性渗透的程度》(1858)一文中明确指出:"不是生活按照文学理论向前进,而是文学随着生活的趋向而改变……相反的情况是不会有的。要是有时候你似乎觉得,好像生活正按着文学上的见解走,那么这是幻想,这种幻想是由于我们往往在文学中才第一次发现有一种我们所不曾留心,但早已在社会中实现的运动。"②这是革命民主主义美学的基本原则,它贯穿在杜勃罗留波夫的文章中。他提出:文学是通过形象来认识、评价和再现生活的一种特殊形式;因此,"文学作品的主要价值是它的生活真实"。文学不应当粉饰现实,而应当广泛地"把握生活的各个方面",深入地反映"现象的本质",③积极地干预生活,推动人民前进,激起人们对真理和善的向往。

在作家的世界观和创作关系问题上,杜勃罗留波夫充分看到了世界观的重要性,他指出,"一个在自己的普遍的概念中,有正确原则指导的艺术家,终究要比那些知识文化水平不高或向错误方向发展的作家来得有利,因为他可以比较自由地省察他的艺术天性的暗示……那时候现实生活就能够更加明白,更加生动地在作品中反映出来了"④。同时,在反映现实时,一个作家的才能的高低也是要看"作者的眼光在现实的本质里,究竟深入到何种程度,他在他的描写里对于生活各方面现象的把握,究竟广阔到何种程度"。⑤杜勃罗留波夫也看到了世界观与创作间的复杂关系。他认为,对于一个现实主义作家来说,他想说的和他实际所说的二者有时是不一致的。例如,"《死魂灵》的第一部,有些地方,就其精神来说,是和《书简选》颇为接近的",但作品的"总的意义"却"和果戈理的理论见解这样大相径庭"。⑥ 这种现象之所以存在,原因在于,"作者的一般信念……还没有和他的艺术天性从现实

---

① 《列宁全集》第5卷,人民出版社,第290页。
② 《杜勃罗留波夫选集》第2卷,上海文艺出版社,1961年,第130—132页。
③⑤ 《杜勃罗留波夫选集》第1卷,新文艺出版社,1954年,第174页。
④ 同上书,第167页。
⑥ 同上书,第249页。

生活的印象中所提炼出来的东西,达到完全的和谐。"①具体地说,杜勃罗留波夫认为,艺术家与哲学家不同,艺术家十分锐敏,他们有时为外界一种值得注意的特别的东西所震动,这时他们"虽然没有在理论上解释这种事实的思考能力,却会热心而好奇地注意着它,孕育着它,直至最后创作出了典型"。②

杜勃罗留波夫十分重视人民性的问题。他在《俄国文学发展中人民性渗透的程度》一文中声称:"我们不仅把人民性了解为怎样善于描写当地的自然的美丽,运用从民众那里听到的鞭辟入里的语汇,忠实地表现其仪式,风习等等……要真正成为人民的诗人,还需要更多的东西:他们的生活,跟他们站在同一的水平,丢弃阶级的一切偏见,丢弃脱离实际的学识等等,去用人民所拥有的那种质朴的感情去感受一切。"③正因为杜勃罗留波夫坚决捍卫文学的人民性,因此他高度评价柯里佐夫、舍夫琴柯表现农民生活及其思想感情的诗歌。

在分析文学作品的人物形象的同时,杜勃罗留波夫发展了现实主义文艺理论关于典型和典型化的论述。他认为,典型是人们的意识抓住并总结出的现实现象的本质。而要创造典型,艺术家就必须"用他那富于创造力的感情补足他所抓住的一刹那的不连贯,在自己的心灵之中,把一些局部的现象概括起来,根据散见的特征创造一个浑然的整体,看来是不相连续的现象之间找到活的连续和一贯性,把活生生的现实中的纷纭不同而且矛盾着的诸方面在他的世界观的整体中加以融合与改造。"④这里说明,杜勃罗留波夫把典型化的过程看成是作家认识现实的深化过程,从而增加了文艺的认识作用。

杜勃罗留波夫把他的文学批评方法称为"现实的批评"。他认为,批评家"对待艺术家作品的态度,应该正像对待真实的生活现象一样",⑤他应当"以文学作品为依据,解释生活本身的现象,而并不把任何预先编撰好的观念和课题强加在作者身上"。⑥ 杜勃罗留波夫遵循"现实的批评"原则,把对作家创造的形象的美学分析与研究产生这些形象的生活根源联系起来,揭示作品形象的社会意义,引导读者深刻地理解俄国现实,帮助他们得出革命的结论。《什么是奥勃洛莫夫性格?》(1859)、《黑暗的王国》(1859)、《黑暗王国中的一线光明》(1860)、《真正的白天何时到来?》(1860)等四篇论文就是杜勃罗留波夫的"现实的批评"的生动、完整的体现,也是文

---

① 《杜勃罗留波夫选集》第1卷,新文艺出版社,1954年,第268页。
② 同上书,第164页。
③ 同上书,第2卷,第184页。
④ 同上书,第454页。
⑤ 同上书,第1卷,第160页。
⑥ 同上书,第2卷,第262页。

学批评史上的不朽之作。

在《什么是奥勃洛莫夫性格?》一文中,杜勃罗留波夫分析了冈察洛夫的创作特点,称他是"善于把生活现象的完整性表现出来的艺术家",他的作品是"客观的艺术创造"①。这种描写的"魅力"在于将读者引向作者所描写的那个世界,唤醒他的思维,使他总想弄明白这里所发生的一切的含义。但批评家认为这还不足以造成小说巨大的成功。更重要的原因在于冈察洛夫选择了重大的社会题材。杜勃罗留波夫说:"'为艺术而艺术'的信奉者认为"能够非常美好地描写树上的叶子是和例如能够非常卓越地描写人物的性格同样重要……然而,我们永远不能同意,一个把他的才能浪费在工整地描写小叶片和小溪流的诗人,可以和那个善于把同样的才力发挥在——例如说——再现社会生活现象的人,有同等的意义"。②而冈察洛夫的奥勃洛莫夫性格是"解开俄罗斯生活中许多现象之谜的关键"③,这才是小说具有巨大社会意义的根源所在。杜勃罗留波夫的这个观点至今仍保持其生命力。

《黑暗的王国》和《黑暗王国中的一线光明》两篇文章是论述奥斯特罗夫斯基的戏剧的。在《黑暗的王国》一文中,杜勃罗留波夫盛赞奥斯特罗夫斯基"总是把忠于现实生活中的事实放在首要的地位"④。不管作家是否意识到,这真实向人们宣告,俄国社会是一个"黑暗王国","它的社会关系的不正常已经达到极限"。⑤ 在这里,强者可以骄横恣肆,为所欲为,弱者只能受尽欺凌,任人宰割。而这一切又都被视为十分自然,因为在这种社会关系中,一切道德原则、逻辑概念、理性都荡然无存。很明显,杜勃罗留波夫根据"现实的批评"原则,将奥斯特罗夫斯基的作品与现实相对照,说明俄国专制农奴制度之极端不合理,令人不能忍受。如果说,奥斯特罗夫斯基未能在自己的戏剧中向自己的同胞们指出一条出路,那么革命民主主义批评家杜勃罗留波夫在《大雷雨》女主人公卡捷林娜身上看到"黑暗王国中的一线光明",并热烈欢呼俄国专制顽固势力已面临激烈挑战,再也不能继续下去了。

在《真正的白天何时到来?》一文中,杜勃罗留波夫通过总览屠格涅夫的作品,高度评价作家:"我们可以大胆地说,屠格涅夫君在他的小说中,只要已经接触到了什么问题,只要他描绘了社会关系的什么新的方面,——这就证明,这个问题已经在有教养人们的意识中真正出现,或者快要出现了,这个生活的新的一面已经开始露脸,很

---

① 《杜勃罗留波夫选集》第 1 卷,新文艺出版社,1954 年,第 67 页。
② 同上书,第 69 页。
③ 同上书,第 70 页。
④ 同上书,第 173—174 页。
⑤ 同上书,第 207 页。

快就会深刻而鲜明地呈现在大家的眼前了。"①他指出,在《前夜》中,作家描写了社会的困难而痛苦的过渡状态。叶莲娜和为祖国解放事业献身的保加利亚爱国者英沙罗夫的形象反映了俄国新一代进步青年的特点。特别在叶莲娜身上"表现出一种几乎是不自觉的、对新的生活、新的人们的不可阻挡的要求"②。杜勃罗留波夫预言,俄国正面临着反对内部敌人的俄国的英沙罗夫出现的"前夜",因此,人民"不再被人家强力束缚在垂死的过去时代的死尸上"③的真正的白天一定即将到来。

杜勃罗留波夫的这四篇论文不仅深刻透辟地分析了三位俄国作家的作品,发展了现实主义创作和文学批评的理论,而且也启发了读者的社会意识,直接指导了当时的革命运动和文学运动,是革命民主派讨伐沙皇专制和农奴制的檄文。

杜勃罗留波夫不仅是一位杰出的文艺理论家。而且也是一位出色的民主派诗人。他的诗作可分为政治抒情诗和讽刺诗两大类。他的政治抒情诗大胆地抨击沙皇专制制度(《奥列宁墓前悼词》,1855;《尼古拉一世之死的颂歌》,1856),热情地歌颂革命的功绩和为人民服务的精神(《即使我将死去,也不觉悲伤》,1861),表达了极其鲜明而彻底的革命民主派的政治思想(《报纸上的俄国》,1855)。他的这类诗中那种强烈的爱国热忱、铿锵的节奏、朴实而严肃的语言,使人们可以明显地感到十二月党人和莱蒙托夫诗歌的影响。杜勃罗留波夫诗作中的绝大部分是讽刺诗。它们揭露自由主义者、"纯艺术"论者、官方爱国主义等。这些诗大多发表在讽刺杂志《口哨》和《火星》上。

由于杜勃罗留波夫在他的诗中呼唤人民觉醒,号召他们为根本改变社会制度而斗争,所以他的许多诗被沙皇政府定为"禁诗",只能通过地下出版物在革命青年中流传。

早年清苦的生活、紧张繁重的杂志工作、政府和反动文化界的迫害严重摧残了杜勃罗留波夫的健康。1861年12月,他终因患肺结核病久治不愈而逝世。

杜勃罗留波夫一生是短暂的。但是他在哲学、美学、文艺批评方面给人类留下了宝贵的遗产。恩格斯曾称车尔尼雪夫斯基和他是"两个社会主义的莱辛"④。

德米特里·伊凡诺维奇·皮萨列夫(1840—1868)是50至60年代重要的民主主义批评家。他出生于奥廖尔省一个文化修养较高的贵族家庭里,童年时受过良好的家庭教育。在彼得堡大学读书期间,皮萨列夫曾与爱好"纯科学"的学生小组有接触。

---

① 《杜勃罗留波夫选集》第2卷,新文艺出版社,1961年,第264—265页。
② 同上书,第295页。
③ 同上书,第330页。
④ 《马克思恩格斯全集》第18卷,第592页。

1858—1861年间,皮萨列夫主持《黎明》①杂志的书评栏。从他的文章中可以看出别林斯基、车尔尼雪夫斯基和杜勃罗留波夫的革命民主主义思想的强烈影响。

在革命形势达到顶点的1861至1862年,皮萨列夫在《俄国言论》上同唯心主义思想展开了斗争。1862年,他写了一本小册子号召推翻政府和消灭皇族,1862年7月皮萨列夫被捕,在彼得保罗要塞被监禁达四年之久。

皮萨列夫在狱中获准继续写作并发表作品。结果他在被囚禁的四年内写了许多鲜明、有力的文章,仍是《俄国言论》的思想领导者。在车尔尼雪夫斯基被捕和杜勃罗留波夫逝世之后,皮萨列夫成了革命民主派的主要代表人物之一。

1866年11月,皮萨列夫获释出狱。长期的监狱生活摧残了他的精神和身体,他的文学活动出现了暂时的低落。1868年,皮萨列夫应涅克拉索夫的邀请参加了《祖国纪事》杂志的编辑工作。同涅克拉索夫和谢德林的接近重又唤起了他的战斗热情。不幸的是,不久他就在里加海滨游泳时溺水死去。

皮萨列夫的世界观是相当矛盾的。作为政论作家,他是维护唯物主义的英勇战士,坚持通过经验认识现实的观点。他称唯心主义先验论是"病态的幻觉",认为唯心主义是专制农奴制度用来束缚人的工具。但他有时有庸俗唯物论倾向,如只相信实证的知识,轻视一切精神生活的表现。他特别重视自然科学的传播,认为自然科学是击败唯心主义的武器,但又过分强调自然科学的作用,认为它是推动社会发展的动力。皮萨列夫相信革命的暴力,把它比作"被迫发生的凶杀",看到它"所带来的害处"与它"所消除的害处相比,是微不足道的",②相信社会主义必将到来。但他又认为人民缺乏行动的自觉,社会的变革还是要靠民主主义知识分子,靠科学的发展。皮萨列夫虽然缺乏明确的革命纲领,但他在文章中宣传知识的必要性,宣传唯物主义,抨击一切保守落后现象,这就使他在俄国解放运动中起了重大作用。

在文学评论方面,皮萨列夫继承了别林斯基的传统,与车尔尼雪夫斯基、杜勃罗留波夫一起,丰富了革命民主派的文艺批评。皮萨列夫认为,文学应当和生活、解放运动及时代的先进思想紧密相联。他说,真正"有益的"文学家必须了解"他那个时代与人民的最优秀,最聪明和最有教养的代表所关心的……一切"。③ 文学家应当把根除贫穷、愚昧作为自己的任务。他们必须揭露人类的苦难,暴露现实生活中的矛盾。同时,还应当站在人民的立场上,热爱人民,了解他们的爱情与家庭、思想和感情、苦难和愿望,努力展示他们丰富的内心世界,歌颂他们高尚的道德品质。

---

① 《黎明》是19世纪中期在彼得堡出版的一种面向青年女子的科学、文艺杂志。
② 《皮萨列夫》(4卷集)第1卷,俄文版,文学出版社,1955年,LIV页。
③ 《俄国文学史》(中卷),作家出版社,1955年,第696页。

皮萨列夫认为，文学评论"应当说出评论家对文学作品中所反映的生活现象的观点……"①"应当促进、加强和指导小说作品在读者头脑中激起的思维活动"②。文学作品的真实性的程度是皮萨列夫衡量作品艺术性高低的决定性标准。因此，他主张人物的心理描写要真实可信，作品的结构要自然，语言要形象生动。

皮萨列夫热情肯定和赞扬进步的文学作品，在他的文学评论中有很多独到的见解。屠格涅夫的《父与子》发表后，引起一场激烈的争论，甚至一些进步的读者或批评家都认为巴扎罗夫形象是对青年一代的攻击。皮萨列夫为此写了《巴扎罗夫》(1862)、《现实主义者》(1864)等文章，对《父与子》做了肯定的评价。皮萨列夫指出，屠格涅夫以其艺术家的敏感，看到了在青年一代身上产生的新动向。他认为，屠格涅夫小说的主人公巴扎罗夫勇于向旧思想和"权威"挑战、反对调和、接近人民，是民主主义平民知识分子的代表人物，巴扎罗夫冷静，人生态度严肃，轻视幻想，是可以大有作为的。

皮萨列夫高度评价了车尔尼雪夫斯基的长篇小说《怎么办？》(《有思想的无产阶级》，1865)。这在车尔尼雪夫斯基成为政治犯后是需要很大勇气的。他赞扬小说的革命方向，认为拉赫梅托夫是一个成功的真正革命者的形象。皮萨列夫把《怎么办？》一书看作是现实生活中进步民主潮流日益增强的明证。他的评论文章促进了俄国文学中"新人"形象的塑造。这种"新人"带有时代的特点，他们懂得社会的要求，热烈地向往未来，不尚空谈而用积极的行动改造社会。

皮萨列夫正确地评论和宣传波缅洛夫斯基、斯列普佐夫等青年民主作家的作品，使它们在社会上得到了比较广泛的流传。他还写了许多文章，深刻、辛辣地批判反民主的文学作品，指出它们思想上的空虚、荒诞和艺术上的粗陋，反驳了它们对革命民主派的攻击和污蔑。他的《恼人的虚弱》(1865)一文是分析并论证反虚无主义小说在艺术上平庸与拙劣的杰作。皮萨列夫在评论列夫·托尔斯泰、陀思妥耶夫斯基时，也发表了许多深刻正确的见解。

皮萨列夫的文学观点中也有些错误，例如，他认为优秀的文学作品的价值在于传播有用的知识，因而忽视了文学的美学价值。他甚至提出取消美学(《美学的毁灭》，1865)。因此，凡不是直接宣传进步思想的作品在他的眼里也就丧失了价值，所以他基本上是否定普希金的。在论及屠格涅夫、冈察洛夫、奥斯特罗夫斯基等作家时，皮萨列夫也作过一些片面的偏激的论断。但是他的政论与文学活动的主流是他在传播民主主义思想、发展现实主义方面所作的卓越贡献。

---

① 《皮萨列夫》(4卷集)第1卷，俄文版，文学出版社，1955年，第300页。
② 同上书，第3卷，第216页。

第十一章 冈察洛夫

冈察洛夫(1812—1891)是19世纪中叶俄国著名的现实主义作家。他的三部长篇小说《平凡的故事》、《奥勃洛莫夫》和《悬崖》紧密结合现实，真实地反映了农奴制改革前后的俄国乡村生活，在当时就给他带来了巨大声誉。他所塑造的奥勃洛莫夫形象是世界文学宝库中的不朽杰作。

生平与创作

伊凡·亚历山大罗维奇·冈察洛夫于1812年生于辛比尔斯克一个贵族兼商人的家庭。当时，这个地处伏尔加河岸上的偏远省城只有几条寂静的街道。人们面对伏尔加河诱人的自然风光，过着与自然经济时代所差无几的闭塞生活。故乡的宗法制社会风习给童年时代的冈察洛夫留下很深的印象，成了这位未来的风俗画大师创作的重要素材。冈察洛夫回忆自己的早年生活时写道："我觉得，我，一个敏锐善感的孩子，在那时，在看到所有这些人物，这种无忧无虑的生活，这种什么也不干，总躺着睡觉的状态时，已经有了关于'奥勃洛莫夫性格'的模糊的感觉了。"①

冈察洛夫七岁时父亲去世，由教父特列古波夫负责他的教育。特列古波夫是一位有文化的地主，又是一个退伍水兵，在他的教育和熏陶下，冈察洛夫对读书和旅行发生了浓厚的兴趣。1820年至1831年，冈察洛夫先后在贵族寄宿中学和莫斯科商业学校学习。枯燥乏味的商业科目丝毫不能吸引冈察洛夫，他对文学的兴趣有增无减。他阅读了许多俄罗斯和外国古典文学名著，尤其醉心于普希金的诗篇。

1831年，冈察洛夫终于放弃商科学业，改入莫斯科大学语文系。他是赫尔岑的同龄人，与赫尔岑、别林斯基等人同时在大学求学，但他对当时这些先进人士所关心的社会政治和哲学问题很淡漠，而把主要兴趣和注意力集中在文学艺术方面。

1834年，冈察洛夫大学毕业后不久，开始了他长期的公职生活。他先在家乡

---

① 《欧洲文学论集》，江苏人民出版社，1981年，第401页。

辛比尔斯克的省长办公厅任秘书,数月后即去彼得堡,从此在财政部多年,先后当翻译员和科长。冈察洛夫到彼得堡不久,结识了画家尼·迈科夫(1794—1873)。迈科夫一家热爱文学艺术,他们的家庭成了一个特殊的文艺沙龙。对于冈察洛夫来说,沙龙活动是他继续发展文学爱好的良好条件,也是他同文学界保持联系的接触点。30年代末,他的两篇文学试作——中篇小说《癫痫》和《因祸得福》就刊登在这个沙龙的手抄本文集《雪花》和《月夜》上。

40年代中期,冈察洛夫利用业余时间进行文学创作,开始了他久已向往的文学生涯。1846年,他结识别林斯基,受到别林斯基反农奴制思想和现实主义文学主张的影响。1847年《现代人》杂志发表了他的第一部长篇小说《平凡的故事》。

1852年至1854年,冈察洛夫参加了俄国海军中将普佳京率领的俄国舰队的环球旅行,实现了自己周游世界的夙愿。舰队出航的目的是打破日本的锁国政策,窥探中国的虚实,与其他列强争夺权益,插手东方。为要求中国清朝政府开放门户,允许俄国通商,战舰曾先后在广州和上海停留。因而,冈察洛夫成了19世纪俄国作家中第一个到过中国的人。回国后,冈察洛夫以积累的书信、日记等素材整理出两卷旅途随笔,题名《战舰巴拉达号》,于1858年出版。作家在随笔里描写了旅途中的各地见闻,也表达了他对中国海外侨胞生活、中国人民和中国社会的观感。随笔作者对中国人民的勤劳和智慧给予正面评价;对中国人民遭受殖民者的凌辱有一定同情;对英帝国主义者倾销鸦片、侵略中国表示了愤怒和谴责;同时,也对他看到的各种社会弊端发表了个人见解。冈察洛夫在书中还谈到中国当时的太平军起义,但对农民起义予以否定。旅途随笔对亚非各地风土人情的描写真实生动,笔调清新,读来使人有身临其境之感。随笔中虽然流露出作者历史观和世界观方面的弱点或偏见,但整部作品有助于丰富读者的知识,提高读者的鉴赏能力,至今不失为游记中的佳作。

1856年冈察洛夫出任俄国国民教育部首席图书审查官,在担任图书审查官期间(1856—1860),他明显地表现出自己的反对农奴制度的倾向,他支持再版《猎人笔记》,出版《莱蒙托夫全集》和涅克拉索夫的作品。由于与激进的革命民主主义观点格格不入,他建议警告以皮萨列夫为主要撰稿人的杂志《俄国言论》,致使杂志遭到查封。冈察洛夫于1862至1863年担任官方杂志《北方邮报》的主编,1863年至1867年任出版事业委员会委员,1867年退休。

《平凡的故事》出版后不久,童年生活的回忆和重返故乡所得的印象促使冈察洛夫产生了两部新小说的构思,这就是《奥勃洛莫夫》和《艺术家》。1849年冈察洛夫在《现代人》杂志上发表了《奥勃洛莫夫》一书中最先完成的一章《奥勃洛莫夫的梦》,引起普遍赞赏。但因作家公务缠身,小说创作延搁多年,直到1859年农奴制改革前夕才完成全书。小说的发表给作家带来极大声誉。《艺术家》的构思产生于 1849 年，但因时代和作家世界观的变化，这一构思在作家的头脑中几经改变。当它孕育二十年之久，终以《悬崖》为名成书的时候(1868)，已是另一副面目了。

冈察洛夫晚年写了一些短文、随笔和关于老作家的回忆录，如《文学晚会》、《在大学》、《在故乡》、《旧时的仆役》、《记别林斯基的为人》(1881)等。重要的文学评论有《万般苦恼》(1872)和《迟做总比不做好》(1879)。《万般苦恼》是一篇评论格里鲍耶陀夫的《智慧的痛苦》的出色文章。作家热情颂扬喜剧主人公恰茨基，指出他是社会上每个转折时期必将出现的与旧事物斗争的英雄。《迟做总比不做好》是自评性论文。作家在文章中回顾了自己创作三部长篇小说的过程，针对小说引起的社会反应阐述自己的看法和自己的一些文艺观点。冈察洛夫说，他所写的《平凡的故事》、《奥勃洛莫夫》和《悬崖》"不是三部小说，而是一部。它们由一条共同的线索，一种首尾一贯的思想，即是俄罗斯生活从一个时代到另一个时代……的推移，彼此联系着"①。在文艺观方面，冈察洛夫捍卫现实主义，反对自然主义和"为艺术而艺术"。他说："现实主义是艺术最重要的原则之一"②，现实主义的关键是塑造典型，而"如果形象是典型的，它们就一定或多或少地反映出本身生活于其中的时代，惟其如此，它们才是典型的"③。但冈察洛夫在论述艺术创作的形象思维规律时有时过分强调创作的不自觉性和距离说，并且认为只有已定型的生活和已沉积为典型的人物才能成为艺术描写的对象。

1891 年 9 月 27 日冈察洛夫在彼得堡病逝。

长篇小说

《平凡的故事》(1847)是冈察洛夫的第一部长篇小说。19 世纪 40 年代资本主义的发展开始给俄国社会带来资产阶级生活方式、资产阶级人物和资产阶级人生观，它们冲击着传统的贵族庄园文化，与地主阶级宗法制生活方式发生了尖锐冲突。发展的趋势是空虚无聊的宗法制生活习俗为资产阶级求实态度和创业精神所取代，柔弱慵懒的庄园主让位于精明干练的实业家。《平凡的故事》通过发生于这一时期的一件司空见惯的事情表现了这个发展趋势，反映了社会经济生活转变时期文化习俗新旧交替的过程。

---

① 《俄国文学史》(中卷)，作家出版社，1955 年，第 731 页。
② 《古典文艺理论译丛》(1)，人民文学出版社，1961 年，第 181 页。
③ 同上书，第 149 页。

贵族青年亚历山大·阿杜耶夫在外省庄园长大。慈母的宠爱,保姆和仆人的侍候,无忧无虑的田园生活,使他不务实际,不懂世态炎凉,只会耽于美妙的幻想。但是时代不同了,京城的变化给许多人造成施展才能的机会,不断传来人们获得荣华富贵的消息,这刺激了他的梦想。于是,亚历山大·阿杜耶夫产生了开辟人生道路的愿望。他含着眼泪,在亲友的护送下告别家乡,带着浪漫主义梦想来到彼得堡,走上了人生活动的舞台。

一到京城,亚历山大·阿杜耶夫的浪漫主义气质就同彼得堡的生活节奏以及企业家叔父的人生观发生了冲突。他在现实面前一再碰壁。叔父那种否定一切情感与幻想的冷冰冰的态度、恋人的背叛,一步步粉碎了他对于家族感情、"永恒的"友谊与爱情的信念。出版社又退回了他的平庸的创作,截断了他追求浪漫主义诗人的荣誉的去路。当空泛的热情冷却下来,浪漫的幻想破灭之后,他终于顺乎潮流接受了叔父的人生哲学,变得"聪明"、"稳健"起来。十二年后,亚历山大·阿杜耶夫不但在宦途上获得成功,在企业经营上大有建树,而且攀上一门有利的亲事,成了一个腰缠万贯的富翁。

然而,当侄儿遵循叔父的教导功成名就时,叔父却看到由于自己的生活方式,使妻子几乎完全失去人生乐趣,奄奄一息了。这时他才感到自己的生活中似乎缺少什么,但已追悔莫及。

《平凡的故事》通过塑造两个典型人物,描写两种人生哲学,表达了作品的中心思想,表明作家对两种文化习俗的态度。

侄儿亚历山大·阿杜耶夫开始时是宗法制贵族庄园形成的旧风习和旧观念的代表。他多愁善感,吟风咏月,慵懒闲散,想入非非,由于脱离劳动不务实际而把追逐甜甜蜜蜜的友谊,维系缠绵的爱情,以及用华丽的散文和空洞的诗句来表现所谓"崇高、优美"的感情当作生活的主要内容。冈察洛夫通过小阿杜耶夫在现实面前的碰壁以及后来的转变说明这些旧风习已经"成为过去",从而否定了封建农奴制社会的生活道德标准和基础。

叔父彼得·阿杜耶夫,是小阿杜耶夫的对立面,是资本主义关系发展时期出现的企业家典型。他摈弃空谈,摆脱梦想,脚踏实地,精明练达,一心想干一番事业。他主张一切服从理性和物质利益的要求,信奉事业带来金钱、金钱带来个人幸福的人生哲学。遵循这套处世哲学,他五十岁刚出头,已经要当上三品官了,并赚下了可得四万卢布净利的大工厂。但当这些都已到手时,妻子丧失了健康,那看来美满、幸福的家庭也出现了裂痕,痛苦的晚年正在等待这位冷静的官员和稳健的企业家。冈察洛夫对彼得·阿杜耶夫的态度是双重的。作家肯定他的求实态度、实干精神和创业思想,但又对他那种资产阶级的精打细算、冷酷无情有所保留。在小说的尾声中,彼得·阿杜耶夫的妻子因他而患不治之症以及他本人的追悔,表达了作者对资产阶级的冷酷和惟利是图的批判。

冈察洛夫站在有教养的资产阶级一边,通过《平凡的故事》揭露贵族庄园文化的弱点,反映农奴制度在新兴资产阶级的冲击下面临崩溃的命运,抓住了社会生活的本质方面,小说面世后受到进步舆论的肯定。别林斯基写信给朋友说:"冈察洛夫的小说轰动了全彼得堡,真是空前未有的成功……它对于浪漫主义、幻想性、多愁善感狭隘性是多么可怕的一个打击!"①但是别林斯基认为,小说尾声里的亚历山大·阿杜耶夫是"虚假"而"不自然"的,因为,"这样的浪漫主义者,从来不会变成实际的人。"②

《悬崖》(1849—1869)是冈察洛夫的第三部长篇小说。它通过贵族青年艺术家莱斯基回故乡省亲时目睹的一个爱情故事,表达了作品的主题思想。

莱斯基是一个有天分的醉心于绘画、诗歌、雕刻的艺术家。但他意志薄弱,行动懒散,游手好闲,所以半生过去,一事无成,不过是一个社会生活中的空谈家和艺术活动中的浅尝者。莱斯基是作家开始构思小说《艺术家》时着力刻画的中心人物,具有40年代"多余的人"的若干特征。作为当时具有自由主义思想和鲜明个性的贵族青年,形象塑造是成功的。但在小说《悬崖》全部脱稿后可以看出,由于作家构思的演变,这个人物在小说里的独立意义削弱了,他主要在小说结构方面起串连故事情节的作用。小说后半部描写的中心已是女主人公薇拉和"虚无主义者"伏洛霍夫的爱情故事。

伏洛霍夫是由于进行社会主义和唯物主义宣传而被两次流放的政治犯。他聪明、机智,真诚地信仰唯物主义。他以自己"正义"的言词、大胆的思想吸引了内心处于紧张活动之中、正在寻求革新思想的贵族少女薇拉,赢得了她的崇拜。薇拉爱上了伏洛霍夫,经常在"悬崖"下幽会。但是伏洛霍夫又是个"虚无主义者",他把否定旧道德准则变成否定一切,以粗鲁的举动来显示自己与众不同。他为否定私有财产而任意摘别人的苹果,并借钱不还。他蔑视传统道德而主张有限期的爱情和不负担任何义务的婚姻。伏洛霍夫的行为使被幻想和激情灼伤的薇拉清醒过来,她离开了他和"悬崖",去寻求固守旧道德传统的祖母和早已爱慕她的屠欣的保护。屠欣被描写成一个真诚坦率、有教养懂礼貌、能以资本主义经营方式管好产业的理想的工厂主、地主和林业家。

60年代俄国阶级斗争的尖锐化使冈察洛夫世界观中的保守因素加强。他把

---

① 《别林斯基书信选》第2卷,俄文版,莫斯科,1955年,第311页。
② 《别林斯基选集》第2卷,时代出版社,1953年,第483—484页。

官方推行的自上而下的解放农奴看作一项"给俄罗斯带来新生活的伟大改革"①,称改革像一次"救星似的转变","保卫了俄罗斯社会免于停滞和灭亡"②。他视革命民主主义力量为俄国继续前进途中的障碍,而把改革后俄国的希望寄托在资产阶级身上。因而,他在 60 年代初和屠格涅夫一起脱离《现代人》杂志,与民主阵营分道扬镳。这样,写《悬崖》时,冈察洛夫在围绕薇拉命运而展开的"新与旧的斗争"(冈察洛夫语)中对各种社会力量对比关系作了不同于构思《艺术家》时的理解和评价。在小说里,冈察洛夫美化农奴制改革前后的庄园生活和封建宗法制生活原则的代表——祖母的形象,而以浓墨重彩描写平民知识分子身上庸俗的"虚无主义"成分,把他们作为引人坠崖的破坏力量进行揭露,同时把进行资本主义经营的地主和资本家屠欣一类人看作"新力量和新事业"的代表,颂扬他们是俄国"可靠的未来"③。在故事开头作家以同情笔调描写藐视旧统治的薇拉,但在故事结尾,这位散发过新生活气息的女主人公却由于作家的安排背离自己的追求,重新投入祖母——旧传统的怀抱。

《悬崖》艺术上也有明显不足。由于创作时间持续过长,形成作品主题思想不统一,社会背景模糊不清和人物思想面貌的不准确。莱斯基身上"多余的人"特点是 19 世纪 40 年代的产物,"虚无主义"则是 60 年代某些青年身上的特征。但从写作技巧看,《悬崖》有一些不容抹煞的优点。小说情节富于戏剧性,人物心理刻画细致入微,语言流畅而优美,带有个性特点的妇女肖像画描绘得尤其鲜明动人。

《悬崖》出版后,受到不少革命民主主义者的批评。萨尔蒂科夫-谢德林在一篇题为《街头哲学》的论文里说,把伏洛霍夫借钱不还之类"最应受到斥责的人类行为"和"当时为社会所不容许的学说(指革命学说。——笔者)联系起来","是一种极不道德的倾向"④,冈察洛夫的作法是向思考着、探索着和学习着的人们"投掷石子"⑤。

《奥勃洛莫夫》

《奥勃洛莫夫》(1859)是冈察洛夫的代表作。它发表在克里木战争之后、农奴制改革之前。这是俄国废除农奴制呼声最高的年代,因此,作品一问世,就以其鲜

---

① ③ 《古典文艺理论译丛》(1),人民文学出版社,1961 年,第 169 页。
② 同上书,第 163 页。
④ 同上书,(4),1962 年,第 142 页。
⑤ 同上书,第 164 页。

明的反农奴制倾向显示了深刻的社会意义。

冈察洛夫在《奥勃洛莫夫》里塑造了一个腐朽没落的地主的典型——奥勃洛莫夫。他通过深刻揭露这个典型的内在的"奥勃洛莫夫性格"以及形成"奥勃洛莫夫性格"的社会条件,预示了地主阶级、农奴制生活原则和道德基础的必然灭亡。

小说共分四部分,以奥勃洛莫夫的一生为主线。在第一部中,作者详细描写了奥勃洛莫夫的一天。早晨,一个三十二、三岁的地主,穿着宽大的睡衣躺在自己的长沙发上。虽然管家来信谈到收成不好,房东催他尽快搬家,他也感到事情迫在眉睫,需要马上去做,但他的四肢却违背他的意愿,仍然眷恋柔软的沙发,改变不了躺卧和昏睡的"常态"。办事需要花费精力和实际本领,他既懒于起身又不知如何入手,只好在脑海里勾画些不着边际的蓝图以代替实际工作。一整天过去,他还依旧穿着睡衣躺在沙发上。

小说的第二、三部分叙述奥勃洛莫夫不了了之的一段爱情故事。奥勃洛莫夫的友人希托尔兹不忍看着奥勃洛莫夫沉沦,极力挽救他,而后者也在友人的带动下,扔下睡衣,打起领带去访友、赴宴,制定管理庄园的计划。通过希托尔兹的介绍,奥勃洛莫夫结识了少女奥尔迦。奥尔迦和希托尔兹一样,决心感化与带动奥勃洛莫夫,试图把他那消沉、萎靡的性格改造过来。不久,奥尔迦被奥勃洛莫夫善良、单纯的本性所触动,爱上了他。奥勃洛莫夫恋爱了。在奥尔迦的陪伴下,奥勃洛莫夫一度体验到现实生活的美好,看到了它的色彩,变得愉快好动,好似恢复了青春。但这种复苏是表面的。惧怕爱情和婚姻会带来动乱与不安的心理逐渐占了上风,使他在恋爱的道路上犹疑起来。他为自己想象出种种障碍,忽而认为自己不配做奥尔迦的配偶,忽而怀疑奥尔迦爱情的真实性、持久性。终于,当奥尔迦要求他安顿好产业再筹办婚事时,他因害怕和无力担责而诡称生病,逃避会面,糊里糊涂结束了这场恋爱。奥尔迦承认挽救他无效,便离开了他。

小说第四部分继续深化奥勃洛莫夫性格,描写主人公的后半生和他的最后归宿。奥勃洛莫夫同奥尔迦分手后,从他的女房东寡妇普希尼钦娜那奔忙于厨房、贮藏室与地窖之间的身影和那不停的捣、磨、筛的动作中,看到了自己儿时十分熟悉的奥勃洛莫夫卡的生活方式。他觉得这正是向往已久的理想生活。终于,奥勃洛莫夫娶了这位能无微不至地照料他起居的小市民主妇。他穿起她为他补好的睡衣,重新爬上软床,在妻子给他布置的安乐窝里度过了自己的后半生。最后,他由于长年静卧不动,营养太好而发胖、中风,终于在僻静之处的一块墓地里实现了自己的理想——长眠不醒。

通过冈察洛夫对奥勃洛莫夫一生精雕细刻的描绘,人们清楚地看到,在封建农奴制度下,一个上过名牌大学,不乏聪明智慧的人如何在空虚而寄生的生活中堕落至死。小说一开始,出现在我们眼前的奥勃洛莫夫已经是一个慵懒、怠惰的寄生者,只能受人服侍的贵族老爷。他不但不做任何事情,连鞋子也要仆人给穿。他惧怕任何劳动与生活变动,写信和搬家也使他感到无限烦恼。但像其他贵族老爷一样,奥勃洛莫夫也有他的一套农奴主社会心理和人生哲学。当仆人把他同"别人"相提并论时,这大大触犯了他贵族阶级的自尊心,他不禁怒气冲冲地声称,"别人"是"粗人",自己与"别人"不同,生来是受人侍候的"老爷",使唤人的主子。但实际上,这是一个心智发展不健全的人。他虽然已经活到三十多岁,有知识、有文化,却不能理解最简单的事物和做人的道理。因此他只能在空想中逃避现实,或为环境所左右,做他人手中的玩偶,表现出与他的主子地位、老爷身份大相径庭的奴隶式的屈从。他对每个拜访者诉说管理田庄和搬家的苦恼,请求人家帮忙,但由于不能分辨真伪,最终只能成为受管家和塔朗切耶夫之流欺骗的可怜虫。

作者还把主人公放在友谊和爱情生活中进行考验。这是许多俄国作家塑造典型形象的通常手法。奥涅金、罗亭等形象都曾以自己的非凡天分、机智谈吐点燃过追求新生活的优秀妇女的心灵,但只要对方表示有跟他们一同为爱情和事业而献身的愿望时,他们就霎时变成了胆小鬼,退避三舍,躲藏起来。奥勃洛莫夫是无力点燃别人的弱者,倒是别人来引发他身上的光热。但是他在别人的帮助下不过冒了几缕轻薄的烟雾就熄灭了。"奥勃洛莫夫性格"是主人公身上一种不可克服的恶习,一种冥顽不灵的力量。如果说小说第一部侧重通过静态生活展示"奥勃洛莫夫性格"的本质,小说第二、三部就是在运动和发展中描写奥勃洛莫夫,以他的起而复落更深入地揭示了"奥勃洛莫夫性格",说明了它的顽固性。

奥勃洛莫夫与房东太太的婚事和他的死,是完成"奥勃洛莫夫性格"的合乎逻辑的最后一笔。他生无怨恨,死无痛苦,在悄无声息中自生自灭,"就像一只忘了上发条的时钟停摆不走"了。这一结局强有力地说明"奥勃洛莫夫性格"的腐蚀作用,它是足以扼杀一切生机的毁灭性力量。

冈察洛夫认为:性格的形成与人物所处的时代和社会环境紧密相连。对形成性格的环境揭示愈深,性格特点愈鲜明,典型的意义就愈大。所以,作家通过小说第一部中插入的"奥勃洛莫夫的梦"介绍了奥勃洛莫夫的故乡,奥勃洛莫夫的童年和身世,以揭示出"奥勃洛莫夫性格"形成的过程,阐释典型赖以形成的深厚的生活基础。

奥勃洛莫夫在祖传的世袭领地——奥勃洛莫夫卡度过了自己的童年。奥勃洛莫夫卡的人们在这个远离首都一千二百俄里的偏僻庄园过着与世隔绝的宗法制生活,人们的主要生活内容是吃喝和睡眠。在那里,传统的礼仪统治着人生的三幕主要活动——生育、结婚和安葬。世代相传的传说和童话支配着人们的精神世界。

儿童心里充斥着鬼神和狼精的怪影，成人脑中萦绕着稀奇古怪的预兆。奥勃洛莫夫卡就是这样一个停滞的、封闭的、死寂的世界。

童年的奥勃洛莫夫，小伊留沙，原是这死气沉沉的庄园里一枝盛开的鲜花。他活泼好动，有敏锐的观察力和儿童特有的好奇心。但他这些符合天性的素质都受到环境的压抑，受到溺爱他的母亲的压抑。每当他想亲自动手做事时，就会同时听到五个声音阻拦他。人们甚至不允许他下楼梯，在院子里自由跑动。于是，"伊留沙就凄然地呆在家里，好像温室里异国的花卉一样被人爱抚，而且也像后者一样，在玻璃底下慢慢地毫无生气地生长，在找机会向外发展的精力，就闷在里边，逐渐衰颓了"。

小伊留沙的"衰颓"是一个起点，决定了主人公性格的发展方向。中学生的伊留沙因害怕寒暑而经常旷课，大学生的伊里亚失去了学习的兴趣，甚至认为读书是白白浪费笔墨和纸张。这样成长起来的十品官员伊里亚受不住衙门里杂沓的人群，纷乱的公文，终于称病辞职。最后，出现了这个足不出户、离群索居、整日懒散、卧床不起的奥勃洛莫夫。作者的意图是说明，主人公性格发展的各个阶段无一不源于幼时的"衰颓"，"奥勃洛莫夫性格"牢固地植根于俄国农奴制宗法制的生活秩序和习俗。

"梦"是小说里重要的一章，它描写了典型环境并揭示了"奥勃洛莫夫性格"的成因和发展，表现出作家的艺术才能，被认为是俄国文学史上成功的篇章。不过，冈察洛夫在写"奥勃洛莫夫性格"时也有他的不足之处。有时他温情脉脉地突出奥勃洛莫夫善良、纯洁、鸽子一般温柔的本性，甚至让他在宣扬他那套人生哲学时带上几分稚气和真诚。在这些段落中，冈察洛夫给了主人公过多的溢美之词，宣扬了脱离人的社会性和历史发展的抽象人性，同时流露出作家对没落贵族的深厚的同情心。至于奥勃洛莫夫对希托尔兹说过的几句应由希托尔兹说出的有关觉醒的话，那是既不真实又破坏性格统一的。作家本人也认为那些话"失去了性格的完整性"，使"肖像上有了一个斑点"，不如"以不醒的沉睡来结束"更好些。[①]

《奥勃洛莫夫》是剖析封建农奴制社会的腐朽性的一把解剖刀。小说出版后在俄国产生了震动性影响。俄国文学史家斯卡彼切夫斯基说："在改革前三年，当整个文学界宣传反沉睡、反消极、反停滞的十字军东征时，它像炸弹一样落在了知识分子阶层中。"[②]杜勃罗留波夫发表了长篇论文《什么是奥勃洛莫夫性格？》，论述"奥勃洛莫夫性格"的实质、产生它的内外条件以及它的社会含义。他指出，"奥勃洛莫

---

① 《古典文艺理论译丛》(1)，人民文学出版社，1961年，第155页。
② 《奥勃洛莫夫》，俄文版，莫斯科，1960年，第43页。

夫性格"的主要特征是出于"对世界上所进行的一切都表示淡漠"的"一种彻头彻尾的惰性",而"他的懒惰,他的冷淡,正是教育和周围环境的产物"。批评家认为,人们对"奥勃洛莫夫性格"的认识达到这样的深度是社会思想成熟的标志,意味着社会中已"出现了对于真正工作的要求",因而这一性格的出现是"时代的征兆"。①

杜勃罗留波夫在论述"奥勃洛莫夫性格"的时候,同时评价了19世纪50年代以前俄国文学中的"多余的人"形象。他把奥勃洛莫夫和文学界已公认的"多余的人"形象加以对照,指出他们的共性特征,说明所有"多余的人"蜕化的极限是奥勃洛莫夫,虽然因为气质和时代不同,那些人物曾经有过他们闪光的时代,但在需要为废除农奴制而行动和斗争的新时期,他们都已失去了社会作用。

冈察洛夫创造的奥勃洛莫夫形象与世界文学中一系列成功的文学典型并驾齐驱。"奥勃洛莫夫性格"不但是俄国农奴主寄生生活的同义语,而且作为富有更大概括性的典型性格,他超越时代和国度的界限,成了消极懒散、不求进取的代名词。列宁曾说:"俄国经历了三次革命,但仍然存在着许多奥勃洛莫夫……我们只要看一看我们如何开会,如何在各个委员会里工作,就可以说老奥勃洛莫夫仍然存在……"②

小说里奥勃洛莫夫的对立面是希托尔兹。他的出身、教养、性格与活动都和奥勃洛莫夫恰成对比。希托尔兹是工艺技师的儿子,德国血统,自幼好动,惯于独立工作,尊重首创精神,追求可能达到的各种目标,他的活动天地越来越大,直到经营业务范围涉及国外的出口贸易公司。从小说第三部开始,奥勃洛莫夫所珍贵的东西——转到希托尔兹手里:奥尔迦做了希托尔兹的妻子,希托尔兹接管了奥勃洛莫夫的田庄,并带走了他的小儿子,准备培养他沿着自己的道路成长。这些情节安排是为了说明,奥勃洛莫夫及其性格已经成为过去,代之而起的社会力量,胜利者,应当是希托尔兹一类的新兴资产阶级。

冈察洛夫创造希托尔兹形象的意图十分明确,但现实中从未出现过这样理想的资本家,形象缺乏生活基础。因而作家只能靠空泛而枯燥的说教和议论来描写人物,形象塑造得苍白无力。作家自己也承认,这一形象是"不现实的,不是活生生的……""他过于赤裸裸地表现着一种思想"③。

奥尔迦是俄国文学中优秀的俄罗斯妇女形象之一。她既有女性的温柔,又坚强刚毅。她对待生活认真、严肃、独立、自觉,很少受传统道德束缚。她爱奥勃洛莫

---

① 《杜勃罗留波夫选集》第1卷,新文艺出版社,1954年,第71,83,109页。
② 《列宁全集》第33卷,人民出版社,第195页。
③ 《古典文艺理论译丛》(1),人民文学出版社,1961年,第156—157页。

夫时爱得真诚、纯洁、热忱,充满对幸福生活的向往。她看到奥勃洛莫夫的惰性,怀着唤醒与改造他的愿望承担起挽救他的义务,坚持不懈地做下去。最后,当决裂无法避免时,她离开奥勃洛莫夫,但仍继续尽友人的义务。

奥尔迦嫁给希托尔兹后不久,远离社会的宁静使她产生了隐隐的忧郁和无端的烦恼。她的骚动不安是莫可名状的,不是社会性和政治性的,仅是心理和感觉上的。但她不安于希托尔兹给她安排的饱食终日的生活,说明她渴望行动,企图冲破俄国社会令人窒息的气氛。虽然这种向往相当朦胧,但她比希托尔兹更能反映50至60年代进步青年的情绪。

《奥勃洛莫夫》有高度的艺术性,体现了冈察洛夫独特的创作风格。小说的故事简单明了,情节展开从容而自然,通过一个普通地主的平凡的一生,揭示了具有时代意义的重大社会主题。

小说的结构有两个特点。首先,书中有两对互相对照的男女形象:奥勃洛莫夫和希托尔兹,奥尔迦和普希尼钦娜。小说的整个描写就建立在这两组形象的性格对照上。其次,从奥尔迦同奥勃洛莫夫分手开始,小说里出现两条平行发展的故事线索:奥勃洛莫夫的结婚和希托尔兹的恋爱。两条平行线以奥尔迦贯串起来。

在描写现实生活和塑造人物时,冈察洛夫独创性地运用果戈理的典型化手法,达到了新的水平。他以圆熟、细腻的文笔,不厌其烦地描写那些精选出来的琐碎的生活细节,初读时,使人可能产生冗长之感,但当作家用他创造的环境和气氛将读者包围起来,使人不由自主地走进他所创造的世界时,读者就在这个世界里清楚地看到作家提供的生活场景、典型性格、人物的全部外貌和他的整个灵魂,从而给读者留下难以忘怀的印象。屠格涅夫曾说:"纵然到了只剩下一个俄罗斯人的时候,他都会记得奥勃洛莫夫的。"[①]杜勃罗留波夫曾称赞奥勃洛莫夫这一形象丰满、逼真、有立体感。他说:"冈察洛夫的才能的最强有力的一面,就在于他善于把握对象的完整形象,善于把这形象加以提炼,加以雕塑。"[②]冈察洛夫的肖像画描写不但注重细节,而且力求反映出人物的社会性特征。奥勃洛莫夫"苍白毫无光泽的脖子,两只肥胖的小手以及软绵绵的肩膀"说明他贵族的娇弱,希托尔兹"由骨头、肌肉和神经构成的躯体"则显示出新兴阶级刚毅有力的性格。

《奥勃洛莫夫》也和果戈理描写农奴制生活习俗的作品一样,有着悲喜剧结合的基调。当冈察洛夫以轻微的讥讽口吻写到奥勃洛莫夫的懒惰、幻想、天真、无能时,不免使人发笑,但当作家同情被"奥勃洛莫夫性格"吞噬的主人公的整个命运

[①] 《俄国文学史》(中卷),作家出版社,1957年,第758页。
[②] 《杜勃罗留波夫选集》第1卷,新文艺出版社,1954年,第62页。

时,又使他的某些描写在字里行间流露出感伤情绪。

《奥勃洛莫夫》的语言不失冈察洛夫素有的优点,但又独具特色。那就是少辛辣,多幽默,叙述语调平稳,节拍缓慢,对话自然而从容。这些都是与作家描写的农奴制的停滞生活和主人公的消极性格相一致的。

冈察洛夫是普希金与果戈理的现实主义创作方法的捍卫者和继承人。他的长篇小说吸取普希金与果戈理的创作经验,并加以发展,大大丰富了俄国批判现实主义文学的成就。冈察洛夫的创作在某些方面与屠格涅夫相近,如在思想观点上肯定资产阶级文明,否定革命民主主义;在创作上他们的文笔优美,特别擅长描写优秀的俄国妇女形象。当然,屠格涅夫善于创作积极格调的作品,以写转变时期处于萌芽状态的新事物见长,冈察洛夫则以揭露过往时代的古旧风习为主,乐于体现生活中已经固定下来的典型,这又是他们之间的主要区别。《奥勃洛莫夫》是冈察洛夫的最高成就,使作家跻身于俄罗斯散文大师之林。

第十二章　屠格涅夫

屠格涅夫(1818—1883)是19世纪俄国杰出的现实主义作家。他的文学创作活动经历了从30年代到70年代的漫长岁月。他在自己的作品里，特别是在长篇小说中，迅速而敏锐地反映了当时俄国社会政治生活中的重要事件，如同提供了一部完整的艺术性编年史。30年代进步贵族知识分子的哲学小组，60年代的民主运动，70年代的民粹派活动以及俄国人民在农奴制度下和改革后的苦难生活都在他的作品中得到了艺术的反映。因此高尔基认为屠格涅夫给俄罗斯文学留下了一份"绝妙的遗产"。

生平与创作

伊凡·谢尔盖维奇·屠格涅夫于1818年出生在奥廖尔省的一个贵族家庭里。他的童年和少年时代是在离姆岑斯克县城不远的斯帕斯克-卢托维诺沃庄园里度过的。父亲谢尔盖·尼古拉耶维奇是退职军人，母亲瓦尔瓦拉·彼得罗夫娜·卢托维诺娃是个有文化修养，但极为严厉而任性的女地主。她在家中大权独揽，要求周围的人绝对服从她。母亲和其他农奴主的专横与暴虐给少年时代的屠格涅夫留下了阴暗的回忆，引起他早年对奴役和农奴制的憎恨。后来，他在小说《木木》中所描写的乖戾残酷的女地主形象就主要是以自己的母亲作原型的。

童年时代屠格涅夫在家中接受家庭教育。1827年全家迁居莫斯科，他先后在寄宿中学和家庭教师的帮助下完成了中学课程。1833年秋屠格涅夫进入莫斯科大学，一年后转入彼得堡大学，1837年毕业于该校哲学系语言专业。还在大学时代屠格涅夫就对文学发生了兴趣，他不但写过一些浪漫主义诗歌，而且还翻译外国文学作品。诗剧《斯捷诺》(1834，1913发表)就是这时的作品。

1838年5月屠格涅夫出国去柏林大学学习。他在柏林大学主要研究古典语文和哲学，在那里结识了巴枯宁和斯坦凯维奇。1841年回国，1843年初认识了别林斯基，并与他成为亲密的朋友。别林斯基很喜欢屠格涅夫，他曾这样谈及屠格涅夫："同他的谈话和争论满足了我的渴望……如果一个人的独创的、具有特色的意见同你的意见相冲突时能发出火星来，那么碰见这样的人总是愉快的。"①与别林斯基的交往对屠格涅夫的一生都有着重要意义，屠格涅夫早期的社会观点和文学观点基本上是在别林斯基的影响下形成的。正如屠格涅夫后来所说，别林斯基与他的《给果戈理的一封信》是自己的"全部信仰"。

1843年春屠格涅夫发表具有现实主义倾向的长诗《巴拉莎》，别林斯基很称赞其中表现出来的屠格涅夫的"独创的才能"。同年秋天屠格涅夫在彼得堡结识了法国著名女歌唱家波里娜·维亚尔多，并且终生与她一家保持密切关系，这种关系也是他后来常年侨居国外的原因。

1844年屠格涅夫在《祖国纪事》上发表了他的第一篇散文作品——中篇小说《安德列·科洛索夫》。1846年又在涅克拉索夫编辑的"自然派"作家作品选《彼得堡文集》中发表了叙事诗《地主》。1847年，特写《霍尔与卡里内奇》出现在《现代人》上，获得了巨大成功。至此屠格涅夫已彻底走上现实主义道路。

1847年初屠格涅夫去柏林。5月间别林斯基亦到德国养病。屠格涅夫曾和批评家在萨尔茨堡同住，他们一同读书并讨论一些迫切的社会问题。深受别林斯基影响的屠格涅夫在这里写出了《猎人笔记》中最富有批判精神的《总管》。

自1847年屠格涅夫开始为《现代人》撰稿，在上面连续发表了《猎人笔记》中的许多特写。与此同时屠格涅夫还创作了一些戏剧，如《食客》(1848)、《贵族长的早餐》(1849)、《村居一月》(1850)等。他在这些剧本中描写"小人物"所受的不平等待遇，讽刺农奴制社会风习，表现平民知识分子与贵族之间的矛盾。40至50年代屠格涅夫的戏剧与亚·奥斯特罗夫斯基的初期创作为俄罗斯民族戏剧的发展起了重要作用。1852年果戈理逝世，屠格涅夫不顾彼得堡审查机关的禁令，在《莫斯科新闻》报上发表了悼念文章。当局以"违反审查条例"的罪名逮捕了屠格涅夫，在拘留一个月之后又将他放逐到他的田庄斯帕斯克村。实际上屠格涅夫这次厄运的真正原因是因为他写了有强烈反农奴制倾向的《猎人笔记》。在被拘留期间，屠格涅夫创作了中篇小说《木木》，更强烈地批判农奴制。1853年底他获准回到彼得堡，《现代人》为欢迎他重获自由举行了盛大宴会。

50年代屠格涅夫写了一系列以贵族知识分子为主人公的中篇和长篇小说，如《多余人日记》(1850)、《僻静的角落》(1854)、《雅科夫·帕辛科夫》(1855)、《罗亭》(1856)、《阿霞》(1858)、《贵族之家》(1859)。《阿霞》发表后，革命民主主义批评家车尔尼雪夫斯基写了《幽会中的俄罗斯人》一文，论证俄国自由主义贵族知识分子已到了退出历史舞台的时刻。这篇文章引起了屠格涅夫的不满。

---

① 《俄国评论界论屠格涅夫》，俄文版，国家文学出版社，1953年，第481—482页。

几乎整个50年代屠格涅夫与《现代人》关系是密切的。他的上述作品都发表在《现代人》杂志上。但到农奴制改革前夕，民主主义阵营与自由主义阵营在农奴制废除问题上发生了根本分歧，而《现代人》负责人坚定地站在民主阵营一边。结果，1860年10月屠格涅夫正式提出断绝和杂志的撰稿关系。他的《前夜》(1860)、《父与子》(1862)都发表在卡特科夫主持的当时还保持着自由主义倾向的《俄国导报》上。脱离民主主义阵营显然给屠格涅夫以后的创作带来了损害。约从1862年起，俄国反动势力日益嚣张，屠格涅夫因此对于俄国的变革丧失了信心。在他的《幻影》(1864)、《够了》(1865)中响起了人生空虚的调子。1862年后他基本定居国外，与法国杰出作家都德、左拉、莫泊桑、福楼拜都交往甚密，在向西欧介绍俄国文学方面做了不少工作。

60年代屠格涅夫在国外仅创作了一部长篇小说《烟》(1867)。他在作品中以强烈的讽刺笔触，既打击了俄国的反动贵族集团，也打击了侨居伦敦的俄国革命者。人生虚幻的悲观主义思想贯穿整个作品，也象征性地反映在小说的标题上。

70年代，屠格涅夫定居巴黎。这时他与侨居国外的民粹派拉夫罗夫、洛巴金、克鲁泡特金等人来往密切。他不同意民粹派的政纲，但他敬佩民粹派革命家的英勇与斗志。他帮助民粹派作家发表作品，并资助民粹派在国外办的刊物《前进》。70年代上半期，屠格涅夫又发表了几部中篇小说(《草原上的李尔王》、《春潮》、《普宁与巴布宁》)，都带有回忆过去的性质。1877年他发表的最后一部长篇小说《处女地》反映了70年代展开的俄国民粹派运动。作家写出了"到民间去"这一伟大进军的社会根源在于改革后俄国农村的贫困破产和进步青年对人民的热爱，并有力地抨击了反动的自由主义贵族官僚界。但他始终是一个渐进论者，不赞成革命的手段；这就不能不影响他塑造形象，使他在一定程度上歪曲了民粹派革命者的形象，将改良主义者、渐进论者(索洛明)理想化了。1878年至1882年屠格涅夫远离祖国，在衰老多病的晚年中陆续写出了八十余篇散文诗。这些散文诗体现了他一生在创作中对社会问题和人生问题的长期探索。诗中有哲理性小故事，也有抒情性自白，有对往事的追溯，也有对祖国未来的展望。因此，这是一组总结性的作品。《散文诗》中表达的思想感情是复杂而又矛盾的。一些诗篇感叹人生的空虚、个人幸福的渺茫、永恒的自然对人的冷漠和残酷、宇宙和个人的毁灭等消极悲观、忧伤绝望的情绪(《世界的末日(一个梦)》、《对话》、《老人》、《虫》、《无巢》等)。另一些诗篇则充满公民感和政治热情，对生活、对祖国和人民的前途满怀信心(《门槛》、《麻雀》、《我们还要继续战斗》、《俄罗斯语言》)。《门槛》是在民粹派女革命者薇拉·扎苏里奇1878年枪杀彼得堡市长事件的影响下写成的。作者刻画了一个勇敢、奋不顾身和为革命心甘情愿承受一切苦难的女革命家的形象。《俄罗斯语言》是一首充满爱国主义思想的诗篇。它的每一诗句都表现出作家对祖国人民、对祖国语言的炽热的爱和对祖国美好未来的深刻信念:"在疑惑不安的日子里,在痛苦思念我的祖国的命运的日子里,——给我鼓舞和支持的,只有你啊,伟大的,有力的,真挚的,自由的俄罗斯语言!要是没有你——谁能看到故乡的一切而不感到绝望呢?然而,这样一种语言如果不是属于一个伟大的民族,是不可置信的啊!"

1883年8月22日屠格涅夫因病在巴黎近郊逝世。根据遗嘱,他的遗体运回俄国,安葬在彼得堡的沃尔科夫墓地。

《猎人笔记》

《猎人笔记》是屠格涅夫第一部现实主义巨著,它在屠格涅夫的创作中占有极其重要的地位。1847年《现代人》杂志第一期在"杂烩"栏里刊登了屠格涅夫的特写《霍尔和卡里内奇》,标题后面附注着"选自《猎人笔记》"。这篇特写立刻引起了读者的极大注意,博得好评。以后屠格涅夫在《现代人》杂志上陆续发表了二十篇"猎人"故事。1852年《猎人笔记》出版单行本时又增加了一篇《两地主》,1880年出版最后定本时又加入了三篇,共计二十五篇特写。

19世纪40至50年代俄国频繁的农民暴动和资本主义的发展引起了农奴制的深刻危机。废除农奴制已成为首要的社会问题,这个问题在当时的进步文学中也有所反映。这就是屠格涅夫创作《猎人笔记》的社会基础。在《猎人笔记》中作者以随笔的形式记述了"猎人"在俄罗斯中部的山村、田野打猎时的所见所闻。反对农奴制度是贯穿《猎人笔记》的主要思想。屠格涅夫在他的《文学及生活回忆录》里曾说:"我不能和我憎恨的东西待在一起,跟它呼吸同样的空气;就这一点来说,我大概还缺乏应有的忍耐力和坚强的性格。我必须离开我的敌人,以便从我所在的远处更有力地攻击它。在我看来,这个敌人有明确的形象,有一定的名称:这敌人就是农奴制度。对于我归并和集纳在这个名称下面的一切,我决定要斗争到底,我发誓永远不同它妥协……这是我的汉尼巴誓言。"[①]正是这样的思想把二十多篇描绘各种农民和地主的随笔贯穿起来,构成一部完整的艺术珍品。

《猎人笔记》的反农奴制内容首先表现在作家对农民精神道德面貌的高度评价上。在作者笔下,农民的道德和精神生活远比地主、压迫者要高得多。屠格涅夫塑造了各种不同性格的农民形象。如《霍尔和卡里内奇》中的两个农民霍尔和卡里内奇就是两种性格截然不同的典型。"霍尔是积极的、实际的人,有办事的头脑,是一

---

① 屠格涅夫:《回忆录》,人民文学出版社,1983年,第3—4页。

个纯理性的人;卡里内奇同他相反,是属于理想家、浪漫主义者、热狂而好幻想的人物之类的。""卡里内奇接近于自然;霍尔则接近于人类和社会。"霍尔聪明、能干,善于经营自己的土地和做买卖,并且还操持起了一个"人丁兴旺、驯服和睦的大家庭"。卡里内奇不像霍尔那样讲求实际。他是个善良而殷勤的农民,由于地主整天拖他去行猎,因此他不能好好务农而只能"勉强度着艰苦的日子"。屠格涅夫通过霍尔的形象显示出农民具有驾驭生活的意志和力量,如果不受农奴制条件的限制,他肯定可以生活得更好。卡里内奇的形象则显示了普通农民淳朴、憨厚、真挚、善良的心灵,他的多才多艺和他对大自然的美所具有的敏锐感觉。在《歌手》中屠格涅夫描绘了一个天才的农民歌手雅科夫。他的歌声中"含有真实而深沉的热情、青春、力量、甘美和一种销魂的、任性的、忧郁的悲哀……他的歌声的每一个音都给人一种亲切和无限广大的感觉,仿佛熟悉的草原一望无涯地展开在你面前一样。"《活尸首》中的露克丽亚原来是仆人中的美人,能歌善舞,后来生病,变成了半僵尸和"木乃伊"。但她并不怨天尤人。她没有什么个人要求,却念念不忘农民的利益,她只希望把农民的租税减轻些。《孤狼》中的守林人是一个复杂的形象。他身材高大,为人刚直,却惟主人之命是听。但在他的内心深处又对苦难的阶级兄弟不能绝情,他的感情是矛盾的。《白净草原》描写的是一群淳朴天真的农村儿童在夜间放牧马群时,围坐在篝火旁讲述各种充满幻想色彩的鬼怪故事。作者通过对不同性格的农家孩子的描写,赞赏了他们勇敢、热情、富于观察力、热爱劳动、热爱大自然的优良品质。屠格涅夫就是这样用诗情画意般的笔触,从各个不同的角度来展示普通农民的性格的。屠格涅夫笔下的农民都是一些善良、淳朴、热情和多才多艺的人。他们是俄罗斯民族性格优秀品质的体现者。在他们身上潜藏着巨大的精神力量。"这种力量仿佛自己知道,一旦上升起来,一旦爆发出来,就会毁灭自己以及一切接触到的东西。"但是在农奴制度下,善良、诚实的农民却是地主的私有财产,他们的人格与尊严备受侮辱和摧残。在《猎人笔记》的其他特写里,作者以同情的笔触描绘了农民饱受摧残的痛苦生活:地主慈费尔科夫家的女仆阿丽娜只因违反女主人的意旨要求结婚而受到惩罚,被发送到乡下,毁掉了一生(《叶尔莫莱和磨坊主妇》);农民安季普一家被地主和总管弄得家破人亡(《总管》);斯乔普什卡一辈子受尽欺压,过着衣不蔽体,食不糊口的生活,他甚至没有固定的住处,只好终日像一条狗似的东藏西躲(《莓泉》);《孤狼》中的农民穷得走投无路,不得不铤而走险,在雨夜去偷伐地主的树木而几乎丢了性命。

在《猎人笔记》里,与农民相对照,作者还描写了各种不同类型的地主。《总管》中的宾诺奇金是个表面温和善良,实际心毒手狠的人物。他是一位退职近卫军官,是"省里最有修养的贵族和最可羡的风流男子中的一个,女人们为他神魂颠倒,尤其称赞他的风采"。他是伊壁鸠鲁的信徒,喜欢音乐,说起话来嗓音柔和动听。有一次宾诺奇金吃早饭时,只因仆人费多尔拿来的葡萄酒没有烫热,就面不改色地吩咐另一名仆人说:"费多尔的事……去处理吧。"这就意味着费多尔将要挨一顿打。然而宾诺奇金却自认为这是"关心他属下的幸福,惩罚他们也是为了他们的幸福"。列宁在《纪念盖伊甸伯爵》一文中揭露宾诺奇金形象的虚伪性时,深刻地指出:"屠格涅夫笔下的地主……也是'人道'的人,例如,他是那样地人道,竟不愿亲自到马厩去看看……鞭挞费多尔的棒条是否用盐水浸渍过。他这个地主自己对仆人不打不骂,他只是远远地'处理',他不声不响,不吵不嚷,又不'公开出面'……真像一个有教养的温和慈祥的人。"①《两地主》中的斯捷古诺夫是个"所谓随心所欲地度着日子"的、诙谐而好客的地主。他认为随意凌辱和摧残农民是最普通、最正常的现象,因为照他的意思,"老爷总归是老爷,农人总归是农人",因此他"带着最仁慈的微笑"倾听鞭打农奴的声音,口里还本能地随着那鞭打声发出"嚓嚓嚓!嚓嚓!嚓嚓!"的节拍声。屠格涅夫就是以这样讽刺的笔调勾画出一幅幅表面上温文尔雅、骨子里极端残酷的地主肖像。对地主阶级来说,从精神到肉体百般蹂躏农奴完全是无可非议的。正像小地主奥夫谢尼科夫所说:他们"对付农人好像玩弄木偶,翻来覆去一阵子,弄坏了,就丢开了"。《里郭甫》里的农奴苏乔克就是这样一个被玩弄一阵而后丢开的牺牲者典型。他在一生六十年中,像一个附加在土地上的物件,从一个主人转到另一个主人手里,任人戏耍。他依照主人的意旨,先后当过小厮、马夫、园丁、猎犬管理员、厨师、戏子、渔夫等。他甚至一生没有固定的名字,也没有结婚,因为他的女主人不许任何人结婚。最后他被折磨得光脚蓬头,衣衫褴褛,又瘦又黄,就像一枝小小的干树枝(苏乔克即小树枝的意思)。《猎人笔记》中的地主形象极富揭露性。赫尔岑说:"地主家宅的内部生活,过去任何时候也没有用这种形式展示出来而引起普遍的嘲笑、痛恨和厌恶。"②

屠格涅夫在《猎人笔记》中描写了农民和农奴主两个对立的世界,他的同情完全是在农民方面。他曾经构思过一篇关于农民反抗和报复地主的随笔《食地兽》。他在1872年10月25日给安年科夫的信中写道:"我要叙述一件在我们这里发生过的事实:农民是怎样弄死了一个年年夺取他们的土地、因而被他们叫做'食地兽'的地主。"③由于当时严格的书刊检查制度,随笔没有发表。

不过,屠格涅夫与革命民主主义者毕竟不同,他在俄国农民问题上不是相信农

---

① 《列宁全集》第13卷,人民出版社,第39页。
② 《俄国评论界评论屠格涅夫》,俄文版,国家文学出版社,1953年,第206页。
③ 《屠格涅夫文集》第11卷,俄文版,"真理"出版社,1949年,第276—277页。

民自己的觉醒和斗争，而是寄希望于自上而下的改良。因此，在《猎人笔记》里他一方面批判某些贵族知识分子的萎靡不振、脱离现实和脱离人民，另一方面又怀着同情描绘了一些没有受到农奴制腐蚀影响的、和农民一样具有优秀品质的贵族地主形象，如卡拉塔叶夫、且尔托泼哈诺夫、塔佳娜·鲍利索夫娜等。在他看来，这些地主是俄国社会中健康和正直的力量，同样是农奴制度下的牺牲品。这样，《猎人笔记》的作者所批判的只是那些残酷虐待农民的农奴制拥护者而不是整个贵族阶级。

《猎人笔记》充分显示屠格涅夫是一位描写俄罗斯风景的卓越大师。书中最后一篇《树林和草原》更是一幅广阔的、充满朝气的风景画。它生动地表现出变幻着的大自然景色、天空、树林和草原，令人产生一种心旷神怡的感觉。《猎人笔记》表现了屠格涅夫独特的现实主义艺术风格：朴实鲜明的描写与柔和的抒情交融在一起，具有极大的艺术感染力。

《猎人笔记》在俄国思想史和文学史上都有着重要意义。它一问世就受到俄国文学界的广泛注意。谢德林曾经指出，屠格涅夫为俄国老百姓间接直接做了许多事情。他认为"《猎人笔记》为从整体上描写人民及其贫困生活的文学树立了开端"[1]。别林斯基在论述《猎人笔记》的现实主义创作风格时指出，屠格涅夫的才能的最显著的特色在于他的创作永远立足于现实的土壤。虽然在《猎人笔记》之前俄国作家格里戈罗维奇也曾发表过反映农村生活的中篇小说《乡村》和《苦命人安东》，但他只描写了愚昧无知的农民群众中的个别优秀人物。在俄罗斯文学中，屠格涅夫第一个把农民群众作为一个整体来表现他们高尚的精神道德面貌，充分体现俄罗斯民族性格的优秀品质。屠格涅夫在《猎人笔记》中"从他以前任何人都没有这样去接近过的角度，接近了人民"[2]，在当时的社会条件下《猎人笔记》起到了巨大的反农奴制作用。

长篇小说

屠格涅夫在俄国文学中享有巨大声望主要在于他的优秀长篇小说。他从50年代至70年代先后共创作六部长篇小说：《罗亭》、《贵族之家》、《前夜》、《父与子》、《烟》和《处女地》，其中以前四部尤为卓越，具有高度的艺术成就和深刻的社会政治意义。

---

[1] 《俄国评论界论屠格涅夫》，俄文版，国家文学出版社，1953年，第399页。
[2] 同上书，第103页。

《罗亭》是屠格涅夫的第一部长篇小说。它写于1855年,1856年发表于《现代人》杂志的第一、二期上。

小说的主人公罗亭是个出身破落地主家庭的贵族知识分子。一次偶然的机会使罗亭来到了女地主达利雅·拉松斯卡娅的庄园。在女主人的客厅里,罗亭很快就以雄辩的口才和滔滔不绝的言词吸引了人们的注意。他谈笑风生,"言词好像左右逢源地涌向唇边"。他热烈的话语拨动了人们的心弦,尤其对达利雅·拉松斯卡娅的女儿、年轻的娜塔丽娅产生了深刻的影响,点燃了她胸中追求真理的火焰。这个天真纯洁的少女视罗亭为崇高理想的化身并爱上了他。她准备牺牲个人的一切,离家出走,跟随罗亭去实现他宣扬的崇高理想和伟大目标。娜塔丽娅与罗亭的恋爱遭到母亲的反对后,她约罗亭来到阿芙杜馨池畔作最后一次会面,要求他做出决定。然而,罗亭却出人意料地劝她道:"屈服,当然,只有屈服。"这时娜塔丽娅才发现罗亭原来只是个语言的巨人、行动的矮子。不久,罗亭离开拉松斯卡娅的庄园,又去过那种漂泊无定的生活。他曾有过改良农田、疏浚航道、改革教育等各种各样的宏伟计划,但是所有这些致力于公益事业的计划全都失败了。1856年版本的《罗亭》以列日涅夫在省城旅店里与罗亭邂逅相遇为结束。1860年作家在尾声之后又加了一个结尾:1848年7月26日下午,在巴黎,一个身材魁梧的汉子高擎红旗,在攀上街垒时,被法国士兵开枪击中。这个汉子就是罗亭。

小说的主人公罗亭是40年代先进贵族知识分子的优秀代表。他受过良好的教育,通晓黑格尔哲学,爱好歌德、霍夫曼的作品,是大学里进步小组的积极参加者。他头脑清晰,思想丰富,善于辞令,富有辩才。他有一颗热爱真理的心,随时准备为自己的信念牺牲个人的利益,但不幸又像奥涅金、毕巧林一样,脱离广大俄国人民、脱离俄国现实,是"无根的浮萍",因此在现实生活中找不到自己的位置,是个"多余的人"。作者对他采取既肯定又否定的态度。一方面,小说中的罗亭是个激烈的雄辩者,善于宣传。他"掌握了一种几乎是最高的秘密——辩才的音乐。他知道怎样挑起一条心弦,而使其余一切的弦全部都轰鸣起来,颤动起来"。他的"每一个字都好像径直从他的灵魂深处喷涌出来,燃烧着全部信仰的火焰"。正是他的热情洋溢的话语唤醒了人们对真理的热爱,对美好生活的向往。另一方面,罗亭不了解俄国,不了解人民。在客观现实面前,他只善于辞令而不善于行动。他不知道应该如何与现实生活中的黑暗势力进行斗争。在爱情上,他同样畏缩胆怯,辜负了娜塔丽娅的期望。正如他给娜塔丽娅的信中所说:"我始终将是一个半途而废的人,正如从前一样……只要碰到第一个阻碍——我就完全粉粹了,我和您之间的经过就是证明。"罗亭一生没有做成功一件事。关于这点罗亭自己也承认:"是的,自然禀赋给我的很多;但是我将碌碌而死,连一桩和我的能力相称的事也做不出。"然而,这也并不全是罗亭的过错,因为专制的压迫、农奴制度的条件,使罗亭根本也没有可能去进行广泛的真正有益的社会活动。罗亭虽然一生漂泊,一事无成,但他却始终不与周围环境妥协,不追求金钱财富和个人地位,这又是作者对罗亭的肯定。罗亭的功绩在于他能在反动势力肆虐的年代,用热烈而勇敢的言词在一些青年的心灵中播下种子,使之萌生出高尚的思想和感情,并激起他们去行动、去斗争的愿望。这样,小说就揭示出了在俄国40年代黑暗统治时期罗亭型人物的进步作用。高尔基在谈到罗亭的积极意义时曾指出:"假如注意到当时的一切条件——政府的压迫,社会的智慧贫乏,以及农民群众对自己任务的缺乏认识——我们就应该承认:在那个时代,理想家罗亭比实践家和行动者是更有用处的人物……不,罗亭不是可怜虫,如通常对他这样看法;他是一个不幸者,但他是当代的人物而且曾做出不少好事来。"[1]屠格涅夫通过罗亭的悲剧命运,有力地抨击了俄国的农奴制度,正是这种腐朽黑暗的专制制度堵塞了一些有才华的人为社会服务的一切途径。

罗亭是俄国文学中继奥涅金、毕巧林之后又一个"多余的人"形象。他们虽然在脱离人民、脱离实际等方面有许多相同之处。但由于罗亭与奥涅金、毕巧林所处时代和环境的不同,使他又不同于奥涅金和毕巧林。如果说奥涅金、毕巧林对农奴制俄国的抗议还很不自觉,很少或几乎没想到什么社会问题,那么罗亭对这个黑暗社会的憎恨更自觉,并积极宣扬崇高的理想,愿意献身于公众利益。这说明40年代的"多余的人"有了新的时代特色。同时也说明善于体察时代脉搏的屠格涅夫在50年代新的历史条件下,力求在自己的小说中探索"多余的人"产生的社会根源,客观地评价40年代先进贵族知识分子的历史功绩和社会价值。

《贵族之家》(1859)是又一部关于30至40年代进步贵族知识分子精神悲剧的小说。拉夫列茨基自幼受到的"斯巴达式"教育,使他严重地脱离俄国现实。他诚实、热情,但被美貌的妻子欺骗。他从国外回到故乡,爱上了纯洁而虔诚的丽莎。他以为妻子华尔华拉已经死去,准备和丽莎建立幸福的生活。但这时妻子突然出现。丽莎严格遵从宗教道德原则,坚决要求拉夫列茨基收留、挽救他的妻子,而自己痛苦地投身修道院,剩下拉夫列茨基孤独地走着人生最后的旅程。

拉夫列茨基与罗亭同样是一个对现实不满,热诚,但又没有具体行动纲领的人。丽莎内心对个人幸福的要求与道德义务的冲突表现了封建宗教意识的强大。无怪乎杜勃罗留波夫认为:"拉夫列茨基处境的戏剧性已经不是因为他和自己的无力作斗争,而是因为跟这样的见解和风习起了冲突——跟这些见解和风习的斗争

---

[1] 高尔基:《俄国文学史》,上海译文出版社,1979年,第305—306页。

是可以把坚毅和勇敢的人都吓退的。"①屠格涅夫清楚地看到,拉夫列茨基是一个"虽然活着,却已经退出人生战场的人"。在结尾部分,拉夫列茨基说道:"欢迎呀,寂寞的老年!毁掉吧,无用的生命!"屠格涅夫在《贵族之家》中客观地表现了贵族知识分子的历史作用已经终结。然而他对这些"杰出的、高贵的、聪明的、但在本质上却是懒惰的人"的悲剧命运却充满惋惜之情。正如杜勃罗留波夫指出的那样,屠格涅夫"在描写……他们的形象时,通常总是对他们怀着令人感动的同情,对他们的痛苦感到衷心的疼痛"。② 因此,小说充满感伤的抒情气息。

50 年代末,俄国解放运动进入第二阶段——革命民主主义阶段。在社会政治生活中,平民知识分子发挥着日益巨大的作用,并取代了 40 年代的贵族革命家。作为思想极其敏感的作家,屠格涅夫"很快猜到了新的要求,猜到了渗透进社会意识里的新的观念",并在自己的作品中"注意到(只要情形许可)那时已经轮到、已经开始朦胧地扰乱着社会的问题"。③ 50 年代末的政治历史条件决定了屠格涅夫从塑造理想主义者和"多余的人"的形象转而反映"新人"。

《前夜》(1860)是俄罗斯文学史中最早的一部歌颂"新人",即献身事业、有行动的人物的长篇小说。屠格涅夫曾说:"我的小说的基本思想是需要自觉的英雄的性格"。小说叙述俄国贵族少女叶莲娜·斯塔霍娃爱上了在莫斯科的保加利亚民族解放运动志士英沙罗夫。由于斗争的需要,英沙罗夫必须离开俄国回到保加利亚。叶莲娜不顾家庭的反对与阻挠,毅然与英沙罗夫结婚,并跟随丈夫一同离开俄国。在赴保加利亚途中英沙罗夫因积劳成疾而逝世,但叶莲娜并未因丈夫去世而放弃理想,她继续奔赴保加利亚,投身于英沙罗夫未完成的事业。

小说的女主人公叶莲娜·斯塔霍娃是一位较之娜达丽娅·拉松斯卡雅更自觉、更坚强的妇女形象。她是俄罗斯文学中的第一个奋不顾身参加社会活动的勇敢的妇女形象。她自幼就为周围贫富悬殊的现象感到不安,她认为,只要周围有乞丐、穷人,她就不会幸福。她的父亲称她为"女共和主义者"。为解放祖国而献身的英沙罗夫给她打开了通向幸福的道路。她对英沙罗夫的爱同时是对志同道合者的爱,是对理想的追求。杜勃罗留波夫在《真正的白天何时到来?》一文中充分肯定了叶莲娜形象的典型意义。他认为"在叶莲娜身上鲜明地反映了我国现代生活的良好倾向",在她身上体现了"几乎笼罩着整个俄国社会的那种几乎是不自觉的,然而

---

① 《杜勃罗留波夫选集》第 2 卷,上海文艺出版社,1961 年,第 270 页。
② 同上书,第 266 页。
③ 同上书,第 263 页。

是不可遏制的对新生活、新人的要求"。① 叶莲娜是俄国社会中的"新人",她在艺术家苏宾、哲学家伯尔森涅夫和民族解放战士英沙罗夫三人中选择英沙罗夫为自己的爱人不是偶然的。这种选择象征性地说明俄国当时最需要什么人的问题。

男主人公平民知识分子英沙罗夫是一个保加利亚爱国者,他为了将祖国从土耳其人桎梏下解放出来,不惜牺牲自己的生命。这是一个具有明确而坚定的志向,并能化理想为实际行动的人物。在这个形象中显然体现着俄国革命的平民知识分子所具有的一些特征:为祖国、为人民、目标明确、有行动。英沙罗夫在俄国文学中的出现意味着平民知识分子活动家已占据了俄国社会生活舞台的前景。杜勃罗留波夫在《真正的白天何时到来?》一文中指出,保加利亚爱国者英沙罗夫形象的出现意味着俄国的英沙罗夫——与内部土耳其人斗争的革命者——即将出现。他说"我们不会等待他(指俄国的英沙罗夫。——笔者)很久的:我们盼望他在生活中出现时的热病似的、痛苦的不耐烦,就是这一点的保证。他是我们所必要的,没有他,我们整个生活就算虚度了,而且,每一天的本身并没有什么意义,只是另一天的前夜,这一天,它到底是要来的!"②换言之,俄国面临着革命的"前夜"。屠格涅夫希望俄国变革,但不相信革命。他的英沙罗夫是民族解放运动的参加者,而不是阶级斗争的参加者。杜勃罗留波夫从革命民主主义思想高度出发,对屠格涅夫的小说内容,做出了革命的解释。屠格涅夫不能接受这个结论,要求涅克拉索夫不要发表此文,但后者站在杜勃罗留波夫一边,毅然发表了上述文章。这构成了屠格涅夫脱离《现代人》的导火线。屠格涅夫与《现代人》决裂的根本原因在于,如列宁所说,屠格涅夫"羡慕温和的君主制的和贵族的宪制,而厌恶杜勃罗留波夫和车尔尼雪夫斯基所主张的农夫民主制……"③

《父与子》

《父与子》发表于1862年与《现代人》决裂之后。但作品表明,作家在创作该作品时期(1860—1861)仍受到《现代人》的良好影响。小说虽然发表在《俄国导报》上,但屠格涅夫无论当时或以后都未参加其反动编辑卡特科夫的阵营。

小说中的故事发生在1859年5月。医科大学生巴扎罗夫应同学阿尔卡狄的邀请去他父亲的田庄——玛利因诺村做客,受到阿尔卡狄的父亲尼古拉·彼得罗维

---

① 《杜勃罗留波夫选集》第2卷,上海文艺出版社,1961年,第295页。
② 同上书,第330页。
③ 《列宁选集》第3卷,人民出版社,1973年,第526页。

奇的热情接待。但他的否定精神却立刻和阿尔卡狄的伯父巴维尔·基尔沙诺夫的贵族原则发生了尖锐的冲突,在二人之间展开了涉及社会制度、俄国人民、科学、艺术种种问题的激烈论战。不久,在一次舞会上巴扎罗夫与阿尔卡狄认识了美貌的女地主奥津佐娃。巴扎罗夫向她表白了自己的爱情,却遭到拒绝。不久,巴扎罗夫与巴维尔·基尔沙诺夫由于一件偶然的事情发生一场决斗,结果巴维尔受了轻伤。巴扎罗夫也于翌日告别玛利因诺,回到自己年迈的父母的家里。在一次为邻村一个伤寒病死者解剖尸体时,他不慎割破了自己的手指,不久因感染而死。

小说《父与子》一开始就在读者面前展现出了一幅俄国农村在"改革"前极度贫困凄凉的画面:"矮木屋的漆黑的屋顶有好多都塌了一半,矮树编成围墙的谷仓倾斜了,它那荒废的打谷场也张开了脱落的大门","……农人都穿着破旧的衣服,骑着瘦弱可怜的小马,一棵一棵的柳树让人剥下树皮、弄断树枝站在路旁,像一排衣服褴褛的乞丐;瘦小的、毛蓬蓬的、显然是饿着的母牛贪心地乱嚼着沟边的野草"。看到这些景象,连温和的贵族少爷阿尔卡狄也不禁想道:"不,不能够照这样下去,改革是绝对必需的。"文风一贯简练的屠格涅夫只通过这样一幅画面就将读者引导到时代的中心问题——农奴制改革问题。同时,就在这样一个时代背景上,屠格涅夫基本上忠实地反映了 60 年代俄国解放运动某些本质的方面,即两种历史倾向、两种历史力量——自由主义者和民主主义者(或如小说所说:"父"与"子")——之间不可调和的、尖锐复杂的政治思想斗争。

民主主义阵营或"子"一方的代表巴扎罗夫出身平民知识分子家庭,具有 60 年代民主青年种种特征。他是一个唯物论者、自然科学工作者。他来到玛丽因诺的第二天就开始做试验,弄得满屋子是化学药品和廉价的烟草味。然而在他身上最突出的是那种否定精神,即贵族阵营最反感的所谓"虚无主义"。他不承认什么公认的原则、法则,认为"所谓的一般的科学"是没有的;他否定艺术,认为"一个好的化学家比二十个诗人还有用";他否定爱情,把它看成纯生理的现象,甚至大自然对于他"也是废话"。但巴扎罗夫所以是 60 年代民主阵营的代表,主要是由于他对封建农奴制度的彻底否定。在第十章中爆发了他和自由主义阵营,或"父"一方的代表巴维尔·基尔沙诺夫之间一场在各个方面针锋相对的、激烈的论争。在他声称"贵族制度、自由主义、进步、原则"对于俄国人"一点用处也没有"之后,接着是下述对话:

"凡是我们认为有用的事,我们就依据它行动,"巴扎罗夫说。"目前最有用的事就是否定——我们便否认——"

"否认一切吗?"巴维尔·基尔沙诺夫问道。

"否认一切。"

"怎么,不仅艺术跟诗……甚至连……说起来太可怕了……。"

"一切,"巴扎罗夫非常镇静地再说一遍。

这里表现出了60年代俄国民主主义者的战斗姿态。他们是旧社会的坚决否定者,愿为"打扫地面"而工作。

虽然巴扎罗夫的形象具有许多民主主义者的特征,但他身上也有和当时民主主义者格格不入的东西。它表现在对待人民的态度上。作家一面把巴扎罗夫描写成一个与人民有着密切联系的人,一面却又强调他与人民之间的隔阂与互不理解。巴扎罗夫在和巴维尔·基尔沙诺夫争论时曾骄傲地显示自己与人民的密切关系,他说:"我祖父耕田,您随便去问一个您这儿的农人,看我们——您跟我——两个人中间,他更愿意承认哪一个是他的同胞。"农民和家仆的孩子都喜欢巴扎罗夫,认为他像自己的兄弟而不像老爷,在他面前不感到拘束。然而,巴扎罗夫对俄国农民又并不了解,在他看来"俄国农人是个神秘的未知数……谁能够了解他!"同时,在永恒无限的宇宙面前,他感到个人的渺小和个人死亡的不可避免,并因此怀疑为人民福利而斗争的必要性。他悲观地认为,当俄国最后一个农民,不管他是"菲利普,或是西多尔"住进干净的白色小屋时,在他巴扎罗夫的身上却会"长起牛蒡来"。这种个人主义缺乏正面行动纲领,否定社会科学、艺术、爱情等,都不是车尔尼雪夫斯基、杜勃罗留波夫等所具有的特征。这就又使巴扎罗夫的形象还没有达到革命民主主义者的高度,还不是时代的最高典型。

在巴扎罗夫的形象中反映出了屠格涅夫世界观的矛盾。作为温和的自由主义者和渐进主义者,屠格涅夫虽然敏锐地感到革命民主主义者和贵族的自由主义者两种社会力量之间不可调和的斗争和贵族自由派的失败,但是他对革命民主派的一切革命行动又怀有恐惧心理,而对贵族自由派的败阵感到惋惜。屠格涅夫认为60年代民主主义平民知识分子的革命道路是没有前途的,未来并不属于巴扎罗夫这类人。他曾在给斯鲁切夫斯基的信中谈到巴扎罗夫时说:"我幻想着一个阴沉、野蛮、高大的人,半个身子从泥土里长出来,他刚强、凶狠、正直,但是仍旧注定了要灭亡,因为他永远站在'未来'的门口。"[1]因此他一方面肯定巴扎罗夫,赋予他聪明、智慧和精神力量,另一方面又给自己的主人公安排了一个意外的早死,使这个形象蒙上了一层悲剧性的色彩。

关于巴扎罗夫与奥津佐娃的爱情,评论界看法很不一致。有的人认为这一插

---

[1] 《屠格涅夫文集》第10卷,俄文版,真理出版社,1949年,第215页。

曲是论战性的,作者通过它表明爱情、感情是不容否定的;有的人认为屠格涅夫用爱情揭露巴扎罗夫;爱情失败后他一蹶不振;有的人则认为这一插曲正是肯定巴扎罗夫能够深沉地爱,是抬高了这一形象。这一问题还有待探讨。

《父与子》中对"父"辈,即自由主义者的态度是复杂的。作者在强调小说的创作意图时曾指出:"我的整部中篇小说都是反对把贵族作为进步阶级的。请您看清楚尼古拉·基尔沙诺夫,巴维尔·基尔沙诺夫和阿尔卡狄这几个人物。甜腻腻的、萎靡不振、目光狭隘。审美感使我挑选出的正是贵族中优秀的代表人物来更真确地证明我的主题;倘使奶油是坏的,那么牛奶更不用说了。"[1]"优秀的"贵族代表巴维尔·基尔沙诺夫是个顽固地坚持自由主义"原则"的人,一个落后于时代的人。他轻蔑地对待俄国的一切,完全拜倒在外国文化面前。他第一次见到巴扎罗夫时就感到与他格格不入。他多次主动向巴扎罗夫发起攻势,但总是败下阵来。巴扎罗夫显然压倒了这个胡子上洒香水的保守的自由派。在戏剧性的决斗以后,巴维尔·基尔沙诺夫只好到国外,忧郁地度过自己的残生。他的弟弟尼古拉·基尔沙诺夫是另一种类型的贵族。他心地善良,性格软弱,不尚实际,喜欢空想,常为自己一代人的过时而感慨惆怅。他根本不敢企望成为巴扎罗夫思想上的对手。他力图在自己的农田事务中实行某种改革以改变自己的困境,然而他的一切尝试全都失败了。他不得不惋惜地承认自己是一个毫无用处的人,一个过了时的人。尼古拉·基尔沙诺夫是作者欣赏的地主形象,作者并不掩饰对这个单纯、善良的俄罗斯地主的同情。阿尔卡狄是个天真、善良的青年贵族。他是巴扎罗夫的同学和朋友,也是他的"学生"。他尊敬并崇拜巴扎罗夫,在巴扎罗夫同巴维尔、尼古拉的争论中经常站在巴扎罗夫一边,但他也只是巴扎罗夫思想上的暂时同路人。实际上在思想感情上他与自己的父亲和伯父更合拍。当他爱上贵族地主小姐卡嘉后,他过去那种"自命不凡"和喜欢"寻求理想"的精神都很快消失了,而开始醉心于营造自己的安乐窝。正像巴扎罗夫所说,阿尔卡狄毕竟只是个"软弱的、爱自由的少爷","是个心肠又软,感情又脆弱的家伙"。小说末尾阿尔卡狄果然继承父业,成为一个精明能干的庄园主,这充分证明他属于"父"辈阵营,而不属于"子"辈阵营。他和巴扎罗夫短暂的"友谊"说明当时民主主义思想广为传播,以致一些思想上的异己分子也暂时附和进来。

屠格涅夫以深厚的同情和感人的笔调描写了巴扎罗夫的父母,一对淳朴的俄国人民的形象。他们非常爱儿子,相信他有伟大的前程。他们为有这样的儿子而感到骄傲。瓦西里·伊凡诺维奇·巴扎罗夫曾任军医,长期过着漂泊生活,见过世

---

[1] 《屠格涅夫文集》第 10 卷,俄文版,真理出版社,1949 年,第 214 页。

面。年老后迁居乡村,为农民治病。他竭力不使自己落后,力争做一个"有思想的人"。巴扎罗夫的母亲阿利娜·伏拉西叶夫娜是个朴实的家庭妇女。她心地善良,笃信宗教。她生活的全部目的就是关心丈夫和儿子。老巴扎罗夫夫妇的形象真实、感人。小说末尾,这对孤独的老人在早逝的儿子的墓前悲痛的情景是俄国古典文学中最激动人心的篇章之一。

《父与子》出版后引起杂志界激烈的论战。这充分说明小说具有迫切的现实意义。很多人写文章认为屠格涅夫诽谤年轻一代。甚至《现代人》的评论家马·阿·安东诺维奇(1835—1918)也无视作品中反映的真实现实,片面地认为小说是"对年轻一代的民主主义者的粗暴的、反动的诽谤",是"屠格涅夫对他所恼恨的年轻一代的代表人物的私人报复"。① 很多读者同意这种看法。而反动阵营的卡特科夫则谴责屠格涅夫夸大了巴扎罗夫的优点,并对他"顶礼膜拜"。只有皮萨列夫 1862 年发表的《巴扎罗夫》一文有助于对作品的正确理解。他强调巴扎罗夫的典型性,指出他是与"多余的人"迥不相同的人物,他有事业。他还指出,巴扎罗夫的社会意义在于破除迷信,为确立先进的世界观扫清道路。皮萨列夫的观点反映了大部分进步青年的看法。《父与子》所引起的争论说明作家本身世界观中复杂的矛盾。

屠格涅夫是以创作社会政治小说而闻名于世的作家。他的小说一般篇幅不长,但包含着丰富的社会内容。小说结构严谨完整,形象体系周密清晰,叙事富有抒情性,文笔优美,引人入胜。

屠格涅夫在自己的长篇小说中力图真实地反映时代面貌,往往十分明确地指出故事发生的具体时间,如罗亭牺牲于 1848 年 6 月 26 日、《前夜》的情节开始于 1853 年夏天、《贵族之家》——1842 年、《父与子》——1859 年 5 月 20 日、《烟》——1862 年 8 月 10 日、《处女地》——1868 年春天。所有这些日子都具有深刻的含义,说明一个特定的历史时期,对阐明小说的内容有很大的作用。屠格涅夫小说中主人公的命运和生活总是与一定的历史时代密切联系着。他们在谈话和争论中常常涉及时代的重大问题或提到当时一些文学、音乐、科学界的事件,如叶琳娜与英沙罗夫在威尼斯听威尔第的歌剧《茶花女》(1853—1854 季度第一次在威尼斯上演)、伏玲采夫引用诗人艾布拉特的诗句(出版于 1839 年)以及尼古拉·彼得罗维奇打算研究利比黑关于农业运用化肥的书籍(出版于 19 世纪 50 年代末)。屠格涅夫通过对这些事件的描写不但显示出小说中各种人物的性情与爱好,而且具体、真实地反映出时代的风貌。

屠格涅夫的小说中一般人物不多,但都经过作者的精心布局,人物互相烘托,

---

① 《俄国文学史》第 8 卷,上册,俄文版,苏联科学院出版社,1956 年,第 367 页。

互相补充,使各个形象表现得更为充分、鲜明和生动。如《罗亭》的全部情节线索引向中心人物罗亭,其他人物则围绕着社会思想斗争同他处于或友好或敌对的关系之中,充当他的评判者或对比者,这样既表现了当时的社会环境,阐明了小说的中心思想,又确定了罗亭型人物的社会作用和历史功绩。《前夜》中的形象体系主要利用了对比的原则。杜勃罗留波夫曾明确指出:"在叶琳娜身上鲜明地反映了俄国现代生活的良好倾向,而在她的周围的人身上却是这样突出地表现着这同一种生活的相沿成习的秩序的全部脆弱性,使你不由自主地要作详细的对比。"①而叶琳娜的选择则又确定了英沙罗夫的社会价值。屠格涅夫小说结构的这个特点,在《父与子》中表现得更为突出。作家在这里创造了一个从人物的肖像、作风、思想直至语言特点都俨然对立的形象体系,以此显示两个阵营之间不可调和的敌意和尖锐斗争,表达了民主主义者对贵族的胜利。

爱情在屠格涅夫大部分小说的情节中占有重要地位。他的小说中的爱情主题不是游离在社会生活之外的,而是具有鲜明的社会内容。屠格涅夫笔下的妇女形象富有极大的艺术魅力。她们不但外貌美丽、温柔,而且性格勇敢、坚强,对人对己要求严格。她们不满意自己所处的庸俗环境,也不愿意把自己局限于家庭生活的小圈子内。她们追求时代的先进理想,不惜自我牺牲。对这种类型的妇女来说,爱情不是狭隘自私的感情,她们的热情总是和追求崇高理想结合在一起的。在屠格涅夫描写"多余的人"的小说中,勇敢、坚强的妇女的爱情往往是对男主人公的考验。男主人在爱情上的怯懦也是他在社会上政治上的软弱性的表现。因此屠格涅夫笔下的男主人公往往不仅是社会事业中的失败者,而且也是恋爱中的失败者。而在描写"新人"的小说中,屠格涅夫则喜欢通过人物的深沉的爱说明他们的精神力量(叶莲娜、英沙罗夫)。屠格涅夫小说中的爱情主题起着辅助阐明社会政治主题的作用。

托尔斯泰说:"屠格涅夫是一位这样的风景大师,在他之后没有人再敢触及风景描写这个题目。他只要三两笔一挥,一幅自然风景便跃然纸上。"②风景描写在屠格涅夫的小说结构中起着重要的作用,是小说情节的有机组成部分。在小说中写景有时作为故事发生的背景,有时又作为表现人物的内心感受和情绪的手段。屠格涅夫的风景描写不但生动、细腻,而且含意深刻,富有诗意。屠格涅夫的小说结构紧凑,情节展开迅速,描写精当,语言准确、优美、富有表现力,行文流畅简练,给予读者高度的艺术享受。

---

① 《杜勃罗留波夫选集》第 2 卷,上海文艺出版社,1961 年,第 295 页。
② 转引自蔡特林:《小说家屠格涅夫的写作技巧》,俄文版,作家出版社,1958 年,第 197 页。

屠格涅夫是 19 世纪现实主义艺术大师。他的作品是俄国 19 世纪 40 年代至 70 年代社会生活的一部形象的历史。屠格涅夫塑造的一些著名男女主人公已经成为俄罗斯文学中不朽的艺术形象。列宁在自己的著作中曾多次引用这些形象，并称屠格涅夫是"卓越的俄罗斯作家"。

屠格涅夫不仅是俄国的伟大作家，也是一位具有世界声誉的伟大作家。他的创作对西欧，特别对法国有着广泛的影响。他用自己的作品向西欧读者展示了俄国的现实生活和俄国社会中的优秀人物，给西欧读者留下了深刻的印象。许多法国著名作家，如乔治·桑、福楼拜、龚古尔、都德、左拉、莫泊桑、巴尔扎克、梅里美等对屠格涅夫都很尊崇。

第十三章　奥斯特罗夫斯基

奥斯特罗夫斯基(1823—1886)是俄国杰出的戏剧家。他在俄罗斯文学史上占有重要的地位。他以毕生的精力为发展俄国的戏剧事业做出了巨大的贡献。正如冈察洛夫在给他的信中所说的那样："您向文学界献出了整套的艺术作品，为舞台创造了一个特殊的世界。您独自一人建成了一座大厦，固然它的基石是由冯维辛·格里鲍耶陀夫和果戈理奠定的。但只有在您出现以后，我们俄罗斯人才能够骄傲地说：'我们有了自己的、俄罗斯民族的戏剧。它其实是应当叫做奥斯特罗夫斯基的戏剧的。'"①

生平与创作

亚历山大·尼古拉耶维奇·奥斯特罗夫斯基于1823年出生于莫斯科一个市民家庭，父亲以为人们办理诉讼事项为职业，母亲是莫斯科一个烤圣饼女人的女儿。

1831年，奥斯特罗夫斯基的母亲去世时，他还不满九岁。四年后父亲又续弦，与一位男爵夫人结婚，从此奥斯特罗夫斯基家庭富裕起来。

奥斯特罗夫斯基童年时在家里受过良好的教育。1835年他顺利地考入了莫斯科省立第一中学。中学时代的奥斯特罗夫斯基爱好文学，特别对戏剧产生了浓厚的兴趣。他经常去莫斯科小剧院观赏俄罗斯著名演员的演出。这种对戏剧的爱好后来终于使他一生献身于戏剧事业。但1840年中学毕业后，他不得不遵照父亲的意见进入莫斯科大学法律系。由于他对法律不感兴趣，未毕业便中途退学。

1843年奥斯特罗夫斯基开始在莫斯科良心法院充当书记。1845年他又转到莫斯科商务法院任职。法院工作对他来说完全是迫不得已，然而正是这段经历使他有机会接触大量商务案件内幕，如伪装破产、施诡计对付债主、狡猾地逃避法网等。奥斯特罗夫斯基正是从法院审理案件的记录中了解到莫斯科商人、官吏和小市民是怎样对待财产关系、家庭及事务关系的。他深入观察和研究了他们的生活

---

① 《俄国评论界论奥斯特罗夫斯基》，俄文版，国家文学出版社，1953年，第387页。

习俗和心理道德面貌,为自己以后的戏剧创作积累了丰富的素材。

还在法院供职期间,奥斯特罗夫斯基就已开始写作。最初,他写了一些特写与短篇小说,如《雅沙的生平》、《节日里的莫斯科河南区》、《库兹马·萨姆松内奇》等。这些早期散文作品是奥斯特罗夫斯基遵循"自然派"的传统,在果戈理散文的直接影响下创作出来的。

奥斯特罗夫斯基最早的戏剧作品是 1847 年刊载于《莫斯科新闻》报上的喜剧片段《破产债户》和讽刺喜剧《家庭幸福图》。这些戏剧作品向读者展示了当时很少为人所知的、闭塞的莫斯科河南区的商人世界——"黑暗王国"的社会生活和风尚习俗。1849 年,奥斯特罗夫斯基在《破产债户》的基础上写成了第一部大型喜剧《自家人好算帐》,刊登在 1850 年 3 月的《莫斯科人》杂志上。作者在喜剧里以讽刺的笔法描绘出一幅商人阶层的生活风俗画,暴露了资产阶级惟利是图的本质。商人博利绍夫为了获得更多的财产,把自己的资本和商品都转到一向忠于自己的店员波德哈柳津名下,然后伪装抵押给他而宣告破产,想以此欺骗债主达到赖账的目的。但是博利绍夫失算了。店员波德哈柳津并不如他想象的那样诚实,恰恰相反,是个十足狡猾的骗子。他不但乘机霸占了博利绍夫的全部财产,而且还娶了他的女儿。商人博利绍夫则因无钱还债而被关进了监狱。本来只需付给债权人一部分债款就可保释博利绍夫出狱,但丧尽天良的女儿和贪得无厌的女婿却一毛不拔,不肯营救自己的亲人。资产阶级惟利是图的本质和资本主义社会中人与人是虎狼关系的法则,在喜剧中被揭露无遗,这就是剧本获得极大成功的原因。果戈理对剧本非常赞赏。统治阶级对剧本的态度则完全相反。沙皇尼古拉一世亲自下令禁止上演该剧,作者也受到警察的秘密监视并被迫辞去公职。

这部喜剧在奥斯特罗夫斯基的创作中占有极重要的地位。这不仅因为它是剧作家的第一部成功之作,而且也因为它代表一种新的戏剧体系——俄罗斯民族的"生活的戏剧"的诞生。

继《自家人好算帐》之后,1852 年奥斯特罗夫斯基又发表了第二个喜剧《穷新娘》,继续揭露丑恶的现实。

50 年代初,奥斯特罗夫斯基与保守杂志《莫斯科人》中一批斯拉夫派作家、评论家、诗人很接近,并参加了该杂志的编辑工作。在他们的思想影响下,他对自己早期的创作方向一度产生了动摇。这期间他接连在《莫斯科人》杂志上发表了三个明显染有斯拉夫派思想色彩的剧本,即《各守本份》(1853)、《贫非罪》(1854)和《切勿随心所欲》(1856)。在这些剧本里他不仅减弱了对俄国商人阶层的抨击,而且美化了商人的宗法制生活与习俗。这些错误思想在喜剧《贫非罪》里表露得特别明显。喜剧的主人公戈尔杰伊·托尔卓夫是个顽固的外省商人。他看上了另一个富商科尔松诺夫的万贯家产,因此不顾女儿的幸福,决定将她嫁给这个比她大几十岁的工厂主。但当他受了科尔松诺夫的侮辱后,又突然改变主意,决定不把女儿嫁给他,并且在自己的兄弟柳比姆·托尔卓夫的敦促下幡然悔悟,将女儿嫁给了穷店员米嘉。剧作家在这里一方面揭露商人家庭中的宗法式统治,同时又企图证明那些顽固暴君不是不知悔改之辈。奥斯特罗夫斯基的这种倾向受到以车尔尼雪夫斯基为代表的革命民主主义阵营的严肃批评。车尔尼雪夫斯基认为剧作家的三个"斯拉夫主义剧本"正是他思想上与《莫斯科人》杂志有密切联系的产物。三个剧本有同样的目的,即美化俄国商人的宗法制生活方式与家庭道德。

50年代后半期,俄国进步社会力量和农民运动不断高涨,农奴制度濒于崩溃。沙皇政府在克里木战争中充分暴露出它的腐败与无能。这些事件打破了剧作家对俄国宗法制的迷信,他很快意识到自己的错误并开始疏远斯拉夫派。1856年他离开《莫斯科人》杂志,转向《现代人》杂志。

1856年奥斯特罗夫斯基应海军部的邀请,以"文学考察团"团员的身份沿伏尔加河作了一次长途旅行。这次旅行在剧作家的创作生活中具有极大的意义。它使剧作家更深入、更广泛地了解了伏尔加河两岸各阶层人民的生活,凭吊了许多与重大历史事件有关的地方,为以后的创作搜集了不少珍贵的材料。这次旅行归来后,他写了一系列剧本:《他人喝酒自己醉》(1855)、《肥缺》(1856)、《节日好梦饭前应验》(1857)、《性格不合》(1857)、《养女》(1858)及《大雷雨》(1859)等。剧作家在这些剧本中一方面深刻揭露了"黑暗王国"中商人的专横愚昧、官吏的贪赃枉法、资产者的拜金主义,一方面满怀同情表现了穷人和被压迫者在这里的艰难处境;尤其可贵的是,写出了这个"黑暗王国"中的"一线光明"。《肥缺》是1856年剧作家发表在《现代人》杂志上的主要作品。它在奥斯特罗夫斯基的创作中占有重要地位,标志剧作家已克服斯拉夫主义的错误倾向,回到批判现实主义道路上来。在喜剧《肥缺》中,剧作家扩大了批判范围,揭露了官僚制度和各级官吏们奴颜婢膝、假公济私、贪污受贿等丑恶面貌。剧中塑造了三个职位等级不同的官吏:上层官僚维希涅夫斯基、中下层官吏尤索夫与别洛古波夫。他们的共同特点是:为了能过上豪华而又荒淫无耻的生活,不惜以最卑鄙的手段营私舞弊。作者在剧中讽嘲的不是官僚界的某些方面,而是俄国整个官僚主义的政府机构。在这个官僚主义世界里,贪官污吏绝不是个别现象。大官僚维希涅夫斯基道出了社会舆论的真相:"我们没有社会舆论……也不可能有……对于你,社会舆论是:没有被抓住就不是贼……"

与这些贪赃枉法之徒相对立的是青年官吏查陀夫。他是个受过教育,诚实、勤劳的青年。他不愿与这批贪官污吏同流合污,常常猛烈抨击官场恶习。他想靠自己的诚实劳动,凭"纯洁的良心"生活。但当他触犯了舅父维希涅夫斯基,抛弃了他提供的"肥缺"之后,贫穷使他陷入困境。他终于决定再去请求舅父给他一个"肥缺"。但这时维希涅夫斯基已被撤职法办。于是查陀夫又恢复了自己必胜的信心。剧本最后以维希涅夫斯基、尤索夫和别洛古波夫身败名裂、倾家荡产、被捕入狱而告终。奥斯特罗夫斯基对俄国官场的揭露是深刻的,但在结尾部分又似乎想以这些官吏们的下场来证明政府当局是公正的,是明辨是非和秉公办事的。这是不真实的,表现出作家对俄国社会的揭露还不够深刻。

60年代,奥斯特罗夫斯基对俄罗斯的许多历史事件产生了浓厚兴趣,并用来作为这一时期他创作中的主要题材。他的一系列历史剧中最著名的有:《柯兹玛·扎哈里奇·米宁-苏霍鲁克》(1861),《司令官,又名伏尔加河上之梦》(1865),《僭主德米特里与瓦西里·隋斯基》(1866),《土欣诺》(1866)等。剧作者在历史剧《米宁-苏霍鲁克》中显示了人民群众对俄罗斯祖国的伟大的爱和他们为保卫祖国不受外来侵略而斗争的决心,塑造了17世纪反对波兰贵族的英雄形象——米宁。在《司令官》中表现了伏尔加河沿岸各阶层(贵族、市民、农民、逃亡者)团结一致反对沙皇司令官的残暴统治。60年代尖锐的社会矛盾促使剧作家突破过去商人日常家庭生活的题材而面向政治关系问题。但他的历史观有其弱点,他更多地看到民族矛盾(《僭主德米特里与瓦西里·隋斯基》)而忽视了民族内部的阶级斗争(《司令官》)。

70至80年代俄国社会经济形态的特点是,一方面资本主义以较快的速度继续向前发展,另一方面仍然保存着大量农奴制残余。俄国资本主义的迅速发展加速了贵族阶级的衰落和瓦解。奥斯特罗夫斯基这一时期的剧作愈益广泛地反映出处于新条件下的俄国现实。

从60年代末到70年代,剧作家经常描写的主题是没落贵族和新兴资产者的经济与道德面貌问题。在喜剧《智者千虑必有一失》(1868)、《来得容易去得快》(1869)、《森林》(1871)、《狼与羊》(1875)、《真理固好,幸福更佳》(1876)、《没有陪嫁的姑娘》(1878)等作品中,没落贵族的寄生、腐朽、道德堕落,新兴资产者的惟利是图、野心勃勃等本质特点都暴露得淋漓尽致。在喜剧《来得容易去得快》中作者刻画了一群没落贵族代表人物,其中地主的女儿丽佳·切鲍克萨罗娃为了追求金钱和享受竟不惜出卖自己的色相。在喜剧《森林》和《狼与羊》中,女地主古尔梅斯卡娅和穆查威茨卡雅是另一种类型的贵族。她们表面上都保持着贵族优裕、幸福的生活,但也无可避免地染上了道德堕落的通病。古尔梅斯卡娅是个行为放荡的寡妇,她不顾自己已经年过半百,仍然整天谈情说爱,嫁给了一个没有毕业的中学生。穆查威茨卡雅是个伪善的女地主,她为了维持自己的幸福生活,竟不惜利用伪造的信件与票据进行欺骗与敲诈。

剧作家对新兴的资产阶级同样持否定态度。在《真理固好,幸福更佳》、《没有陪嫁的姑娘》等戏剧中,他刻画了新的吸血鬼——新兴资产者的真实肖像。《没有陪嫁的姑娘》中的富商克努罗夫和奥热瓦托夫是两个欧化的资产者的典型。他们可以为了一千卢布的陪嫁而残忍地破坏少女拉里莎的爱情,也可以无耻地把她像货物那样抵押出去。这时期与描绘破落贵族和新兴资产者同时,奥斯特罗夫斯基还继续揭露了官僚世界的丑态(《穷人暴富》,1872;《迟到的爱情》,1879 等)。

70年代作家在讽刺和揭露"黑暗王国"的同时,也在自己的作品中表现了一些光明的因素,塑造出一些出身平民的劳动知识分子和艺术家的正面形象。《森林》中的不幸人,《名伶与捧角》(1882)中的梅卢佐夫、《无辜的罪人》(1883)中的涅兹纳莫夫都属于这类形象。他们虽然没有达到革命民主主义思想的高度,但已意识到贵族资产阶级的丑恶与腐朽,表示了不满与反抗。他们把宣传民主主义的启蒙思想当作自己的任务。梅卢佐夫敢于面对面地向贵族资产阶级代表人物说道,"你们使人堕落腐化,而我使人有知识。"演员不幸人极端蔑视显贵与资产者,对自己的劳动充满自豪感,表达了艺术家的高尚感情。他对女地主古尔梅斯卡娅说的一段话充分说明了这点:"做戏的?不,我们是艺术家,高贵的艺术家,你们才是做戏的。我们要爱就爱;要不爱就争吵或是大打一场;要帮忙,就连最后一文血汗钱也拿出来。你们呢?你们一辈子在谈社会福利,谈人类爱。可是你们做了些什么?"

《雪女》(1873)在奥斯特罗夫斯基的创作中占有特殊的地位。它是一部取材于俄罗斯民间创作的神话剧,充满诗意,所以剧作家曾称这部作品为春天的神话。作者在这里巧妙地利用了丰富的俄罗斯民间口头创作,其中包括举行各种仪式时所唱的歌谣、喜庆祝词、谚语、俗语、传说等。俄国著名作曲家彼·伊·柴可夫斯基和李姆斯基-柯尔萨科夫曾先后为此剧谱曲。从那时起,《雪女》就一直是俄国和苏联歌剧舞台上的保留剧目。

奥斯特罗夫斯基在他一生的最后十年里与一些青年剧作家合写过一些剧本,并致力于建立俄罗斯民族剧院。还在1870年,由于他的努力成立了俄罗斯剧作家协会。此后他又多方呼吁发展民族戏剧,建立私营剧院,为此付出了大量劳动。1886年1月,他被任命为莫斯科剧场的领导,负责剧目部。但半年后,他因病于1886年6月14日逝世。

《大雷雨》

悲剧《大雷雨》是奥斯特罗夫斯基最重要的作品。它是根据作家沿伏尔加河考察所获得的印象写成的。剧本于1860年在《读书文库》杂志第一期上首次发表,同年3月出版单行本。《大雷雨》发表在农奴制改革前夕,正当要求废除农奴制的社会运动日益高涨时期。因此,剧本的问世对"黑暗王国"的专横统治无疑是一种坚决的反抗。

剧作家在《大雷雨》中提出了当时最迫切的社会问题之一,即妇女如何摆脱封建家庭中的奴役地位获得解放。剧本的基本冲突是新风尚与旧传统、被压迫者要求自由生活的权利与压迫者维护宗法制秩序之间的斗争。剧情发生在伏尔加河岸一个普通小城市卡里诺夫城。这是一个风景优美的城市。剧本一开始钟表匠库利金欣赏着伏尔加河风景时赞叹道:"奇妙,应该说真奇妙!……我天天看伏尔加河看了五十年,可是我老是看不够。"然而,在这风景如画的城市里,人们却过着痛苦的生活,无心欣赏大自然的美景。作者以惊人的艺术力量再现了农奴制改革前夕伏尔加河沿岸城市生活的典型画面。这是一种闭塞、愚昧、落后、野蛮的生活,封建宗法制成规统治一切。市民们忍受着顽固分子的欺侮与压迫,人的尊严受到严重的摧残。剧中库利金的独白充分说明了这点:"我们城里的风俗是残忍的,残忍的!在这些小市民里,先生,您所看见的只是粗暴和赤贫……"富人对穷人的压榨和奴役,商人之间的尔虞我诈、互相欺骗,小市民的愚昧、无知,妇女在家庭中的奴隶地位——这些就是卡里诺夫城生活的特点。

剧情是围绕着旧传统、旧秩序的维护者——商人季科伊和卡巴诺娃两家展开的。淳朴、善良、性格倔强的卡捷琳娜离开幸福地度过少女时代的娘家,嫁到了愚昧无知、专横跋扈的卡巴诺娃家里。丈夫季洪软弱无能,甚至不能保护妻子不受婆婆的侮辱与虐待。孤独的卡捷琳娜爱上了商人季科伊的侄子鲍里斯,并大胆地去追求个人幸福。但同样软弱的鲍里斯在叔叔威逼下抛下卡捷琳娜而出走。无依无靠的卡捷琳娜在婆母的逼供下,在大雷雨中忏悔了自己的"罪行",然后投水自尽了。

季科伊和卡巴诺娃是农奴制改革前俄国商人阶层的典型代表,宗法制生活秩序和一切旧传统的维护者。但两人的性格又不尽相同。季科伊是卡里诺夫城里的富商,一个典型的顽固分子。他生性暴躁,目中无人,在外稍不如意就对人无理谩骂,在家里更是专横到极点。为了避开他的怒火,妻子儿女不得不一连几个星期躲在阁楼和堆房里。侄儿鲍里斯更在经济上、精神上受到他百般刁难、迫害。贪婪爱财是他的主要特点之一。他仗着自己的权势任意敲诈勒索穷人。如果有人向他要账,他虽然还账,但非把要账人痛骂一顿不可。他还以最无耻的抢劫方式剥削自己的雇工,用他的话来说就是"每年我雇用的人很多……如果我少给每个人一个戈比,那我就可以积成好几千卢布了,这对我多好!"穷人没办法控告他,因为他和市长可以称兄道弟。无知是季科伊的另一特点。这特别突出地表现在他与库利金关于避雷针的谈话中:

季科伊　照你的意思,雷是什么? 嗄? 喂,你说!
库利金　电。
季科伊　(跺脚)又是电! 你真是个强盗! 打雷是老天爷处罚我们,好让我们改过;可是,你却要用杆子什么的去挡它,真罪过! 你是鞑靼人不是? ……

季科伊的语言鲜明地体现了他的为人。他待人粗野、蛮横,因此他的语言里充满着骂人的词汇和形容词,如"强盗"、"蛆"、"蠢货"、"鞑靼人"、"该死的懒鬼"等。

卡巴诺娃是"黑暗王国"的另一种代表。她不仅专横、无知、守旧,而且狠毒、伪善。在家庭里她主宰一切,儿女不能有任何违背她的意志的行为。她要求年轻人绝对服从长辈,妻子必须百依百顺。她拚死维护一切宗法制生活的陈规旧习,绝不允许家里任何人破坏它们。卡巴诺娃仇恨一切新生事物。当女香客费克卢莎告诉她关于火车的消息时,她回答说:"就是你撒金子给我,我也不坐它。"但她已预感到"年头儿不对了","老规矩完蛋了","末日要来了"。她在家里不停地折磨、迫害自己的亲人。她不仅逼死卡捷琳娜,就连亲生儿子季洪也成了她残酷折磨的牺牲品。与季科伊不同,卡巴诺娃的残暴本质往往被她的虔诚的假面具所掩盖。"她是个假善人! 她肯施舍叫化子,可是对家里的人却狠极了……"库利金一语道出了她的伪善本质。

季洪与鲍里斯是"黑暗王国"中的受害者,也是卡巴诺娃和季科伊专横压迫的直接牺牲品。季洪是在母亲的专制与压迫下长大的,自幼就习惯于在一切事情上都服从母亲,长大成人后,仍然不敢违抗母亲的旨意。在"黑暗王国"的环境里,在卡巴诺娃的直接威力下,他成了一个没有个性、软弱无能、逆来顺受的人。他对专横的母亲惟命是从,甚至连想都没有想到要过独立的生活。他不仅不能减少妻子的痛苦,而且还遵从母亲的命令侮辱妻子。在某种程度上他也是导致卡捷琳娜死亡的罪魁之一。

鲍里斯外表与众不同,他受过教育,有文化,但实际上也和季洪一样,是个性格懦弱,屈服于命运的人。季科伊不但侵吞他的财产,而且还侮辱他,但他只会埋怨诉苦。他深知自己在叔父手下生活的艰难,却又没有足够的勇气摆脱这种困境。他爱卡捷琳娜,但眼看着她受尽折磨又不敢向她伸出援救之手,只会劝她服从命运,自己则听从叔父之命,远走他乡。正如杜勃罗留波夫所说,"鲍里斯不是英雄,他远远配不上卡捷琳娜;她之所以爱他,只是因为再没有别人比他更好。"[1]屈服于

---

[1] 《杜勃罗留波夫选集》第 2 卷,上海文艺出版社,1961 年,第 435 页。

季科伊的残暴统治,在爱情问题上缺乏斗争性,这就是鲍里斯不幸的主要原因。

戏剧的中心人物是卡捷琳娜。她不但是奥斯特罗夫斯基的戏剧中,也是俄罗斯文学中最美好的妇女形象之一。杜勃罗留波夫认为"卡捷琳娜的性格,不但在奥斯特罗夫斯基的戏剧中,而且还在我们整个文学中迈进了一步。这种性格是符合于我们人民生活的新阶段的"。① 这是说,当时俄国社会已经发展到需要用革命行动推翻专制农奴制度的时刻,善良但软弱的人是无用的,社会迫切需要果敢、坚毅、能付诸行动的人。卡捷琳娜就是这样的性格。

卡捷琳娜自幼生长在一个愉快、自由、无忧无虑的环境中。那时,她的生活充满欢乐,可以做自己爱做的事。她在大自然中徜徉,在天鹅绒上绣花,听香客们讲各种神奇故事,或去教堂做礼拜,虔诚地祷告上帝。卡捷琳娜那种爱幻想、富有诗意和爱好自由的性格正是在这种环境中形成的。与季洪和鲍里斯的软弱无能、逆来顺受性格完全相反,卡捷琳娜是个刚强的女子,为了摆脱她所厌恶的环境和生活可以不惜一死。卡巴诺娃的家庭既沉闷又冷酷无情。卡捷琳娜在这里一方面要默默忍受婆母的无理刁难,另一方面从丈夫那里也得不到理解和支持。她的生活是极端痛苦的。因此,使她与这个令人窒息的黑暗环境发生了无法调和的冲突。这时,在她的生活道路上出现了一个看来与众不同的人——鲍里斯。她内心的热情迸发了。她爱上了鲍里斯。虽然她知道这种爱情只会带来悲惨的结局,但她仍不顾一切地爱着他,因为她把鲍里斯看成能够帮她摆脱"黑暗王国"可怕处境的救星。但鲍里斯却不敢这样做。她的一切希望都趋于破灭。在面临着向季科伊们和卡巴诺娃们的残酷统治屈服或抗争到底的抉择时,她选择了后者,纵身跳入伏尔加河,坚决以死来向专制暴虐势力表示抗议。

造成卡捷琳娜的悲剧的根本原因在于专制农奴制。这不仅表现于外在的旧势力的顽固与猖獗;同时,那个制度向人们头脑中所灌输的宗教观念和宗法制偏见也必然给反抗者带来困难。换言之,卡捷琳娜还必须战胜内心种种偏见才能昂首进行斗争。而这对于卡捷琳娜是十分困难的。她笃信宗教,她在热烈追求幸福的同时,内心又认为她不爱丈夫而爱鲍里斯是一种罪恶,带着这种罪恶去见上帝是可怕的。一方面她内心向往自由,自发地争取自由生活的权利;另一方面宗教偏见又阻止她去作积极的反抗。因此,迫使卡捷琳娜走上绝路的不仅是"黑暗王国"里外在的顽固势力,而且还有长期束缚着人们思想的宗教意识,这同样是一种强大的反动力量。卡捷琳娜的死是悲惨的,但决不是软弱的,而是勇敢的。她的死,用杜勃罗留波夫的话来说,是"对顽固势力的可怕的挑战……我们从卡捷琳娜身上看到了对

---

① 《杜勃罗留波夫选集》第 2 卷,上海文艺出版社,1961 年,第 397 页。

卡巴诺娃们的道德观的抗议,这是一种坚持到底的抗议,在家庭拷打之下,在这个可怜的女性纵身跳入的深渊上面,都发出了这种抗议。"①

卡捷琳娜是俄国封建势力压迫下的一个普通妇女。她的反抗虽然是自发的,但也需要非凡的勇气和毅力。她的反抗表现了俄罗斯人民的勇敢、刚毅的性格。具有这样性格的人民是不会长期忍受压迫的。因此杜勃罗留波夫认为《大雷雨》所产生的印象并不比剧作家其他剧本更沉重,其中"甚至有一种使人神清气爽、令人鼓舞的东西……卡捷琳娜的性格本身,也使我们呼吸到了一种新的生命"。② 因此批评家称卡捷琳娜为"黑暗王国中的一线光明"。

库利金在剧中具有重要的意义。这个形象也可以说是"黑暗王国"中的一线光明。他的悲剧仿佛是卡捷琳娜悲剧的补充。他是卡里诺夫城里的一个小市民、贫穷的钟表匠、自学出来的机械师。他爱好诗歌,是个启蒙者、空想家。他认为科学和文化教育能改变世界。他关心穷人的福利,幻想发明一种自动钟,以出卖专利权得到的钱用于社会福利事业。但是他虽具有清醒的智慧,看透了城里的"残忍的风俗"和社会的不平,却没有走上反抗的道路,相反还劝人们忍耐和顺从。

季科伊的店员库德里亚什是另一种性格的人物。他虽然没有受过教育,但为人正直、勇敢,行事敢作敢当。他不仅敢当面斥骂季科伊和卡巴诺娃等人,而且还敢和瓦尔瓦拉一起逃出"黑暗王国"。但他的反抗基本出于个人的报复,缺乏深刻的社会含义。

悲剧《大雷雨》无论从思想内容和艺术价值来看都是俄罗斯戏剧文学中杰出的作品之一。在论及《大雷雨》的艺术价值时,冈察洛夫曾经这样写道:"无论从哪方面来看,——从作品的布局方面,或者剧情发展方面以及人物性格方面——这个剧本处处都表现着创造力的强大、观察的敏锐和雕琢的精巧。"③

《大雷雨》布局匀称,剧情发展合乎内在规律,协调而自然,体现了奥斯特罗夫斯基的基本创作风格。

剧本中舞台背景的利用特别引人注目。《大雷雨》是俄罗斯文学中第一个利用大自然作为剧情背景的戏剧。剧中自然景物起着双重作用,一方面它是剧情发展的一幅背景,如剧情开始时卡里诺夫城的"残忍风俗"与美丽的伏尔加河风景形成鲜明的对照。另一方面它也参与人物的内心活动。风景的变换与剧情内容有机地结合在一起,例如,雷雨在剧中就起着这样的作用。当大雷雨袭来时,往往是女主

---

① 《杜勃罗留波夫选集》第 2 卷,上海文艺出版社,1961 年,第 438 页。
② 同上书,第 397 页。
③ 《俄国评论界论奥斯特罗夫斯基》,俄文版,国家文学出版社,1953 年,第 372 页。

人公心情最紧张的时刻。这不仅加强了戏剧效果，而且更深刻地揭示出卡捷琳娜的心理活动。

剧作家用对照的方法突出了人物的不同性格。剧中有两对男女的恋爱经历平行发展：卡捷琳娜与鲍里斯的爱情具有抒情、忧伤的调子；而瓦尔瓦拉与库德里亚什的爱情则显得比较质朴、粗犷。在展示他们的恋爱经历时，作者对照了他们迥然不同的性格：内心世界丰富、宁死不屈的卡捷琳娜；天真、朴实、把人生看得很简单的瓦尔瓦拉；软弱无能、缺乏斗争性的鲍里斯和活泼、机灵、敢于反抗的库德里亚什。

个性化的语言是《大雷雨》在艺术上的又一特点。剧中每个人物的语言都与他们的身份、职业、精神面貌相吻合。卡捷琳娜的语言充满抒情色彩。她善于利用民间口头创作和宗教文学中的词句丰富自己的语言。季科伊的语言则粗鲁、不连贯，充满骂人的词句。各种人物的语言差异鲜明地显示出他们的不同面貌和不同性格。同时，作家还用"表意性"或"象征性"的姓氏来强调人物的特殊面貌，如季科伊含义为野蛮，卡巴诺娃则意为野猪。在《大雷雨》中剧作家还利用了歌谣、格言、俗语、俚语等使全剧语言生动、活泼，丰富多彩。

奥斯特罗夫斯基是俄国杰出的现实主义戏剧大师。他继承俄国戏剧先辈冯维辛、格里鲍耶陀夫、普希金和果戈理的优秀传统，并在自己的创作中发展了它。他一生写了近五十个剧本，创造了真正的俄罗斯民族戏剧，为俄国戏剧事业的发展做出了巨大的贡献。奥斯特罗夫斯基用自己的戏剧创作扫除了当时充斥俄国戏剧舞台的外来的浮夸的悲剧、通俗趣剧、闹剧和一些宣扬专制制度的官方戏剧，使俄国的戏剧舞台面貌为之一新。深刻的现实主义是奥斯特罗夫斯基的创作的基本特征。他在自己的作品中展示了俄国生活的广阔画卷，这里不仅有俄国的社会生活和商人家庭生活中的专横跋扈、粗暴无知，也有当时社会的一般风俗人情，使人感到浓郁的俄罗斯生活气息。他的剧中人物不仅有贵族、官吏、商人，也有贫民、手工业者、知识分子、演员、农民乃至店员、香客、媒婆等。因此杜勃罗留波夫称奥斯特罗夫斯基的戏剧为"生活的戏剧"。

列宁对俄国民族戏剧家奥斯特罗夫斯基评价很高，他在自己的著作中曾多次引用作家所塑造的顽固保守的商人的典型形象。

第十四章 涅克拉索夫

　　涅克拉索夫(1821—1878)是俄国解放运动第二阶段最著名的革命民主主义诗人。他充分发扬俄罗斯文学的优良传统,大胆地开拓了一代诗风,将俄国诗歌推进到一个新的阶段。涅克拉索夫的诗歌紧密结合当时的政治斗争,具有高度的思想性,充满爱国主义精神和公民责任感。他描述社会底层生活和农民生活的诗,代表了千百万人民的呼声,反映了广大劳动人民的苦难和愿望。因此,列宁认为涅克拉索夫是农民革命的忠实表达者。在19世纪40年代至70年代,涅克拉索夫还先后主持过两个文学刊物——《现代人》(1847—1867)和《祖国纪事》(1868—1877),他惨淡经营,使其成为进步阵营的喉舌,革命力量的组织者。在俄国解放运动中起了重大作用。

　　列宁很喜爱涅克拉索夫的诗,并经常引用他的诗句揭露自由主义、孟什维主义、取消主义等论敌。

生平与创作

　　尼古拉·阿列克谢耶维奇·涅克拉索夫1821年生于乌克兰波多里斯克省涅米罗夫镇。父亲是个残暴的军官。他三岁时父亲退伍,举家迁往雅罗斯拉夫尔省格列什涅沃村的庄园,他的不愉快的童年就是在这里度过的。他在这里目睹了农民的悲惨遭遇和他父亲这个典型的农奴主对待农民甚至自己妻儿的残暴行径。他还曾徜徉在村边伏尔加河畔,目睹忧郁而沮丧的纤夫们,倾听他们凄凉的哀号和无力的呻吟。他还带着惊异的心情,望着一批批钉了镣铐的政治流刑犯被解往西伯利亚。所有这些都给涅克拉索夫幼小的心灵留下不可磨灭的印象。他憎恨那些压迫、剥削农民的地主和周围的贵族环境。

　　1832至1837年,他在雅罗斯拉夫尔中学读书。这时他对文学发生兴趣,阅读了大量的文学作品,他喜爱普希金的《自由颂》,并开始写诗。

　　1838年,涅克拉索夫被送进彼得堡军事学校,但他违背父亲的意愿,径自到彼得堡大学去旁听。父亲在一怒之下,断绝了他的全部费用。从此,不满十七岁的涅克拉索夫,便长期过着饥寒交迫的生活。他说:"整整三年,我经常每天都感到饥饿。"正如卢那察尔斯基所说,"涅克拉索夫是作为一个有知识的无产者、作为城市贫民的真正代表度过他的青年时代的大部分岁月的。"①他住在贫民窟,为了不至饿死,什么苦活他都干过,可以说与广大的劳动人民同悲戚、共命运。残酷的生活和40年代的进步思潮,逐渐培养起他写诗的才能,并逐步形成他的政治立场。

涅克拉索夫在1840年出版了第一部诗集《幻想与声音》。这些诗带有明显的浪漫主义色彩和模仿的痕迹。诗中的主人公大都是与实际生活相距甚远的概念化人物。别林斯基曾指出他的诗缺乏独创性。不过,即使在这本诗里,我们也还可以看到作者论诗人与人民的关系的诗句:

>   谁要是在遭受苦难的兄弟的病榻前,
>   不流眼泪,谁要是心里没有丝毫的同情,
>   谁要是为了黄金而把自己出卖给别人,
>   这种人就不是诗人!

1842年他结识了别林斯基,这在他的一生中是件大事。1842年果戈理的《死魂灵》发表,轰动了整个俄罗斯。涅克拉索夫和许多年轻人一样,狂热而贪婪地阅读这部杰出的作品。别林斯基立即察觉《死魂灵》的巨大意义,号召青年作家沿着果戈理开辟的批判现实主义道路前进。别林斯基经常关怀涅克拉索夫的成长,他在诗人革命民主主义世界观的形成、美学原则和创作方法的确立等方面都曾给过他不少帮助和指导。1845年,别林斯基读过涅克拉索夫的特写《彼得堡的角落》后,兴奋地把涅克拉索夫看作是果戈理的继承人。涅克拉索夫在1845年写的《在旅途中》深深地感动了别林斯基。当诗人向他诵读了这首诗之后,别林斯基抱住他,激动地说:"您是个诗人,真正的诗人!"别林斯基充分理解涅克拉索夫正在成长的民主主义诗歌的实质,他是第一个预言涅克拉索夫"将在文学上发生影响"的人。

涅克拉索夫于1847年接办《现代人》杂志,从此他几乎一直没有离开过编辑工作,他将《现代人》以及后来由他主持的《祖国纪事》先后办成革命民主主义的社会论坛,始终保持着进步倾向。涅克拉索夫不仅是著名的诗人,同时还是卓越的出版家、编辑工作者和文学评论家。

他在40年代主持出版的《彼得堡风貌素描》(1845)和《彼得堡文集》(1846)在当时被称为"自然派"作家的文集,实际上是"自然派"的宣言。这些文集巩固了批判现实主义的地位,文学题材更加广阔,民主色彩更加鲜明,批判揭露性更加强烈。

---

① 卢那察尔斯基:《论文学》,人民文学出版社,1983年,第163页。

这时候,涅克拉索夫坚定地走在以果戈理为首的"自然派",即批判现实主义的道路上。

涅克拉索夫在40年代已经是一个坚定的民主主义者。他在谢德林之前就写了大量的讽刺作品,揭露当时社会中人与人之间的关系。对敌人、对剥削阶级的辛辣讽刺贯穿他的全部创作。他继承了果戈理的传统,并以更高的思想发展了这一传统。他的诗歌是在40年代革命思潮以及科学、文艺和文学评论都有长足发展的情况下成长起来的。

涅克拉索夫40年代创作的题材主要是城市生活,特别是城市中的贫民生活。

他在1845年写的《摇篮歌》中,揭露大官僚们的贪赃枉法。这是一首极有胆识的讽刺诗,它直接攻击了当时执政的权贵和专制政体的爪牙,揭露他们总是以阿谀逢迎、猎取高官厚禄和社会地位的无耻行径。《摇篮歌》的发表使反动阵营极为恼火,甚至十年后他们也没有忘记。1856年反动文人布尔加林在写给"第三厅"的报告中,列举了涅克拉索夫的《摇篮歌》和其他一些诗,声称:"涅克拉索夫是一个最狂妄的共产主义者……他为革命拼命地呼号。"

涅克拉索夫在组诗《街头即景》(1850)中表现出对穷人的无限同情。其中《小偷》一首最为人称道。诗人理解产生犯罪的社会原因,他对为饥饿而行窃所受到的惩罚提出抗议,他认为这是一个"丑恶的场面"。他以轻蔑的口气说到那个"失窃了一块面包"的小贩,而对小偷的描写则充满了深厚的同情。另外三首写的是被迫送子从军的悲惨情景、穷人家孩子的夭折、马车夫万卡的可怜生活。最后,诗人把自己在街头所得的一切印象概括为一句话:"我仿佛到处都看见悲剧"。涅克拉索夫忠实地描写了这些触目惊心的社会现象,使贵族自由派作家大为不满。鲍特金在读了《彼得堡的角落》以后说道,涅克拉索夫的文学活动是"低级的"、"这样的现实在文学中是不许可的,这种现实是有害的"。

涅克拉索夫40年代的创作虽然主要是描写城市生活,但随着农民运动的发展,他也逐渐注意到农村。《故园》(1846)体现了诗人早期创作的基本特征,对于全面理解涅克拉索夫的创作具有重大意义。这首诗取材于作者自己童年和少年时代的经历。他怀着憎恨和愤怒的心情描写了地主庄园生活,在这里遭受压迫的不只是农奴制压迫下的"奴隶",而且还有住在庄园上的全体居民。他认为这种生活是"无益而空虚的",是"在豪华的酒筵和荒诞的傲慢中,在可耻的荒淫与卑鄙的横暴中度过的"。当一些贵族作家还在无限留恋地描绘自己庄园的时候,涅克拉索夫却已对自己的故园的破落感到欣慰,他"愉快地看见黑压压的松林已被砍掉"、"空寂的阴暗的房子也倾向了一边"。应该说,当一些贵族自由派作家还仅止于谴责农奴制度的某些畸形现象,并要求以人道的态度对待农民的时候,涅克拉索夫却已在抗议那建筑在农奴制基础上的整个社会制度了。

50至60年代是俄国社会意识觉醒的时代,农民运动急剧高涨,解放运动已完成了由贵族革命阶段向平民知识分子阶段的过渡。革命民主主义阵营的领袖,平民知识分子革命家号召农民"拿起斧头",推翻专制农奴制度。在这一新形势下,涅克拉索夫以自己的火热的诗捍卫农民利益,唤醒农民的觉悟。他的创作不仅题材转向农民,而且还提出劳动和社会斗争的新主题,并塑造了新的正面人物平民知识分子革命家的形象。他在这一时期——50年代所写的《诗人与公民》(1856)、《别林斯基》(1855)、《大门前的沉思》(1858)、《叶廖穆什卡之歌》(1859)、《伏尔加河上》(1860)等诗,都是思想性和艺术性很强的名篇,甚至可以说是构成俄罗斯诗歌发展的整整一个时代的代表作。

《诗人与公民》是一篇革命诗歌的宣言,它提出了50年代进步知识分子关于文学和艺术问题的主要纲领,它认为诗人首先要做一个公民,当一个战士。

> 你可以不做诗人,
> 但必须做一个公民。

涅克拉索夫反对脱离现实的"纯艺术"观点,号召诗人积极干预生活,参加当前的斗争。他讥讽自由派只是一些"说得多、做得少"的人,指出只有革命者才是俄国"当之无愧的公民"。他满怀激情地召唤:

> 为了祖国的光荣,为了信念,
> 为了爱而去赴汤蹈火吧……
> 去吧,无可指责地去牺牲!
> 你不会白白地死去:事业将会永存!
> 假如为这一事业有鲜血在汩汩地流动。

这些诗句不仅使人想起雷列耶夫、普希金、莱蒙托夫这些反对专制政体的牺牲者的命运,而且使人感到诗人的事业之所以不朽,就在于诗人能"为时代的伟大目标服务"。涅克拉索夫始终不渝地坚持这一信念,他在临终前的《致洛娜》中还写道:

> 谁如果要为这时代的伟大目标服务,
> 把自己的一生完全献给
> 那为了实现人与人是兄弟关系的斗争,
> 那他就能在死后得到永生……

《大门前的沉思》证明,涅克拉索夫的诗已日臻成熟,他一生创作中的三个重要方面——现实主义的描写,对敌人、对剥削阶级的尖锐讽刺,直接向人民发出革命的号召,在这首诗里都得到充分而鲜明的表现。诗的灵活的形式完全符合作品丰富的内容和充实的思想。

诗人怀着无限同情描写来到权贵的门前求见的农民,他们"肩上披着破烂的衣衫,那伛偻的背上各背着一个行囊,颈上系着十字架,而那一双双穿着草鞋的脚上布满了斑斑的血痕","带着希望和痛苦的神情",仿佛是从遥远的乡村来到官邸的门前。他们显然是要请求什么,而且很可能是抗议地主的压迫。然而看门人对这些可怜无告的农民却无丝毫的同情,终于把他们赶走了。诗人这时怒不可遏,将诗的锋芒立刻转为对权贵的愤怒控诉。随着对这位权贵的恶行的层层揭露,诗的调子也愈益激昂,直至最后达到感情最激越的高潮。作者对这批压在人民头上作威作福的老爷做出了严厉的判决:"而你就要进入坟墓了……英雄,你被祖国悄悄地咒骂着……"

我们在诗的结尾,看到一幅被奴役的群众的画面,听到诗人对祖国和人民命运忧心如焚的"沉思":

> 请给我指出这样的处所,
> 这样的角落我还不曾见过,
> 在那里你的播种者和保护人——
> 俄罗斯的农民可以不再呻吟……

诗人将广大劳动人民的"巨大的悲哀"比作伏尔加河的春汛,甚至比春汛更加"茫茫无际":

> 伏尔加,伏尔加,在春天涨水的时候,
> 你横扫田野,茫茫无际,
> 但怎比得人民巨大的悲哀,
> 到处泛滥在我们这辽阔的土地……

伏尔加河的形象是浩淼无边而又强大有力的体现。人民不只是呻吟,而同时也在聚积力量同压迫者进行斗争。不言而喻,当时优秀的俄国人都期待着这种呻吟和长期忍耐的结束。诗的结尾部分表现出诗人在深切同情人民疾苦时,热烈盼望俄国农民觉醒起来,掌握自己的命运。他满怀深情地问道:

> 你是否充满了力量,还会苏醒?
> 难道你还要服从命运的法则?
> 难道你所能做的都已完成?

> 难道你创作了一支宛似呻吟的歌曲，
> 而灵魂就永远沉睡不醒？

诗人在《叶廖穆什卡之歌》里已不单是对人民未来命运的"沉思"，更重要的是提出了革命的口号，而且赋予这种口号以热情而激烈的鼓动性质。全诗用"摇篮歌"的形式写成。"过路的，城里人"（指下乡宣传的革命者）与"奶母"所唱的两支歌，代表两种不同的生活观点。用什么观点教育青年一代呢？诗人显然是反对"奶母"那种向统治阶级卑躬屈节、一心要博取高位、去过安逸享受生活的观点的。诗人通过"过路的，城里人"之口提出了革命的口号："你奉献给祖国的，将不是农奴的忍耐力；而是对压迫者的怒不可遏的粗野的仇恨，是对无私劳动的伟大的信任"。诗人号召要为"自由"、"博爱"、"平等"而斗争：

> 请将自由的心灵，
> 献给自由生活感受，
> 更不要妨碍人的愿望，
> 在心灵中苏醒。
>
> 你是与它们天生在一起的——
> 爱惜它们，保护它们！
> 它们的名字就叫做：
> "自由"，"博爱"，"平等"。

比起早年所写的《摇篮歌》来，这里已不只是讽刺，而是在积极地进行鼓动和斗争了。

杜勃罗留波夫对此诗极为赞赏，并在给朋友的信中写道："背熟，并叫你所认识的人都背熟《叶廖穆什卡之歌》吧……记住这些诗句，热爱这些诗句吧；它们……会直接打动那些还未完全陷入庸俗泥坑中的青年的心。天哪，如果审查机关不对涅克拉索夫进行迫害，他会写出多少绝妙的好诗啊！"[①]当时很快就有人为这首诗谱了曲，60年代俄国的进步青年差不多都会咏唱。车尔尼雪夫斯基在长篇小说《怎么办？》中也曾描写了"新人"们对《叶廖穆什卡之歌》的热爱。

随着60年代解放运动和革命思想的发展，涅克拉索夫创作中的社会政治敏感性也逐渐提高。

涅克拉索夫在1861年宣布"解放农奴"以后写的长诗《货郎》（1861）是献给农

[①] 玛尔采娃：《中学涅克拉索夫作品研究》，俄文版，俄罗斯师范学院出版社，1953年，第67页。

民的,这表明诗人在自己的创作道路上又向人民靠拢了一步。长诗形象地揭露在作为一场"骗局"的"改革"后,在新的资本主义剥削方式下,农民的命运甚至比过去更悲惨,使人联想到:非革命不足以真正改善农民的命运。这首诗的篇幅虽然不大,却是一百多年前俄国农村生活为一个缩影。长诗通过货郎到处游串的各种生活画面,表现了克里米亚战争所造成的贫困、沙皇官吏的暴虐、农民的繁重劳动、妇女的悲惨遭遇。货郎遇见形形色色的人,看到生活的真实面貌:到处没有欢乐,到处没有真理和正义。

诗人在诗中怀着深挚的同情描写了万尼亚和卡捷琳娜的爱情故事。这个故事是在广大的农民生活背景上展开的。货郎后来为守林人杀害的不幸结局,充分说明俄国人民艰苦的处境和社会制度的罪恶。

在"改革"后严厉的审查制度下,诗人不能畅所欲言。因此,《货郎》的斗争锋芒显得有些不足,对当时此起彼伏的农民起义也没有作直接的描写。但是诗人仍在《货郎》中曲折隐晦地表达了自己的革命思想。在单调、低沉、抑郁的《穷流浪汉之歌》中,我们仿佛听见诗人在愤怒地抗议:"不能这样活下去!"诗人在每一章前所加的题词,如"只有好汉才得活"、"你想幸福就把杯干,不要幸福别喝完",也充满慷慨激昂的斗志。如果对照一下涅克拉索夫同年写的《致屠格涅夫》中的诗句:"快干掉这杯神圣的酒,在杯底——就是自由!"更觉革命气概跃然纸上。

车尔尼雪夫斯基曾在《不是转变的开始吗?》一文里引用《货郎》中的《穷流浪汉之歌》来告诫农民们"不能这样活下去",并暗示只有进行革命斗争才能摆脱贫困和无权。

这部以普通农民为主要读者对象的现实主义长诗,不但内容浸透着劳动人民的思想感情,而且还吸取了民间文学的题材、手法、语汇和韵律的精华,从而在俄罗斯文学史上开创了一个通俗流畅、平淡中富有诗意的新诗风。

涅克拉索夫是革命的农民民主主义者,他把自己对光明未来的希望同农民紧紧联系在一起。他肯定和歌颂劳动人民是一切物质财富的创造者。他创造了许多关于农民,特别是农村妇女的诗,充满对妇女命运的同情。可以说,在涅克拉索夫的全部诗歌里,只要他一提起俄罗斯妇女的命运,便使人感到他忧心忡忡、郁愤难平,所以世人称他为"妇女命运的歌手"。他的长诗《严寒,通红的鼻子》(1863)便是杰出的一篇。

这首长诗分为两部:第一部写农民普罗克之死,一家人的哀痛和殡葬。第二部叙述普罗克的妻子达丽亚到森林去砍柴,以及冻死在"严寒大王"怀抱里的情景。其中穿插着年轻寡妇对未来的热切向往,并夹杂着对过去的回忆和临终时美丽的梦。

全诗非常真实地反映了农民的心理和生活,并以对劳动的礼赞和对劳动人民苦难的同情,创造了一个"庄严美丽的斯拉夫妇女的典型"。车尔尼雪夫斯基说过,生活这个概念对农民来说,总是与劳动分不开的。达丽亚的形象之所以具有那样动人的诗意美,主要是在描写时没有离开她所从事的劳动,

> 美人如鲜花开放,她是世上的一朵奇葩,
> 脸色绯红,身儿周正,个儿高高,
> 她穿什么衣裳都美丽,
> 她干什么活儿都灵巧。
>
> 饥饿,寒冷,都能够忍受,
> 她永远是耐心而又沉静……
> 我看见过她怎样收割:
> 把手一挥——就是一垛!

诗人不仅写到她收割庄稼,而且还写了她砍柴、耕田、纺织、缝纫,以至修理镰刀等劳动技能。热爱劳动成了达丽亚思想感情的基础。她以劳动者的眼光来看待生活中的一切:"穷苦的乞丐,她不可怜——谁叫他游手好闲地胡荡!"这样,一个勤劳、坚强、能干和有着丰富内心生活的斯拉夫农妇的形象便十分动人地出现在我们的面前。

达丽亚与丈夫的真挚爱情,正是在共同劳动的基础上建立起来的。俄国当时有许多作家对妇女往往只限于描写她们的爱情,而涅克拉索夫则首先肯定了妇女和男人同样是全民劳动的参加者,甚至有时要付出比男人更艰巨的劳动。达丽亚在丈夫因过度劳累而病死之后,独自一人顽强地在穷困中挣扎。数九寒天,为了让孩子们取暖,她到森林里去砍柴,终于冻死在冰天雪地里。面对劳动人民的悲惨处境,诗人在"献词"里写下了感人至深的名句:"这里只有石头才不哭泣……"达丽亚是涅克拉索夫所有诗篇中最完美、最凄绝、最迷人的一个形象,而就长诗对农民生活观察的深刻,就其表现力和抒情力量的强烈而言,也几乎可以超过一切描写俄罗斯农村的诗。

涅克拉索夫在长诗中袭用了"严寒老人"这个优美的俄罗斯童话,并将这一形象重新加以创造。这不仅给长诗增添了光彩,而且使它更加接近人民。

《铁路》(1864)是涅克拉索夫最卓越的诗篇之一。它描写在资本主义新的剥削形式下被压迫与被剥削的工人和农民的悲惨遭遇,并严正地指出:铁路的修建者不是沙皇和大臣,而是广大的人民群众。1846年到1851年,沙皇尼古拉一世驱使千

千万万农民去修建从彼得堡到莫斯科的铁路。这些新工人的劳动条件非常恶劣,每月只有三个卢布的工资。他们成年累月地过着非人的生活,很多人在工地上冻饿而死。涅克拉索夫在诗中写道:

> 嘴唇没有血色,眼睑深陷下去,
> 干瘦的双手溃烂出脓,
> 长年站在没膝深的水里,
> 两脚浮肿;满头生着纠发病……

诗里还出现了死者幽灵的形象。他们不甘于自己被奴役的命运,在月夜里追赶列车,唱着凄厉而忧郁的歌,叫人听了宛如全体俄罗斯人民在幽幽地控诉:

> 我们永远弯着腰、驼着背,
> 在酷热和严寒中毁了自己的身体,
> 我们住在土窑里,与饥饿作着斗争,
> 冰僵了,淋湿了,染上了坏血病。
>
> 能写会算的工头敲诈我们,
> 长官鞭打我们,贫困压迫我们……

诗人告诉人们,这条铁路正是建筑在无数"俄罗斯人的白骨"之上的。正是这条铁路"给这不毛的荒原平添了无限生机",只有这些已死的和幸存的工人才是进步与文明的创造者。可以说,这是俄罗斯诗歌史上第一首关于工人的建设性和创造性劳动的赞歌。同时,诗人也看到这些农民出身的工人虽然对"工头"和"长官"表示憎恨,但他们还是缺乏阶级觉悟的。当承包商要"拿出一桶酒来敬工人们一杯"时,愚昧无知、备受压制的工人们就"高呼着乌拉",向那个把他们剥得精光的胖商人奔去。然而,涅克拉索夫并没有因此失去对他们的信心。他看到,尽管俄罗斯人民遭受了种种苦难,尽管他们还没有充分认识到自己在历史上的作用,但这只是暂时的现象,他们终归有一天会"用自己的胸膛给自己开辟一条宽广、光明的道路"。

《铁路》是涅克拉索夫创作中具有高度思想性和艺术性的名篇之一。当时有很多年轻人就是因为受了这首诗的感染和鼓舞踏上了为祖国而斗争的道路。

作为一个革命民主主义诗人,涅克拉索夫自然也要表现当代的正面人物形象。别林斯基、车尔尼雪夫斯基和杜勃罗留波夫是诗人的战友和同志,他曾不止一次地在诗里描写过他们。刻画当代革命领袖的形象,这是诗人的光辉成就之一。

涅克拉索夫一向把别林斯基看作是革命者的导师。在《别林斯基》(1855)这首诗里，他盛赞别林斯基的战斗精神。他说，在"文学……高唱着催眠曲"的时候，当果戈理"深受无耻的敌人排挤，已经一个人挣扎得筋疲力尽"的时候：

　　而他来了，这默默无闻的贱民！……
　　他不宽恕任何一个谄媚者、
　　下流坯和白痴，
　　和那样伪装热心的爱国者的
　　心地善良的小偷！

从别林斯基身上，诗人获得了坚强的信心。

　　啊，我的祖国！
　　你有多少心灵自由的，
　　宽厚的、高贵的、
　　廉洁的、忠实于你的儿子！

在《车尔尼雪夫斯基》(1874)一诗中，诗人强调车尔尼雪夫斯基的英雄气概和准备为祖国的自由、幸福而死的自我牺牲精神。诗人指出，车尔尼雪夫斯基"看得比我们更清楚，不甘愿牺牲自己，要做点好事也是绝不可能"，诗人说"他爱得更崇高、更广阔"。诗人称赞他是"预言者"。

诗人在著名的《纪念杜勃罗留波夫》(1864)一诗中，呕心沥血地塑造了这个年轻的爱国者、革命者和思想家的光辉形象。他沉痛地哀悼他的早逝：

　　一盏多么明智的灯熄灭了啊！
　　一颗怎样的心停止了跳动！

这两行诗，曾被列宁用来作为纪念恩格斯的论文的题词。

1865年，《现代人》杂志连续两次受到政府警告，第二次就是因涅克拉索夫《铁路》一诗引起的。次年，卡拉科佐夫行刺亚历山大二世未遂，于是反动统治开始疯狂地镇压进步力量。《现代人》这时危在旦夕。为了挽救杂志，涅克拉索夫"违背自己的良心"，给沙皇的"救命恩人"奥西普·科米萨罗夫写了一篇祝贺的诗，而在另一个庆祝宴会上又读了一篇献给1863年镇压波兰起义的刽子手——"绞刑吏"穆拉维约夫的诗。于是他立刻受到进步读者的谴责。诗人承认了自己的错误：

　　我从不拿竖琴做买卖，但常有这样的事情，
　　当无情的命运来威胁我的时候，

我的手便在竖琴上弹出

不正确的声音……

接着诗人在《我就要死去……》一诗中沉痛地忏悔道：

为了和人民具备共同的一滴血，

啊，祖国！请原谅我的罪行！……

这件事对于涅克拉索夫来说，虽只是一时表现出的软弱，但终究是白璧微瑕，因此他在以后的岁月中常常为此耿耿于怀，感到羞愧，甚至一再公开表示忏悔。但纵观涅克拉索夫的一生，正如列宁所指出的，"他是完全同情车尔尼雪夫斯基的"①，虽不免有一时的"摇摆"，但终不失为一个卓越的革命民主主义战士。

《现代人》于1866年终于被查封，涅克拉索夫感到十分痛心。经过奔走筹措，他于1868年接办《祖国纪事》杂志，和谢德林等人一起，努力使杂志继承了《现代人》的战斗传统。

俄国70年代的特点是，国内革命运动的新高涨。涅克拉索夫这几年的抒情诗的调子也一年比一年高昂。他在一生最后的十年里写了几部大型叙事诗，如《祖父》(1870)、《俄罗斯妇女》(1872—1873)、《同时代的人们》和《谁在俄罗斯能过好日子》(1866—1876)等。在这些叙事诗里，革命主题有鲜明的表现，诗艺也达到炉火纯青的地步。

"写当代现实"永远是诗人涅克拉索夫的一个基本口号。《祖父》和《俄罗斯妇女》虽然面向历史，但并不是要脱离现实，而是企图在当时的可能条件下从另一个方面接触现实。也就是说，作者想通过历史的棱镜来反映当代为人民事业而奋斗的战士们。

《俄罗斯妇女》是一首歌颂被流放的十二月党人和他们的妻子的长诗。这样的诗在俄罗斯文学中是绝无仅有的。诗人赞美十二月党革命者的高尚品质，无异是向当代社会活动家发出号召，希望他们也能如此真诚地、忘我地为革命事业效力，以至于献出自己的生命。长诗描写十二月党人的妻子们冲破种种障碍，到西伯利亚去寻找被流放的丈夫的历史故事。诗人辛辣地揭露了沙皇的黑暗统治，热情地歌颂了俄罗斯妇女的高贵品质以及她们的光辉理想和自我牺牲精神。特鲁别茨卡娅抛弃贵族家庭的一切特权，历尽艰辛，千里迢迢去寻找丈夫。省长百般刁难，威逼利诱，力图阻止她的西伯利亚之行，但终不能改变她的决心。

而另一个俄罗斯妇女沃尔康斯卡娅，也以同样的抱负来到西伯利亚。她在矿

---

① 《列宁全集》第18卷，人民出版社，第306页。

坑与自己的丈夫见面时的情景是十分动人的。

> 我在他的面前不禁双膝跪倒,
> 在拥抱我的丈夫以前,
> 我首先把镣铐贴近我的唇边!……

这是诗人对十二月党人崇高革命理想的生动礼赞。诗中关于十二月党人起义场面的描写在俄罗斯文学中还是第一次,是俄国文学中极为可贵的篇章。

1875年,诗人创作了长诗《同时代的人们》,对当时俄国统治阶级的一切制度、一切阶层和各种社会集团进行了猛烈的抨击,绘制了一幅关于俄国资本主义兴起时期各种丑陋习俗的可怕画面,揭露了资产阶级制度及其典型代表的反人民的实质,从而使人看到政府机构的寄生现象和叛卖行径,并说明统治阶级的腐败和它在道德上的崩溃。用作者的话讲,这是一个强盗的大合唱,甚至连皇室也积极参加了这种对金钱的狂放追逐。《同时代的人们》是讽刺作品的典型。

在与沙皇专制制度的长期斗争中,涅克拉索夫的健康情况大大恶化,最后竟卧床不起。死前不久,他曾写道:

> 啊,缪斯!我已走到坟墓的门边!……
> 但不要哭泣!我们的命运令人欣羡,
> 人们不会咒骂我们:
> 我和一些正直心灵之间
> 那活生生的血肉联系,
> 你不能让它长久的中断!
> 看着这被打得遍体伤痕、
> 面色惨白、浑身是血的缪斯,
> 而竟无动于衷,他就不是俄罗斯人……

诚然,诗人与人民的血肉联系是分不开的,他那"被打得遍体伤痕的、面色惨白、浑身是血的缪斯",正是他终生为之讴歌的被压迫人民的化身。

在涅克拉索夫临终的时候,车尔尼雪夫斯基从流放地曾两次写信给他的表弟亚·尼·贝平,让他向涅克拉索夫转致热情的慰问和兄弟般的爱。他说:"我确信:他的荣誉是永垂不朽的,俄罗斯对他这个在所有俄罗斯诗人中最有天才和最高贵的诗人的爱戴是万古长存的。……作为诗人,他当然高出所有的俄罗斯诗人。"[①]1878

[①] 《俄国文学史》(下卷),作家出版社,1962年,第916—917页。

年1月8日,涅克拉索夫与世长辞。

《谁在俄罗斯能过好日子》

长诗《谁在俄罗斯能过好日子》(1863—1877)是涅克拉索夫创作的高峰,是一首打破了俄国诗歌旧传统、把农民放在作品中心位置的人民史诗。无论从长诗构思的宏伟和对当时俄国各阶级人物心理刻画的深刻,还是从描写的真实、色调的鲜明和典型的多样性来看,都堪称是一部无与伦比的长诗,与普希金的《叶甫盖尼·奥涅金》和果戈理的《死魂灵》相映生辉。涅克拉索夫为这部长诗付出了十四年的辛勤劳动,用尽了一个革命诗人和天才艺术家的一切艺术手段,努力把自己一切最珍贵的感情以及二十多年来积累起来的一切认识都倾注进去。可以说,在俄国文学中还没有哪一部作品像它这样有力而真实地表现俄国人民的性格、风习、观点和希望。这是俄国革命民主主义文学的典范,是19世纪俄国文学中最富有民主倾向的杰出诗篇之一。长诗虽然没有最后完成,但仅就已经发表的部分来看,足以证明它是一部不朽之作。

1861年沙皇政府所施行的农奴制改革迫使农民不但要赎买自己的土地,而且还要长期赎买自己的自由。他们照旧是卑贱的等级,照旧得纳税和挨打。而且,改革后资本主义迅速发展,家长制自然经济崩溃,农民又受到资本家、商人、包工头等新的剥削。自由派肉麻地歌颂"改革"说:"我们的俄罗斯已经成了自由人的乐土。"但农民们却是以激烈的暴动来表示抗议。涅克拉索夫站在革命民主主义的立场,让农民针锋相对地提出质问:"谁在俄罗斯能过好日子?"诗人用农民的眼光去观察现实,尖锐地揭穿了农奴制改革的欺骗实质,批判了农奴制的残余,表现了农民的不断觉醒,从而号召人们奋起为人民的幸福而斗争。

长诗一开始便叙说,七个暂时义务农迫于深重苦难,离乡外出去寻找真理,追求自由,想法摆脱现有的悲惨处境。这七个贫苦的农民代表了俄罗斯人民,他们关心共同的事业,想知道全国广大人民对于自由劳动和公平分配的世代梦想在现实生活中是怎样实现的。他们宣称自己漫游全国去"寻找的是:不挨鞭子省,不受压榨乡,不饿肚子村",去看看谁过得最幸福。然而严酷的现实却处处给予他们否定的回答:"解放"不仅没有给农民带来半点幸福,反而把他们剥得精光。所谓庄稼汉的幸福,只是"破烂和补丁的幸福,罗锅和老茧的幸福"。而大多数人只会"绝望地摊开两手",不会去进行坚决的斗争;至于像"模范的农奴忠心的雅可夫"这样的人,则只会循规蹈矩、忠心耿耿为他的老爷干活,最后在屈辱中以自杀了此一生。

但是诗人还表现了农民心理的另一个方面,即在受尽欺骗、鄙视和侮辱的俄罗斯农民的心中,隐藏着对压迫者的深仇大恨。他们愤怒,他们要反抗。亚金老汉激愤地问道:"我们干活有没有数?谁又计算过我们的苦?"他深深感到农民的忍耐已经到了头,并发出严厉警告:

> 每个庄稼汉的心,
> 是黑乎乎的一片乌云,
> 多少怒火,多少恨!
> 本应当雷火往下劈,
> 本应当血雨往下淋……

亚金到过彼得堡,他在那里曾被骗子手大老板洗劫一空。他渐渐明白是谁在城市里折磨着劳动人民,是谁在乡村中榨干了农民最后一滴血。他直言不讳地指出,谁是造成农民贫困的罪魁祸首:

> 干活的时候只有你一个,
> 等到活刚干完,看哪,
> 站着三个分红的股东。
> 上帝、沙皇和老爷!

诗人还通过农民萨威里的形象表现出蕴藏在人民中的无比强大的力量。萨威里具有俄罗斯壮士歌中民间英雄的特征,他身躯魁伟,力大无穷,勇武善战。但萨威里又具有当时的时代特色,我们可以从中看到革命精神的觉醒,虽然这觉醒与反抗还带有自发的性质。青年时代被重重压迫激怒了的萨威里和几个农民一起将地主管家德国佬佛格尔活活埋在土坑里,因此被关进监牢,然后是"二十年苦役,再加二十年流放"。但是任何惩罚也不能摧毁他的反抗精神。"烙了印,却不是奴隶!"这句话出自当了一辈子农奴,受尽折磨的百岁老人萨威里的口中,表现了俄国人民的豪迈和坚强!萨威里还用这样的话来表达他最终要严厉惩罚压迫者的愿望:"忍不住——砸锅!忍过了头——完蛋!"他热爱自由,痛恨压迫者,随时准备和压迫者作殊死的斗争。涅克拉索夫正是通过他的口赞美俄国农民:

> 我们的俄国农民不是勇士吗?
> 真的!即使他活着不披青甲,
> 即使他不死于战阵,
> 他仍然是一个勇士。
> 他的两手带着桎梏,
> 他的两足带着铁镣,……

> 他能弯但不能折,
> 他摇晃着,但不跌倒。
> 那么,说吧!
> 真的! 他不是一个勇士是什么呢?

此外,涅克拉索夫还创作了叶密尔·吉铃、玛特辽娜·吉莫菲芙娜等正面形象。他们都是农民的优秀代表。

玛特辽娜·吉莫菲芙娜的形象是诗人的重大成就之一。他通过这个形象表现了俄罗斯妇女的典型特征。玛特辽娜的少女时代是无忧无虑,甚至是欢乐的;但自从出嫁以后,一切都变了。繁重的劳动、贫困和受奴役统统落到她的肩上。她一生的遭遇可以说是困难重重,而最使她痛心的是儿子小皎玛之死。从此,她的心里就埋下了对统治阶级的深仇大恨。

诗人怀着喜悦的心情描写了玛特辽娜的外貌和内心世界,着重表现了她的勤劳、坚强、聪明和善良等优良品质。正是由于具有这些品质,她才能和命运作坚韧不拔的斗争。她有着"庄严美丽的斯拉夫妇女"所独具的特征,她使人想起《严寒,通红的鼻子》里的达丽亚。但比起达丽亚来,她还具有反抗现实的特点。当那七个寻找幸福的农民遇见她的时候,她已经受尽了苦役般劳动的磨难、婆家的虐待、儿子夭折的痛苦,正肩负着全部繁重的家务劳动,过着孤苦无依的寡居生活,从来不知道什么叫幸福,只知道:

> 女人幸福的钥匙,
> 女人自由的钥匙,
> 让上帝自己丢失了!
> 修行的隐士们、贞女们,
> 熟读万卷经书的哲人们
> 找来找去没找到!

诗人就是如此巧妙地通过这七个浪游者表达广大农民对于社会现实、专制政体和农奴制度的否定态度。人民正在觉醒,"改革"时期受了欺骗的广大农民正在起来反抗。

> 农民再不归地主管了,
> 你是最末一个地主! ……
> 全靠庄稼汉做蠢事,
> 全靠庄稼汉照顾你,

>你今儿才能作威作福；
>赶明儿我们给你
>照屁股一脚，
>滑稽戏就收了场！

农民阿嘎普的这些话，不仅表现了人民的愤怒，也表现了人民的觉醒和本身力量的增长。这部长诗是对专制政体和农奴制度的控诉，同时也是对俄罗斯人民的勇敢和力量的歌颂。

相反，涅克拉索夫在长诗里采用了辛辣的讽刺笔调，对于包括沙皇在内的地主阶级进行揭露和控诉，生动地揭示了剥削阶级丑恶而顽固的本性。

地主饭桶诺夫是地主阶级的一个代表人物。他的最大特征是对农奴制时代的无限留恋。他怀念过去穷奢极侈的生活，怀念过去至高无上的特权。关于农奴制时期的情况，他踌躇满志地说："我说一句话，谁也不敢违抗，我爱饶就饶，我爱杀就杀，我的意志就是法律！""最后一个地主"乌鸭金公爵的形象同样充分表现了地主阶级不肯退出历史舞台的顽固性。当"解放"农奴的命令下达以后，他闭目塞听根本不予理睬，依然过着作威作福、骄奢淫逸的生活。他一开口，就声嘶力竭地叫嚷：庄稼汉直到世界末日也逃不出老爷的手心。诗人通过"最后一个地主"，狠狠地嘲笑了俄国的专制制度。他警告说，人民的哄笑声里隐藏着威严无比的力量，人民的幽默中包含着对整个社会制度的严正判决。

涅克拉索夫把解放运动最重要的任务交给俄国革命的平民知识分子，他着意塑造了格利沙·杜勃罗斯克洛诺夫这个光辉的形象。这是一个来自人民的新型革命家，是一个时代的典型。他热爱劳动，热爱祖国，热爱一切受压迫的庄稼人。他选定了为争取人民的幸福而斗争的道路。尽管命运在以"肺病和流放西伯利亚"相威胁，但他决不背叛真理。

>为了被压迫的人，
>去斗争，去劳动，
>　　站在他们一起，
>走向被侮辱的，
>走向被欺凌的，——
>　　那里需要你！

格利沙坚信祖国有光明的未来，他深知"奴役压不服自由的心"、"亿万大军正在奋起，无敌的力量终将得胜！"我们从格利沙编写的《俄罗斯》这支歌里看到，不可战胜的力量正在俄罗斯兴起。但对它必须加以组织和领导，于是这一使命便落到格利沙的身上。这就使读者看到对长诗提出的"谁在俄罗斯能过好日子"这个问题的回答:唯有奋起革命,才能争取到人民的幸福;唯有为人民的解放事业向沙皇制度作斗争的革命者,才享有真正的幸福。

长诗广泛吸取了民间创作的艺术经验。它的书名、结构以及那个童话式的开端,都和民间口头文学有密切的关系;作者灵活地运用传统的民歌手法和形象,使得长诗更为色彩鲜明、亲切动人;长诗的语言更有着浓厚的民间风格。涅克拉索夫大胆地使用农民的口语写诗,并吸收了大量民间俗语、俚语、谜语,充分表现了群众语言的丰富、生动、机智和诗意。

《谁在俄罗斯能过好日子》在俄国革命思想史上起过卓越的作用,它对读者的影响是极其深远的。在 60 年代以后风起云涌的革命风暴中,抒写人民痛苦的歌手涅克拉索夫,显然是一只预报人民幸福的海燕,而他的杰出长诗则是一座铭记过去黑暗的世纪的丰碑。

涅克拉索夫继承了他的前辈们的优良传统,并根据车尔尼雪夫斯基的美学原则,用自己的作品再现生活,说明生活并评判生活。他的创作深刻地揭露农奴制的重重黑暗,号召广大人民奋起反抗,英勇斗争,诗篇里充满了革命激情和战斗精神。涅克拉索夫在唤起人民觉醒、促进革命进程、彻底推翻农奴制等方面都做出了巨大贡献。

涅克拉索夫又是一代新诗风的开创者。他摒弃温文尔雅的诗风,想让俄罗斯的平民百姓都能阅读他的诗。因此,他在诗的形式和语言,特别是题材方面都作了大胆的革新,于是普通的劳动人民在他的诗里占有十分重要的地位。他怀着无限的同情,抒发他们的思想和感情,描写劳动和斗争,痛苦和欢乐,积极宣传农民的革命思想。他是一个当之无愧的人民诗人。

涅克拉索夫的创作不仅对以后的俄罗斯诗歌的发展产生过重大影响,而且对苏联诗歌的形成也起着重大作用。卢那察尔斯基曾肯定地说:"毫无疑义,我们今天的诗歌应该是涅克拉索夫式,而且不能不是涅克拉索夫式。"[1]实际上,别德内、伊萨科夫斯基、特瓦尔多夫斯基等许多苏联诗人都各自从不同的角度接受了他的宝贵遗产。而涅克拉索夫诗歌传统的当然继承者,则是自称"涅克拉索夫派"[2]的苏维埃时代最杰出的诗人马雅可夫斯基,后者在《谈现代诗歌》(1924)一文中,把涅克拉索夫奉为一个"伟大的现实主义者",从多方面继承而且发展了他的革命战斗传统,从而形成自己独树一帜的诗风。

---

[1] 卢那察尔斯基:《论文学》,人民文学出版社,1983 年,第 171 页。
[2] 卡达尼扬:《马雅可夫斯基》(文学编年史),俄文版,国家文学出版社,1956 年,第 164 页。

第十五章　车尔尼雪夫斯基

车尔尼雪夫斯基(1828—1889)是19世纪中叶俄国伟大的革命家、思想家、文学批评家、作家。他不仅在哲学、政治经济学、历史学等许多领域中做出了卓越的贡献，而且还以战斗的美学理论、文艺批评及文学创作活动在俄国文学史上占有突出的地位。但无论在上述哪一领域，他的活动始终是为着一个明确的政治目的，即为革命地改造俄国服务。

在车尔尼雪夫斯基进行革命活动的50至60年代，俄国一切社会问题都归结为与农奴制及其残余作斗争。历史向俄国提出了资产阶级民主革命的任务。车尔尼雪夫斯基作为一个革命民主主义者坚决反对改良，主张农民革命，宣传推翻一切旧权力的群众斗争的思想。他"善于通过被检查的文章来培育真正的革命者"。[①]

马克思主义经典作家历来对车尔尼雪夫斯基给予崇高的评价。马克思称他为"俄国的伟大学者和批评家"。[②] 列宁赞扬他是当时"为数极少的"、"站在农民方面的革命家"，[③]是俄罗斯民主主义文化的代表。

生平和创作

尼古拉·加夫里洛维奇·车尔尼雪夫斯基于1828年出生在萨拉托夫一个富裕的牧师家庭里。他的父亲是颇有文化修养的人，家中有丰富的藏书。他从少年时代就开始广泛阅读文学、历史、地理及其他学科的书籍，并学习多种外国语。他曾戏谑地自称为"书迷"、"蛀书虫"等。

他天资优异，勤奋好学，自幼打下了坚实的文史、语言知识的基础。同时，他也很注意观察周围的生活，从中增加对现实世界的了解。他回忆道："我的童年生活沉浸在我的人民的生活中，人民的生活从四面八方围绕着我。"他在幼小的年纪就

---

① 《列宁全集》第5卷，人民出版社，第22页。
② 《马克思恩格斯选集》第2卷，人民出版社，1973年，第213页。
③ 《列宁全集》第17卷，人民出版社，第104页。

开始思考:"什么是真理?什么是谎言?什么是善?什么是恶?"这样一些问题。

1842年,车尔尼雪夫斯基进入萨拉托夫的正教中学。他对充斥教学中的烦琐哲学和刻板的学习方法极为不满,于是把主要精力用于自学。他阅读了大量的书籍。他喜爱普希金、莱蒙托夫的创作,醉心于别林斯基和赫尔岑的论文,也熟悉歌德、席勒等西方作家的作品。他对于学校当局为他安排的当一个僧侣的光辉前程毫无兴趣;他希望自己能在祖国传播真理、艺术和科学,成为一个有益于祖国的人。

车尔尼雪夫斯基于1846年5月满怀爱国热忱和追求真理的渴望,以优异的成绩考入彼得堡大学历史语文系。但是他很快就感到了失望。他蔑视那些对沙皇政府惟命是从、不学无术的教授们。正当他在大学时期,在1848至1849年间,西欧发生了一系列革命事件。俄国农民反封建的斗争也在日益高涨。车尔尼雪夫斯基密切关注着国内外政治生活的发展,特别是思想和文化界的激烈斗争。他接近彼特拉舍夫斯基小组的成员,十分同情他们的革命活动。他还广泛地研究俄国的革命民主主义思想、英国古典政治经济学、德国的古典哲学、法国的空想社会主义,力求从俄国和西方的先进思想家别林斯基、赫尔岑、黑格尔、费尔巴哈、圣西门、傅立叶等人的著作中寻求改造俄国社会的答案。他的革命民主主义观点和空想社会主义理想正是在大学时期,在革命高涨的形势下,在这些先进思想家、特别是费尔巴哈和别林斯基的影响下形成的。1848年,他在日记中写道:"我觉得,照我对人类最终目标的信念来说,我已经成为社会主义者、共产主义者和极端共和主义者的第一个坚决拥护人。"[①]

作为一个社会主义者,车尔尼雪夫斯基对资本主义制度持无情的批判态度。他尖锐地揭露了资本主义不合理的社会关系,指明了西方资产阶级所谓自由、民主的虚伪性,强调为使人类获得真正的解放,必须消灭剥削和压迫。他有力地讽刺那些"满口自由、自由,而只把自由局限在口头上或写在法律上,并不想实行"的资产阶级思想家,谴责"他们取消的是已宣布的不平等的法律,却不消灭那种使十分之九的人民成为奴隶和无产者的社会制度"。他写道:"问题不在于有没有沙皇,有没有宪法,问题是在于社会关系,在于能否使一个阶级不吸吮另一个阶级的血。"[②]他确实如列宁所说的那样,"是一个资本主义的异常深刻的批评家"。[③]他对资本主义的批评远远超出了西方空想社会主义者所达到的水平。

[①] 尼·米·车尔尼雪夫斯卡娅:《车尔尼雪夫生平和活动大事记》,俄文版,文学出版社,1953年,第33页。

[②] 《俄国文学史》第8卷,俄文版,苏联科学院出版社,1956年,第134页。

[③] 《列宁全集》第20卷,人民出版社,第241页。

同时，与西方空想社会主义者不同，车尔尼雪夫斯基没有把改造社会的希望寄托于资产阶级的博爱上面，没有向统治阶级的良心呼吁，没有幻想通过和平的道路过渡到社会主义。他的空想社会主义是与他的革命民主主义紧密结合在一起的。他认为必须进行农民革命，用革命的暴力推翻沙皇专制制度，才能为通过农村公社向社会主义过渡创造前提。他写道："没有痉挛，历史就永远不能向前迈进一步。"[①]"一切真正美好的东西都是从斗争和牺牲中获得的，而美好的将来也要以同样的方法去获取。"[②]他坚定地表示："为了我的信念的胜利，为了自由、平等、博爱、富裕和在消灭贫困与恶习方面的胜利，我决不珍惜自己的生命。"[③]这就是说，这时的车尔尼雪夫斯基已经从一个自发地反抗社会不平等的正直青年，成长为一个自觉地准备为人民解放事业而献身的彻底的革命民主主义者了。

但车尔尼雪夫斯基不只在大学时代，而且毕生是一个空想社会主义者。因为在当时的俄国，他没有也不可能看到只有资本主义和无产阶级的发展才能为实现社会主义创造出物质条件和社会力量，因此，他幻想不经过资本主义发展阶段，而通过旧的、半封建的农村公社过渡到社会主义。

1850年，车尔尼雪夫斯基从彼得堡大学毕业，1851年回到萨拉托夫，在当地中学任语文教员。对于这个时期的生活，他对自己的未婚妻奥尔加·索克拉托夫娜·华西里耶娃是这样说的："我有这样的思想倾向，我应该随时等着宪兵光临，把我押到彼得堡，关进要塞里面，谁也不知道要关多久。我在这里所做的事情，使我大有被判苦役的危险——我在课堂上讲的就是这样的事情。"[④]这位年轻的教师就是这样无畏地利用学校的讲坛去进行革命思想的宣传，去教会青年学生憎恨专制农奴制。

这时车尔尼雪夫斯基的革命民主主义观点更为坚定。在他看来，只有人民群众的革命发动，才能把俄国引向解放之路。他写道："人民对政府、捐税、官吏和地主的不满情绪正在不断增长。只要有一个火星，就能使这一切燃烧起来。"[⑤]

在萨拉托夫任教期间，车尔尼雪夫斯基与奥尔加·华西里耶娃结婚。在一生中，他始终把妻子视为自己忠实而勇敢的战友，对她充满了深刻的、无私的、忠贞的感情。

1853年，车尔尼雪夫斯基重返彼得堡。开始时他为《祖国纪事》撰稿，后来应

---

① 《同时代人回忆车尔尼雪夫斯基》第2卷，俄文版，萨拉托夫书籍出版社，1959年，第211页。
② 留里科夫：《车尔尼雪夫斯基》，作家出版社，1956年，第57—58页。
③ 尼·米·车尔尼雪夫斯卡娅：《车尔尼雪夫斯基生平和活动大事记》，第41页。
④⑤ 《俄国文学史》第8卷，俄文版，苏联科学院出版社，1956年，第118页。

《现代人》杂志主编涅克拉索夫的邀请到编辑部工作。涅克拉索夫委托他主持杂志的两个最重要的专栏：政治栏和批评栏。在车尔尼雪夫斯基的领导和影响下，《现代人》事实上成了革命民主派的机关刊物和主要宣传阵地。

在《现代人》杂志上，车尔尼雪夫斯基发表了一系列重要的著作，如经济学论文《资本与劳动》(1860)、哲学论文《哲学中的人本主义原理》(1860)、美学论文《艺术对现实的审美关系》(1855)、文学论文《俄国文学果戈理时期概观》(1855—1856)以及《莱辛》(1856—1857)等。在这些著作中，他热情地宣传唯物主义、革命民主主义和空想社会主义思想。

在50至60年代的革命民主派和贵族自由派这两种历史倾向的激烈斗争中，车尔尼雪夫斯基作为一个站在农民一边的革命家，一方面揭露农奴制改革的掠夺实质，抨击农奴主反动保守势力，一方面无情地揭穿自由派的所作所为"只限于如何在农奴主和资产阶级之间瓜分政权"，①车尔尼雪夫斯基认为，革命者的任务就是要唤起人民，"把俄国引上公开的阶级斗争大道"。②早在1850年，他就打算向农民散发传单，写出生活的真实情况，并告诉农民"只有武力，只有他们自己使用这种武力，才能使自身得到解放"。③重返彼得堡以后，车尔尼雪夫斯基不仅利用公开的报刊展开卓有成效的革命宣传，而且积极从事秘密革命活动。

1861年，他撰写了《告领地农民书》的革命传单，揭露农奴制的改革对地主的利益和对农民的危害，号召群众积蓄力量，准备起义。在他的影响下，一批革命青年散发了革命传单《告士兵书》、《致青年一代》等。反动当局的政治调查机关认为，"这些传单就好像是车尔尼雪夫斯基文章里的结论，而他的文章又好像是这些传单的注释"。④同时，他还是当时一些秘密革命组织的鼓舞者。比如，他接近过革命组织"土地与自由"社，并指导过它的活动。列宁说："他善于用革命的精神去影响他那个时代的全部政治事件，通过书报检查机关的重重障碍宣传农民革命的思想，宣传推翻一切旧权力的群众斗争的思想。"⑤

在50年代末，60年代初，车尔尼雪夫斯基已成为俄罗斯公认的革命领袖和导师。在俄国的各界人士中，他的拥护者和追随者越来越多。就是在进步军官中他也享有很高的威信。同时，他也遭到了反动派的敌视与仇恨。他们诬蔑他是"疯狂的蛊惑分子"、"亡命之徒"。他们叫嚷："请拯救我们吧，以免遭车尔尼雪夫斯基之

---

① ⑤ 《列宁全集》第17卷，人民出版社，第105页。
② 同上书，第1卷，第260页。
③ 尼·米·车尔尼雪夫斯卡娅：《车尔尼雪夫斯基生平和活动大事记》，第65页。
④ 季莫菲耶夫：《俄罗斯古典作家论》(下卷)，人民文学出版社，1959年，第986页。

害,以维持普遍的安宁。"①

1862年,农民起义席卷全国,民主阵营积极展开各种革命宣传鼓动工作,城市学潮频起,沙皇政府鉴于这种形势决定对革命力量进行直接的镇压。1862年6月,《现代人》杂志被勒令停刊八个月。7月7日,反动当局捏造罪证,逮捕了车尔尼雪夫斯基。他们以警察局所截获的赫尔岑、奥加辽夫与尼·亚·谢尔诺-索洛维耶维奇(1834—1866)的信件中提到在国外与车尔尼雪夫斯基合作出版《现代人》为口实,把他囚禁在彼得保罗要塞将近两年。这位卓越的革命家虽然身陷囹圄,但仍然坚持战斗。他揭露官方的伪证和狱吏的诬陷,并曾以长达十天的绝食来反抗当局对他的残酷迫害。

在狱中,车尔尼雪夫斯基以惊人的勇敢和顽强的毅力继续着革命的写作活动。从1862年12月开始,他用了四个月的时间创作了长篇小说《怎么办?》。《现代人》杂志于1863年第3期到第5期上连载了这部小说。在这部小说中,他塑造了"新的一代平常的'正派人'和'特别的人'——职业革命家——的生动形象。他的一个同时代人指出,被反动派囚禁而与世隔绝的车尔尼雪夫斯基似乎在利用革命家拉赫梅托夫的形象从阴森的监狱中对我们说:"这就是俄罗斯现在特别需要的真正的人。效法他吧,如果能做到,就走他的道路吧,这是引导我们达到我们希望的目标的唯一道路。"②在这期间,他还开始创作中篇小说《阿尔费利耶夫》和长篇小说《故事中的故事》(均未完成),此外还写了若干短篇小说和论文,并翻译了许多外国作品。

1864年2月,沙皇政府判处车尔尼雪夫斯基在矿场服十四年苦役,并终身流放西伯利亚。亚历山大二世曾假仁假义地将劳役期限缩减为七年。同年5月,政府在彼得堡梅特宁广场上举行假死刑,当众侮辱车尔尼雪夫斯基。一女青年冒着生命危险把一束鲜花投给这位颈上系着"国事犯"黑牌的伟大的革命家。之后,他就被押送到了东西伯利亚。他曾在伊尔库茨克盐场和涅尔琴斯克山区的卡达亚矿山亚历山大工厂服苦役。1871年苦役期满,他又被流放到亚库梯地区维柳伊斯克等荒僻、严寒的地带。但是,沉重的体力劳动,非人的生活待遇,恶劣的气候条件等等,都没有摧毁车尔尼雪夫斯基的革命意志。他以坚韧不拔的毅力忍受了肉体和精神上的折磨,坚强地在监禁、苦役和流放中度过了整整二十一个年头。普列汉诺夫写道:"在这整个的文学史里,再也没有比车尔尼雪夫斯基的命运更悲惨的了。

---

① 普列汉诺夫:《尼·加·车尔尼雪夫斯基》,上海译文出版社,1931年,第50页。
② 卡·莫扎里斯卡娅:《俄国文学史》,俄文版,教育出版社,1982年,第136页。

我们很难想象这位文学上的普罗米修斯骄傲地忍受了多少沉重的苦难呵!"①

反动当局不止一次地企图使他屈服,曾经有人怂恿他上书沙皇请求赦免。但是他义正词严地回答说:"为什么我应该请求赦免呢?这是一个问题。我觉得,我所以被流放,只是因为我的脑袋和宪兵首领舒瓦洛夫的脑袋构造不同的原故——这一点难道也可以请求赦免吗?"他就是这样地在逆境中保持着崇高的气节,坚守革命的阵地。在流放期间,他写作了长篇小说《序幕》等。

俄罗斯的革命者曾两次企图设法营救他,但都没有成功。马克思、恩格斯始终关注着车尔尼雪夫斯基的命运。马克思说:"车尔尼雪夫斯基政治生命的终结不仅是俄罗斯学术界的损失,也是整个欧洲学术界的损失。"②

1883年,车尔尼雪夫斯基从寒冷潮湿的苔原维柳伊斯克被迁往炎热干旱的阿斯特拉罕。在周围仍有宪警严密监视的恶劣环境中,在健康已经受到严重摧残的情况下,他仍然保持着自己的革命锐气,继续从事写作活动。

1888年他准备再版《艺术对现实的审美关系》,并为它写了第三版序言(1906发表),坚持宣传唯物主义。列宁就此高度赞扬这位革命家道:"车尔尼雪夫斯基是唯一真正伟大的俄国著作家,他从50年代起直到1888年,始终保持着完整的哲学唯物主义的水平,能够摈弃新康德主义者、实证论者、马赫主义者以及其他糊涂虫的无聊的胡言乱语。"③

1889年,车尔尼雪夫斯基获准回故乡萨拉托夫居住。长期的苦役和流放生活损害了他的健康,同年10月29日与世长辞。

车尔尼雪夫斯基的美学观

车尔尼雪夫斯基是作为费尔巴哈的信徒、19世纪俄国唯物主义的伟大代表出现在俄国文坛上的。他继承了拉季舍夫、赫尔岑、别林斯基等思想家的战斗传统,同时创造性地吸收了西方古典哲学家的思想遗产,在唯物主义的基础上建立起自己革命民主主义美学观。

唯物主义的认识论是车尔尼雪夫斯基的美学思想的哲学基础。他指出,"尊重现实生活,不信先验的、尽管为想象所喜欢的假设——这就是现在科学中的主导倾向的性质……我们对于美学的信念就应当符合于这一点"。他提出,他的美学论著

---

① 普列汉诺夫:《车尔尼雪夫斯基评传》,新文艺出版社,1951年,第4页。
② 《马克思和恩格斯同俄国政治活动家通信集》,俄文版,政治书籍出版社,1947年,第158页。
③ 《列宁选集》第2卷,人民出版社,1975年,第368页。

"就是一个应用费尔巴哈的思想来解释美学基本问题的尝试"。这些论著主要是《艺术对现实的审美关系》、《现代美学概念批判》(1854)、《论崇高与滑稽》(1854)、《论亚里斯多德的〈诗学〉》(1854)、《莱辛》(1854)等。其中特别是他在1853年写成、1855年发表的学位论文《艺术对现实的审美关系》一文,是一篇具有世界意义的美学杰作。它把长期由黑格尔派唯心主义统治的美学移植到唯物主义的基础上,代表了俄国和世界美学理论向前发展的一个重要的新阶段。

按照黑格尔派的唯心主义美学理论,美是"理念的感性显现",是"理念与形象的完全一致"。他们声称,"美只是一种幻想,只是我们想象的创造物"。与这种唯心主义美学思想相对立,车尔尼雪夫斯基坚持费尔巴哈的立场,给美下了一个唯物主义的定义:"美是生活,任何事物,凡是我们在那里面看得见依照我们的理解应当如此的生活的,那就是美的。任何东西,凡是显示出生活或使我们想起生活的,那就是美的。"他还指出,"美感认识的根源无疑是在感性认识里面",虽然美感认识与感性认识有着本质的区别。这样,他就指明了美不是主观自生的,它有客观的依据、客观的内容和标准;指明了美感是通过感觉器官对外界现实生活的反应而产生的。这样,他也就抛弃了艺术从理念出发的原则,而肯定了艺术从生活出发的原则。

车尔尼雪夫斯基在对美的理解上既肯定了美的客观内容、客观标准,也给予了主观因素以应有的地位。他指出,由于人们所处的社会地位不同,对于生活的理解和对于美的观念也就不一样。"普通人和上流阶级社会的成员对生活和幸福的理解是不同的,因此他们对人的美的理解也是不同的。""在普通人民看来,'美好的生活'、'应当如此的生活'就是吃得饱,住得好,睡眠充足;但是在农民,'生活'这个概念同时总是包括劳动的概念在内,生活而不劳动是不可能的,而且也是叫人烦闷的。辛勤劳动、却不致令人精疲力竭的那样一种富足生活的结果,使青年农民或农家少女都有非常鲜嫩红润的脸色——这照普通人民的理解,就是美的第一个条件。丰衣足食而又辛勤劳动,因此农家少女体格健壮,长得很结实,——这也是乡下美人的必要条件。'弱不禁风'的上流社会美人在乡下人看来是断然'不漂亮的'……因为他一向认为'消瘦'不是疾病就是'苦命'的结果。"车尔尼雪夫斯基主张美是生活,但这并不意味着他认为任何生活都是美的。他说过:"任何事物,凡是我们在那里面看得见依照我们的理解应当如此的生活,那就是美的",反之,也就不是美的,而是丑的了。因此,他的这个命题中也包含着这样的意义:人们应当抱有革命理想,为改造现实,推翻丑恶的旧生活,建立美好的新生活而斗争。

在"美是生活"这个命题的基础上,车尔尼雪夫斯基进一步论述了艺术对现实的审美关系,回答了艺术的起源与内容、艺术的作用和使命等美学理论中的一系列重大问题。

唯心主义美学认为,艺术起源于人对美的渴望:现实是有缺陷的,艺术的使命就在于弥补现实美的缺陷,艺术的内容就是美。车尔尼雪夫斯基指出,艺术产生于生活,人类对美的渴望不能脱离人的其他意向和需求而存在。除了对美的需要外,人还有着更为重要的一些需求,例如,对于真理、爱情和美好生活的需求,艺术应该设法使这样一些需求得到满足。所以"艺术的范围并不限于美……而是包括现实中一切能使人……发生兴趣的事物;生活中普遍引人兴趣的事物就是艺术的内容。"他指出,艺术家的使命不在于追求那原本就不存在的绝对的美,"艺术的第一个目的是再现生活",这也就是艺术的总的特点,它的实质。但是,他并没有把艺术对现实的再现归结为对现实的简单的模写。他写道:艺术不仅应该再现生活,"艺术作品常常还有另一个作用——说明生活;它们常常还有一个作用:对生活现象下判断。"艺术的最高使命是"提出或解决生活中产生的问题",成为"研究生活的教科书"。正因为如此,他也就十分重视艺术家的世界观的作用。他认为,先进的革命的世界观,对现实现象的正确评价,是艺术力量的源泉。只有当艺术家对于生活具有明晰、正确的观点的时候,他才有可能积极地干预生活,促进历史的进步。

继别林斯基之后,车尔尼雪夫斯基坚决反对"为艺术而艺术"的虚伪说教,反对那种所谓"诗人生活在自己的崇高世界中","他自己的家是在高高的奥林比亚山上"等等荒谬论调。他指出,"关于'纯'艺术的议论实质上是掩盖艺术中一定政治倾向的幌子","文学不能不为体现某种思想倾向服务。这是它的本性中所包含的使命——这是它即使要想摆脱也没有力量摆脱的使命。崇拜'纯艺术'理论的人向我们硬说艺术应当和日常生活互不相干,他们不是自欺,就是做作,因为'艺术应当与生活无关'这种话,一向不过是用来掩饰反对这些人所不喜欢的文学倾向的,其目的就是使文学为体现另一种更投合这些人的口味的倾向服务。"他强调,艺术家应成为"自己人民的喉舌、人民的领袖和人民的保护人"。

诚然,车尔尼雪夫斯基的美学思想也存在着某种局限性。例如,他在《当代美学概念批判》中写道,由于一切生物都"畏惧死亡,厌弃僵死的一切,厌弃伤生的一切",因此凡是"具有生的现象的一切,总是使我们欢欣鼓舞,使我们产生一种充满无私美感的愉快心情,这就是所谓美的享受"。在这里,他离开了人的社会性和人的历史发展去观察美感问题,把美感的本质归结为对生命或生活的眷恋,这种抽象的人本主义的概念,是不能正确地揭示出审美认识的根源与本质的。正如列宁所指出的,他所用的哲学中的人本主义原理"只是关于唯物主义的不确切的肤浅的表述"。^① 他还认为,现实美高于艺术美,而没有认识到,"虽然两者都是美,但是文艺作品中反映出来的生活却可以而且应该比普通的实际生活更高,更强烈,更有集中性,更典型,更理想,因而就更带普遍性。"^②

文学批评观点

车尔尼雪夫斯基把他的唯物主义美学原理具体地运用于分析和评价俄国文学。他的文学批评活动具有强烈的战斗性。他指出:"批评乃是判断一部文学作品的优缺点。它的使命就是反映社会上优秀人士的见解,以及促使这种见解在群众中进一步传播。"在他看来,文学批评的目的就是通过对作品的分析,推动群众走上革命的道路。

作为一个具有高度原则性的文学批评家,车尔尼雪夫斯基在研究一个作家或评价一部作品时,总是首先说明这个作家或这部作品的社会意义。他认为俄国文学发展的主要规律就在于文学与社会现实的接近,在于现实主义和人民性的批评原则的深化。在《俄国文学果戈理时期概观》这部代表性的文学批评著作中,他就是按照这个规律来分析和评价普希金、莱蒙托夫、果戈理、别林斯基等人的活动的意义的。车尔尼雪夫斯基把普希金称为"俄国诗歌之父"。他认为普希金的最大功绩是"把诗歌这一优美的艺术形式带进了文学","用祖国语言创作了最早的艺术作品"。尽管他有时片面地把普希金看作主要是"形式的诗人",但他确曾敏锐地指明了普希金创作的多方面的意义。在他看来,普希金正是俄国文学中现实主义和人民性的奠基人。他指出,"普希金第一个开始以惊人的忠实和敏锐描写了俄国的风习和俄国人民各阶层的生活",是普希金使俄国现实成为俄罗斯民族的现实主义艺术的主要内容,并教育读者认识文学是培养自己的智力和充实自己知识的源泉。因此,在俄国文化史上,"普希金的意义是非常伟大的。他给予了成千上万的人以文学教育,可以说,在他之前,只有少数的一些人才有着那样的文学兴趣。他是俄国第一个把文学提高到全民事业的成就的人。"

车尔尼雪夫斯基把俄国文学发展的新阶段与果戈理的名字联系在一起,他把果戈理称为"俄国散文之父"。他所提出的"果戈理时期"的概念一直被沿用下来,到现在仍然具有权威性和深刻意义。他认为果戈理奠定了当时批判现实主义文学的基础。他说:"世界上也早已没有一个作家,对于本民族,像果戈理对俄罗斯一样

---

① 《列宁全集》第38卷,人民出版社,第78页。
② 《毛泽东选集》,人民出版社,1966年,第863页。

重要了"，"果戈理所以重要还不只因为他是一个天才的作家，而且同时还是一个学派——俄国文学可以自豪的唯一学派的领袖"。这里指的就是以果戈理为首的自然派。车尔尼雪夫斯基指出："果戈理第一个使得俄国文学坚决追求内容，而且这种追求是顺着坚定的倾向，即批判的倾向而进行的。"他高度评价果戈理对当时现实生活中否定方面的批判性描写和讽刺性揭露，因为它们培育了人们关于专制农奴制度的生活基础必然崩溃的意识，唤起了人们的自觉。同时车尔尼雪夫斯基也没有忽视果戈理的错误，他尖锐地指出，《与友人书简选》是反动思想在果戈理晚年世界观中占优势的明证，这时他已成为"顽固保守的辩护士"。

在《俄国文学果戈理时期概观》中，车尔尼雪夫斯基对于别林斯基的文学批评活动的巨大意义作了充分的估计。他认为，别林斯基的文学批评在俄国文学史中所占地位，和果戈理的作品同等重要。他强调，无论别林斯基评论哪一种文学现象，都是从它对俄罗斯生活具有什么样的意义这点出发的，这就是他的整个活动的思想和激情所在，他之所以伟大的原因。在文学批评领域，车尔尼雪夫斯基是别林斯基所开创的那个事业的直接继承人。

车尔尼雪夫斯基十分重视萨尔蒂科夫-谢德林《外省散记》中的讽刺倾向。他认为，没有任何人曾经像谢德林那样"用更辛辣的言词来鞭挞过我们社会的恶习"，"铁面无私地揭露出我们社会的溃疡"。他指出，谢德林不仅是果戈理事业的继承者，而且还远远地超越了这位《死魂灵》的作者，因为在《外省散记》中，他不仅批判地再现了生活，而且还揭示了这种社会溃疡的原因就在于专制农奴制俄国的整个社会环境。他比果戈理更为深刻地理解个别事实同当时整个生活环境之间的联系。

在当时的文学界，车尔尼雪夫斯基热情地支持果戈理和别林斯基学派的艺术家。车尔尼雪夫斯基认为，涅克拉索夫在发展和加深俄国文学的现实主义方面所起的作用并不比谢德林逊色。"作为诗人，他当然高于所有的俄罗斯诗人"。车尔尼雪夫斯基很重视涅克拉索夫诗歌中对于民主主义知识分子思想情绪所作的具有高度诗意的表现。他还从涅克拉索夫的诗歌中听到了人民的声音。

作为一个批评家，车尔尼雪夫斯基是十分爱护作家的，他为维护作家的进步倾向，为捍卫批判现实主义的原则进行了不懈的斗争。例如他对奥斯特罗夫斯基的喜剧《自家人好算帐》及《肥缺》给予了高度的评价，肯定了喜剧的"强有力的高尚的思想倾向"，即对商人、官吏的揭露和批判。而对于奥斯特罗夫斯基在斯拉夫派影响下背离现实主义道路创作的《贫非罪》就进行了严厉的批评，指出作品过分甜蜜地粉饰了陈旧的生活方式，因而显得"软弱而虚伪"。

车尔尼雪夫斯基站在革命民主主义的立场上，深刻地剖析了屠格涅夫的作品。

在《幽会中的俄罗斯人》一文中，他对屠格涅夫的中篇小说《阿霞》的主人公——"多余的人"的形象进了批判性的分析。他无情地谴责了在当时条件下出现在"多余的人"身上的那种优柔寡断、不适应生活、不了解俄国社会运动的弱点和"一无可取的软弱性格"。他把小说《阿霞》中那个生活在革命时期的主人公与以往时期的奥涅金、毕巧林、罗亭、别里托夫等进行了对比，指明奥涅金型的贵族自由主义者在新的革命形势下已经不再有任何积极意义。车尔尼雪夫斯基把《阿霞》中的主人公称为"虚假的英雄"，将他的软弱性格作为自由主义者的本性来加以揭露。他说，这类人"欺骗了我们"，"如果没有他，我们可以生活得更好"，现在，"有的是比他更好的人，这就是那些受他欺侮的人"。这里指的显然是平民知识分子活动家，即"新人"。车尔尼雪夫斯基还强调，正面人物不仅是"富于仁爱之心和高尚思想的人"，而且还应"拥有促使它圆满实现的足够力量"。车尔尼雪夫斯基就是这样通过文学批评活动揭露贵族自由主义者的软弱，鼓励进步青年走向行动。

在《不是转变的开始吗？》一文中，车尔尼雪夫斯基肯定尼·乌斯宾斯基关于农村题材的小说是"一种很好的征兆"。他写道："乌斯宾斯基君的功绩在于：他以毫不隐蔽、掩饰的笔触给我们描绘出老百姓那种因循守旧和墨守陈规的思想、行为、感情和习俗。"他认为这样要比对"小兄弟"一洒同情之泪更为有益。车尔尼雪夫斯基指出，乌斯宾斯基对于农村的恶劣环境的描写，实际上揭示了农民革命的不可避免性，而文学的任务就是要真实地反映人民的生活，不掩饰他们的缺点，同时指出产生这些缺点的社会原因，从而激发人们"要求改变自己命运的愿望"，走向直接的革命行动。

在进行文学批评时，车尔尼雪夫斯基也很重视分析文学作品的艺术特色。在评论托尔斯泰早期中篇小说《童年》、《少年》和《战争故事》的文章中，他就敏锐地指出了托尔斯泰艺术创作的两个重要特点，一个是托尔斯泰善于描写"怎样从一些思想、感情中引申出另一思想感情来"，即"心理过程本身、它的形式、它的规律，用特定术语来说，就是心灵的辩证法"；另一个特点就是那种"真诚的纯洁的道德感情"。车尔尼雪夫斯基预见到这二者将成为托尔斯泰这位天才作家的基本特点。

文学创作活动

在唯物主义美学理论和战斗的文学批评原则的指导下，车尔尼雪夫斯基还积极从事文学创作活动，写过不少短篇、中篇和长篇小说。

车尔尼雪夫斯基认为，文学不仅要鞭挞社会恶习，揭露社会的溃疡，而且更需要反映新的人物及其成长。他在被囚禁时所写的著名长篇小说《怎么办？》的副标题就是《新人的故事》。这部小说创作的时间是 1862 年至 1863 年,当时,农民运动暂时趋向沉寂,反动派重新巩固了自己的统治,自由派日益公开地表示拥护沙皇,而不坚定分子则纷纷离开斗争。正是在这样的时刻,车尔尼雪夫斯基用小说回答了平民知识分子应当如何行动的问题,从狱中向人们发出了革命的召唤。他在其中指出,"不实用的泥土"(隐喻旧社会制度)所产生的一切东西都是坏的、恶劣的,只有斗争才能改变人们的恶劣命运。他用"未婚妻"隐喻革命,说她将"好好地安排生活,使世界上不再有穷人。她关心这一点,并且她很有势力,她的势力比世界上任何人都大"。车尔尼雪夫斯基深刻理解,革命需要新的思想、新的人物,而这种思想、这种人物正在现实生活中成长起来。他敏锐地把握住了生活中的这种全新的现象,并据此塑造了与"多余的人"迥然不同的、具有全新的理想和生活态度的"新的一代平常的正派人"和"特别的人"——自觉地为革命事业彻底献身的坚强的职业革命家的形象。

小说的情节比较简单。女主人公韦拉·帕夫洛夫娜·罗扎利斯卡娅出身于小市民家庭。她的父亲是个下级官吏兼房产管理人;她的母亲玛丽娅·阿列克谢夫娜是个不择手段、拼命攒钱的典型的小市民。玛丽娅为了钱,打算把韦拉嫁给富有的房东的儿子——一个放荡的花花公子斯托列什尼科夫。韦拉·帕夫洛夫娜不愿成为买卖婚姻的牺牲品。正在一筹莫展之际,她结识了医学院学生洛普霍夫。洛普霍夫为了挽救韦拉,中途辍学,和她结婚。在洛普霍夫的帮助下,韦拉·帕夫洛夫娜逐渐觉悟到个人的解放必须和争取妇女解放的斗争联系起来,于是她积极地参加社会活动,创办了一所实行社会主义原则的缝纫工场。韦拉·帕夫洛夫娜同洛普霍夫生活了两年之后,与洛普霍夫的好友基尔萨诺夫相互之间产生了爱情。洛普霍夫经过慎重考虑,相信韦拉和基尔萨诺夫一起生活更加幸福,于是毅然出走,并伪装自杀,使他们能够结合。以后洛普霍夫受职业革命家拉赫梅托夫的委托,出国进行革命活动。数年后洛普霍夫由美国回到彼得堡,与波洛佐娃结婚,并同基尔萨诺夫和韦拉重新会面,两对夫妇幸福地生活在一起,共同进行着革命启蒙活动。

小说通过洛普霍夫、基尔萨诺夫、韦拉的活动,深刻地揭示了"新的一代平常的正派人"的特征。

在车尔尼雪夫斯基笔下,这些新人多出身于市民阶层。洛普霍夫的父亲是一个小市民,基尔萨诺夫的父亲是一个地方法院的司书。他们在贫困中长大,"老早便惯于凭自己的力量去替自己开拓道路"。艰苦的劳动生活培养了他们坚毅的性格。"他们每个人都很勇敢、不动摇、不退缩,能够承担工作,只要承担下来,就会紧紧抓住它,使它不致从手中滑掉"。

他们热爱劳动,认真地从事科学研究活动。洛普霍夫、基尔萨诺夫是医生,但他们不是把医学知识当作获取名利的敲门砖，而是用来为人民谋取幸福。他们具有唯物主义的思想。作者说，他们"研究自然科学，而自然科学是接近唯物论的见解的"。同时，与"多余的人"不同，"新人"们言行一致。60年代的平民知识分子怀抱着明确的革命理想，并为实践自己的理想而进行斗争。例如洛普霍夫、基尔萨诺夫组织了革命小组，团结了一批大学生、科学家、文学家、军官在一起讨论重大的社会问题。他们在紧张的思想探索的同时，还进行宣传活动。韦拉·帕夫洛夫娜按照社会主义原则创办了公社性的缝纫工场，以工场为实例，去进行社会主义的宣传。工场中还附设了星期日学校教工人读书识字，广泛联系群众，扩大革命思想的影响。

小说除了描写"新的一代平常的正派人"之外，还通过拉赫梅托夫的活动，在俄国文学中第一次刻画了一个职业革命家、革命活动的组织者和领导者的形象。

拉赫梅托夫出身贵族，刚到彼得堡时，他只是一个平常的正直善良的贵族少年。他结识了基尔萨诺夫，在后者的指导下阅读了大量的革命书籍。当他掌握了革命理论以后，他就立刻投身到革命实践之中。为了了解人民的疾苦和愿望，改造自己的思想感情，他走出学校，深入到人民中间。"他种过庄稼，做过粗木工、搬运夫以及各种有益健康的行业中的工人，有一次他甚至以纤夫的身份走遍整个伏尔加河流域。"拉赫梅托夫过着极为简朴的生活。他吃得很坏，目的是为了至少能稍稍体会一下贫苦人民的生活。他甚至睡在有几百枚小钉的毡毯上，弄得浑身是血，为的是锻炼自己的意志，以便一旦被捕时能经受得住严刑的考验。除了运动、锻炼体力的劳动和读书以外，他把全部时间都用于工作，"他的事情多得没底，但那全和他私人无关"。"他全在替别人做事情，或者做那并不专属于谁的事情"，他一个月里难得把一刻钟浪费在娱乐上。他向自己所爱的女人说道："我应当抑制我自己心中的爱情：对您的爱会束缚我的双手，就是不恋爱，我的手也不能很快解开，——已经给束缚住了。但是我一定要解开。我不应该恋爱。"

19世纪后半叶，贵族阶级中的优秀人物与自己出身的社会环境决裂，投身于人民解放事业，这并非罕见的现象，而是当时现实生活中出现的一种引人注目的倾向。例如涅克拉索夫、赫尔岑、奥加辽夫等就都是从贵族营垒中分化出来的革命民主主义者。拉赫梅托夫的形象体现了19世纪40至60年代一种社会潮流，概括了那个时代革命战士和领袖的优秀品质和特点：对革命事业的无限忠诚、和人民的密切联系、不屈不挠的刚毅性格和自我牺牲的伟大精神。作者这样形容这类人：他们是"茶中的茶素，醇酒中的馨香，……这是优秀人物的精华，这是原动力的原动力，这是世上的盐中之盐"。

拉赫梅托夫堪称60年代的最高典型，他体现了革命民主主义者的正面人物的理想。在这个形象身上虽然有着某种程度的公式化成分,但仍然十分感人,至今还有深刻的教育意义。普列汉诺夫说道:"在每一个杰出的俄国革命家身上,都有过许多拉赫梅托夫气质。"①

车尔尼雪夫斯基不仅描写了新人的活动,而且揭示了他们在社会活动和私生活中所遵循的道德原则,即"合理利己主义"。车尔尼雪夫斯基认为,就天性来说,人都是利己的。他在《怎么办?》中说道:"每个人最关心的是他自己","所谓崇高的感情和理想的追求……讲到极处,是由那种对利益的追求构成的",因此根本不存在什么自我牺牲,因为它是与自身利益完全相悖的。但是,利己主义有两种:一种把"利益"两字理解为极端狭隘的"庸俗的打算",另一种则是建筑在"理性"与"思考能力"之上的合理利己主义。合理利己主义者"认为自己最大的满足在于使他们所尊敬的人能把他们看作是高尚的"。换言之,他们追求的"利益"是精神上与道德上的愉快和满足。洛普霍夫深深地爱着韦拉,但当他知道韦拉的真实感情后,为了使她所爱的人获得幸福,他毅然"退出舞台"。这一行为是高尚无私的,但洛普霍夫这样来解释自己的行动,他说:"当我决计不妨碍她的幸福的时候,我是从个人利益出发的,我的行为中也有高尚的一面,但这行为的原动力是我个人天性上的一种倾向——为我自己的好处着想,因此我才能够完成这些良好的行为……"这只能说明,一个合理利己主义者能够为自己所爱的人的幸福做出自我牺牲,但他之所以采取这种行动完全是出于发自内心深处的要求,甚至类似"天性上的一种倾向"。否则,他就不能获得良心上的满足和内心的快乐,以至他认为这是出于"利己"。也正是从这一逻辑出发,洛普霍夫绝对否认自己的所作所为是一种英雄主义行为或自我牺牲。可以说,"使所爱的人获得幸福"这一信念已化为他的血肉,他自然地、几乎本能地按这一原则行事,毫不顾虑个人的痛苦。联系到当时俄国解放运动的形势,联系到当时车尔尼雪夫斯基不能畅所欲言,可以说,他在彼得保罗要塞中着意宣传的"合理利己主义"乃是要求俄国进步青年要有高度的人道精神,能为他们所爱的人(农民)的幸福自觉地、满怀激情地赴汤蹈火,以此为乐。也许正是这个原因,车尔尼雪夫斯基临终前可以说:"我是作为一个合理的利己主义者来行事的",②他完成了丰功伟绩,却半点不要他人对他感恩戴德。车尔尼雪夫斯基的"合理利己主义"是前马克思主义道德观的顶点。

"合理利己主义"道德观的哲学基础是费尔巴哈的人本主义,而车尔尼雪夫斯

---

① 米·尼·尼古拉耶夫:《尼·加·车尔尼雪夫斯基课堂讨论》,俄文版,师范教育出版社,1959年,第24页。

② 卢那察尔斯基:《论文学》,人民文学出版社,1983年,第192页。

基在其中注入了革命的内容,这正是他与费尔巴哈的不同之处。

按照人本主义思想,人的自然本性是人的本性的最主要的特征,而人的自然本性是对于利益的追求。这种思想在当时反对宗教和唯心主义的斗争中有着很大的进步意义,同时也是对封建地主阶级所谓的仁义道德、资产阶级关于博爱的说教的揭露。更重要的是,它反映了被压迫阶级对自身应享有的利益的追求。但是也应该看到,这种道德理论仍是以唯心主义为指导,以抽象的人性为基础的。费尔巴哈与车尔尼雪夫斯基都把它看成是由"永恒的"人性引伸出来的"永恒的"道德观,而没有看到道德本身是一个历史范畴,它归根结底是当时社会经济的产物。

车尔尼雪夫斯基在《怎么办?》中,在着力塑造一代新人的崇高形象的同时,有力地表现了这些革命民主主义者、平民知识分子的数量正在日益增多,影响正在不断扩大,他们已经成了当时俄国解放运动的主要力量。是基尔萨诺夫、洛普霍夫促成了拉赫梅托夫、韦拉和波洛佐娃的成长。他们的工作又在扩大觉醒者的圈子。作者写道:"既然正派人的数目一年比一年增多,怎么会不经常发生这种情形呢?往后这种情形一定非常普遍,再往后简直就不会有例外的情形了。"小说还通过统治阶级中的代表人物与新人的冲突,表现了新人的无比的优越性,证明未来是属于这些新人的。

《怎么办?》这部小说虽长期被沙皇政府列为禁书,但一直在革命青年中秘密流传,影响十分广泛。列宁曾给予它很高的评价,称赞说:"这才是真正的文学,这种文学能教导人,引导人,鼓舞人。"[1]"在它的影响下成千成百的人变成了革命家。"[2]《怎么办?》能够成为革命者的"生活教科书",首先是由于这部小说具有强大的思想力量和洋溢着革命激情,同时它的独特、新颖的艺术形式也起着十分重要的作用。

政论性是这部社会哲理小说的主要艺术特点。小说的结构安排非常巧妙。在故事情节之外,作者的插叙占了大量的篇幅。作者通过这些插叙对所描写的生活进行理论性的概括。如在第二章的"玛丽娅·阿列克谢夫娜颂"一节中,作者着重阐述了社会环境对人的品质和性格起着决定性影响的规律;又如在"卡捷丽娜·瓦西利耶夫娜·波洛佐娃的信"一节中,作者用数字和统计材料来总结缝纫工场的发展情况,论证按照社会主义原则组织劳动的优越性。除插叙外,在小说中还有作者和主人公、广大读者以及"敏感的男读者"的对话,其中尤以与"敏感的男读者"的戏谑性对话富有论战性。"敏感的男读者"指保守和反动势力,作者通过和它论战,驳斥了敌人的谬论,阐明了自己的观点。

---

[1] 《列宁论文学与艺术》第2卷,人民文学出版社,1962年,第897页。
[2] 同上书,第1卷,第30页。

车尔尼雪夫斯基一方面力求以确凿的事实和透彻的分析向读者阐明自己的观点,另一方面,由于这部作品是在囚禁中创作的,他又不能不尽可能地使自己的思想不为敌人所察觉,因此小说从结构到语言都运用了大量的暗示和比喻。例如,作者通过女主人公韦拉的梦境宣传革命思想。第一个梦表现韦拉对自由和独立的向往,以及个人的解放与被压迫者全体的解放之间的关系。第二个梦谴责寄生阶级,揭示他们腐朽堕落的原因,指出改造社会的必要性以及通过劳动和积极的社会活动去争取自由、解放的道路。第三个梦对韦拉爱情的转移作了细致精微的心理分析。第四个梦寓意很深,作者展示了妇女在人类社会发展的各个阶段的地位,描绘了未来社会主义社会的光辉灿烂的远景。社会主义的劳动组织是这个社会的基础,劳动的集体化促进了技术的飞速发展和物质财富的大量增加。因此劳动已不再是沉重的负担,而变成了人的自然要求和享受。人的智力和体力也都得到了全面的发展。这里对于所有的人都是永恒的春天和夏天,永恒的欢乐。作者热情地说:"未来是光明而美好的,爱它吧,向它突进,为它工作,接近它,尽可能地使它成为现实吧!"在"有教养的要人"接见基尔萨诺夫的场面中,车尔尼雪夫斯基异常成功地运用了伊索式语言,刻画了统治阶级的愚蠢狡诈、色厉内荏的本质特点。小说的最后一章《布景的转换》则暗示整个社会制度的更迭变革。在这些描写中,鲜明地体现出了车尔尼雪夫斯基的昂扬的革命乐观精神。

在刻画反面人物如韦拉的父母、房东太太和她的儿子斯托列什尼科夫时,车尔尼雪夫斯基运用了果戈理式的犀利的讽刺手法,以揶揄嘲弄的口吻揭露了他们的浅薄空虚、卑鄙龌龊的内心生活。

车尔尼雪夫斯基的另一部重要作品《序幕》是 1867 至 1870 年他在西伯利亚流放时期写作的,1877 年首次在伦敦发表。《序幕》是一部社会政治小说。故事发生在 1857 年春夏。在这小说里作者广泛地描述了当时的俄国社会生活和阶级关系,深刻地反映了农奴制改革准备时期革命民主主义者和自由派、保守派之间的斗争。

革命民主主义营垒中的代表人物是小说的主人公沃尔金以及与他志同道合的列维茨基和索科洛夫斯基等。沃尔金是革命的领袖人物、理论家、宣传家。他的思想观点、性格、外貌和习惯都酷似车尔尼雪夫斯基本人。作为沃尔金的战友和学生的列维茨基是以杜勃罗留波夫为原型写成的。而在军队中从事革命工作的索科洛夫斯基是作者根据自己的密友、波兰革命家谢拉科夫斯基的面貌刻画出来的。小说带有明显的自传性质。

在《序幕》中,车尔尼雪夫斯基成功地塑造了以沃尔金为首的一组新人形象,这是一些为农民利益而斗争的革命家。沃尔金尖锐地揭露了拟议中的农奴制改革的阶级实质,指出了自由派和地主党已经结成联合战线。他认为,在地主霸占土地、统治者独揽大权的情况下,是不可能有真正自由的。自由派所热衷鼓吹的所谓"自由"不过是"胡说、谎言和废话"而已。他轻蔑地称自由派为"空谈家、吹牛者和蠢材"。沃尔金还一针见血地指出,在自由派和地主党之间的"区别是不大的"。他并且表示,是自由派还是地主解放农民"在我看来都是一样。地主甚至还要好些","说句老实话,倒不如让农民不要土地而得到解放吧!"沃尔金反对把农奴主的利益掩藏在伪善的专制政府的妥协办法下面,而主张用革命手段来解决俄国的农民问题。

沃尔金敏锐地看到,将要实行的改革的实质是准备对人民进行更残酷的剥削,它最终将导致农民的破产,引起革命运动的新高涨。他深刻地指出,改革不仅以农民的财产为代价,而且是以地主的头颅为代价的。他相信人民的力量,认为能够惩罚地主——人民的敌人的,只能是人民自己。当然,人民需要组织和领导。沃尔金为人民群众在当时还没有足够的觉悟、还"不能支持他们的维护者"而感到深深的痛苦。

作者还通过小说中统治阶级的代表人物恰普林伯爵、自由派官吏萨韦洛夫和自由派法学教授梁赞采夫揭露了农奴主和沙皇官吏的凶残和丑恶的本质,以及伪善的自由派专事空谈、惧怕革命、倾向妥协、对政府当局奴颜婢膝的特征。

列宁很重视这部小说,多次引用沃尔金的话,并且指出,"正是要有车尔尼雪夫斯基的天才才能在当时、在农民改革刚进行的时候这样清楚地懂得这个改革的基本的资产阶级的性质","懂得一个掩盖我国对抗性社会关系的政府的存在是使劳动者的状况特别恶化的大祸害"。①

这部社会政治小说表现了伟大思想家车尔尼雪夫斯基对社会现实的远见卓识和对政治问题的深刻洞察力。同时它还以其精巧的结构、细腻的心理分析、极富个性化的人物性格描写和谢德林式的讽刺手法,有力地证明了小说家车尔尼雪夫斯基卓越的艺术才能。

车尔尼雪夫斯基是俄国解放运动中平民知识分子革命阶段的思想领袖。他是俄国的普罗米修斯,英勇地、忘我地将自己的一生完全献给了俄国农民的解放事业。他的理论著作和文艺作品培育了一代又一代的青年,推动他们走向革命的道路。卢那察尔斯基曾经正确地把他称为"最伟大的马克思列宁主义先驱",②指出他"不仅是某个时代的一座出色的纪念碑",而且他的遗产、他的智慧也是人们"应当和必须学习的",它们也将永远是人们"研究的源泉"。③

---

① 《列宁全集》第1卷,人民出版社,第259页。
②③ 卢那察尔斯基:《论俄罗斯古典作家》,人民文学出版社,1958年,第217,159页。

第十六章　70至90年代文学

第一节　概　述

社会背景

19世纪70至90年代是俄国社会不断资本主义化,阶级斗争日益尖锐的年代。这期间,俄国社会经历了民粹派运动蓬勃发展的70年代,反动势力猖獗的80年代以及社会民主主义运动开始形成的90年代。这一切给予文化和生活的深刻影响在文学中得到鲜明反映。

1861年的废除农奴制和以后的一些资产阶级性质的改革促进了资本主义在俄国的发展。但同西方国家相比,俄国的经济发展速度是缓慢的,尤以农业的落后最为明显。其根本原因是1861年改革不彻底,给俄国留下了严重的农奴制残余。广大劳苦农民缺少土地,缺衣少食,依然生活在水深火热之中。各地不满现状的农民纷起反抗。1870至1882年间,在俄国三十七个省内发生了约二百九十次农民风潮,而1883至1890年,规模不同的农民骚动竟达五百余次。一场有农民参与的资产阶级民主革命早在这些年代就已经开始酝酿。广大工人群众的境遇同样非常艰难。为了争取改善自己的生活和工作条件,工人们不断进行自发斗争。如果说在60年代只发生过五十一起罢工,那么在70年代罢工次数就是三百二十六次,而在1885至1890年五年间,竟达到三百次左右。正是在这种情况下,70年代初首先出现了民粹派运动,继而于1879至1880年间又出现了新的革命形势。这次的革命形势与1859至1861年不同,除农民主力外,工人运动也成了事态发展中一个重要因素。

民粹派开始时代表广大农民小生产者的利益,站在他们的立场上反对沙皇专制和地主剥削,批判资本主义的种种罪恶。但在如何看待新兴的资本主义这个问题上,民粹派所持的是历史唯心主义立场,他们没有看到当时存在于农民经济结构(不论是农业还是手工业)中的资本主义矛盾,不懂得资本主义生产关系必然要在封建社会内部产生并替代封建主义。在民粹派心目中,资本主义是一种堕落和倒退。他们认为,俄国农村的"村社"组织比资本主义制度优越得多,它既能防止资本主义的弊端,使农民免于贫困和破产,又是在俄国建立社会主义的一种理想"基础"。他们幻想俄国依靠村社,不经过资本主义而实现社会主义。1874年春,大批进步青年满怀对俄国苦难农民的同情和英勇献身精神,抱着俄国农民将在他们的号召下以革命行动推翻沙皇政府的信念,穿起农民的服装,打扮成木匠、铁匠、小商贩等,深入三十几个省的农村去宣传民粹派主张,鼓动农民群众起来反抗沙皇专制和地主剥削,掀起了"到民间去"的运动。但由于广大农民不理解、不支持民粹派,运动很快就为沙皇政府所摧毁,很多民粹派青年被流放西伯利亚。但民粹派运动并未停止,他们在1876年成立了"土地与自由社",提出把全部土地平均分配给农民以及实行"村社"完全自治等要求。1879年,"土地与自由社"又分化为两个独立组织:"民意党"和"土地平分社"。由于民意党人在理论上过高估计知识分子个人在社会发展中的作用,因此当他们在同反动统治进行的斗争中得不到群众支持时,就陷入了"英雄与群氓"的错误理论,越来越多地采取个人恐怖的做法。民意党人一共组织了八次谋刺活动,1881年3月1日他们刺杀了沙皇亚历山大二世。但这种个人恐怖行动根本无助于解决俄国社会的基本矛盾。一度形成的革命形势并未导致革命;相反,亚历山大三世上台后,变本加厉地强化反动统治,禁锢社会思想,封闭进步刊物《祖国纪事》和《行动》,迫害进步力量。由此开始了俄国历史上的一个"沉滞时期"。用列宁的话说,一个由"肆无忌惮、毫无理性和残暴至极的反动行为"[①]统治的时代开始了。

在这个时代,社会思想十分复杂。首先,在反动势力的压迫下,一些民粹主义者经不起现实斗争的考验,开始蜕化;另一些民粹派则转向自由主义,出版《周报》,提倡"做小事","开办小图书馆和小药店",并提出了"应该等待"的口号。地主资产阶级自由派主张改良和君主立宪。而托尔斯泰以及托尔斯泰主义者们在这斗争复杂和激烈的年代里则宣传"不以暴力抗恶","道德自我完善",主张在生活以及劳动等方面实行"平民化"。在艰难的岁月里坚持60年代革命民主主义者的"神圣"事业的是萨尔蒂科夫-谢德林和谢尔古诺夫等人,他们在《祖国纪事》被查禁后还利用《欧洲导报》和自由民粹主义倾向的《俄国思想》等合法杂志为阵地,同反动势力以及上述种种思潮进行了艰苦卓绝的斗争。列宁在讲到反动势力猖獗的80年代时指出,"在俄国没有哪一个时代能够像亚历山大三世的时代那样适用'思想和理智的时代已经来临'这句话……正是在这一时期,俄国革命的思想发展得最快,奠定了社会民主主义的世界观的基础。是的,我们革命者决不否认反革命时期的革命

[①] 《列宁选集》第1卷,人民出版社,第66页。

作用"。① 正是在这个时代,民粹派中的格·瓦·普列汉诺夫(1856—1918)和薇·伊·扎苏里奇(1849—1919)等人,顽强地继续寻求着革命理论,开始研究马克思主义。1883年,他们在日内瓦组织了"劳动解放社"。1884年普列汉诺夫发表了《我们的意见分歧》,开始系统地批判民粹主义。这时,在国内逐渐出现第一批马克思主义小组和团体,社会民主主义运动也开始发展起来。到90年代前期,俄国社会在度过了80年代"沉滞时期"之后,迎来了无产阶级革命运动的新高潮。1895年在彼得堡成立了由列宁领导的"工人阶级解放斗争协会"。马克思主义革命理论开始同俄国工人运动的革命实践相结合。此时俄国进入了解放运动第三阶段。

在70至90年代尖锐复杂的阶级斗争形势下,特别在80年代反动的高压政策下,报刊杂志活动受到很大影响。这时期最孚众望的杂志是涅克拉索夫的《祖国纪事》(1839—1884,自1868年由涅克拉索夫发行),它继承《现代人》的革命民主主义传统,在新的形势下继续与专制制度、农奴制残余进行斗争,捍卫人民利益。1878年涅克拉索夫逝世后,杂志由谢德林主编,民粹派批评家尼·康·米哈伊洛夫斯基(1842—1904)也加入了编辑部。谢德林在严酷的书报审查条件下,努力维持杂志的战斗风格。民粹派作家尼·伊·纳乌莫夫、尼·尼·兹拉托夫拉茨基等都曾在杂志上发表作品。1884年杂志被查封。布拉戈斯韦特洛夫与谢尔古诺夫主编的《行动》(1866—1888)也是当时订户很多的有影响的刊物。它继承《俄国言论》的传统,坚持民主主义方向。上述两杂志都同情民粹派思想中革命的方面,但不同意后者一些谬误,如"英雄与群氓"、美化公社的观点。

米·马·斯塔休列维奇(1826—1911)的《欧洲导报》(1866—1918)与尼·费·巴甫洛夫创办的《俄国新闻》报(1863—1918)持自由主义立场。卡特科夫的《俄国导报》(1856—1887)、《莫斯科新闻》报(1863—1887)早已走向反动,与民主阵营为敌。而反动文人阿·谢·苏沃林(1834—1912)创办的《新时报》(1876—1912)奉承反动派,卑躬屈节,被列宁称为"卖身求荣的报纸的典型"。②

文学概况

70至80年代的俄国文学在新的历史条件下仍然与社会生活保持着密切的联系,在反对沙皇专制、农奴制残余以及资本主义罪恶的斗争中起着积极的作用,批判现实主义创作仍是俄国文学的主流。屠格涅夫、托尔斯泰、陀思妥耶夫斯基、谢

---

① 《列宁全集》第10卷,人民出版社,第227页。
② 同上书,第18卷,第266页。

德林等还在继续着各自的创作活动。此外,文坛上又涌现一批新的平民知识分子作家,有时被称为"70年代小说家",如纳乌莫夫、扎索季姆斯基、兹拉托夫拉茨基等。他们的特写和小说鲜明地反映出民粹派的思想和情绪。从80年代起,柯罗连科和契诃夫等作家登上了文坛。

同60年代的文学相比,70至80年代文学的题材进一步扩大,内容也更趋深广,反映出俄国走上资本主义道路以后的许多新问题:改革后农村的破产与农民的贫困和分化,宗法制农民世界观的危机,贵族地主阶级的腐败和没落,反动统治同广大人民群众以及先进知识分子之间日益加深的矛盾,新兴的资本主义势力和城乡无产者之间的对立等等。总的来说,这一时期在社会运动的推动下,人民群众的生活得到最广泛的研究与描写,人民的问题成为各种不同立场观点的作家所关心的重大问题。

在70至80年代的文学中,除了批判现实主义之外,又出现了浪漫主义因素。由于民粹派受到了严重挫折,进步知识分子又未能同农民群众融为一体,在民粹派文学中就产生了浪漫主义,既有反映坚强不屈的革命精神的积极浪漫主义,也有逃避现实、美化过去的消极浪漫主义。浪漫主义在屠格涅夫的"散文诗"(1878—1882)和迦尔洵等作家的小说中也有不同反映。从艺术形式来看,自70年代起,短小精悍的特写、中短篇小说蓬勃兴起,长篇小说到90年代有走向低潮的趋势,实际上在孕育着新的表现形式。

小说　　70年代是长篇小说繁荣的最后十年。托尔斯泰的《安娜·卡列宁娜》,陀思妥耶夫斯基的《群魔》、《少年》、《卡拉马佐夫兄弟》,屠格涅夫的《处女地》,谢德林的《戈洛夫廖夫老爷们》,是这个时期批判现实主义的巨著。

在长篇小说方面,除上述大作家外,马明-西比利亚克的创作在70至80年代占有一席地位。

马明-西比利亚克　(本名德·纳·马明,1852—1912)出身于神父家庭。青年时期受到革命民主主义思想的熏陶,1876年入彼得堡大学,并开始写作。1877至1891年曾定居乌拉尔,十分熟悉该地风土人情。马明-西比利亚克为俄罗斯文学开辟了一个几乎过去为人所不知的领域:资本主义发展时期乌拉尔地区的现实生活。他在80年代发表的两部长篇小说《普里瓦洛夫的百万家私》(1884)和《矿巢》(1884)是他的代表作。在这两部作品中,他描绘了乌拉尔地区失地农民的贫困和工人群众的苦难,也暴露了资产阶级吸血鬼的贪婪、卑鄙和无耻,他们甚至可以为了金钱出卖自己的妻女。写于1886年的长篇小说《在大街上》(1900年改名为《奔腾激流》)揭露了大资产阶级的腐化堕落和掠夺行径。马明-西比利亚克对待资本主义的态度有别于民粹派。他在作品中展示了资本主义在俄国发展的必然性,而且他认为在工厂的生产活动中有着一种"新的、美好的、强有力的东西",虽然它没有为人民所利用。马明-西比利亚克的小说故事性强,有浓厚的地方气息,语言简洁明快。

特写、中短篇小说于70年代崛起,直到20世纪初,一直是时代的主要创作体裁。这与迅速变化中的现实要求文学迅速做出反应有一定联系。托尔斯泰这时写了《伊凡•伊里奇之死》、《克莱采奏鸣曲》;列斯科夫发表了《左撇子》、《巧妙的理发师》;谢德林发表了著名的《童话集》。小型作品的代表有民粹派作家契诃夫、柯罗连科、迦尔洵等。

在70至80年代的中、短篇小说家中,列斯科夫很有特色。高尔基称他为"俄国文坛上一个十分独特的现象"。

尼•谢•列斯科夫(1831—1895)出生于奥廖尔省一个小官吏家庭,家境贫寒。1847年在省城中学读至四年级时,因丧父辍学。年仅十六岁,他就开始独立谋生了。

列斯科夫起初在奥廖尔省法院里当办事员。1849年到基辅,一面在省税务局工作,一面在基辅大学旁听,以弥补自己文化知识方面的不足。1857年他辞去公职,到为大地主经营田产的姨父手下当差。由于营业的需要,列斯科夫经常奔走于全国各地,曾亲自护送奥廖尔省大批移民经奥卡河、伏尔加河迁往萨拉托夫大草原。在迁徙、安置移民的过程中,他获得了广泛接触人民大众的机会。他曾经自豪地说道:"我大胆地,或许可以说胆大包天地想,我了解俄国人的最隐秘之处,而我一点也不把这当作什么功绩。我不是靠和彼得堡的马车夫谈话来了解人民的,我是在人民当中长大的……夜里,我与他们同睡在有露水的草地上,同盖一件厚厚的羊皮袄……因此,不管是把人民放到高跷上,还是踩在脚底下,我认为都是可耻的。"①显然,列斯科夫青年时代的生活经历为他日后的写作积累了不少宝贵的素材。

1861年,列斯科夫迁居彼得堡,从此专事文学创作。他的早期作品《姆岑斯克县的麦克白夫人》(1865)已显示出了他的创作的独特风格。小说描写的虽然是俄国愚昧腐败的商人家庭中一起情杀案,却具有浓郁的乡土气息和抒情因素。

60年代,当列斯科夫步入文坛时正值农奴制改革前后,阶级矛盾异常尖锐,革命民主派和贵族自由派的斗争十分激烈。列斯科夫虽然同情人民的悲惨处境,对专制农奴制不满,并曾在《干旱》(1862)、《穿树皮鞋的爱神》(1863)等以农民生活为题材的作品中揭露当时的社会,但他反对用革命的手段变革社会,认为只需通过道

---

① 彼得罗夫:《尼•谢•列斯科夫》,俄文版,工人出版社,1954年,第461页。

德的改造，社会罪恶就会消除。这显然是与革命民主派的观点截然对立的。1862年彼得堡发生大火，当时谣传是大学生受到《青年俄罗斯》的革命传单的影响而纵火的。列斯科夫为此在《北方蜜蜂》上发表文章，要求政府或澄清事实真象或严办凶手。文章引起进步知识界的普遍不满。他后来还写过长篇小说《走投无路》(1864)、《结仇》(1870—1871)，诋毁"虚无主义者"和"新人"，即革命民主主义者。

70年代，在蓬勃发展的革命运动的影响下，列斯科夫的思想开始发生转变。他脱离了60年代一直为其撰稿的反动刊物《俄国导报》，与主编卡特科夫断绝了联系，开始在自己的作品中针砭时弊，并塑造出一系列来自人民的正面形象，如穷乡僻壤中的"义士"大司祭萨韦利和助祭阿希拉（《大堂神父》）、浪迹天涯深识马性的荒野村夫伊凡（《着魔的流浪人》）等。他们具有勇敢坚毅的性格，富于自我牺牲精神，是一些诚实、正直、善良的人。列斯科夫在这些形象中体现了蕴藏在人民中间的自发的道德力量，并把改变黑暗社会的希望寄托在这些"好人"身上。

长篇小说《大堂神父》(1872)是列斯科夫的代表作，其中出色地描写了19世纪俄国外省小城神职人员的日常生活风貌，填补了俄国文学中这一题材的空白。小说主要叙述萨韦利神父及其追随者的悲惨命运。大司祭萨韦利是个典型的"义士"。他心地善良，正直诚实，关心同事与下属的幸福，置个人安危于不顾。他热心为教民服务，敢于仗义执言，为民请命，因此深得教民的爱戴，自然也就为官吏阶层所不满。到小城巡察的钦差的秘书捷尔莫谢索夫为了向上爬，选中萨韦利作为"垫脚石"。他亲自写呈文，诬告大司祭出自"革命之动机"有"不轨行为"。从此大司祭的灾难接踵而至。先是被免去司祭职务，赴省城受审，随即被贬为下级职员。最后经友人营救，虽然获得赦免，返回小城，但已心力交瘁，不久就含冤辞世。小说以单纯憨厚的助祭阿希拉与司祭扎哈里亚相继死亡的悲惨结局而告终。

应该看到，神职人员对基督教教义的理解是不同的。萨韦利作为一个与人民生活在一起、对人民的苦难有深切了解的下级神职人员，他所理解的基督教真谛必然渗入了许多人道主义和自发的民主主义因素。萨韦利正是从自己所理解的这种基督教教义出发，对照现实生活，而与官府、教会以及当时的社会制度发生了冲突。他无情地揭露社会不平和种种黑暗现象，奋力与强大的邪恶势力抗争。他在第一次布道时就曾指责那些言行不一的公务人员"宣誓就职而轻视誓言"，并"以此来影射官府衙门"。他为了庇护穷苦的诵经师卢基扬，受罚作了两个半月的苦工；又由于向省长控告地主压榨农民的苛刻行为，被撤销了督司祭的教职。

萨韦利的悲剧的深刻性在于，他虽不断与官府、教会发生冲突，但在内心深处又是属于旧制度的维护者之列的。他对沙皇充满幻想，实际上不过是希望消除一些弊端以改善现存制度而已，这就注定了他的悲剧性的命运。列斯科夫曾经说过：

"我们需要的不是好制度,而是好人。"①而萨韦利的命运恰恰有力地证明,作者所需要的这种"好人"对于变革黑暗的社会是完全无能为力的。显然,这部作品的客观意义是作家未料到的。

80 至 90 年代列斯科夫逐渐接近革命民主主义者。这个时期他写了不少短篇小说,歌颂人民的智慧和创造能力,揭露统治阶级的愚昧昏庸、专横暴虐。如《关于图拉城的斜眼左撇子和钢跳蚤的故事》(1881),以诙谐幽默的口吻歌颂老百姓中无师自通、身怀绝技的艺人;《巧妙的理发师》(1882)满怀热情地讴歌一个才华横溢的农民艺术家,同时描写了他的真挚的爱情和惨遭地主阶级迫害的悲剧。《岗哨》(1887)则讲述一个哨兵如何舍己救人,反而险遭杀身之祸的故事,深刻地揭露了沙皇官吏的昏庸与残暴。

列斯科夫于 1895 年逝世。列斯科夫的作品不仅题材广泛,体裁也是多种多样的。他除写作中篇、短篇、长篇小说外,还创造了"风景画和风俗画"、"时评小说"、"狂想曲"等形式。他在写作中还常常打破上述种种体裁之间的界限,来适应反映丰富多彩的生活内容的需要。

他的作品不仅结构独特,情节曲折,富有戏剧性,而且语言简洁生动,富有幽默感。在他的作品中民间语言和文学语言巧妙地融合在一起,运用起来得心应手。高尔基曾称他为"语言的魔术师",认为他作为一个艺术家,理应与那些伟大的俄罗斯经典作家齐名。

在 70 至 80 年代,迦尔洵的中短篇小说非常富有时代特色。

弗·米·迦尔洵 (1855—1888)出身军官家庭,1874 年入矿业学院,1876 年开始发表作品,次年参加俄土战争。迦尔洵目睹民粹派运动失败,不相信革命斗争,但又不能容忍腐败黑暗的现实。他精神上极端痛苦,加以有遗传性精神病,1888 年自杀。迦尔洵是短篇小说家。他的作品专门描写由于战争和非正义的世界所引起的痛苦,感情强烈,富有哲理。他早期的短篇小说《四天》(1877)、《懦夫》(1879)是基于他在俄土战争中的亲身经历写成的,表现了强烈的反战精神。他的代表作之一《棕榈》(1880)讲一棵美丽的棕榈不愿生长在玻璃花房里,渴望生活在自由辽阔的晴空之下,最后终于冲破了花房的玻璃房顶。但此时已是深秋,棕榈树经不起夹雪风雨的吹打,很快就凋谢了。作家在这里用浪漫主义的笔法,借助象征和讽喻,描写了孤军作战的自由战士的惨败。短篇小说《红花》(1883)也采用了象征主义的手法。小说主人公认为红花象征着人世间的暴力和罪恶,他下决心要摘除它,以解除人们的苦难。但就在彻底铲除罪恶根源的"斗争"之中,他献出了自己的生

---

① 《在列斯科夫的世界中》,俄文版,作家出版社,1983 年,第 51 页。

命。迦尔洵还在自己的作品中无情地批判不合理的社会现实。如短篇《偶然事件》(1878)和中篇《娜吉日达·尼古拉耶芙娜》(1885)鞭挞了资本主义社会中的卖淫现象，流露了他对被损害者和被凌辱者的同情。短篇《艺术家》(1879)反映了迦尔洵的文艺观，他主张文学应该反映社会生活，贯彻进步思想。迦尔洵的短篇小说浪漫主义气息浓厚，象征性强烈，结构严谨，语言精炼。他常采用日记和第一人称叙述的形式。

民粹派作家

70年代俄国文学中一个突出的现象是，与民粹派运动同时，在文坛上出现了一批民粹派——平民知识分子作家，如格·乌斯宾斯基、尼·伊·纳乌莫夫、巴·符·扎索季姆斯基、尼·尼·兹拉托夫拉茨基、卡罗宁-彼特罗帕夫洛夫斯基、斯捷普尼亚克-克拉夫钦斯基、奥西波维奇-诺沃德沃尔斯基等。他们写了大量特写和中短篇小说，主要围绕两个题材：人民（特别是改革后的农民）的生活和俄国进步知识分子的命运。

列宁对于民粹派所作的评价是一分为二的。这种分析对于我们评价民粹派小说家有着指导意义。列宁说："马克思主义者应当透过民粹派乌托邦的外壳细心辨别农民群众真诚的、坚决的、战斗的民主主义的健全而宝贵的内核。"①他还说，我们"决不像一个愚蠢的人那样把民粹主义一概抛弃，而是从中提取革命的、一般民主主义的成分，把这些成分变成自己的东西"。② 此外，列宁在分析民粹主义这个独特的历史现象时，把70年代的革命民粹派和80年代的自由主义民粹派严格地区分开来，这种区分对于考察民粹派的文学活动来说具有原则的意义。

在改革后的俄国农村出现了资本主义。贫苦的劳动农民既受到农奴制残余的压迫，又受到在农村新生的剥削者——"恶霸"富农的盘剥。民粹派作家特别关心农村中出现的资本主义现象，但他们并不明白富农赖以产生的经济根源，不懂得富农的阶级本质。在他们的笔下，农村资本主义势力只是一种来历不明的神秘力量。民粹派作家把村社制度理想化，竭力维护村社和劳动组合的原则，认为这些原则能够使俄国避开资本主义，但他们在作品中所创造的现实生活画面却又常常冲破和否定他们的空想原则。一些民粹派作家把希望寄托于进步知识分子身上，认为依靠他们的宣传工作就能鼓动农民起来斗争。但后来由于民粹派革命家受到反动当局的打击和迫害，由于民粹主义幻想开始破灭，以进步知识分子的命运为题材的作品开始具有忧郁和凄凉的色彩。

---

① 《列宁选集》第2卷，人民出版社，第433页。
② 同上书，第6卷，第115页。

尼·伊·纳乌莫夫(1838—1901)是革命民粹派文学的主要代表。他生于西伯利亚,当地艰苦的生活使作家很早就了解广大劳动群众的惨痛遭遇。纳乌莫夫在70年代写的作品富有强烈的民主性,它们反映富农经济在农村的发展,揭露富农、商人和地方官僚沆瀣一气,剥削和压迫农民。例如在《农村小商》(1871)中,一个小店老板压低价格收购农副产品,农民称他为"绞索"。他以七十戈比的高价把一顶只值四十戈比的帽子出售给农民。短篇《机灵的女人》(1872)讲一个鱼商如何与地方当局勾结,垄断鲜鱼的收购,竭力压低鱼价,掠夺农民。但在纳乌莫夫笔下,新的剥削者只是俄国农村的一种异物,只是时代的浮渣,似乎只要把这些人消灭了,农村就会是天下太平,万事如意。这显然是民粹派理论给予作家的消极影响。纳乌莫夫笔下的农民多数是消极的,虽有少数勇于为村社原则而同剥削者作斗争的农民"思想家",但这种斗争总是以他们的失败告终。在《农民的选举》(1873)中,贝奇科夫率领农民同"恶霸"富农斗争,结果是他们自己被逐出村子。在《农村公社的统计》(1873)中,一个农民因揭露富农偷盗公款而遭诬陷,被流放到西伯利亚的边远地区,终于生伤寒病死在狱中。纳乌莫夫的创作题材是丰富的,除了描写改革后的农村以外,他也反映淘金工人的苦难生活(《刺猬》,1873),揭露地方官吏的贪赃枉法(《受迫害的人》,1882)。严峻的生活真实和明显的民主主义倾向使纳乌莫夫的70年代作品深受读者欢迎,它们起了唤醒人们觉悟的作用。

巴·弗·扎索季姆斯基(1843—1912)也是重要的民粹派作家。他最著名的作品《斯摩林村的编年史》(1874)以鲜明的形象展示了斯摩林村的阶级分化,贫农与富农之间的对立以及村社的毁灭。贫农们以自己的辛勤劳动喂肥了贪婪的富农,他们除了种田以外,还在手工制钉场干活,然而过的却是吃不饱、穿不暖的生活。对他们来说,"在人世间生活并不比终身服苦役来得快乐"。他们的命运完全掌握在富农手中:为富农做苦工,在富农开设的店铺里付高价购买日用零星物品,在富农的酒店里花掉他们的最后一个戈比。民粹派主张的农村信贷储蓄合作、消费合作和生产劳动组合等办法根本不能帮助农民跳出苦海。相信民粹主义的季米特里·克利亚瑞夫率领群众同富农展开斗争。他组织信贷合作,开商店,办学校,设打铁铺……农民群众同情季米特里,但同时又害怕富农的恶势力。后来季米特里受到富农陷害,被捕入狱,而富农却把他苦心经营的一切占为己有。季米特里出狱后,发现他自己原来是一个大傻瓜:"靠信贷互助、商店或劳动组合是不能解脱苦难的","怎么能够乘坐洗衣盆横渡大海?"《斯摩林村的编年史》中描绘的现实主义生活画面冲破了民粹派的"村社"理论。作品中有紧张的戏剧性的冲突,有刻画生动的人物形象和心理描写。为了帮助这部作品问世,谢德林花了不少的力气。

在民粹派作家**费·季·涅菲奥多夫**(1838—1902)的70年代作品中也不乏现实

主义的农村生活画面。短篇小说《不交纳田租的人》(1871)描述了农民格里戈里的惨痛一生,从他的童年一直讲到他的惨死。又如在《农民的苦难》(1868)中,涅菲奥多夫描绘了一场火灾,农民不设法灭火,而是手捧神像呆立在一旁,眼看着烈火把他们的农舍烧光。这种农民形象同民粹派所理想化了的农民毫无共同之处。涅菲奥多夫在70年代的作品中还反映了纺织工人的生活。政论特写集《我们的工厂》(1872)描写了工人的艰苦劳动。他们每天干活多达十六小时,没有劳动保护,而在工人中最痛苦的是童工。由于受民粹派观点的局限,涅菲奥多夫并不懂得工人阶级的历史使命,相反,他在描绘工人生活的痛苦现状时,竟把工人在昔日务农时的生活理想化。这种把农村生活理想化的做法在涅菲奥多夫写于80年代的作品中更为明显。在《不合惯例》(1883)、《斯捷尼亚·杜布科夫》(1888)、《鬼迷》(1890)等作品中,农民们都生活得幸福而满足,富农都成了经济实力雄厚和禀性善良的主人,农村青年的生活和习俗比青年工人更健康。在《姚尼奇》(1888)中,作家把村社精神理想化,抹煞客观存在的社会矛盾。涅菲奥多夫在创作中的这种退化反映了革命的民粹派蜕化为自由主义民粹派的总趋向。

尼·尼·兹拉托夫拉茨基(1845—1911)的长篇小说《根基》(1878—1883)是全面反映民粹派思想的代表作。在描绘弗拉基米尔省伏尔辛斯克乡的生活时,作家歌颂村社,说村社是人民的生活理想,在村社里不存在压迫和专横,所有的农民都是平等的。他相信村社的神秘力量和农民的"集体主义"心理。他认为,"农民找不到比村社更为经久耐穿的树皮鞋"。他说:"天上有上帝,地上有皇帝,农村中有农民","农民喜欢和平与安宁,他希望周围的一切都光明和欢乐"。兹拉托夫拉茨基作品中的主人公不是反抗者,而是温顺多情、软弱无能、对沙皇抱着浪漫主义幻想的农民,如米恩·阿法纳西伊奇和乌莉雅娜·莫赛耶芙娜。作者认为这些人物体现了"人民的精神"。兹拉托夫拉茨基的这种思想使他接近托尔斯泰的"不以暴力抗恶"的主张。作家对富农的描写也是不真实的,富农在他笔下似乎只是村社的健康肌体上的一个瘤,它迟早要被割掉。兹拉托夫拉茨基完全否认新兴资本主义的相对进步性,在他的心目中,工厂的烟囱只是"苦役和强制劳动的象征"。到了80年代中期,他不再直接描绘人民生活,而是面向过去,忧郁地叙述一些正派而又软弱的知识分子的命运,写出了"忏悔的贵族"形象,如短篇小说集《流浪者》(1881—1884)中的鲁勃诺夫。这种人不像70年代"到民间去"的革命家,却竭力用微不足道的善行来减轻自己父辈的"罪孽"。高尔基曾尖锐指出,兹拉托夫拉茨基是一个"甜言蜜语的'骗子'"。

格·伊·乌斯宾斯基(1843—1902)虽同民粹派接近,具有民粹主义思想,但却是一个清醒的现实主义作家。他的作品丝毫不粉饰农村,打破了民粹派对"村社"的理想化。他从三方面分析和反映俄国农村生活：(一)资本主义的渗入；(二)农村的分化和破产；(三)个性的觉醒。在 70 年代"到民间去"的高潮中，格·乌斯宾斯基也曾去农村体验生活，写出了《农村日记》(1877—1880)、《农民和农民劳动》(1880)和《土地的威力》(1882)等特写集。在他的笔下，农民并不具有民粹派杜撰的"村社精神"，也并不是什么"集体主义者"，乌斯宾斯基揭示了农民的自私本性。他形象地表明：从农民中分化出来的资产阶级——富农并不是什么"外加于"农村生活的偶然现象，就连农民自己也开始明白，新生的资本主义关系并不是偶然的、暂时的，而是"不可避免的，可怕的"，是一种制度(《土地的威力》)。能认识到这一层，乌斯宾斯基无疑比其他民粹派作家高明。乌斯宾斯基的许多特写表明，在农村里，资本的权力逐步替代了土地的威力，不少农民变为"农村无产者"。他描绘了资本主义给人民带来的种种灾难，资产者如何将一切都变成商品或金钱，把自己的幸福建立在劳动者的白骨上：他们把艺术天才当作买卖对象(《罪孽深重》，1888)；把人变成为半个卢布(《支票簿》，1876)、变成"分数人"(《四分之一匹马》，1887；《没有整数》，1888)。乌斯宾斯基最后终于同民粹派思想决裂，在《不管乐意不乐意》(1876)、《在老家》(1876)、《没有复活》(1877)、《饿死》(1877)等特写中反映了社会意识的觉醒，但他还不懂得工人阶级是改造社会的革命力量，是资本主义的掘墓人。他满怀深情地描绘了进步的知识分子，突出他们对"人民事业"的忠诚以及他们的痛苦处境。乌斯宾斯基最显著的创作特点是艺术家和思想家融合在一起；在他的特写中，艺术形象同文献和政论相结合。他的艺术描绘常常伴有具体和实在的数字，如他在特写《三个可怕的零》中，勾勒了一幅发人深思的画面：在统治当局的支出预算中，用于教育事业的经费是"零"，医院拨款是"零"，慈善事业费用也是"零"。"三个可怕的零"形象地表明了沙皇专制政府对人民群众的极端冷漠，给读者以深刻印象。乌斯宾斯基的语言精炼生动，他作品中的许多说法成了通用的名言。

斯·卡罗宁(本名尼·叶·彼特罗帕夫洛夫斯基，1853—1892)和乌斯宾斯基一样，也是以自己的现实主义作品摧毁民粹主义幻想的作家。他很早就参与革命的民粹派运动，不止一次被捕过。1881 年，他被流放到西伯利亚，在那里度过了五个年头。他的创作可以分成两个阶段：从 1879 年到 1887 年是第一阶段，主要描写农民生活；而在 1888—1892 年第二阶段中，他的主要描写对象则是民粹派知识分子的斗争活动。卡罗宁有关农村的中短篇小说集(《巴拉什卡村人故事集》，1879—1880；《芝麻绿豆小事故事集》，1881—1883；《自下而上》，1886)描写农民痛苦的生活。农民鲁宁的孩子吃不上用面粉做的面包，他们吃的"不知是什么玩意儿"，以致引起了体质退化。卡罗宁细致地考察了农村中种种社会关系。他描写农村的分化,大部分人破产,极少数人发财而成为农村中的资产者——富农。破产农民常常为了一袋面粉变卖少得可怜的家产,以求糊口,最终被迫背井离乡,外出寻找工作。作为一个民粹派作家,卡罗宁为村社的衰亡感到惋惜,但他的作品的客观内容表明:村社在现实生活中已经落后过时,而民粹派把村社理想化的做法则是有害的。在卡罗宁的中篇小说《自下而上》中,青年农民米哈伊洛·卢宁从农村来到城市,当上了一名钳工。工厂生活开阔了这个青年农民的视野,他学到了许多知识,成了火车司机的助手。但卢宁并未成为一个有觉悟的工人,他仍然依恋着农村,痛苦地意识到自己的社会地位的两重性,常常以酒浇愁。所以,卡罗宁虽然描写了一个失地农民变成为工人,但他并未认识到这是一个有规律性的历史发展过程。卡罗宁在第二个创作阶段主要描写民粹派知识分子远离人民,他们思想上的两重性:苦闷和悲观(《巴鲍奇金》,1888;《我的世界》,1888;《生活的老师》,1891)。

斯捷普尼亚克(本名谢·米·克拉夫钦斯基,1851—1895)是民粹派革命家。他在70年代初投身于民粹主义运动,亲自"到民间去"。后来他加入了"土地与自由社",1879年该组织分裂后,他向民意党人靠拢。在1873至1875年间,他写过一些宣传性的故事(《关于戈比的故事》、《聪明人纳乌莫芙娜》、《甫出龙潭,又入虎穴》、《关于真理和歪理》),向农民解释他们痛苦生活的"罪因",告诉农民谁是他们真正的朋友和敌人,号召农民起来斗争("暴动,只有暴动才能使人民摆脱贫穷和饥寒……暴动起来,反对地主、老板、沙皇,反对一切上司……"),以求确立一个和民粹派纲领相符合的、以村社土地所有制为基础的制度。在《关于戈比的故事》中,作者幻想一个按集体原则经营的农民村社。在这里不需要金钱,也不需要工厂产品;在这里"没有首领,没有总督,也没有官长,一切都由村社会议解决"。斯捷普尼亚克的《地下俄国》(1881)和《伏尔加河畔的小房子》(1890)描写民粹派革命家的活动。作者满怀浪漫主义激情向读者介绍克鲁泡特金、奥辛斯基、扎苏里奇和彼罗夫斯卡娅等革命家的自我牺牲和大公无私的精神,赞美他们的"心是用黄金和纯钢铸成的"。他写作的目的是想以70年代的革命家为榜样去培育新的战士。作品的缺点是人物形象的个性化不足。斯捷普尼亚克最受读者欢迎的作品是长篇小说《安德列·科茹霍夫》。这本书最初在1889年用英文发表,作者去世后,于1898年在日内瓦出版俄译本。小说描绘了70年代的革命斗争以及参加斗争的革命家,他们无私无畏,正气凛然,令人肃然起敬。但他们又不是那种杜绝人世欢乐的苦行僧,而是渴望欢乐的活生生的人。主人公安德列·科茹霍夫等不只反对沙皇专制,而且坚决反对自由主义。但他们奉行个人恐怖的策略,在他们心目中,决定历史进程的动力不是人民群众,而是知识分子中的杰出人物。这些革命家为人民的幸福和自由而进行斗争,但是他们在斗争中得不到人民的了解和支持,这是他们的命运的悲剧所在。而这一点也是作家本人所未能理解的。他的文学创作的历史意义就在于他反映了俄国解放斗争的一整个时代的特点,塑造了这一斗争中的革命家形象,描绘了他们的英雄主义行为和悲剧性的遭遇。

安·奥西波维奇(本名安·奥·诺沃德沃尔斯基,1853—1882)是另一个写民粹派斗争的作家。他的短篇小说《幻想家们》、《纪念品》和《历史》(均为 1881 年)等都是描写从事地下活动的革命家的。他赞颂他们的英雄主义、大公无私和纯洁心灵。中篇小说《一个东不成西不就的人的生活插曲》(1877)是奥西波维奇的主要作品。主人公彼契里察体现了地下革命活动家的特点,他身上没有"多余的人"的种种弱点,他和人民紧密相联,过的是普通人的生活。他反对贵族文化,也反对老爷式的慈善布施。在小说中,作家批评了那种只会空谈、不善工作的假英雄。普莱奥勃拉仁斯基就是这种人物,他被作家称作是毕巧林的儿子、罗亭和巴扎洛夫的兄弟,虽然他出身于平民阶层。他认识到生活中的不公平现象而走向人民,但他并没有积极行动,在他身上有着罗亭的,甚至奥勃洛莫夫的气质。高尔基对这部作品的评价很高,称之为"一部很真实、感染力很强的作品"。奥西波维奇是在沙皇政府的书报检查制度下从事写作的,他不能直言不讳,不能公开描写地下革命家的活动,所以他的作品常常采用回忆、思考和谈话等形式。

在俄罗斯文学的发展中,民粹派作家在开拓文学题材方面做出了贡献,他们写了农民的生活、农村的分化、淘金者和纺织工人的生活以及民粹派革命家的活动等。这些作家都很熟悉自己所描写的对象和生活,因而他们的作品很有认识意义,高尔基曾不止一次地指出过这一点,他说:"民粹派小说家的作品有极丰富的材料,供我们了解我们国家的经济情况和人民的心理特点,这些作家描绘了人民的风俗、习惯、情绪和意愿……"民粹派小说家在发展特写和短篇小说的体裁上也是有贡献的,他们将艺术地展示现实生活同政论性相结合,把数据和事实引进文艺作品,以便更确切地反映生活现象。民粹派的乌托邦理想决定了他们的文学作品必然具有感伤的浪漫主义色彩;而一些坚定的民粹派作家深信真理必定会战胜,这就又赋予他们的作品以浪漫主义的激情。这些作家在作品中广泛使用民间的语言材料,丰富了俄罗斯文学语言。但他们几乎有一个共同的缺陷,这就是他们往往企图把现实生活纳入民粹派思想的框子。然而,他们作品中的现实主义生活画面却又常常突破这些思想框框,这正好也是他们的创作之所以有文学历史意义的重要原因之一。

诗歌 70 年代进步诗歌最大的代表仍是涅克拉索夫。他在 1876 年完成的长诗《谁在俄罗斯能过好日子》表现出了 70 年代俄国文学的全面民主化。长诗在内容上深入到广大劳动人民的思想和心理中。在形式上吸取民间创作的风格,运用人民的语言,使长诗不仅以人民为主体,而且具有为人民喜闻乐见的形式。

在 70 至 80 年代从事诗歌创作的还有以伊·扎·苏里科夫(1841—1884)为代表的来自劳动群众的诗人。这些民间诗人的诗集《黎明》(1872)反映人民的痛苦,召唤人民起来斗争。

在亲身参加同沙皇专制斗争的革命民粹派中,也有不少诗人,如尼·亚·莫罗佐夫(1854—1946)、彼·拉·拉夫罗夫(1823—1900)、谢·西·西涅古勃(1851—1907)、日·阿·洛巴金(1845—1918)、费·瓦·沃尔霍夫斯基(1846—1914)、薇·尼·菲格涅尔(1852—1942)等。他们的诗歌创作反映了革命民粹派的情绪、思想和向往。许多诗篇是在牢狱中写成的"狱中抒情诗"。1877 年在日内瓦出版了诗集《从铁窗的后面》,它收入了十四名政治囚犯在 1873—1877 年间写成的诗篇,这些诗充满革命的激情和意志。有些诗如拉夫罗夫的《我们同旧世界决裂》、格·阿·马奇捷特的《我备受奴役的折磨……》等都谱成了歌曲,深受革命者喜爱。这些诗人的创作明显地受到涅克拉索夫的影响。

彼·菲·雅库博维奇(1860—1911)是最有才华的民意党人诗人。他曾积极参加反专制制度的斗争,遭到流放,服过苦役。他用自己的诗篇歌颂为革命创建功勋的自我牺牲精神。在诗人心目中,一个人活着就是要

　　……斗争和痛苦,
　　就是要炽烈地爱,
　　就是要不把牺牲当牺牲,
　　要为了牺牲而生活。

　　　　　　　　　　　　——《号召》

诗人说,他的诗是"用泪水和心血写成的","囚室的朦胧"是他的"诗神","铁索和绳子"是他的"琴弦"。民粹派的失败给雅库博维奇的诗作增添了一层消沉和悲观的色彩。

谢·雅·纳德松(1862—1887)是当时才华出众的诗人。1885 年出版了他的诗集。契诃夫说过:"纳德松是一个比当代所有诗人加在一起都大得多的诗人。"但纳德松和雅库博维奇不一样,他并未直接参加革命斗争,他是以旁观者的身份来反映民粹派的思想和情绪。他歌唱"处于奴役之中的不幸的俄罗斯",歌颂为祖国的自由和幸福而战斗的革命者,歌颂诗人的社会作用。一些诗篇反映了纳德松的矛盾心情。他一面激励读者说:

　　别害怕周围的沉寂,
　　这是风暴来临前的寂静……
　　你的祖国并未沉睡,

它正在准备一场决斗。

——《起来,歌手!……》

一面又痛苦地承认自己的"声音软弱无力",埋怨在自己的心中"没有青春的活力"(《话》)。在纳德松的诗篇中流露出当年进步知识分子的孤独和悲伤的情绪。他说:

别责备我,朋友,——我是我们时代的儿子,
是思索、忧虑和怀疑的儿子。

——《别责备我,朋友》

纳德松诗作的特色是感情真挚、语言自然。他喜欢用对照手法:黑暗和光明、黑夜和白天、恶和善等。但诗人自己承认他的诗"形象性不足,有些诗像是杂文和政论"。

90年代文学

俄国解放运动在90年代进入一个崭新的阶段,与解放运动紧密联系的俄罗斯文学也露出了新的特色。随着政治上各种派别之间的激烈斗争,文学中出现了批判现实主义、现代派、无产阶级文学并存的局面。

批判现实主义仍是此时文学中的主流。托尔斯泰、契诃夫、柯罗连科在继续创作。托尔斯泰的《复活》将俄国批判现实主义文学推向顶峰;契诃夫的戏剧《海鸥》(1896)、《万尼亚舅舅》(1897)等为俄国的戏剧改革做出了重大贡献。在柯罗连科的小说中,90年代社会运动的高涨得到鲜明反映,洋溢着乐观主义情绪(《嬉闹的河》,1892;《火光》,1900),具有浪漫主义色彩。马明-西比利亚克继续批判资本主义,发表了长篇小说《黄金》(1892)和《粮食》(1895)。

同时,90年代在俄国文坛上又出现了一批新作家,如亚·谢·绥拉菲莫维奇(1863—1949)、维·维·魏列萨耶夫(1867—1945)、亚·伊·库普林(1870—1938)、伊·阿·布宁(1870—1953)等。绥拉菲莫维奇的早期短篇小说《扳道工》(1891)和《小矿工》(1895)等反映了劳动人民的沉重劳动和贫苦生活。魏列萨耶夫的短篇小说《里扎尔》(1899)展示农民与地主的尖锐对立,中篇小说《无路可走》(1895)和《时尚》(1897)则反映了民粹派幻想的破灭,并示意摆脱绝境的出路在于信仰马克思主义。布宁的《丹恩卡》(1893)和《走向天涯海角》(1895)描写农民的穷困、饥饿和迁徙。库普林富有才华,他的中篇小说《摩洛》(1896)刻画凶神恶煞般的资产者形象,暴露了他们的贪婪残忍和腐化堕落。

90年代文学中最重大的现象是开始出现了新的无产阶级文学。无产阶级文豪高尔基是在俄国解放运动新高涨的90年代登上文坛的。在他的早期创作中,有

继承批判现实主义优秀传统、暴露罪恶现实、同情劳动人民的作品,也有充满为自由和幸福而斗争的浪漫主义激情的作品。在《阿尔希帕老爷爷和廖恩卡》(1893)、《切尔卡什》(1895)、《二十六个和一个》(1899)、《柯诺瓦洛夫》(1896)、《奥尔洛夫夫妇》(1897)和《福玛·高尔杰耶夫》(1898—1899)等中短篇小说中,高尔基暴露了资产阶级的贪婪和小市民的丑恶,刻画了生活在社会底层的流浪汉和劳动者的形象,描写出了他们的苦难生活以及他们的愤怒和叛逆精神。而在《马卡尔·楚德拉》(1892)、《伊则吉尔老婆子》(1895)和《鹰之歌》(1899)中,高尔基歌颂了勇于斗争、敢于献身的精神,塑造了一个掏出自己的心当火炬、照亮人们走向光明的英雄人物丹柯的形象。高尔基的早期作品为俄罗斯文学提供了新的题材、思想和人物,它们预示着一种崭新的文学的诞生。

高尔基非常关心作家的成长,在第一次革命时期,绥拉菲莫维奇就在高尔基的积极影响与帮助下,思想认识不断提高,开始在自己的作品中表现工人阶级的斗争生活,歌颂他们的革命英雄主义(《街上的尸体》,1905;《炸弹》,1905)。绥拉菲莫维奇后来和高尔基一起为奠定与发展社会主义文学贡献了自己的力量。

在90年代的诗歌创作中,出现了两种明显对立的倾向:无产阶级的革命诗歌和现代派象征主义者的诗歌。无产阶级诗歌号召人民群众进行革命斗争,充满了乐观主义和集体主义的精神。无产阶级诗歌的主要作者有列·彼·拉金(1860—1900)、亚·亚·波格丹诺夫(1874—1939)、阿·亚·科茨(1872—1943)、格·马·克尔日扎诺夫斯基(1872—1959)。与无产阶级诗歌相对立的是象征主义诗歌,其代表人物为德·谢·梅列日科夫斯基(1866—1941)、康·德·巴尔蒙特(1867—1942)、尼·马·明斯基(本姓维连京,1855—1937)、瓦·雅·勃留索夫(1873—1924)、费·库·索洛古勃(1863—1927)等。这些作家的诗篇虽然具有某种反资产阶级的性质,但它们主要是宣扬唯美主义、个人主义、尼采的"超人"哲学和非理性主义,充满了消沉、颓丧和逃避现实的情绪。巴尔蒙特、勃留索夫和索洛古勃的诗句十分集中地反映了象征主义诗歌的总情绪,如:

> 我仇恨人类,
> 我匆匆地把它躲开。
> 我空荒的心灵,
> 是我唯一的祖国。
>
> (巴尔蒙特)

> 除了童贞般地信赖自己,

我没有别的义务。

（勃留索夫）

我——就是一切的一切,别无它物,
生活的源泉在我身上。

（索洛古勃）

这类诗句所表达的情绪正是对资产阶级社会危机的一种反映。阶级斗争一旦激化,象征主义诗人也将分化。他们中的优秀人物将走向革命,如勃留索夫,有的人则消沉和堕落,自绝于祖国和人民。

在90年代除了诗歌领域中的象征主义流派之外,在小说创作方面还有以彼·德·博博雷金(1836—1921)为代表的一些作家。他们的作品捍卫资产阶级利益,反对工人阶级的斗争,有明显的保守与反动的倾向。在创作原则上,他们反对批判与讽刺笔法,主张对现实采取"宽容态度"。

不容置疑的是,在90年代文学中,以托尔斯泰、契诃夫为首的批判现实主义作家为其主流,继续发挥着战斗作用。但19世纪的现实主义此时也暴露出了它明显的不足。这些作家由于脱离和不理解无产阶级运动,在预感到即将发生变革的同时,有时又流露出彷徨伤感的情绪,他们都无力塑造出坚强有力的、时代的正面主人公——无产阶级。代表着未来文学发展的方向的是年轻的高尔基。

第二节 柯罗连科

柯罗连科(1853—1921)是19世纪末、20世纪初的俄国作家、社会活动家。在俄国自然主义、颓废主义开始流行的反动年代,柯罗连科以自己的作品表现了"对人的爱、对人的恻隐之心,对那些作践人的势力的愤恨","表达了美好的人道主义思想",[①]为坚持俄国文学的现实主义的优秀传统做出了杰出的贡献。

弗拉基米尔·加拉克季奥诺维奇·柯罗连科于1853年生于乌克兰沃伦省日托米尔城。他的父亲是一个廉洁正直、学识渊博的法官,母亲是波兰人。作家十五岁时父亲去世,家境贫困,全靠母亲操劳才读完中学。1863年,波兰人民反对沙俄统治的起义失败后,柯罗连科家有几个亲友被捕或牺牲,这件事对未来作家的思想发展起过很大的影响。

1871年柯罗连科考入彼得堡工艺专科学校。但是由于家庭贫困,他不久被迫

---

① 卢那察尔斯基:《论文学》,人民文学出版社,1978年,第230页。

离校,从事绘图、校对等零星工作,勉强维持生活。1874年柯罗连科移居莫斯科,进了彼得农林学院。

柯罗连科在学院里接近具有革命思想的青年,和他们一起读禁书,还接受委托管理秘密的学生图书馆。1876年3月,他由于参加了学生反对院方的集体抗议书的起草工作而被开除学籍,并放逐到沃洛格达省,但半途而返,改定居喀琅施塔得,受警察监督。1877年,柯罗连科移居彼得堡,进了矿业学院。

这一时期柯罗连科对民粹派发动的"到民间去"的革命活动深感兴趣,同参加活动的人们有联系。他要为这一运动做些宣传,于是选择了文学为武器,开始创作。他的处女作是短篇小说《探求者的生活插曲》,发表在1879年的《言辞》杂志上。小说以涅克拉索夫的长诗《谁在俄罗斯能过好日子》中一段有关自觉选择革命道路的诗句为题辞,点明了作品的主题:主人公放弃个人幸福,决定走为人民服务的艰辛道路。小说实际上是作者自己心情的反映。

70年代末连续发生反政府活动,1878年为涅克拉索夫举行的具有示威性质的葬礼以及宪兵队长麦津采夫被刺等事件之后,沙皇政权加强了镇压措施。1879年,柯罗连科因印刷和散布革命传单的嫌疑再度被流放,几经辗转,最后,在警察监督下,在彼尔姆省居住。1881年1月民意党人行刺亚历山大二世,5月亚历山大三世政府要求一部分政治犯作效忠宣誓。柯罗连科接到誓文后拒绝签字,这种对当局的"敌对情绪"加重了他原有的罪名,使他受到最严厉的处分:流放到西伯利亚。他在离车尔尼雪夫斯基的流放地约几百公里的雅库特州阿姆加村度过了四年多艰苦的生活。但是,艰苦却磨炼出坚强的战士,后来作家幽默地声明,他"被送到民间去,花的是公家的钱"。在这里,他熟悉了劳动人民,和他们处于"完全平等的关系中"。他缝制皮靴,还兼务农。同时他细心研究当地人民的生活,学习他们的语言,记录他们的歌谣,为自己的创作积累了丰富的材料。优秀短篇《杀人者》、《马卡尔的梦》、《在坏伙伴中》等都是在这里创作的。

1885年从流放地回来,柯罗连科定居在下诺夫哥罗德。这时他已是一个在思想上经受到严峻锻炼、创作上积累了丰富素材的作家。他以自己优美的文笔、充满对人的热爱和信念的明朗风格,为八九十年代阴郁的俄国文坛带来了清新的气息。他不仅创作中短篇小说,而且还写了一些特写、童话、回忆录、文学评论、政论等多种样式的著作。

《巴甫洛沃特写》(1890)描写下诺夫哥罗德近郊著名的巴甫洛沃村小手工业者的生活。这个古老的家庭手工业者的村子为民粹派文学所注目,被看作是非资本主义经济结构的范例,具有"民间生产"的性质。但柯罗连科在认真调查和深刻观察后却得出完全不同的结论。他在特写中真实地描绘出巴甫洛沃村手工业者过于沉重的劳动及其受资本家(以收购者的身份出现)控制的地位;说明那些在自己的家庭里干活,把自己的劳动产品卖给收购者的手工业者实际上已经失去经济上的独立性,并非是抵制资本主义侵入的"我们独特的生活方式的堡垒"。

这篇特写的意义还在于它生动、具体地揭示了收购者——资本家对手工业者种种残酷剥削的形式;或规定手工业者必须向收购者买他们不需要的商品;或者采取罚款以及从工钱中扣除"小费";甚至手工业者为了兑换零钱也要被扣去一些钱。这种剥削的结果必然造成手工业者的极度贫困。柯罗连科刻画了从老太婆到少女、小孩被资本压榨的实况:三个女人站在机床旁边……十三岁的小女孩"简直跟她母亲一个样儿,脸上有着同样的皱纹,身子也一样瘦得怕人,看上去像个老太婆"。"是的,这站在机床旁边的真是小饿死鬼的化身。这三个女人赚到的钱只能勉强支持手工业者村落里三个工人的最后一星生命的火花。"

柯罗连科描绘手工劳动者可怕的处境时指出:他们贫穷的原因不在于收购者个人品质恶劣,而是在于资本主义生产性质本身。这样作家就突破了民粹派理论的局限性。这篇特写是俄国文学中描写小手工业者生活的最真实作品之一。列宁在《俄国资本主义的发展》一书中曾引用过这篇特写的材料。

特写集《在荒凉的地方》(1890)记载作者在90年代初顺着维特鲁加河和凯尔聂兹河旅行的经历。特写描绘了在新旧交替时代"古老的罗斯"逐渐衰亡,而资产阶级的秩序如何出现在偏僻地带。柯罗连科在这里既不美化保存古风旧习的"荒凉的地方",又能在"新秩序"中看出奴役人民的新形式。

1892年冬下诺夫哥罗德省有些地方因歉收而遭到严重饥荒,柯罗连科深入灾区研究各阶层居民的情况,目睹农民全家饿死的惨状。但反动报纸却胡说饥荒是由于农民们"狂饮"和懒惰。柯罗连科极为愤慨,他一面组织社会力量帮助灾民,一面写了特写《饥饿的年代》(1892—1893)反驳官方的谎言。同时指出:"居民的贫困完全不是与歉收的程度成正比,而是与地方行政长官的残暴程度成正比的。"这些特写遭到检查机关的非难,他们认为书中有农民革命的思想。

特写《在阴暗的日子里》(1896)揭露贵族自由主义者的假仁假义、空话连篇和仇恨人民利益的本质。别具一格的童话《太阳,停住;月亮,别动!》(1899)以巨大的表现力讽刺和抨击了反动派要想倒转历史车轮的企图。

在80至90年代艺术创作的高峰时期,柯罗连科还展开了卓越的社会活动和政论活动,与反动当局进行顽强的斗争。

90年代他发表了维护乌德穆尔特族农民的言论,揭露所谓的"摩尔坦村祭祀案"体现了沙皇政府仇视人民的政策,其目的是煽动各民族间的仇视。他以非凡的勇气,发表了揭露法庭的文章,为七个被判服苦役的农民(被诬控犯有杀人祭神罪)

申辩,引起社会强烈反响,致使案件得以重新审判,乌德穆尔特族农民终于被宣告无罪。高尔基高度评价了柯罗连科与沙皇政府反人民罪行所进行的斗争。

1896年柯罗连科全家迁居彼得堡,他以很多的时间和精力参加民粹派喉舌《俄国财富》杂志的工作,米哈伊洛夫斯基去世后,他接任主编。1900年起他住在波尔塔瓦。他参加了哈尔科夫和波尔塔瓦两地捍卫农民利益的组织,揭穿警察当局为镇压乌克兰"土地暴动"而制造案件的阴谋。

1902年柯罗连科以科学院名誉院士的身份,对撤消高尔基院士资格一事提出抗议,并亲自到彼得堡与当局进行斗争,最后联合契诃夫,分别呈递了退出科学院的声明书。柯罗连科这一公开行动不仅说明他对高尔基的社会作用的充分肯定,也表明他作为民主主义作家,对一切社会不公正现象所持的一贯立场。

在1905年革命高涨时期,柯罗连科更积极投入社会活动,他发表文章揭露加邦牧师和祖巴托夫的特务活动,揭露他们"企图使年轻的工人运动受警察控制"的阴谋。他在《波尔塔瓦报》上发表公开信,要求立即审判血腥屠杀索罗庆采村农民的首恶秘密警察菲伦诺夫;不久后者被暗杀。反动势力"黑色百人团"的报刊硬把两件毫无联系的事扯在一起,诬陷作家"教唆谋杀",对他进行威胁。作家写了一组随笔《索罗庆采悲剧》(1907)进行严正的反击。同一时期的特写《十三号屋》(1903)揭露沙皇专制制度在基什涅夫残杀犹太人的暴行。《一月九日的彼得堡》(1905)评论这个"血腥的星期日"在俄国生活中的重大转折意义。特写集《司空见惯的现象》(1910)概括了大革命失败后的白色恐怖。此书出版后马上遭到查禁。列夫·托尔斯泰却大声疾呼:"应该把它重印和散发,发行几百万册。这本书所能产生的良好影响是任何一篇国会里的讲词、学术论文,任何一个剧本,一本小说所望尘莫及的。"①

1905年以后,柯罗连科把大部分注意力放在政论文和文学评论上。他总共写过将近七百篇政论、时评、特写、短评。十月革命以前他所写的作家评论继承了革命民主主义的文学传统,是研究俄国作家的珍贵文献,如《回忆车尔尼雪夫斯基》(1890)、《纪念别林斯基》(1898)、《论格列勃·乌斯宾斯基》(1902)、《安·巴·契诃夫》(1904)等。其中为庆祝托尔斯泰八十寿辰而写的两篇文章最引人注目。柯罗连科生动地概括了托尔斯泰的矛盾而又辩证统一的形象:"扶犁耕耘的艺术家"和"穿着农夫粗布衣裳的俄罗斯伯爵"。在分析作品时,他既肯定了托尔斯泰的伟大艺术成就,也批判了他的"不以暴力抗恶"的学说。

在这些卓越的关于俄国作家的回忆录和文章中,柯罗连科坚持现实主义艺术,反对自然主义和颓废派,充分阐明了进步的民主主义和人道主义的观点。

---

① 《托尔斯泰全集》(百年纪念版)第81卷,俄文版,国家文艺出版社,1956年,第187页。

柯罗连科从 70 年代起就赞同民粹派的"到民间去"运动。正如卢那察尔斯基所说:"柯罗连科的民粹主义同他那一代人的民粹主义是一致的。他信奉民粹主义,是因为知识界在反对专制的杰席莫尔达时极其需要从某个真正的社会力量中寻求支持,而当时只有农民才是这样的社会力量。"[①]柯罗连科在政治上与俄国无产阶级政党的口号和纲领有着严重的分歧。他像当时的大部分知识分子一样不能接受充满残酷斗争、需要流血牺牲的十月革命。他自始至终是一位优秀的民主主义者,保持了知识分子的气节;白匪统治波尔塔瓦期间,他没有卑躬屈节,红军进驻时断然拒绝离开那里,还和共产党的一些领导人保持了友好的私人关系。因此,列宁在严厉批评民粹主义的同时,把柯罗连科归入进步作家之列。高尔基、卢那察尔斯基都对他的社会活动和艺术创作给以崇高的评价。

四卷回忆录《我的同时代人的故事》(1905—1921)主要是在十月革命以后写成的。这是一部真实地记载时代的许多社会事件的具有历史意义的文献,同时又是一部出色的艺术作品,可与赫尔岑的《往事与随想》、列夫·托尔斯泰和高尔基的自传三部曲相媲美。

柯罗连科于 1921 年在波尔塔瓦逝世,在当时举行的第九次全俄苏维埃代表大会上,全体代表为作家志哀。

柯罗连科从青年时代起就决心献出自己的全部精力为社会服务,为贫苦人民服务。因此,对于柯罗连科来说,文学是积极干预社会生活、进行斗争的武器。他曾在日记中写道:文学不仅仅是社会的镜子,"文学除了'反映'之外,还瓦解旧的事物,并在旧事物的废墟上建立新的事物,进行否定和号召"。[②] 这个原则在他的创作中得到了充分体现。

柯罗连科在 70 年代末开始创作,到了 80 年代中期已经成为著名的作家。在他的创作中,占主要地位的是中、短篇小说。

柯罗连科早期作品中的一篇优秀短篇小说是《奇女子》(1880),小说刻画了一个民粹派女革命家的形象。她年轻、有病、体质孱弱。在押送她到流放地的路上,她忍受了车马劳顿和病痛的折磨,但决不向当局流露出丝毫的软弱,表现出一个革命者坚忍不拔的性格和对沙皇政府的强烈憎恨。最后她病死在流放地。

小说中还提出了民粹派革命家对待人民的态度问题。农民出身的解差心地善良,对她表示真诚的同情,但她却把他与统治者一样看待。作者通过小说中另一个流放犯梁赞采夫之口批评了这种狭隘偏激的态度,认为她"是一个宗派主义者"。

[①] 卢那察尔斯基:《论文学》,人民文学出版社,1978 年,第 225 页。
[②] 《俄国批评史》第 2 卷,俄文版,苏联科学院出版社,1958 年,第 614 页。

以严峻、艰难的西伯利亚生活为背景,描绘被社会遗弃的人——囚犯、流浪汉是柯罗连科创作的重要题材。《索科林岛的逃亡者》(1885)叙述乌拉尔人瓦西里同一些囚犯从索科林岛逃回西伯利亚,成为流浪汉的故事。作者详细描绘了他们在逃亡过程中所经历的艰辛和危险,但强调他们对自由生活的强烈渴望和追求。作者指出,他在瓦西里身上"看到的只是一个充满热情和力量的、渴求自由的年轻生命",瓦西里的故事给他留下最深的印象是"一望无垠的广袤和自由的召唤。大海、森林和原野的召唤"。同类题材的短篇小说《无家可归的费奥多尔》(1885)描写流浪汉的悲惨命运,费奥多尔小时候随农民出身的父亲一起被流放到西伯利亚,在"流放的路上和监狱中"长大,和"总是被驱赶着的"囚犯几乎走遍了西伯利亚。但险恶的境遇和艰苦的生活并未扼杀他内心的善良和正义感。同时,在他的内心里产生了对不合理的现实生活的抗议。

柯罗连科对这些流浪汉满怀同情,但他不美化他们,因为他们并不了解改变生活的出路。作家在《索科林岛的逃亡者》中讲得很清楚:"西伯利亚教人们把杀人犯也当成人。当然,尽管跟他们很熟,也不能把这种溜门撬锁、偷盗马匹或者黑夜把别人的脑袋打碎的'可怜人'特别理想化。"

柯罗连科不仅描写流浪汉,还把西伯利亚的农民、马车夫、船工等人物引入自己的作品。他的成名作《马卡尔的梦》(1885)便是描写农民的小说。作家以简洁的笔法写出了马卡尔悲苦凄凉的生活,他一生"没有享受过谁的恩惠、尊敬或欢乐",孩子不是病死,便是长大后各自谋生离开了家,剩下他同后妻"孤苦伶仃,像草原上两棵孤松,四面八方受到风雪吹打"。他一辈子都在受人催逼:"村长、审判长、警察局长逼他交税;牧师逼他交油灯钱;贫困逼他;严寒酷暑、阴雨干旱逼他;冰冻的大地和森林逼他!……"但这篇小说的意义还不在于作家写出了一个农民的贫苦生活,更主要的是指出了他对光明生活的向往和对现实的一种潜在的强烈愤懑。他诅咒现世的生活,想抛开一切"进山"去,"远得连警察局长老爷都找不到他"。但像马卡尔那样的农民对现实的不满是很不自觉的,因而作者以幻想的形式表现这种情绪。马卡尔在梦境中,面对审判他一生的"王爷",倾诉着人间的不平,发泄出心中积怨。"他心里一片渺茫,胸中怒潮汹涌……除了愤怒,他一切都忘了"。关于人民潜在力量的问题,在《嬉闹的河》(1891)中得到进一步反映。如果在《马卡尔的梦》中,人民潜在的力量具有幻想的形式,那么在《嬉闹的河》中它已完全是可能的、接近现实的了。小说主人公久林是维特鲁加河上摆渡的船工。表面看来,他完全是一个普通的农民,平时动作缓慢,萎靡不振,对一切都抱着一种冷漠的态度。可是当他在与维特鲁加河上的风浪搏斗的时候,久林完全变成了另一个人,坚决、果断、行动敏捷,全神专注,那种懒散的神态都消失了。但危险过去后,久林又恢复了常态。作家通过久林这个形象表现了在俄国农民身上存在着摆脱冷漠的愿望和具有完成英勇行为的能力,充分肯定了人民潜在的力量。高尔基曾高度评价久林这一形象,他指出:"久林这个形象所表现的真理乃是巨大的真理,因为作者通过这个形象向我们显示了历史的真实的大俄罗斯人的典型。"柯罗连科表现人民中潜在力量的意图对当时的作家很有影响。

《在坏伙伴中》(1885)描绘了城市"底层"人们的生活图景。在这篇中篇小说中,柯罗连科不仅表现了他们痛苦的、正常人难以忍受的生活,还写出了他们的内心世界。在城市里,这些与乞丐无异的贫民为了糊口不得不扮演滑稽可笑的角色,但对安分守己的小市民却表现出十分蔑视的态度,"他们宁愿咒骂庸俗的小市民们,也不愿向他们逢迎献媚,宁愿自己动手拿,也不愿向人哀求";他们对自己的同伴则充满同情,互相支持,团结一致。柯罗连科对这些处于底层的人抱有极大的同情,指出他们身上虽有轻微的腐化和微不足道的缺点,但主要是深重的苦难使他们悲观绝望。在这篇小说中柯罗连科还塑造了几个感人的孩子的形象:贫民蒂布尔齐收养的瓦莱克和玛露霞,法官的孩子瓦夏。瓦莱克和玛露霞没有幸福的童年,来到人间便经受生活的磨难,小女孩玛露霞衰弱、忧郁,"似乎某种没有形体的、执着的、像石块一样坚硬和无情的东西俯在她的小小头上,吮吸着她的红晕、眼睛的光彩和动作的灵敏",她最后病死了。瓦夏"在坏伙伴中"获得了友谊,与瓦莱克成为朋友,看到了人间的不平,受到真正的生活的教育。在这篇小说中柯罗连科完全是以不幸的人们的保护者的角度叙述的。

柯罗连科在自己的作品中不断地探索着人生意义问题,《盲音乐家》(1886)是表现这一主题的著名中篇小说。

小说《盲音乐家》的主人公彼得·波佩利斯基天生双目失明。还在儿童时代他就感到这是一种不幸。到了青年时代,他希望看到周围的世界和亲人的愿望更为强烈,但这不过是幻想,他永远看不到五光十色的世界,眼前总是一片黑暗,因此觉得自己被抛弃在生活之外,感到十分痛苦。

彼得·波佩利斯基虽然没有视力,却拥有极好的音乐天赋,从小就表现出非凡的音乐才能。乌克兰民间歌谣和乐曲唤起他心中对音乐的热爱,使他了解到乌克兰人民的斗争和生活。对音乐的爱好成为他精神发展的主要内容,但是并没有使他摆脱个人的不幸与苦恼去理解生活的意义。只有当他看到人民的痛苦,感到仅仅考虑个人的不幸是自私的,他才开始理解生活的意义——他要为不幸的人们服务。他成为一个"盲音乐家",以自己的音乐提醒幸福的人们人间还有许多不幸的人。柯罗连科通过"盲音乐家"的形象指出,他的"复明"是通过接近和理解人民而获得的,因为在"他的心灵里,对生活的感觉代替了盲目的个人主义的痛苦,他感到了人间的悲哀和人间的欢乐"。

在彼得成长的道路上,他的舅舅马克西姆起了很大的作用。他曾参加过加里波第的部队,为解放意大利英勇作战;残疾后回到故乡,以教育、培养彼得为己任。他引导彼得独立生活,摆脱个人的小天地,走向人民,理解生活的意义和真正幸福。彼得家里的马夫伊奥兴培养了彼得对音乐的热爱,对他的生活道路起了重大的影响。

柯罗连科在《盲音乐家》中明确地表现了这样的思想:个人只有与人民共命运,为他们献出自己的力量,他才是幸福的。

19世纪末20世纪初,柯罗连科在自己的一些作品中表达了对革命斗争的向往。在《瞬间》(1900)中,作家以浪漫主义的手法,描写了囚禁在海岛上的一个起义者的故事,他在暴风雨之夜驾着小舟,不顾生命安危,从海上出逃,他把自由看得高于一切。作家指出:"真正生活的一瞬间难道抵不过苟且偷安的年月!"这一思想与高尔基的《鹰之歌》的基本思想是完全一致的。在《火光》(1900)这篇只有几百字的特写中,柯罗连科表达了对胜利始终不渝的信念,他写道:"……生活之流是在阴暗的两岸之间流去,而火光还离得很远。还得使劲划桨……可是终究……终究在前面——有着火光!"这篇特写在当时的青年中很有影响,它被理解成斗争的号召。

柯罗连科的中、短篇小说是俄国文学中的优秀作品,它的显著特点是富于浓重的浪漫主义色彩。小说中,严酷现实的画面从不给人以压抑的感觉。作者在描绘黑暗现实的同时,以高昂的激情指出"现实的可能性",展示自己美好的理想。如在《马卡尔的梦》中,作者在描写主人公的英雄行为方面,与旧的浪漫主义者不同,而是强调主人公与人民群众的联系。《盲音乐家》中的主人公对"光明"的追求、与生活中的缺陷进行斗争而获得胜利,都是在与人民相结合的情况下达到的。柯罗连科指出,这篇小说"反映了我们一代人在青年时代的浪漫主义的情绪"。[1] 柯罗连科在黑暗的反动年代,反对对现实作自然主义的描绘,要求展现未来的前景,表达对光明的信心,因而在他作品中黑暗的现实和丑恶总是与光明的未来和美相衬映的。卢那察尔斯基指出:"我们从他的短篇小说里,经常看见这种由一个令人痛苦的复杂现象——有时甚至是罪行——衍化为美的过程。"[2]

柯罗连科对人物心理的细腻刻画、对景物的抒情描写、节奏感与音乐性很强的语言,使他的作品具有散文诗一般的美,在这方面他是屠格涅夫传统的继承者。他被称为"有着优美开朗的面貌和富于音乐性的、水晶似的奇妙文体的人物"。[3]

---

[1] 《俄国文学史》第9卷(第2册),俄文版,苏联科学院出版社,1956年,第321—322页。
[2] 卢那察尔斯基:《论文学》,人民文学出版社,1978年,第226页。
[3] 同上书,第230页。

第十七章 萨尔蒂科夫-谢德林

萨尔蒂科夫-谢德林（1826—1889）是继果戈理之后19世纪下半叶俄国最杰出的讽刺作家。他创作了一系列揭露、嘲讽俄国专制农奴制度和资本主义罪恶的杰出作品，得到了列宁高度的评价。同时，作为《现代人》，特别是《祖国纪事》的编辑和主编，他始终坚持革命传统，刊登揭露沙皇政府和自由派的作品，在先后十八年的编辑工作中把这两个刊物办成当时俄国最进步的杂志，对解放运动的发展做出了巨大贡献。

生平与创作

米哈伊尔·叶夫格拉福维奇·萨尔蒂科夫（笔名萨尔蒂科夫-谢德林）于1826年出生在特维尔省卡里亚津斯基县斯巴斯-乌戈尔村的一个地主家庭里。父亲软弱无能，母亲性情暴戾，家里经常发生纠纷和争吵，孩子们生活得很不愉快。谢德林自幼完全由农奴照管，后来他在《生活琐事》里回忆儿时的情况时写道："我是在农奴制的环境中长大的，我吃的是农奴奶娘的奶，由农奴保姆带大，一个有文化的农奴教我识字。我亲眼看到这存在了几个世纪的奴隶生活中一切可怕的景象。"他又说："我看到过除了恐惧之外再也不能有任何表情的眼睛，我听到过使人心碎的哀号。在恐惧、肉体痛苦和饥寒交迫的王国中，没有一件小事是与我无关，不曾引起我痛苦的。"[①]

谢德林于1836年进入莫斯科贵族寄宿中学，两年后以优异成绩被保送入皇村学校。这所为沙皇政府培养官吏的学校在普希金时代曾经是自由思想的发源地，到谢德林就读时期，进步力量已大为削弱，但一部分进步学生仍继续进行秘密活动。谢德林在学生时代曾参加过彼特拉舍夫斯基主持的秘密集会，毕业后不久便直接加入彼特拉舍夫斯基小组。他钻研西欧空想社会主义者傅立叶、圣西门、孔西德朗和俄国革命民主主义者别林斯基、赫尔岑等人的著作，受到了极为有益的影

---

① 《俄国文学史》（下卷），作家出版社，1962年，第991页。

响,这都有助于他形成革命民主主义的世界观。

谢德林从学生时代就开始文学创作,最初写一些模仿性的诗歌,第一首诗《竖琴》于 1841 年发表在《读者文库》上。1844 年他在皇村学校毕业后到陆军部任职,继续文学创作活动,但逐渐转向小说,曾先后发表两部中篇小说《矛盾》(1847)和《一件错综复杂的事》(1848)。它们虽然在艺术上还不够成熟,但是在揭露社会不平等方面已经初露锋芒,后一部尤为突出。

《一件错综复杂的事》借主人公米楚林的梦说明,社会结构像一座大金字塔,塔顶是沙皇和少数特权阶级,塔底是众多被压迫者,他们被欺凌被践踏得几乎不成人形。小说表达了对统治者的恨和对被统治者的同情,号召人们起来杀死那些吃掉了社会上的面包的"饿狼"。米楚林也是阿卡基·阿卡基耶维奇(《外套》)和玛卡尔·杰乌什金(《穷人》)一类的"小人物",穷困潦倒,百般挣扎而不得生,但又超过以往的"小人物",上升到要反抗和革命的高度。这部小说由于主题有强烈的政治性,引起沙皇政府的注意和仇视。结果不但作品被查禁,作者也于 1848 年 4 月被逮捕,并贬到维亚特卡,成为省衙门里的一名小官。

谢德林在维亚特卡度过八年,直到尼古拉一世死后,才得以重返彼得堡(1856 年 1 月)。流放使他对实际生活有了更深的了解,积累了素材,特别是关于统治阶级的生活内幕,同时他还研究了人民的风习和语言。据此他写出了著名的《外省散记》,在《俄国导报》上陆续发表。这是一部包括三十余篇特写的讽刺杰作,当时就引起巨大的反响。谢德林从此蜚声文坛。车尔尼雪夫斯基赞赏道:"这本高贵出色的书是俄罗斯生活中的历史事实之一。我国文学现在和将来很长一段时间,都会因为有了《外省散记》而自豪。俄国每一个正派人都深深地敬仰谢德林。"①

《外省散记》(1856)以无情的讽刺抨击沙皇政府官吏的贪污腐化、堕落无耻的生活,对一些贪赃枉法、吹牛撒谎或造谣生事者刻画得十分生动。例如法院书记官就相当具有典型性。在一个名为克鲁托戈尔斯克的城市里,无论是婚丧喜庆、防疫救火,或是某个地方发现一具死尸,都是官吏向人们敲诈勒索的机会。一个官员赌输了钱,向警察局长求援,局长就打发他去村子里收税,一下子搜刮来四百卢布。这个城市实际上是俄国的缩影。在这里官僚地主的罪恶与腐朽暴露无遗,人民贫困无权、受尽奴役的处境也被展现出来。不过,在书的末尾,谢德林曾概括了他对这种社会现象的看法,认为这些贪官污吏都将随着时代而消失,由此可以看出,他当时对农奴制改革仍抱有若干程度的幻想。车尔尼雪夫斯基在充分肯定这部著作的同时指出,这种估计过于轻率,但是这段话在评论文《外省散记》发表时被检查机

---

① 《俄国评论界论萨尔蒂科夫-谢德林》,俄文版,国家文学出版社,1959 年,第 114 页。

关删掉。

1856年至1858年,谢德林在内政部任职,1858年至1862年先后担任梁赞省和特维尔省副省长,他亲自参加农村改革,抱定宗旨"不让农民受欺"。这当然引起贵族农奴主的仇恨。他们称他为"罗伯斯庇尔第二"。这期间他一面担任官职,一面写作,创作了许多短篇小说和特写,于1863年以《纯洁的故事》和《讽刺散文》两部集子结集出版。

杂志活动在谢德林文学生涯占有光辉的一页。他在1862年辞官的时候,就曾打算和原属于彼特拉舍夫斯基小组的三位朋友一起创办进步杂志——《俄罗斯真理》。由于未获当局批准,只好作罢。1863年初他接受涅克拉索夫的邀请,加入《现代人》编辑部。在1863—1864年间,他发表了许多短篇小说、特写、论文和书评,并以《我们的社会生活》为题,发表每月评论,它们都是60年代杰出的政论文。1865年因与编辑部重要成员马·阿·安东诺维奇等发生分歧,谢德林离开了《现代人》。

由于谢德林对于通过担任公职帮助当局实行改革一事仍然抱一定幻想,因此于1865—1868年间又先后出任奔萨、图拉、梁赞等省税务署署长。在这次任职期间,他对农奴制改革后的俄国现实有了更实际的了解,后来将观察所得写入《外省书简》和《时代征兆》两书中,于1869年发表。由于他经常在文章中嘲讽政府和权贵,又因屡屡与上司冲突,终为官府所不容。经梁赞省省长指控后被革去四等文官职务,并受到今后永远不得任用的处置。谢德林从此离开官场,专事文学创作与杂志编辑工作。

1868年,他与涅克拉索夫再度合作,接办《祖国纪事》杂志。此时,《现代人》已被勒令停刊,《祖国纪事》肩负起了揭露黑暗、与沙皇政府反动统治进行斗争的任务。1878年涅克拉索夫去世,谢德林继任主编,直至1884年该刊被当局查封时止。这期间他坚守自己的岗位,顽强地坚持杂志的进步思想倾向。由于谢德林通过自己的作品与杂志猛烈抨击沙皇政府的种种罪行,而被同时代人誉为"俄国社会生活的检查官"。

从1868年到1884年不仅是谢德林的杂志活动卓有成效的年代,而且也是他潜心于文学创作,取得丰硕成果的年代。这一方面是由于客观上有揭露专制制度和同自由派论战的需要,另一方面他个人在文学创作中经过多年的探索积累了丰富的经验,进入了艺术上的成熟时期。他写了一系列优秀的作品,塑造了许多很有概括性的典型形象。主要作品有:《一个城市的历史》、《庞巴杜尔先生和庞巴杜尔夫人》、《塔什干老爷们》、《外省人旅居彼得堡日记》、《金玉良言》、《戈洛夫廖夫老爷们》等。

著名讽刺作品《一个城市的历史》(1869—1870)采取编年史的形式,假托描写"自1731年至1826年"俄国政府派往"愚人城"的诸市长,以怪诞和夸张的艺术手法讽刺专制制度。书中列举的二十二任市长,有的暴虐无道,残酷已极;有的为了收两卢布的欠税竟率军征讨,"炮轰三十三座村庄";有的随意"拆毁旧城,移地另筑新城";有的昏庸愚昧,竟"焚毁学校,废除科学";有的腐化堕落,荒淫无耻,"接连有八位情妇"。在这群形形色色的官老爷的管辖下,"愚人城"成了"市长挥鞭,居民发抖"的恐怖国度。作品有力地说明专制制度正是一架压榨人民的机器。它是谢德林讽刺艺术的代表作。

书中表面写的是历史,实际指的是现实。作者在塑造"愚人城"市长形象时,一方面充分发挥了想象力,如有的市长的脑袋是一架八音琴,根本不会思考;有的市长昏愦如白痴,脑袋里装满肉馅等;另一方面也采用俄国历史人物的真实材料,使读者容易产生联想,能更好发挥其讽刺威力。例如温和伪善的市长格鲁斯季洛夫形象就像亚力山大一世,而在"杀头丘八"乌格留姆-布尔切耶夫市长身上,不但有沙皇的反动大臣阿拉克切耶夫的影子,而且综合了暴君巴维尔一世和尼古拉一世的特点。因此,当反动评论家苏沃林在《欧洲导报》上著文,企图曲解这部作品,说它只嘲讽过去而同现在无关时,谢德林立即申明:"书评作者认为我的作品是历史的讽刺,这完全是不正确的。历史同我毫不相干,我所考虑的只是现在。"[①]

作品不但描绘了市长们的专横暴虐,而且写了居民的愚昧无知,毫不觉悟。最明显的例子莫过于描写市长布鲁达斯狄的那一节。布鲁达斯狄的脑袋只是个"空壳子",里面装着一架八音琴,它只能奏出两句话:一句是"我要毁坏!"另一句是"我不容许!"居民们对他却十分忠顺。有一天这架琴受潮失灵,不能发音,愚人城顿时陷入了"群龙无首"的混乱状态。居民们哭着去恳求市长帮办来管理他们。书中的人民生活在"疯狂之轭"下面,却如羔羊一般听凭市长宰割。从作者赋予他们的名称也可以看出他们都是"愚人",如"撞头人"、"天生瞎眼人"、"吃面糊族"等等。

这种写法在当时就遭到一些非议。反动文人苏沃林曾说谢德林是在"嘲弄人民"。[②] 谢德林据理反驳道:"至于说我对人民的态度,那么我觉得'人民'一词必须区分为两种概念:历史上的人民和体现着民主主义思想的人民。对待第一种人,任凭……宰割的人民,我的确不能寄予同情。对待第二种人我是永远同情的。"[③] 作者的用意显然是,指出长期的反动统治造成了人民的落后,揭示这类弱点是为了唤起

---

① 见中译本《一个城市的历史》(张孟恢译)一书的附录部分,人民文学出版社,1959年。
② 持此观点者还有进步评论家皮萨列夫。
③ 见中译本《一个城市的历史》(张孟恢译)一书的附录部分。

人民。此举正是出自革命民主主义作家敢于正视现实的勇气。

《一个城市的历史》所写的人民愚昧的状态,正像恩格斯在《法兰西内战》单行本导言里所说的:由于人们"对国家的迷信"。把国家看成"尘世的上帝王国","由此就产生了对国家以及一切有关国家的事物的崇拜,由于人民从小就习惯于认为全社会的公共事业和公共利益只能用旧的方法来处理和保护,即通过国家及其收入极多的官吏来处理和保护,这种崇拜就更容易生根。"[①]谢德林针对落后的现象和观念进行暴露和批评,提出社会问题引人思考,具有积极的意义。作家对"愚人城"居民们的态度,也可以说是"哀其不幸,怒其不争"。

作品的艺术技巧也体现了作者独具的匠心。他的极度夸张的,甚至近乎怪诞的手法,产生了强烈的讽刺效果。八音琴脑袋、肉馅脑袋、或者能行军打仗的锡兵,这类形象更能突出表现官僚们愚顽残暴、毫无人性,反映他们仅仅是统治人民的机器和反人民的本质。作者将这种手法运用得恰到好处:虚构却不荒谬,怪诞而不流于荒唐。难怪革命导师列宁屡次引用书中的形象来比喻反动政府的官吏。

《庞巴杜尔先生和庞巴杜尔夫人》(1863—1874)是另一部著名的讽刺作品,包括有二十多个短篇故事,刻画了农奴制改革以后形形色色的官僚。他们多为贵族地主出身,不学无术,却在各地行政部门里窃据要职。这些人靠高喊改革以博得自由派的名声,一俟爬上高位,便利用权势贪污受贿,为非作歹,和改革前的腐败官僚相比毫无异样。

为了能通过图书检查,谢德林不得不采用一些隐喻的文字,即他自己所说的"伊索式"的语言,以达到强烈的讽刺效果。这部作品的名字本身就含有讽刺意味。庞巴杜尔一词来源于法国历史:18世纪法国国王路易十五在位时,实际掌管朝政的是国王的情妇——德·庞巴杜尔侯爵夫人,一切高级官员的任免完全取决于她的反复无常的脾气。"庞巴杜尔"这个词后来成了俄国宫廷用语,专指靠裙带关系升迁、当上大官的人。谢德林让"庞巴杜尔"这名字在各个短篇里不断出现,演变成各类人物——老庞巴杜尔、退休的庞巴杜尔、斗争的庞巴杜尔、庞巴杜尔们和庞巴杜尔夫人们等,这就使读者很容易联想到俄国一切机关里的官僚都是靠在上流社会拉关系爬上去的。"庞巴杜尔"一词便从此流行开来了。

《塔什干的老爷们》(1869—1872)描写塔什干的官僚资产阶级是如何贪婪和野蛮、如何丧尽天良地掠夺当地的人民、如何对中亚实行殖民统治的。作品彻底暴露了资产阶级"文明人"的丑恶嘴脸,它的意义绝不限于只揭露中亚地区的吸血鬼们。"塔什干"是俄国的缩影,"塔什干人"是一切剥削者的写照。《外省人旅居彼得堡日

[①] 《马克思恩格斯选集》第2卷,人民出版社,1972年,第336页。

记》(1872)揭露彼得堡的贵族地主和资产阶级官僚贪赃枉法,伪造文件。同时,尖锐地讽刺了那些只能说说俏皮话的资产阶级自由派无聊文人。《金玉良言》(1872—1876)揭露俄国新兴的资产阶级——工厂主、富农以及小店主对普通人民的剥削。作品的中心人物杰鲁诺夫号称社会"栋梁",只知不择手段地盘剥农民,借国家名义以饱私囊。当农民拒绝贱价售粮给他时,他冠冕堂皇地说:"我要谷子干么?我自己能吃下去这么一大堆吗?我是要把它交给国库、军队,供给军队粮食!难道让军队饿死吗?这不是造反是什么?"作者揭穿这种社会"中坚"不过是专制制度的帮凶与奴才罢了。谢德林的另一部作品《莫尔恰林老爷们》(1874—1878)也是借用过去的典故嘲讽现实的。莫尔恰林本是格利鲍耶陀夫的名剧《智慧的痛苦》里的人物,他善于逢迎拍马谋取官职,这个小官僚的形象早已为人们熟知。作者移植这个形象,以讽刺70年代社会中新产生的自由派官僚们,对他们的灵魂空虚、卖身投靠、随人俯仰、甘愿充当反动当局的奴仆等等丑态给予无情的鞭笞。《蒙列波避难所》(1878—1879)描写70年代末贵族地主业已没落、富农等资产者正在兴起,而农民则饱受几重压迫的境况。书中成功地塑造了当时俄国社会新兴资产者的典型形象:商人拉祖瓦耶夫和酒店老板柯路巴耶夫等。以上这些作品都集中地表现了70年代,即农奴制改革以后俄国资本主义的发展,官僚和资产阶级在政治、经济诸领域中新的表现,或新的特征。

《致婶母信》(1881—1882)、《现代牧歌》(1877—1883)、《波谢洪尼耶故事》(1883—1884)以同样尖锐的讽刺笔调描写在沙皇的反动统治下,警察暗探横行肆虐、中等阶层惶惑畏缩、无聊文人卖身投靠的种种现象,并塑造了他们的典型形象。

谢德林在70年代中期出国治病,80年代初又到过德国、法国、比利时。这期间陆续写作的文章后来编成特写集《在国外》(1880—1881),对巴黎公社失败、欧洲资产阶级的反动和社会矛盾等都有所反映。

1875—1880年谢德林写了长篇家庭纪事小说《戈洛夫廖夫老爷们》,这是他的代表作,后面另辟专节论述。

从1884年起,谢德林进入创作的晚期。同年4月,《祖国纪事》被政府查封。谢德林失去了创作园地,同时还丧失了在任何杂志上发表作品的权利,因为政府明令禁止各家杂志吸收他为撰稿人。但是在80年代的黑暗统治和政府的高压政策面前,谢德林没有退缩。他说:"我是一个能起些作用的文学家,我是一个劳动者,我应该时时刻刻把笔杆握在手里。"[1]他以病弱之身坚持创作,写了晚年的著名作品:《童话集》(1882—1886)、《生活琐事》(1886—1887)、《波谢洪尼耶遗风》(1887—

---

[1] 《俄国文学史》(下册),作家出版社,1962年,第999页。

1889)等。

《童话集》并不单是写给孩子看的,而是一种别出心裁的寓言,那是在严格的书报检查制度下同反动政府作政治斗争的武器。形式上写的是童话,实际上是讽喻现实。谢德林一共写过三十多篇童话。绝大部分作于80年代,只有三篇是在60年代写的,其中包括:《一个庄稼汉怎样养活两位将军》和《野地主》。

《一个庄稼汉怎样养活两位将军》写两个寄生的带勋章的将军,他们只知道农夫理应供养老爷,老爷理应统治农夫。有一天两位将军遇险漂到一个荒岛上,那里树上有果子,水里有鱼,林中有鸟兽,他们却不知道怎样获取这些食物,只好啃勋章。后来幸亏来了一个农夫为他们摘苹果、刨马铃薯、用木头片磨擦取火煮菜、用头发织网捕捉松鸡来供养他们,两个官老爷才得以活下去。官老爷怕庄稼汉逃走,结果,这个农夫竟自己搓了一条麻绳,服服帖帖地让老爷们把自己绑到树上。这里既鞭笞了老爷们的寄生性,又指出了农民的愚昧落后,无疑是很有启迪作用的。

《野地主》描写一个地主老爷生怕农民太多会吃光他的家财,希望一个人独自生活。一天,他土地上的农民全都消失得无影无踪。但地主不会洗脸,不会做饭;庭园杂草丛生,蛇蝎出没,国家也拿不到税收。最后,地主变成一头非人非兽的怪物在森林中生活,不会说话,只会嘶叫,靠吃生兔子肉活命。寓言说明一条普遍的真理:离开农民,地主就无法生存,只有变成野人。

谢德林80年代写的童话中,已有不少成为脍炙人口的名篇。如《熊都督》写的是一处森林里几任愚蠢凶残的熊差官。首任都督踏扑太君一世(意为践踏)无论谈什么事,"只有一句话:杀……杀……这是非有不可的!"他"在夜间钻进印刷所,捣毁机器,弄乱铅字,把人类智慧的创作抛进茅坑"。继任的都督踏扑太君二世继续查问林中是否有一所大学或者科学院,想要"放火烧毁"。查无结果后,他下令道:"如果这批混蛋(指科学院院士)由于没有灵魂而无法伤害他们的灵魂……那么干脆就剥下他们的皮!"可是他还来不及干完他的暴行,就在农夫们的熊叉"回敬"下,一命呜呼了。踏扑太君三世的下场也不妙。那片森林里来了几个叫"野兽通"的农夫,极善于猎兽。"于是皮毛野兽的共同命运就落到了"踏扑太君三世的头上。这篇童话出现在亚历山大二世被暗杀后,亚历山大三世继位第三年(1884年)印行的一本地下刊物上,其寓意也就不言自喻了。又如《一个自由主义者》辛辣地讥刺自由主义者可耻的怯懦;《信奉理想主义的鲫鱼》嘲讽那些幻想"和平的、不流血的成功"的空想社会主义者、理想主义者,指出他们在强暴面前不敢斗争的弱点;《忘我的兔子》则揭穿卑躬屈膝、鞭笞奴性心理等等。

这部《童话集》是谢德林讽刺艺术的继续和发展,其中各篇都写得短小精炼、形象鲜明、寓意深刻、讽刺性强,犹如刺向敌人的匕首。1887年,谢德林曾打算廉价出版他的童话单行本，呈请政府审批。政府猜出了作者的意图，以"显然别有用心"为由未批准。书报检查官列别杰夫说："萨尔蒂科夫先生的用意非常耐人寻味，他想把他的一些童话出版单行本，定价不过三戈比，可见是给平民百姓看的。萨尔蒂科夫先生所谓的童话，跟那名称完全不符，他的童话也是一种讽刺作品，而且是辛辣的讽刺作品……其目的在于反对我们的社会制度和政治制度。"

但是不管反动政府怎样阻挠，谢德林的童话还是在俄国的解放运动中起了作用。列宁在作家去世后的第五年就开始引用《一个自由主义者》这篇童话来抨击"人民之友"——民粹派的背叛行径。这恰好说明伟大的讽刺作家已经达到他预期的目的。

《生活琐事》(1886—1887)描写80年代下层人民的日常生活，反映了专制制度、农奴制残余和新兴资本主义给农民带来的深重灾难，以及农民小私有者的思想和心理状态。《波谢洪尼耶遗风》(1887—1889)是谢德林唯一带有自传性的作品，叙述农奴制改革以前农奴主与农民的生活及心理，其中的农民多是家奴，有的软弱驯服，有的敢于反抗。谢德林最后这两部作品旨在反映普通人民的现实生活，与以往的作品相比，由于目的不同，艺术风格也有了变化，写实代替了夸张讽刺的手法。

谢德林直到他一生的最后的时刻也没有离开自己的战斗岗位。就在他临终前三个月，他完成了《波谢洪尼耶遗风》的最后两章。1889年5月10日，谢德林逝世。

《戈洛夫廖夫老爷们》

谢德林曾经被卢那察尔斯基誉为"笑的大师"。他的作品充满对沙俄统治阶级的讽刺、挖苦、嘲笑。但小说《戈洛夫廖夫老爷们》和他别的作品有所不同，使读者产生另一种心情。犹如书中对地主庄园戈洛夫廖沃的坏天气所形容的那样："一切都令人感到阴郁、昏昏沉沉，一切都使人透不过气来。"以主人公犹杜什卡为中心的这个地主之家，三代人腐化堕落、勾心斗角、互相摧残，以致最后全家灭绝。作者就这样通过地主阶级中一个家族的历史，以巨大的说服力把俄国地主阶级的贪婪、伪善、残忍、腐朽寄生和精神空虚等丑行劣迹暴露无遗，表明了这个阶级必然走向灭亡。

小说的单行本出版于1880年，它的头几章早已收入1872年动笔的特写集《金玉良言》。最先发表的是《家法》和《骨肉情》两篇，接着又在杂志上陆续发表了《家庭的这本账》、《亲甥女》和《老绝户》。作者原想将这五篇合成一书出版，题名为《一个家族的历史片段》。后来，他改变主意，增写了《违禁的家庭之乐》和《算账》两篇，分别放在《老绝户》的前后，组成一部完整的长篇小说，共七篇，取名《戈洛夫廖夫老爷们》。各篇的标题已经清楚地表明,小说的体裁是家庭纪事,写的是一个贵族家庭的衰亡史。

小说最主要的成就是成功地塑造了一个反面典型——犹杜什卡。他原名波尔菲里·戈洛夫廖夫,由于为人刁钻恶毒、寡廉鲜耻,见利忘义,甚至随时可以出卖亲人,兄弟就给他取了个绰号"犹杜什卡",意思是"小犹大"。

犹杜什卡内心阴险,却自我标榜:"什么人我都祝他好——连那些恨我、侮辱我的人在内,一切的人!"他拚命表白自己为人正派:"我是个坦率的人,我不爱胡说,我总是说真话,也愿意听别人说真话!""我不能容忍虚伪! 我同真理生,靠真理活,也要随真理死"。他甚至有时装出维护真理欲罢不能的窘相:"真理伤人啊,哎,我还是喜欢真理。"

然而伪装到底也掩盖不住他对金钱的贪欲和残忍的天性。这一家三代人的死亡几乎都与他的折磨有关。为了抢夺家产,他迫害哥哥和弟弟。哥哥生活潦倒,已处于穷途末路,他便诱其酗酒,置他于死地;弟弟重病卧床,危在旦夕,他便去催命,使他痛苦致狂。为夺取家产,他花言巧语欺骗母亲,等一切财产到手,马上把她赶出家门。他不但想方设法要剥夺外甥女———对小孤女的财产继承权,而且对亲生儿子也不怜惜,逼得一个儿子自杀,另一个儿子犯罪被流放,第三个儿子一生下来就扔给了育婴堂。犹杜什卡为区区小利可以背信弃义,六亲不认,但他嘴里却不离上帝,每天都要在圣像面前祷告好几个钟头。"他懂得许多祷告词,精通做礼拜的种种姿势。他懂得怎样动嘴唇,怎样转动眼珠子,什么时候静默,什么时候慢慢画十字"。但"在虔诚祈祷,礼拜如仪的同时,他还能够向窗外瞭望,看看有谁不经他的允许走进储藏物品的地窖里去了"。

犹杜什卡对农民敲骨吸髓,贪婪狠毒。但按他的说法是:"我从来不抢人的……我是照法律办事。"不管谁的鸡吃了他的谷,牛踩了他的庄稼,马吃了他草地里的草,或者谁砍了他的树枝,都要被扭送官府,受到敲诈勒索,这就是所谓"照法律办事"。犹杜什卡生活的唯一目标和内容就是搜刮财富。他"一天到头都在仔细查看账目","每一个戈比,每一点产品都要写进二十多本账簿里"。他的整个身心渗透着这种不可遏制的积累资金的欲望,这种攫取欲能使他神魂颠倒,在幻想中向死去的人要债,想象各种进益:木材、牲口、谷物、牧场;并且想方设法榨取更多的赚头;罚款、高利贷、囤积居奇以及分红利。

犹杜什卡的灵魂是腐朽的。表面上他比他的兄弟显得精明强干,什么事都想抓,什么事都想管,俨然是这个地主之家的中坚力量;实际上他对田庄里的事丝毫不懂,也无生产知识,跟他兄弟一样是十足的寄生虫。他的操持家务无非是想方设法盘剥农民,或者大发议论,这正是他的寄生生活、精神空虚的反映。他的废话犹如"浓浓的唾液"连绵不断,又像"是个发臭的、不断流脓的溃疡",毒化着周围环境,"使人腐烂"。

这个地主之家并没有在他的"经营"下振兴,倒是被他一步步推向破落,连他也成了"孤零零的一个人","跟他有关的一切都毁灭了"。小说这样揭示犹杜什卡临终前的心理状态:"这座戈洛夫廖沃田庄曾经一度住满了人,活像一个挤满鸟儿的鸟巢。怎么会没有剩下一点踪迹,一根羽毛?"他终于明白了,他"自己就是这些悲剧的根源",因为他"撒谎、说空话、迫害旁人、聚敛财富"。他的精神支柱垮了,头也垂了下来,他也步兄弟的后尘,开始借酒打发日子,甚至产生了自杀的念头。终于在一个初春的风雪之夜,他蹒跚地走向母亲的坟地,冻死在田野里。

犹杜什卡不但是没落的贵族地主阶级的代表,而且可以说是一切腐朽的剥削阶级的代表,这是文学史上一个著名的反面典型形象。

小说另一个成就是把俄国农奴制改革前后的贵族家庭作了集中的概括,刻画了戈洛夫廖夫这个典型的地主之家,并对一家三代人的性格作了成功的刻画。

母亲阿林娜是一个贪得无厌的地主。终日为剥削农民、扩展土地、增加财产而"操劳"。她在家里大权独揽,极为专横,不但农奴们怕她,连儿子们做事之前都要先考虑一下:"妈妈会怎么说啊?"她极端吝啬。地窖里藏着各种食物,但她宁可任其腐烂,也舍不得让子女和家里人吃饱。丈夫、儿女相继去世,犹杜什卡的姑母、叔父也因在这个家庭里"节食"而死,阿林娜不但不感到悲痛,反而为少几个家口高兴。

这个家族的第二代,三个儿子在母亲的淫威下长大,既有剥削阶级的共同特征,又发展了不同的个性。犹杜什卡的哥哥斯捷潘性格软弱,长成一个"呆子"。他虽然受过高等教育,可是活到四十岁,除了挥霍家产之外,什么也不会干。弟弟巴维尔沉默寡言,似乎胸怀大志,其实是个懒虫,一辈子都萎靡不振,也是个"弱者"。只有犹杜什卡为讨取有产业的母亲的欢心,养成了阿谀奉承的性格。他和兄弟不同,从小就学会叫"亲爱的妈妈",慢慢地又会聚精会神地看母亲记账算账,学会察颜观色。他不但继承了母亲的衣钵,而且长大后比母亲更贪婪,更刁滑,连母亲都怕他。阿林娜曾经流露她的恐惧心情,自言自语道:"我自己也摸不透他的眼光是什么意思,他瞧你一眼,就像扔出一个圈套似的。他又像是陷害你,又像是引诱你!"阿林娜后来终于自食其果,成了儿子的食客。

这个家族的第三代——犹杜什卡的两个外甥女和两个儿子也都继承了祖辈的一切特性:寄生和无能。出路也只有一条:堕落下去,直到死亡。

作者写出了这个家族不配有更好的命运。小说的情节相应地沿着家庭成员的逐个死亡和道德日趋堕落而发展。在第一篇里,从第二代人开始,哥哥斯捷潘先死去,第二篇轮到弟弟巴维尔的死,第三篇以后依次死去的有:父亲弗拉基米尔、母亲阿林娜和第三代的别吉卡、伏洛吉卡,到了最后一篇,柳宾卡、犹杜什卡也死了,剩下戈洛夫廖夫家族最后一个人安宁卡也濒临死亡的边缘。

以家庭纪事体写小说并不是自谢德林始。托尔斯泰写过《童年》、《少年》和《青年》,谢·阿克萨科夫写过《家庭纪事》、《孙子巴格罗夫的童年》。但是,像《戈洛夫廖夫老爷们》以揭露和讽刺的态度,对贵族家庭进行无情的抨击,把一个贵族家庭的"绝灭"史概括成贵族地主阶级衰败史,这在俄国文学史上还是第一次。19世纪60至70年代许多俄国作家爱写"贵族之家"这类题材,他们的态度也不尽相同。托尔斯泰这一时期的创作有意无意地把贵族生活诗意化或理想化了;屠格涅夫对"贵族之家"的描绘精细入微,多少带有欣赏的情调,或以忧伤和惋惜的心情来看待贵族精神的衰亡;冈察洛夫虽然含而不露,笔调比较客观,但在对"贵族之家"的冷漠态度中仍见几分同情。唯有谢德林是以鲜明的憎恶来看待贵族之家的。他说:"我们要竭尽全力反对作家企图让读者相信,仿佛每一座地主庄园都是谈情说爱的舞台,或者地主花园里每一簇花丛下都坐着'绝代佳人'。这样的描写是完全与事实不符的。"因此,谢德林笔下的戈洛夫廖沃庄园,已经不再是温情的安乐窝,芳香的玫瑰庄园,而是发臭的脓疮,罪恶的渊薮。正如小说里所指出的,"所有的死亡,所有的灾祸,全是从这里来的"。这正是作者革命民主主义立场和观点的体现。

车尔尼雪夫斯基曾经肯定谢德林创作中这种进步倾向。他说:"谢德林以前的作家中没有人能把我国生活图景的色调描绘得更为阴暗了。"[①]

同时,作者还通过这个家庭成员的活动进一步表现俄国社会的腐败。作为旧式的农奴主,阿林娜敢于作威作福,这正反映了农奴制改革以前社会的黑暗。而犹杜什卡由于有三十多年的官场经验,使他能够适应改革以后的形势,从而改变了剥削方式,成了地主兼高利贷者。小说恰好形象地反映了改革以后俄国社会里旧的阶级剥削关系依然存在,并且披上新的合法外衣,沙皇政府的法律仍旧维护着这些旧时的农奴主利益,让他们得以改换面目,当个"文明"地主。小说虽然始终在描写家庭,但透过这个家庭却看到了社会的黑暗。这方面也显示了作者的独到之处。

小说最主要的艺术特点是深刻而尖锐的讽刺,它对于地主阶级、地主资产阶级,特别是对它的代表人物犹杜什卡做了最有力的讽刺与鞭挞。

作者非常善于通过人物的言谈刻画人物性格,对人物进行揭露与讽刺。如兄弟巴维尔垂危时看见犹杜什卡,气愤地喊道:"滚出去,你这个吸血鬼!"而犹杜什卡却丝毫不为所动,反而用亲切的话来加以揶揄:"唉呀呀,弟弟!你变得多坏

[①] 《俄国评论界论萨尔蒂科夫-谢德林》,国家文学出版社,1959年,第62页。

呀！……好朋友！你对亲兄弟居然说出这样的话来！没羞啊！亲爱的，真是没羞啊。"又如当他赶走母亲的时候，居然厚颜无耻地"亲热"地说："亲爱的好妈妈，您别忘了我们……我们要去看看您，您也来看看我们，像走亲戚一样。"这就把犹杜什卡幸灾乐祸、存心折磨别人的卑鄙心理和不知羞耻的嘴脸活灵活现地展现出来。阿林娜害怕背上坏名声和受别人指责，不得不把两个失去父母的外孙女带回去抚养，嘴上这样说："上帝慈悲，两个孤女吃不了我多少面包，倒可以给我晚年一点安慰。上帝拿去我一个女儿，却给了我两个！"可是她给儿子犹杜什卡的信里却这样写："你姐姐生前荒唐，死的时候也一样，她扔下了她那两个狗崽子，套在我的脖子上。"这里同样暴露了她的口是心非，不但形象生动，而且寄寓了作者对这类人物的极度鄙视，正所谓寓怒骂于讽嘲之中。孤女安宁卡成为一名演员回到戈洛夫廖沃时，很有姿色，犹杜什卡在她面前举止十分下流。而当安宁卡表示抗议时，他一本正经地解释道："我们为什么不亲吻？你又不是外人，你是我的外甥女！我这是对待亲人的方式，我的朋友！我是随时准备帮助亲人的，近的、远的、两重的、三重的、四重的表亲，我永远……"这一番话鲜明地烘托出一个满口仁义道德、一肚子男盗女娼的伪君子的形象。

小说另一个艺术特点是通过尖锐的戏剧性冲突来展示人物的性格。犹杜什卡和次子别吉卡的戏剧性冲突场面就是个典型例子。别吉卡在服役时赌钱输掉三千卢布的公款，如补不上亏空将被法办，他跑回家求援。虽然事关儿子的前途甚至性命，犹杜什卡却置之不理，冷若冰霜。于是父子的对话一来一往，求援和拒绝的争执愈演愈烈，儿子终于哀求道："您想想我的结局会怎样呢？"父亲却斩钉截铁地回答："这件事前前后后跟我没有一丁点儿关系，你明白怎样卷进去的，那就应该知道怎样脱身。猫儿想吃鱼，那就让它沾湿爪子好了！"别吉卡绝望了，最后怒不可遏，对他父亲大骂一声："凶手！"这骂声是冲突的顶点和结局，也点出了犹杜什卡的本质。这里我们无异于目睹了一出家庭"谋杀"戏。别吉卡回军队后果然被判刑流放，死于途中。

小说很注意通过风景和日常生活的描写来突出家族没落的主题。田庄的景色总是带有一层暗淡的色调。不但秋冬的景色不佳，就是在炎热的夏天，在"地主的庄园里，好像一切都死光了……树木也像筋疲力尽了似的，垂下头来，一动不动地站在那儿……暑气像一股热浪，一个劲儿从上面冲过来。地上盖着一层短短的枯草……"即使春天也不曾给戈洛夫廖沃田庄添加一丝生的气息。那里的空气是窒息的，环境阴森可怕，仿佛一草一木、一虫一鸟都在预示着主人公们的灭亡。景色与人物互相呼应，加强了作品的感染力。

《戈洛夫廖夫老爷们》是谢德林创作的最高成就，他塑造的反面典型形象犹杜什卡一直受到评论界的重视,列宁特别看出了这个形象的巨大意义,指出它不但是地主阶级的典型,而且是一切剥削阶级腐朽本质的概括,是阻挠进步、坚持反动和变节的象征。所以列宁经常引用这个形象来抨击工人阶级和布尔什维克的政敌,如将沙皇政府欺骗农民的言论(1901年"救济"农民的声明)比之为"犹杜什卡·戈洛夫廖夫……的不朽的话",称空话连篇、散布幻想的伪善的立宪民主党为"犹杜什卡立宪民主党",称托洛茨基为"厚颜无耻的犹杜什卡·托洛茨基"等。

谢德林继承了冯维辛、格里鲍耶陀夫、果戈理的传统,站在时代最先进的行列——革命民主主义立场上,怀着更深的愤怒与仇恨,用讽刺作武器,同沙皇反动统治进行了艰苦卓绝的斗争。他的讽刺像黑暗中的火把,照出了一切反动腐朽和垂死的东西的真面目,引导人们去斗争。他在艺术上取得了高度的成就,塑造了众多的典型形象,深刻揭示了俄国社会生活的本质,具有高度艺术概括力。列宁曾称赞说:"涅克拉索夫和萨尔蒂科夫曾经教导俄国社会要透过农奴制地主所谓有教养的乔装打扮的外表,识别他们的强取豪夺的利益,教导人们憎恨诸如此类的虚伪和冷酷无情。"①

---

① 《列宁全集》第13卷,人民出版社,第39页。

第十八章 陀思妥耶夫斯基

陀思妥耶夫斯基(1821—1881)是俄国19世纪著名小说家。他生活在俄国农奴制经济崩溃、资本主义迅猛发展的时期。这个"过渡时期"错综复杂的矛盾在他的创作和思想上留下了深刻的烙印。他的作品既有巨大的艺术力量,又充满了惊人的矛盾。高尔基曾指出:"陀思妥耶夫斯基的天才是无可争辩的,就艺术的表现力来讲,他的才华只有莎士比亚可以与之并列。但作为一个人,作为'世界和人们的裁判者',他很容易被认作为中世纪的宗教审判官。"[1]这个基本评价是公允的。

生平与创作

费奥多尔·米哈伊洛维奇·陀思妥耶夫斯基出生在莫斯科玛丽亚贫民医院的一个医生家庭。他的父亲是一名平民出身的军医,1828年获得贵族称号。他的母亲是一个商人的女儿。他们皆非名门望族,亲戚朋友也多属于中等社会地位、思想保守的市民阶层。陀思妥耶夫斯基就是在这样的环境里度过了自己的童年。

陀思妥耶夫斯基幼时禀性活泼,但由于父亲为人保守,害怕他受到"自由思想"的影响,所以他的活动被严格限制在宗法式家庭范围内。最亲密的童年伙伴是他的哥哥米哈伊尔。30年代初,他父亲在图拉省购置了一座小田庄,使他获得了唯一的与外界交往的机会。在农村他能够自由地观察和接触农民,他们的淳朴给他留下了终生难忘的印象。这种环境和教育养成了陀思妥耶夫斯基内向的性格和读书的爱好。

陀思妥耶夫斯基自幼喜爱文艺。俄罗斯民间故事和圣经传说在他幼小的心灵中留下了深刻的印象。1834至1837年,陀思妥耶夫斯基在莫斯科一所私立寄宿学校学习,深受当时具有启蒙思想的语文教师尼·伊·皮莱维奇(1812—1860)的影响,读了许多当代俄国和西欧作家,特别是普希金、果戈理、拜伦、狄更斯等人的作品。1837年,陀思妥耶夫斯基离开莫斯科到彼得堡,经过短期准备,于1838年初

---

[1] 高尔基:《文学论文选》,人民文学出版社,1958年,第340页。

进入彼得堡军事工程学校学习;1843 年毕业,被分到彼得堡工程兵团工程局绘图处工作。陀思妥耶夫斯基一心想当作家,对工作毫无兴趣,于 1844 年辞职,专心从事文学创作。

40 年代初,陀思妥耶夫斯基的思想正处在逐渐形成的阶段。彼得堡大大开阔了他的视野,他不仅看到豪华的京城背后的贫困,金钱的威力,社会的不平,而且对这一切有了切身的体会。在严酷的现实面前,他到彼得堡过"新的生活"的幻想破灭了。在文学方面,除了普希金、果戈理、莱蒙托夫、别林斯基以外,他又孜孜不倦地读了莎士比亚、莱辛、席勒、霍夫曼、雨果、乔治·桑、巴尔扎克等人的作品,经历了从迷恋浪漫主义到转向现实主义的变化。1845 年他在给哥哥的一封信中说道:"在文学方面,我与两年以前大不相同了,那时有许多幼稚、荒唐的东西。两年的钻研得益颇多,也抛弃了许多东西。"①他立志研究"人和生活",认为"人是一个谜。需要解开这个谜,即使你一辈子都在解这个谜,你也别以为是在浪费时间"。②

陀思妥耶夫斯基的文学创作活动始于"自然派"形成的 40 年代。1844 年,他在翻译巴尔扎克的《欧也妮·葛朗台》的同时,致力于写作小说《穷人》。1845 年《穷人》完稿,别林斯基读了这部小说,十分赞赏,誉为"我们社会小说的初步尝试"。从此,陀思妥耶夫斯基进入"自然派"作家的行列,成为彼得堡文坛上的一颗新星。

《穷人》以书信体写成,叙述一个年老的公务员杰弗什金和受到侮辱、几乎落入卖笑火坑的年轻姑娘陀勃罗谢洛娃互相爱怜、相依为命,最后又迫于生计,不得不分离的悲惨故事。陀思妥耶夫斯基在小说中着重刻画了主人公杰弗什金这一形象。杰弗什金是彼得堡的小公务员,平民出身,没有受过良好的教育,思想保守。他的人生哲学是安于天命。一般情况下,他勤于职守,安分守己,过着孤寂、清苦的生活,但如果稍有周折,便会落入贫困的深渊。在生活的重压下他几乎没有独立的意志,谨小慎微,惟恐遭人非议、受到凌辱。他喝茶、穿外套和皮靴与其说是为了生活需要,还不如说是为了维持"好的名声",他甚至不敢去探望自己所爱的姑娘陀勃罗谢洛娃,怕别人"造谣诽谤"。

尽管如此,他性格中占主导地位的是对自己人格的意识。他深深感到,在精神和道德上他与其他人是平等的,他"也有一颗与别人一样的心"。他说:"我有良心和思想,我是人。"在他看来,他的抄写工作虽然低贱,但对人有益;他虽然穷,但"我的一块面包是我自己的,是劳力挣来的",他为此感到骄傲。他心地善良,对陀勃罗谢洛娃的爱纯洁无私,富于自我牺牲精神,对和他同命运的穷人充满了同情。

---

① 陀思妥耶夫斯基:《书信集》第 1 卷,俄文版,国家出版社,1928 年,第 76 页。
② 同上书,第 2 卷,第 550 页。

杰弗什金虽然安于天命,但他不能不看到生活中的贫富对立和不平等。当他在涅瓦大街看到马车里盛装的妇女时,便为陀勃罗谢洛娃鸣不平;他把侮辱孤儿的"老爷们"斥为畜生,认为"街头摇手风琴的人比他们更令人尊敬",因为自食其力,是"高尚的穷光蛋"。

这种对现实的不平和愤懑,在杰弗什金身上不可能转化为行动,因为他太软弱,只有"一副绵羊心肠",经不起任何打击。杰弗什金受到一个青年军官的侮辱后,便对自己失去信心,自我鄙薄起来。这既反映了他的软弱,同时也说明小人物在受到侮辱后无法诉诸正义,维护个人的尊严,只能落得自怨自艾。

杰弗什金虽然有高尚的精神世界,感受到生活中的不合理,但并不真正理解社会中的矛盾,更找不到出路,因此只能在贫穷潦倒中了此一生。

杰弗什金这一形象体现了作者的人道主义思想,他"告诉我们,在一个最浅薄的人类天性里面有着多么美丽的,高贵的和神圣的东西"。[1]

陀思妥耶夫斯基没有把小说的主要人物与他们处身其中的环境割裂开来。他们的故事是在彼得堡底层展开的。呈现在读者眼前的是一整幅穷人们生活的凄惨景象:他们的悲欢离合、他们善良而高尚的内心世界,如大学生伯克劳斯基、小公务员高尔希科夫等。小说中还出现了侮辱陀勃罗谢洛娃的地主贝科夫、老鸨安娜·菲陀罗芙娜等一类白描式的人物,他们在陀思妥耶夫斯基的后期作品中又得到进一步的发展。

《穷人》继承了普希金和果戈理描写"小人物"的传统,但陀思妥耶夫斯基在开掘人物心理方面有新的突破。杰弗什金的内心世界比阿卡基·阿卡基耶维奇复杂、丰满得多。因此瓦·迈科夫指出:"陀思妥耶夫斯基主要是一个心理诗人。"

继《穷人》之后,陀思妥耶夫斯基发表了《同貌人》[2](1846)。《同貌人》的主人公高略德金也是彼得堡的一个公务员,他的经济条件与社会地位比杰弗什金略胜一筹。他是副股长,有自己的住所、佣人,还有一些积蓄。不过他也有一段辛酸的经历。他曾在外省的法院工作,因为官场的倾轧而丢了差事。他步行到彼得堡,身无分文,几乎流落街头,最后靠一个"好人"的介绍才获得一个职位。他性格懦怯,感情贫乏,"胆小得像母鸡","一举一动都说明着'请你不要碰我,我是不会碰你的'"。

在高略德金生活中占主导地位的是为前途忧心忡忡。过去的经历使他惟恐人家把他当成"抹布"一样的废物。他看上了上司的女儿,梦想攀附一门有利的亲事,进一步改善自己的地位,结果当然是失败了。他还看到阿谀奉承、吹牛拍马的人是

---

[1] 《别林斯基选集》第2卷,时代出版社,1952年,第196页。

[2] 又译《双重人格》。

生活中的"幸运儿",也受到"只要能够达到目的,任何手段都是可以的"等个人主义思想的影响,但又生性怯懦,缺乏干无耻勾当的本领;这样,当他在生活道路上遇到挫折时,绝望之余便陷入了精神分裂。在他的想象中出现了一个"同貌人"(或称小高略德金)的形象。

"同貌人"大胆、机灵,为了达到目的而不择手段。他是投机取巧、阿谀奉承、卑鄙无耻的化身。他的所作所为实际上是高略德金在现实中无法做到而又非常向往的。陀思妥耶夫斯基着重刻画了高略德金对待"同貌人"的矛盾心理。一方面"同貌人"是高略德金的理想;另一方面他感到"同貌人"的卑劣与可怕,认为"同貌人"是"想排挤别人,取而代之,占有别人赖以活命的位置的人",这是一种"奇怪的野心"和"卑劣的妄想"。"同貌人"的出现使高略德金恐惧,"就是给他世界上最宝贵的东西,他也不愿遇见他"。高略德金无法解脱这一矛盾,最后终于发疯。

陀思妥耶夫斯基通过对高略德金病态心理的描写,揭示了这类小人物毫无出路的处境:如果完全屈服于现实,将成为被人所不齿的像"抹布"一样的人;要通过个人主义道路为自己的生存而斗争则又缺乏胆量和能力,甚至还感到可怕。高略德金这一形象有一定的典型性。当时的批评家瓦·迈科夫写道:"高略德金就像玛尼洛夫一样生动和普遍。您可以把您的大部分熟人,有时甚至是自己称为高略德金……"①

除了《穷人》、《同貌人》之外,陀思妥耶夫斯基在40年代还发表了《女房东》(1847)、《脆弱的心》(1848)、《诚实的小偷》(1848)、《白夜》(1848)、《涅朵奇卡·涅兹瓦诺娃》(1849)等中短篇小说。这一时期的作品,除少数讽刺小说以外,以描写小人物为主,其中不乏"幻想家"形象。陀思妥耶夫斯基主要分析他们的心理和不同的性格,表现了他们在严峻现实的压抑下不能维护自己,人格遭受蹂躏,丧失了作为一个人的权利,反映出他们在俄国农奴制解体、资本主义因素日益增长时期的不安、痛苦、挣扎和毫无出路的悲惨命运。作家对此感到惋惜和深沉的哀伤。别林斯基指出:"这是看到人的尊严有意或无意(在更多场合下)地受到侮辱、得不到承认而产生的一种痛苦、一种病态,这就是德国人所讲的人道精神。"②这个基本思想象一条红线一样贯穿在陀思妥耶夫斯基早期的主要作品中。

在40年代的作品中,陀思妥耶夫斯基已经表现出心理分析的才能。别林斯基认为他具有一种"客观地观察生活现象的巨大才能,即渗透到他所完全陌生的人物的内心的才能"。但他往往过多地描写"小人物"心理的病态方面,作品调子低沉,

---

① 涅恰耶娃:《早期的陀思妥耶夫斯基,1821—1849》,俄文版,苏联科学院出版社,1979年,第156页。
② 《别林斯基文集》第3卷,俄文版,国家文学出版社,1948年,第809页。

有时显得冗长、累赘。

1845年和别林斯基及其小组成员的结识是陀思妥耶夫斯基"一生中最为美好的时光"。作家回忆说:"我遇到他(指别林斯基)时他是一个狂热的社会主义者……我当时狂热地接受了他的全部学说。"两年之后,由于对文学看法的分歧,陀思妥耶夫斯基离开了别林斯基等人,但他并没有与当时的进步思想决裂。正是在40年代下半期,他对空想社会主义发生了强烈的兴趣。从1847年起他参加了彼特拉舍夫斯基小组,1848年又参加其左翼成员斯彼什涅夫主持的集会。这一时期他迷恋傅立叶的空想社会主义。他高度评价彼得大帝的进步作用,肯定西欧文明,对斯拉夫派持讽刺嘲弄的态度;他主张解放农奴,在俄国实行改革;认为文学是人民生活的反映、"社会的镜子",对严厉的检查制度深为不满;他强调恶是社会的产物,不是人的天性,在许多重要问题上,陀思妥耶夫斯基是属于40年代的进步阵营的。

1849年4月23日陀思妥耶夫斯基和彼特拉舍夫斯基小组的其他成员一起被捕,关押在彼得保罗要塞。同年11月,沙皇政府对他们进行了审判。陀思妥耶夫斯基作为主要案犯之一,以在集会上朗读别林斯基给果戈理的信、反对宗教和政府的罪名被判处死刑。12月22日在彼得堡谢苗诺夫校场举行行刑前的仪式,陀思妥耶夫斯基等人直到临刑时才被改判为四年苦役,期满后再罚为士兵。1850年到1854年陀思妥耶夫斯基在鄂木斯克狱中服苦役,期满后被编入西伯利亚边防军当兵,1856年升为准尉,1857年恢复了贵族权利,并同伊萨耶娃结婚。1859年陀思妥耶夫斯基获准迁居特维尔,同年年底回到彼得堡,恢复了中断十年之久的文学生涯。

在西伯利亚期间,陀思妥耶夫斯基的世界观开始发生变化。他在1856年的一封信中指出:"我被控企图(仅限于此)反对政府;我罪有应得,长期沉重而痛苦的经验使我清醒并在许多方面改变了我的思想。可是我当时是盲从的,相信了理论和空想。"[①]陀思妥耶夫斯基世界观的变化有其主客观的原因。1848年法国六月革命的失败导致欧洲和俄国反动势力的猖獗,也打破了小资产阶级的社会主义的种种空想。在反动统治强化、幻想破灭的情况下,当时不少先进人士都曾经历过思想危机的阶段。不同的是,陀思妥耶夫斯基处在非常特殊的条件下(在狱中他接触的是各种犯人,除了《圣经》之外读不到其他书刊),没有找到解决思想危机的出路,他的思想便向保守的方向转化了。

在西伯利亚流放期间,最使陀思妥耶夫斯基感到痛苦的是平民出身的囚犯对

[①] 陀思妥耶夫斯基:《书信集》第1卷,俄文版,国家出版社,1928年,第178页。

贵族的敌视态度。他深深感到贵族和人民之间存在着一条不可逾越的鸿沟。贵族不论什么原因坐牢，哪怕是被判得最重的政治犯，都不会被平民出身的囚犯当作自己人。陀思妥耶夫斯基没有从社会和历史方面去解释这种矛盾，反而得出了错误的结论，认为人民不接受贵族革命家的理想，从而否定了自己原来的空想社会主义信念，强调贵族要向人民学习："我们的贤哲们并没有很多东西可以教给人民。……恰恰相反，贤哲们自己也应该向人民学习。"[1]残暴的狱吏、各种耸人听闻的凶杀犯、种种腐化堕落的丑恶行径也动摇了陀思妥耶夫斯基对恶不是人的天性的信念。他开始觉得，"刽子手的特性存在于每个现代人的胚胎之中，然而人的兽性的发展程度是不同的。如果一个人的兽性在其发展过程中胜过了他的其他特性，这个人自然就会变成一个可怕的怪物"。[2]

在服苦役期间，陀思妥耶夫斯基也遇到一些心地善良、在非人的环境中仍然保持着心灵纯洁的犯人。他们多半是虔诚的宗教信徒，这不能不影响到他的宗教思想和感情。正是在这期间，陀思妥耶夫斯基特别强调基督的理想。他在1854年的一封信中曾指出，基督是最完美的形象，如果基督与真理不能统一，他将选择基督而不惜抛弃真理。

陀思妥耶夫斯基的思想变化有一个较长的过程，并不是在短期内完成的。他在谈到自己思想的变化时曾表示："变化不是突发的，而是逐渐地，经过很长的时间以后才出现这种变化。"

50年代末和60年代初，陀思妥耶夫斯基发表的作品有《舅舅的梦》(1859)，《斯捷潘契科沃村及其居民》(1859)，《被欺凌与被侮辱的》(1861)，《死屋手记》(1861—1862)。

《舅舅的梦》是作家流放以后发表的第一部小说，类似喜剧。它描写一个贵族妇女玛丽亚玩弄手腕，诱使年老昏聩的K公爵向她女儿求婚，以便待他死后夺取他的财产的故事。作者通过刻画玛丽亚的阴谋和失败，揭露了外省上流社会的庸俗、无聊、勾心斗角、尔虞我诈的道德面貌。小说主要人物K公爵年轻时花天酒地、挥霍无度，现在则已成了一个衰朽的老人，几乎是行尸走肉了。作者特别强调这一形象的"虚假性"，他身上的一切——头发、胡子、左眼、右腿、牙齿等等都是假的、人工的。作者以夸张的手法表现了贵族的堕落。

在这部小说中，陀思妥耶夫斯基第一次提出了手段与目的的关系问题。玛丽亚为了说服女儿去勾引K公爵，说："为了拯救一个人的生命，欺骗是可以原谅

---

[1] 陀思妥耶夫斯基：《死屋手记》，人民文学出版社，1981年，第195页。
[2] 同上书，第252页。

的。""你做这件事是为了拯救一个人的生命,因而一切都是允许的。"这一伦理道德问题在这部小说中并未充分展开,在作家后期的作品中,成为他探讨的一个重要问题。

《舅舅的梦》继承了果戈理的讽刺传统,喜剧性很强,被改编为喜剧,是苏联、俄国的传统剧目。

继《舅舅的梦》之后,陀思妥耶夫斯基发表了《斯捷潘契科沃村及其居民》。作者着重描绘了小说主人公福马·奥皮斯金的性格。奥皮斯金是农奴制时代地主庄园中常见的食客。他做过公务员,搞过文学,但都没有什么成就,最后成了寄人篱下、供人笑乐的丑角。为了生活,他长期忍气吞声,承受了种种屈辱。同时,他在心中默默地积累了太多的怨恨。因此,一旦有机会,便想在别人身上发泄自己的积怨。在主人死后,他居然在主人家里获得了很大的影响。这时,这个平庸无能、内心空虚的奥皮斯金表现出强烈的自尊心,支配和嘲弄他人的欲望。正如作家所指出的那样:"内心卑鄙的人,一旦摆脱了压迫,便要压迫别人了。福马受过压迫,因此他感到需要亲自压迫别人。……他自吹自擂到了荒谬绝伦的地步。难以想象的任性,要求禽鸟奶汁,暴戾恣睢到了极点……"陀思妥耶夫斯基在刻画这个性格时,指出了形成这种性格的社会原因,但另一方面,他又倾向于人心难测,不能以一般的善恶标准来衡量人的内心世界。这里已经包含着对革命民主主义者的环境决定个性的观点的异议,只是不那样明显罢了。奥皮斯金的形象客观上反映了俄国农奴制社会所产生的畸形病态的性格。

陀思妥耶夫斯基回到彼得堡以后发表的第一部作品是《被欺凌与被侮辱的》。这部小说描写了工厂主史密斯和小地主伊赫缅涅夫两家的不幸遭遇。瓦尔科夫斯基公爵是两家不幸的罪魁祸首。他引诱了史密斯的女儿,拐骗了她家的全部财产,后来又遗弃了她和女儿涅莉,毁了史密斯的幸福家庭;他为了阻挠自己的儿子阿辽沙与伊赫缅涅夫的女儿娜塔莎相爱,竟然诬陷伊赫缅涅夫并通过诉讼夺走了他的田产,当这种办法还不能奏效时,便用更卑劣的手段破坏他们的结合。瓦尔科夫斯基追求财富和享乐,厚颜无耻,无视任何道德原则。他的座右铭就是:"一切都是为了我,整个世界都是为我创造的","只要我过得舒服,我什么都能同意……""我是有仇必报,心狠手辣的,我要维护自己的利益。"瓦尔科夫斯基这一形象反映了贵族的道德堕落和资产阶级个人主义思想影响的急剧增长。这类主题将在陀思妥耶夫斯基的后期作品中占主要地位。

陀思妥耶夫斯基怀着深切的同情描绘了"被欺凌与被侮辱的"人们。涅莉、娜塔莎、伊赫缅涅夫老人正直、善良、富于自我牺牲精神,但他们是弱者,在与瓦尔科夫斯基之流的矛盾冲突中,他们的反抗是消极的,而且作者通过娜塔莎表现了容忍、承受苦难的落后思想。娜塔莎说:"我只有继续受苦才能换取未来的幸福,……痛苦能洗净一切。"但他们毕竟没有向瓦尔科夫斯基之流屈服。涅莉临死前说:"我不久前读了福音书。那上面说,要宽恕自己的一切敌人。我读了这一句话,可是我还是不宽恕他(指瓦尔科夫斯基)。"他们向现实发出了强烈的诅咒。这一切都和陀思妥耶夫斯基在小说中宣扬的通过受苦净化自己的精神,用宽恕和爱来慰藉自己心灵的思想是矛盾的。

这部小说还反映出俄国在资本主义冲击下产生的动荡不安的气氛。陀思妥耶夫斯基指出,在彼得堡那样的城市,充满"愚钝的利己主义、种种利害冲突、令人沮丧的荒淫无耻和种种隐秘的罪行",经常发生着"阴森可怖、使人肝肠欲断的故事"。

这一时期最重要、最有影响的作品是《死屋手记》。它假托出自杀妻的犯人戈梁奇科夫的手笔。他以冷静、客观的笔调记述了他在苦役期间的见闻。全书由回忆、随笔、特写、故事等独立成篇的章节组成,并无连贯的情节,由于结构巧妙,交织成一幅沙俄牢狱生活的鲜明图画,勾画出各种人物的独特个性。

作者详细描绘了犯人在狱中的生活和习惯,劳动和娱乐,以及他们的行政管理和所受到的非人待遇。首先引人注意的是狱中酷吏的形象,他们拥有无限的权力,公然对犯人叫嚣:"我就是沙皇,我就是上帝";刑吏热列比亚特尼科夫"把行刑当作一种享乐,发明创造出了各种惨无人道的用刑方法,以使他的精神振奋起来,使他极度空虚的灵魂得到满足"。犯人受尽折磨,戴着脚镣死去。

作者尖锐地抨击沙皇政府的牢狱制度,认为刑罚、强制劳动都不能感化犯人,只能在犯人的心中"助长仇恨";他强调,犯人首先是人,虽然遭到社会的遗弃,但"用任何烙印和脚镣都不能强迫他忘记他是一个人"。因此,必须以人道的态度对待他们,惟有人道的态度才能使"完全绝望的人振作起来"。

作者在揭露俄国监狱制度的野蛮、残酷的同时,探讨了犯罪的原因,间接地反映了农民在农奴制统治下的悲惨生活和人民与贵族的尖锐对立。

在狱中,大部分犯人是农民或农民出身的士兵。他们生活在农奴制的压迫下,常常因为经受不住生活的磨难而走上犯罪的道路。西罗特金便是一个例子。他是一个青年囚犯,不过二十二三岁,性情温顺平和。他原来是农民,被迫当兵后不习惯兵营的生活,他感到,"长官讨厌我,动不动就处罚我……""周围的人心肠都那样残忍,——想痛哭一场都找不到地方"。结果,在极度苦闷的情况下,他杀死了一个军官。平民由于身受阶级压迫,在狱中也对贵族保持着强烈的仇恨。作者痛苦地承认,平民永远不会把贵族出身的囚犯当作"自己人",哪怕贵族因为参加革命活动而坐牢。这一切在《请愿》一章里得到了集中的反映。

最使作者感动的是囚犯中那些善良、淳朴的人。他们在险恶的环境下仍然保持着一颗金子般的心。如聪明的鞑靼少年阿列依"像贞洁的少女一样纯洁。监狱里任何一桩丑恶、无耻、肮脏或不公道的暴行，都会在他眼睛里燃起愤怒的火焰……"作者赞叹说："有些人的性格天生就是那么美好，仿佛上帝恩赐的一般，你甚至不敢设想他们有朝一日会变坏。"这类人聪明、能干、渴望自由，向往美好的生活，但都无谓地毁灭了。作者对这些人的命运表示了无限感慨并责问道："这些人都是一些不平凡的人，他们也许是我国人民中最有才华、最强有力的人。然而，他们那强大的力量却白白地被毁灭掉了，被疯狂地、非法地、无可挽回地毁灭掉了。这是谁的过错呢？"

正是这样的一些人坚定了陀思妥耶夫斯基对人民的信心。但是在他笔下，这些善良的人都是虔诚的教徒，有深厚的宗教感情，使陀思妥耶夫斯基错误地认为俄国人民最主要的德性便是宗教思想与谦恭精神。

陀思妥耶夫斯基在描绘囚犯中各种人物性格时，有两类人特别引起他的注意。一种人是所谓"强者"。他们果敢无畏，内心蕴藏着强大的力量。他们以宽容的态度对待一般的人，但是任何人都不能阻挡住他们想干的事，他们也从不知道后悔。他们"毫不犹豫，无所畏惧地上刀山、入火海……"彼得罗夫便是这样的一个人物。与这类人相对照的是"弱者"，他们对人总是惟命是从，受到欺压也不敢反抗，"这种人的特性是：几乎总是在所有人面前、在一切场合糟蹋自己的人格，而在共同事业中甚至不会扮演第二流角色，只能扮演第三流角色，他们的这些特性都是天生的"。属于这类"弱者"的有苏希洛夫等人。在《死屋手记》中，陀思妥耶夫斯基还只是客观地描述了这两种人的性格，而在后期作品中"弱者"与"强者"的刻画便与对资本主义社会的批判以及伦理道德问题联系起来了。

除了残暴的狱吏，最令人感到可怕的是凶狠毒辣、极端腐化的犯人。其中最为突出的是卡津和贵族出身的囚犯 A。卡津传说是个逃兵，专以虐杀儿童为乐，仿佛是一只"像人一般大的蜘蛛"。囚犯 A"对于极其粗野的禽兽般的肉欲真是贪得无厌，他为了满足最微不足道的、异想天开的一点点快乐，可以用最冷酷无情的手段干出凶杀、暗害等一切罪恶勾当"。这些人的残暴行为，在陀思妥耶夫斯基看来，似乎无法解释，更不能用环境去说明，于是他便从人的本性中去找原因，结果得出了恶也存在于人的本性之中的悲观结论。

《死屋手记》曾得到当时进步舆论极高的评价。赫尔岑在谈到这一时期的文学时指出："不应该忘记……这一时代给我们留下了一部可怕的作品，仿佛一支惊心动魄的歌，它将永远屹立在尼古拉的黑暗王国的出口处，就像地狱入口处但丁的著名诗句一样引人注意。这就是陀思妥耶夫斯基的《死屋手记》，一部可怕的小说。关于这部小说，大概，作者本人也不会想到，他在以戴着镣铐的手为自己的难友画像的时候,居然用西伯利亚一座牢狱的风俗习惯为材料,创造出了米开朗基罗式的壁画。"①

陀思妥耶夫斯基经过长期流放,世界观已经开始变化。但在革命形势高涨时期,其矛盾性和反动倾向尚未明显暴露。他这一时期的作品在内容上与40年代的进步传统有较多的联系,但矛盾已露端倪;在形式上则从中、短篇小说转向长篇小说。总的看,这一时期的作品,与他早期或后期作品相比,带有过渡性质。

陀思妥耶夫斯基1859年回到彼得堡时,正值农奴制改革前夕,社会情绪高涨,改革后不久,革命运动由高潮转入低潮。这时期他密切注意国内变化与社会上种种思潮,积极参加当时的社会政治斗争。他和哥哥米哈伊尔一起创办了杂志《时报》(1861—1863)被禁后隔年重整旗鼓,创办《时代》(1864—1865)。从它们的名称就可看出杂志与当时社会生活的紧密联系。1862—1863年他还曾到西欧各国旅行,对西方文明感到强烈不满,在《冬天记的夏天印象》(1863)中曾尖锐批评资产阶级的贪婪、自私与他们所谓的自由、平等。在个人生活方面,他的哥哥与妻子于1864年相继去世。米哈伊尔去世以后,陀思妥耶夫斯基独立经营杂志并承担了亡兄的债务,帮助他的家庭,因而长期处于穷困的窘迫状态。1865年陀思妥耶夫斯基与速记员安娜·格里戈里耶夫娜·斯尼特金娜结婚。在他们的共同生活中,斯尼特金娜给了作家以很大的帮助,给他带来了幸福与安宁。

60年代是陀思妥耶夫斯基的世界观最终形成的年代。60年代初期,当革命形势处于高潮时,陀思妥耶夫斯基在《时报》上提出并宣扬"根基论"。它的基本观点是:彼得大帝的改革是历史的必然,但并未被人民接受,使有文化的上层阶级脱离了人民;现在上层阶级和人民之间的鸿沟应该弥合,上层阶级必须回到人民的"根基"上去,与人民的"本源"相结合;俄国要走自己独特的路,各个阶层不是互相敌对和斗争,而是联合一致。他指出:"我们不是欧洲,不会有、也不应该有胜利者和失败者。"②而联合的首要条件便是普及"文化和教育"。这一理论,虽然在许多方面并不明确,但它的基本实质是反对斗争、主张阶级调和。这时期陀思妥耶夫斯基在社会政治斗争中竭力采取"不偏不倚"的立场。他虽然与革命民主主义者有分歧,但主要的论敌是属于反动阵营的卡特科夫。他反对"为艺术而艺术",强调出版自由,批驳对进步杂志和先进青年的攻击,对别林斯基、车尔尼雪夫斯基、杜勃罗留波夫等都有比较客观的评价。但随着革命高潮的低落,反动统治的加强,陀思妥耶夫斯基观点中的矛盾日趋明朗,他的反动倾向也明显地表现出来了。

---

① 《赫尔岑论艺术》,俄文版,国家艺术出版社,1954年,第314页。
② 《陀思妥耶夫斯基选集》第18卷,俄文版,科学出版社,1978年,第36页。

陀思妥耶夫斯基约于 60 年代中期形成了自己的观点。

他是资本主义的无情的揭露者。他认为，资本主义的发展和现代科学技术创造了巨大财富，但腐蚀了人们的精神和道德，资本主义社会中自由平等是虚伪的，起主宰作用的是金钱。"一个人可以是十足的庸材，但金钱可以向他提供一切"。① 在那样的社会中，没有任何道德原则，强者为所欲为，弱者成为牺牲品，结果造成奴役、犯罪、道德沦丧和其他祸害。

陀思妥耶夫斯基猛烈地抨击资本主义，却不能容忍革命。他责难俄国的"社会主义者"脱离人民，不理解人民的要求，和人民没有共同语言；认为他们宣传唯物主义是只强调物质，忽视人的个性与道德因素。他特别激烈地攻击社会主义者的无神论和暴力革命，认为后者不相信基督，心中没有上帝，企图"用剑和血来达到联合"，这将导致人们相互残杀，结果是人类的毁灭。

陀思妥耶夫斯基反对社会主义和革命斗争，却又热烈地向往着一个美好、和谐的社会。他在 1867 至 1871 年旅行欧洲时，正值普法战争与巴黎公社。这使他认为，西欧社会充满了敌对的情绪，已经没有希望结成一个和谐的整体；而俄国不同，俄国人民还保持着善良、美好的"本源"，有可能形成一个理想的社会。这"本源"指的就是笃信基督，崇尚爱与宽恕的宗教感情和实质上是逆来顺受的谦恭精神。这里，陀思妥耶夫斯基大大美化了封建宗法制统治下俄国人民身上的落后面。他甚至认为，信仰东正教的俄国人民是"人类美的理想"，基督精神要依靠俄国人民发扬光大，即所谓"世界将通过俄罗斯思想获得伟大的复苏"②。出于这种观点，陀思妥耶夫斯基成为正教教会和沙皇制度的拥护者是毫不足怪的。

在对人性的探讨上，陀思妥耶夫斯基的观点摇摆不定。他曾认为"人的最好的定义——一种二足直立的生物，而且是忘恩负义的"（《地下室手记》）；但他又没有完全丧失对人的信心。他在《一个荒唐人的梦》中又声称："我不相信恶是人的一种正常状态。"

上述的这些观点在作家 60 年代中期以后的作品中都有程度不同的反映。

中篇小说《地下室手记》（1864）是陀思妥耶夫斯基创作社会哲理小说的初步尝试，他是俄国文学史中社会哲理小说的创始者，他此后的创作也都属于这一类型。《地下室手记》的主人公是彼得堡一个八品文官，知识分子，四十岁，智力发达，经常分析自己内心世界。他在获得远亲的一笔小小的遗产后便退休了，贫穷孤独，蛰居在"地下室"里，几乎与世隔绝。他一生坎坷，充满着痛苦和屈辱，内心积累了太多

---

① 《陀思妥耶夫斯基作品集》第 8 卷，俄文版，国家文学出版社，1957 年，第 630 页。
② 陀思妥耶夫斯基：《书信集》第 2 卷，俄文版，国家出版社，第 81 页。

的怨恨。他既没有能力改变自己的境遇,又为自己的软弱而感到苦恼。他力图确立自己作为人的个性,但又找不到正确的途径,结果变成一个自我中心主义者,否定崇高的社会理想,无视任何道德原则,宣扬个人完全自由。正如他所说:"让世界毁灭去吧,我还是要喝自己的茶。"高尔基对这一形象作过十分精辟的分析,认为他是"自我中心主义者的典型,社会堕落者的典型","表明了 19 至 20 世纪的脱离了现实生活的青年们中间的个人主义者可以发出一种怎样卑劣的呼号"。[①]

在小说中陀思妥耶夫斯基公开反对车尔尼雪夫斯基的"合理的利己主义"、否定社会环境决定人的本性的唯物主义思想。他认为,人的本性并非如社会主义者所想象的那样合乎理性,向往幸福与美,它是难以理解的;同时,唯物主义导致宿命论。

陀思妥耶夫斯基对《地下室手记》中的主人公是否定的(虽然这个形象也体现了作家的某些思想),但抛弃了社会主义思想后,他能提出与自我中心主义相抗衡的也只有宗教思想了。作品发表时,带有宗教思想的结尾被检查机关删去后没有留传下来。与个人主义相对立的宗教思想将在《罪与罚》中得到形象的体现。

1866 年发表的长篇小说《罪与罚》得到了公认,并给作家带来了世界声誉。

继《罪与罚》之后,陀思妥耶夫斯基于 1868 年发表了《白痴》。小说以鲜明的色调、广阔的画面,描绘了农奴制改革后彼得堡的社会生活。小说情节突兀起伏,人物众多。处在生活矛盾漩涡中的人们在思想道德上失去了原有的平衡,抛弃了传统的生活准则,追逐着各自的生活目标,引起各种矛盾、冲突。踌躇满志的官僚资产者叶巴钦将军的小女儿阿格拉亚不满她周围的环境,幻想过另一种生活,与父母发生冲突,最后终于与波兰流亡者结合,支持波兰独立事业。取得巨额遗产的商人之子罗果静与自己家庭决裂,弃绝经商,一心一意追求娜斯塔西娅·费利波夫娜。伊沃尔金一家互相敌视、勾心斗角、正在瓦解:家长伊沃尔金是一个退休将军,整天浑浑噩噩,既是小丑,又是醉鬼;儿子加尼亚·伊沃尔金为了取得金钱和权力,不惜出卖自己的人格;女儿则嫁给了高利贷者。娜斯塔西娅·费利波夫娜意识到自己的屈辱地位,对贵族、资产阶级社会发出了强烈的抗议。人们疯狂地在追求金钱,正如娜斯塔西娅·费利波夫娜所说的:"自己乳臭未干,就想放印子钱了。"总之,资本主义的迅猛发展冲击着社会生活的各个方面,破坏着原有的生活基础,传统的道德观念受到挑战,家庭、人和人之间的宗法关系日益解体,金钱的作用和个人主义在增长,整个社会动荡不安。作家通过小说中一个人物之口形象地概括了他所反映的时代气氛:"一切都颠倒了,一切都反过来了。"

[①] 高尔基:《文学论文选》,人民文学出版社,1958 年,第 338 页。

小说主人公梅什金公爵是陀思妥耶夫斯基的理想人物。作家曾多次强调这部小说的主要思想是描绘一个"十全十美的人物"。并指出描绘正面人物,表达自己的理想是一个"无比困难的任务"。作家创作正面人物的愿望本身是与60年代俄国文学发展的客观要求相一致的。

《白痴》中的正面人物首先与革命民主主义者所创造的"新人"相对立,同时也与资产阶级的事业家相对立。

梅什金是一个病人。他为了治疗癫痫病,较长时间生活在瑞士阿尔卑斯山下的农村里。他周围是阿尔卑斯山瑰丽的自然景色,善良的村民和天真烂漫的孩子,因而没有沾染上流社会的庸俗与虚伪。他纯洁、善良、坦率;贫穷孤独的生活和疾病的痛苦使他对不幸的人们充满同情,对社会上的种种不公平的现象强烈不满;他热烈向往着人们之间的友爱和团结,但他所主张的爱是基督式的"普遍的爱",并与宽恕、自我克制、忍受痛苦等思想相结合;他行动的依据不是理智,而是感情和直觉;他承认贵族在社会生活中的领导作用,呼吁他们实现基督精神;他并不了解人间痛苦和不幸的真正原因,以平等的态度对待加尼亚、娜斯塔西娅·费利波夫娜、罗果静、阿格拉亚等人。他不能解决任何矛盾,凡是他想帮助的人都有一个不幸的结局。这说明了梅什金公爵的理想彻底破产。

作家在塑造这一形象时,一方面强调他的理想的完美,把他写成基督式的人物,以此与革命民主主义者的理想相对立,反对革命斗争;另一方面作者不能不感到这种理想与现实的距离。因而,梅什金在小说中是"白痴",是堂吉诃德式的人物,这决不是偶然的。

小说情节是环绕女主人公娜斯塔西娅·费利波夫娜展开的。这是一个悲剧性的人物。她出身小贵族,父母早亡,被贵族托茨基收养,长大后成为他的外室。她聪明、高傲,具有非凡的美和复杂的内心世界,向往美好的生活;对玩弄和蹂躏她的贵族上流社会和托茨基等人怀着强烈的憎恨;但另一方面,她又感到自己是"堕落的"女人,不配有更好的命运,为此她向周围的人进行报复并折磨自己。这是一个痛苦的、充满矛盾的、被扭曲了的灵魂。她动摇于梅什金(象征新生)和罗果静(象征堕落、死亡)之间的原因也正在这里。

小说中对她生日晚会的描写是陀思妥耶夫斯基现实主义的杰出成就。在这里,作家淋漓尽致地揭露了托茨基等人的虚伪、贪婪、自私以及以妇女的美作交易的卑劣行径。尤其扣人心弦的是她火烧十万卢布的场面,是其小说富有戏剧性的直接彰显,它表现了娜斯塔西娅对上流社会的无限蔑视、憎恨,对金钱主宰一切的强烈抗议,她宁愿毁灭自己而决不妥协的高傲性格,同时也反映了她内心难以愈合的创伤、矛盾和痛苦。这一场面的强烈冲突,在陀氏的场景描写中具有代表性,对小说的情节发展、对人物性格刻画以及对上流社会的批判都有重大意义。

在《白痴》中，作者对具有民主倾向的青年作了歪曲的描写。

70年代初陀思妥耶夫斯基发表《群魔》(1871—1872)。如果在前两部小说中作家关心的主要是社会思想伦理道德问题，那么在《群魔》中他的注意力集中在政治问题上。在小说中他对60年代和70年代初的俄国革命运动进行污蔑和攻击，明显地暴露了他反动的政治倾向。

《群魔》的情节以1871年7月至8月间的涅恰耶夫案件为基础。涅恰耶夫是无政府主义者，巴枯宁的信徒。1869年11月他杀害了不服从他的领导并表示要退出地下组织的莫斯科农学院学生伊万诺夫。案发后，参与谋害的人被捕，涅恰耶夫逃亡国外。

《群魔》在情节上有两条线索：以无政府主义者彼得·韦尔霍文斯基为首的反政府地下活动和小说主人公尼古拉·斯塔夫罗金的一生。这两条线索由于斯塔夫罗金参加了彼得·韦尔霍文斯基的组织而连结起来。彼得·韦尔霍文斯基一伙，以引起骚乱为目标，进行种种阴谋恐怖活动，甚至不惜利用散布谣言、欺骗、恫吓、放火、暗杀等卑劣手段。斯塔夫罗金是贵族少爷，自幼脱离人民，曾受业于40年代的自由主义者、无神论者斯捷潘·韦尔霍文斯基（彼得·韦尔霍文斯基的父亲），后来成为一个内心极度空虚、矛盾、丧失了任何原则的人。他冷静而理智，在做出种种淫乱无耻的勾当时，内心却十分明确善与恶的界限；他可以同时宣扬两种互相排斥的思想，却又不相信其中的任何一种。他在谈到自己时说："我依然像素来一样可以希望做好事，并从中感到愉快；同时我又希望干坏事，并且也感到愉快。但这两种感情一向很渺小，而且从来也不会十分强大。"最后，斯塔夫罗金处于无法解决的矛盾中，以自杀结束了自己的生命。如果说，陀思妥耶夫斯基通过彼得·韦尔霍文斯基的所作所为直接攻击俄国的革命者的话，那么通过斯塔夫罗金，作者就是企图证明他们在道德、思想上的破产。他出于对革命的敌视态度，硬把这些与真正的革命毫无关系的无政府主义者写成"社会主义者"，攻击俄国的革命运动，主张俄国必须摆脱革命思想的影响，从宗教中去找出路。就政治倾向而言，《群魔》是一部"反虚无主义"的小说，但与六七十年代一般的"反虚无主义"小说又有所不同。在这部小说中作者客观上反映了混入俄国革命运动的沉渣和有害成分，表现了对俄国前途的忧虑。小说中提出的问题的深度，如六七十年代革命运动与40年代的关系、社会主义与无神论之间的联系、革命暴力与道德的关系等问题，都不是一般的"反虚无主义"小说能望其项背的。

陀思妥耶夫斯基在《群魔》中以讽刺的笔调描写了沙皇政府的官僚和贵族如何只图私利，并成功地塑造了自由主义者斯捷潘·韦尔霍文斯基的形象，对自由主义者所固有的怯懦、自我陶醉、高谈阔论、无所事事,盲目崇拜西欧、脱离人民、不了解俄国社会等实际问题进行了尽情的揶揄和鞭挞。

70年代陀思妥耶夫斯基与年轻的唯心主义哲学家弗·谢·索洛维约夫很接近,加深了他的宗教情绪。1873年至1874年初他编辑由反动的梅谢尔斯基公爵出版的《公民》杂志,结识了波别多诺斯采夫等反动营垒中的人物。1873年陀思妥耶夫斯基开始在《公民》杂志上发表《作家日记》。1875年发表长篇小说《少年》。1876年至1877年《作家日记》每月以单行本的形式出版,1880年、1881年出了最后两期。陀思妥耶夫斯基在《作家日记》中发表了评述当代重大社会问题的论文、文学评论、回忆录以及一些中、短篇小说,是他晚期创作的重要组成部分。

陀思妥耶夫斯基的最后一部巨著是《卡拉马佐夫兄弟》(1879—1880)。在这部小说中作家把展现现实生活图景、刻画人物与探讨俄国和人类命运的问题结合起来,提出了重要的社会政治、哲学、伦理道德等问题,并以作家固有的矛盾和力量,在小说中予以相应的艺术体现。

小说描写了卡拉马佐夫一家的历史。这一"偶然组成的家庭"的内在矛盾使他们父子、兄弟四分五裂;各人不同的遭遇造成了他们思想感情上的对立;金钱和美色引起他们之间的尖锐冲突,互相仇视,最后终于发生了弑父的惨剧。

一家之长费多尔·巴夫洛维奇·卡拉马佐夫年轻时是一个寄人篱下的食客,常常扮演小丑的角色,晚年成了富有的地主和高利贷者。这三者结合形成了他丑恶畸形的灵魂。他身上几乎集中了一切卑鄙的劣行:好色淫虐,自私贪婪,专横暴戾,冷酷狠毒,厚颜无耻。他嘲弄与亵渎神圣高尚的一切。他两次结婚都出于谋求财产和地位的私欲。妻子死后,全然撇开教养孩子的义务,听任他们由命运摆布。他甚至奸污一个疯女丽莎。他的所作所为引起儿子们极端的蔑视和憎恨。这个形象似乎融合了奥皮斯金和《罪与罚》中的斯维里加依洛夫的特征,反映了贵族没落与道德沦丧。高尔基曾指出:"这无疑是俄罗斯的灵魂,无定形的、光怪陆离的,既怯懦又大胆的,但主要是——病态而又恶毒的灵魂。"

长子德米特里·卡拉马佐夫是一个退伍军官,在陀思妥耶夫斯基的笔下是集"圣母玛丽亚的理想"和"所多玛城的理想"于一身的人物。作者从"魔鬼同上帝在进行斗争,而战斗的战场就是人心"这一角度去描绘他的性格。他追求肉欲,生性粗暴残忍,他曾企图利用卡捷琳娜·伊凡诺夫娜的父亲的窘境而占有她;为了财产和格鲁申卡,他与父亲发生激烈的冲突,并扬言要杀死他;他粗暴地侮辱老卡拉马佐夫的私人代表斯涅吉辽夫上尉;另一方面,他内心又是高尚的,以他自己的话来说,"尽管我下贱卑劣……然而上帝啊,我到底也是你的儿子",因而他那堕落的灵魂时而迸发出天良的火花。与原来的意图相反,他慷慨地帮助了卡捷琳娜·伊凡诺夫娜(因此,她成为他的未婚妻);他真诚地爱着格鲁申卡,同情她的遭遇;他为自己对斯涅吉辽夫的野蛮行为感到惭愧;他在狂怒中克制了自己,没有对自己的父亲行凶。他一直在思索着人们所受的苦难。他对弟弟阿辽沙说:"今天世界上受苦的人太多了,所遭受的苦难太多了!你不要以为我是披着军官制服的禽兽,终日饮酒荒唐,我差不多一直想这个,想着受屈辱的人",这是他精神"复活"的基础。在杀父案发后,他被误认为是凶手。审判前,他梦见了一幅由焚毁的农舍、干瘦黝黑的母亲、嗷嗷待哺的婴儿所构成的凄凉贫困的景象。这个梦是人间苦难的缩影,具有象征意义。梦后他意识到人间的残忍和自己的卑劣。因此,他虽然没有弑父,却甘愿承受刑罚。"我将通过苦难来洗净自己!"陀思妥耶夫斯基终于用自我完善、通过苦难净化自己的灵魂的教义使德米特里忏悔自己的罪行,在精神上"复活",使"圣母玛丽亚的理想"获得了胜利。

次子伊凡·卡拉马佐夫完成了大学的学业,是一个评论家。在小说中,他以老卡拉马佐夫和德米特里的调停人的身份出现。他是小说的主要人物之一,作者通过他和周围人的思想冲突表现了重大的社会问题。

伊凡和他哥哥不同。他崇尚理智,研究自然科学,善于分析、思考,力求理解生活的意义;他不信"永恒",否定上帝,是个无神论者和唯物主义者。作为无神论者,他认为这个世界不合理,浸透了"血和泪";他特别不能容忍儿童所受到的种种苦难。在"叛逆"一章里,伊凡激动地向虔诚的弟弟阿辽沙描述了异族入侵者虐杀儿童、地主用猎狗将农奴的孩子撕成碎块、父母虐待孩子的种种暴行之后问道:"假如大家都应该受苦,以便用痛苦来换取和谐,那么小孩子跟这有什么相干呢?……我完全不明白他们为什么也应该受苦,他们为什么要用痛苦去换取和谐呢?……"他表示不能接受上帝创造的世界,哪怕以后真的出现"和谐"。伊凡的声明被阿辽沙称为"叛逆"。这是全书的高潮。陀思妥耶夫斯基承认,伊凡的论据非常有力,他这样写的原因是他坚持忠于现实的原则。

伊凡的"叛逆"否定了上帝和上帝的世界,表达了他对现存社会秩序的抗议,但是他并没有信心去改造这个世界;他虽然渴望生活,却缺乏生活的信念。在他看来人类美好的理想早已被埋葬了,而且它从来也没有实行过;他在历史上看到的只有暴力与奴役。他对人类的前途十分悲观。这在《宗教大法官》一章中得到了形象的体现。伊凡为了向阿辽沙说明自己的思想,杜撰了宗教大法官的故事。16世纪西班牙有个宗教大法官。他认为,人是"软弱和低贱的",他们没有道德,叛逆成性,永远不会合理分配"自由"和"面包"。他们一旦获得"自由",便会无所适从,善恶不分,互相争斗,引起纷扰和痛苦,而"巴比伦塔"则永远也不会建成。只有用"恺撒的剑",或换一种说法,以"奇迹、神秘和权威"这三种力量去统治他们,才能维持安定,保障他们的"面包"和幸福。宗教大法官还认为,这种统治必须以基督的名义进行,以便蒙蔽人们。他相信,一度向往的自由、基督的爱等崇高理想是永远不会实现的。因此,当基督再度降临人间时,宗教大法官要基督不要妨碍他的事业,将他撵走了。伊凡的宗教大法官是暴力、奴役的象征,是为所欲为原则的体现。伊凡虽然向往基督的理想,但还是不能摆脱宗教大法官的思想。

伊凡从同情人类苦难的人道主义立场出发,苦苦追求美好的理想而不得,经受着内心的痛苦,最后成为无视任何道德原则的极端个人主义者,这是他的悲剧。值得注意的是,德米特里和伊凡都从人类的痛苦出发考虑"世界性"的问题,前者获得了精神上的"复活",后者道德上完全堕落。主要原因是德米特里心中有个上帝,而伊凡是个无神论者,必然投入"魔鬼"的怀抱。这两个人物不同的结局反映了作家世界观的矛盾和局限。

在《宗教大法官》中,陀思妥耶夫斯基批判了罗马教会和天主教以欺骗和暴力为基础的强权统治;同时,他又把它们与社会主义混同在一起,他所使用的术语,如"自由"、"面包"、"巴比伦塔"等都是隐射社会主义的理想,暗示社会主义给人们带来"面包"的同时,还有暴力与奴役。这既反映了作者对社会主义的曲解,也反映了他对社会主义的敌视态度。

伊凡所奉行的原则不仅表现为抽象的议论,还有机地融合在小说的情节冲突中。伊凡从"为所欲为"的原则出发,对父兄之间的矛盾听之任之,不加调解;他的这一原则为斯麦尔佳科夫弑父提供了思想依据。他把伊凡当作同谋者,而伊凡明知斯麦尔佳科夫有行凶的打算却不加阻止。斯麦尔佳科夫杀害了老卡拉马佐夫,伊凡则是思想上的凶手。案发后,伊凡受不住良心的折磨,承认自己是"凶手",最后神经失常,犯了谵妄症。这一结局表明伊凡个人主义世界观的破产,也是作者对他实行的道德的惩罚。

与伊凡在思想上有密切关系的是他的弟弟阿辽沙和斯麦尔佳科夫。这是两个性格截然不同的人物,分别体现善与恶。伊凡由于内心矛盾,游移于他们二者之间。阿辽沙纯洁、善良、温顺、博爱。他出于对修道院院长佐西马的仰慕,对摆脱"世俗仇恨"和爱的理想的追求而当了见习修士。他被大家信任和喜爱,对伊凡也有很大的吸引力。伊凡曾向他表明:"我也许想用你来治疗我自己。"但阿辽沙和他的精神导师佐西马长老并没有"治愈"伊凡的"病症"。他只能提出与基督教教义相一致的善恶观念,宣扬驯良、受苦以及空想的基督教社会主义思想,根本不能解决伊凡的矛盾。

阿辽沙和梅什金一样,是陀思妥耶夫斯基的理想人物。他的信念概括起来是:"我要为全人类受苦。"作者力图将这一人物写得丰满。他与梅什金不同,是一个健康的人,有普通人的七情六欲,如爱情、对尘世生活的兴趣、对事业的渴望等等。按作家的意图,他必须经过生活的磨炼才能获得坚定的理想。因此,小说结尾时,他离开了修道院,走向尘世生活。作家曾打算再写一部小说来描写阿辽沙的生活经历,但这毕竟只是一种设想。在小说中,阿辽沙作为一个艺术形象是苍白的。

斯麦尔佳科夫是疯女丽莎被老卡拉马佐夫奸污后所生的孩子,由卡拉马佐夫家的仆人格里戈里·库图佐夫抚养长大,后成为厨子。这是一个肮脏卑鄙的灵魂。他仇恨一切俄国的东西,公开声称为了个人利益可以背叛自己的信仰。他既懦怯,又狠毒、贪婪;无论从社会地位和心理素质上来看,他都是一个奴才。在小说的形象体系中他与阿辽沙相对立,却是伊凡的"同貌人",并实践了"为所欲为"的原则——为了取得钱财,杀害了老卡拉马佐夫并嫁祸于人。在审理这一案件前他自杀了。

作家在小说中描写了卡拉马佐夫家族成员之间的复杂关系以及他们给周围的人带来的痛苦。这是农奴制改革后俄国社会的一个缩影,反映出社会生活的不合理和人们之间的畸形关系。作家对人们遭受的苦难表现了深切的同情,无情地鞭挞了"卡拉马佐夫精神"——淫虐狂、贪婪自私、专横暴戾、犬儒主义等等卑劣的精神品质。他所提出的有关人生意义、无神论与宗教信仰,人性中善与恶的斗争,社会主义与个性等等问题反映了70年代末期俄国社会对现实问题进行探索的某些侧面;同时,作家的矛盾思想在小说中也有充分的暴露。作品在艺术手法上比较充分地体现了作家后期创作的特色。所以,《卡拉马佐夫兄弟》一般被认为是陀思妥耶夫斯基艺术创作的总结。

1880年陀思妥耶夫斯基参加了莫斯科的普希金铜像落成典礼,发表了引起不同反响的演说。

1881年1月28日陀思妥耶夫斯基病逝于彼得堡。

《罪与罚》

《罪与罚》是陀思妥耶夫斯基在60年代最重要的一部作品,是他的第一部成功的社会哲理小说。在小说中作者把紧张、惊险的情节与现实生活的广阔画面、社会伦理道德问题有机地结合在一起,反映出农奴制改革以后,资本主义的发展在俄国社会生活的各个方面、特别是思想道德方面所引起的急剧变化。小说比较明显地表现出作家创作的艺术特色和他的思想矛盾。

《罪与罚》的构思有一个发展过程。1865年6月前后,陀思妥耶夫斯基开始写一部长篇小说。当时,他在一封信中写道:"我的一部长篇小说名为《醉汉》,它的内容与当前的酗酒问题有关,不仅描写酗酒,还涉及它所引出的其他问题,主要是处于这种环境中的家庭生活图景和孩子的教育问题等等……"①这部小说并未写成。看来,在创作的最初阶段它的主人公就是《罪与罚》中那个没有工作、极度贫困、由于绝望而贪杯的马美拉多夫。但不久以后,小说的构思发生变化,作家的注意力转移到年轻一代和当时展开热烈争论的社会问题上。陀思妥耶夫斯基在1865年9月给《俄国导报》主编卡特科夫的一封信的草稿中,已经大体上勾画了《罪与罚》的基本情节和主要思想:"这是一次犯罪心理的报告。故事发生在当代,在今年。一个年轻的大学生被校方开除,他出身小市民,生活极度贫困。由于轻率和思想不稳定,接受了流行于社会情绪中的某些'不定形的'思想影响,决定一举摆脱自己的十分困难的处境,下决心杀死九等文官的妻子,一个放高利贷的老太婆……抢走她的钱……以后一辈子都做一个正直的人,坚定而毫不动摇地履行对人类的人道主义义务……"但在杀人以后,"……难以想象和出人意外的感情折磨着他的心。上帝的真理、人间的准则取得了胜利,结果不得不去自首……真理的法则和人的本性占了上风……罪犯决定以承受痛苦来赎自己的罪。"②在这里,陀思妥耶夫斯基已经企图把主人公的犯罪原因和所谓"不定形的"思想,即社会主义思想联系起来,并明确提出了与之相对立的"上帝的真理"、"人间的准则"、"承受痛苦来赎罪"等思想。但同年11月,作家把已写成的章节付之一炬,他被"新的计划"所吸引,开始重写。所谓"新的计划",主要是把《醉汉》中的马美拉多夫和"一次犯罪心理的报告"中的年轻大学生拉斯柯尼科夫作为两条线索有机地联结成为一个整体,这便是《罪与罚》的最终计划。1866年《罪与罚》分期刊登在《俄国导报》上。

《罪与罚》的基本情节包括主人公拉斯柯尼科夫的犯罪、他犯罪前后的思想斗争以及所受到的良心和道德上的惩罚。小说以60年代的彼得堡为背景。陀思妥耶夫斯基十分出色地描绘了这里社会底层的人们所经受的那种可怕的贫困、痛苦与绝望。作家似乎撕下了豪华首都的帷幕,展示了它的各个阴暗角落;拉斯柯尼科夫的斗室像"棺材"一样;索尼娅的"奇形怪状的房子"令人"住在里面都感到害怕";在街上,一个被灌醉的姑娘摇摇晃晃走着,穿着被扯破了的连衫裙,后面跟着不怀好意的男人;肮脏的酒馆里失意的人在吵架和酗酒;一个女工投河自尽,"那片污浊的水发出一阵轰响,刹那间把投河的女人吞没了……"总之,小说里似乎集中了一切畸形的现象,反映了资本主义带来的祸害在彼得堡这样的城市中的表现。小说中的一个人物谈到彼得堡时指出:"这是一座半疯子的城市……很少有地方像彼得

---

① 陀思妥耶夫斯基:《书信集》第1卷,俄文版,国家出版社,1928年,第408页。
② 同上书,第418—419页。

堡那样使人的精神受到如此阴暗、强烈和奇怪的影响。"

在小说中,"穷人"的悲惨命运主要是通过马美拉多夫一家的遭遇来表现的。马美拉多夫原来是一个小公务员,善良而富于同情心,但并无"特别的才能"。由于人事关系被辞退失业,完全陷于绝望的境地。他在小酒馆里的一段自白向拉斯柯尼科夫倾诉了辛酸的家事:妻子病魔缠身,孩子不能温饱,他无法尽到家长的责任,只得以酒浇愁,浑浑噩噩,甚至眼看着自己的女儿落入卖身的火坑。他指出:"一个穷苦而清白的少女依靠诚实的劳动"是难以维持生活的;他痛苦地意识到穷人连做人的权利都没有,他悲愤地说:"贫非罪,这是真理……可是赤贫——那就是罪过。如果您只是贫穷,您还能保持天性的高尚情操,要是落到赤贫的地步,那么从来没有一个人还能做到这一点,赤贫的人甚至不是被棍棒、而是被扫把扫出人类社会的,这样可以使他受到更大的侮辱……"马美拉多夫的自白不仅是绝望的号泣,也是对资产阶级社会的血泪控诉,是小说中最优秀的篇章之一。

马美拉多夫的妻子卡捷琳娜·伊凡诺夫娜是一个悲剧性的人物。她是一个校官的女儿,曾受过良好的教育,性格高傲,富于幻想。年轻时与一个步兵军官私奔并结了婚,结果她丈夫却是一个赌鬼。丈夫死后,她带着三个孩子,在无路可走的情况下嫁给了马美拉多夫。她过着贫穷的生活,忍受着种种屈辱,但总是幻想会有好心人出来保护他们。她的幻想不断在现实面前化成了泡影。当她的幻想彻底破灭,她的生命也就结束了。意味深长的是她在马美拉多夫和自己临死之前的渎犯上帝的言词:"他(指上帝——笔者)是慈悲的,可是对我们却不!""我没有罪,用不着神父。上帝应当宽恕我……他知道我受了多少苦……如果他不宽恕,那就随它去吧!"卡捷琳娜·伊凡诺夫娜受够了生活的折磨,不像一般基督徒那样在死前宽恕一切,而是怀着满腔怨恨离开了人间。这里也反映出了陀思妥耶夫斯基的矛盾:作为一个现实主义作家,他不能不表现宗教的虚伪、无力,虽然他竭力企图在作品中宣扬宗教思想。

与马美拉多夫等"被欺凌与被侮辱的"相对立的,是卢仁、斯维里加依洛夫这类资产阶级掠夺者和地主的形象。

卢仁是个律师,拉斯柯尼科夫的妹妹杜尼娅的未婚夫。他积累了一定的资本,从卑微的地位爬到了社会的上层。这是一个典型的资产者,具有资产阶级的主要特征:贪婪、冷酷、精明而又不择手段。他的座右铭是:"你爱人,首先爱你自己,因为世界上的一切都是以个人利益为基础的。"他妄自尊大,习惯以自我为中心,且视钱如命,因为"金钱能提高他的身价,使他挤入地位更高的人士之列"。他对婚姻问题的考虑也完全出自个人的打算:一个贫苦、美貌、贤淑、有教养的姑娘将听任他的摆布,把他当作恩人,并能使他"飞黄腾达、引人注目、获得荣誉"。他像一切资产者一样，把家庭关系纯粹看成是一种金钱关系。

卢仁为了达到个人目的而不择手段。他为了诽谤索尼娅行为不端，竟然栽赃陷害。杜尼娅称他为"卑鄙毒辣的人"。这个形象是俄国60年代资产阶级的典型，作者以辛辣讽刺的笔触描绘这一形象，倾注了对他的强烈憎恨。

斯维里加依洛夫是一个富有的地主，长期过着寄生生活，无所事事。他唯一的乐趣就是追逐女色。他淫乱无度，为了满足兽欲可以干出各种罪恶的勾当。他将仆人菲利浦折磨致死，暗害了自己的妻子，疯狂地追求杜尼娅；他最丑恶的罪行是奸污了一个聋哑女孩并导致她自杀。他的行为不受任何道德原则的约束。陀思妥耶夫斯基夫人指出，斯维里加依洛夫的原型便是《死屋手记》中的贵族囚犯A。《死屋手记》中对贵族A的描写是斯维里加依洛夫性格中主要方面的极好说明。

但《罪与罚》中的斯维里加依洛夫比《死屋手记》中的贵族A更为复杂。斯维里加依洛夫固然在道德方面是个可怕的"怪物"，可是他性格豪爽、聪明、善于识人，有时他的见解有一定深度，在帮助马美拉多夫家的孤儿时显得慷慨大方。作者强调他的精神空虚和内心苦闷。斯维里加依洛夫多次表白："我差不多没有什么特别感兴趣的东西"，"我很无聊"，"我很苦闷"。他否定"永恒"，没有信仰，不相信灵魂不灭。在作家看来，这是构成他精神空虚、道德堕落的主要原因。因此，当他对杜尼娅的强烈感情被拒绝后，他便失去了生活的依托，以自杀结束了自己的生命。

陀思妥耶夫斯基在斯维里加依洛夫身上表现了人性中善与恶、崇高和卑鄙难以想象的结合，但最主要的是这一形象反映了农奴制改革后贵族的腐化、没落，表现了一个人一旦丧失了道德准则可以堕落到何等地步。

《罪与罚》的主人公拉斯柯尼科夫的形象体现了小说的基本主题。

拉斯柯尼科夫是个大学生，由于贫穷中断了自己的学业，他单身一人住在彼得堡，依靠母亲的养老金和妹妹做家庭教师的微薄薪水维持自己的生活。他天性善良，乐于助人，才思敏捷，善于逻辑推理；同时他又高傲、忧郁、孤独、怪僻，"不喜欢表露自己的感情"，"有时简直冷漠无情、麻木不仁到了毫无人性的地步，似乎他身上有两种截然不同的性格在交替变化"。他母亲在谈到他时说："他往往有稀奇古怪的念头……会突然对自己干出别人决不想干的事来。"他性格中的这些特点构成了他建立并实行自己"理论"的心理基础。

拉斯柯尼科夫的"理论"把人分成两类："不平凡的人"和"普通的人"。"不平凡的人"能"发表新的见解，推进这个世界"，为了达到自己的目的可以不择手段，无所不为，甚至杀人犯罪；"普通的人"平庸、保守，只是芸芸众生、"繁殖同类的材料"，充当"不平凡的人"的"工具"。他杀人犯罪的目的实际是根据这一"理论"作一次实验，判定自己也是属于"不平凡的人"。

在小说中陀思妥耶夫斯基并没有描述这一"理论"形成的过程。小说一开始，拉斯柯尼科夫关于两种人的理论已经产生。他正打算实践这一理论——去杀死一个放高利贷的老太婆，以证明自己是一个"不平凡的人"。他进行着激烈的思想斗争。一方面他感到这一思想"可怕"，认为它"卑鄙"、"下流"、灭绝人性，不愿相信"他的良心竟能干出这种坏事"，竭力想摆脱这种思想；另一方面马美拉多夫一家的悲惨遭遇使他震惊，他从马美拉多夫身上看到了自己可能的未来。他母亲已在信中向他叙述了她和杜尼娅的穷困处境、斯维里加依洛夫和卢仁对她们的侮辱，以及她们为了他的前途而做出的牺牲，这一切表明她们已经无路可走。这些似乎都证明着他的"理论"的正确——或者逆来顺受，成为马美拉多夫那样的"平凡的人"；或者抛弃一切传统的道德观念，为所欲为，成为"人类主宰"或"不平凡的人"。拉斯柯尼科夫正是在遇到马美拉多夫以及收到母亲来信之后才下定决心去犯罪。陀思妥耶夫斯基在描述他犯罪前的心理状态时指出，这个"念头"现在已经"不是一个空想，而是具有某种新的、可怕的、他从未见过的形式了"。他在犯罪前的思想斗争，不仅揭示了犯罪的直接原因，也间接地指明了这一"理论"产生的社会根源。

拉斯柯尼科夫杀死了放高利贷的老太婆和她的妹妹之后，并没有解决自己的思想矛盾；相反，在新的情况下展开了更为激烈的思想斗争。他痛苦地动摇在坚持和否定自己的理论之间。他根据自己的观察和生活经验深深地体会到，统治着人们的规律是："……谁智力强、精神旺，谁就是他们的统治者。谁胆大妄为，谁就被认为是对的；谁对许多事情抱蔑视态度，谁就是立法者；谁比所有的人更胆大妄为，谁就比所有的人更正确。"他以为，他为了取得生存的权利，挤入所谓"不平凡的人"的行列而杀死一个老太婆，比之在"巴黎进行大屠杀、忘记在埃及的一支军队，在莫斯科远征中糟蹋五十万条人命"的拿破仑来说，根本算不上是犯罪。这些人"毁灭了千千万万的生灵，大家还认为他们做了好事"。因此他不愿屈服，不想去自首。可是，另一方面，他深深感到他的"理论"的残忍和不人道。他在凶杀的时候就已觉得"他自己所干的事太惨了，太令人厌恶了"。后来他又产生了无限孤独的感觉，感到自己已不能像以前那样爱自己的亲人，与人们发生正常联系。"他仿佛拿了一把剪刀，把自己和一切人和一切往事截然剪断了"，这使他异常痛苦。同时，为了对付警察局的侦查，提防别人的告发，他不得不进行欺骗、撒谎、耍弄手腕，这对于禀性耿直的拉斯柯尼科夫来说都是难以忍受的。他还朦胧地感到他的"理论"与卢仁、斯维里加依洛夫所奉行的原则有内在的联系。卢仁的人生哲学同样可以导致"杀人是可以允许的"的结论；使拉斯柯尼科夫感到可怕的斯维里加依洛夫所奉行的原则正是他的"理论"所宣扬的思想——"为所欲为"。这一切都使拉斯柯尼科夫相信他不能忍受这一"理论"所带来的可怕后果和痛苦，必须承认自己只是一个"平凡的人"。最后他在索尼娅的感召下,投案自首,在宗教中获得新生。

拉斯柯尼科夫企图通过他的"理论"概括出社会生活的一般规律和基本准则。实际上他的"理论"首先是为他争取生存权利、摆脱贫困屈辱的处境服务的。就这个意义上来说,它是对社会不公平的一种抗议,但这是一种畸形的无政府主义的抗议,因为它从反抗奴役、贫困出发,最终却不是消除它们。相反,而是肯定了少数人的特殊权利,为奴役、掠夺辩解。但就这一"理论"的客观内容来说,它却反映了以竞争为基础的资本主义的弱肉强食的原则。

陀思妥耶夫斯基对拉斯柯尼科夫的"理论"所持的态度是复杂矛盾的。他以巨大的艺术力量,令人信服地揭示了拉斯柯尼科夫的"理论"的产生及其犯罪的社会原因。但另一方面,作者又企图使人相信,拉斯柯尼科夫的"理论"和犯罪是他脱离生活,离群索居,苦思冥想,只相信理性的力量,抛弃了对上帝的信仰的结果。小说中,波尔费利·彼得罗维奇向拉斯柯尼科夫暗示他杀人犯罪的原因时说:"您像所有的年轻人一样,把人的智慧看得高于一切。戏谑的机智和理性的抽象论证把您迷惑了。"索尼娅在谈到这一点时说得更直截了当:"您离开了上帝,上帝惩罚了您,把您交给了魔鬼!"应该指出,在19世纪60年代的俄国,革命民主主义者的无神论、唯物主义、社会主义思想往往被反动营垒中的人们指责为"虚无主义",认为它是一种脱离生活,忽视人的个性,只强调理性的抽象理论。陀思妥耶夫斯基出于反对革命民主主义的企图,把拉斯柯尼科夫的"理论"也说成是"理性的抽象论证",以这种方式来暗示它与"虚无主义"的联系,似乎拉斯柯尼科夫的犯罪是"虚无主义"思想影响的结果,是"虚无主义"的极端表现。其实,拉斯柯尼科夫的"理论"与所谓"虚无主义"毫无关系,皮萨列夫在《为生活而斗争》一文中做出了非常明确的回答:"……把人分为超然于社会规律制约之外的天才和必须奴颜婢膝、恭而敬之、俯首听命于任何冒险的试验的愚民是十足的荒唐,早就被全部历史彻底否定了","拉斯柯尼科夫的理论与具有现代修养的人的世界观的思想构成毫无共同之处……"[①]至于作家还企图用"最进步的青年"列别加尼科夫的形象攻击"虚无主义"更是弄巧成拙,只写出了一个与情节没有有机联系的漫画式人物。

陀思妥耶夫斯基通过拉斯柯尼科夫激烈的思想斗争,通过卢仁、斯维里加依洛夫与他的对照,揭示了拉斯柯尼科夫的"理论"的灭绝人性和极端个人主义的实质:说明一个人一旦接受了它,将无视任何传统和社会准则,为所欲为,在道德和精神上彻底堕落,成为拿破仑式的人物;最终它将导致弱肉强食,使多数人受奴役。作者对它的否定也是对资本主义道德原则的批判,但这种批判是从伦理道德观念和

---

① 《俄国批评界论陀思妥耶夫斯基》,俄文版,国家文学出版社,1956年,第205,206页。

宗教思想出发的,拉斯柯尼科夫所受到的"惩罚"也仅仅局限于道德和良心方面。作者未能从社会政治角度进一步阐明他的"理论"的反动本质,只能提出"东正教的观点"——即对上帝的信仰,基督式的爱,忍受苦难等思想——与它对抗。作者的这一观点在小说的基本情节和主人公身上都有反映。拉斯柯尼科夫追求幸福,一心想成为一个不平凡的人,结果背离了上帝,受到惩罚,注定要经过犯罪的磨难,忍受精神上的无限痛苦。最后在索尼娅的爱的感召下,投案自首,甘愿以受苦赎罪,洗涤自己的良心,皈依上帝,最后得到"新生"。这里作者为拉斯柯尼科夫指出的"新生"之路实际上是要人匍匐在上帝足下,逆来顺受,与现实完全妥协。这种思想与拉斯柯尼科夫从资本主义现实生活中概括出来的、具有非凡的逻辑力量的"理论"相比,显得如此软弱和难以使人信服,因此主人公迟迟不愿放弃自己的"理论",甚至在服苦役的初期,"他对自己的犯罪并无悔悟之意"。但作者为了贯彻自己的意图,不得不违反生活的真实,使他获得了如此的"新生"。结果小说中出现了惊人的矛盾:一方面陀思妥耶夫斯基无情地鞭挞了资本主义社会及其弱肉强食的道德原则,对它发出了强烈的诅咒,对"被欺凌与被侮辱的"表现了深切的同情;另一方面,他又竭力宣扬无助于改变"穷人"们的命运而有利于统治阶级的忍受苦难的宗教思想。这正表现了作家世界观的矛盾和局限。

"东正教的观点"还反映在索尼娅和其他人物的身上。

索尼娅是作家的理想人物。她作为一个生活在社会最底层的人物形象具有丰富的现实内容。她善良、虔诚、温和,做出了最大的自我牺牲,承受了一个少女难以忍受的耻辱——为了一家的生活被迫卖淫。作家在她身上体现了爱与宽恕的精神,但尤其重要的是,把她作为人类苦难的象征来描写,拉斯柯尼科夫伏在地下吻了她的脚以后说:"我不是向你膜拜,我是向人类的一切痛苦膜拜。"她是作家的理想,是作家心目中"美好未来的保证",但她作为一个与拉斯柯尼科夫相对立的艺术形象,是苍白的,是陀思妥耶夫斯基向痛苦顶礼膜拜的思想化身。

预审员波尔费利·彼得罗维奇和拉祖米欣并非是小说的主要人物,但他们除了在情节发展上所起的作用外,还体现了作者的某些主要思想。波尔费利·彼得罗维奇在作者笔下是一个有头脑、有教养的预审员。他虽然没有掌握拉斯柯尼科夫的罪证,但根据后者的思想和心理表现,已确信他是凶手。他认为拉斯柯尼科夫的错误在于盲目崇拜理性。他劝他要重视"生活",要有"信仰",通过受苦净化自己。他对拉斯柯尼科夫说:"……只要找到信仰或上帝。你找到,就能活下来……受苦也是一件好事。我知道您不信上帝——可您别卖弄聪明了,投身到生活中去吧……会把你送到岸上,让您站稳脚跟……""受苦是伟大的事……在受苦中会产生理想。"拉祖米欣则强调"求实精神",主张从实际出发;他歪曲社会主义只强调环境的作用而忽视人的个性，批评拉斯柯尼科夫的"理论"是"昧着良心流血"等等。

但事实上，在小说中更具说服力的不是"东正教的观点"、"反虚无主义"的思想，而是真实的生活画面、对俄国现实的揭露、对资本主义的无情批判。

《罪与罚》是陀思妥耶夫斯基第一部长篇哲理小说，具有很高的艺术成就，他的长篇小说的基本特征就是从《罪与罚》开始形成的。

在情节结构上，《罪与罚》不是以人物或家庭的历史为基础，而是以小说主人公拉斯柯尼科夫的"理论"、它的实践和破产为主线。也就是说，在情节结构中占主要地位的是社会哲理问题，其他的情节线索都是为了揭示或阐明这一问题服务的。这样的情节安排突出了全书的主题，主次分明，脉络清楚。

在《罪与罚》中，陀思妥耶夫斯基充分显示了刻画人物心理的杰出才能。作家本人曾自称是"最高意义上的现实主义作家"，以"刻画人的心灵深处的奥秘"为主要任务。对人物心理的兴趣，在他第一部作品中就已经明显地表现出来了。但在《罪与罚》中，陀思妥耶夫斯基的心理分析不是描写人物处于正常状态中的喜怒哀乐的变化。他的人物往往处于无法解脱的矛盾之中，内心进行着激烈的思想斗争，竭力企图解决矛盾，保持精神上的平衡，结果又往往以失败告终；他所着力描写的也就是处于这一过程中的人物的高度紧张的心理状态、情绪的转换和变化。《罪与罚》中拉斯柯尼科夫在犯罪前后的心理活动便充分体现了陀思妥耶夫斯基心理分析的基本特点。

为了表现人物的心理，除了内心独白之外，陀思妥耶夫斯基常常运用梦境和幻觉的描写。作家通过梦境和幻觉，或虚构一些场面，或复现曾对人物有重大心理影响的事件，或象征性地暗示未来的结局，以揭示人物的内心活动，造成鲜明、强烈的艺术效果。如拉斯柯尼科夫在犯罪前梦见自己的童年，看到一匹驽马拉着超载的车子被折磨致死的悲惨情景。这个梦很好地烘托了他对人间苦难的思索以及他的无能为力和心头难以忍受的压抑。斯维里加依洛夫在自杀前的梦境和幻觉表现了他内心的空虚，是由于过去的罪恶引起的沉思，是《罪与罚》中心理描写的优秀篇章。

陀思妥耶夫斯基心理分析的重要方面是描写人的下意识。作家善于刻画人物处于极度紧张、矛盾状态中失去自我控制的下意识活动。这时人物的情绪、思想似乎捉摸不定，处于不断变换的状态。作家常常用"刹那间"、"突然"等词来强调人物情绪的突然转换。《罪与罚》的第二部第二章便描写了拉斯柯尼科夫藏匿赃物后的那种兴奋、紧张、情绪飘忽不定的心理状态。

《罪与罚》的情节发展的特点是紧张、迅速，充满戏剧性。作家通常制造尖锐的矛盾冲突，它的解决过程便构成情节的基础。他与冈察洛夫一类作家不同，在处理小说的情节上不是从容不迫，在典型环境中描写典型性格(《奥勃洛莫夫》)，而是使情节迅速推进，跌宕起伏，交织着紧张意外的事件，在这个过程中揭示人物的性格和思想。《罪与罚》的情节在陀思妥耶夫斯基的小说中是有代表性的。《罪与罚》情节发展的时间总共不过十二天半。

《罪与罚》中的人物对话对情节和矛盾的展开具有很大作用。作者把人物聚合在一起，让他们环绕问题进行争论，说出各自的观点，似乎在独立行动，而作者的叙述完全是客观的。小说中波尔费利·彼得罗维奇和拉斯柯尼科夫的唇枪舌战不仅加强了作品的戏剧性，还有力地推动了情节的发展，揭示了人物的心理，表现了作家的高度技巧。

在《罪与罚》中，陀思妥耶夫斯基不满足对现实生活的描绘，他力图理解生活的意义、社会发展的规律、人的行为的准则等等。因此，在他主要作品中总是在展现现实生活的基础上提出一系列伦理道德（如人性的善与恶、强者与弱者的关系）、政治（如革命和社会主义）、哲学（如人生的意义，宗教信仰和无神论）等问题，并有相当的深度，虽然他对这些问题的答案多半是不正确的。这一特点也反映在作家对人物的塑造上。小说的主要人物既是独立的形象，又是一定哲学思想和伦理道德原则的体现者，如拉斯柯尼科夫、伊凡·卡拉马佐夫、梅什金等人物都属于这种类型，但有时有简单化的缺点。

《罪与罚》的政论性很强。在小说中，作家引用大量时事新闻、各种刑事案件，将现实中刚发生的问题加以评论，使作品具有鲜明的时代性和论战性。陀思妥耶夫斯基在研究现实时，对特殊的事件非常注意。他认为，"荒诞和特别的"事物"有时构成了现实的本质"。[①] 他善于通过"特别的事物"来反映现实，从而开拓了概括现实的新的可能性。在这方面，《罪与罚》是一个成功的例子。

无论从思想内容，还是它的艺术表现来看，《罪与罚》是陀思妥耶夫斯基的一部杰作，在俄国和世界文学中很有影响。

陀思妥耶夫斯基及其作品，特别是在作家逝世以后，对俄国和世界文学产生了巨大的影响。他的作品揭露资本主义的现实，猛烈批判资产阶级极端个人主义的道德原则，怀着对被压迫者的深切同情，写出了他们无力摆脱悲惨的命运而绝望和痛苦的心理；同时，作家又顽固地反对社会主义和革命，宣扬对苦难的忍耐和基督式的爱，主张阶级调和，维护东正教和沙皇制度。在艺术手法上，他继承并发展了现实主义的传统，在塑造人物和刻画人物心理以及开拓长篇小说的体裁方面有新的创造。但由于作家本身的矛盾，各种流派的作家对他做出了不同的评价。进步作家把陀思妥耶夫斯基当作伟大的人道主义者、资本主义社会的无情揭露者、杰出

---

① 陀思妥耶夫斯基：《书信集》第2卷，俄文版，国家出版社，1930年，第69页。

的心理分析大师;现代派作家把他奉为自己的鼻祖,在自己的作品中发展了他的创作中的某些特点:人格的分裂,人的孤独感,悲剧性的命远,对病态心理和下意识的偏爱,非理性主义,神秘主义,悲观主义等。总之,他的影响在世界文学的范围内表现得极为复杂,是一个需要进一步探讨的问题。

第十九章 托尔斯泰

托尔斯泰(1828—1910)是俄国伟大的批判现实主义作家。他的三部巨著《战争与和平》、《安娜·卡列宁娜》和《复活》是世界文学中的不朽名著、人类文化艺术宝藏中一份极珍贵的财富。

无产阶级革命导师列宁十分喜爱并高度评价托尔斯泰的创作。列宁指出,托尔斯泰是"俄国革命的镜子",他在描写1861至1905年这个俄国资产阶级民主革命阶段时,提出了许多重大问题,取得了巨大的艺术成就;同时,"由于托尔斯泰的天才描述,一个被农奴主压迫的国家的革命准备时期,竟成为全人类艺术发展中向前跨进的一步了。"① 列宁的基于历史唯物主义反映论的论断是研究托尔斯泰的宝贵指南。

生平与创作道路

列夫·尼古拉耶维奇·托尔斯泰于1828年生于图拉省亚斯纳亚·波利亚纳一个大贵族家庭。在这块世袭领地上,他度过了一生的大部分时间。

托尔斯泰不到两岁时丧母,九岁丧父。童年时他与三个哥哥和一个姐姐都由远亲塔吉亚娜·叶尔戈利斯卡娅照料。叶尔戈利斯卡娅是一个善良而又极虔诚的女人,托尔斯泰后来曾回忆道:"从对我一生的影响这个角度来看,她是一个最重要的人物。"少年时期他和当时其他贵族子弟一样在家里接受教育。

1841年,托尔斯泰全家迁居喀山,1844年考入喀山大学,先在阿拉伯、土耳其语文系就读,次年转学法律。此时,他一方面沉迷于上流社会生活,另一方面对哲学,尤其是道德哲学发生兴趣,喜爱卢梭的学说,同时广泛阅读文学作品。1847年,托尔斯泰因对学校教育不满,以"身体不佳及家庭原因"为由申请退学,回到亚斯纳亚·波利亚纳。他打算在自己的庄园中改善农民的境况,但未得到农民的谅解与信任。后来他又研究法律、历史、地理、统计学和外国语,从事农业,进修音乐,筹

---

① 《列宁全集》第16卷,人民出版社,第321页。

办学校……但一事无成。

1851年,托尔斯泰突然决定与服兵役的哥哥尼古拉同去高加索。他先在军队中当志愿兵,后来正式入伍,当四等炮兵下士,两年后被提升为准尉,曾多次参加突袭山民的战役。

在高加索服役期间,托尔斯泰开始了文学创作。他在这里写成了自传性三部曲中的前两部《童年》(1852)、《少年》(1854),还写了短篇小说《袭击》(1853)、《台球房记分员笔记》(1853)。此外,《一个俄国地主的故事》(后改写成中篇小说《一个地主的早晨》)、《伐林》和《哥萨克》也是在这个时期开始写作的。

托尔斯泰一登上文坛,就以他那独特的艺术天才和民主主义倾向震动了俄国文艺界,赢得了革命民主主义者们的好评。涅克拉索夫敏锐地发现托尔斯泰艺术中有一种"深刻而清醒的真实",指出,托尔斯泰的艺术真实是当时俄国文学中"一种全新的东西"。[①] 车尔尼雪夫斯基指出,"心灵辩证法"和"纯洁的道德感"是托尔斯泰艺术才华的两个主要特点。[②]

1854年3月,托尔斯泰自愿调入多瑙河部队,11月又主动要求参加克里木战争中塞瓦斯托波尔保卫战。他曾在塞瓦斯托波尔最危险的第四号棱堡担任炮兵连长。1855至1856年写成的《塞瓦斯托波尔故事》反映了作者参加塞瓦斯托波尔保卫战时所见所闻及其亲身感受。

塞瓦斯托波尔沦陷后,托尔斯泰于1855年11月来到彼得堡,结识了涅克拉索夫、屠格涅夫、车尔尼雪夫斯基、冈察洛夫、奥斯特罗夫斯基、格里戈罗维奇、皮谢姆斯基、费特等俄国文坛的巨匠,与《现代人》杂志建立了密切的联系。当时,杂志内部以德鲁日宁为首的自由派和以车尔尼雪夫斯基为首的革命民主派正围绕着农奴制改革问题进行着一场激烈的思想斗争。托尔斯泰与主张自上而下进行农奴制改革的贵族自由派站在一起,反对坚持用革命方法解决农民问题的革命民主主义者。当时托尔斯泰维护地主土地私有制,但是他又同情农民,愿意改善他们的境况,提出用代役租替代劳役租,或者用赎买方式把土地部分地转给农民。这个时期的托尔斯泰还在维护贵族地主阶级的利益。但是,他日益感到农民"骚动"的威胁,企图调和地主与农民之间的矛盾。这就使作家一度接近宣扬"纯艺术论"的自由派德鲁日宁、安年科夫和包特金,企图在哲学、艺术中逃避现实,但很快就感到了失望。

1856年内托尔斯泰继续写作三部曲的第三部《青年》(1855—1857),同时完成了短篇《暴风雪》(1856)和两部中篇《两个骠骑兵》(1856)、《一个地主的早

[①] 《俄国批评界论列·尼·托尔斯泰》,俄文版,国家文学出版社,1952年,第561—562页。
[②] 同上书,第93页。

晨》(1856)。

托尔斯泰于 1856 年 11 月末退伍。1857 年初,他首次出国旅行,访问了法国、瑞士、意大利和德国,对西方资产阶级文明的残酷现实深感不满(《卢塞恩》,1857)。托尔斯泰在国外访问半年,于 7 月末返回俄国。接着在两年多的时间里他完成了《阿尔贝特》(1857—1858)等作品,同时继续写作《哥萨克》。

从 1859 年末,托尔斯泰开始积极从事亚斯纳亚·波利亚纳农民子女的教育事业,为他们开办学校,一度甚至决定放弃文学创作。他认为只有普及国民教育,才能消除阶级之间的矛盾。

1860 至 1861 年间,托尔斯泰第二次出国旅行,主要是为了探望在那里医治肺病的哥哥尼古拉,并对西方教育制度进行考察。他重游德国、法国和意大利,顺路到了伦敦和布鲁塞尔。在伦敦,托尔斯泰不顾危险访问了政治避难中的赫尔岑。哥哥的病死使作家极其悲痛,资产阶级教育制度也使他大失所望。

在国外,托尔斯泰听到了"农民改革"的消息。他对这场改革抱否定态度,称"农奴解放细则"是一纸"毫无用处的连篇废话"。①

回国后,托尔斯泰担任当地农民与地主之间的和平调解人的职务。他尽力帮助农民,引起了贵族权势者们的痛恨。1862 年初,托尔斯泰被迫辞去调解人的工作。之后,他又全力以赴地投入教育事业。除 1859 年在亚斯纳亚·波利亚纳所办的农民子弟学校外,他又在其调解区开设了几所学校,并创办了《亚斯纳亚·波利亚纳》教育杂志(1862—1863)。在该杂志创刊号上发表的《论国民教育》一文里,托尔斯泰猛烈地批判了西欧和俄国当时推行的教育制度,提出教育不能脱离生活,学生可以自由选择学习内容,但同时声称:宗教是不容怀疑的,应成为一门主课。

1862 年 9 月,托尔斯泰同御医安·叶·别尔斯的女儿索菲亚·安德列耶夫娜·别尔斯结婚。婚后,托尔斯泰一方面积极料理家务,一方面继续进行紧张的文学创作,完成了中篇小说《哥萨克》(1862)和《波利库什卡》(1863)。

从托尔斯泰的早期创作看,他不仅继承了普希金、莱蒙托夫、屠格涅夫等优秀作家的现实主义传统,同时还以其反映生活的深度和广度、提出问题的方式以及独特的艺术特点,推进了当时的俄国现实主义文学。托尔斯泰的早期创作有三个基本主题:贵族地主阶级的生活、战争和对资本主义文明的批判。这三个主题从不同的方面反映了作者的亲身经历和感受以及他对人生理想、社会理想等问题的思考。因此,这个时期他的大部分作品的主人公都是探索型人物。这是托尔斯泰塑造人物性格的突出特点。这一特点在他创作的全盛期(1863—1878)和晚期(1879—

---

① 贝奇科夫:《托尔斯泰评传》,人民文学出版社,1959 年,第 90 页。

1910)表现得尤为突出。

《童年》、《少年》和《青年》三部曲通过贵族子弟尼科林卡·伊尔杰尼耶夫从童年到青年的成长过程,反映了贵族地主家庭的生活和作者早期的思想探索。

尼科林卡是一个典型的贵族子弟。他从小生活在地主老爷的世界里,过着终日温饱、无忧无虑的幸福生活,受着贵族教育,从孩提时便具有贵族阶级的心理特点。但是,尼科林卡并不是终日以躺卧和昏睡为生活常态的奥勃洛莫夫,他善于思考,注意观察周围的人们及其生活,经常进行自我分析。他突然发现,生活在这个世界上的,不止是他和他们一家,而且还有其他人及其苦乐哀喜。他明白了:人与人之间的关系,并不像他原来认为的那样是建立在爱的基础之上的,而是复杂的社会经济关系的反映;经济上的贫富之差会使最亲近的人们疏远。

随着个性的成长,尼科林卡开始考虑人类生活中重大的道德问题。在结识涅赫柳多夫以后,他开始了更为艰苦的伦理和哲学方面的探索。他发现了人生的新使命,即不断地在道德上进行自我完善,以"改正全人类,根绝人间的一切罪恶和不幸"。

尼科林卡的性格是复杂而矛盾的。他一方面渴望做一个"体面的"人,即一个上流社会人物,保持着贵族阶级的偏见和傲慢,同时又经常对自己不满,为自己的一些行为感到懊悔,希望在道德上得到更新。

三部曲表现出托尔斯泰现实主义创作的基本特征:善于描写人物不断的精神探索和复杂的内心生活;在变化、发展的过程中塑造人物性格;将人物细腻的心理分析与对社会生活的描写紧密结合起来。

《一个地主的早晨》的主人公,年轻地主涅赫柳多夫大学未毕业便回到自己的庄园致力改善农民的生活。但是,世世代代当牛做马、备受压榨的农民根本不理解他,不相信有什么"善良的地主"会真诚地帮助农民摆脱贫困。当然,涅赫柳多夫也根本没想彻底解放农民。他只想兼顾地主和农民的利益,调和他们之间日益尖锐的阶级矛盾,以避免"新普加乔夫运动"的再起,求得良心上的安宁和精神上的宽慰。小说的特点是,托尔斯泰以他那天才的艺术家的洞察力,不仅描绘了农奴制改革前俄国农村贫穷落后的景象,同时刻画出了农民的心理。从这一点出发,车尔尼雪夫斯基给《一个地主的早晨》以很高的评价。他说,托尔斯泰"不仅描摹了农民生活的表面情景,而且更为重要的是他反映了他们对事物的看法。"[①]《一个地主的早晨》客观上反映了地主和农民之间不可调和的阶级矛盾,反映了取消农奴制的历史必然性。

---

① 《俄国批评界论列·尼·托尔斯泰》,俄文版,国家文学出版社,1952年,第107页。

托尔斯泰早期描写战争的作品反映了作家在高加索服役期间的见闻(《袭击》、《伐林》)和他在克里木战争中的亲身经历(《塞瓦斯托波尔故事》)。从托尔斯泰第一篇战争故事《袭击》开始,就贯穿着他对俄罗斯普通士兵的勇敢与淳朴的赞美,而这个特点在塞瓦斯托波尔的故事中尤为鲜明突出。《塞瓦斯托波尔故事》包括三篇特写:《十二月的塞瓦斯托波尔》、《五月的塞瓦斯托波尔》和《一八五五年八月的塞瓦斯托波尔》。

在《十二月的塞瓦斯托波尔》里,作者着重描写了俄国普通士兵的英雄主义。他看到,真正的英雄主义产生于对祖国的爱,在每一个俄国普通士兵的心里都深藏着一种"对祖国羞怯的深情",使他们在生死关头斗志昂扬,毫不灰心丧气。托尔斯泰写道:"为了获得个十字勋章,得个什么称号,或屈于某种势力,这些人是不会接受这种可怕的条件的;这里应有另一种高尚的激励人的东西,这就是深藏在每个人心灵深处的罕见的羞怯感——对祖国的热爱。"

与第一篇相反,在《五月的塞瓦斯托波尔》里,托尔斯泰主要揭露了贵族军官米哈伊洛夫、卡卢金、加利钦之流,撕下了他们的假面目,鞭挞了他们趁战争之危争名逐利、追求升官发财的卑鄙行径。

在俄国文学中,托尔斯泰第一个真实地反映了战争,描摹了它的本来面目:"流血、痛苦、死亡"。在《五月的塞瓦斯托波尔》的结尾部分作者写道:"我全心全意所热爱的故事中的英雄是真实。不论过去、现在或是将来,它永远是美的。""真实"不仅是《塞瓦斯托波尔故事》获得成功的根本原因,而且成了托尔斯泰终身追求的创作原则。

特写集的最后一篇《一八五五年八月的塞瓦斯托波尔》描写了战争的最后阶段:塞瓦斯托波尔遍体鳞伤,满城瓦砾,但依然不屈地屹立在俄国的南疆。作者及其战友哭泣着撤离了燃烧着的英雄城。

《塞瓦斯托波尔故事》是托尔斯泰整个创作中极其重要的一环。在这里,作家不仅继承了俄国现实主义文学的传统,而且在更广更深的方向上发展了它的真实性和批判性,为写作长篇巨著《战争与和平》作了思想上和艺术上的准备。

批判资本主义文明、暴露它的"民主"的虚伪性的主题在托尔斯泰的早期创作中也同样占有重要的位置。这方面比较突出的作品有《卢塞恩》和《哥萨克》。

托尔斯泰首次出国旅行时,在瑞士的一个小城市卢塞恩目睹一个流浪歌手为一群悠闲的英国游客唱歌。但是,这群不懂艺术又毫无人性的"贵人"不仅白听歌手演唱,还对他进行冷嘲热讽。托尔斯泰大为愤怒,用三天时间写出了短篇小说《卢塞恩》,猛烈地抨击了西方资产阶级文明反人道的本质。然而,在否定资产阶级文明消极方面的同时,托尔斯泰进而否定了资本主义的一切成就,并错误地赞扬宗教道德观念。

在中篇小说《哥萨克》里，托尔斯泰热情洋溢地歌颂大自然和接近大自然的劳动人民，否定了沾染资本主义"瘟疫"的上流社会。

小说的主人公，年轻贵族奥列宁来到高加索，想在这里找到一种从事劳动和充满欢乐的新生活。他来到哥萨克人中间，发现他们过着淳朴自由的生活，跟大自然一样，不受任何限制，更不受各种法律的约束。特别是叶罗什卡老爹性格开朗豪放，积极乐观，待人和蔼，酷爱大自然，对他产生了巨大的影响。奥列宁生活在普通劳动人民中间，面对雄伟的高加索群山，开始了一个精神净化的过程：忘掉过去，忘掉充满虚伪和欺诈的上流社会，与大自然相融合。但是，奥列宁毕竟是个贵族，身上渗透了贵族阶级固有的偏见和恶习，终究不能完全理解与接受哥萨克那种崇尚自由的生活方式与习俗，最后在恋爱中彻底暴露了他的利己主义，遭到玛丽亚娜的"憎恶、鄙夷和愤怒"。在这部小说中流露出卢梭关于自然人的思想影响。

1861 年的农奴制改革引起了托尔斯泰对农民问题和俄国社会发展去向问题的极大注意。作家清楚地看到，正是农民运动日益高涨的革命形势迫使沙皇政府进行这次自上而下的改革，做出一些让步。同时，他也看到平民知识分子正取代先进贵族代表人物登上历史政治舞台。这一切促使作家去思考人民群众以及贵族阶级代表人物的历史作用问题。为此他研究了 1812 年拿破仑侵俄战争、当时贵族阶级的生活与表现和人民群众在战争中所起的作用等问题，用了六年的时间完成了世界文学中的不朽巨著《战争与和平》(1863—1869)。

托尔斯泰在写完《战争与和平》之后，就着手写一部关于彼得大帝时期的小说。依他看，"不管怎样，这个时期乃是一切变化的开端"。[①] 但是，搜集了大量历史资料之后，托尔斯泰突然放弃了原来的构思，转而写作一部关于当代生活的小说。1873 年 5 月 11 日，作家写信告诉文学批评家尼·尼·斯特拉霍夫："我在写一部与彼得大帝毫无相干的小说，已动笔一个多月，草稿业已完成……"[②] 这就是 1877 年完成的长篇小说《安娜·卡列宁娜》。

《战争与和平》和《安娜·卡列宁娜》标志着托尔斯泰的创作进入成熟，即全盛时期，也标志着俄国文学继普希金、果戈理、屠格涅夫之后又达到一个新的高峰。同时，这两部小说也说明作者的思想探索至此已逐渐形成为一个体系。到 70 年代下半期，托尔斯泰对俄国统治阶级的寄生性、腐化堕落有了更深的认识；同时，改革后资本主义的迅速发展和广大农民的苦难也使他理解到俄国社会的症结正是农民问

[①] 《列夫·托尔斯泰论艺术与文学》第 1 卷，俄文版，国家文学出版社，1958 年，第 366 页。
[②] 同上书，第 411 页。

题。但面对俄国发展中这个最重要最棘手的社会问题,一贯对政治淡漠的托尔斯泰一筹莫展,毫无办法。此外,这时期他苦苦探索人生意义而得不到答案,这就使他陷入异常痛苦的境地,几乎达到要自杀的地步。在这种情况下,他开始诉诸宗教道德观念和宗法制农民的信仰。他向精神呼吁,求助上帝,宣扬"道德自我完善"和"爱"的乌托邦理论。这些思想在《安娜·卡列宁娜》中比在《战争与和平》中有了明显得多的流露和表现。

70 年代末至 80 年代初,俄国农业严重歉收,饥荒四起,农民运动风起云涌,阶级矛盾空前激化,出现了第二次革命形势,促使自幼进行思想探索的托尔斯泰的世界观最终完成了突变。他在这个时期写成的《忏悔录》(1879—1880)正式宣布与上层贵族地主阶级决裂。此后,他站在宗法制农民的立场上对整个沙皇俄国的政治经济制度作了无情的批判,但同时又大力宣扬"道德自我完善"和"不以暴力抗恶"的思想。这种对警察专制国家压迫的强烈反抗和政治上的不成熟正是宗法制农民思想矛盾的反映。列宁指出,托尔斯泰的创作和观点中的矛盾是俄国农民在 1861 至 1905 年资产阶级革命准备时期所处的各种矛盾的镜子:"一方面,几百年来农奴制的压迫和改革以后几十年来的加速破产,积下了无数的仇恨、愤怒和拼命的决心。要求彻底铲除官办的教会,打倒地主和地主政府,消灭一切旧的土地占有形式和占有制度,扫清土地,建立一种自由平等的小农的社会生活来代替警察式的阶级国家……"另一方面,"农民过去的全部生活教会他们憎恨老爷和官吏,但是没有教会而且也不能教会他们到什么地方去寻找所有这些问题的答案"。托尔斯泰的"道德自我完善"、"不以暴力抗恶"的学说正是俄国"农民起义的弱点和缺陷的一面镜子,是宗法式农村的软弱和'善于经营的农夫'迟钝胆小的反映"。①

1881 年 9 月托尔斯泰因子女求学全家迁居莫斯科。作家访问了希特罗夫市场和下等客店,参加了 1882 年莫斯科为期三天的人口调查。目睹资本主义侵入俄国农村后,把成千上万的劳动力赶到城市底层受煎熬,托尔斯泰真正明白了当时俄国社会触目惊心的矛盾:一方面是饥寒交迫、忍辱受欺的人民,另一方面是奢侈豪华、盛气凌人的老爷。《那么我们该怎么办?》(1882—1886)就是作家在观察城市贫民生活的基础上写成的。

托尔斯泰世界观的转变对他晚期创作发生了极大的影响。

在 80 至 90 年代写成的民间故事、剧本《黑暗的势力》(1886)、《教育的果实》(1891),中篇小说《霍尔斯托梅尔》(1863—1885)、《伊万·伊利奇之死》(1884—1886)、《疯人札记》(1884—1886)、《克莱采奏鸣曲》(1891)以及长篇小说《复活》里,

---

① 《列宁选集》第 2 卷,人民出版社,1972 年,第 371—372 页。

托尔斯泰的思想矛盾,其积极方面和消极方面都表现得非常突出。

剧本《黑暗的势力》揭露80年代金钱势力侵入广大俄国农村后,如何破坏了宗法制农村的经济基础和道德基础。托尔斯泰谴责金钱势力对农民的罪恶影响,批判资本主义文明结下的罪恶果实。剧中主人公,杀人犯尼吉塔的母亲玛特辽娜是"黑暗的势力"的化身。她把金钱看成是"万物的主人",教唆儿子"要把钱抢到手里"。为了钱,尼吉塔不干农活,放高利贷,干尽了卑鄙下流的勾当。他跟妻子前夫的女儿发生关系并杀死了跟她生的孩子,最后落得身败名裂。但是,托尔斯泰从"不以暴力抗恶"理论出发,竟把如此震撼人心的悲剧冲突化为乌有,一方面叫尼吉塔当众忏悔;另一方面,通过米特里奇的口号召人们"蒙上被睡大觉",听天由命。

托尔斯泰在其80至90年代的中篇小说里全面反映了俄国社会生活。他否定官办教会与财产私有制,抨击资产阶级的贪婪及其伪善,同时揭露这个社会中婚姻、教育的腐败。但托尔斯泰又用宗法式农民的眼光看待事物,企图用妥协、皈依上帝的方法解决重大社会政治问题。《伊万·伊利奇之死》中的主人公伊万·伊利奇用整整一生的代价明白了一条可怕的真理:他和周围成千上万的人过的是一种毫无人性、毫无意义的生活。但是,正像托尔斯泰本人一样,伊万·伊利奇只会用道德自我完善、宽恕一切的宗教伦理观念来阐明人生的意义和目的,最后在对人类的普遍的爱中找到了归宿。

从1891年至1893年,托尔斯泰积极参加了灾民的救济工作,筹办饥民救济所,写了《论饥荒》(1891)、《可怕的问题》(1891)等论著。托尔斯泰在这些著作中愤怒地抨击统治阶级对劳动人民的诽谤,揭露这些老爷们残酷剥削人民的罪行。

90年代托尔斯泰在他的著名论文《什么是艺术?》(1897—1898)中猛烈抨击当代资产阶级艺术,特别是俄国文学中出现的颓废倾向,明确提出艺术应为广大人民所理解和接受。他强调艺术不是享乐的工具,"人们用艺术互相传达自己的感情"。但是他又认为现代艺术应传达符合基督精神的思想情感,表现出了托尔斯泰主义色彩。

1899年,托尔斯泰完成了他最后一部长篇小说《复活》(1889—1899)。他在小说中怀着满腔的愤怒,以震撼人心的艺术力量对整个地主资产阶级俄国的暴力与伪善做了最彻底的批判。虽然作品中掺杂着作者关于"爱"的说教,但书中现实主义描写的巨大批判力量却产生了强大的作用。由于小说中对官办教会的讽刺与揭露,导致俄国东正教宗教院开除了托尔斯泰的教籍(1901)。

托尔斯泰对1905年革命所持的态度是极其复杂和矛盾的。一方面,他从"不以暴力抗恶"的学说出发,竭力反对革命;另一方面,由于关心劳动群众的利益,特别是反对地主土地占有制,他又宣称自愿在这场革命中充当亿万农民的"辩护人"。

晚年，托尔斯泰写成了短篇小说《舞会之后》(1903，1911年发表)、《为什么?》(1906)、剧本《活尸》(1900)、中篇小说《哈吉穆拉特》(1904)和一些政论文章。

《活尸》描写"出走"的主题。这是晚期托尔斯泰最关心的一个主题。善良的人毅然离开那个充满谎言、卑鄙龌龊的上流社会，这个冲突本身就说明主人公的悲剧是整个社会制度和国家制度的产物。费多尔·普罗塔索夫之所以出走，是因为他看透了他生活于其中的那个上流社会。在这里只有三条路可供选择：一是升官发财，使丑恶更加丑恶；二是消灭丑恶，这需要英雄；三是醉生梦死，忘却一切。普罗塔索夫憎恨丑恶，但他远非英雄，他只能走第三条路，做一个"没有出息的人"。他出走到茨冈人中间，过着自由的生活。但贵族社会及法庭又迫使他回到过去的生活之中。由于他不能再忍受良心的折磨和绝望的痛苦，只得举枪自杀。

《哈吉穆拉特》是托尔斯泰最后一部杰作。

从开始创作时起，托尔斯泰就重视描写高加索战争和与其相联系的事件(《袭击》、《伐林》、《哥萨克》)。到了垂暮之年，他又回到这一主题。在《哈吉穆拉特》里，托尔斯泰以愤怒的笔触揭露了尼古拉一世的暴政。在作者笔下，沙皇尼古拉一世是一个荒淫无耻、专横愚蠢的暴君，是一个"残忍的、疯狂的、不正当的最高统治者"。他残酷地压迫高加索少数民族，推行"砍伐森林、消灭粮食、逐步推进的计划"，妄图把俄国变成一个各民族的大监狱。沙米尔领导的穆里德运动是反对沙皇侵略的民族解放运动。山民们把俄国人称作猪狗不如的畜生，要和他们拼到底。作为民族解放运动的叛变者，哈吉穆拉特是不值得同情的。但是托尔斯泰赞赏哈吉穆拉特身上那种自然、朴素、豪爽、真诚、生机勃勃的特点。这使他与沙俄死气沉沉的大小官吏形成鲜明对比。主人公的死使作者想起在犁过的田地里被车轧倒的一棵牛蒡花。"它仍然站了起来，对那消灭了它周围兄弟们的人，决不低头……好大的毅力!"

托尔斯泰后期虽然宣扬"不以暴力抗恶"，但却在《为什么?》中颂扬波兰革命家反暴政的斗争，在《哈吉穆拉特》里着重描写主人公顽强的宁死不屈的精神。这只能说明，托尔斯泰的思想是极其矛盾的，但在他的创作中通常占上风的是他那忠于生活的最清醒的现实主义。

由于世界观的转变，托尔斯泰越发深刻地认识到他在生活上与普通劳动人民之间的巨大差距，感到"羞耻和痛苦"。世界观的转变也导致了作家与家庭、妻子的不和。在生活的最后几年，托尔斯泰的日记里经常出现"离家出走"的字样。1910年11月10日，八十二岁的托尔斯泰终于悄悄地离开了度过一生的亚斯纳亚·波利亚纳。路上，他突患肺炎，20日死于阿斯塔波沃小车站，遗体安葬在亚斯纳亚·波利亚纳。

《战争与和平》

1861年农奴制改革远未从实质上解决地主与农民之间的矛盾,阶级斗争形势愈演愈烈。托尔斯泰面临动荡不安的局面,思想探索十分紧张。他既反对革命民主主义者,又不愿苟同于自由主义的西欧派。他企图寻找另一支解决俄国社会问题的力量。这时,他的目光"自然而然地"转向与1812年紧密联系的十二月党人运动,即作家"所理解的、感兴趣和亲切的"那个贵族阶级的黄金时代。①

1861年托尔斯泰在给赫尔岑的一封信里写道:"四个月以前我构思了一部长篇小说,其主人公是流放归来的十二月党人",并征求赫尔岑的意见。这里指的是后来未完成的长篇小说《十二月党人》。由于种种原因,作品只写了三章。这构思说明托尔斯泰想写一部以先进贵族为主人公的长篇小说。但以后经过反复思考,认识逐步深入,最终完成的《战争与和平》已是与最初构想迥不相同的一部人民史诗。《战争与和平》的主人公虽然仍是19世纪初20年的俄国贵族,但由于托尔斯泰逐渐理解了造就贵族阶级一代先进人物的1812年卫国战争所具有的人民性,小说大大突出了决定战争胜负的是人民的力量和智慧,决定历史进程的是人民群众这个"人民的思想"。小说也就成为了一部歌颂人民与人民战争的气势雄浑的史诗。

罗曼·罗兰说,《战争与和平》使"整个历史时代、人民运动和民族斗争复现——它的真正的主人公是人民"。

《战争与和平》反映了从1805年到1820年十二月党人起义以前整整一个历史时代,主要描写1805年和1812年俄国在国外及本土与拿破仑法国的几次重大战役,俄国人民的英勇斗争、拿破仑的失败以及在战役之间、战后和平时期俄国人民的生活。作者通过战争场景与和平生活的交替,广阔而深刻地描绘出了俄国社会、经济、文化、家庭生活的真实画卷,触及了当时政治、哲学、道德、妇女等种种迫切的社会问题。全书的重点是歌颂1812年俄国人民反对拿破仑侵略的卫国战争。这场战争决定着小说中所有人物的生活和命运。

战争的性质——正义的还是非正义的,决定着战争的胜败。这是托尔斯泰的战争观,也是《战争与和平》的基本思想。从这点出发,托尔斯泰把看来有联系,然而就性质来说截然不同的两场战争——1805至1807年战争和1812年的战争,对比地进行了描写。

---

① 《列夫·托尔斯泰论艺术与文学》第1卷,俄文版,国家文学出版社,1958年,第374页。

为了突出反拿破仑侵略战争的正义性，托尔斯泰在《战争与和平》的开头，描写了1805至1807年间沙俄政府派兵在西欧进行的战争，指出了它的非正义性及其失败的必然性。"在1805年10月，俄国的军队驻扎在奥地利大公国的许多乡村和城市里……骚扰着那一带的百姓"。一吃败仗，俄军就溃不成军，仓皇逃窜，"不但要使这个人群停止是困难的，而且要自己不跟着这个人群向回跑也是不可能的"。安德烈·包尔康斯基跑到腮上受伤的库图佐夫跟前问道："您受伤了吗？"总司令用手帕按住受伤的腮部，指着败阵逃跑的士兵说："伤不在这里，却在那里！"托尔斯泰以其清醒的现实主义手法描摹了战争中的军事场面和人物的心理活动，使读者清楚地看到：人民不想占领别国的一寸土地，也不愿为沙俄政府的侵略战争去充当炮灰。

1812年的卫国战争则完全不同。拿破仑大举进攻俄国，全体人民奋起抗击侵略，保卫祖国，捍卫民族尊严。他们明白，拿破仑的侵略不只是对俄国人民的犯罪行为，同时也是对"人类理智和人类本性"一次严重的践踏。获得反侵略战争的彻底胜利，将成为俄国民族史上光辉的一页。为突出反侵略战争的全民性、正义性，托尔斯泰处处强调人民群众在历史中的作用。从1812年拿破仑法国入侵俄国起，经过波罗金诺大会战、莫斯科撤退和大火，到俄军反攻，直至把拿破仑侵略军赶出俄国本土，在小说中始终像一条红线贯穿着一个思想，即人民是决定历史进程的力量，是决定战争胜败的基本因素，而个别的帝王将相只不过是"历史的奴隶"："……要使拿破仑和亚历山大的意志得以实现（似乎那事件是这两个人决定的），就必须同时具备无数的条件，这些条件中少掉一个，事件便不能发生。这几百万人（真正的力量在他们的手里），这些持枪的、运送给养和大炮的兵士们，必须同意去执行这些个别的无力的人的意志……"

库图佐夫代表了人民的意志，按照民族的需要肩负起指挥这场战争的重任，所以他能战胜强大的敌人；拿破仑掌握重兵，来势迅猛，而且取得了节节"胜利"，但是他违背民意，不得人心，最后也只能落得个一败涂地。

《战争与和平》突出地反映了1812年卫国战争的人民性。作者生动而广泛地描写了人民群众的游击战争，指出：凡是在人民群众有真正的爱国主义热情的地方，就会出现不拘一格的、破除任何清规戒律的人民战争，就会产生意想不到的人间奇迹。在祖国生死存亡的关键时刻，整个民族将奋起抗击侵略者。他们根本无须了解法国人的剑术原则，对俄国上层社会权贵们的斥责也嗤之以鼻，顺手拿起棍棒，"举起来，落下去，打击法军，直到侵略军的军队全部消灭"。杰尼索夫和朵罗豪夫充分懂得游击战争的意义，他们通过"这次在一切所知战争中规模最大的战争"，赋予了游击战术以合法地位。他们根本不需要"官方的承认"，也不管将如何或是否能载入史册。

　　托尔斯泰认为,决定战争胜负的不是军队的数量和武器,而是士兵的"战斗愿望",是全体人民的爱国主义精神。波克罗夫斯克村农民齐洪·谢尔巴泰主动参加游击队,英勇抗击法国侵略者。他一个人用矛枪和斧头消灭了二十来个"强盗",嘴里还不停地、豪迈而幽默地叨念着:"我们不会对法国人做什么坏事的……只是和这些孩子们开开玩笑……"

　　托尔斯泰以同样的爱国主义激情描写了俄国的正规军队。这个军队上自统帅库图佐夫,贵族阶级的代表人物安德烈·包尔康斯基、彼恰·罗斯托夫、彼埃尔·别祖霍夫,下至普通官兵,全体团结一致,斗志昂扬,决心为保卫祖国,赶走法国侵略者而战斗到底。图申上尉、季莫辛和他的战友们正是俄国人民的代表。他们对侵略者怀着无比的仇恨。在神圣的保家卫国的决战(波罗金诺战役)前夕,他们庄严地迎接战斗,毫不考虑个人安危。他们以奋不顾身的英勇行动使战争获得了胜利,甚至没意识到自己有什么功劳。

　　托尔斯泰看到,爱国主义是蕴藏在俄罗斯人民内心深处的一股暖流,这是战胜侵略者、赢得反拿破仑战争的最强大武器。波罗金诺战役前夕,一个士兵对彼埃尔·别祖霍夫说:"今天不但是兵,我还看见了农民……今天他们没有分别……他们想要全体人民抗击敌人,一句话——莫斯科。他们想要干到底了。"安德烈·包尔康斯基深为这种同仇敌忾的爱国主义精神所鼓舞,说道:"法国人毁了我的家,又要去毁掉莫斯科……他们全是罪犯。季莫辛这样想,全军都这样想,要把他们处以绞刑。"在包尔康斯基的影响下,彼埃尔·别祖霍夫也理解了这场战争的全民意义。

　　和在其他作品中一样,托尔斯泰在《战争与和平》里把贵族分成两类:京城宫廷贵族和庄园贵族。作者有力地揭露了宫廷贵族的假爱国主义:他们脱离人民,丧尽民族气节,为了表示自己有"教养",甚至不讲俄语而讲法语;在祖国生死存亡的紧要关头,他们不但不去保卫祖国,反而想方设法大发国难财;整个上流社会"照旧那样会客和举行舞会,照旧去看法国戏剧,照旧那样对宫廷感兴趣,照旧那样追逐官职,耍阴谋",对祖国的命运漠不关心。

　　与此相反,庄园贵族,例如包尔康斯基一家和罗斯托夫一家,则接近人民,继承了民族固有的文化传统,具有高度的爱国主义热情。包尔康斯基公爵虽然老迈衰弱,却认为不应该拒绝皇帝亲自任命的职务,去当全俄民团总司令。老包尔康斯基在送别儿子出征时说:"记住……假使你被打死了,我老人要觉得痛心的……假使我知道你的行为不像尼古拉·包尔康斯基的儿子,我会感到……丢脸!"临终他还为祖国的命运担忧,为俄国在战争开始的几个月所遭到的失利而痛哭流涕。罗斯托夫一家和睦善良,充满对祖国命运的关注。

接近人民，热爱祖国，在托尔斯泰心爱的主人公安德烈·包尔康斯基、彼埃尔·别祖霍夫、娜塔莎·罗斯托娃身上表现得尤为突出。

1812 年的卫国战争是一股巨大的精神和道德力量，对贵族阶级的先进代表起了改造和净化的作用，使他们有可能和广大人民群众融为一体。卫国战争的烈火烧掉了他们身上许多固有的阶级偏见和自私恶习，使他们在反侵略战争中做出应有的贡献。

安德烈·包尔康斯基是个典型的贵族青年军官。起初他渴望荣誉，追求战功，一心想超越别人，取得"对他们所有人的胜利"。1805 年在俄军向维也纳撤退时，"他一听到俄军处在……绝望的境地，就想到他正是注定要把俄军救出这种境地的人，这个土伦①现在来了。他要把他从无名官员的阶层里提拔出来，为他开辟第一条获得荣誉的道路"。在奥斯特里茨战役前夕，安德烈·包尔康斯基想要单枪匹马率兵打胜这一仗。他想："……为了片刻的荣誉，为了超过其他人，为了我不认识也不会认识的人们对我的爱……我会立刻放弃所有最宝贵的人。"这就是 1812 年拿破仑侵略俄国前的安德烈·包尔康斯基公爵。但是，卫国战争使安德烈获得了新的认识，他感到自己很渺小。他跟普通士兵同命运共患难，找到了在生活中应有的位置和生命的价值。安德烈不愿留在亚历山大皇帝和库图佐夫总司令的身边。他说："主要的，是我习惯了我的团，我爱军官们，我的部下似乎也爱我。我觉得离开了团很可惜……"在团里，安德烈·包尔康斯基被称为"我们的公爵"。

起初，托尔斯泰打算把 1812 年的卫国战争作为十二月党人运动的序幕来描写。但是在写作过程当中他逐渐明白了，卫国战争本身就是一个极其重要的、未曾开拓的主题。于是，与十二月党人运动有关的问题逐渐退居次要位置，人民的主题和贵族阶级先进代表人物走向人民的主题便占据了首要的位置。

这时的安德烈·包尔康斯基与 1812 年卫国战争以后形成的十二月党人的政治观点还相距很远。但是，他同十二月党人走的是同一条路。跟未来的十二月党人一样，安德烈·包尔康斯基鄙视那些在民族生死存亡的紧要关头贪图享乐、大发国难财的贵族官僚，决心献身保卫祖国的神圣事业。

安德烈·包尔康斯基一直在为自己探索着新的活动天地。遗憾的是，死亡过早地夺走了他年轻的生命，中断了他的探索。

托尔斯泰的正面人物都在顽强地追求真理，在接近人民的过程中逐渐克服个人主义及其他贵族阶级的偏见。因此，他们过着极其复杂的精神生活，永远不满足，无休止地探索解决现实生活中提出的问题的新途径。小说中另一个正面主人

---

① 1793 年拿破仑打败英国舰队，光复土伦，首次立下赫赫战功。

公彼埃尔·别祖霍夫同样经历了一个艰难的思想演变过程。彼埃尔·别祖霍夫是叶卡捷琳娜时代一个著名大官的私生子，继承父亲的遗产后成为俄国最大的富翁。但是他正直善良，对事物有自己独特的与众不同的见解。伐西里·库拉金公爵出于贪财的目的，想方设法将女儿爱伦嫁给了彼埃尔。跟这个空虚、愚蠢、放荡的女人结合给他带来了无比的痛苦，把他抛入了绝望的深渊。此后他参加了共济会，醉心于慈善事业，并回到自己的庄园，命管家设法减轻农奴负担，如免掉过重的工役，设立病院、救济院，修建学校，废除体刑。但是管事们欺骗了主人；结果，农奴的境况非但未有改善，反而更加贫困。

卫国战争以及人民在战争中表现出的空前的爱国主义激情，使彼埃尔的生活发生了一个根本性的转变。他个人出资组织民团，参加抗击法国侵略者的全民战争。他和士兵们在一起，他们的爱国主义的"潜热"使他希望"做一个兵，只做一个兵，要用全身心投入这共同的生活之中……"此时他深深感到必须有所作为、有所牺牲。他在被敌军占领的莫斯科甚至希望能与拿破仑相遇，能亲手杀死他，为俄国人民报仇雪恨。他不顾生命危险从莫斯科大火里救出一个女孩，又从法国侵略者手中夺下了一个亚美尼亚女子。在他被法军俘虏的一个月中，与农民士兵普拉东·卡拉塔耶夫的同处深深影响了他，使他认识到"人是为了幸福被创造出来的"，因而开始批判地对待现实生活。在尾声中他参加了秘密组织，走上与专制农奴制斗争的道路。作品中虽然对此谈得不够明确，但按托尔斯泰的构思，他将参加十二月党人起义，并因此流放西伯利亚。

娜塔莎·罗斯托娃是托尔斯泰笔下最鲜明、最迷人的一个少女形象。乡居生活使女主人公接近普通人民，接近大自然，使她身上有一种单纯朴实、欢快活泼、朝气蓬勃的气息，具有极大的魅力。她跟上流社会格格不入，觉得那里的一切都是那样的"粗野和奇怪"。托尔斯泰把女主人公放在生活的漩涡里，让她经受生活的考验。与安德烈·包尔康斯基订婚后受到阿纳托尔·库拉金的引诱，识破库拉金的为人，与安德烈的破裂……这一切都给予女主人公以沉重的打击，她想服毒自杀。内心的空虚一直折磨着娜塔莎。她寻求生活，真正的生活，"有生活内容的生活"，但是她"白白地，也不为了任何人，就度过了最好的，最好的年华"。

卫国战争的炮声震动了年轻女主人公的整个身心，激发了她高尚的道德追求、民族的自豪感和对祖国的热爱，她在原来环境的日常小事中找到了献身的天地，自发地、好像是出于本性地把自己的命运与祖国和民族的命运紧紧地联系在一起。从莫斯科撤退时，大家都想多带些东西，唯独娜塔莎·罗斯托娃宁愿多运一些伤兵，而从车上卸下了她家的财产。当伯爵夫人表示不同意时，娜塔莎向母亲喊道："……这样不行，妈妈，这太不像话了……不行，妈妈，亲爱的……这是不可能的！"

这是发自内心的、难于用语言表达清楚的真正的爱国主义感情。老伯爵说"蛋在教训鸡",伯爵夫人也为女儿的申诉感到"内疚"和"羞耻"。

罗斯托夫一家属于俄国那种旧式宗法制地主家庭。他们朴实敦厚,乐善好施,与农奴们的关系也很融洽,年轻一辈欢快活泼,整个家庭笼罩着一种诗意的气氛。应该承认,在对罗斯托夫一家的描写上,托尔斯泰在一定程度上美化了这类贵族世家。

《战争与和平》的一个重要艺术特点是历史上真实的人物与虚构的形象并存。亚历山大一世、库图佐夫、拿破仑等都刻画得栩栩如生。托尔斯泰真实地写出了库图佐夫是一个深得民心的统帅。他在战争中沉着镇静,运筹帷幄,敢于力排众议,做出重大决策,承担责任。他时而如耆老,时而如猛狮,时而威严,时而慈祥,言谈举止生动逼真。而对于拿破仑,作者始终持批判态度。当拿破仑刚出场时,只见他身材"矮小",带着"令人讨厌的做作的笑容"。接着作者一步步暴露其冷酷的、唯我主义的世界观。当他看到战场上横陈着五万具尸体时,他竟觉得"战场是极美的"。他蔑视一切人,认为"世间的一切完全取决于他的意志"。托尔斯泰通过拿破仑的命运不只批判其本人,而且批判了以个人为中心的"波拿巴主义"。

《战争与和平》是一部伟大的史诗。在这里托尔斯泰反映出人民是历史中真正的英雄,是推动历史前进的力量。但就历史观来说,托尔斯泰又是唯心的。他在承认人民群众的历史作用的同时,又认为人类运动的方向归根结底决定于"神的意志",人是天命手中的工具。托尔斯泰在探索历史发展的规律时,看到了资产阶级所主张的帝王将相决定历史的观点的误谬,看到了广大人民在历史中所起的重大作用,这是一大进步,但他在理论上还不能彻底以历史唯物主义的态度解决这个问题。他的历史观中的弱点在历史人物的形象中也有所反映。例如,他有时把在战场上起重大指挥作用的库图佐夫描写成一个只是在战斗中善于揣度天意、不干预事变进程的消极的旁观者。这时他认为库图佐夫的行动完全是被动的。他说:"指挥官在历史的一切被动工具中,是最奴性的最被动的人物",而"拿破仑在他的全部的活动时间里,好像握着一个系在车内的带子,以为自己是在驾车的小孩"。

《战争与和平》无论在构思过程中还是在定稿中,都具有鲜明的论辩性质。首先,托尔斯泰在俄国解放运动第二阶段中,极力突出贵族阶级先进人物的历史作用,实际上怀有反对平民知识分子革命家在社会运动中占领导地位的用意。其次,以车尔尼雪夫斯基为代表的革命民主主义者主张用革命的手段推翻专制农奴制,而60年代的托尔斯泰虽然也感到地主土地占有制的不合理性,并愿意改善农民的困境。但是,他对在历史上曾起过作用的地主贵族阶级还抱有幻想,更不愿放弃这个阶级所享有的特权,因而极力调和地主与农民之间的阶级矛盾,宣扬农民奴隶式的驯服。例如宗法式农民普拉东·卡拉塔耶夫是作为一个掌握人生真谛的正面形象出现的。他认为一切都是命里注定的,所以他只管睡觉和干活:"睡下来,把腰一弯;站起来,身子一抖。"他以同样乐意的心情接受命运为他安排的一切好的或一切坏的东西,从不抱怨,更不反抗。"卡拉塔耶夫性格"意味着消极无为和对命运的奴隶式的屈服。这个形象是托尔斯泰主义,即"道德自我完善"和"不以暴力抗恶"思想的最早体现。同时,安德烈·包尔康斯基临死前宽恕了一切,也宽恕了敌人,并从中感到最大的幸福。这一切都鲜明地表现了托尔斯泰与车尔尼雪夫斯基在社会理想上的截然对立。

最后,在尾声中,娜塔莎与彼埃尔结婚后,失去了昔日少女的光辉,完全陷入了家庭生活的琐事之中,反映了作者对妇女解放运动的怀疑态度以及他关于妇女解放"不在学校里,而在卧室里"的错误观点。

虽然如此,《战争与和平》不愧为俄罗斯以及世界现实主义文学的高峰,高尔斯华绥说,它"是自古以来所有写成的作品中最最伟大的一部"。

在《战争与和平》里,托尔斯泰冲破了一切文学传统,创造出一种全新的形式,把史诗、历史小说和编年史诸种体裁样式的特点巧妙地融为一体;作品具有复杂的层次、繁多的人物和齐头并进的情节线索,广泛而自如地反映了错综复杂的生活的本质。同时,托尔斯泰把冷静的叙述、诗意的抒情、激烈的政论与细腻的人物心理分析结合在一起,深刻而动人地表现了极其丰富的生活。

无论是从体裁样式的新颖上,还是从不拘一格的结构上,《战争与和平》均开辟了先河,做出了贡献。

《安娜·卡列宁娜》

1873年3月,托尔斯泰突然动笔写作一部关于现代生活的小说,内容描写"一个不忠实的妻子以及由此而发生的全部悲剧"。① 这部关于"不忠实的妻子"的小说的构思,经过重大变动之后,就成为托尔斯泰的第二部长篇巨著《安娜·卡列宁娜》。

《安娜·卡列宁娜》的出现是有其时代历史根源的。1861年极不彻底的农奴制改革,毕竟是一种社会制度的变革。个人感情的觉醒和解放,在青年一代和妇女身上表现得格外突出,它冲击和动摇着因袭的传统观念。作为社会细胞的家庭,迅速而敏锐地反映出社会道德观的变化。旧的家庭基础正在崩溃,新的家庭关系正在建立。一向关心道德问题的托尔斯泰,在社会变动巨大的60至70年代,对爱情、

---

① 贝奇科夫:《托尔斯泰评传》,人民文学出版社,1959年,第295页。

家庭、妇女等问题的兴趣有增无减。托尔斯泰夫人在 1870 年 2 月 24 日的日记中就记载着,丈夫告诉她想写一部讲述一个上层社会的有夫之妇失足的小说,并说要把这个女人写得"可怜但却无罪"。[①] 1873 年 3 月托尔斯泰在翻阅普希金文集时,"客人来到别墅"(一篇未完成的作品的第一句)这句代表普希金简洁明快的艺术风格的话,给了他很大的艺术启示,他不由自主地考虑起人物和事件来。这就是《安娜·卡列宁娜》创作的开始。作家挥毫疾书,仅用了五十天功夫便粗略地写好了全书。1875 年小说在《俄国导报》上陆续发表。1877 年 6 月至 7 月全书成篇后,又进行了一次修改,1878 年 10 月单行本问世。

小说《安娜·卡列宁娜》的写作过程是托尔斯泰思想和艺术紧张的探索过程。小说前后用过《年轻太太》、《两段婚姻》、《两对夫妻》等书名,最后才采用明确而简单的现名《安娜·卡列宁娜》。在构思小说的初期,作者曾把作品的主题限制在一个不忠实的妻子的狭小的家庭问题范围内,并打算在几个月内完成。但是,经过作者的不断探索,刻意求新,在最后定稿时,它已成为一部把握农奴制改革后主要社会矛盾,从政治、经济、道德、家庭各方面广阔反映 70 年代俄国现实的长篇小说。托尔斯泰前后经过四年多苦心孤诣的创作,方写出这部宽阔而自由的、反映了作者对改革后俄国社会的深入思考的小说。

在《安娜·卡列宁娜》中,托尔斯泰通过起伏跌宕的情节和纷繁复杂的人物提出了俄国 19 世纪 60 至 70 年代许多尖锐的重大社会问题。这些社会问题在小说中是通过两条情节线索体现的:安娜——卡列宁——弗龙斯基和列文——基蒂。有人认为这两条线索缺乏联系,这部书是两部小说的撮合。托尔斯泰本人批驳了这种意见,指出这大概是由于"在浏览小说时,没有看出它的内在内容"所致。从表面上看,两条线索在小说中是平行展开的,只起着互相对比、互相烘托的作用。深入研究后就会发现,它们之间有着深刻的"内在联系",而托尔斯泰正为这种天衣无缝的结构感到自豪。[②] 这两条线索所反映的是一个统一的历史进程在两个领域中的不同表现。这个统一的历史进程就是动摇了俄国"旧基础"的资本主义在俄国的迅猛发展。这两条线索正是这迅猛发展的资本主义如何动摇俄国旧基础的具体化。一方面它改变着贵族的传统道德观念,包括家庭观念,动摇了旧的道德基础;另一方面又破坏了俄国的农业,动摇了整个社会的旧的经济基础。具体地说,安娜——卡列宁——弗龙斯基这条线索侧重反映爱情、婚姻、家庭、妇女地位等伦理道德问题;列文——基蒂这条线索,主要是通过列文这个人物的探索,侧重反映经济、政

---

① 《俄国长篇小说史》第 2 卷,俄文版,科学出版社,1964 年,第 324—325 页。
② 《文艺理论译丛》第 1 辑,人民文学出版社,1957 年,第 231—233 页。

治、宗教、哲学等社会问题。

安娜·卡列宁娜是小说的中心人物。作者力图通过这个人物的塑造表现改革后俄国社会在伦理道德方面发生的巨大变化。在托尔斯泰之前,许多俄国作家描写过少女的爱情、初恋的激情、失恋的痛苦和生离死别的不幸。但托尔斯泰匠心独运,把读者的注意力引到一个已婚妇女的不幸的爱情上,从而使传统的爱情、婚姻、家庭等伦理问题具有更大的尖锐性和鲜明的时代特征。

安娜美丽善良、聪慧过人、思想深刻,而最引人注目的是她身上那种被压抑的旺盛的生命力。作者细腻地描写了安娜第一次出场时的肖像:"她脸上有一股被压抑着的生气,从她那双亮晶晶的眼睛和笑盈盈的樱唇中掠过,仿佛她身上洋溢着过剩的青春,不由自主地忽而从眼睛的闪光里,忽而从微笑中透露出来。"作者在这一肖像描绘中,明显地透露出安娜身上"过剩的青春"与"被压抑"的矛盾,为今后悲剧的展开埋下了伏笔。安娜出生于贵胄家庭。当她还是一个天真无邪的少女的时候,由于父母双亡,听命于姑母,嫁给了当时已经赫赫有名的大官僚、比自己大二十岁的省长卡列宁。安娜与卡列宁的结合,在上流社会看来,是一桩完全符合道德规范的、十分美满的婚姻。但在安娜来说,却是一种尚未清醒意识到的深深的不幸,因为这是一桩并非以爱情为基础的婚姻。安娜的悲剧并非始于对弗龙斯基的爱情,而是开始于这一封建婚姻本身。婚后,安娜过着一种没有意义没有爱情的生活。最初她"尽力",尽她的"全力"去给自己的"生活寻找出一点意义来"。她也曾努力去爱丈夫,当她"实在不能爱"的时候就努力去爱儿子,安娜就这样度过了八年。她虽然是不幸的,但却是忠贞不贰的,从没有过风流韵事。然而这种贞洁反倒引起了上流社会年轻妇女的普遍嫉恨。在邂逅弗龙斯基之前,安娜屈从于"合法"的婚姻,还不是旧制度、旧道德的反叛者,因此还不是一个具有深刻意义的旧社会的反抗者的形象。对于安娜这段时期的生活,作家并没有设专章描写,只是在回叙时一带而过地交待几句而已。

安娜作为一个人物形象,是从她到莫斯科调解兄嫂不和,偶尔认识弗龙斯基开始的。安娜对弗龙斯基的最初印象,首先来自与她同车前往莫斯科的弗龙斯基的母亲。从这位母亲的嘴里,安娜得出弗龙斯基是个豪迈、开阔、助人为乐的英雄的印象。在安娜与弗龙斯基感情发展的最初阶段,托尔斯泰以他细致的艺术分寸感,始终把弗龙斯基描写成执着的追求者,把安娜描写成审慎的回避者。这种描写既表明此时的弗龙斯基仍然是一个忠实于他的贵族道德信条的、被虚荣心所驱使的青年;另一方面又表明,安娜对于弗龙斯基,绝非轻浮放荡,相反她竭力回避对方和控制自己,这就在她与上流社会轻佻的、道德败坏的女人之间划出了一条界线。但是,弗龙斯基的出现毕竟搅乱了安娜内心的平静,他执着痴情的追求,使她平生第一次尝到了真正爱情的激动。终于,安娜不顾一切迂腐的观念,大胆地、诚实地和弗龙斯基相爱了。这样,安娜便与整个上流社会,与维系贵族统治地位的一切道德、法律和宗教观念发生了尖锐的冲突。托尔斯泰正是通过安娜与贵族社会的一场斗争,一步步深刻地揭示出安娜必然走向悲剧结局的厄运。

安娜进行的第一场斗争,是与丈夫卡列宁以及其身后强大的社会集团的斗争。这是一场反对占统治地位的"合法"婚姻,争取爱的权利的斗争。卡列宁从小就是孤儿,他的叔父,尼古拉一世的一个宠臣(现任政府大官)把他抚养成人。大学毕业后,他又靠叔父帮助,"立刻踏上显要的仕途,从此醉心于功名"。"沽名钓誉、飞黄腾达"——这是他不懈的人生追求。"至于高尚的思想啦,热爱教育啦,笃信宗教啦,这一切无非都是往上爬的敲门砖罢了。"长期的官场竞逐生活,使他变成一个干巴巴、冷冰冰、目光凝滞、感情冷漠的人。他没有真挚的朋友,更不懂得什么是爱情,而且他自私、自负、伪善。安娜觉得,"他不是人,他是一架机器"。安娜与卡列宁的冲突贯穿全书。它代表新的道德观念与上流社会传统的虚伪礼教之间的冲突。安娜要求感情自由,要求有人的尊严,卡列宁却摧残她的生命,摧残她"身上一切有生气的东西","他时时刻刻都在侮辱"她,而"自己还洋洋得意"。安娜对弗龙斯基产生爱情后,置自己的声誉于不顾,要求离婚,卡列宁却一切都从自己的地位出发,宁择障人眼目、互相欺骗的生活而拒绝离婚,以免影响自己的宦途。安娜"要爱情"、"要生活",卡列宁非但不给予她以爱的权利,相反却千方百计地要惩罚她的感情,摧残她的生活。安娜与卡列宁的冲突,不只是真诚与虚伪、美与丑、活生生的人与僵化的"机器"之间的冲突,而且含有深刻的社会意义和鲜明的时代特点。这是俄国 19 世纪 70 年代新旧交替时期资产阶级个性解放与根深蒂固的封建礼教之间的冲突。安娜的行为触动的不只是卡列宁这个大官僚的个人体面,而是触犯了整个上流社会的虚伪道德,动摇了统治阶级"合法"婚姻的基石。于是,对安娜的鄙弃和非难从上流社会的四面八方劈头盖脑而来,构成了一种强大的舆论和社会压力。在这场反对统治阶级合法婚姻、争取爱的权利的斗争中,安娜虽然是失败者,但却显示出勇敢无畏的精神力量。

安娜进行的第二场斗争是与弗龙斯基及其集团的斗争,是一场反对军人贵族的习性和规约,维系已获得的爱情的斗争。

弗龙斯基英俊、潇洒、干练。他出身贵胄,每年要花掉五千卢布的巨款,是"彼得堡花花公子的一个活标本"。他毕业于军官学校,很快进入了有钱的军人一伙,当上皇帝的侍从武官,周围的人都认定他有飞黄腾达的锦绣前程。弗龙斯基圈子里的人有自己特殊的道德规约。他们把人分为两类:一类人认为"一个丈夫只应同一个合法的妻子共同生活,姑娘必须贞洁无瑕,女人必须有羞耻心"。这类人在弗龙斯基一伙人看来是"庸俗、愚蠢"的"低级的"人,是可笑的老派人。而他们则属于另一类"堂堂正正的人","他们的特点是:风雅、英俊、慷慨、勇敢、乐观,沉溺于各种情欲而不会脸红,对什么都是抱着玩世不恭的态度"。

在与安娜相遇之前,弗龙斯基便是过着这种"奢华而放荡的彼得堡的生活"。安娜的美丽强烈地吸引着他,同时对安娜的追求还使他的虚荣心得到满足。但安娜深刻真挚的感情渐渐地影响了他。他逐渐"确信爱情就是他的幸福,情愿为恋爱牺牲功名"。他毅然辞官退役,放弃了灿烂的宦途前程。但是军界社会(也是整个贵族集团)的恶习在他身上是根深蒂固的。在得到安娜的爱情之后,他很快又不满足了。他发现安娜给予他的爱情"只是他所期望的幸福中的沧海一粟"。在国外,他"像一头饥不择食的动物,不由自主地忽而研究政治,忽而阅览新书,忽而从事绘画"。暂时被镇住了的"咬着他那功名心的蠕虫""又以新的力量觉醒了",他需要"事业"。他开始把充沛的精力花在经营资本主义农业上,兼上了五六个社会团体的委员,甚至打算参加下一次省里的竞选。在这种情况下,安娜感到孤单寂寞了,陷入无可排解的空虚与害怕失去爱情的恐惧与疑虑之中。于是她格外注意打扮自己,希望用自己的美,甚至用对别的男子卖弄风情来维系弗龙斯基对自己的爱。但是一切都无济于事。在爱情、功名和独立自由之间,弗龙斯基愈来愈重视后二者而轻视前者。于是,这个曾经给予过安娜以极大幸福的弗龙斯基,现在又从安娜手中把幸福夺了回去。应该看到,在维系爱情的斗争中,安娜面对着的不仅是弗龙斯基身上的恶习,而且面对整个贵族军界的习性与道德规约,面对贵胄社会集团在长年累月中形成的一种社会意识。在弗龙斯基的背后,不仅有他的身为伯爵夫人的母亲、兄嫂,而且还有他的无数亲朋密友以及他心爱的联队。在这样一场力量对比悬殊的斗争中,安娜又是一个失败者。如果说在同她所恨的卡列宁及其集团的斗争中,安娜虽然是个失败者,但却表现出她惊人的勇气、无所畏惧的巨大精神力量;那么在同她所爱的弗龙斯基及其集团的斗争中,则表现出某种投鼠忌器的踌躇、内心的矛盾痛苦和不自重。

安娜悲剧的成因,除了她面对的卡列宁官僚集团和弗龙斯基军人集团的势力过于强大这个因素之外,还有安娜自身的内因。作为留里克皇室的后裔,生活在社会历史进行新旧交替的时期,安娜身上不可能不留有贵族阶级和过渡时期的双重烙印。

托尔斯泰的卓绝艺术,正表现在他准确地把握了社会历史的复杂因素对人的内心世界的决定性影响,并把它生动而有机地体现在人物的个性之中。在邂逅弗龙斯基之前,安娜是"合法"婚姻的牺牲品但却并不醒悟。弗龙斯基的追求,唤醒了她心中的对爱情的渴望。这爱情给了她幸福的喜悦;但这爱情同时也使她有不幸的预感,使得她惶惶于不幸的恐惧中。这不幸的预感固然也来自上流社会的鄙夷和非难,但更多的是来自由于封建宗教意识而产生的羞耻心和负罪感。这羞耻心和负罪感是她难于承受的。所以,最后只有用一死来求得解脱。同时,安娜思想中的另一个重大问题是,她把爱情和生活等同起来,把爱情看成是生活的唯一内容,这就把丰富广阔的生活局限在狭隘的个人感情的小天地中,使生活变得贫乏而空虚。因此,一旦失去爱情,她便觉得生活失去了意义而走上绝路。把爱情与生活等同、缺乏崇高的生活理想与为之献身的事业,这一切明显地反映出了安娜贵族阶级出身与教养的阶级烙印。但应该说,这不是安娜的罪过,而是她的不幸。

上流社会假手卡列宁,对安娜的爱情追求给了了严酷的惩罚,无情地把安娜推上悲剧的道路;上流社会又假手弗龙斯基,戏弄了安娜的真挚感情,进一步把安娜逼向悲剧的结局;但贵族社会的罪恶还在于,它在安娜的心灵上打上了深深的阶级烙印,使她在这场力量悬殊的斗争中失败后,缺乏内在的精神力量,致使她既不能振奋自拔,又不能找到强大的可以依靠的力量与来自社会各方面的压力相抗衡。因此罪恶的贵族上流社会是安娜悲剧的真正成因。

安娜在经过同上流社会形形色色的人物、思想、道德规约相撞击、相搏斗之后,对这个社会中人与人之间的关系得出一个深刻的认识:"生存竞争和互相仇恨是人与人之间唯一的关系。"在告别人世的时候,安娜怀着对罪恶世界的满腔仇恨,从心底发出了悲愤的呼喊:"一切都是虚伪,一切都是谎言,一切都是欺骗,一切都是罪恶!……"托尔斯泰正是通过安娜的悲剧的命运,探索时代悲剧的内蕴,激发起人们对那个社会的无限仇恨。

小说《安娜·卡列宁娜》另一条情节线索的主角是列文。这是小说第五稿才决定展开的一个人物形象。这个人物的出现,对作者向社会内部作纵深开掘和刻画起了极大的作用。托尔斯泰以人物自我心理为依据,加上对时代的深刻理解,创造出了列文这样一个在很大程度上带有自传性的人物。列文相当集中地反映了托尔斯泰这个时期精神上多方面的探索和思想矛盾,几乎在代表作者对小说中的人物事件做出反应和评价。但是列文并不等于托尔斯泰,也不简单地是作者思想的传声筒。他是完全独立的,是一个具有自身性格逻辑、血肉丰满、充满矛盾的人物。

列文出身在一个古老的外省贵族地主家庭,拥有三千亩土地。他热情、忠厚,精力充沛,有一个善于思索的头脑和一颗"黄金一般的心"。有人认为他是前途无量的人。可是,他已经三十二岁了,还没有一个确定的社会地位。他虽然是县议员,却憎恶议会活动,认为议会不仅"什么也干不成",而且"是县一帮人发财致富的手段"。他鄙视都市生活,嘲笑公务,热衷于畜牧、打猎、修造仓库和管理农事。他熟知什么时候播种什么、收割什么,粮食和干草的价格如何,他还亲自设计农业机器,有时和农民一道劳动。

　　托尔斯泰在《安娜·卡列宁娜》中十分重视"家庭的思想"。如果说安娜的命运主要环绕着家庭,涉及爱情、道德等问题,展开新旧两种对立的伦理观的较量,那么这些问题在列文这条线索上也是贯穿始终的。而且托尔斯泰正是通过列文和基蒂的恋爱婚姻反映了自己的正面理想。列文和基蒂的关系,是作为与安娜和卡列宁、安娜和弗龙斯基相对立的关系提出来的。基蒂无疑是托尔斯泰最喜爱的妇女形象之一,在她身上集中体现了作家的妇女观和家庭观。在托尔斯泰看来,婚姻应该以爱情为基础,妻子应全身心投入家庭生活,养儿育女,做一个贤妻良母,这是妇女的天职。至于家庭以外的社会问题、国家前途等,不是妇女该关心的事情。托尔斯泰力图把列文和基蒂描写成宗法制幸福家庭的典范,以此与一切受资产阶级思想影响的家庭相对立。但是作者的清醒的现实主义使他自己也不能违背生活真实。建立在爱情基础上的家庭生活、温柔美丽的贤妻良母也并没有给列文带来幸福,因为家庭并不能游离于社会生活之外。如果整个社会动荡不安,孤立的一个家庭是没有幸福可谈的。

　　列文是个庄园地主,长年生活在农村。他认为农民是共同劳动中的主要参与者,他对于农民怀着敬意和一种近乎骨肉之情,甚至他以为自己是老百姓中的一员。但是他在对农民的态度上并不是一味肯定,而是"又爱又不爱",有时夸大了农民的缺点。他对农民的艰辛生活是了解的,"他拿自己的富裕同人民的贫困对照,总觉得不合理"。他认为应该调整劳动者对土地的关系。列文向农民建议合伙经营各种农业。他梦想"以人人富裕来代替贫穷,以利害的一致来代替互相敌视。总之,在他看来,这将是一场不流血的革命,但是极其伟大的革命,先从我们一个县的小范围开始,然后扩展到全省,然后全国,然后全世界"。但列文这个美妙的"不流血的革命"首先在他自己所属的村子里就处处碰壁。农民对他的计划毫无兴趣。千百年的封建剥削使得"农民绝对不相信地主除了尽量掠夺他们之外还会有其他目的"。列文的哥哥尼古拉一针见血地指出:列文希望改变农民的境况,但又不肯放弃地主的利益。而农民与地主之间的不可调和的矛盾与敌对关系,并不能通过"股份"方案来改变。当列文意识到这些时便陷入了极度的痛苦和绝望。

　　列文始终是一个地主,他以自己的贵族地主出身和身份自豪,并自认为是贵族利益的忠实的卫道士。他对资本主义在俄国的发展抱着完全敌对的态度。他认为:"俄国的贫穷不仅是由于土地所有权的不公平的分配和错误的政策引起的,而且近来促成这种结果的是人工地移植到俄国来的外国文明。"所谓的"外国文明"指的就是资本主义的生产方式,诸如铁路、工业、信贷和随之产生的交易所投机事业等。特别使列文气恼和不能容忍的,是贵族中某些人向资产阶级拱手让出自己地盘的那种投诚缴械的态度。这一点极其生动地表现在列文干预奥布朗斯基出卖森林给商人李亚比宁的那个插曲中。列文对前者是恨其不争,对后者是怒其贪婪。农民和地主的矛盾,资产者和贵族的纷争搏夺,迫使列文潜心思考时代的本质。他得出了精辟的结论并提出俄国社会的发展问题。他想道:"现在在我们这里,当一切都翻了一个身,一切都刚刚开始安排的时候,这些条件会采取怎样一种形式的问题,倒是俄国的一个重要的问题。"列宁对列文这个对时代的看法给予了很高的评价。他说:"在《安娜·卡列宁娜》里,托尔斯泰借列文之口,非常清楚地表明了这半世纪俄国历史的变动是什么。……'现在在我们这里,一切都翻了一个身,一切都刚刚开始安排',对于1861—1905年这个时期,很难想象得出比这更恰当的说明了"。① 托尔斯泰对俄国资本主义发展不理解、仇视和恐惧主要是通过列文的形象表现出来的。

列文在解决俄国农业问题上的探索与实践遭到失败之后,企图从哲学上解答人生意义这个问题。他开始钻研唯物主义和唯心主义的理论。在小说的第一部中,列文还曾以激烈的语气反对他同母异父哥哥柯兹内雪夫的主观唯心主义,可是当他自己在唯物主义那里找不到答案时,他又重新阅读柏拉图、康德、谢林、黑格尔和叔本华的著作。他陷入了书中"精神、意志、自由、本质等意义含混不清的词汇"的"文字陷阱",却觉得"似乎有所领悟"。这种在哲学理论上的摇摆不定也反映在他对待宗教的态度上。结婚前,他对神父承认"我曾经怀疑过一切,如今还在怀疑","我有时甚至怀疑上帝的存在"。但是,在种种失望之后,宗教又"打动了他的心",于是这个不信教的人又开始祈祷,并在祈祷中信起教来。

列文对人生真谛的追求十分执着,但由于他始终滞留在那个贵族圈子里无力自拔,也就注定无法解决生活中的种种矛盾。他用沉默表示同意哥哥尼古拉对剥削制度的抨击,但又反对用任何暴力来推翻这种制度。他在痛苦的矛盾之中,几乎想到用自杀来结束这一切。一次他偶然听到一个农民所讲的"道理",欣喜地发现它正是自己梦寐以求的答案。农民费多尔向他说,某村的普拉东老头是个品德高尚的人,他宁肯自己挨饿,决不损害别人,这是因为"他活着是为了灵魂,他记得上帝"。这句话在列文心里"起了像电花一样的影响"。从此,"他感觉到自己的心灵中有了某种新的东西,他愉快地探索着这种新的东西"。他开始认为,"为上帝、为灵魂活着",才是"人生的意义"所在。这种意义"神秘而奇妙",是"世间万有的意义"。这种道德上的自我完善和向神的呼吁,是托尔斯泰在残酷的现实面前无可奈何的情绪的表露,也是作者世界观中反动的一面的反映。但是,托尔斯泰的"清醒

---

① 《列宁全集》第17卷,人民出版社,第33页。

的现实主义"并没有使列文因有了这样的人生目的而从此大彻大悟,变得判若两人。一接触到现实生活,列文自己也觉得,这种新的领悟并没有使他有所改变和获得幸福。"我依旧会对车夫伊凡发脾气,依旧会同人争吵,依旧会在我心灵最奥秘的地方同别人隔着一道鸿沟,甚至同我的妻子也不例外。"列文是个没有寻到正确答案的人生真谛的探索者。他的精神志趣虽然算不得什么纯洁高尚,却与一般贵族规约格格不入。他那无法排解的莫名其妙的苦闷、烦腻的情绪和骚动不宁的追求,恰恰是风云变化的时代在不愿意浑沌活着的一代人心灵上留下的深深的印迹。从这点说,列文的形象是俄国19世纪过渡时期的种种矛盾的集中体现,也是托尔斯泰世界观激变前种种矛盾的集中反映。

小说《安娜·卡列宁娜》广阔而深刻地反映了俄国19世纪中叶农奴制度改革后二十年的社会生活。作者犀利的笔挑开了上至京都宫廷的矛盾斗争,下至普通家庭的冲突纠葛,而且广泛涉及家庭婚姻、道德伦理、政治经济、哲学艺术诸方面的问题。笔锋所至,无不含有或辛辣的嘲笑,或完全的否定,或无情的批判,或隐约的讽喻。不论是当代的科学、哲学、艺术,或是当代的思想运动,全都受到鞭笞。就连塞尔维亚与土耳其的战争在俄国引起的援助塞尔维亚的志愿军运动,也是以婉转讽喻的笔调写成的。

卢那察尔斯基正确地指出了小说渲染的气氛的特点。他在对比《安娜·卡列宁娜》与《战争与和平》时写道:"在《安娜·卡列宁娜》中,你们却看到另一幅景象。你们看到的已经是一部惶恐不安、完全缺乏自信的小说。"[①]小说中几乎没有一个幸福的人,几个主要人物都各有自己的苦恼和不幸。安娜悲剧的一生自不必说;就是卡列宁,从他自己的角度来说也是痛苦和不幸的。弗龙斯基在安娜患产褥热后曾自杀未遂,安娜死后他变得更加痛苦,希望在战场上饮弹而死,一了残生。追欢逐乐的奥勃朗斯基则债台高筑,时时受到破产的威胁;列文的哥哥尼古拉终生潦倒,最后在贫病中默默死去。列文可谓是贵族中的佼佼者,但他那内省深思的性格也使他面对无可救药的社会病毒而茫茫然不知所措,甚至产生死的念头,以至不得不把手枪、绳索藏起来,唯恐在痛苦中不能自持。甚至在"为上帝、为灵魂活着"的信条中找到了"人生的意义"之后,列文对未来仍然充满着迷蒙和怅惘。《战争与和平》中的那种激越的热情,向上的精神,欢乐明快的色彩,在《安娜·卡列宁娜》中见不到了,取代它们的是惶惑迷惘、冷峻悲怆的情调。这一切恰恰鲜明地反映了正处于"一切都翻了一个身,一切都刚刚开始安排"这样一个激烈动荡和急遽转变的时代总的生活气氛。《安娜·卡列宁娜》的深刻社会蕴涵再一次证明托尔斯泰确实是俄国革命的一面镜子。

[①] 卢那察尔斯基:《论文学》,人民文学出版社,1978年,第269页。

《复活》

《复活》是托尔斯泰呕心沥血的一部杰作,也是作家最后一部长篇巨著。它凝聚了继《安娜·卡列宁娜》之后长达二十年之久的思想探索和艺术追求,是伟大作家全部文学创作生涯的总结,也是19世纪俄国批判现实主义小说的巅峰。

正如托尔斯泰许多作品一样,小说《复活》也是以一个真实的生活事实为依据的。1887年6月,彼得堡某地区法院的检查官柯尼在托尔斯泰的庄园亚斯纳亚·波利亚纳做客,讲述了一个他亲自接触过的真实故事。一次法庭审理了一个案件:一个叫罗扎丽·奥尼的妓女被指控偷窃了醉酒的嫖客一百卢布,因此被判四个月监禁。在陪审员中有一名青年,发现被告就是他客居彼得堡一个阔绰的女亲戚家时,被他诱奸过的那个十六岁的养女。青年良心发现,设法同女犯会面,请求柯尼予以帮助,并表示他唯一的愿望就是同罗扎丽结婚。后来罗扎丽在狱中死于斑疹伤寒,青年也不知去向。据柯尼回忆,当时托尔斯泰曾全神贯注地倾听关于罗扎丽这一案件的叙述。柯尼的故事,无疑对写作《复活》是一种启迪。但是,从最初的触动直到成篇的全过程,作者都在不断思考、继续认识、改变、充实所要描写的对象。

小说于1889年动笔。1890年和1891年写作时断时续,尔后是长达三、四年的搁笔。1895年完成了小说的第一稿,其中作者仅用了柯尼提供的基本素材,对人物和思想内涵作了重要的改变。完稿之后托尔斯泰对小说很不满意,觉得无论小说中现实生活的容量,抑或描写生活的角度,都未能达到理想的深度,因此继续沉浸在苦苦的思索之中。一次散步以后,出路终于找到了。他在1895年11月5日日记中写道:"刚才我正在散步,忽然很清楚地懂得了我的《复活》为什么写不出来的原因。开头写得不对。这一点是我在思考那篇关于儿童的小说——《谁对》的时候才懂得的;当时我明白了那篇小说必须从农民的生活写起,明白了他们才是目标,才是正面的东西,而另外那一些只是阴影,只是反面的东西。想到这个,我就连带也明白了关于《复活》这部书的道理。"[①]

托尔斯泰写作《复活》的过程就是不断深化对沙俄制度罪恶本质的认识过程。他把对现实生活的观察、思考所得到的深刻见解,熔铸在形神兼备的动人的艺术形象中。经过十年惨淡经营,其间六易其稿,最终于1899年铸成了这部震撼人们心灵、震动当时俄国文坛的长篇巨著。

列宁在《列·尼·托尔斯泰和现代工人运动》一文中指出:托尔斯泰"在自己的晚

---

① 贝奇科夫:《托尔斯泰评传》,人民文学出版社,1959年,第496页。

期作品里,对现代一切国家制度、教会制度、社会制度和经济制度作了激烈的批判,而这些制度所赖以建立的基础,就是群众的被奴役和贫困,就是农民和一般小业主的破产,就是从上到下充满着整个现代生活的暴力和伪善。"①《复活》是托尔斯泰晚期最重要的作品,列宁所指出的托尔斯泰对各种制度的激烈的批判,在这部小说里是以最尖锐的形式、最浓烈的色彩、最震撼人心的感情表现出来的。《复活》同《战争与和平》、《安娜·卡列宁娜》显著不同之点在于,《复活》是托尔斯泰世界观发生激变,站到千百万宗法制农民立场上以后对俄国现实生活的高度艺术概括。"他对国家,对警察和官方办的教会的那种强烈的、激愤的而且常常是尖锐无情的抗议,表达了原始的农民民主的情绪","他对土地私有制的毅然决然的反对,表达了一个历史时期的农民群众的心理","他充满最深沉的感情和最强烈的愤怒对资本主义进行了不断的揭发;这种揭发表达了宗法制农民的全部恐惧"。②

玛丝洛娃的冤案是整个小说情节的纽结。作家通过描写法庭错判这一案件的全过程,淋漓尽致地暴露了草菅人命的整个沙俄法律制度的罪恶本质。在法庭上,理应公正执法的庭长、副检查官、法官和陪审员,个个脑满肠肥、昏聩无能、自私自利,他们各人都只关心自己的私事,置普通人的命运于不顾,使得受尽凌辱的玛丝洛娃竟平白无故地被判罪发配西伯利亚服苦役。托尔斯泰指出:"法院无非是一种行政工具,用来维护对我们的阶级有利的现行制度罢了。"沙皇专政机构"从上到下充满着整个现代生活的暴力和伪善"。

监狱和教会是专制政体借以维持统治的两个支柱。如果说监狱用镣铐锁住人民的肉体,那么教会则以教义麻醉人民的灵魂。托尔斯泰无比辛辣地描绘了监狱中的礼拜仪式,鞭笞了作为沙皇国家奴役人民帮凶的官办教会。在做礼拜时,由司祭切碎后放在葡萄酒里的小面包块,随着某些手法和祈祷,就变成了上帝的血和肉。这种把戏连司祭本人也并不相信;但是有一点,他确实"深信不移的,是十八年来他多亏奉行了这种信仰的种种规定,才得到了一笔收入,足以赡养他的家属,送他的儿子进中学,送他的女儿进宗教学校"。教士"只知道教徒所缴的香火费、做追祭亡者的法事、诵经、做普通祈祷、做带赞美歌的祈祷,都有固定的价钱";至于监狱的长官和看守们,则想得十分简单,"人非相信这种信仰不可,因为最高当局和沙皇本人都信奉它"。同时他们"隐隐约约"地"体会到这种信仰在为他们的残忍的职务辩护",这样,他们就可以"十分心安理得地用尽一切力量去虐待人们"。托尔斯泰愤怒地指出这套宗教礼拜仪式,完全是骗局。

---

① 《列宁全集》第 16 卷,人民出版社,第 330 页。
② 同上书,第 322 页。

作者通过聂赫留朵夫为减轻玛丝洛娃的厄运而上下奔波,到处求情的活动,引出了沙皇政府中各级官吏,撕下了他们伪善的假面,揭露了他们残忍暴戾、嗜血成性的罪恶嘴脸。枢密官沃尔夫背信弃义,是口蜜腹剑的伪君子、蹂躏波兰人民的罪魁。"当他在波兰的一省做省长的时候,他蹂躏、残杀、监禁、流放成百的无辜人民",他以卑劣手段把妻子和姨妹的财产剥夺精光,却并不以为耻辱。掌握着彼得堡犯人生杀大权的,是一个头脑昏愦的老将军。他最最引以为荣的一枚白色的十字章,那是奖励他在高加索工作时,"使用枪支和刺刀,屠杀过一千多名保卫自己的自由、家乡、亲属的人"。现在,"他的职责就在于把男女政治犯监禁在地牢和单人牢房里,而且把这些人囚禁得不出十年就死掉一半"。同时这一切也"都是由于执行以帝国皇帝的名义从上边交下来的命令而造成的"。在一般官吏中不法行为更是司空见惯。一个局长违法恶行败露后,"非但没有受到依照法律应该判处的苦役刑,反而被派到西伯利亚做省长去了"。几个地位极高的人竟吞没了一笔筹集起来为了建立纪念碑的款子。可是,不管这些高级官吏犯下什么罪行,他们不但可以不蹲监狱,而且可以依然"坐在机关长官的圈椅里",继续享受高官厚禄,甚至飞黄腾达。

为了维护官僚、贵族、地主的统治,他们对待人民却是残酷无情的。聂赫留朵夫终于懂得了:"在一个使得奴隶制度合法化并且维护奴隶制度的国家里,真正的公民的唯一适当的去处,就是监狱。"因此,"所有这些人被捕,监禁起来,或者流放出去,根本不是因为这些人违反了正义,或者有非法的行为,仅仅是因为他们妨碍了那些官僚和富人占有他们从人民手里搜刮来的财富罢了"。为了镇压人民,他们的手段极其毒辣:"为了消除一个真正危险的人,宁可利用惩罚来消除十个没有危险的人。"

托尔斯泰以深切同情的笔触描摹了俄国农民赤贫的生活图景。他们住的"小屋就要坍了,说不定哪天就会压死人"。房间"又脏又窄","弥漫着酸臭的食物的气味"。他们人人骨瘦如柴,有着"满是皱纹的瘦脸"和"长衫里隆起的瘦肩胛骨"。一个老太婆卷起衣袖,露出"两条又黑又瘦、青筋暴起来的瘦胳膊"。一贫如洗的生活,使得农民的孩子枯瘦如柴。一个瘦小的男孩,长着"两条弯曲的罗圈腿,摇摇晃晃,站都站不稳"。另一个偎在母亲怀里的非常虚弱的儿童"脸色惨白,头上带着用碎布缝成的小圆帽",他一面发出痛苦的微笑,一面扭动着"那像蚯蚓般的瘦腿"。托尔斯泰通过聂赫留朵夫发出了痛彻心腑的感慨:"人民正在纷纷死亡,他们对这种死亡已经见惯不惊"。那么人民生活"惨痛"的原因何在呢?对此托尔斯泰异常锐利地指出:"人民贫困的主要原因就在于人民仅有的能用来养家活口的土地,都被地主们夺去了。"为了改变这种状况,为了提高人民的生活,可靠的办法"就是停止从人民的手里夺取人民所不可缺少的土地"。他说:"土地是不可以成为财产对象的,它不可以成为买卖的对象,如同水、空气、阳光一样。"

托尔斯泰抱着同样深切的同情描绘了城市贫民的凄惨的生活。这些城市的贫民都是些"被迫"进城的"丧失了土地的乡下人"。但是来到城市之后,他们"过着比乡下还要糟的生活"。那些身体精瘦、面色苍白、披头散发的洗衣女工"裸露着瘦胳膊,在敞开的窗子跟前烫衣服,从窗口冒出一股股夹着肥皂味的蒸汽"。油漆工的"瘦弱的胳膊晒得发黑,暴起一根根青筋……脸色疲劳而气愤"。货车的车夫"周身尘土,脸上乌黑"。而站在街角上乞讨的男人和妇人,"面容浮肿,衣服褴褛,身边带着孩子"。作者通过城市种种劳动人民凄苦的生活的描绘,写出了饱含辛酸泪水的下层社会的悲惨遭际。

在写作《复活》时期,托尔斯泰已经得出了整个俄国社会充满了罪恶的结论。这罪恶首先就表现在剥削者统治阶级的荒淫无度和被剥削者劳动阶级饥寒交迫,濒于死亡。作者正是通过这两个阶级在各方面的尖锐对比,生动地描绘出90年代的整个俄国社会。托尔斯泰在对比两个阶级的生活的基础上,特别突出了这两个不同社会集团中的两个代表人物,具体地描写了他们各自的而又相同的命运:从精神道德的纯洁到精神道德的"死亡",又从精神道德的"死亡"走向精神道德的"复活"。这两个对立阶级的代表人物就是小说的男女主人公聂赫留朵夫和玛丝洛娃。小说叫做《复活》,作者对人物描写的着重点也正是放在两个主人公精神的"复活"过程上,而不是放在他们道德纯洁时期,也不是放在他们各自如何走上堕落之途。对这两个方面,作者采用了倒插笔追叙、补叙的方法,表现出玛丝洛娃曾是个天真烂漫的少女;聂赫留朵夫曾是个有着美好道德追求的青年,他在斯宾塞的影响下,甚至把一部分土地交给了农民。也正是在这个道德纯洁阶段,他们彼此产生了美丽纯真的爱慕之情。三年后,聂赫留朵夫由于混迹于上层社会,耳濡目染,追欢逐乐,纸醉金迷,变得自私虚伪,精神道德堕落了。作者指出,他的堕落是由他自己所属的贵族地主阶级的本质决定的。他的堕落并不是一种特殊的例外,而几乎是千千万万贵族青年的必由之途,是典型的环境决定的典型人物。玛丝洛娃的堕落则全然不同。她的精神道德的堕落,不是她的农民阶级的本质决定的,而是农民阶级的对立面贵族地主阶级造成的,是因为堕落了的贵族公子哥儿聂赫留朵夫欺骗了她,抛弃了她。作者细致地描写了怀着身孕的玛丝洛娃在风雨交加的黑夜赶到火车站,去见路过此地而不打算下车的聂赫留朵夫时的情景。当她匆匆赶来,列车已开动了,她跟着火车往前走。可是火车越开越快,一节节车厢从她跟前掠过,终于消失在夜幕中。而她仍然在跑着,追着,头巾被掀起来了,衣裙被风刮得紧紧裹住了双腿。"他,在灯火明亮的车厢里,坐在丝绒的靠椅上,说说笑笑,喝酒取乐。我呢,却在这儿,在泥地里,在黑暗中,淋着雨,吹着风,站着哭泣……"玛丝洛娃想到这些,伤心地伸出两只手抱紧头,放声痛哭起来。从这个可怕的夜晚起,玛丝洛娃精神上发生了巨大的变化。她再不相信善了。人们口头上说上帝,说善,无非是为了骗人。也正是从这个可怕的夜晚起,玛丝洛娃的命运发生了急转直下的变化。如果说聂赫留朵夫是把玛丝洛娃推下堕落的深渊的第一个罪人,那么最后完成这一罪行的则是整个剥削阶级。由于玛丝洛娃有了身孕,也是由于她竟胆敢顶撞她的女主人,她被撵出去了。这个十六岁的少女,孤苦伶仃,举目无亲。她到警察局长家做女佣,这个五十岁的流氓调戏她。她到林务官家工作,林务官不久就占有了她。她不断地变换地方,不断地遭到侮辱,不断地被人抛弃。最后,她终于被打入了生活的底层,沦为妓女。七年的妓院生活,使玛丝洛娃领略到一个人所能蒙受的最大的凌辱。每逢她感到苦闷,就吸烟、喝酒,或者找一个男人谈情说爱,填补空虚痛苦的灵魂。她的精神道德堕落了。

聂赫留朵夫在法庭上重见玛丝洛娃之前,在道德堕落之途上已经滑得很远了。但是,当玛丝洛娃平白无故被判服苦役,当她发出"我没罪,没罪啊"的无望呼喊时,聂赫留朵夫内心激荡起复杂矛盾的感情。其实他在开庭不久,便认出了被审的妇女是他十年前真诚爱过、七年前玷污过并抛弃了的那个玛丝洛娃。他惊讶她的变化,他引咎自责,认识到自己是把她推上堕落之途的第一个罪人。但是,他又害怕真相揭露以后会使他当众出丑。回到家,他躺在床上辗转反侧,久不能寐。停顿了相当久长的"灵魂的扫除",又重新在他内心展开了。他认识到自己的丑恶,不禁大声喊出:"我就是坏蛋,就是流氓!"于是,他下定决心,不惜任何代价,去冲破束缚他的虚伪,为减轻她的厄运而奔波。这样,聂赫留朵夫便在复活的道路上迈出了第一步。

聂赫留朵夫的精神复活,是受到玛丝洛娃不幸遭遇的触发而开始的。但玛丝洛娃的复活并不是受到聂赫留朵夫赎罪的启迪。她的复活开始于意识到自己曾是一个纯洁无瑕的少女和想重新回到那种清白自由生活去的愿望。这种自我意识和愿望是劳动阶级本质所决定的。当然,这一"复活"的过程也是艰苦的。聂赫留朵夫第一次探监时,玛丝洛娃还习惯地向他媚笑,向他要钱。他意识到当年的玛丝洛娃已不复存在了。但在聂赫留朵夫第二次探监时,当他表示要用行动来赎罪,要跟她结婚时,她内心积累起来的对统治阶级伪善的仇恨一下子爆发出来。她气愤地向他大喊道:"我是苦役犯,是窑姐儿。你是老爷,是公爵……我的价钱是一张十卢布的钞票。""你在尘世上的生活里拿我取乐还不算,你还打算在死后的世界里用我来救你自己!我讨厌你!讨厌你那副眼镜,讨厌你那张肮脏的肥脸!你走开,走开!"聂赫留朵夫赎罪的愿望只能引起玛丝洛娃的仇恨。是这第二次探监,冲破了她已尘封的美好回忆的大门,使她意识到再也不能忘却过去,再也不能浑浑噩噩地生活下去了。所以,当聂赫留朵夫第三次探监时,见到玛丝洛娃已判若两人。她步态文静,表情腼腆。他从她的声音里听到了一种美好的重大的东西。探监回来后,他在日记里写道:"我觉得她的灵魂在起变化,却又不敢相信,她那种内心变化使我高兴。我不敢相信,可是我觉得她在复活。"

　　玛丝洛娃的复活虽然起步较迟,但她的血泪的过去,使她一旦跨上了精神复活的道路,便再也不会倒退。她关心的不只是自己,她总是想到别人,为别的无辜的犯人求情,希望改善其他犯人的处境。这是她精神复活的重要内容。玛丝洛娃精神道德上的复活完成于与政治犯接触之后、决心与政治犯结合之后。托尔斯泰这样处理玛丝洛娃的复活是意味深长的。犯人们辗转行程五千俄里,来到了西伯利亚的西部彼尔姆。经过聂赫留朵夫的疏通,玛丝洛娃调到政治犯中间。政治犯对她起了决定性的影响。她觉得这些人"好得出奇"。她明白"这些人是站在人民一边反对上层人的",他们为了真理不惜牺牲自己的自由和生命,有的多次被捕却仍然坚持斗争。玛丝洛娃向他们学习了牺牲自己的精神,懂得了人生,明白了劳苦人民蒙难受苦的根本原因。她这时虽然又深深地爱着聂赫留朵夫,但是她不希望他受到她的拖累,用女革命者玛利亚的话说,她"爱得很正","她是一个最有道德的人"。她决定与热恋着她的革命者西蒙松结婚。玛丝洛娃真正地、完全地复活了。这种复活并不简单是少女时代的玛丝洛娃的本性的复归。这时的玛丝洛娃既具有失而复得的纯洁的道德感,又获得了对整个受压迫阶级之所以受压迫的清醒意识。玛丝洛娃并没有变成一个革命者,但是在革命者影响下,走着与革命者相结合的、愿意为他人而牺牲自己的道路。因此,玛丝洛娃与其说是复活,毋宁说是获得了新生。她的生活注入了崭新的利他主义的丰富内容。

　　如果说玛丝洛娃从觉醒到复活的过程是比较顺利的话,那么聂赫留朵夫通向复活的道路则是漫长、曲折、矛盾、复杂的苦难的历程。为了获得复活,他需要付出巨大代价。这是必然的,因为聂赫留朵夫的贵族出身、教养给予他的只能是沉重的道德和思想重荷,他每向前迈一步,都得丢掉他身上的社会恶劣影响和包袱。正因如此,托尔斯泰才描写了聂赫留朵夫所进行的"精神的人"和"动物的人"的斗争,"灵魂的扫除"。这里自然可以嗅到人性论和作者热衷的道德自我完善的味道,但如果深究主人公"灵魂的扫除"的内容,便不难发现,作者赋予了这种"扫除"以鲜明的、深刻的社会斗争的内涵。在聂赫留朵夫复活的第二阶段,自始至终伴随着对统治阶级的骄奢淫逸、专横肆虐与劳动人民的啼饥号寒、疾苦艰辛的对比描写。在为减轻玛丝洛娃厄运的奔波中,他广泛接触了沙俄各种官僚,亲身体验到他们的腐败和伪装。可贵的还在于,聂赫留朵夫不是把自己放在统治阶级之外,而是放在统治阶级之中来认识自己所属的阶级的，因此能从对自己罪恶的认识上升到对整个统治阶级罪恶的认识。这就从否定自己，进而否定了整个统治阶级。另一方面，他能把玛丝洛娃的个人不幸与整个劳动者阶级的不幸相联系，从同情玛丝洛娃个人到进一步同情整个劳动阶级。他不仅看到了广大农民、城市贫民的疾苦处境，还接触并了解到，关押在监狱中的犯人多数也是无辜的受害者。特别是其中有一些因反抗政府而被定罪的政治犯、社会主义者和罢工者，更是社会上最优秀的人。他认识到，如果在犯人中有一些人确实做了犯罪的事情，那也是为生活所迫，而且"社会对他们所犯的罪倒比他们对社会所犯的罪大得多"。犯人的苦难、农民的赤贫、城市劳动者的艰辛，使聂赫留朵夫痛愧交加，也更坚定了他走既定道路的决心。主人公也更接近了精神道德复活的终点。他先在农村进行改革，拟出方案把土地交给农民，甚至把收取的租金也用在村社的事业上。接着他搬出了原来豪华的住宅，迁居到监狱附近一家公寓。后来又随同玛丝洛娃等犯人一道去西伯利亚。在去西伯利亚的途中，聂赫留朵夫接触到政治犯。当然，他们还不是无产阶级革命家。他们或具有禁欲主义、道德自我完善等思想；或看不起群众，想充当英雄豪杰；或认为革命"不应当毁掉整个大厦，只应当把这个古老大厦的内部住房换个方式分配一下"。但这些人都真诚老实，大公无私，为共同的事业不惜牺牲一切，甚至生命。这种在革命队伍中革命动机各异、革命目的和思想杂呈的复杂局面，在无产阶级登上政治舞台之前，民意党昌盛时期是相当典型和真实的。托尔斯泰这位不理解革命和避开革命的作家，能在小说的末尾描写众多的革命家并基本给以肯定，是难能可贵的。这是托尔斯泰"最清醒的现实主义"的胜利。聂赫留朵夫的完全"复活"，从作者的主观上来说，是以主人公手捧福音书，深深领略了福音书的教义而完成的。这时他相信，如果《登山训众》中列出的五条戒律一旦被执行，"人间就会建立起天堂，人们就会得到他们所能得到的最大幸福"。在这里集中反映出托尔斯泰空想的、反动的学说的内容，诸如"不以暴力抗恶"，向"精神"的呼吁，"道德自我完善"，关于"良心"和"博爱"的教义，禁欲主义等等。但是托尔斯泰的这些抽象说教并不能抹煞小说中所描写出的聂赫留朵夫的"复活"的客观实际内容。也就是，他的复活不是简单地复归到青年时代的正直、纯洁、善良等道德品质上来，而是彻底地抛弃了旧我，与他所出身的剥削阶级彻底决裂，并且对这个阶级进行了极其尖锐的批判，并全身心地站到了劳动人民这方面来，为他们的利益进行大胆的辩护。随同犯人流放来到西伯利亚的三个月，是聂赫留朵夫彻底醒悟的三个月。一幕幕惨绝人寰的景象，深深地印在他的脑海里，"他越来越清楚地想起那些不幸的人的情景，他们在令人窒息的空气里喘气，泡在臭烘烘的便桶渗出来的粪浆当中"。这时"聂赫留朵夫看出人吃人的行径并不是在原始森林里开始，而是在政府各部门、各委员会、各司局里开始的"。但使聂赫留朵夫至为苦恼的是,他"非但看不出有任何可能战胜它,甚至连应该怎样做才能战胜它,也是无法理解的"。他便是带着这样一个恼人的问题,"随手翻开英国人送给他留做纪念的《福音书》的"。托尔斯泰说,从这个晚上起,对于聂赫留朵夫来说,"一种全新的生活开始了"。可是,"至于他一生当中的这个新阶段会怎样结束",托尔斯泰自己也不知道。这点作者只能无可奈何地说"那却是未来的事了"。

托尔斯泰在《复活》中以巨大的力量鞭打了统治阶级。统治阶级自然也绝不会轻易放过托尔斯泰。首先图书审查机关对《复活》的发表,设置障碍,对全书的刀砍斧削达到惊人的程度。小说总共一百二十九章,发表时未经删节的,只有二十五章,删节多达五百余处,有的整章、整章地砍掉。如揭露伪善的监狱祈祷仪式的两章,最后只剩下"礼拜开始了"几个字。但被斧削的《复活》发表后,仍然激怒了统治阶级,他们扬言要封住托尔斯泰的嘴,官办教会也宣布把作家革出教门。而进步人士和人民却为这部著作欢呼。成百上千的书信,从俄国的四面八方飞来。人们在这本跌宕起伏、深邃浑厚的小说中,看到作家是站在被侮辱被损害者一边的,无情鞭挞了统治阶级的专横残暴,揭露了他们的淫乐侈糜。人们懂得,小说的意义不仅在于深刻揭露了19世纪末叶俄国的残酷现实,而且还在于,作者通过具体感人的艺术形象客观上表明,俄国通向复活、通向新生的唯一途径就是彻底推翻万恶的地主资产阶级的统治。

托尔斯泰是俄国文坛上最卓越的现实主义大师。列宁高度评价了托尔斯泰真实反映生活的艺术本领,指出:这位"天才的艺术家,不仅创作了无以伦比的俄国生活的图画,而且创作了世界文学中第一流的作品"。[1] 应该说,托尔斯泰在艺术上之所以能达到这样的高度,之所以能成为"俄国革命的镜子",从创作方法上来看,"最清醒的现实主义"是其根本保证。

托尔斯泰在人物形象的塑造上,有自己的独到之处。托尔斯泰说:"每一个艺术家都应该创造他自己的形式。如果说艺术作品的内容可以千差万别的话,那么作品的形式也是同样。"[2]托尔斯泰正是在艺术上独辟蹊径,创造了自己独特的艺术形式的大艺术家。他在构思谋篇、勾勒人物、写景状物、语言运用上,都有令人叹服的高超的艺术造诣。无产阶级的伟大作家高尔基说,托尔斯泰的作品是用"惊人而近乎神奇的力量写成的"。[3] 这种"惊人"而"神奇"之笔,首先表现在人物塑造方面。

---

[1] 《列宁选集》第2卷,人民出版社,第370页。
[2] 《俄国文学史》(下卷),作家出版社,1962年,第1128页。
[3] 高尔基:《俄国文学史》,上海译文出版社,1979年,第504页。

托尔斯泰深知,文学的任务就是反映生活、反映时代,而通向生活深处,准确反映时代的唯一艺术途径,就是表现可以透视那个历史年代的代表人物。通过人物的命运探索时代的内蕴,这是托尔斯泰塑造人物的出发点,也是作家笔下人物的巨大意义所在。他众多作品的主要人物,都是个性鲜明、心理复杂、血肉丰满的成功的艺术典型。他们神态各异,栩栩如生,在世界文学形象的画廊中占有突出的地位。

托尔斯泰塑造人物的特点之一,是把人物的个人命运放在一定的社会集团生活氛围中来描写,又把各个社会集团放在复杂的互相关系中相比较、相撞击。这样,就把个人、集团扩大到整个社会,从而使作品获得了社会的纵深蕴涵。这种把个人放在社会集团中,又把各社会集团结集成整个社会的艺术,在托尔斯泰三部长篇巨著《战争与和平》、《安娜·卡列宁娜》和《复活》中表现得尤为突出。

通过对立和冲突关系表现人物,是托尔斯泰塑造人物的另一特点。对立和冲突关系是宇宙万物之间客观事物联系的表现形式。活动在新旧交替、矛盾重重的过渡时期的人物,更是处于无所不在的对立和冲突关系中。他们无例外地都在相互竞逐、搏击、争辩。反映这样一种时代生活的托尔斯泰,格外注意把自己笔下的人物放在大大小小的对立和冲突中去表现,使斑斓繁复的各个社会阶层、各种类型的人物,活生生地展现在读者面前,使读者看到可以捉摸的具体的俄国社会的全景。

托尔斯泰塑造人物的第三个,也是最突出的特点:就是从人物的内在本质上开掘人物,即通过人物复杂的性格、矛盾的思想和多变的心理来开掘人物的内在本质。托尔斯泰这种善于深入到人物内心深处的本领,早在他的创作初期就鲜明地表现出来,并且立即被车尔尼雪夫斯基所发现。伟大的批评家 1856 年指出,托尔斯泰最感兴趣的是"心理过程本身、是这过程的形态和规律,用一个特定的术语来表达,就是心灵的辩证法"。托尔斯泰的"才华的特征在于他并不局限在揭示心理活动过程的结果,他感到兴趣的是过程本身。那些难以捉摸的内心活动是异常迅速而且千变万化的,托尔斯泰伯爵却能巧妙自如地表现出来"。[1] 托尔斯泰的人物内心描写并不是一成不变地永远停留在一个水平上。它随时代的变化和作家对人的心理认识的深化而不断发展和丰富。如果说在早期的创作中,作家在揭示人物精神生活的内部奥秘时,更多地关注"人的思维内在运动的图景","洞察性格和行为动机",着力表现"怎样从一些思想、感情中引申出另一些思想、感情来"的话,那么到了中期,随着社会矛盾的加剧,作者经常表现矛盾的思想在人物内心的纠结、斗争和消长起伏。而在中晚期,由于社会矛盾冲突发展得迅速而异常尖锐,托尔斯

---

[1] 伍蠡甫主编:《西方文论选》(下卷),人民文学出版社,1964 年,第 426—427 页。

泰在描写人物心理时,常补以节奏快速的内心变化和跳跃性心理活动,通过时空交错和波澜起伏的人物心理,折射动荡不宁的社会和风雨晴晦的时代。托尔斯泰"心灵的辩证法"的卓绝艺术,对世界文学有着经久不衰的影响,至今仍然可供作家们借鉴。

　　文学是语言的艺术。托尔斯泰这个文学巨匠自然也是个纯熟驾驭语言的大师。这位大师用词运笔的最大特点,就是不事堆砌雕饰,力求朴实浑厚。卢那察尔斯基对托尔斯泰的语言特色作了如下评述。他说:"当你读托尔斯泰的时候,你会觉得他只是个粗通文墨的人。他很有些笨拙的词句",这是因为,"托尔斯泰本人情愿让他的句子别扭,而惟恐它华丽平顺,因为他认为这是不严肃。一个人谈论一件很重要的事情却并不激动,只是关心如何使他的声音悦耳,使一切显得精美流利,他就得不到任何人的信赖",而他希望,"他作为一个作者所说的一切都能达到天然无饰和最大的朴素"。卢那察尔斯基得出结论说:"托尔斯泰的朴素是最高的朴素,是克服了一切矫饰的人的朴素。"① 托尔斯泰的语言没有浮艳矫饰的毛病,他的文字初看平平,为了表达复杂的思想,有的地方甚至不够简约,但是在平直中却有奇想超拔之处,往往显示出逼人的风采。其原因就在于,托尔斯泰认为艺术就是作者"把自己体验过的感情传达给别人,而别人为这些感情所感染,也体验到这些感情"。② 从这点出发,他要求作家的语言应富有真情实感,能表达作家强烈的激情。托尔斯泰自己的语言正是灌注着丰满的感情的。他时时处处把自己的愤怒和喜悦、厌恶和怜悯、憎与爱、惶惑和疑虑泻于笔底。他把议论性的文字带进了小说,使小说具有一种思辨性和哲理性,使读者受到感染之余,同作家一道去思索社会、探讨人生。托尔斯泰的语言确实发挥了语言艺术感染的巨大作用。

　　托尔斯泰的艺术成就是多方面的。他擅长细腻传神的肖像描写,笔到之处,一个活脱脱的人物便站立在读者面前。他笔下的景色,透发着浓郁的俄罗斯的沉香土气。他那纵横交错、穿插铺排的小说结构艺术,使气势磅礴的史诗巨著错落有致,天衣无缝,使小小的儿童故事娓娓动听、引人入胜。

　　托尔斯泰这个"囊括整个俄国和一切俄国东西的伟大灵魂"③是个"激烈的抗议者,愤怒的揭发者和伟大的批评家"。④ 他大胆地"撕下了一切假面具",⑤"反映了

---

① 卢那察尔斯基:《论文学》,人民文学出版社,1978年,第285页。
② 伍蠡甫主编:《西方文论选》(下卷),人民文学出版社,第348页。
③ 《高尔基论文学》,广西人民出版社,第167页。
④ 《列宁全集》第16卷,人民出版社,第323页。
⑤ 同上书,第15卷,第178页。

一直到最深的底层都在汹涌激荡的伟大的人民的海洋"。① 他代表灾难深重的俄国人民,在最黑暗的年代里,发出了痛彻心腑的、然而又是充满矛盾的呼喊。"他告诉我们的俄罗斯生活,几乎不下于全部俄国文学"。② 托尔斯泰是属于全世界的。

---

① 《列宁全集》第 16 卷,人民出版社,第 321 页。
② 高尔基:《俄国文学史》,新文艺出版社,1957 年,第 503 页。

第二十章 契诃夫

契诃夫(1860—1904)是19世纪末期俄国批判现实主义文学最杰出的代表之一。他的作品以生动的艺术形象从各个方面反映了上世纪末和本世纪初的俄国现实。他无情地揭露庸俗、落后和反动,认真地探索生活的意义和通向光明的道路,真挚地抒发对美好未来的向往。他是俄国劳动人民的朋友。契诃夫在文学创作上是一个卓越的革新家,无论是在中、短篇小说还是在戏剧创作方面,他都做出了影响深远的创新。

生平和创作道路

安东·巴甫洛维奇·契诃夫(1860—1904)出生在罗斯托夫省塔甘罗格市一个普通商人的家庭。作家的祖先是农奴。他的祖父在1841年以三千五百卢布赎得了他本人和家庭成员的自由。他的父亲是一个店员,后来在塔甘罗格开了一爿杂货铺。严厉的父亲经常命令儿子们在学业之余站柜台、做买卖,所以契诃夫自己说,他"小时候没有童年生活"。1876年,不善经营的父亲破了产,家人相继迁居莫斯科,只留契诃夫在塔甘罗格继续学习,而他则主要靠担任家庭教师,以维持生计和求学。1879年,契诃夫中学毕业,进入莫斯科大学医学系学习。1884年,他大学毕业,开始在伏斯克列辛斯克和兹威尼哥罗德等地行医。医生工作对契诃夫的文学活动有良好影响,使他有可能接触农民、地主、官吏和教师等各种人物,扩大了作家的观察范围,丰富了他的生活见识。

1880年3月9日,在《蜻蜓》杂志第10期上首次发表了契诃夫的两篇短篇小说《一封给有学问的友邻的信》和幽默小品《在长篇、中篇小说等作品中最常见的是什么?》。此后契诃夫在《蜻蜓》、《闹钟》、《断片》等当时的轻松幽默刊物上发表了大量作品。1884年契诃夫第一本短篇小说集《梅尔波梅尼的故事》问世。

1886年5月,契诃夫的第二本小说集《五颜六色的故事》出版。从这一年起,契诃夫又开始为反动文人苏沃林发行的《新时报》撰稿。批评家尼·米哈伊洛夫斯基曾为此事劝告过他,但他仍与苏沃林及《新时报》保持密切联系。这主要是由于当时年轻的契诃夫深受小资产阶级环境影响,一度不问政治,只"想做一个自由的艺术家",要求有"最最绝对的自由"。①

在1887年和1888年,契诃夫的小说集《在昏暗中》(1887)、《天真的话》(1887)和《短篇小说集》(1888)相继问世。1888年10月,作家因小说集《在昏暗中》获得"普希金奖金"的半数,计五百卢布。此时契诃夫的声誉和地位日益增高。这使他强烈地意识到自己作为一个作家的责任感,认真思索人生的目的和创作工作的意义。他开始认识到,作家从事的"是社会工作,责任重大"。这时,格里戈罗维奇、柯罗连科等也规劝他珍惜才华。从此契诃夫不再像早期用笔名"安东沙·契洪特"写作时那样单纯追求速成和多产了。他对待创作的态度日益严肃起来,作品的主题日益深刻,人物也更加丰满。1888年,他发表了著名的中篇小说《草原》和剧本《伊凡诺夫》。

上世纪80年代下半期,契诃夫的思想探索十分紧张。他声明他不是"自由主义者"和"修士",②但同时他又承认,"政治方面、宗教方面、哲学方面的世界观我还没有;我每个月都在更换这类世界观"。③ 他痛苦地意识到自己缺乏一个明确的世界观来指导自己,正是在这种思想情绪的支配下,他写出了中篇小说《没意思的故事》(1889)。

执着的思想探索,促使体弱的契诃夫不辞辛劳在1890年4月奔赴沙皇政府放逐苦役犯和流刑犯的库页岛,对那里的近万名囚徒和移民进行访问和调查,同年12月他回到莫斯科。契诃夫在库页岛上看到了难以想象的非人生活。这些见闻提高了作家的思想认识,丰富了他的生活见识,也使他懂得,作为一个作家,他不应该不问政治。他在1891年明确表示:"……如果说我是文学家,我就需要生活在人民中间……我至少需要一点点社会生活和政治生活,哪怕很少一点点也好"。④ 他开始觉察到,为《新时报》撰稿所带给他的只是"祸害"。⑤ 这一认识标志契诃夫在逐渐克服不问政治的倾向,虽然他当时尚未识透苏沃林的真面目。库页岛之行加深了契诃夫对俄国专制制度的认识,他写出了短篇小说《在流放中》(1892)和旅行札记《库页岛》(1893—1894)等作品。在《库页岛》中,契诃夫凭借大量调查所得的材料,深刻揭露凶残的专制制度。他戏称《库页岛》是他的"散文衣橱"里的一件"粗硬的囚衣"。他真切地说:"我很高兴,在我的散文衣橱里将要挂上这件粗硬的囚

---

① ② 《契诃夫论文学》,人民文学出版社,1958年,第96页。
③ 同上书,第100页。
④ 同上书,第196页。
⑤ 《契诃夫文集》(20卷集)第15卷,俄文版,苏联国家文学出版社,1949年,第256页。

衣"。①《第六病室》(1892)是契诃夫在库页岛之行后创作的一篇更为重要的作品，曾深深打动了列宁。

1890至1900年间，契诃夫曾去米兰、威尼斯、维也纳和巴黎等地疗养和游览。1892年，他在莫斯科省谢尔普霍夫县购置了梅里霍沃庄园，在那里一直生活到1898年，后因身患严重的肺结核病才迁居雅尔塔。1901年，他同莫斯科艺术剧院的演员奥尔迦·克尼佩尔结婚。在定居雅尔塔期间他常与列夫·托尔斯泰、高尔基、布宁、库普林和列维坦等人来往。

上世纪90年代中期，俄国解放运动已经进入无产阶级革命阶段。在革命阶级的高昂情绪的激励下，大学生以及其他居民阶层的民主精神日趋活跃。契诃夫也积极投入了社会活动。1892年他在下诺夫哥罗德省和沃罗涅什省赈济饥荒；1892至1893年间在谢尔普霍夫县参加医治霍乱的工作；1897年参加了人口普查工作。1898年，契诃夫支持法国作家左拉为受冤屈的犹太血统军官德莱福斯辩护的正义行为，并因此疏远了同苏沃林的关系。1902年，为了抗议沙皇当局取消授与高尔基科学院名誉院士称号的决定，契诃夫和柯罗连科一样，放弃了他自己在1900年获得的科学院名誉院士的称号。1903年，他曾资助一些为争取民主自由而受到迫害的青年学生。许多事实表明，在19世纪90年代末和20世纪初，契诃夫的民主主义立场日益坚定，他对社会生活底层的观察更为深刻，意识到一场强有力的、荡涤一切陈规恶习的"暴风雨"即将来临。契诃夫歌颂劳动，希望每个人都以自己的工作为美好的未来做准备(《三姐妹》)。在1905年大革命的前夕，契诃夫表达了要"把生活翻一个身"、奔向新生活的渴望(《未婚妻》)。

由于契诃夫的思想和立场仍未超出民主主义的范畴，他不可能了解工人阶级的斗争，他笔下的先进人物都不知道为了创建崭新的生活应该走什么道路，而他们渴望的"新生活"以及光明未来也始终只是一种朦胧的憧憬。

1904年6月，契诃夫病情恶化，在奥尔迦·克尼佩尔陪同下前往德国的巴敦维勒治疗，同年7月15日在该地病逝。

小说家契诃夫

契诃夫从事小说创作二十余年，在写作技巧上精益求精，达到了炉火纯青的地步。他一直致力于开拓短篇小说反映社会生活的艺术潜力，托尔斯泰赞誉说："契

---

① 《契诃夫文集》(20卷集)第16卷，俄文版，苏联国家文学出版社，1949年，第111—112页。

诃夫创造了新的形式……从技巧上说,他,契诃夫,远比我高明!"①高尔基也说:"作为文体家,契诃夫在我们当代艺术家中是唯一掌握了'言简意赅'的高超写作艺术的。"②

　　契诃夫创造了一种内容丰富深刻、形式精湛独特的抒情心理短篇小说体裁。在这种短篇小说中,作家截取一段平凡的日常生活为题材,凭借精巧的艺术细节对生活和人物心理作真实的描绘、刻画和概括,从中展示出重要的社会内容。这种小说有浓郁的抒情意味,抒发作者对丑恶现实的不满以及对美好未来的向往,但作家把他对所描绘的生活和人物的褒贬以及作家本人的痛苦和欢悦之情自然而巧妙地融化在作品的形象体系之中,让读者自己从诸形象中琢磨和回味作品的涵义。

　　短篇小说大师契诃夫经历过一条坎坷的探索和发展的道路。这条发展道路大体上分成三个阶段:在第一个阶段(1880—1886),作家从安东沙·契洪特逐步发展成为契诃夫;契诃夫在成名之后,继续进行思想和艺术探索,这是小说家契诃夫的创作发展的第二阶段(1886—1892);最后一个阶段是作家在思想上和艺术上均已成熟的时期。

　　契诃夫创作生涯的第一阶段正值反动势力猖獗的80年代,文坛上多是一些肤浅的、毫无思想内容和艺术价值的作品。年轻的契诃夫当时迫于生计,又缺乏经验,曾一度迎合时尚,以"安东沙·契洪特"、"没有病人的医生"等笔名,写了大量无伤大雅的滑稽故事和诙谐小品,如《在剃头店里》(1883)。从这类性质的滑稽故事中可以听到契洪特发出的无忧无虑的欢快笑声。后来,契诃夫对此时的作品持批判态度。1899年,他为准备出版文集整理自己的作品时,在他创作的初期,契洪特写出了许多为后来的契诃夫所不能接受的东西。他直言不讳地承认,在他早期的幽默故事中"犯过一大堆错误"。③但他同时也看到,"哪里有错误,哪里也就积累了经验"。④实际上,就在当时,契诃夫也写出了一些优秀的短篇小说,无论在思想上或艺术上都不同于一般供市侩茶余饭后消遣的东西,如《胖子和瘦子》(1883)、《变色龙》(1884)、《普里希别叶夫中士》(1885)和《苦恼》(1886)等。这些作品内容生动、形象鲜明、结构精炼。例如,在篇幅不过三千余字的《变色龙》中,契洪特十分生动地嘲笑了"变色龙"巡官奥楚梅洛夫。当奥楚梅洛夫以为咬了金饰匠赫留金手指的那条狗是普通人家的狗时,他扬言要弄死这条小狗并处罚它的主人;但当他一听说狗主人是席加洛夫将军时,他一会儿额头冒汗,脱下军大衣,一会儿又全身哆

---

① 《文学遗产》第68卷,俄文版,苏联科学院出版社,1960年,第875页。
② 高尔基:《论文学》,俄文版,苏联作家出版社,1953年,第27页。
③④ 《契诃夫论文学》,人民文学出版社,1958年,第167页。

嗦,把大衣穿上。狗主人的地位的尊卑决定着狗的价值,也左右着巡官对狗的态度。契洪特的精湛艺术表现在他绘声绘色地描写了一桩由于狗咬人而引起的趣事,更表现在他通过奥楚梅洛夫形象地嘲讽了社会上虚伪逢迎和看风使舵的恶习,使"变色龙"一词有了深刻的社会内容。《胖子和瘦子》、《普里希别叶夫中士》分别揭露了卑躬屈节的小官吏、专制制度的卫道士,也都是绝妙之笔。

柯罗连科曾精辟地指出,在契洪特的优秀作品里,除了无忧无虑的欢乐和愉快之外,还有着"沉思、抒情以及契诃夫所特有的那种透过滑稽笑料流露出来的忧郁音调"。[①] 高尔基也很重视契洪特的幽默杰作。他说:"只要认真读一读这些'幽默'小说,你就会确信,在那些可笑的话语和情景的背后,作家难过地看到并羞怯地隐藏了许多残酷和可恶的东西"。[②] 值得注意的是,伟大的无产阶级作家决非无缘无故地在这里把"幽默"一词放进引号的,他早就把契洪特的优秀幽默短篇同当年时髦的滑稽小品严格区别开来了。

在契洪特的某些作品里,特别是在他描写金钱和权势如何践踏人格,而受凌辱的人又不知自重的作品里,年轻的作家虽然也在笑,但在他的笑声中包含着辛酸的眼泪、忧郁的音调和指责的情绪。在地主资产阶级的俄国,人的尊严和人格同样受到了金钱和权势的蹂躏,这使出身低微、靠劳动谋生的契洪特身上有一种自发的民主主义倾向。他尊重人格,并在自己的优秀幽默作品中一方面鞭挞侮辱人格的老爷士绅,同时也嘲讽了一些被侮辱者的奴才心理,从而维护了人的尊严。在俄罗斯批判现实主义文学中,从《驿站长》、《外套》到《穷人》,从普希金、果戈理到陀思妥耶夫斯基,他们都从人道主义出发,一直对被侮辱和被损害的"小人物"深表同情。但后来车尔尼雪夫斯基站在新的思想高度,超越了人道主义同情心,批评了"小人物"们本身的软弱无能。契洪特对于"小人物"的态度则是指责多于同情。他指责"小人物"不知自尊,在有权势者面前卑躬屈节。这表明,60年代这个"神圣的时代"对契洪特是有影响的。他认为,一个人"应该意识到自己的尊严",一个诚实的人"可不是渺小和微不足道的"。正是这种朴素的民主主义思想使契洪特的上述优秀幽默短篇具有比较深刻的思想内容,与当时流行的诙谐小品截然不同。

从艺术形式的发展和从契洪特逐步向契诃夫转变的角度来看,上述几篇幽默作品也是应该重视的。首先,这些作品的情节虽然具有笑话的性质,但作者并不着眼于追逐肤浅的"噱头",而是注意通过可笑的情景来揭露生活中的丑恶现象,引起读者的思考。其次,在对生活场景和人物性格的"客观"描绘中,还融合着作家本人

---

① 《同时代人回忆契诃夫》,俄文版,苏联国家文学出版社,1952年,第72页。
② 高尔基:《论文学》,俄文版,苏联作家出版社,1953年,第40页。

的思想感情。例如,在《在钉子上》(1883)这篇故事中,契洪特虽只是"客观地"叙述了几个小官吏怎样津津有味地吞食剩羹残饭,但他对这些匍匐在上司足下的"小人物"的厌恶之情却强烈地感染着读者。构思新颖和独特的艺术细节也是小说家契诃夫的一大特长,《在钉子上》就使用了含义深刻、形象鲜明的艺术细节:不同的帽子标志着上司的不同身份和地位,以致使奴性十足的小官吏们望帽色变。契诃夫又主张通过描写人物的言行来显示人物的心理状态,应该说,在幽默短篇《一个官员的死》(1883)中,契洪特已对这种心理描写手法作了一次成功的尝试。

除了幽默短篇之外,契洪特在 1883 至 1886 年间也写过一些用他自己当时的话来说是"过于严肃"的作品。短篇小说《贼》描写了一个名叫费多尔·斯捷诺维奇的人由于偷窃公款而被流放到西伯利亚的遭遇。同案犯巴拉绍夫和他一起流放,但巴拉绍夫在流放中依然过着自由和阔绰的生活,只因为他更善于偷盗,偷盗得更多。小说《在秋天》的主题思想和《贼》相似。契洪特用这两个作品告诉读者:周围的生活是不公平的,这世界是骗子和坏人的乐园。短篇小说《嫁妆》和《小人物》标志着契洪特向契诃夫迈进。它们都通过十分平常的情节来反映不合理的生活现象。在《小人物》中小官吏涅维拉济莫夫向上司乞求加两个卢布的薪水,但经过整整十年,仍未达到目的,虽然他为此常常放弃节日休息,顶替别人值班。涅维拉济莫夫想生活得好一些,但毫无指望,因为他既不会盗窃,又不善告密。他苦闷到了极点,只得把怨气发泄到一只无辜的蟑螂身上,他抓起蟑螂朝玻璃窗上一摔,把它活活摔死了。这时主人公涅维拉济莫夫才感到轻松了一些。这一段"客观"而含蓄的结尾是十分发人深思的。在这篇契洪特的作品中已经清楚地看到未来的契诃夫:取材于日常生活,不追求情节的曲折,注意人物的心理活动,巧妙地运用细节。

在《牡蛎》(1884)、《音乐师》(1885)和《哀伤》(1885)等短篇小说中,契洪特进一步磨炼自己,深沉和严肃基本上替代了轻松和诙谐。不过,在这些作品中诙谐和滑稽的成分还是程度不同地存在着,似乎是契洪特和契诃夫"共处"在一个作品之中。而这种"共处"的局面在《苦恼》(1886)和《万卡》(1886)等杰作中结束了。短篇小说《苦恼》曾被托尔斯泰誉为"第一流"作品。马车夫姚纳的独生子病死了,姚纳痛苦异常,可是他迫于生计,仍冒雪赶车上街。他辛苦了一整天,却连买燕麦喂马的钱也未挣到。姚纳多么想找一个人倾诉自己的苦楚,但在光怪陆离、车水马龙的彼得堡,竟找不到一个人愿意听听他的诉说。最后,姚纳走进马棚,一边喂羸弱不堪的母马吃草,一边向马儿倾吐自己的满腹苦水。《苦恼》的情节十分朴素和平常,没有任何离奇曲折之处,至于人向马儿诉苦,这绝非矫揉造作。相反,它是十分成功的真实的艺术虚构,也是契洪特已经发展成为现实主义大师契诃夫的重要标志。这种艺术虚构比实际生活更高、更强烈、更典型。它非常深刻和生动地揭示了沙皇俄国的冷酷现实。正因为如此,高尔基称颂《苦恼》是一篇"真实而生动的短篇小说"。①《苦恼》表明,无论是在思想上还是在艺术上,契洪特更深沉和更成熟了。尽管作家在发表《苦恼》时的署名仍是契洪特,实际上他已成长为契诃夫了。

除了《苦恼》之外,契洪特在1886年还写了《万卡》、《安纽黛》和《风波》等反映劳动者生活的优秀短篇。在《万卡》中,契洪特已能娴熟、精巧地通过描写人物心理来反映社会生活。他在描写九岁童工的痛苦中概括了劳动人民的悲惨遭遇。小万卡写的信封("寄交乡下祖父收")更意味深长。这个细节使天真幼稚的小万卡跃然纸上,使读者更加同情这个失去了幸福童年的孩子,更加痛恨那个剥夺穷孩子的童年的社会制度。

值得注意的是,在1886年,契洪特的创作题材比前几年更加丰富了。在《好人》和《在途中》等作品里出现了契洪特从来未描写过的正在进行思想探索的知识分子形象。正如契洪特自己所说的,他已经"钻进严肃的领域里去了"。在处理这种题材时他完全摆脱了诙谐和滑稽的因素,可以说,这时契洪特已不复存在。《好人》和《在途中》发表时署名为安东·契诃夫,这决非无意之举。

促成欢乐和诙谐的契洪特逐渐发展成为深沉而严肃的契诃夫的最重要原因,是当时不合理的俄国现实。正是这一现实加强了作家的社会责任感,使契洪特日益严肃起来。在姚纳、万卡等人物的遭遇和命运吸引了契洪特的注意力,在看到金钱、权势和庸俗对人的戕害以及人与人之间的冷酷关系之后,契洪特也就失去了他原有的无忧无虑的欢笑。而当契诃夫的目光投向生活的更深处,开始描写探索人生意义的知识分子时,他的文风就更与前迥异了。这时小说家契诃夫结束了他创作发展中的第一阶段。最初显露在契洪特的优秀作品中的一些未来的契诃夫的笔法,随着作家生活经验的日益丰富和艺术上的不断探索,将更成熟起来。

从1886年到1892年发表《第六病室》为止,是小说家契诃夫创作发展的第二阶段。在这阶段中,契诃夫孜孜不倦地进行思想探索,寻求一个可以把一切贯穿起来的"中心思想",而在创作上他不断完善抒情心理短篇小说的艺术形式,继续挖掘这种体裁反映生活的艺术潜力。同时,他也开始从事中篇小说和剧本的创作。

从80年代下半期起,契诃夫的声誉日增,他的作家责任感也越来越强烈。他在一封信中说:"以前我并不知道,人们在阅读和议论我的作品,因而我写作时心情宁静,就好像是在吃油饼似的;现在我是一边写,一边担心。""这种工作使神经不安,心情兴奋,精力紧张……"②他已经认识到,"文学家不是做糖果点心的,不是化

---

① 高尔基:《我的大学》,人民文学出版社,1978年,第61页。
② 《契诃夫论文学》,人民文学出版社,1958年,第38页。

妆美容的,也不是给人消愁解闷的;他是一个负着责任的人"。①

在创作发展的第二阶段,契诃夫对生活的发掘比以前深刻了,作品的题材也更丰富了。在他谈到自己的工作的信件中,我们常可以读到这样的说法:"主题完全是崭新的",②"我正在涉及一个新的主题"。③

短篇小说《仇敌》(1887)描写老爷阿鲍金和医生基里洛夫在道德方面的冲突,作家同情医生,指责老爷及其家人的自私和卑俗。在《恐怖》(1892)、《命名日》(1888)、《公爵夫人》(1889)等作品中,契诃夫暴露有财有势者的伪善和虚荣,鞭挞庸俗,批评阿谀和奉承。许多作品表明,契诃夫对现实的批判加强了。他说,现在他从事写作有两个目的:一是"真实地描写生活",二是证明"这生活是怎样反常"。④在短篇小说《神经错乱》(1888)中,契诃夫沉痛地描写和控诉了资本主义社会中极端"反常"的现象:卖淫。

中篇小说《草原》是契诃夫写的第一篇大型作品。在《草原》中,他歌颂祖国美好的大自然,描绘草原人民的生活,思考农民的命运,表达人民对幸福生活的渴望。整篇作品充满着浓郁的抒情意味。《草原》也表明了契诃夫在艺术上是一位描写自然景色的大师。

在契诃夫第二阶段的创作中最重要的是他反映当时社会思潮的作品。这实际上也是他本人在凭借艺术手段进行思想探索。《好人》(1886)、《乞丐》(1887)、《相遇》(1887)、《哥萨克》(1887)等短篇小说反映出托尔斯泰主义当年在俄国流行的情景。这些作品的内容表明,在80年代下半期托尔斯泰学说曾影响过契诃夫。他自己承认说:"托尔斯泰的哲学强烈地感动过我,有六七年的功夫它占据了我的心。"⑤在中篇小说《灯火》(1888)中,契诃夫反映了当时另一种社会思想:悲观主义。他描写了厌世和悲观的人,也反映了他本人当时的忧郁和怀疑:"在这个世界上没有一件事情弄得明白!"

次年,他创作了中篇小说《没意思的故事》,讲述老教授尼古拉·斯捷潘诺维奇德高望重,知识渊博,但缺乏一个将一切贯穿起来的对世界的完整看法,即缺乏"中心思想"。他回答不了卡嘉向他提出的折磨人的问题:该怎么办? 他体会到,没有这个"中心思想",人生就变成可怕的负担,就等于什么也没有。老教授的心情体现了当年知识分子在思想探索中的苦恼,也反映了作家本人迫切寻求"明确的世界

---

① 《契诃夫论文学》,人民文学出版社,1958年,第35页。
② 《契诃夫文集》(20卷集)第14卷,俄文版,苏联国家文学出版社,1949年,第391页。
③ 同上书,第399页。
④ 《契诃夫论文学》,人民文学出版社,1958年,第153页。
⑤ 同上书,第231页。

观",渴望知道应该怎么办的心情。

《第六病室》是一部思想性与艺术性完美结合的作品。契诃夫通过对一所精神病院和病室里的种种弊病的描写,满腔义愤地抨击了专制制度。在这种制度下,任何人,特别是爱思考和有见解的人,随时都可能遭到诬陷和逮捕,或者可能被当作"疯子",关进"监狱"似的第六病室。格罗莫夫就是这种制度的受害者之一。他本是一个有头脑的人。在被关进第六病室前,他激烈地抨击过社会上的种种弊病:"坏蛋们吃得饱、穿得好,正派人却饥寒交迫";"社会上缺乏高尚的趣味,人们过着黯淡的糊涂生活",把精力和智慧都"耗费在打牌和造谣上";法官和巡警们"麻木不仁"、"敷衍了事"、"冷酷无情"。格罗莫夫相信"新生活的黎明会放出光芒,真理会取得胜利",他高呼"真理万岁!",甚至在他被当作疯子关进第六病室后他仍坚持着这个信念。格罗莫夫清醒地驳斥了拉京医生的"懒汉哲学"和"托钵僧精神"。他一针见血地指出拉京的致命弱点:拉京之所以会鼓吹蔑视痛苦,是因为他本人不仅"没有受过苦",而且"像蚂蟥那样靠别人的痛苦生活着"。可是,"如果房门把拉京的手指头夹了一下,他恐怕就要扯开喉咙大叫起来"。在整篇作品中,契诃夫把对于"疯子"格罗莫夫和"有头脑的"格罗莫夫的描绘巧妙地穿插起来,也对"疯子"格罗莫夫同"健康人"拉京医生的争论作了恰到好处的安排,很自然地给读者造成一种印象:在沙皇专制的俄国,善于思索、有批判能力的人被认作"疯子",而洞察专制制度罪恶的却正是这些"疯子"和"狂人",他们对于时弊的抨击常使"健康人"耳目一新。应该说,"疯子"格罗莫夫形象是契诃夫在严厉的书报检查制度控制下取得的重大艺术成就。拉京医生的遭遇烘托和强化了格罗莫夫给读者造成的印象:沙皇专制制度是荒诞无稽的。拉京医生不过同格罗莫夫谈了几次话,竟然也被认为患了精神病,被关进了疯人病室。

拉京为人正直、善良,但他不懂得生活,根本不知道什么叫痛苦,却侈谈要"蔑视痛苦",要"运用意志的力量改变痛苦这个观念,丢开它",甚至说什么"不诉苦,痛苦就会消灭"。契诃夫让格罗莫夫用激烈的言辞去冲击他,同他进行辩论;更重要的是,让严峻的生活去教训他,使他这个因"不懂生活而蔑视痛苦"的人尝到了生活的苦味。他被撤职,买不起新书,付不出房租,欠下了三十二卢布的啤酒钱,最后还经受了第六病室中特有的折磨和屈辱,尝到了尼基达的铁拳的滋味。拉京在受到种种屈辱后有过挣扎和反抗的打算,他想打死尼基达,打死霍包托夫和总务处长……拉京的这种念头虽然瞬息即逝,但却有着深刻的意义:他原先信奉的那一套不抗恶"哲学"失灵了。遗憾的是,他反抗之愿未偿就长逝了。拉京的死是作品艺术逻辑发展的必然结果,它也完全符合现实的生活逻辑,拉京不可能成为反抗专制制度的战士。他的惨死说明:托尔斯泰主义以及一切鼓吹放弃斗争的主张是无能的，必然被无情的生活所否定。拉京和格罗莫夫是一对相反相成的艺术形象，他们成功地体现了《第六病室》的主要思想："让这个社会看清楚它自己，并为自己感到害怕。"著名画家列宾读了《第六病室》后说的话生动地表明了契诃夫这部作品的社会影响，他说："我惊愕，我神往，但我高兴，因为我尚未落到安德列·叶菲梅奇（即拉京）那种地步"。① "第六病室"正是沙皇俄国的缩影。

《第六病室》显示出小说家契诃夫善于通过真实的细节向读者揭露生活的本质的艺术才能。例如他凭借灰色的围墙、围墙上尖端朝天的钉子、病房窗子里边的铁格子、颜色灰白尽是木刺的地板等给读者造成一种印象：第六病室所属的医院正是一座监狱。但就在这个"监狱"似的背景上，拉京医生却认为"最好的维也纳医院和我们的医院实际上并没有什么区别"，这绝妙的一笔立刻使读者不禁为拉京的冷漠感到心寒。但就是这同一个拉京，当他自己被关进第六病室后，在一个月夜里看到"天已经黑了，右面天边上来一个冷冷的，发红的月亮。离医院围墙不远，至多不出一百俄丈的地方，矗立着一所高大的白房子，被一道石墙围起来"。他认出，"这是监狱"。这时，他醒悟了，认识到他过去管理的医院实质上就是一座监狱。他感叹道："原来现实是这样！"这时，四周围的月亮，监狱，围墙上的钉子，远处一个烧骨场上腾起来的火焰，都使他感到那样地可怕。契诃夫就这样很自然地推开了医院的围墙，巧妙地把窒息人的第六病室同可怕的现实联系起来，赋予作品以更为深广的内容。在《第六病室》中，契诃夫在思想和艺术方面都达到了新的高度。

从1892年起，一直到1903年发表《未婚妻》止，是小说家契诃夫创作的第三阶段，也是他的创作高峰。他的作品日臻完善：内容和形式完美地统一，真实深刻，朴素动人。高尔基曾指出契诃夫短篇小说的巨大社会作用，他对契诃夫说："您以您的篇幅不大的小说在做着一件意义巨大的事情：唤起人们对浑浑噩噩、半死不活的生活的厌恶。"②

契诃夫的同时代人，文学评论家伊·谢格洛夫(1856—1911)说过："在契诃夫的一个短篇小说中可以感觉到的俄罗斯，比在博博雷金写的所有长篇小说中所感觉到的还要多。"③这个意见是很精辟的。契诃夫晚期小说的一个重要特征就是，它们都含有十分丰富的社会内容。他在一系列作品里都触及到重大的社会问题。例如短篇小说《套中人》(1898)既刻画了反动势力猖獗的80年代的产物"套中人"别里科夫，也塑造了反映90年代民主运动高涨时期的形象——兽医伊凡·伊凡内奇；既

---

① 《契诃夫文集》(20卷集)第8卷，俄文版，苏联国家文学出版社，1949年，第529页。
② 高尔基:《文学书简》(上册)，人民文学出版社，第66页。
③ 《文学遗产》第68卷，俄文版，苏联科学院出版社，1960年，第482页。

描写了80年代令人窒息的社会气氛,也反映了"不能再这样生活下去"的新的社会情绪。"套中人"别里科夫的形象早已成为家喻户晓的保守势力的代词。《醋栗》(1898)和《姚尼奇》(1898)则刻画了自私自利、蜷伏在个人"幸福"小天地中的庸人的心灵空虚和堕落,并指出"人所需要的不是三俄尺土地,也不是一个庄园,而是整个地球、整个大自然,在那广大的天地中人才能尽情发挥他的自由精神的所有品质和特点"。生活的意义在于争取"更伟大更合理的东西"。

正是在这一时期,契诃夫的目光投向了农村生活和工厂生活中的矛盾。《农民》(1897)以清醒的现实主义反映了农村的赤贫和野蛮;《在峡谷里》(1900)则描写农村资产阶级——富农那种蛇蝎般的贪婪和残酷。这些以农村为题材的小说客观上有力地驳斥了民粹派对农村公社的美化。《我的一生》(1896)和《出诊》(1898)的批判锋芒指向工业资本主义。在这个制度下,"多数人供给少数人衣食,保护他们,自己却忍饥受寒";资本主义就像是"睁着两只红眼睛的魔鬼",支配着工厂里的一切;这里尽管有蒸汽机和电话机,人们的生活却好像倒退到了石器时代。这些作品中的主人公认识到,游手好闲和不劳而获的生活是不干净、不道德的,这反映了在当时一部分青年中增长着的"社会自觉",也说明了90年代日益高涨的民主主义运动以及1905年大革命前夜的社会形势对契诃夫产生了良好的作用。但由于契诃夫始终未投身革命运动,不了解工人阶级,他笔下最先进的知识分子也还不知道应用革命手段变革社会,这又是契诃夫本人的局限性的反映。

和第二阶段创作一样,契诃夫仍继续进行着思想探索。他在《宝贝儿》(1899)中嘲讽夫唱妇随的封建道德观念;在《带阁楼的房子》(1896)和《我的一生》中否定流行于上世纪末的"小事"论、渐进论和托尔斯泰所谓的"平民化"。

契诃夫这个阶段的作品具有强烈的时代气息,从多方面反映了当时正在走向革命运动新高潮的俄国,也表明了契诃夫对现实社会的认识和所采取的态度。这些作品十分精炼,是"内容比文字多得多的作品"。① 所以如此的一个重要原因,是契诃夫着力捕捉人物和生活的底蕴。他明确认识到,作品中所描写的一切,应该是他"对生活进行观察和研究的成果",是"重要的或者典型的东西"。② 当然,契诃夫反对专制制度的民主主义立场是使他能抓住社会生活的重要方面的根本原因。

契诃夫的晚期创作的抒情心理小说不仅有丰富的生活内容,而且有崭新的艺术特色。

最醒目的特色是作家能够在篇幅有限的作品中,通过人物不断认识现实中的

---

① 高尔基:《论文学》,俄文版,苏联作家出版社,1953年,第27页。
② 《契诃夫论文学》,人民文学出版社,1958年,第137,256页。

矛盾过程,来展示他们的心理活动和性格发展。如《出差》中的副检察官鲁仁、《套中人》和《醋栗》中的兽医伊凡·伊凡内奇、《带狗的女人》中的古罗夫的形象都是按照这一原则塑造的。因此读者在其中既看到社会生活,也看到人物的精神变化,这变化以客观现实为基础,具有浓厚的生活气息。在展现人物内心世界方面,契诃夫与托尔斯泰、陀思妥耶夫斯基不同,他不对人物的心理活动本身作细致的描写和刻画,而力求让读者从人物的行为和举动中看出他的内心活动和精神状态。他主张:"在心理描写方面也要注意细节……最好还是避免描写人物的精神状态;应当尽力使得人物的精神状态能够从他的行动中看明白。"[①]契诃夫在他的创作实践中一直遵循着这个原则,并不断探索艺术手段以充实和丰富这个心理描写原则。这是短篇小说家契诃夫的写作特色,也是他为世界文学宝库做出的宝贵贡献。

富有强烈的抒情意味,这是契诃夫晚期小说的又一重要特点。作家不仅真实地反映生活和社会情绪,描写人物的觉醒或堕落,而且巧妙地透露他对觉醒者的同情和赞扬,对堕落者的厌恶和否定,抒发他对美好未来的向往,对丑恶现实的抨击。契诃夫的抒情手法是多种多样的。最常见的手法是在适当的时分和场合、在作品的情节发展到为抒情准备好成熟条件时,借主人公之口来抒发。如在《带狗的女人》中,古罗夫正苦苦怀念着安娜,急切地想找一个人倾吐真情,但漫不经心的对手却回了他一句风马牛不相关的话:"鱼有点臭稀稀的!"契诃夫立刻抓住了这个时机,让古罗夫实际上替代自己抒发情思,抨击琐碎、庸碌的小市民生活,读来异常自然,使作家、人物和读者的思想感情融成一体。契诃夫还善于把自己的感情倾注于对景物的描写之中,巧妙地借景抒情。在《套中人》末尾,契诃夫描写了农村的月夜景色,突出了自然界的辽阔广大,以此衬托和强化他对那个在棺材中找到了自己"理想"的别里科夫的厌恶和谴责。

被托尔斯泰誉为"新的形式"的契诃夫的抒情心理小说是一个艺术整体。除了心理刻画和抒情性这两个基本特点以外,还有一些重要特点,如:围绕中心人物勾勒一个生活背景、构思精当而富有概括力的艺术细节、运用客观而含蓄的叙述笔法等。这些手法同心理刻画和抒情阐发有机地熔为一个形象体系,使契诃夫的抒情心理短篇小说成为一种独特的艺术体裁。

勾勒生活背景是契诃夫对短篇小说写作艺术的一大贡献。有了这个背景,篇幅有限的小说就有了更大的容量,可以更为深广地反映现实。契诃夫写短篇小说的经验是:"除了人物以外",使人"还可以感到人物从中走出来的那个人群、

[①] 《契诃夫论文学》,人民文学出版社,1958年,第27页。

气氛和背景"。①《出差》描写了主人公鲁仁的觉醒,但这个觉醒过程是在农村生活的背景下发生的。鲁仁在农村看到的是贫富悬殊的两个世界和两种生活,此情此景促成了他的觉醒。有了这幅农村生活背景,小说的内容也就显得更加丰厚。对于副检察官鲁仁来说,村警夏洛丁、医生斯达尔琴科、地主冯·达乌尼兹也都只是一种背景,他们从各自的角度衬托和促进鲁仁的思想转化,使这个转化显得合情合理。有时作家在作品中也会插叙一两个与小说情节并无直接关联的故事,作为生活背景。例如,在《醋栗》中契诃夫塑造了一个自私自利、心灵空虚和精神堕落的庸人形象。为了衬托这个庸人的性格,他在小说中插叙了两个小故事:讲一个商人在临死前把自己的全部彩票和钞票用蜜糖拌和,一齐吃下肚去;还讲了一个牲口贩子,他不幸被轧断了一条腿,但并不为此感到十分痛苦,却急于要找回那条轧断了的腿:原来这条断腿的靴子里还藏着二十卢布。这两个插叙的故事在作品中也构成了一种生活背景,使《醋栗》得以更加深广地反映生活,更加形象地揭示一个真理:在现实生活中,铜臭已经侵蚀了许多人的灵魂,地主契才夏·喜马拉伊斯基绝非个别现象。这样,小说就使读者更强烈地厌恶那个产生这类丑陋怪诞现象的社会制度,使他越发感到"不能再这样生活下去"。契诃夫在创造生活背景上是独具匠心的。

契诃夫十分擅长运用艺术细节。在他的早期创作里,这一点已表现得很突出,如《小人物》的主人公最后拿一只蟑螂来发泄自己的怒气,极好地表现了他的绝望心理和狭隘无能。《醋栗》中那又酸又硬的醋栗,《套中人》别里科夫的雨伞、套鞋,都是绝妙的细节描写。艺术细节既能深化作品的思想内容,又能使人物形象更加生动。构思精巧的艺术细节还能使作家节省笔墨,使作品更加简练和紧凑。

最后,在契诃夫看来,写作短篇小说时必须遵循的一条最根本的艺术准则是,用最短的时间给读者以鲜明和强烈的印象。他说:"小说必须一下子在一秒钟里,印进人的脑筋。"②在短篇小说中不宜作详尽地描绘,因为"细节,即使是很有趣味的细节,也会使人的注意力疲倦"。③以上这些看法都是契诃夫关于写作短篇小说的艺术准则的基本出发点。正因为如此,契诃夫极端重视文笔简洁,他说"简练是天才的姐妹";④并十分形象地比喻道:"用刀子把一切多余的东西都剔掉。要知道在大理石上刻出人脸来,无非是把这块石头上不是脸的地方都剔掉罢了。"⑤

---

① 《契诃夫论文学》,人民文学出版社,1958年,第300页。
② 同上书,第283页。
③ 同上书,第234页。
④⑤ 同上书,第154,243页。

契诃夫的小说创作成就是卓越的,他关于短篇小说写作的见解也是十分精辟的。

戏剧家契诃夫

契诃夫的戏剧创作也是他的文学遗产的重要组成部分。

和契洪特曾写过许多逗笑的诙谐故事一样,戏剧家契诃夫也创作过一些轻松喜剧。在《蠢货》(1888)、《求婚》(1889)、《结婚》(1890)、《纪念日》(1891)等喜剧中,契诃夫的幽默常常令人捧腹,他嘲笑了庸俗虚伪和矫揉造作。

《伊凡诺夫》(1887)是契诃夫的第一部正剧。剧本描写一个没有坚定思想信念和明确生活目标的知识分子伊凡诺夫,他经不起艰难生活的考验,最后开枪自杀。契诃夫说,他要在《伊凡诺夫》中对他以往所有描写灰心和苦闷的人的作品"做一个总结"。[①] 所以他又说,伊凡诺夫是一个"具有文学意义的典型"。[②] 契诃夫在剧本中否定了伊凡诺夫之流,认为这些人神经脆弱,没有坚实的立足点,不能解决重大问题,只能被问题压倒。《伊凡诺夫》的思想倾向是和契诃夫当时的创作总倾向一致的。它再一次表明,当时正在进行思想探索的契诃夫已认识到,对一个知识分子来说,坚定的信念和明确的目标是十分重要的。在艺术形式和手法方面,《伊凡诺夫》尚未摆脱传统戏剧的影响,如用主人公开枪自杀的办法来了结矛盾。

契诃夫的戏剧革新始于《海鸥》(1896),以后在《万尼亚舅舅》(1897)、《三姐妹》(1901)和《樱桃园》(1903)等剧本中又有所发展。他最重要的革新表现在剧本的取材和情节上。他从不靠杜撰离奇曲折的情节来追求"舞台效果",他只是描写普通人的日常生活,从平凡的现象中发掘社会生活的重要方面,使剧本具有严肃和深刻的内容。这和他在小说题材方面的革新是一致的。

在《海鸥》中,不难看出契诃夫在艺术和社会生活的关系问题上所作的探索。他赞扬了一个以痛苦的代价换得信仰和生活目标的青年女演员尼娜·扎列奇纳娅。尼娜在经历了生活的考验后,懂得了自己作为一个艺术家的使命,成熟和坚强起来,不再害怕生活带给她的种种磨难。作家特里戈林有较深的艺术造诣,不愿作一个"只会描写自然景物"的"风景画家"。他意识到作家"有责任谈人民,谈人民的苦难和未来,谈科学和人民的权利",但他又发现自己跟不上发展着的生活。青年作家特里勃列夫缺乏信仰,看不到目标,他在艺术方面所作的"革新"脱离现实生活,

---

[①] 《契诃夫文集》(20卷集)第14卷,俄文版,苏联国家文学出版社,1949年,第290页。
[②] 同上书,第13卷,第373页。

是形式主义的,注定要失败。《海鸥》的整个形象体系反映了契诃夫在文艺问题上的严肃思考:艺术家必须有正确的世界观,必须与时代并进。

《万尼亚舅舅》描写没有崇高理想和生活目标的知识分子的可悲命运。不无才干的万尼亚舅舅和他的外甥女索尼娅辛勤工作了二十多年,终于发现他们的劳动只是一种无谓的牺牲,因为他们向来无限崇拜并为之辛勤操劳的谢列布利雅科夫教授原来是一个不学无术的庸人,一个坐享他人劳动成果的寄生虫。高尔基精辟指出,万尼亚舅舅的可悲命运具有象征的意义,它象征着千千万万劳动者的才干在资本主义社会里被糟蹋和埋没。契诃夫在剧本中歌颂劳动,斥责游手好闲和不劳而获的寄生生活。他断言,过寄生生活的人"不会干净的",也不可能是美的。《万尼亚舅舅》反映了契诃夫的美学观,即真正的美存在于劳动和创造之中。契诃夫正是从这个角度否定了徒有美貌但完全过着寄生生活的叶琳娜·安德列耶夫娜。医生阿斯特罗夫是《万尼亚舅舅》中一个十分重要的形象。他辛勤工作,为贫苦农民治病;他厌恶不劳而获的人生。正是他表达了契诃夫本人对美的看法:"人应当一切都美:脸啦,服装啦,灵魂啦,思想啦——一切都应当美。"阿斯特罗夫不满周围的生活,对现实持怀疑态度,但他对未来的理解却又十分朦胧。在他看来,人们也许要经过一二百年才会找到幸福。在革命运动重新高涨的 19 世纪 90 年代,像阿斯特罗夫这样生活在偏僻县城和贫困农村的知识分子,虽然在文化、教育、医疗卫生等方面辛勤地从事着实际工作,并且有一定的民主主义思想,但由于他们远离革命运动和工人阶级,看不到俄国正在酝酿着一场革命风暴,从而只能朦胧地希望人们在一二百年后找到幸福。这是阿斯特罗夫这一类知识分子的悲剧,也反映了契诃夫本人当时的局限性。

19 世纪末和 20 世纪初,随着俄国革命运动的进一步高涨,契诃夫日益具体地意识到,在社会生活中将发生一场根本的变革,一场强有力的、荡涤一切污泥浊水的"暴风雨"势在难免,它将无情冲刷俄国社会中的种种恶习。契诃夫的这种思想情绪十分明显而具体地反映在《三姐妹》中,并构成了这个剧本的主题思想。剧本的主人公普洛佐洛娃三姐妹和韦尔希宁渴望光明和美好的未来,但与契诃夫笔下许多知识分子一样,不知道应该如何为它的到来进行实际的斗争。他们所能作的只限于一般的空洞议论和消极等待。契诃夫同情那些对现实不满、希望过新生活的人们,但由于他本人不熟悉那些不畏艰险的和正在进行顽强斗争的人们,不知道斗争的正确方法和途径,因此他只能在自己的作品中反映人们的苦闷与追求,却不能明确指出创建新生活的必由之路。这也就造成了契诃夫剧本中那种压抑哀愁的气氛。

《樱桃园》是契诃夫去世前最后一部杰作。他在这个剧本中描写一个破落的地主家庭拍卖祖传樱桃园的故事。他形象地反映了贵族地主阶级必然灭亡并为新兴资产阶级所替代的历史发展趋向,生动地塑造了这个没落阶级的两个代表人物:朗涅夫斯卡娅和她的哥哥戛耶夫。他们由于只会吃喝玩乐,再也保不住自己美丽的庄园,终于将它卖给商人陆伯兴去砍伐了。从个人的品质来说,朗涅夫斯卡娅坦率、单纯,戛耶夫则相当善良,但契诃夫抓住了他们的本质特点:这些贵族地主除了挥霍浪费、寻欢作乐、饶舌空谈以外,什么也不会,他们都是一些寄生虫。他们的阶级已走向灭亡。取代朗涅夫斯卡娅和戛耶夫的是崇尚实干、代表着新兴资产阶级的陆伯兴。他精力充沛、讲究实效、办事认真。他当着朗涅夫斯卡娅的面下令砍伐象征着贵族之家的樱桃园。契诃夫借特罗菲莫夫之口说出了新兴资产阶级的历史作用:从新陈代谢的意义上来说,一只碰见什么就要吃什么的凶猛野兽是必须有的,像陆伯兴这样的人也是必须有的。这说明契诃夫懂得新兴资产阶级相当于一头凶猛的野兽,但同时也肯定后者具有一定的进步作用。契诃夫并未丑化陆伯兴,但更为重要的是他没有把陆伯兴写成俄国未来的代表。契诃夫把希望寄托在年轻一代的知识分子身上,代表祖国光明未来的是生气勃勃、追求民主的青年人特罗菲莫夫和安娜。他们将靠自己的劳动和力量去开辟一个比荒芜了的樱桃园更美丽的花园,整个俄罗斯都将成为他们的大花园。他们欢乐地与旧生活告别,满怀信心地迎接着新的生活。这一切都反映了契诃夫本人的民主主义理想。但从契诃夫的创作倾向的发展来看,特罗菲莫夫这形象还有一个特别可贵之处,这就是他已经知道新生活不会自然而然地来到。他说:"要开始新的生活……,就非清算过去不可。"这样,他就把一年前在《未婚妻》中借沙夏之口说的要"把生活翻一个身"的理想具体化了。这表明:契诃夫现在达到了一个新的思想高度。虽然在沙夏和特罗菲莫夫所说的"翻身"和"清算"中并无任何明确的政治斗争的含义,他们还只是从道德和文化的角度来否定不合理的现实生活,但与《三姐妹》等作品中那些空洞议论光明未来的人物相比,特罗菲莫夫的形象无疑反映了契诃夫本人认识的深化和发展,也反映了生活中新的社会意识的觉醒。

契诃夫的剧本取材于日常生活,情节朴素,进展平稳,没有明显的高潮和低潮,正像日常的生活一样,但就在这样的剧情中,人物与不合理的现实生活以及社会制度之间的冲突发展和深化起来。契诃夫在剧中塑造的人物也尽是平平常常的人,既不是天使,也不是恶棍,他们都有各自的思想、感情和性格。和契诃夫的抒情心理小说一样,他的剧作含有浓郁的抒情味和丰富的潜台词,令人回味无穷。他常常使用词意未尽、含蓄暗示的手法。人物的语言、布景、音乐、哑场、间歇等都是他用以揭示剧本的思想内容以及人物性格和情绪的重要手段。契诃夫的戏剧富有深刻的象征意义,《海鸥》中的海鸥、《樱桃园》中的樱桃园是他独创的艺术象征,就是万尼亚舅舅的平凡生活也是一种象征。莫斯科艺术剧院整个创作集体，尤其是这个剧院的创建人斯坦尼斯拉夫斯基和涅米罗维奇-丹钦科对契诃夫戏剧的特点感知最深，他们细致、认真地钻研契诃夫的剧作，通过他们的导演以及演员们创造性的劳动向观众展示契诃夫戏剧作品的思想和艺术价值，从而对舞台艺术做出了意义重大的革新。戏剧家契诃夫的名字同他们两人的名字是紧密地连在一起的。

契诃夫是一个杰出的现实主义作家。他的小说和戏剧创作，特别是他的短篇小说，都经受住了时间的考验，成为人类的一笔珍贵的精神财富。他创造的许多生动形象如奥楚梅洛夫、别里科夫、姚尼奇等在今天仍不失其艺术魅力。

结束语

　　总览俄国文学发展的历史,可以清楚地看到,俄罗斯文学始终在为国家的前途、人民的自由和幸福而斗争。特别到了19世纪,俄罗斯文学走上现实主义道路,则更加自觉地和解放运动相结合,发挥了巨大的社会作用。在尖锐激烈的社会矛盾、阶级斗争的推动下,俄国文学中最重要的一个方面是暴露社会黑暗,提出重大社会问题,启迪读者。在整个俄国近代文学中,官僚地主阶级的腐败统治、触目惊心的社会不平、广大劳动人民的非人处境、直至隐藏到社会各个角落里的非正义、专横、对人格的侮辱、停滞腐朽,无不得到有力的揭露。同时,不论作家触及哪个方面,都会令人感到作家对祖国命运的思考,听到作家发自内心的忧国忧民的声音。19世纪初,贵族革命家首先提出了俄国向何处去的问题。果戈理在《死魂灵》中充满激情地呼吁:"俄罗斯,你究竟飞到哪里去?"接着俄国文学提出了"谁之罪?"、"怎么办?"、"在俄罗斯谁能过好日子?"种种重大问题。可以说,俄国进步文学正是人民的呼声。但在整个古典文学的存在过程中,由于俄国历史条件与作家世界观的限制,即使最先进的作家也还不清楚未来的新社会制度以及通向幸福未来的道路究竟是怎样的。这个问题直到20世纪初才由无产阶级革命导师列宁做出了明确的回答。但有高度社会责任感的俄国进步作家们在这个问题上曾怎样苦苦探索过,并为祖国的幸福未来怎样斗争过并做出了怎样的牺牲,在俄国文学作品以及作家生涯中都清楚地体现了出来。这是俄国文学始终激动人心的重要原因之一。

　　自18世纪康捷米尔至托尔斯泰,特别是当19世纪解放运动一步步深入发展时,农民问题成为俄国文学的重要主题之一。与西欧诸国文学比较,农民的生活和他们的思想感情在俄国古典文学中得到最充分的表现。这与俄国直至1905年才发生第一次资产阶级革命、整个19世纪俄国始终还是一个农业国有关。18世纪作家从启蒙主义思想出发,在农奴问题上宣传人生而平等,反对视农民为牲畜;普希金在19世纪20至30年代表达了人民对自由的追求,提出人民在历史上的作用问题;40年代末屠格涅夫讴歌农民的才干与精神道德上的美;19世纪下半期,革命民主主义作家一方面表现人民的力量,一方面又写出其弱点,表现了哀其不幸、怒其不争的情怀,希望用自己的作品帮助人民认识自己,觉醒起来进行斗争;民粹派作家写出了大量反映改革后农村生活的作品；而托尔斯泰则表现了千百万农民的抗议和绝望，"反映了一直到最深的底层都在汹涌激荡的伟大的人民的海洋"。① 在封建主义资本主义压榨下的农民在 19 世纪俄国文学里占有如此突出的地位，正是俄国文学民主主义性质的一个表现。

与农民问题相联系，可以看到人道主义思想在俄国文学中得到了极大的发挥。这与俄国资产阶级没有革命性有一定联系。在俄国文学中，进步作家无不怀着深深的同情描写农民和城市平民（"小人物"）。不能不看到，正是由于古典作家的人道胸怀使他们不能容忍社会的不人道、不平等和践踏人格，并怀着痛苦愤懑的心情予以揭露，提出控诉。因此资产阶级人道主义思想在俄国古典文学中曾起过很大的积极作用。当然，不能不看到，像陀思妥耶夫斯基和托尔斯泰学说中的反动说教，也正是人性论、人道主义这种唯心史观、道德观的局限的鲜明表现。

俄国批判现实主义文学的另一个特点，是它并不局限于批判社会罪恶，它同时还努力树立正面理想。虽然 19 世纪古典作家的世界观各异，立足点有别，但他们之中的绝大多数都企图解决这个问题，并成功地塑造出了恰茨基、巴扎罗夫、英沙罗夫、叶莲娜、洛普霍夫等平民知识分子及玛利安娜等正面形象，至于车尔尼雪夫斯基笔下的职业革命家拉赫梅托夫的形象更表达了作者炽烈的革命激情。在塑造正面形象方面，最清楚地表现出作家世界观的高度及其复杂的矛盾。19 世纪下半期，有的作家由于本身的自由主义立场或世界观中的保守因素，在正面形象塑造上就有失误之处，甚至宣扬反动的东西。这充分说明了世界观对创作的不可抹杀的指导作用。

广泛反映生活，深刻揭示社会关系，努力探索社会、政治、哲学、道德诸问题使俄国文学在艺术上做出许多创新。从体裁上看，19 世纪俄国文学在诗歌、小说、特写、戏剧诸方面都取得了巨大成绩，尤以长篇小说蜚声世界文坛。同时，为了表现作品丰富的思想感情内容，作家灵活运用种种体裁，如使叙事体具有激动人心的抒情性（《叶夫盖尼·奥涅金》、《死魂灵》）、抒情诗具有浓烈的政治性（十二月党人与涅克拉索夫的诗歌）、小说具有史诗的磅礴气势（《战争与和平》）、戏剧富有抒情情调（契诃夫的戏剧）等。这些作品达到形式与内容的高度和谐，极富感染力，显示出了作家的创造性和高超的艺术技巧。

心理描写是俄国文学中一大艺术成就。大部分俄国作家都注重刻画人物的内心世界，力求通过人物心理活动的全部复杂性、矛盾和运动塑造出鲜明生动的性格，反映并说明现实。从 19 世纪始，普希金、莱蒙托夫、果戈理为心理描写奠定下

---

① 《列宁全集》第 16 卷，人民出版社，第 353 页。

基础,冈察洛夫、屠格涅夫等继续发展这一艺术手法,最后陀思妥耶夫斯基与托尔斯泰在这方面做出了重大创新。

俄罗斯语言的丰富、有力、优美、灵活在俄国文学中得到充分体现。它成功地表现出了种种文风:明快、自然、典雅、犀利、含蓄等。至于在写景、用人物语言刻画性格、表现语言的节奏与音乐性方面,也都有突出的令人赞叹的成就。

俄罗斯古典文学已成为文化遗产,但它的现实主义创作原则、民主主义精神、对美好未来的追求、高超的艺术技巧并没有成为过去。我们应采取批判继承的原则,站在今天的高度,从当前时代的要求去开掘这宝贵的文化遗产,弃其糟粕,取其精华,为我所用。

附录一

俄国历史、文学史大事年表

年代	历史大事	文学史大事
公元 10 世纪	罗斯建国	
988	符拉基米尔大公定基督教为国教	
12 世纪末		《伊戈尔远征记》
1240—1480	蒙古人入侵与占领时期	
1497—1505	伊凡三世统治时期	
1505—1533	瓦西里三世统治时期	
1533—1584	伊凡四世统治时期	
1598	留里克王朝中断	
1598—1605	鲍里斯·戈都诺夫统治时期	
1606—1607	波洛特尼科夫起义	
1613—1645	米哈伊尔·罗曼诺夫统治时期。罗曼诺夫王朝开始	
1669—1671	拉辛起义	
1682—1725	彼得一世统治时期	
1730		古典主义兴起
1747		罗蒙诺索夫《伊丽莎白女皇登基日颂:1747 年》
1762—1796	叶卡捷琳娜二世统治时期	
1773—1775	普加乔夫起义	
1782		杰尔查文《费丽察颂》 冯维辛《纨绔少年》
1790		感伤主义兴起
1790		拉季舍夫《从彼得堡到莫斯科旅行记》

续表

1792		卡拉姆津《苦命的丽莎》
1801—1825	亚历山大一世统治时期	
1810		浪漫主义兴起
1810—1812		茹科夫斯基《斯维特兰娜》
1812—1814	俄法(拿破仑)战争	
1817		普希金《自由颂》
1818		普希金《致恰达耶夫》
1823—1831		普希金《叶夫盖尼·奥涅金》
1825	十二月党人起义	格里鲍耶陀夫《智慧的痛苦》
		普希金《鲍里斯·戈都诺夫》
1825—1855	尼古拉一世统治时期	
约从1825—1861	解放运动第一阶段:贵族阶段	
1832		普希金《别尔金小说集》
1836		果戈理《钦差大臣》
1840		莱蒙托夫《当代英雄》
1842		果戈理《死魂灵》
1846		陀思妥耶夫斯基《穷人》
1847—1852		屠格涅夫《猎人笔记》
		赫尔岑《谁之罪?》
1853—1856	克里米亚战争	
1855—1881	亚历山大二世统治时期	
1855		车尔尼雪夫斯基《艺术对现实的审美关系》
1856		屠格涅夫《罗亭》
1856—1860		杜勃罗留波夫写作时期
1859		冈察洛夫《奥勃洛莫夫》
		屠格涅夫《贵族之家》

续表

1860		奥斯特罗夫斯基《大雷雨》
		屠格涅夫《前夜》
1861	沙皇政府自上而下废除农奴制	
约从1861—1895	解放运动第二阶段：平民知识分子或资产阶级民主主义时期	
1862	车尔尼雪夫斯基被捕	屠格涅夫《父与子》
1863		车尔尼雪夫斯基《怎么办？》
1865—1869		托尔斯泰《战争与和平》
1866—1876		涅克拉索夫《谁在俄罗斯能过好日子》
70年代	民粹派运动	
1875—1880		谢德林《戈洛夫廖夫老爷们》
1876—1887		托尔斯泰《安娜·卡列宁娜》
1879—1881		陀思妥耶夫斯基《卡拉马佐夫兄弟》
1881	民粹派炸死亚历山大二世	
1881—1894	亚历山大三世统治时期	
1889—1899		托尔斯泰《复活》
1894—1917	尼古拉二世统治时期	
1895	列宁建立"工人阶级解放斗争协会"，解放运动第三阶段开始：无产阶级时期	
1898		契诃夫《套中人》
1899		高尔基《二十六个和一个》
1903		契诃夫《樱桃园》
1906		高尔基《母亲》

附录二

重要作家中俄译名对照表

A

阿克萨科夫,康·谢 Аксаков, Константин Сергеевич
阿克萨科夫,谢·季 Аксаков, Сергей Тимофеевич
阿拉克切耶夫,阿·安 Аракчеев, Алексей Андреевич
阿瓦库姆 Аввакум
艾明,费·阿 Эмин, Федор Александрович
安东诺维奇,马·阿 Антонович, Максим Алексеевич
安年科夫,巴·瓦 Анненков, Павел Васильевич
奥加辽夫,尼·普 Огарев, Николай Платонович
奥斯特罗夫斯基,阿·尼 Островский, Александр Николаевич
奥陀耶夫斯基,亚·伊 Одоевский, Александр Иванович
奥陀耶夫斯基,符·费 Одоевский, Владимир федорович
奥西波维奇-诺沃德沃尔斯基 Осипович-Новодворский
奥泽罗夫,符·亚 Озеров, Владислав Александрович

B

巴尔蒙特,康·德 Бальмонт, Константин Дмитриевич
巴尔扎克 Balzac
巴甫洛夫,尼·费 Павлов, Николай Филиппович
巴枯宁,米·亚 Бакунин, Михаил Александрович
巴拉廷斯基,叶·阿 Баратынский, Евгений Абрамович
巴秋什科夫,康·尼 Батюшков, Константин Николаевич
巴任,尼·费 Важен, Николай Федорович
拜伦 Byron
博博雷金,彼·德 Воборыкин, Петр Дмитриевич
波格丹诺夫,亚·亚 Богданов, Александр Александрович
波洛茨基,西麦昂 Полоцкий, Симеон
鲍特金,瓦·彼 Боткин, Василий Петрович
贝朗瑞 Beranger

彼烈斯维托夫,伊 Пересветов, Иван
彼斯捷利,巴·伊 Пестель, Павел Иванович
波特拉舍夫斯基,米·瓦 Петрашевский, Михаил Васильевич
毕尔格 Bürger
卞肯多尔夫,亚·赫 Бенкендорф, Александр Христофорович
别德内依 Бедный, Демьян
别林斯基,维·格 Белинский, Виссарион Григорович
别涅季克托夫,弗·格 Бенедиктов, Владимир Григорьевич
别斯图热夫,亚·亚(马尔林斯基) Бестужев, Александр Александрович(Марлинский)
波果津,米·彼 Погодин, Михаил Петрович
波列扎耶夫,亚·伊 Полежаев, Александр Иванович
波列伏依,尼·亚 Полевой, Николай Александрович
波洛特尼科夫,伊·伊 Болотников, Иван Исаевич
波缅洛夫斯基,尼·格 Помяловский Николай Герасимович
波普加耶夫,瓦·瓦 Попугаев, Василий Васильевич
波索什科夫,伊·季 Посошков, Иван Тихонович
勃拉戈斯威特洛夫,格·叶 Благосветлов, Григорий Евлампиевич
勃留索夫,瓦·雅 Брюсов, Валерий Яковлевич
布阿洛 Boileau-Despreaux
布尔加林,法·维 Булгарин, Фаддей Венедиктович
布宁,伊·阿 Бунин, Иван Алексеевич
布特科夫,雅·彼 Бутков, Яков Петрович

C

柴可夫斯基,彼·伊 Чайковский, Петр Ильич
车尔尼雪夫斯基,尼·加 Чернышевский, Николай Гаврилович
楚尔科夫,米·德 Чулков, Михаил Дмитриевич

D

达里,符·依 Даль, Владимир Иванович
达什科娃,叶·罗 Дашкова, Екатерина Романовна
达维多夫,杰·瓦 Давыдов, Денис Васильевич
德鲁日宁,亚·瓦 Дружинин, Александр Васильевич
德米特利耶夫,伊·伊 Дмитриев, Иван Иванович
杜勃罗留波夫, Добролюбов, Николай Александрович

F

菲格涅尔,薇·尼 Фигнер, Вера Николаевна
费尔巴哈 Fauerbach
费列尔茨特,萨·卡 Ферельцт, Савелия Карлович Фон
费特,阿·阿 Фет, Афанасий Афанасьевич
冯维辛,杰·伊 Фонвизин, Денис Иванович
伏尔泰 Voltaire
傅立叶 Fourier

G

冈察洛夫,伊·亚 Гончаров, Иван Александрович
高乃依 Corneille
戈利岑,亚·尼 Голицын, Александр Николаевич
歌德 Goethe
格兰诺夫斯基,季·尼 Грановский, Тимофей Николаевич
格雷 Gray
格里鲍耶陀夫,亚·谢 Грибоедов, Александр Сергеевич
格里戈利耶夫,阿·亚 Григорьев, Аполлон Александрович
格里戈罗维奇,德·瓦 Григорович, Дмитрий Васильевич
格列奇,尼·伊 Греч, Николай Иванович
果戈理,尼·瓦 Гоголь, Николай Васильевич

H

赫尔岑,亚·伊 Герцен, Александр Иванович
赫拉斯科夫,米·马 Херасков, Михаил Матвеевич
赫梅里尼茨基,尼·伊 Хмельницкий, Николай Иванович
霍米亚科夫,阿·斯 Хомяков, Алексей Степанович
霍夫曼 Hoffmann

J

基列耶夫斯基,伊·瓦 Киреевский, Иван Васильевич
迦尔洵,弗·米 Гаршин, Всеволод Михайлович
杰尔查文,加·罗 Державин, Гаврила Романович
杰尔维格,安·安 Дельвиг, Антон Антонович

K

卡捷宁，帕·亚 Катенин, Павел Александрович

卡拉科佐夫，德·弗 Каракозов, Дмитрий Владимирович

卡拉姆津，尼·米 Карамзин, Николай Михайлович

卡罗宁-彼得罗帕夫洛夫斯基 Каронин-Петропавловский

卡普尼斯特，瓦·瓦 Капнист, Василий Васильевич

卡特科夫，米·尼 Катков, Михаил Никифорович

卡维林，康·德 Кавелин, Константин Дмитриевич

康捷米尔，安·德 Кантемир, Антиох Дмитриевич

科尔尼洛维奇，亚·奥 Корнилович, Александр Осипович

柯里佐夫，阿·瓦 Кольцов, Алексей Васильевич

柯罗连科，符·加 Короленко, Владимир Галактионович

柯茨，阿·亚 Коц, Аркадий Яковлевич

克尔日扎诺夫斯基，格·马 Кржижановский, Глеб Максимилианович

克拉耶夫斯基，安·亚 Краевский, Андрей Александрович

克雷洛夫，伊·安 Крылов, Иван Андреевич

克留施尼科夫，维·彼 Клюшников, Виктор Петрович

库尔勃斯基，安·米 Курбский, Андрей Михаилович

库科尔尼克，聂·瓦 Кукольник, Нестор Васильевич

库罗奇金，尼·斯 Курочкин, Николай Степанович

库罗奇金，瓦·斯 Курочкин, Василий Степанович

库普林，亚·伊 Куприн, Александр Иванович

库图佐夫 Кутузов

L

拉夫罗夫，彼·拉 Лавров, Петр Лаврович

拉季舍夫，亚·尼 Радищев, Александр Николаевич

拉金，列·彼 Радин, Леонид Петрович

拉热奇尼科夫，伊·伊 Лажечников, Иван Иванович

拉辛 Racine

拉耶夫斯基，弗·费 Раевский, Владимир Федосеевич

拉耶夫斯基，尼·尼 Раевский, Николай Николаевич

莱蒙托夫，米·尤 Лермонтов, Михаил Юрьевич

雷列耶夫，康·费 Рылеев, Константин Федорович

里姆斯基-柯尔萨科夫，尼·安 Римский-Корсаков, Николай Анлреевич

列宾,伊·叶 Репин, Илья Ефимович
列斯科夫,尼·谢 Лесков, Николай Семенович
列维托夫,亚·伊 Левитов, Александр Иванович
列舍特尼科夫,费·米 Решетников, Федор Михайлович
卢那察尔斯基,安·瓦 Луначарский, Анатолий Васильевич
卢梭 Rousseau
路德 Luther
罗蒙诺索夫,米·瓦 Ломоносов, Михаил Васильевич

M

马卡里 Макарий
马明-西比利亚克,德·纳 Мамин-Сибиряк, Дмитрий Наркисович
马雅可夫斯基,弗·弗 Маяковский, Владимир Владимирович
玛契捷特,格·亚 Мачтет, Григорий Александрович
迈科夫,阿·尼 Майков, Аполлон Николаевич
迈科夫,尼·亚 Майков, Николай Александрович
梅列日科夫斯基,德·谢 Мережковский, Дмитрий Сергеевич
米哈伊洛夫,米·拉 Михайлов, Михаил Ларионович
米哈伊洛夫斯基,尼·康 Михайловский, Николай Константинович
米纳耶夫,德·德 Минаев, Дмитрий Дмитриевич
密茨凯维支,亚当 Mickiewicz, Adam
明斯基,尼·马 Минский, Николай Максимович
穆拉维约夫,尼·米 Муравьев, Никита Михайлович
莫罗佐夫,尼·亚 Морозов, Николай Александрович

N

拿破仑 Napoleon
纳德松,谢·雅 Надсон, Семен Яковлевич
纳杰日金,尼·伊 Надеждин, Николай Иванович
纳烈日内,瓦·特 Нарежный, Василий Трофимович
纳乌莫夫,尼·伊 Наумов, Николай Иванович
尼基京,阿法纳西 Никитин, Афанасий
尼基钦,伊·萨 Никитин, Иван Саввич
涅菲奥道夫,费·季 Нефедов, Филипп Диомидович
涅克拉索夫,尼·阿 Некрасов, Николай Алексеевич

涅米罗维奇-丹钦科, 弗·伊 Немирович-Данченко, Владимир Иванович
诺维科夫, 尼·伊 Новиков, Николай Иванович

P

帕纳耶夫, 伊·伊 Панаев, Иван Иванович
佩列斯维托夫, 伊万 Пересветов, Иван
皮萨列夫, 德·伊 Писарев, Дмитрий Иванович
皮谢姆斯基, 阿·费 Писемский, Алексей Феофилактович
普加乔夫, 叶·伊 Пугачев, Емельян Иванович
普列汉诺夫, 格·瓦 Плеханов, Георгий Валентинович
普列特尼约夫, 彼·亚 Плетнев, Петр Александрович
普罗科波维奇, 费 Прокопович, Феофан
普宁, 伊·彼 Пнин, Иван Петрович
普希金, 亚·谢 Пушкин, Александр Сергеевич
普希钦, 伊·伊 Пущин, Иван Иванович

Q

契诃夫, 安·巴 Чехов, Антон Павлович
恰达耶夫, 彼·雅 Чаадаев, Петр Яковлевич
乔治·桑 George Sand
丘赫尔别凯, 维·卡 Кюхельбекер, Вильгельм Карлович
丘特切夫, 费·伊 Тютчев, Федор Иванович

R

茹科夫斯基, 瓦·安 Жуковский, Василий Андреевич

S

圣西门 Saint-Simon
萨尔蒂科夫-谢德林, 米·叶 Салтыков-Щедрин, Михаил Ефграфович
斯彼兰斯基, 米·米 Сперанский, Михаил Михайлович
司各特 Scott
斯捷潘诺夫, 阿·彼 Степанов, Александр Петрович
斯捷普尼亚克-克拉夫钦斯基 Степняк-Кравчинский
斯卡比切夫斯基, 亚·米 Скабичевский, Александр Михайлович

斯列普佐夫,瓦·阿 Слепцов, Василий Алексеевич
斯米尔津,亚·费 Смирдин, Александр Филиппович
斯塔休列维奇,米·马 Стасюлевич, Михаил Матвеевич
斯坦凯维奇,尼·符 Станкевич, Николай Владимирович
斯坦尼斯拉夫斯基,康·谢 Станиславский, Константин Сергеевич
沙霍夫斯科依,亚·亚 Шаховской, Александр Александрович
莎士比亚 Shakespeare
索洛古勃,费·库 Сологуб, Федор Кузьмич
苏霍沃-柯贝林,亚·瓦 Сухово-Кобылын, Александр Васильевич
苏里科夫,伊·扎 Суриков, Иван Захарович
苏马罗科夫,亚·彼 Сумароков, Александр Петрович
苏沃林,阿·谢 Суворин, Алексей Сергеевич
绥拉菲莫维奇,亚·谢 Серафимович, Александр Серафимович

T

塔季谢夫, Татищев
特列佳科夫斯基,瓦·吉 Тредиаковский, Василий Кириллович
特瓦尔多夫斯基,亚·特 Твардовский, Александр Трифонович
屠格涅夫,伊·谢 Тургенев, Иван Сергеевич
托尔斯泰,阿·康 Толстой, Алексей Константинович
托尔斯泰,列·尼 Толстой, Лев Николаевич
陀思妥耶夫斯基,费·米 Достоевский, Федор Михайлович

W

韦涅维京诺夫,德·弗 Веневитинов, Дмитрий Владимирович
维尔特曼,亚·福 Вельтман, Александр Фомич
维亚泽姆斯基,彼·安 Вяземский, Петр Андреевич
魏列萨耶夫,维·维 Вересаев, Викентий Викентиевич
沃尔霍夫斯基,费·瓦 Волховский, Феликс Вавилович
沃隆佐夫,米·谢 Воронцов, Михаил Семенович
沃斯托科夫,亚·赫 Востоков, Александр Христофорович
乌斯宾斯基,格·伊 Успенский, Глеб Иванович
乌斯宾斯基,尼·瓦 Успенский, Николай Васнльевич
乌瓦罗夫,谢·谢 Уваров, Сергей Семенович

X

西尔威斯特 Сильвестр
西涅古勃,谢·西 Синегуб, Сергей Силыч
希什科夫,亚·谢 Шишков, Александр Семенович
席勒 Schiller
先科夫斯基,奥·伊 Сенковский, Осип Иванович
谢尔古诺夫,尼·瓦 Щелгунов, Николай Васильевич
谢尔诺-索洛维耶维奇,尼·亚 Серно-Соловьевич, Николай Александрович
谢格洛夫,伊·利 Щеглов, Иван Леонтьев
谢林 Schelling
谢普金,Щепкин, Михаил Семенович
舍维廖夫,斯·彼 Шевырев, Степан Петрович
雪莱 Shelley

Y

雅库博维奇,彼·费 Якубович, Петр Филиппович
雅罗斯拉夫 Ярослав Мудрый
亚济科夫尼·米 Языков, Николай Михайлович
伊拉利昂 Иларион
伊萨科夫斯基,米·瓦 Исаковский, Михаил Васильевич
伊兹梅洛夫,亚·叶 Измайлов, Александр Ефимович
雨果 Hugo

Z

扎戈斯金,米·尼 Загоскин, Михаил Николаевич
扎索季姆斯基,帕·弗 Засодимский, Павел Владимирович
扎苏里奇,薇·伊 Засулич, Вера Ивановна
扎伊采夫,格·瓦 Зайцев, Георгий Васильевич
兹拉托夫拉茨基,尼·尼 Златовратский, Николай Николаевич
左拉 Zola

附录三

重要作品中俄译名对照表

A

《阿巴董娜》Аббадона
《阿尔别特》Альберт
《阿尔费利耶夫》Алферьев
《阿尔吉维人》Аргивяне
《阿尔希普爷爷和廖恩卡》Дед Архип и Ленька
《阿里昂》Арион
《阿玛拉特老爷》Аммалат-бек
《啊，缪斯！我已走到坟墓的门边！》О Муза! Я у двери гроба!
《啊，为什么把我……》Ах, зачем меня ...
《阿霞》Ася
《哀悼无上崇高与光辉的莫斯科国家之沦陷与最后覆灭》Плач о пленении и о конечном разорении превысокого и пресветлейшаго Московского государства
《哀歌》Элегия
《哀伤》Горе
《爱恶作剧的人们》Проказники
《艾尔别利》Эрпели
《哎，我在本乡本土也觉得日子不好过》Ах, тошно мне и в родной стороне
《安·巴·契诃夫》А. П. Чехов
《安德列·科洛索夫》Андрей Колосов
《安德列·科茹霍夫》Андрей Кожухов
《安德列·舍尼埃》Андрей Шенье
《安德罗玛克》Андромаха
《安娜·卡列宁娜》Анна Каренина
《安纽黛》Анюта
《奥勃洛莫夫》Обломов
《奥勃洛莫夫的梦》Сон Обломова
《奥德修纪》(又译为《奥德赛》) Одиссея
《奥尔洛夫夫妇》Супруги Орловы
《奥列宁墓前悼词》Думы при гробе Оленина

B

《巴鲍奇金》Бабочкин
《巴甫洛夫特写》Павловские очерки
《巴赫切萨拉伊的泪泉》Бахчесарайский Фонтан
《巴拉莎》Параша
《巴拉什卡村人故事集》Рассказы о парашкиных
《巴萨甫留克，又名圣约翰节前夜》Басаврюк, или вечер накануне Ивана Купала
《巴扎罗夫》Базаров
《拔都攻占梁赞的故事》Повесть о разорении Батыем Рязани
《白痴》Идиот
《白夜》Белые ночи
《扳道工》Сцепщик
《鲍里斯·戈都诺夫》Борис Годунов
《保加利亚女人》Болгарка
《宝贝儿》Душенька
《暴风雪》Метель
《报纸上的俄国》Газетная Россия
《北方蜜蜂》Северная пчела
《北方邮报》Северная почта

《北极星》(赫尔岑) Полярная звезда
《北极星》(十二月党人) Полярная звезда
《被俘的伊罗克人之歌》 Песнь пленного ирокезца
《被欺凌与被侮辱的》 Униженные и оскорбленные
《被遗忘的乡村》 Забытая деревня
《背信者》 Изменник
《奔腾激流》 Бурный поток
《鼻子》 Нос
《彼得堡的角落》 Петербургские углы
《彼得堡的看门人》 Петербургский дворник
《彼得堡的手风琴手》 Петербургские шарманщики
《彼得堡风貌素描》 Физиология Петербурга
《彼得堡故事集》 Петербургские повести
《彼得堡文集》 Петербургский сборник
《彼得堡之峰》 Петербургские вершины
《彼得大帝》 Петр Великий
《彼得大帝的黑奴》 Арап Петра Великого
《彼得大帝史》 История Петра
《彼得大帝葬礼上的讲话》 Слово на погребении Петра Великого
《变色龙》 Хамелеон
《别尔金小说集》 Повести Белкина
《暴风雪》 Метель
《村姑小姐》 Барышня крестьянка
《戈留兴诺村史》 История села Горюхина
《棺材匠》 Гробовщик
《驿站长》 Станционный смотритель
《别了,满目污垢的俄罗斯》 Прощай, немытая Россия
《别林斯基》 Белинский
《别洛佐尔中尉》 Лейтенант Белозер
《冰屋》 Ледяной дом
《波德里普人》 Подлиповцы

《波浪,是谁阻挡了你们?》 Кто, волны, вас остановил?
《波利库希加》 Поликушка
《波罗金诺》 Бородино
《波罗金诺周年纪念日》 Бородинская годовщина
《波谢洪尼耶故事》 Пошехонские рассказы
《波谢洪尼耶遗风》 Пошехонская старина
《不,不,我不该……》 Нет, нет, не должен я...
《不管乐意不乐意》 Хочешь не хочешь
《不合惯例》 Не в обычае
《不交纳田租的人》 Безоборочный
《不是的,我不是拜伦,我是另一个》 Нет, я не Байрон, я другой
《不是转变的开始吗?》 Не начало ли перемены?

С

《裁缝》 Портной
《草原》 Степь
《草原上的李尔王》 Степной король Лир
《草原随笔》 Степные очерки
《忏悔录》 Исповедь
《常常,我被包围在红红绿绿的人群中》 Как часто, пестрою группою окружен
《长夜漫漫》 Ночи
《车队》 Обоз
《车尔尼雪夫斯基》 Н. Г. Чернышевский
《沉思》(拉耶夫斯基) Дума
《沉思》(雷列耶夫) Думы
《晨思上天之伟大》 Утреннее размышление о божием величестве
《诚实的小偷》 Честный вор
《迟到的爱情》 Поздняя любовь
《迟做总比不做好》 Лучше поздно, чем

никогда

《仇敌》Враги

《出差》По делам службы

《出诊》Случай из практики

《初秋的日子》Есть в осени первоначальной

《处女地》Новь

《穿树皮鞋的爱神》Амур в лапоточках

《传闻》Слухи

《垂死的泗水者之歌》Песнь погибающего пловца

《春潮》(丘特切夫) Весенние воды

《春潮》(屠格涅夫) Вешние воды

《春日的雷雨》Весенняя гроза

《春天，打开外层窗户》Весна, выставляется первая рама

《纯洁的故事》Невинные рассказы

《蠢货》Медведь

《茨冈》Цыгане

《刺猬》Еж

《聪明人纳乌莫夫娜》Мудрица Наумовна

《从彼得堡到莫斯科旅行记》Путешествие из Петербурга в Москву

《从下到上》Снизу вверх

《醋栗》Крыжовник

《脆弱的心》Слабое сердце

《村居一月》Месяц в деревне

《错综复杂的事件》Запутанное дело

D

《答普希金》Ответ на послание Пушкина

《打官司》Тяжба

《大臣》Вельможа

《大地依然愁容满面》Еще земли печален вид

《大俄罗斯人》Великорусс

《大贵族奥尔夏》Боярин Орша

《大雷雨》Гроза

《大门前的沉思》Размышления у парадного подъезда

《大堂神父》Соборяне

《大学生》Студент

《大自然不像你想的那样》Не то, что мните вы природа

《带阁楼的房子》Дом с мезонином

《带狗的女人》Дама с собачкой

《丹恩卡》Танька

《台球房记分员笔记》Записки маркера

《当代》Время

《当代颂诗》Современная ода

《当代英雄》Герой нашего времени

《道学先生》Нравственный человек

《德米特里·顿斯科依》Дмитрий Донской

《德米特里·卡里宁》Дмитрий Калинин

《灯火》Огни

《狄安娜》Диана

《狄康卡近乡夜话》Вечера на хуторе близ Диканьки

《地下俄国》Подпольная Россия

《地下室手记》Записки из подполья

《地狱邮报》Адская почта

《地主》Помещик

《地主使我们窒息好久了……》Долго нас помещики душили...

《弟兄们，我们肩负着沉重的十字架……》Тяжкий крест несем мы, братья...

《第六病室》Палата No6

《癫痫》Лихая болесть

《东方使者的童话》Сказка о восточных послах

《冬日的黄昏》Зимний вечер

《冬天的早晨》Зимнее утро

《冬天记的夏天印象》Зимние заметки о летних впечатлениях

《读者文库》Библиотека для чтения

《杜布罗夫斯基》Дубровский

《短剑》Кинжал

《短篇小说集》Рассказы

《断片》(果戈理) Отрывок

《断片》(杂志) Осколки

《对卖弄风情的女子的教训。或椴树花蜜》Урок кокеткам, или липецкие воды

《顿河彼岸之战》Задонщина

《多余人日记》Дневник лишнего человека

E

《俄国财富》Русское богатство

《俄国导报》Русский вестник

《俄国军营中的歌手》Певец во стане русских воинов

《俄国思想》Русская мысль

《俄国文学发展中人民性渗透的程度》О степени участия народности в развитии русской литературы

《俄国文学果戈理时期概观》Очерки русской литературы гоголевского периода

《俄国新旧文学一瞥》Взгляд на русскую словесность в России

《俄国新闻》Русские ведомости

《俄国言论》Русское слово

《俄国中篇小说和故事集》Русские повести и рассказы

《俄罗斯的吉尔·布拉斯。又名契斯佳科夫公爵奇遇》Российский Жилблаз, или похождения князя Гаврилы Симоновича Чистякова

《俄罗斯妇女》Русские женщины

《俄罗斯国家史》История Государства Российского

《俄罗斯颂》Россияда

《俄罗斯真理》Русская правда

《俄罗斯之夜》Русские ночи

《俄罗斯作家给俄罗斯智慧女神密涅瓦的请愿书》Челобитная российской Минерве от российских писателей

《俄语诗简明新作法》Новый и краткий способ к сложению российских стихов...

《俄语语法》Российская грамматика

《恶魔》Демон

《饿死》Голодная смерть

《二十六个和一个》Двадцать шесть и одна

F

《伐林》Рубка леса

《法律与神恩讲话》Слово о законе и благодати

《发网》Кошелек

《帆》Парус

《肥缺》Доходное место

《费拉列特和叶夫盖尼》Филарет и Евгений

《费丽察颂》Ода к премудрой киргизкайсацкой царевне Фелице...

《风波》Переполох

《风神的竖琴》Эолова арфа

《疯狂的家庭》Бешеная семья

《疯人札记》Записки сумашедшего

《讽刺散文》Сатиры в прозе

《弗尔·斯科别耶夫的故事》Повесть о Фроле Скобееве

《伏尔加河上》На Волге

《福马·高尔杰耶夫》Фома Гордеев

《复活》Воскресенье

《甫入龙潭,又入虎穴》Из огня да в полымя

《父与子》Отцы и дети

G

《岗哨》Человек на часах

《高加索的俘虏》Кавказский пленник

《高加索的矿泉水》Кавказкие воды
《告理智，或致诽谤学术者》К уму своему, или на хулящих учение
《告领地农民书》К барским крестьянам
《告士兵书》К солдатам
《戈贝金大尉的故事》Повесть о капитане Копейкине
《戈列·兹洛恰斯基的故事》Повесть о Горе Злочастии
《戈洛夫廖夫老爷们》Господа Головлевы
《哥白尼太阳学说的分析》Аналитическое изложение солнечной системы Коперника
《哥萨克》(契诃夫) Казак
《哥萨克》(托尔斯泰) Казаки
《格鲁吉亚之夜》Грузинская ночь
《格鲁莫夫一家》Глумовы
《割草人》Косарь
《各守本分》Не в свои сани не садись
《给法拉列的信》Письмо к филалею
《给果戈理的一封信》Письмо к Гоголю
《给我的仆人叔米洛夫、万卡和彼得鲁希加的信》Послание к слугам моим ...
《给住在塔波尔斯克的一位朋友的信》Письмо к другу, жительствующему в Тобольске ...
《根基》Устои
《耕夫之歌》Песня пахаря
《耕者》Пахарь
《公爵夫人》Княгиня
《公民》(波洛茨基) Гражданин
《公民》(雷列耶夫) Гражданин
《公民》(陀思妥耶夫斯基) Гражданин
《宫廷通用文法》Всеобщая придворная грамматика
《攻克霍丁颂》Ода на взятии Хотина
《够了》Довольно

《故事中的故事》Повести в повестях
《故园》Родина
《怪人》Странный человек
《关于戈比的故事》Сказка о копейке
《关天康士坦丁大帝的传说》Сказание о царе Константине
《关于穆罕默德苏丹的传说》Сказание о Магмет-Салтане
《谢米亚卡法官判案的故事》Повесть о шемякином суде
《关于一个浪子的寓言剧》Комедия притчи о блудном сыне
《关于真理和歪理》О правде и кривде
《官吏的早晨》Утро делового человека
《观察家》Зритель
《鬼迷》Лукавый попутал
《贵族长的早餐》Завтрак у предводителя
《贵族之家》Дворянское гнездо
《果戈理时期的文学批评和我们对它的态度》Критика гоголевского периода русской литературы и наши к ней отношения

Н

《哈吉穆拉特》Хаджн-мурат
《海鸥》Чайка
《海市蜃楼》Марево
《汉斯·吉谢加顿》Ганц Кюхельгартен
《好人》Хорошие люди
《号召》Призыв
《河上人家》Домик на Волге
《黑暗的势力》Власть тьмы
《黑暗的王国》Темное царство
《黑暗王国中的一线光明》Луч света в темной царстве
《黑病》Черная немочь
《黑桃皇后》Пиковая дама

《红花》Красный цветок

《华丽的城呵，贫穷的城！》Город пышный, город бедный！

《画家》(波列伏依) Живописец

《画家》(杂志) Живописец

《怀念格里鲍耶陀夫》Памяти Грибоедова

《欢乐的时刻》Веселый час

《幻想家们》Мечтатели

《幻想和声音》Мечты и звуки

《幻影》Призраки

《荒原的自由播种者》Свободы сеятель пустынный

《黄昏》Вечер

《黄昏的火》Вечерние огни

《黄金》Золото

《皇村回忆》Воспоминания в царском селе

《回教徒》Басурман

《回忆车尔尼雪夫斯基》Воспоминания о Чернышевском

《混浊的海》Взбаламученное море

《活死人》Живой мертвец

《活尸》Живой труп

《火光》Огоньки

《火星》Искра

《霍尔斯托密尔》Холстомир

《货郎》Коробейники

《霍烈夫》Хорев

J

《机灵的女人》Юровая

《饥饿的年代》В голодный год

《基辅山洞修道院圣徒传》Киевско-Печерский патерик

《纪念奥陀耶夫斯基》Памяти А. И. Одоевского

《纪念碑》Памятник

《纪念雷列耶夫》Памяти Рылеева

《纪念别林斯基》Памяти Белинского

《纪念盖伊甸伯爵》Памяти графа Гейдена

《纪念品》Сувенир

《纪念日》Юбилей

《记别林斯基的为人》Заметки о личности Белинского

《即使我将死去，也不觉悲伤……》Пускай умру, печали мало...

《祭奠》Тризна

《棘鲈的故事》(又名《鳊鱼状告棘鲈案》) Повесть о Ерше Ершовиче, сыне Щетинникове

《家庭纪事》Семейная хроника

《家庭幸福图》Картина семейного счастья

《家训》Домострой

《加甫利利亚德》Гавриилиада

《假面舞会》Маскарад

《假如生活欺骗了你》Если жизнь тебя обманет

《嫁妆》Приданое

《艰难时代》Трудное время

《僭主德米特里与瓦西里·隋斯基》Дмитрий самозванец и Василий Шуйский

《郊外小游》Загородная поездка

《教育的果实》Плоды просвещения

《结仇》На ножах

《结婚》Свадьба

《街头即景》На улице

《街头哲学》Уличная философия

《节日好梦饭前应验》Праздничный сон до обеда

《节日里的莫斯科河南区》Замоскворечие в праздник

《捷昂与艾斯兴》Теон и Эсхин

《杰米扬的鱼汤》Демьянова уха

《金玉良言》Благонамеренные речи

《精灵邮报》Почта духов

《酒店》Кабак

《酒神节的女子》Вакханька

《酒徒的故事》Повесть о Бражнике

《舅舅的梦》Дядюшкин сон

《旧时的仆役》Слуги старого века

《旧式地主》Старосветские помещики

K

《卡·贝》К. Б.

《卡拉马佐夫兄弟》Братья Карамазовы

《卡伊布》Каиб

《柯里佐夫的诗歌》Стихотворения Кольцова

《柯诺瓦洛夫》Коновалов

《柯兹马·扎哈里奇·米宁-苏霍鲁克》Козьма Захарьич Минин-Сухорук

《科里亚津修道院呈诉状》(简称《科里亚津呈文》)Калязинская челобитная

《科学上的一知半解》Диллетантизм в науке

《可怕的问题》Страшный вопрос

《克莱采奏鸣曲》Крейцерова соната

《克列钦斯基的婚事》Свадьба Кречинского

《克鲁波夫医生》Доктор Крупов

《空谈家》Пустомеля

《恐怖》Страх

《口哨》Свисток

《苦命》(柯里佐夫)Горькая доля

《苦命》(皮谢姆斯基)Горькая судьбина

《苦命的丽莎》Бедная Лиза

《苦命人安东》Антон Горемыка

《苦恼》Тоска

《库页岛》Остров Сахалин

《库兹马·萨姆松内奇》Кузьма Самсоныч

《夸耀消磨时间的诀窍》Похвальная речь науке убивать время

《狂人日记》Записки сумашедшего

《矿巢》Горное гнездо

《矿工》Горные

L

《来得容易去得快》Бешеные деньги

《莱辛》Лессинг

《狼和小羊》Волк и ягненок

《狼落狗窝》Волк на псарне

《狼与羊》Волки и овцы

《浪子在愚人会上的演说》Речь, говоренная повесою в собрании дураков

《雷列耶夫的魂影》Тень Рылеева

《黎明》Рассвет

《离别》Разлука

《里果夫斯卡娅伯爵夫人》Княгиня Лиговская

《里哈奇·库德里亚维奇之歌》(二首)Песня Лихача Кудрявича

《里扎尔》Лизар

《历史》История

《粮食》Хлеб

《两个骠骑兵》Два гусара

《两个声音》Два голоса

《两个伊凡。又名诉讼狂》Два Ивана, или страсть к тяжбам

《两种命运》Две судьбы

《列诺拉》Ленора

《猎人笔记》Записки охотника

《白净草原》Бежин луг

《歌手》Певцы

《活尸首》Живые мощи

《霍尔和卡里内奇》Хорь и Калиныч

《里郭甫》Льгов

《两地主》Два помещика

《林中》В лесу

《莓草》Малиновая вода

《食地兽》Землеед

《事务所》Контора

《叶尔莫莱和磨坊主妇》Ермолай и мельничиха

《总管》Бурмистр

《卢塞恩》Люцерн

《流浪者》Скиталец

《柳德米拉》Людмила

《鲁斯兰和柳德米拉》Руслан и Людмила

《旅途怨思》Дорожные жалобы

《×××旅行记片断》Отрывок путешествия в ××× И ××× Т×××

《旅长》Бригадир

《论玻璃之益处》Письмо о пользе стекла

《论崇高与滑稽》Возвышенное и комическое

《论俄国革命思想的发展》О развитии революционных идей в России

《论俄国中篇小说和果戈理君的中篇小说》О русской повести и повестях Гоголя

《论俄文诗律书》Письмо о правилах росийского стихотворства

《论俄文宗教书籍的裨益》О пользе книг церковных в российском языке

《论格列勃·乌斯宾斯基》О Глебе Ивановиче Успенском

《论国家大法之必要》Рассуждение о непременных государственных законах

《论国民教育》О народном просвещении

《论饥荒》О голоде

《论近十年俄国诗歌,特别是抒情诗的方向》О направлении нашей поэзии, особенно лирической, в последнее десятилетие

《论人、人的死亡与不朽》О человеке, о его смертности и бессмертности

《论散文》О прозе

《论希腊史》Размышление о греческой истории

《论亚里士多德的诗学》О поэзии. Сочинение Аристотеля

《罗达密斯特和杰诺彼亚》Родамист и Зенобия

《罗马》Рим

《罗曼与奥尔迦》Роман и Ольга

《罗斯国土沦丧记》Слово о погибели Русской земли

《罗斯拉夫列夫,1812年的俄国人》Рославлев, или русские в 1812 году

《罗亭》Рудин

М

《马卡尔·楚德拉》Макар Чудра

《马卡尔的梦》Сон Макара

《玛利诺夫》Малинов

《玛申卡》Машенька

《麦谢尔斯基公爵之死》На смерть князя Мещерского

《漫谈何谓祖国之子》Беседа о том, что есть сын отечества

《盲乐师》Слепой Музыкант

《猫和厨子》Кот и повар

《矛盾》Противоречие

《茅舍》Изба

《没意思的故事》Скучная история

《没有复活》Не воскрес

《没有陪嫁的女人》Бесприданница

《没有整数》Ноль целых

《没有智慧,没有理性……》Без ума, без разума...

《梅尔波梅尼的故事》Сказки Мельпомены

《美学的毁灭》Разрушение эстетики

《蒙列波避难所》Убежище Монрепо

《咪咪公爵小姐》Княжна Мими

《密尔格拉德》Миргород

《名伶和捧角》Таланты и поклоники

《命名日》(巴甫洛夫)Именины

《命名日》(契诃夫) Именины
《摩涅摩辛涅》Мнемозине
《莫尔恰林老爷们》Господа Молчалины
《莫洛赫》Молох
《莫洛托夫》Молотов
《莫斯科到彼得堡旅行记》Путешествие из Москвы в Петербург
《莫斯科电讯》Московский телеграф
《莫斯科观察家》Московский наблюдатель
《莫斯科人》Московитянин
《莫斯科新闻》Московские ведомости
《某些能引起聪明和正直的人们特别注意的问题》Несколько вопросов, могущих возбудить в умных и честных людях особливое внимание
《姆岑斯克县的马克白夫人》Леди Макбет Мценского уезда
《牡蛎》Устрица
《穆拉·努尔》Мулла-Нур
《穆罗人伊利亚》Илья Муромец
《木木》Муму
《墓园挽歌》(格雷) Элегия, написанная на сельском кладбище
《墓园挽歌》(茹科夫斯基) Сельское кладбище

N

《拿破仑》Наполеон
《哪儿好些?》Где лучше?
《那么我们该怎么办?》Так что же нам делать?
《纳杰日达·尼古拉叶夫娜》Надежда Николаевна
《纳里瓦依科》Наливайко
《恼人的虚弱》Сердитое бессилие
《闹钟》Будильник
《尼古拉一世之死的颂歌》Ода на смерть Николая I

《逆来顺受的人们》Забитые люди
《年轻夫妇》Молодые супруги
《涅朵奇卡·涅茨瓦诺娃》Неточка Незванова
《涅瓦大街》Невский проспект
《涅瓦河观察家》Невский зритель
《农村的灾难》Деревенская беда
《农村公社的统计》Мирской учет
《农村日记》Из деревенского дневника
《农村小贩》Деревенский торгаш
《农夫和大河》Крестьяне и река
《农家宴会》Селькая пирушка
《农民》Мужики
《农民的苦难》Крестьянское горе
《农民的选举》Крестьянские выборы
《农民和农民劳动》Крестьяне и крестьянский труд
《奴隶颂》На рабство
《努林伯爵》Граф Нулин
《女房东》Хозяйка
《懦夫》Трус

O

《欧洲导报》Вестник Европы
《偶然事件》Происшествие

P

《庞巴杜尔先生和庞巴杜尔太太》Помпадуры и помпадурши
《胖子和瘦子》Толстый и тонкий
《朋友们,鼓起勇气,不要失掉信心……》Смело, друзья! не теряйте...
《彼得和费芙罗尼娅的故事》Повесть о Петре и Февронии
《披甲兵》Латник
《僻静的角落》Затищье
《贫非罪》Бедность не порок

《平凡的故事》Обыкновенная история
《评波列伏依的长篇小说〈在主的墓前的誓言〉》О романе Полевого «Клятва при гробе господнем»
《破产债户》Банкрот
《普加乔夫史》История Пугачева
《普里瓦洛夫的百万家私》Приваловские миллионы
《普里希别叶夫中士》Унтер Пришибеев
《普罗柯菲·利亚普诺夫》Прокофий Ляпунов
《普宁和巴布林》Пунин и Бабурин
《仆人室》Лакейская
《瀑布》Водопад

Q

《1830年7月30日（巴黎）》30 июля — (Париж)1830 года
《1830年7月10日》10 июля(1830)
《齐齐公爵小姐》Княжна Зизи
《奇女子》Чудная
《乞丐》(契诃夫) Нищий
《乞丐》(波果津) Нищий
《乞乞科夫的经历或死魂灵》Похождение Чичикова или Мертвые души
《起来,歌手……》Певец, восстань...
《契尔-尤特》Чир-Юрт
《在世的老辈人回忆的历史》(或帕里津的《故事》) История в памяти предыдущим родом(или《Сказание》А. Паличына)
《前进》Вперед
《前室中的作家》Сочинитель в прихожей
《前夜》Накануне
《纤夫》Бурлак
《强盗兄弟》Братья разбойники
《巧妙的理发师》Тупейный художник
《切尔卡什》Челкаш

《切勿随心所欲》Не так живи, как хочется
《钦差大臣》Ревизор
《青灰色的暗影融会在一起了》Тени сизые смесились
《青年》Молодость
《青年俄罗斯》Молодая Россия
《青铜骑士》Медный всадник
《蜻蜓》Стрекоза
《轻轻的耳语,羞涩的呼吸》Шепот, робкое дыхание
《倾诉》Признание
《穷苦人的命运》Доля бедняка
《穷人》Бедные люди
《穷人暴富》Не было ни гроша, да вдруг алтын
《穷新娘》Бедная невеста
《秋日的黄昏》Осенний вечер
《秋天》Осень
《求婚》Предположение
《囚徒》(普希金) Узник
《囚徒》(莱蒙托夫) Узник
《群魔》Бесы

R

《饶舌者》Говорун
《人生如乘车》Телега жизни

S

《萨拉曼得拉》Саламандра
《萨什卡》Сашка
《萨瓦·格鲁德岑的故事》Повесть о Савве Грудцыне
《萨夏》Саша
《塞瓦斯托波尔故事》Севастопольские рассказы
《八月的塞瓦斯托波尔》Севастополь в августе

《十二月的塞瓦斯托波尔》Севастополь в декабре месяце
《五月的塞瓦斯托波尔》Севастополь в мае
《三个可怕的零》Три ужасных нуль
《三个中篇小说》Три повести
《三海游记》Хождение за три моря
《三级弗拉基米尔勋章》Владимир третьей степени
《三套马车》Тройка
《三姊妹》Три сестры
《散文诗》Стихотворения в прозе
《虫》Гед
《对话》Разговор
《俄罗斯语言》Русский язык
《老人》Старик
《麻雀》Воробей
《门槛》Порог
《世界的末日（梦）》Конец света（сон）
《我们还要继续战斗》Мы еще повоюем
《无巢》Без гнезда
《森林》（奥斯特罗夫斯基）Лес
《森林》（柯里佐夫）Лес
《沙皇鲍里斯》Царь Борис
《沙皇费陀尔·伊凡诺维奇》Царь Федор Иваннович
《沙皇伊凡·瓦西里耶维奇、年轻的近卫军和勇敢的商人卡拉希尼科夫之歌》Песня про царя Ивана Васильевича, молодого опричника и удалого купца Калашникова
《杀人者》Убивец
《上尉的女儿》Капитанская дочка
《少年》（托尔斯泰）Отрочество
《少年》（陀思妥耶夫斯基）Подросток
《少年维特的烦恼》Страдания молодого Вертера
《少女的哀愁》Грусть девушка

《社会中坚》Столп
《射击》Выстрел
《僧侣》Монах
《深夜我在坟墓之间……》Среди могил я в час ночной...
《神经错乱》Припадок
《神手救出祖国》Рука возвышнего спасла отечества
《神学校特写》Очерки бурсы
《神学校学生》Бурсак
《生活的导师》Учитель жизни
《生活琐事》Мелочи жизни
《圣彼得堡水星》Санкт-Петербургский Меркурий
《圣诞节前夜》Вечер перед рождеством
《诗歌》Поэзия
《诗人》Поэт
《诗人和公民》Поэт и гражданин
《诗人之死》Смерть поэта
《什么是奥勃洛莫夫性格？》Что такое обломовщина?
《什么是艺术》Что такое искусство
《时报》Время
《时代》Эпоха
《时代征兆》Признаки времени
《时尚》Поветрие
《食客》Нахлебник
《十三号屋》Дом No13
《市场上的新娘》Невеста на ярмарке
《收获》Урожай
《受迫害的人》Гонимые
《书简小说》Роман в письмах
《书商与诗人的谈话》Разговор книгопродавца с поэтом
《树叶和树根》Листы и корни
《竖琴》Лира

《双头鹰》Двуглавый орел
《谁在俄罗斯能过好日子》Кому на Руси жить хорошо
《谁之罪？》Кто виноват?
《瞬间》Мгновение
《斯捷卡·拉辛》Стенька Разин
《斯捷卡·拉辛之歌》Песни о Стеньке Разине
《斯捷尼亚·杜布科夫》Стеня Дубков
《斯捷诺》Стено
《斯杰潘·鲁略夫》Степан Рулев
《斯捷潘契科沃村及其居民》Село Степанчиково и его обитатели
《斯摩林村的编年史》Хроника села Смурина
《斯坦司》Стансы
《斯维特兰娜》Светлана
《司空见惯的现象》Бытовое явление
《司令官，又名伏尔加河上的梦》Воевода, или сон на Волге
《死魂灵》мертвые души
《死前沉思》Подсмертная дума
《死屋手记》Записки из мертвого дома
《四分之一匹马》Четверть лошади
《四天》Четыре дня
《诉讼》Дело
《梭子鱼》Щука
《梭子鱼和猫》Щука и кот
《索科林岛逃亡者》Соколинец
《索罗庆采悲剧》Сорочинская трагедия
《索罗庆采市集》Сорочинская ярмарка

T

《他人喝酒自己醉》В чужом пиру похмелье
《他是谁?》Кто он?
《塔拉斯·布尔巴》Тарас Бульба
《塔列尔金之死》Смерть Тарелкина
《塔什干老爷们》Господа Ташкентцы
《太阳，停住，月亮，别动》Стой солипе, и не движись луна!
《探求者的生活插曲》Эпизоды из жизни искателя
《套中人》Человек в футляре
《特鲁姆夫》Трумф
《天真的话》Невинные речи
《铁匠铺子里走呀走出来一个铁匠》Уж как шел кузнец
《铁路》Железная дорога
《童话》Noël〈Ноэль〉
《童话集》Сказки
《信奉理想主义的鲫鱼》Карась — идеалист
《熊都督》Медведь на воеводстве
《野地主》Дикий помещик
《一个庄稼汉怎样养活两位将军》Как покормил двух генералов один мужик
《一个自由主义者》Либерал
《童年》Детство
《童僧》Мцыри
《同貌人》(《双重人格》) Двойник
《同时代的人们》Современники
《图画》Картина
《图拉的斜眼左撇子和铜跳蚤的故事》Сказ о тульском косом левше и стальной блохе
《土地的威力》Власть земли
《土耳其刀》Ятаган
《土耳其人的哀怨》Жалобы Турка
《土欣诺》Тушино

W

《瓦吉姆》Вадим
《瓦西里柯》Василько
《外省人旅居彼得堡日记》Дневник провинциала в Петербурге
《外省散记》Губернские очерки

《外省书简》Письма из провинции
《外套》Шинель
《纨袴少年》Недоросль
《万般苦恼》Мильон терзаний
《万卡》Ванька
《万尼亚舅舅》Дядя Ваня
《万象》Всякая всячина
《往年纪事》(《俄罗斯编年序史》) Повесть временных лет
《往事与随笔》Былое и думы
《忘我的兔子》Самоотверженный заяц
《望远镜》Телескоп
《伪装的不老实》Притворная коварность
《未婚夫》，后名《婚事》Женихи, Женитьба
《未婚妻》Невеста
《为生活而斗争》Борьба за жизнь
《为什么?》Зачем?
《文学报》Литературная газета
《文学的幻想》Литературное мечтание
《文学及生活回忆录》Литературные и житейские воспоминания
《文学晚会》Литературный вечер
《沃伊那罗夫斯基》Войнаровский
《我倍受奴役的折磨……》Замучен тяжелой неволей...
《我倍受折磨的灵魂……》Своей измученной душой
《我曾经爱过你》Я вас любил: любовь еще быть может
《我的老家》Мои пенаты
《我的朋友, 你曾想来造访……》Ты посетить, мой друг, желала...
《我的世界》Мой мир
《我的同时代人的故事》История моего современника
《我的一生》Моя жизнь

《我独自一人走上广阔大路》Выхожу я один на дорогу
《我记得那美妙的一瞬》Я помню чудное мгновение
《我就要死去……》Умру я скоро...
《我们的工厂》Наши фабрики и заводы
《我们的社会生活》Наша общественная жизнь
《我们的时代》Наш век
《我们的时代在可耻地死去……》Постыдно гибнет наше время...
《我们的意见分歧》Наши разногласия
《我们同旧世界决裂》Отречемся от старого мира
《我前来问候》Я пришел с приветом
《我又重新造访》Я вновь посетил
《我在郊外沉思徘徊》Когда за городом, задумчив, я брожу
《乌拉尔的哥萨克》Уральский казак
《乌鸦和母鸡》Ворона и курица
《无辜的罪人》Без вины виноватый
《无家可归的费陀尔》Федор бесприютный
《无路可走》Без дороги
《五颜六色的故事》Пестрые рассказы
《五月的早晨》Майское утро
《五月之夜》Майская ночь
《舞会之后》После бала

X

《西班牙人》Испанцы
《西里费达》Сильфида
《西纳夫和特鲁沃尔》Синав и Трувор
《希腊之歌》Греческая песнь
《袭击》Набег
《喜鹊女贼》Сорока-Воровка
《嬉闹的河》Река играет
《夏日的黄昏》Летний вечер

《夏日的雨》Летний дождь
《先知》Пророк
《现代美学概念批判》Критический взгляд на современные эстетические понятия
《现代牧歌》Современная идиллия
《现代人》Современник
《现实主义者》Реалисты
《乡村》（普希金）Деревня
《乡村》（奥加辽夫）Деревня
《乡村》（格里戈罗维奇）Деревня
《乡村生活赞》Похвала сельской жизни
《乡村守夜人》Деревенский сторож
《乡下人的沉思》Раздумья селянина
《相遇》Встреча
《像海洋包围地球一样》Как океан объемлет шар земной
《橡皮的孩子》Гуттаперчевый мальчик
《橡树和芦苇》Дуб и трость
《橡树下的猪》Свинья под дубом
《肖像》Портрет
《小矿工》Маленький шахтер
《小品集》Арабески
《小人物》Мелюзга
《小时装店》Модная лавка
《小市民的幸福》Мещанское счастье
《小偷》Вор
《谢列勃良内公爵》Князь Серебряный
《心灵如此想往……》Так и рвется душа...
《新爱洛绮思》Новая Элоиза
《新时报》Новое время
《行动》Дело
《自传》("他自己写的生平")（阿瓦库姆）Житие (Житие, им самим написанное)
《性格不合》Не сошлись характерами
《兄弟俩》Два брата
《熊和蜜蜂》Медведь и пчел

《雄蜂》Трутень
《雄鹰的沉思》Дума сокола
《修辞学》Риторика
《修道院院长丹尼尔朝圣记》Хождение игумена Даннила
《袖珍外来语词典》Карманный словарь иностранных слов
《序幕》Пролог
《悬崖》（莱蒙托夫）Утес
《悬崖》（冈察洛夫）Обрыв
《雪花》Подснежник
《雪女》Снегурочка

Y

《雅典的俄狄浦斯》Эдип в Афнах
《雅科夫·帕辛科夫》Яков Пасынков
《雅沙的生平》Жизнь Яши
《亚历山大·涅夫斯基传》Житие Александра Невского
《亚历山大·普希金作品集》Сочинение Александра Пушкина
《亚斯纳亚·波利亚纳》Ясная Поляна
《顿河哥萨克的亚速城堡被围的故事》Повесть об Азовском осадном сидении донских казаков
《烟》Дым
《红鼻子雪大王》Мороз, красный нос
《言辞》Слово
《燕子》Ласточка
《养女》Воспитанница
《姚内奇》（涅费奥道夫）Ионыч
《姚内奇》（契诃夫）Ионыч
《摇篮歌》Колыбельная Песня
《野兽的会议》Мирская сходка
《叶夫盖尼·奥涅金》Евгений Онегин
《叶夫盖尼。又名不良教养与交游不慎之致命后果》Евгений, или пагубное следствие дурного воспитания и сообщества

《叶辽慕希加之歌》Песня Еремушке

《叶尼西耶娃组诗》Енисьевский цикл

《夜里我奔驰在黑暗的大街上……》Еду ли ночью по улице темной…

《夜思上天之伟大》Вечернее размышление о божием величестве

《夜莺, 你别歌唱》Ты не пой, соловей…

《1827 年 10 月 19 日》19 октября 1827 г.

《1823 年俄国文学概况》Взгляд на русскую словесность 1823 года

《1836 年 10 月 19 日》19 октября 1836 г.

《1846 年俄国文学一瞥》Взгляд на русскую литературу 1846 года

《1847 年俄国文学一瞥》Взгляд на русскую литературу 1847 года

《1841 年的俄国文学》Русская литература в 1841 году

《1854 年》1854 год

《1812 年》1812 год

《1263 年的戈罗杰茨城》В Городце в 1263 году

《一部批判性旅行记》Путешествие критики

《一朵小花》Цветок

《一封给有学问的友邻的信》Письмо донского помещика Степана Владимировича Н к ученому соседу д-гу Фридриху

《一个城市的历史》История одного города

《一个地主的早晨》Утро помещика

《一个东不成西不就的人的生活插曲》Эпизод из жизни ни павы, ни вороны

《一个俄国军官的书信》Письмо русского офицера

《一个俄国旅行家的通信》Письма русского путешественника

《一个俄国士兵的故事》Рассказы русского солдата

《一个官员的死》Смерть чиновника

《一个荒唐人的梦》Сон смешного человека

《一个青年人的札记》Записки одного молодого человека

《一片橡树叶子……》Дубовый листок оторвался…

《一千个农奴》Тысяча душ

《一切都已结束》Все кончено: меж нами связи нет

《一月九日的彼得堡》9-ое января в Петербурге

《一只小鸟》Птичка

《医生, 垂死的人和死人》Доктор, умирающий и мертвые

《移民》Переселенцы

《遗失街风习》Нравы растеряевой улицы

《伊凡雷帝之死》Смерть Иоанна Грозного

《伊凡诺夫》Иванов

《伊凡·苏萨宁》Иван Сусанин

《伊凡·伊凡诺维奇和伊凡·尼基福罗维奇吵架的故事》Повесть о том, как поссорился Иван Иванович с Иваном Никифоровичем

《伊凡·伊里奇之死》Смерть Ивана Ильича

《伊戈尔远征记》Слово о полку Игореве

《伊利昂记》(《伊利亚特》) Илиада

《伊丽莎白女皇登基日颂, 1747 年》Ода на день восшествия на престол Елизаветы Петровны 1747 г.

《伊则吉尔老婆子》Старуха Изергиль

《艺术对现实的审美关系》Эстетическое отношение искусства к действительности

《艺术家》(冈察洛夫) Художник

《艺术家》(迦尔洵) Художники

《刈草》Сенокос

《音乐师》Тапер

《因祸得福》Счастливая ошибка

《樱桃园》Вишневый сад

《鹰之歌》Песня о соколе

《咏怀》Дума

《勇士伊利亚》Илья богатырь

《用咖啡渣占卜的女人》Кофейница

《幽会中的俄罗斯人》Русский человек на Rendezvous

《幽默》Юмор

《忧郁》Хандра

《尤利·米洛斯拉夫斯基。又名1612年的俄国人》Юрий Милославский, или русские в 1612 году

《有思想的无产阶级》Мыслящий пролетариат

《又苦闷，又烦忧》И скучно и грустно

《又是五月之夜》Еще Майская ночь

《与阿那克里翁的对话》Разговор с Анакреоном

《与友人书简选》Выбранные места из переписки с друзьями

《鱼的跳舞》Рыбья пляска

《渔夫们》Рыбаки

《预言》Предсказание

《预言者》Пророк

《狱中歌手》Певец в темнице

《月夜》Лунные ночи

Z

《杂拌儿》И то, и сё

《杂烩》Смесь

《杂色羊》Пестрые овцы

《杂谈报》Молва

《在长篇、中篇小说等作品中最常见的是什么》Что чаще встречается в романах, повестях и т. п.

《在大街上》На улице

《在大学》В университете

《在钉子上》На гвозде

《在故乡》На родине

《在国外》За рубежом

《在坏伙伴中》В дурном обществе

《在荒凉的地方》В пустынных места

《在荒野的北国，在光濯的山顶》На севере диком стоит одиноко

《在昏暗中》В сумерках

《在老家》На старом пепелище

《在流放中》В ссылке

《在旅途中》В дороге

《在秋天》Осенью

《在剃头店里》В цирульне

《在铁窗后面》Из-за решетки

《在途中》В пути

《在峡谷里》В овраге

《在伊凡雷帝灵柩前》У гроба Грозного

《在阴暗的日子里》В облачный день

《贼》Воры

《怎么办？》Что делать?

《憎恨》Негодование

《炸弹》Бомбы

《战舰希望号》Фрегат Надежда

《战争与和平》Война и мир

《哲学书简》Философское письмо

《哲学中的人本主义原则》Антропологический принцип в философии

《这种人就不是诗人》Тот не поэт

《真诚的希腊女郎》Гречанка верная! не плачь...

《真理固好，幸福更佳》Правда хорошо, а счастье — лучше

《真正的白天何时到来？》Когда же придет настоящий день?

《正教历》(《日读经文月书》）Четьи Минеи

《正教中学生日记》Дневник Семинариста

《正直人士之友，或斯塔罗东》Друг честных

людей, или стародум

《支票簿》Книжка чеков

《芝麻绿豆小事故事集》Рассказы о пустяках

《执政的象》Слон на воеводстве

《智慧的痛苦》Горе от ума

《智者千虑必有一失》На всякого мудреца довольно простоты

《致阿哈蒂斯》К Ахатесу

《致宠臣》К временщику

《致大海》К морю

《致俄国诽谤者》Клеветникам России

《致基希尼约夫的友人》К друзьям в Кишневе

《致济娜》Зине

《致君主与法官》Властителям и судиям

《致里齐尼》Лицинию

《致年轻一代》К молодому поколению

《致普希钦》Пущину

《致恰达耶夫》К Чаадаеву

《致婶母信》Письма к тетеньке

《致诗神（论讽刺文的危险性）》К Музе своей. О опасности сатирических сочинений

《致诗友》К другу стихотворцу

《致屠格涅夫》Тургеневу

《致吾友》К другу моему

《致西伯利亚的囚徒》В Сибирь

《致叶夫盖尼·兹芳卡的生活》Евгению·Жизнь Званская

《致友人》Друзьям

《终结和开始》Концы и начала

《钟声》Колокол

《周报》Неделя

《昼与夜》Дни и ночи

《着魔的流浪人》Очарованный странник

《资本和劳动》Капитал и труд

《自己的家庭。又名已婚的未婚妻》Своя семья, или замужняя невеста

《自家人好算账》Свои люди сочтемся

《自然研究通信》Письма об изучении природы

《自由颂》（普希金）Вольность

《自由颂》（拉季舍夫）Вольность

《棕榈》Attalea princeps

《走投无路》Некуда

《走向天涯海角》На край света

《祖父礼赞》Похвальная речь в память моему дедушке

《祖国》Родина

《祖国纪事》Отечественные записки

《最后的爱情》Последняя любовь

《最后的吻》Последний поцелуй

《最后的一个近侍少年》Последний новик

《罪孽深重》Грехи тяжкие

《罪与罚》Преступление и наказание

《醉汉》Пьяница

《作家日记》Дневник писателя

《作者自白》Авторская исповедь

最新推出

当代国外文论教材精品系列

新世纪伊始,我们启动"集中引进一批国外新近面世且备受欢迎的文学理论教材力作"的译介项目,推出一套《当代国外文论教材精品系列》,对国外同行在"文学"、"文学理论"、"文学理论关键词"与"文学理论名家名说大学派"这几个基本环节上的反思与梳理、检阅与审视的最新成果,加以比较系统的介绍,以期拓展文论研究的深化,来推动我国的文学理论学科建设。

——周启超　主编

○ 文学学导论	〔俄〕	瓦·叶·哈利泽夫	42.00 元
○ 现代西方文学观念简史	〔英〕	彼得·威德森	28.00 元
○ 文学作品的多重解读	〔美〕	迈克尔·莱恩	22.00 元
○ 当代文学理论导读	〔英〕	拉曼·塞尔登	35.00 元

北京大学出版社

外语编辑部电话：010－62767347　　市场营销部电话：010－62750672
　　　　　　　　010－62755217　　邮　购　部　电　话：010－62752015
　　　　Email：zbing@pup.pku.edu.cn